KB044066

다크타워 4 [하]

STEPHEN KING

다크타워 4

스티븐 킹 장편소설 | 장성주 옮김

마법사와 수정 구슬 [하]

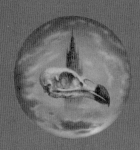

황금가지

THE DARK TOWER IV
: Wizard and Glass
by Stephen King

차례

❖ 일러두기 ❖

1. 이 책은 2003년에 개정 출판된 『The Dark Tower IV: Wizard and the Glass』를 저본으로 삼아 우리글로 옮겼습니다.
2. 본문 중 작가가 의도한 줄 바꿈 또는 어긋난 맞춤법에 어긋난 표기법이 있습니다.
3. 원서에서 강조된 문구는 이탤릭, 고딕 등으로 표기되었습니다.

제3부

오라, 수확제여

제1장

사냥꾼 여신의 달 아래에서

1

진실한 사랑은, 쉽사리 중독되는 독한 약이 으레 그렇듯이, 지루한 법이다. 서로 마주쳐서 알아보는 부분의 이야기가 끝나고 나면 입맞춤은 금세 향기를 잃고 애무도 심드렁해지기 때문인데…… 물론, 주위의 모든 소리와 색이 한층 더 깊어지고 환해지는 착각 속에서 입을 맞추고 애무를 주고받는 본인들은 예외일 것이다. 독한 약이 으레 그렇듯이, 진실한 첫사랑에 진정으로 흥미를 느끼는 사람은 오로지 거기에 사로잡힌 당사자들뿐이다.

그리고 쉽사리 중독되는 독한 약이 으레 그렇듯이, 진실한 첫사랑은 위험하다.

2

사냥꾼 여신의 달을 보고 어떤 이들은 여름의 마지막 달이라고
했고, 또 어떤 이들은 가을의 첫 달이라고 했다. 어느 쪽이 옳든 간
에 그 달은 자치령 사람들의 삶에 변화가 일어난다는 신호였다. 바
람은 가을의 길을 따라 동서로 착실히 방향을 바꾸면서 점점 차가
워졌고, 그러는 동안 어부들은 하나둘 방수복 아래에 스웨터를 받
쳐 입고 만으로 향했다. 햄브리 북쪽에 널따랗게 펼쳐진 자치령 과
수원에서는 일꾼들이 우스꽝스럽게 찌그러진 사다리를 들고 줄줄
이 나타나기 시작했다(이는 존 크로이든과 헨리 워트너, 제이크 화이트,
늘 침울하지만 돈은 많은 코럴 소린 소유의 조그만 과수원에서도 마찬가지
였다.). 말들은 빈 통이 가득 실린 수레를 끌고 그들의 뒤를 따랐다.
사과술을 담그는 양조장, 그중에서도 시프론트 관저 북쪽으로 1킬
로미터쯤 떨어진 거대한 양조장 근처에서는 달콤한 바람이 살랑살
랑 불어왔다. 분쇄기에 한가득 쏟아져 으깨진 사과의 향기였다. 바
닷가에서 멀찍이 떨어진 곳에서는 사냥꾼 여신의 달이 점점 차오르
는 동안에도 맑고 따뜻한 날이 이어졌지만, 무덥던 여름은 밀수꾼의
달과 함께 이미 자리를 뜬 후였다. 건초를 마련하기 위한 마지막 풀
베기는 시작한 지 1주일 만에 끝나곤 했다. 풀은 늘 부족하기만 했
고, 목장주와 자영농들은 한목소리로 투덜거렸다. 그들은 머리를 긁
적이며 뭐 하러 이 고생을 하는지 모르겠다고 구시렁거렸지만……
비가 추적추적 내리는 3월에 빠르게 비어 가는 창고와 건초 저장탑
을 보면 저절로 그 이유를 깨닫게 마련이었다. 한편 자치령 안에 있
는 정원들, 즉 목장주 저택의 널따란 정원과 그보다 작은 자영농의

정원과 읍내의 주택에 딸린 손바닥만 한 뒤뜰에는, 허름한 옷과 장화 차림을 한 남녀노소가 저마다 모자를 눌러쓰고 나타났다. 너 나할 것 없이 바짓단을 발목에 질끈 동여맨 차림새였다. 사냥꾼 여신의 달이 뜰 무렵에는 사막에 사는 뱀과 전갈이 동쪽으로 떼 지어 몰려오기 때문이었다. 덕분에 악마의 달이 차오르기 시작할 무렵이 되면 트래블러스 레스트 주점과 맞은편 잡화점 앞의 가로대에는 방울뱀 가죽이 줄줄이 걸리곤 했다. 다른 가게들도 이와 비슷하게 가로대를 장식했지만, 수확제를 맞아 뱀가죽이 가장 많이 걸린 가게에 상을 줄 때면 늘 주점이나 잡화점이 1등을 차지했다. 밭과 농장에서는 머리에 수건을 동여매고 가슴에 풍작을 기원하는 부적을 몰래 품은 여인들 곁으로 줄지어 늘어선 빈 바구니들이 보였다. 이제 마지막 남은 토마토와 오이와 옥수수를 따서 담을 시간이었다. 그것들을 다 따고 나면 낮이 짧아지고 가을 폭풍이 다가오는 사이에 애호박과 샤프루트, 단호박, 감자 따위가 무르익기를 기다려야 했다. 그렇게 메지스 자치령의 수확기가 시작되는 동안 별이 총총한 밤하늘에서는 환한 달이 날마다 조금씩 차올랐고, 달 표면을 차지한 사냥꾼 여신은 중간 세계의 누구도 본 적이 없는 머나먼 바다 너머 동쪽을 향해 활시위를 당기고 있었다.

3

혜로인이나 마귀풀, 또는 진실한 사랑 같이 독한 약에 중독된 사람은, 자기도 모르는 사이에 삶이라는 외줄 위에서 비밀과 희열 사이의 아슬아슬한 균형을 유지하려고 버둥거리는 신세가 되곤 한다. 외줄 위에서 균형을 잡기란 정신이 지극히 멀쩡할 때조차도 어려운 법, 따라서 약에 취해 들뜬 상태에서는 거의 불가능한 일이다. 그러다가 결국에는 완전히 불가능해지는 날이 오게 마련이다.

롤랜드와 수전 역시 사랑에 중독된 상태였지만, 그나마 두 사람은 자신들의 처지를 안다는 점에서 조금이나마 유리했다. 게다가 그들의 경우에는 비밀을 영원토록 지킬 필요도 없었다. 기껏해야 수확제까지만 들키지 않으면 그만이었다. 만약 위대한 관 사냥꾼 패거리가 먼저 은폐를 그만두면 수확제 전에 모든 것이 끝날 수도 있었다. 롤랜드가 보기에 실제로 최초의 한 수를 두는 사람은 제삼자일 수도 있었지만, 누가 먼저 첫수를 두든 간에 조너스와 그 부하들 역시 그 자리에 함께할 듯싶었다. 길르앗에서 온 세 소년에게는 바로 그 대목이 가장 위험했다.

롤랜드와 수전은 신중하게 행동했다. 어쨌거나 약에 취한 사람들치고는 신중했다. 둘은 같은 곳에서 연속으로 만나지 않았고, 같은 시간대에 연속으로 만나지도 않았으며, 약속한 장소로 향할 때에는 결코 걸어가지 않았다. 햄브리에서는 말 탄 사람은 흔하지만 걷는 사람은 금세 눈에 띌 만큼 드물기 때문이었다. 수전은 '잠깐 말을 타러' 나갈 때 친구 핑계를 대지 않았다(도와줄 친구들이 있는데도 그랬다.). 지켜야 할 비밀이 있는 사람만이 알리바이가 필요하기 때문이었다. 코딜리어 고모는 수전의 외출에 대해 (특히 초저녁에 집을 나설 때) 언짢아하는 기색이 점점 짙어졌지만, 그럼에도 아직은 조카가 번번이 둘러대는 핑계를 순순히 받아들였다. 혼자 있을 시간이 필요하다는 핑계였다. 소린과 맺은 계약에 관하여, 자신의 의무를 다하는 일에 관하여 생각할 수 있도록. 수전에게 그런 시간이 필요하다고 맨 먼저 제안한 사람은 얄궂게도 쿠스 언덕의 마녀였다.

두 연인은 버드나무 숲에서, 바닷가 북쪽 귀퉁이의 다 쓰러져 가는 보트 창고에서, 황량한 쿠스 벌판의 목동 오두막에서, 배드 그래스의 버려진 양치기 숙소에서 만났다. 약쟁이들이 약을 하러 모여드는 장소가 다 그렇듯이 지저분한 곳들이었지만 수전과 롤랜드의 눈에는 판잣집의 다 썩어가는 벽도, 오두막 지붕에 뚫린 구멍도, 축축한 보트 창고 구석의 곰팡이 핀 그물도 보이지 않았다. 그들은 사랑에 취해 몽롱한 상태였고, 그래서 땅 위의 모든 흉측한 풍경조차도 절경으로 보였다.

광란에 빠져 지낸 그 몇 주일이 시작될 무렵, 두 사람은 그린하트 정자 뒷벽의 빨간 돌을 이용하여 두 번을 만났다. 그러고 나서 롤랜드는 머릿속에 나지막이 울리는 목소리를 들었다. 목소리는 이제 그 돌을 이용하면 안 된다고 타일렀다. 빨간 돌은 기껏해야 아이들이 비밀 쪽지를 주고받을 때 쓰는 장치였고, 롤랜드와 그의 연인은 이제 어린아이가 아니었다. 들켰을 경우에는 추방 정도가 그들이 바랄 수 있는 가장 관대한 처분이었다. 빨간 돌은 너무 눈에 띄는 수단이었다. 제아무리 서명 없이 두루뭉술하게 적는다 해도 그곳에 쪽지를 남기는 것은 지독하게 위험한 짓이었다.

두 사람 모두 시미를 이용하는 편이 더 안전하다고 생각했다. 히죽히죽 웃는 시미의 표정 아래에는 놀랍도록 깊은…… 뭐랄까, 신중함이 숨어 있었다. 롤랜드는 '신중함'이라는 결론에 이르기까지 오랫동안 골똘히 생각해야 했지만, 결국에는 그 표현이 옳았다. 침묵을 지키는 능력, 그러면서도 단순한 교활함보다 훨씬 고귀한 능력은 곧 신중함이기 때문이었다. 교활함은 지금도 그리고 앞으로도 시미가 가질 수 없는 능력이었다. 눈을 피하지 않고서는 거짓말 한마디 못하는 사람을 가리켜 교활하다고 할 수는 없는 법이므로.

서로를 향한 정염이 가장 뜨겁게 타올랐던 5주 동안, 그들은 시미를 통해 여섯 번 연락을 주고받았다. 세 번은 만나기 위해서였고 두 번은 만날 장소를 바꾸기 위해서, 또 한 번은 밀회를 취소하기 위해서였다. 도망간 말을 찾아 배드 그래스에 있는 오두막 근처에서 어슬렁거리는 피아노 목장의 일꾼들이 수전의 눈에 띈 탓이었다.

롤랜드의 머릿속에 도사린 목소리는 빨간 돌에 관해 충고할 때와 달리 시미에 관해서는 아무 말도 하지 않았지만…… 이번에는 롤랜드의 양심이 나서서 경고를 보냈다. 그러다 마침내 수전에게 시미 이야기를 꺼냈을 때(안장깔개로 알몸을 가리고 서로를 꼭 끌어안은 상태에서), 롤랜드는 수전 역시 양심 때문에 괴로워하는 것을 알아차렸다. 장차 벌어질지도 모르는 두 사람의 파국에 시미를 끌어들이는 것은 부당한 짓이었다. 그 결론에 도달하고 나서 롤랜드와 수전은 오로지 자신들의 힘으로만 연락을 주고받기로 했다. 사정이 생겨 만나지 못할 경우에 수전은 빨래를 말리는 척 창문에 빨간 셔츠를 걸어놓기로 했다. 같은 경우에 롤랜드는 마을 펌프가 있는 공터의 동북쪽 귀퉁이에 하얀 돌을 놓아두기로 했다. 후키 대장간에서 보면 대각선으로 길 건너편에 위치한 공터였다. 이도 저도 여의치 않을 때면 최후의 수단으로 정자 뒷벽의 빨간 돌을 이용하기로 했다. 위험을 무릅써야 할지라도 시미를 또다시 그들 사이에(그들의 '관계'에) 끌어들이는 것보다는 나았다.

서서히 중독에 빠져드는 롤랜드를 지켜보면서 커스버트와 알레인은 처음에는 불신과 부러움과 께름칙한 흥미를 느꼈지만, 그러한 감정은 이내 말 못할 두려움으로 바뀌었다. 그들이 안전한 피난처로 여기고 찾아온 땅은 알고 보니 음모의 근원지였다. 그들은 결국 지배층 대부분이 동맹의 가장 지독한 적과 손을 잡은 자치령에 물자를 조사하러 온 셈이었던 것이다. 게다가 이제는 널찍한 공동묘지를 가득 채우고도 남을 만큼 살인을 저지른 폭력배 세 명과 사적인 원한까지 쌓은 처지였다. 그런데도 커스버트와 알레인은 동요하지 않았다. 그들을 이곳까지 지휘한 사람이 바로 친구인 롤랜드였기 때문이었다. 코트를 때려눕히고(그것도 살아 있는 매를 무기로!) 열네 살이라는 유례없는 나이에 총잡이가 된 롤랜드는, 그들의 마음속에서 이미 전설이나 다름없었다. 그들 자신 역시 이번 임무를 위해 총을 수여받은 것은 길르앗을 출발할 당시에는 크나큰 영광이었지만, 햄브리 시와 메지스 자치령 전역에서 얼마나 거대한 일이 벌어지는 중인지 깨달았을 즈음에는 그것 또한 별 의미 없는 일이 되고 말았다. 그 깨달음의 순간에 두 소년이 믿고 의지할 무기는 오로지 롤랜드뿐이었다. 그런데 그 롤랜드가 지금은……

"아주 그냥 물에 빠뜨린 권총 같다니까!"

어느 날 저녁, 커스버트가 외쳤다. 롤랜드가 수전을 만나러 말을 타고 나간 지 얼마 안 됐을 때였다. 인부 숙소의 포치 너머로 상현이 된 사냥꾼 여신의 달이 떠 있었다.

"건져서 말린다고 해도 다시 쏠 수 있을지 어떨지, 난 모르겠어."

"쉿, 잠깐만."

알레인이 포치 난간 쪽을 보며 중얼거렸다. 그리고는 커스버트의 짜증을 조금이라도 누그러뜨릴 생각으로(평소에는 식은 죽 먹기나 다름없는 일이었기에) 가볍게 말을 건넸다.

"경계병은 어디 간 거야? 벌써 취침 시간이야?"

그 말은 커스버트를 더 짜증나게 할 뿐이었다. 경계병은 벌써 며칠째 보이지 않았고, 언제 사라졌는지도 확실치 않았다. 커스버트가 보기에는 불길한 징조였다.

"어딜 좀 갔어. 근데 자러 간 건 아니야."

커스버트는 부루퉁하게 대답하고는 서쪽으로 눈을 돌렸다. 롤랜드가 덩치 큰 거세마를 타고 사라진 방향이었다.

"아무래도 내가 어디서 잃어버린 것 같아. 정신도 마음도 날카로운 직감도 다 잃어버린 어떤 젊은 양반처럼."

"음…… 너무 걱정 마. 너나 나나 잘 알잖아, 롤랜드가 어떤 앤지. 태어나서 지금까지 쭉 알았으면서, 뭘. 걘 괜찮을 거야."

알레인이 쭈뼛거리며 말했다. 뒤이어 나지막하게, 평소의 장난기가 싹 가신 말투로, 커스버트가 대꾸했다.

"지금은 내가 알던 그 녀석이 아닌 것 같아."

그들은 나름의 방식으로 롤랜드를 설득하려 애썼고, 둘 다 비슷한 대답을 들었다. 그러나 롤랜드의 대답은 사실 대답이라 할 만한 것이 전혀 아니었다. 그렇게 일방적인 대화를 나누는 동안 롤랜드가 보여 준 몽롱한(그리고 살짝 언짢아 보이는) 눈빛은 마약 중독자와 진지하게 대화한 적이 있는 사람에게는 익숙한 증상이었다. 그 눈빛은 곧 롤랜드의 정신이 수전의 얼굴과 수전의 체취와 수전의 감촉에 홀렸다는 증거였다. 그리고 홀리다는 턱없이 모자란, 어리석은 표현이었다. 롤랜드는 홀린 정도가 아니라 아예 귀신에 씐 것 같았다.

"난 수전이 좀 미워졌어. 그 애가 한 짓 때문에."

이렇게 말하는 커스버트의 목소리에는 알레인이 이제껏 한 번도 느끼지 못한 감정이 실려 있었다. 질투와 좌절감, 두려움이 뒤섞인 감정이었다.

"어쩌면 조금 미워하는 정도가 아닌지도 몰라."

"그게 무슨 소리야! 이렇게 된 게 그 애 잘못도 아닌데……."

알레인은 애써 태연한 척했지만 놀란 기색을 감추지는 못했다.

"아니라고? 그 앤 롤랜드랑 같이 시트고 유전을 찾아갔어. 롤랜드가 본 걸 같이 봤고. 둘이서 같이 등이 두 개 달린 짐승이 된 후에 롤랜드가 어디까지 털어놨을지 누가 알겠어? 게다가 그 앤 아주 징그럽게 똑똑해. 남 몰래 관계를 이어가는 솜씨가 그 증거야."

아마도 수전이 재치 있게 건넨 코르벳을 두고 하는 말 같았다. 알레인이 듣기에는 그랬다.

"그 애도 알아야 해, 자기 존재 자체가 문제라는 걸. 그 애도 그걸 알아야 한단 말이야!"

이제 커스버트의 비통한 심정이 소름 끼치도록 분명해졌다. *수전을 질투하는 거야. 제일 친한 친구를 빼앗겨서.* 알레인은 담담하게 생각했다. *하지만 그게 다가 아니야. 이 녀석은 롤랜드도 질투하고 있어. 왜냐면 우리가 이때껏 본 가장 예쁜 여자애를 롤랜드가 차지했으니까.*

알레인은 몸을 숙여 커스버트의 어깨를 잡았다. 앞마당을 뚱하니 바라보다가 눈을 돌린 커스버트는 알레인의 얼굴에 드리운 선뜩한 표정을 보고 흠칫 놀랐다.

"그건 카야."

알레인의 말에 커스버트는 하마터면 콧방귀를 뀔 뻔했다.

"글쎄, 도둑질이나 욕정이나 뭐 그런 바보 같은 짓들을 카 탓으로 돌리는 사람들한테 저녁을 한 끼씩 얻어먹었다면 아마 난 지금쯤……."

알레인은 커스버트의 어깨가 저릿해질 때까지 손에 힘을 주었다. 커스버트는 그 손을 뿌리칠 수도 있었지만 그러지 않았다. 대신 알레인의 눈을 가만히 마주보았다. 장난을 좋아하는 그의 천성이 적어도 이때는 사라지고 없었다.

"커스버트, 지금 우리가 해선 안 되는 일이 있다면 바로 비난하는 거야. 모르겠어? 만약 그 둘이 카에 휩쓸린 거라면 비난할 일도 아니야. 아니, 비난할 여유 같은 건 우리한테 없어. 우린 이 위기를 넘어서야 해. 우리한텐 롤랜드가 필요해. 그리고 어쩌면, 수전도 필요할지도 몰라."

커스버트는 몹시도 길게 느껴지는 시간 동안 알레인의 눈을 들여다보았다. 알레인은 커스버트 안에서 분노와 이성이 싸우는 중인 것을 알 수 있었다. 그러다 마침내(또한 잠정적으로만), 이성이 승리를 거두었다.

"그래, 알았어. 카라고 치자. 그거야말로 모두가 좋아하는 산제물이니까. 우리가 모르는 거대한 세계에서 일어나는 일이다, 이거지. 안 그래? 덕분에 우린 멍청한 짓을 저질러 놓고도 죄책감을 안 느낄수 있는 거고. 알았으니까 이제 손 놔, 알레인. 내 어깨 부러지기 전에."

알레인은 손을 놓고 한숨 돌린 표정으로 의자에 기댔다.

"이제 문제는 드롭 평원을 어떻게 조사하느냐 하는 거야. 그곳에 말이 몇 마리나 있는지 슬슬 파악하지 않으면……."

"실은 나한테 좋은 생각이 있어, 알레인. 좀 고되긴 할 텐데……
내 생각엔 분명 롤랜드가 도움이 될 것 같아. 너랑 나, 둘 중에 한 명
이 그 녀석을 정신 차리게 할 수만 있다면."

두 소년은 한동안 말없이 가만히 앉아 숙소 앞마당을 바라보았
다. 방 안에서는 비둘기들이 구구거렸다(이들 역시 최근 들어 롤랜드
와 커스버트가 다툼을 벌이는 원인 가운데 하나였다.). 이윽고 알레인이
담배를 말았다. 한참이 걸린 작업이었고 완성된 모양도 우스꽝스러
웠지만, 막상 불을 붙여보니 흐트러지지 않고 잘 버텼다.

"네 아버지가 보시면 산 채로 가죽을 벗기려고 하실 텐데."

커스버트가 중얼거렸지만 그 목소리에는 분명 존경의 빛이 어려
있었다. 어차피 이듬해 사냥꾼 여신의 달이 떠오를 때쯤이면 세 소
년 모두 버젓이 담배를 피울 수 있는 나이였다. 소년다운 해맑은 눈
빛을 거의 잃어버린, 볕에 그을린 얼굴을 한 청년의 모습으로.

알레인이 고개를 끄덕였다. 변방 자치령의 담배가 워낙 독하다
보니 머리가 어질어질하고 목도 뜨끈했지만, 덕분에 곤두섰던 신경
이 누그러졌다. 그리고 당장은 그것만으로도 큰 수확이었다. 커스버
트는 어떤지 알 수 없지만, 알레인은 요즘 들어 바람에서 피 냄새
를 맡곤 했다. 십중팔구는 그들 자신의 피 냄새였다. 딱히 두렵지는
않았다. 적어도 아직은. 그러나 걱정스럽기는 했다. 정말로. 몹시도.

4

총에 대해서라면 꼬맹이였을 적부터 매처럼 예민한 감성을 기른

커스버트와 알레인이었지만, 어른에 대해서는 여전히 그 또래 소년들이 느끼는 그릇된 믿음에 빠져 있었다. 적어도 계획을 세우거나 사리판단을 하는 면에서는 어른들이 더 낫다는 편견이었다. 그래서 그들은 어른들이 자신들의 행동을 꿰뚫어본다고 생각했다. 롤랜드는 사랑에 취한 와중에도 그러한 편견에 사로잡히지 않았으나 그의 두 친구는 까맣게 잊고 있었다. 성 빼앗기 게임에서는 이쪽도 상대도 똑같이 눈을 가린 상태라는 것을 말이다. 그러므로 위대한 관 사냥꾼 패거리 가운데 적어도 두 사람이 내륙 자치령에서 온 세 소년 때문에 극도로 긴장했다는 것을, 또 그들과 벌일 승부를 기다리다가 극도로 지쳤다는 것을 알았다면 소년들은 몹시도 당황했을 것이다.

사냥꾼 여신의 달이 절반쯤 찼을 무렵의 어느 이른 아침, 트래블러스 레스트 주점 2층에서 레이놀즈와 디페이프가 나란히 계단을 내려왔다. 1층 홀은 여러 사람의 코 고는 소리와 가래 끓는 숨소리를 빼면 고요했다. 햄브리에서 가장 붐비는 술집이 다음날 저녁을 기약하며 파티를 마쳤다는 뜻이었다.

박쥐 날개 모양의 용수철 문 왼쪽, 코럴 소린의 전용 테이블에서는 조너스가 말 없는 손님을 상대로 '사도 찾기' 카드 게임을 벌이는 중이었다. 이날 밤 그는 코트를 걸치고 있었고, 늘어놓은 카드 위로 몸을 숙일 때마다 하얀 입김이 보였다. 아직 서리가 낄 만큼 춥지는 않았지만 그것도 이제 시간 문제였다. 바람에 감도는 냉기가 확실한 증거였다.

마주앉은 손님 역시 하얀 숨을 내쉬었다. 옅은 주황색 줄무늬가 그려진 회색 어깨 담요를 비쩍 마른 몸에 친친 두른 손님의 정체는 바로 행정 장관의 비서인 킴버 라이머였다. 주점 2층의 매음굴에서

밭을 갈고 씨를 뿌리는 작업을 마친 로이 디페이프와 클레이 레이놀즈가 홀에 내려왔을 때, 조너스와 라이머는 사업 이야기를 막 시작하려던 참이었다('로이와 클레이라니, 무슨 쌍둥이 이름 같군.' 라이머는 속으로 생각했다.).

"조너스, 잠깐 얘기 좀…… 안녕하십니까, 라이머 나리."

레이놀즈가 인사를 건넸다. 라이머는 고개를 끄덕이고는 살짝 찡그린 표정으로 레이놀즈와 디페이프를 훑어보았다.

"긴 낮과 즐거운 밤을 보내길 바라네, 신사 여러분."

'물론 세상은 이미 변질해 버렸지만.' 라이머는 소리 없이 중얼거렸다. 쓰레기 같은 저 두 놈이 감투를 쓴 것 자체가 그 증거였다. 조너스 역시 딱히 그들보다 낫다고 보기는 힘들었다.

"조너스, 드릴 말씀이 있습니다. 저희끼리 얘기해 봤는데……"

"멍청한 짓을 했구나, 클레이."

조너스가 특유의 떨리는 목소리로 중얼거렸다. 라이머는 삶의 마지막 순간에 그를 데리러 온 죽음의 천사가 바로 그 목소리로 말한다고 해도 전혀 이상하지 않을 거라고 생각했다.

"얘기를 나누다 보면 생각을 하게 마련인데, 너희 같은 애송이들한테는 생각하는 일 자체가 위험한 법이거든. 총알로 콧구멍을 후비는 버릇처럼 말이지."

디페이프가 당나귀처럼 힝힝거리며 웃었다. 자신을 가리키고 하는 농담인 줄 모르는 눈치였다.

"조너스, 제 말 좀 들어보세요."

레이놀즈는 말을 꺼내다 말고 미심쩍은 듯 라이머를 흘긋 쳐다보았다. 그 기색을 눈치챘는지, 조너스가 카드 한 줄을 새로 뒤집으며 말했다.

"나리 앞에서 얘기해도 괜찮아. 어쨌거나 우리를 고용하신 분이 니까. 이 카드 판을 벌인 것도 다 나리에게 존경을 표하기 위해서 야."

레이놀즈는 그 말에 적잖이 놀란 눈치였다.

"어…… 그…… 저는 소린 장관님께서 우릴 고용하신 줄……."

"레이놀즈 선생, 하트 소린은 우리가 의인과 맺은 약속의 세부 사 항에 대해서는 아무것도 궁금해 하질 않는다네. 그 양반이 원하는 건 그저 수익의 일부를 챙기는 것뿐이야. 장관이 지금 가장 열중하 는 일은 바로 수확제를 무사히 지내는 걸세. 그리고 그 어린 아가씨 와 치르기로 한 행사를 무사히…… 완료하는 거지."

"암요, 말씀 한번 잘하셨습니다." 조너스가 걸죽한 메지스 억양으 로 대꾸했다. "그런데 로이 이 자식이 말귀를 잘 못 알아먹는 거 같 으니 제가 통역을 좀 해야겠습니다. 말인즉슨, 소린 장관님이 요즘 변소간에 틀어박혀 나오질 않는데 뭘 하는고 하니, 자기 손이 수전 델가도 양의 꿀단지다, 이런 엉뚱한 상상에 빠져서 자기 물건을 쥐 고 흔들흔들 한다 이거야. 두고 봐, 내 장담하는데 막상 조개가 벌어 지고 진주가 눈앞에 딱 보여도 그 양반은 그거 절대 못 딴다. 너무 흥분해서 심장이 터져 복상사할 거다, 이거지. 아무렴!"

그 말에 디페이프가 또다시 당나귀처럼 힝힝거리며 웃었다. 그러 고는 레이놀즈를 쿡 찌르며 말했다.

"아주 여기 사람 다 됐다니까. 안 그래, 클레이? 말하는 게 완전 히 토박이 같잖아!"

레이놀즈도 씩 웃었지만 눈빛은 여전히 불안해 보였다. 라이머는 동짓달 살얼음처럼 엷은 미소를 애써 지으면서, 방금 막 카드 더미에서 나온 다이아몬드 7을 가리켰다.

"친애하는 조너스 씨, 검정 위에 빨강이오만."

"친애 같은 소리는 집어넣으시지요. 앞으로도 영원히."

조너스는 섀도 8 위에 다이아몬드 7을 놓으며 대꾸했다. 그러고는 레이놀즈와 디페이프 쪽으로 고개를 돌렸다.

"아직 용건이 남은 거냐? 난 지금부터 라이머 나리하고 토론을 할 생각인데."

"저희도 함께 머리를 맞대는 게 어떨까 해서요. 저희랑 같은 생각을 하시는지 확인도 할 겸."

레이놀즈는 이렇게 말하며 의자 등받이에 손을 올렸다.

"아니, 턱도 없는 소리. 할 말이 있으면 간단히 끝내. 늦었다."

조너스가 카드를 쓸어 모으며 말했다. 표정이 언짢아 보였고, 레이놀즈는 그런 기색을 눈치챘는지 의자 등받이에 얹었던 손을 냉큼 치웠다. 뒤에 있던 디페이프가 대신 입을 열었다.

"저희가 생각해 봤는데요, 바케이 목장에 갈 때가 된 것 같습니다. 한번 둘러볼까 해서요. 리치 마을의 그 주정뱅이 영감 말이 사실인지 확인도 할 겸."

"그것 말고 뭐가 더 있는지도 알아봐야죠. 이제 거사가 얼마 안 남았잖습니까, 엘드레드. 운에 맡길 수는 없어요. 어쩌면 놈들이……"

"놈들이 뭐, 총이라도 갖고 있을까 봐? 아니면 전등? 병에 든 요정? 알 게 뭐야. 그건 내가 생각해 보마, 클레이."

"그래도……"

"생각해 본다고 했다. 이제 올라가 있어, 둘 다. 너희가 그렇게 좋아하는 요정들의 품으로 돌아가란 말이다."

레이놀즈와 디페이프는 조너스를 가만히 바라보았다. 그러다가 서로를 마주보았고, 이내 테이블로부터 몸을 돌렸다. 라이머는 엷은 미소를 머금은 채 그 모습을 지켜보았다.

계단참에 도착한 레이놀즈가 다시 고개를 돌렸다. 조너스는 카드를 섞다 말고 그를 쳐다보았다. 볼일이 남았냐고 묻기라도 하듯, 양 눈썹이 쫑긋 올라가 있었다.

"우린 놈들을 얕보는 바람에 톡톡히 망신을 샀잖습니까. 전 같은 꼴을 두 번 당하긴 싫습니다. 그게 답니다."

"저번 일 때문에 아직도 부루퉁해 있는 게로구나. 하긴, 그건 나도 마찬가지야. 다시 말하지만, 놈들은 대가를 치를 거다. 계산서는 이미 써 뒀으니 적당한 때에 내밀기만 하면 돼. 이자까지 톡톡히 쳐서. 그전에 놈들한테 겁을 먹고 괜히 먼저 움직여선 안 돼. 시간은 우리 편이야, 놈들 편이 아니라. 무슨 말인지 알겠지?"

"예."

"명심할 거지?"

"예."

레이놀즈가 거듭 대꾸했다. 이제야 성에 찬 눈치였다.

"로이, 넌 어때? 내 말을 믿나?"

"그럼요, 엘드레드. 끝까지 믿겠습니다."

조너스는 앞서 디페이프가 리치 마을에서 거둔 수확에 대해 칭찬을 아끼지 않았다. 그때 디페이프는 암캐의 꽁무니 냄새를 맡은 수캐처럼 헉헉거리며 좋아했다.

"이제 올라가, 둘 다. 그래야 내가 대장님하고 토론을 끝낼 것 아니냐. 이 나이에 이 시간까지 깨어 있으려니 영 힘들구나."

부하들이 자리를 뜨자 조너스는 새로 카드 한 줄을 늘어놓고 홀 안을 빙 둘러보았다. 곯아떨어진 사람 열두어 명 중에는 피아노 연주자 셰브와 경비원 바키도 끼어 있었다. 코를 고는 주정뱅이들 가운데 한 명은 무슨 까닭에선지 자는 척하는 중이었지만, 어쨌거나 문간에 앉아 조곤조곤 대화하는 두 사람의 목소리가 들릴 만한 거리에는 아무도 없었다. 조너스는 검은색 기사 카드 위에 빨간 색 여왕 카드를 올려놓고 고개를 들어 라이머를 마주보았다.

"용건을 말씀하시지."

"실은 방금 그 두 친구가 내 대신 다 얘기했네. 디페이프 선생은 뇌를 한 개 더 달아도 별 티가 안 날 것 같네만, 레이놀즈 선생은 주먹 쓰는 사람치고는 꽤 영리하더군."

"야무진 녀석이지. 때맞춰 몸단장도 할 줄 알고. 그래서, 그 애송이 셋을 더 착실히 감시하란 당부를 하려고 일부러 시프론트에서 여기까지 행차하셨다, 이건가?"

라이머는 별 수 있겠냐는 듯이 어깨를 으쓱했다.

"그래, 어쩌면 그럴지도. 어차피 그것도 내 임무니까 필요하다면…… 그렇게 해야지. 헌데 뒤진다고 뭐가 나올까?"

"그거야 두고 봐야지. 옳지, 사도가 나왔군."

라이머가 방금 뒤집힌 조너스의 카드를 톡톡 두드리며 말했다.

"그래. 꼭 내 앞에 앉은 나리처럼 못생긴 사도로구먼."

조너스는 이렇게 중얼거리며 자기 패 위에 사도 카드를 올려놓았다. 바울이었다. 다음에 나온 사도는 누가였는데 조너스는 그 카드도 바울 옆에 나란히 놓았다. 카드 더미 안에는 아직 베드로와 마태가 도사리고 있었다. 조너스의 날카로운 시선이 라이머의 얼굴에 꽂혔다.

"능청떠는 실력은 내 부하들보다 낫군. 하지만 당신도 속으로는 녀석들처럼 긴장하고 있어. 그래, 그 애송이 놈들의 숙소에 뭐가 있는지 궁금한가? 내가 가르쳐 주지. 여벌로 챙겨 온 장화, 엄마 초상화, 고린내가 코를 찌르는 양말, 암양의 엉덩이를 빌려 해결하는 건 상스러운 짓이라고 배운 사내 녀석들이 으레 그렇듯이 밤꽃 냄새나는 뻣뻣한 이불보가 있을 테고, 그리고…… 어딘가 감춰 둔 총이 있겠지. 십중팔구는 바닥 판자 밑에."

"그 애송이들한테 정말로 총이 있을까?"

"물론이지. 그건 로이 녀석이 다 알아봤어. 놈들은 길르앗에서 왔어. 아마도 아서 엘드 왕의 혈통이거나 그 후손을 자처하는 집안 출신일 거야. 또 아직 총은 못 받았을지 몰라도 총잡이 수업을 받는 중일 테고. 글쎄, 만사가 귀찮다는 눈빛을 한 그 키 큰 애송이 놈은…… 어쩌면 그놈은 *이미* 총잡이인지도 모르지만…… 뭐, 정말로 그럴 리가 있겠나? 말도 안 되는 소리지. 설령 그렇다고 해도 제대로 붙으면 내가 해치울 수 있어. 난 알아, 그리고 녀석도 그걸 알고 있어."

"그럼 놈들은 뭣 때문에 이리로 파견된 거지?"

"내륙 자치령의 어르신들이 당신의 반역 행위를 눈치챘기 때문은 아닐 걸세, 라이머 나리. 그 점은 걱정 안 해도 돼."

라이머가 허리를 꼿꼿이 세우자 어깨 담요에 파 묻혔던 머리가 쑥 솟아올랐다. 그의 표정은 딱딱하게 굳어 있었다.

"반역자라니! 어디서 *감히!*"

엘드레드 조너스는 햄브리의 재무 집행관을 향해 오싹한 미소를 선사했다. 기다란 백발 아래 씩 웃는 얼굴이 꼭 오소리 같았다.

"난 이때껏 세상 만물의 이름을 있는 그대로 부르면서 살아왔어. 이제 와서 그 습관을 버리고 싶진 않아. 당신이 명심할 건 단 하나, 내가 고용주를 배신한 적은 한 번도 없단 것뿐이야."

"만약 내가 못 믿겠다면……?"

"믿거나 말거나 알 게 뭐야! 난 그저 밤이 깊었으니 자러 가고 싶을 뿐인데. 뉴 가나안과 길르앗의 패거리들은 메지스 같은 변경 자치령에 관해서는 까맣게 몰라. 아마 이곳에 와 본 인간 자체가 드물걸. 요즘은 자기들 발등에 떨어진 불을 끄느라 바빠서 멀리까지 여행할 정신이 없을 테니까. 그래, 놈들이 아는 거라곤 그저 어릴 적 그림책에서 본 게 다야. 태평한 얼굴로 소 떼를 쫓는 카우보이들, 벙글벙글 웃으며 월척을 낚아 올리는 어부들, 헛간 준공 잔치에 모인 농민들, 또 그린하트 광장의 정자에서 그라프를 통째 들이켜는 무지렁이들. 그러니 라이머 나리, 내 앞에서 멍청한 소리는 제발 그만해 줬으면 좋겠어. 그러잖아도 날마다 귀에 딱지가 앉도록 듣고 있으니까 말이지."

"놈들은 메지스가 평온하고 안전한 곳인 줄 안다, 이 말이군."

"맞아. 아름다운 전원생활 그 자체지, 의심할 구석이 전혀 없는. 놈들은 귀족 정신이나 기사도나 조상 숭배 같은 자기네 삶의 방식이 잿더미로 변하는 중이란 걸 알고 있어. 최후의 결전은 놈들의 국경으로부터 200휠은 떨어진 곳에서 벌어질 테지만, 일단 파슨이 탱크와 로봇으로 놈들의 군대를 쓸어버리면 불씨는 순식간에 남쪽으로 번질 거야. 내륙 자치령의 어떤 놈들은 벌써 20년 전에 그 낌새를 맡았어. 그러니까 그놈들이 애송이 셋을 이리 보낸 목적은 자네의 비밀을 캐는 게 아니야, 라이머. 그런 놈들은 제 새끼를 일부러 위험에 몰아넣는 짓 같은 건 안 해. 그저 꼴 보기 싫어서 쫓아낸 것뿐이야. 뭐, 그렇다고 그 애송이들이 소경이나 바보라는 말은 아니지만, 그래도 제발 정신 차려. 놈들은 그냥 젖먹이야."

"뭔가 더 나올 것 같은가? 바케이 목장을 뒤지면?"

"아마 전언을 보내는 수단 같은 게 나오겠지. 십중팔구는 햇빛을 반사해서 교신하는 회광 신호기일 거야. 그리고 아이볼트 골짜기 너머 저 멀리 사는 양치기나 자영농 중에 적당한 놈을 골라 구워삶았겠지. 전언을 받아서 햇빛으로 신호를 보내거나, 아니면 직접 전하도록 훈련도 시켰을 테고. 그래 봤자 얼마 안 있으면 전언이고 뭐고 무용지물이겠지만. 안 그런가?"

"아마도. 하지만 방심할 순 없어. 그리고 자네 말이 옳아, 조너스. 젖먹이든 아니든 간에 난 그 애송이들 때문에 걱정이네."

"어허, 걱정할 것 없대도. 얼마 안 있으면 난 단단히 한몫 챙길 테고, 당신은 대부호가 될 거야. 당신이야 마음만 먹으면 행정 장관 자리도 꿰찰 수 있겠지. 누가 당신 앞을 막아서겠어? 소린? 말도 안 되지. 코럴? 그 여잔 당신을 도와서 자기 오빠 목을 매달 인간이야. 아니면 아예 영주가 되는 건 어떤가? 그런 자리를 다시 만들 수만 있다면?"

조너스는 한순간 라이머의 눈에 스친 희망의 빛을 보고 껄껄 웃었다. 뒤이어 카드 더미에서 마태가 나왔고, 조너스는 그 카드를 다른 사도들 위에 포갰다.

"그래, 당신이 원하는 게 그거였군. 하긴, 보석도 좋고 금은 더 좋지만 뭐니 뭐니 해도 내 앞에서 굽실거리고 아부하는 인간들을 보는 재미가 최고지. 안 그런가?"

"이제 녀석들이 말의 숫자를 조사할 때가 된 것 같은데."

라이머가 중얼거리자 카드 위로 움직이던 조너스의 손이 우뚝 멈췄다. 조너스 역시 몇 차례, 그것도 지난 2주 동안 몇 번이나 떠올린 적이 있는 생각이었다.

"이곳의 그물과 배와 어획량을 계산하는 데 얼마나 걸릴 것 같은가? 벌써 드롭 평원에 나타나서 소와 말의 머릿수를 세면서 축사를 뒤지고, 망아지 출산 기록을 훑어봤어야 해. 실은 2주 전에 당연히 할 일이었어. 그런데 안 한다면, 원하는 정보를 이미 손에 넣었다는 뜻이야."

조너스는 라이머의 말에 숨은 뜻을 알아차렸다. 그러나 믿을 수는 없었다. 믿고 싶지 않았다. 아직 수염도 제대로 안 난 꼬맹이들이 그 정도로 교활할 리가 없었다.

"아니, 당신이 죄책감 때문에 괜한 걱정을 하는 거야. 놈들은 그저 눈이 어두운 노인처럼 느릿느릿 움직일 뿐이야. 임무를 제대로 수행하겠다는 각오가 너무 지나쳐서 그런 거지. 이제 곧 드롭으로 넘어갈 거야. 가서 조심조심 말 숫자를 세겠지."

"혹시라도 놈들이 안 간다면?"

좋은 질문이었다. 조너스가 생각한 답은 '어떻게든 해치워야지'였다. 어쩌면 매복 작전이 필요할지도. 은폐한 상태에서 총알 세 방이면 젖먹이들하고는 영원히 안녕이었다. 마을에서는 녀석들의 평판이 좋았으니 일이 끝나면 뒤숭숭한 분위기가 감돌 테지만, 그것도 라이머가 축제일까지만 잘 다스리면 수확제 이후에는 까맣게 잊힐 터였다. 다만……

"……바케이 목장에 한번 가보도록 하지. 나 혼자서. 굳이 클레이랑 로이를 달고 갈 필요는 없을 테니까."

"거 참 반가운 소리군."

"당신도 와서 도와주고 싶어 할 것 같은데."

킴버 라이머의 얼굴에 싸늘한 미소가 번졌다.

"그럴 생각은 없어."

조너스는 고개를 끄덕이고 다시 카드를 섞기 시작했다. 바케이 목장에 발을 들이다니 조금은 위험한 짓이었지만, 그렇다고 실제로 무슨 문제가 생길 것 같지는 않았다. 혼자서 간다면 더더욱 그럴 듯싶었다. 어쨌거나 녀석들은 애송이였고 하루 중 대부분은 숙소를 비웠다.

"보고는 언제쯤 받아볼 수 있겠나, 조너스 나리?"

"준비가 되면. 너무 재촉하지 마."

라이머는 앙상한 두 손을 들고 손바닥이 위로 가도록 활짝 펴서 조너스를 향해 내밀었다.

"실례했습니다, 나리."

조너스는 살짝 분이 누그러진 안색으로 고개를 끄덕였다. 그러고는 카드 한 장을 뒤집었다. 이번 것은 베드로, 열쇠의 사도였다. 조너스는 그 카드를 맨 윗줄에 포갠 다음, 기다란 백발을 손가락으로 빗으며 가만히 내려다보았다. 이윽고 조너스의 시선이 카드에서 라이머에게로 향했다. 마주보는 라이머의 눈이 동그래졌다.

"자네 웃고 있군."

"그럼!"

조너스가 외치더니 다시 카드를 섞기 시작했다.

"사도 넷이 다 나왔어, 아주 최고야! 아무래도 이 판은 내가 이길 것 같은데."

5

레아에게 사냥꾼 여신의 달이 뜨는 동안은 좌절과 채우지 못한 갈망의 시간이었다. 그녀의 계획은 수포로 돌아갔고, 고작 끔찍이도 때를 잘못 맞춰 뛰어오른 고양이 한 마리 때문에 계획이 그렇게 어그러질 수 있다는 것도 이해가 가지 않았다. 보아하니 수전 델가도의 순결을 취한 그 애송이 녀석이 수전으로 하여금 자해를 못하도록 막은 듯한데…… 그런데 어떻게? 또 녀석의 진짜 정체는? 레아는 거듭 또 거듭 궁리했지만 호기심이 분노를 이기지는 못했다. 쿠스 언덕의 레아는 남에게 방해받는 데에 익숙하지 않았던 것이다.

레아는 방 건너편을 바라보았다. 머스티가 웅크리고 앉아 이쪽을 가만히 건너다보는 중이었다. 머스티는 평소 (굴뚝에서 내려오는 서늘한 바람이 마음에 들었는지) 벽난로에 앉아 쉬곤 했지만, 레아의 마법에 털이 그을린 후에는 장작더미 위를 더 선호했다. 레아의 심기를 생각하면 그쪽이 더 현명한 선택인 듯싶었다.

"목숨을 붙여둔 걸 다행으로 알아, 이 요망한 것아."

레아가 구시렁거렸다. 그러고는 수정 구슬 쪽으로 돌아서서 다시 구슬 위로 손을 젓기 시작했지만, 구슬 속에서는 그저 환한 분홍빛이 빙글빙글 맴돌 뿐이었다. 영상은 아무것도 떠오르지 않았다. 한참 후, 레아는 자리에서 일어나 문간으로 가서 문을 열고 밤하늘을 올려다보았다. 이제 달이 절반 조금 넘게 차 있었고, 그 환한 표면에 사냥꾼 여신의 자태가 점점 또렷해지는 중이었다. 레아는 감히 수정 구슬에 대고 퍼붓지 못했던 더러운 욕설을 달 표면의 여신을 향해 퍼부었다(구슬 속에 어떤 실체가 도사리고 있는지도 모르는데 어찌 감히 욕을 퍼부어 심기를 거스르겠는가?). 그렇게 욕을 지껄이는 동안 뼈만 남은 앙상한 주먹으로 문설주를 두 번이나 쥐어박았다. 머릿속을 샅샅이 훑어 떠오르는 온갖 추잡한 욕을 있는 대로 내뱉다 보니, 급기야는 운동장에서 흙장난을 하는 어린애들이나 주고받을 법한 혀짧배기소리까지 튀어나왔다. 살면서 이토록 분통이 터진 적은 한 번도 없었다. 레아는 그 소녀에게 명령을 내렸고, 이유가 뭐든 간에 소녀는 그 명령을 거역했다. 쿠스 언덕의 레아에게 맞서다니, 죽어 마땅한 암캐였다.

"하지만 당장은 아니야." 노파의 입에서 소곤거리는 소리가 새어나왔다. "먼저 흙바닥에 뒹굴어야 해. 그다음엔 흙이 진흙이 될 때까지 침 세례를 받아야 해, 고운 금발이 진흙투성이가 될 때까지. 멸시당하고…… 두들겨 맞고…… 침을 뒤집어써야 해……."

레아는 또다시 주먹으로 문설주를 쥐어박았다. 이번에는 주먹에서 피가 튀었다. 소녀가 최면 상태에서 수행해야 할 명령을 거역했기 때문만은 아니었다. 그것과 연관이 있기는 했지만, 그보다 훨씬 심각한 문제가 한 가지 더 있었다. 레아 자신이 너무나 화가 난 나머지 어쩌다 한번, 그것도 아주 잠깐 성공하는 경우를 빼면, 수정 구슬을 제대로 조종할 수가 없게 된 것이다. 레아는 알고 있었다. 구슬 위로 손을 휘젓고 주문을 웅얼거려봐야 소용없는 짓이었다. 주문이나 손짓은 그저 정신을 집중하는 방법에 지나지 않았다. 의지, 그리고 하나로 모인 사념…… 그것이야말로 수정 구슬이 반응하는 대상이었다. 그런데 이제 어린 매춘부 계집과 그 애인 녀석 때문에 너무나 분노한 나머지, 레아는 수정 구슬 속에 맴도는 분홍빛 안개를 걷어내는 데에 필요한 집중력을 제대로 발휘할 수가 없었다. 실은 너무나 분통이 터져서 앞도 제대로 볼 수 없었다.

"원래대로 되돌리려면 어떻게 해야 하지?"

레아는 희끄무레한 달 속의 여인을 향해 이렇게 물었다.

"대답해! 대답하란 말이야!"

그러나 사냥꾼 여신은 말이 없었고, 결국 레아는 주먹에 흐르는 피를 입으로 빨면서 오두막으로 다시 들어갔다.

자리로 돌아오는 주인을 보았는지, 장작더미와 굴뚝 사이의 거미줄 낀 구석으로 머스티가 냉큼 몸을 숨겼다.

제2장
창가의 소녀

1

옛사람의 말을 빌리면, 달에 사는 사냥꾼 여신은 바야흐로 '배가 가득 찰' 시기였다. 이제는 한낮에도 하늘에 떠 있는 달 속에 여신의 모습이 어슴푸레하게 보였다. 환한 가을 햇살 속에 피를 빠는 시퍼런 흡혈귀의 형상이었다. 이 무렵 트래블러스 레스트 같은 가게 앞, 또 렝길의 로킹비 목장이나 렌프루의 레이지 수전 목장 같은 곳에 딸린 전원풍 저택의 포치에는, 낡은 멜빵바지를 입고 지푸라기 머리를 단 허수아비들이 하나둘 나타나기 시작했다. 그들은 저마다 밀짚모자를 쓰고서, 팔에는 이런저런 채소가 담긴 바구니를 걸친 채, 흰 실로 십자 땀을 떠서 만든 눈을 통해 텅 비어가는 세상을 멍하니 바라보았다.

호박을 실은 수레들이 길을 가득 메웠다. 창고 옆벽을 따라 선명한 주황색 호박과 새빨간 샤프루트가 물결치듯 늘어서 있었다. 들판에는 감자 수레가 지나다니고 일꾼들이 줄줄이 그 뒤를 따랐다. 햄브리 잡화점 앞에는 누가 달았는지 모를 풍작을 기원하는 부적들이 수호신 조각상의 목에 걸린 채 풍경처럼 짤랑거렸다.

메지스 자치령 전역에 걸쳐, 소녀들은 수확제 밤에 입을 드레스를 지으면서(그러다 바느질이 뜻대로 되지 않을 때에는 훌쩍거리면서) 그린하트 광장에서 함께 춤출 소년들의 모습을 상상했다. 소녀의 어린 남동생은 말 타기와 게임과 혹시 받을지도 모를 상품 생각에 잠을 설치기 시작했다. 때로는 그들의 부모조차도 손이 욱신거리고 등이 쑤시는데도 불구하고 수확제의 즐거움을 떠올리며 뜬눈으로 밤을 보내곤 했다.

여름은 초록 드레스 자락을 요염하게 펄럭이며 안녕을 고하고 떠나갔다. 이제 수확의 계절이었다.

2

레아는 무화과 열매도 수확제 무도회도 서커스도 좋아하지 않았지만, 그 재미를 아는 사람들과 마찬가지로 불면의 밤을 보냈다. 군내 나는 지푸라기 매트리스에 누워 새벽을 맞았던 그 수많은 밤에 레아의 머릿속은 분노로 지끈거렸다. 조너스와 라이머가 술집에서 대화를 나눈 때로부터 며칠이 지난 어느 날 밤, 레아는 술을 진탕 마셔 망각에 빠지기로 작정했다. 그러나 그라프 통이 바닥을 드러낼 때까지도 분은 풀리지 않았다. 오두막 안의 공기에 레아가 내뱉은 저주가 물집처럼 알알이 박혔다.

또다시 저주의 욕설을 외치려고 숨을 들이쉬었을 때, 한 가지 생각이 레아의 머릿속을 퍼뜩 스쳤다. 멋진 생각이었다. 아주 *기발한* 묘수였다. 앞서 레아는 수전 델가도가 제 손으로 머리카락을 자르도록 조종했다. 그 방법은 통하지 않았고, 레아는 그렇게 된 영문을 알 수 없었는데…… 레아가 그 소녀에 관해 아는 것은 또 있지 않았던가? 그랬다. 레아는 흥미로운 것을 알고 있었다. 아주 흥미로운 어떤 것을.

하지만 그것을 소린에게 고해바칠 생각은 털끝만큼도 없었다. 레아는 자기가 맡아둔 멋진 수정 구슬을 행정장관이 아예 까맣게 잊어버렸으면 좋겠다는 맹목적인(그리고 아마도 어리석은) 소망을 품고 있었기 때문이었다. 그러나 그 소녀의 숙모는…… 코딜리어 델가도라는 그 여편네는, 자기 조카가 순결을 잃었을 뿐 아니라 아예 갈보의 길로 착실히 나아가는 중인 걸 알면 어떻게 할까? 레아 생각에 코딜리어가 행정 장관에게 그 사실을 알릴 것 같지는 않았다. 꼬장꼬장한 위선자이기는 해도 바보는 아니기 때문이었다. 하지만 그렇다 해도 비둘기 떼 사이에 고양이를 던져넣었을 때처럼 파란이 일어나기는 마찬가지 아닐까?

"야아아옹!"

고양이 생각을 하기가 무섭게 머스티의 울음소리가 들려왔다. 녀석은 달빛이 비치는 현관에 가만히 서서, 기대와 의심이 뒤섞인 묘한 눈빛으로 주인을 바라보고 있었다. 레아는 징그러운 미소를 지으며 두 팔을 벌렸다.

"귀여운 것, 이리 오렴! 우리 예쁜이, 이리 와, 어서!"

자기 죄가 깨끗이 용서받았음을 알아챈 머스티는 주인의 품으로 뛰어들어 가르랑거렸고, 레아는 그런 고양이의 옆구리를 자신의 싯누렇고 푸석푸석한 혀로 핥아주었다. 그날 밤 쿠스 언덕의 오두막은 일주일 만에 처음으로 깊은 잠에 빠졌다. 이튿날 아침, 레아가 두 손으로 수정 구슬을 들어올리자 그때껏 구슬 안에 맴돌던 안개가 대번에 깨끗이 걷혔다. 이날 내내 레아는 물 몇 모금만 마셨을 뿐 끼니조차 거른 채 자신이 혐오하는 인간들의 모습을 지켜보느라 구슬에서 눈을 떼지 못했다. 해 질 녘, 간신히 환각 상태에서 빠져나온 레아는 그 건방진 계집애한테 전혀 본때를 보여주지 않았음을 깨달았다. 그러나 아무래도 상관없었다. 이제 어찌해야 할지 알기 때문이었고…… 수정 구슬이 그 결과를 보여 주었기 때문이었다. 항의하는 사람들의 모습을, 그들의 함성을, 그들의 비난까지도! 이제 수전의 눈물을 보게 될 참이었다. 수전의 눈물을 보는 것, 그것이야말로 레아에게는 더없는 기쁨이었다.

"나만의 조그만 수확이지."

자신이 가장 좋아하는 장소를 찾아 다리를 타고 기어 올라오는 에르모트를 보며, 레아가 중얼거렸다. 세상의 어떤 남자도 에르모트만큼 여자를 기쁘게 해주지 못했다. 구불구불 움직이는 뱀을 무릎 위에 올려놓은 채, 레아는 킬킬 웃기 시작했다.

3

"약속한 거 잊지 마. 성질 좀 죽이란 말이야."

점점 가까워지는 러셔의 발굽 소리를 들으며 알레인이 말했다.

"알았어."

이렇게 대꾸하기는 했지만 커스버트는 자신이 없었다. 롤랜드가 기다란 숙소 건물을 돌아 마당으로 들어서는 동안, 석양에 비친 그의 그림자가 길게 뻗어 나가는 동안, 커스버트는 조바심이 나서 두 주먹을 말아쥐었다. 주먹은 다시 펴려고 힘을 주자 스르륵 펴졌다. 그러나 말에서 내리는 롤랜드를 지켜보는 사이에 커스버트는 자신도 모르게 다시 주먹을 쥐었다. 손톱이 손바닥을 파고들었다.

또 빙빙 돌려서 말해야겠구나. 젠장, 이젠 이것도 지겨워. 아주 지겨워 죽겠다고.

전날 밤에는 비둘기 때문이었다. 이번이 두 번째였다. 커스버트는 기름 탱크에 관해 적어서 서쪽으로 보내고 싶었지만, 롤랜드는 생각이 달랐다. 그래서 둘은 말다툼을 벌였다. 다만 롤랜드는 다투려 하지 않았다(이 점 또한 커스버트를 분노케 했다, 마치 희박지대의 소리처럼 신경을 긁어대면서.). 요즘 들어 롤랜드는 말다툼조차 귀찮아 했다. 두 눈은 껍데기만 남은 사람처럼 늘 흐리멍덩했다. 그의 나머지는, 그러니까 정신과 영혼과 카는, 수전 델가도와 함께 있었다.

"아냐. 적어서 보내기엔 너무 늦었어."

롤랜드는 그렇게 간단히 내뱉었다.

"그걸 어떻게 알아. 길르앗에서 지원을 보내기엔 늦었을지 모르지만, 적어도 조언 정도는 들을 수 있을 거 아냐. 롤랜드, 너 그렇게 머리가 안 돌아가?"

"그 사람들이 무슨 조언을 하겠어?"

롤랜드는 커스버트의 목소리에 돋친 가시를 못 알아차린 듯했다. 대꾸하는 목소리마저 차분했다. 심지어 조리 있게 들릴 정도였다.

그리고 커스버트가 보기에는 상황의 심각성을 전혀 눈치채지 못한 사람 같았다.

"그걸 알면 애초에 물어볼 필요도 없지. 안 그래, 롤랜드?"

"우린 그저 가만히 기다리다가 놈들이 움직이기 시작할 때 막기만 하면 돼. 커스버트, 너한테 필요한 건 마음의 평화야. 조언이 아니라."

네가 수전을 여기저기서 이렇게 저렇게 마음껏 따먹을 때까지 기다리라는 거겠지, 네 말은. 커스버트는 가만히 생각했다. *앞으로 뒤로, 위로 아래로.*

"넌 지금 현실을 똑바로 못 보고 있어."

커스버트의 목소리는 차가웠다. 알레인이 놀라서 헉 하는 소리가 들렸다. 두 소년 가운데 누구도 이때껏 롤랜드에게 그런 식으로 말한 적이 없었다. 이제 그 말이 입 밖에 나와버린 지금, 커스버트는 곧 벌어질 참사를 불안한 마음으로 기다렸다.

그러나 아무 일도 일어나지 않았다.

"그래. 네 말이 맞아."

롤랜드는 그 말만 남긴 채 숙소로 들어갔다.

그리고 지금, 러셔의 뱃대끈을 풀고 안장을 내리는 롤랜드를 지켜보며, 커스버트는 생각했다. *넌 지금 제정신이 아냐. 너도 그걸 알아. 하지만 똑바로 생각하는 게 좋을 거야. 제발, 부디.*

"하일."

커스버트는 롤랜드가 러셔의 안장을 현관 난간에 걸칠 때까지 기다리다 인사를 건넸다.

"오후에 좀 바빴나 보다, 롤랜드?"

알레인이 발목을 차는 느낌이 들었지만 커스버트는 무시했다.

"수전이랑 같이 있었어."

롤랜드가 대답했다. 변명도, 항의도, 사과도 아니었다. 한순간 커스버트는 끔찍할 정도로 생생한 환각을 보았다. 어딘지 모를 오두막에 롤랜드와 수전이 함께 있는 환상이었다. 느지막한 오후의 햇살이 오두막 천장에 뚫린 구멍을 통해 두 사람을 비추었다. 수전이 위쪽에, 롤랜드를 올라탄 자세였다. 커스버트는 보았다. 오래되어 눅눅한 널빤지 바닥을, 그 바닥을 디딘 수전의 무릎을, 힘줄이 팽팽하게 일어선 기다란 허벅지를. 수전의 팔이 햇볕에 얼마나 짙게 그을렸는지, 또 드러난 배가 얼마나 새하얀지도 알 수 있었다. 커스버트의 눈에는 보였다. 수전의 봉긋한 가슴을 감싼 롤랜드의 손이, 위에 올라탄 수전이 앞뒤로 움직이는 동안 그 손이 가슴을 주무르는 광경이, 그리고 햇살을 머금은 채 황금 그물처럼 빛나던 수전의 머리칼도.

왜 항상 네가 1등인 거야? 커스버트는 마음속으로 울부짖었다. *왜 꼭 너여야만 해? 롤랜드, 이 빌어먹을 자식! 이 망할 자식아!*

"알레인하고 난 부두에 갔었어."

커스버트가 말했다. 평소의 쾌활함을 살짝 꾸며낸 목소리였다.

"장화랑 어구랑, 조개 그물 같은 걸 세러. 재미가 아주 쏠쏠했지. 안 그래, 알레인?"

"혹시 내가 없어서 힘들었어? 왠지 화난 목소리 같은데."

롤랜드는 이렇게 묻고 안장깔개를 가지러 러셔에게 돌아갔다.

"아, 혹시 내 목소리가 화난 것처럼 들렸다면 그건 어부들 태반이 등 뒤에서 우릴 비웃고 있기 때문이야. 우리가 부두에 자꾸 찾아가니까 그러는 거지. 롤랜드, 그 사람들은 우리가 바본 줄 알아."

"잘됐네."

커스버트의 말에 롤랜드가 고개를 끄덕이며 대꾸했다. 그런 친구를 보며 커스버트는 나지막이 중얼거렸다.

"그래, 그렇겠지. 하지만 라이머는 달라. 우리가 지나갈 때 지켜보던 그놈의 눈을 보면 알 수 있어. 물론 조너스도 마찬가지고. 어때, 롤랜드? 놈들이 우릴 바보로 여기지 않는다면, 우릴 보면서 무슨 생각을 할까?"

현관 계단을 오르던 롤랜드가 우뚝 멈췄다. 팔에 걸친 안장깔개가 아래로 축 늘어졌다. 커스버트는 이제야 그의 주의를 끌게 됐구나 하고 속으로 생각했다. *이런 기적을 다 보다니 참으로 영광이군.*

"글쎄, 우리가 드롭 평원에 뭐가 있는지 이미 알고서 일부러 피한다고 생각하겠지. 혹시 아직 그 생각을 못했다면, 아마 곧 하게 될 거야."

"저기, 롤랜드. 커스버트한테 좋은 생각이 있대."

알레인의 말에 롤랜드는 커스버트 쪽으로 시선을(차분한, 흥미를 띤, 그러나 정신은 또다시 딴 곳에 가 있는 두 눈을) 돌렸다. 실없는 재담꾼 커스버트를 보는 눈빛이었다. 수습 총잡이이면서도 자기 힘으로 얻은 것이 아닌 총을 동쪽 변경 자치령까지 차고 온 커스버트를. 숫총각이자 영원히 2등에 머무를 운명인 커스버트를. *젠장, 난 널 미워하고 싶지 않아, 롤랜드. 진심이야. 하지만 이런 식이라면 그것도 시간문제야.*

"우리 둘이 내일 에이버리 보안관을 만나러 가는 거야. 예를 갖추어 인사를 하는 것처럼. 우린 이미 평판이 나 있잖아, 살짝 멍청하지만 예의는 바른 세 청년으로. 안 그래?"

"지나치게 멍청한 세 청년이겠지."

롤랜드는 맞장구를 치고 싱긋 웃었다.

"보안관한테 가서 햄브리 해안에 대한 조사가 다 끝났으니까 앞으로는 목장 쪽을 샅샅이 조사할 거라고 말하는 거야. 하지만 말썽을 일으키거나 누굴 방해할 생각은 전혀 없다고 선수를 치는 거지. 어쨌거나 지금은 목장도 농장도 연중 가장 바쁜 시기이고, 우리 같은 도시 출신 얼간이들도 그 정도는 알아차릴 수 있으니까. 그러니까 선량하신 보안관님께 우리가 미리 작성한 명단을⋯⋯."

그때, 롤랜드의 눈이 반짝였다. 롤랜드는 포치 난간에 안장깔개를 던져놓고 커스버트를 와락 끌어안았다. 롤랜드의 셔츠 목깃에서 풍기는 라일락 향기에 정신이 아득해진 커스버트는 한순간 친구의 목을 두 손으로 붙잡고 힘껏 조르고 싶은 충동에 사로잡혔다. 그러나 실제로 그렇게 하는 대신, 친구의 어깨를 형식적으로 두어 번 두드려 화답했다.

뒤로 물러선 롤랜드의 얼굴은 웃음으로 가득했다.

"우리가 방문할 목장의 명단 말이지. 좋았어! 놈들은 그걸 경고로 받아들이고 우리가 못 보게 말을 치워둘 거야. 다음 목장, 아니면 마지막 목장으로. 건초, 사료, 마구까지⋯⋯ 완벽해, 커스버트! 넌 천재야!"

"무슨 소리. 그저 잠깐 짬을 내서 우리 모두를 괴롭히는 문제에 대해 생각해 봤을 뿐이야. 어쩌면 동맹 전체를 괴롭히는 문제인지도 모르지. 우린 *생각*을 해야 해. 안 그래?"

이 말에 알레인은 움찔 놀랐지만, 롤랜드는 말에 숨은 가시를 눈치채지 못한 듯했다. 그저 싱글벙글 웃기만 했다. 고작 열네 살인데도 그렇게 웃을 때의 롤랜드는 사람을 불편하게 했다. 솔직히 말하면, 빙긋이 웃을 때 롤랜드는 살짝 미친 사람처럼 보였다.

"그래, 어쩌면 놈들은 우리한테 보여주려고 돌연변이 가축을 여러 마리 옮겨다 놓을지도 몰라. 자기들이 가축의 불량한 혈통에 관해 늘어놓은 거짓말을 우리가 계속 믿게 하려고. 흠…… 그냥 너랑 알레인이 가서 보안관을 만나는 건 어때, 커스버트? 내 생각엔 그래도 괜찮을 것 같은데."

이 말을 들은 커스버트는 하마터면 롤랜드에게 달려들어 소리칠 뻔했다. *그래, 픽이나 괜찮겠다, 응? 그래야 네가 내일 아침부터 저녁까지 그 애랑 붙어먹을 수 있으니까! 이 멍청한 자식! 사랑에 홀려서 정신이 나가 버린 바보 자식아!*

커스버트를 위기에서 구한 사람은 알레인이었다. 아니, 어쩌면 그들 모두를 구했는지도 모를 일이었다.

"바보 같은 소리 집어치워."

알레인의 날카로운 목소리에 롤랜드는 놀란 표정으로 그쪽을 향해 돌아섰다. 알레인은 어지간해서는 그토록 날선 목소리로 말하는 법이 없기 때문이었다.

"우리 대장은 바로 너야, 롤랜드. 소린도, 에이버리도, 마을 사람들도 모두 그렇게 알고 있어. 우리도 마찬가지고."

"날 대장으로 뽑은 사람은 아무도……"

"뽑고 자시고 할 게 뭐가 있는데!"

어물거리는 롤랜드의 말을 자르고 커스버트가 외쳤다.

"넌 네 손으로 총을 획득했어! 그래, 아마 이곳 사람들은 절대 안 믿겠지, 요즘은 나조차도 믿기가 힘들 정도니까. 하지만 넌 총잡이야, 그러니까 네가 가야 해! 당연한 거잖아! 알레인이랑 나, 누굴 대동하든 상관없어. 하지만 넌 꼭 가야 해!"

더 심한 말을, 더욱 지독한 말을 퍼부을 수도 있었다. 하지만 그랬다가는 어떻게 될지 알 수 없었다. 어쩌면 돌이킬 수 없을 만큼 의가 상할지도 몰랐다. 그래서 커스버트는 입을 꾹 다물었다. 이번에는 알레인이 군이 걷어차줄 필요도 없었다. 그런 다음 다시 한 번 롤랜드가 화를 내기를 기다렸다. 그리고 이번에도, 아무 일도 일어나지 않았다.

"그래, 알았어."

롤랜드는 새로 익힌 말투로 대답했다. 이래도 그만, 저래도 그만, 뭐든 다 괜찮다는 말투였다. 커스버트는 롤랜드의 그 말투를 들을 때마다 정신이 번쩍 들도록 두들겨 패고 싶다는 생각이 들었다.

"내일 아침에 가자. 커스버트 너랑 나, 둘이서. 8시 어때?"

"아주 좋아."

논의가 끝나고 결정이 내려진 지금, 커스버트는 심장이 터질 듯이 두근거리고 다리가 고무줄처럼 후들거렸다. 위대한 관 사냥꾼 패거리와 맞대결을 벌였을 때와 똑같았다.

"제일 좋은 옷을 입고 가자. 내륙 자치령에서 온 멋쟁이 청년들로 보여야 하니까. 마음씨는 착하지만 머리는 부족한 녀석들로. 음, 좋아."

롤랜드는 그 말을 남기고 숙소로 들어갔다. 이제 함박웃음은 사라졌지만(다행히도), 입가는 여전히 웃고 있었다.

커스버트와 알레인은 서로 얼굴을 마주보다가 동시에 한숨을 내쉬었다. 커스버트가 고개를 쳐들고 잠시 마당을 보다가 현관 계단을 내려갔다. 알레인이 그 뒤를 따랐고, 이내 두 소년은 숙소 건물을 등진 채 흙 마당 한복판에 멈춰섰다. 동쪽 하늘의 가느다란 구름 뒤로 몸을 감춘 보름달이 보였다.

"저 자식, 그 여자애한테 아주 단단히 홀렸어. 결국엔 그 애 때문에 우리 셋 다 끝장날 거야. 두고 봐, 알레인. 내 말이 맞나 틀리나."

"아무리 화가 나도 그렇게 말하면 안 되지."

"아, 그래. 그렇담 그 애 덕분에 우리 모두 왕관을 쓰고 영생을 누릴 거라고 해둘게."

"롤랜드한테 화내는 건 그만둬, 커스버트. 이제 *그만해.*"

커스버트는 어두운 눈으로 알레인을 바라보며 대답했다.

"못 하겠어. 도저히."

4

거대한 가을 폭풍이 몰아치려면 아직 한 달 남짓 기다려야 했지만, 이튿날 아침은 이슬비가 내린 탓에 컴컴했다. 롤랜드와 커스버트는 숙소에 남은 알레인에게 집안일 몇 가지를 맡긴 다음, 어깨 담요로 몸을 감싸고 마을을 향해 출발했다. 전날 밤 세 명이 작성한 농장과 목장의 명단은 롤랜드의 허리띠에 꽂혀 있었다. 자치령 소유의 조그만 목장 세 곳이 맨 위에 적힌 그 명단에 따르면 롤랜드 일행은 우스꽝스러울 만큼 느려터진 속도로 움직일 예정이었지만(명단대로라면 그들은 세밀 축제 때까지 드롭 평원과 과수원을 돌아다녀야 했다.), 따지고 보면 그들이 앞서 부둣가에서 보여준 행동에 걸맞은 일정이었다.

입을 꾹 다문 채 마을을 향해 천천히 말을 몰고 가는 동안, 두 친구는 저마다 혼자만의 생각에 푹 빠져 있었다. 길을 따라 나아가다 보니 델가도 씨네 집이 보였다. 롤랜드가 고개를 들자 창가에 앉은 수전이 눈에 들어왔다. 가을날 아침의 어두컴컴한 하늘에 환상처럼 빛나는 모습이었다. 롤랜드는 가슴이 벅차올랐다. 이때는 미처 알지 못했지만, 그는 지금 영원토록 자신의 기억 속에 가장 선명하게 남을 수전의 모습을 보는 중이었다. 사랑스러운 수전으로, 창가에 앉은 소녀로. 그렇게 우리는 먼 훗날 만나게 될 유령을 미리 지나치곤 한다. 유령들은 가엾은 거지처럼 아무렇지 않게 길가에 앉아 있고, 우리는 다만 곁눈질로 그들을 흘깃 보고 지나갈 뿐이다. 유령이 거기서 우리를 기다렸으리라는 생각은 좀처럼 하지 못한 채로. 그러나 유령들은 우리를 기다리고 있고, 우리가 그 앞을 지나가면 이런저런 추억을 주섬주섬 그러모아 우리 뒤를 따라온다. 그렇게 우리가 남긴 발자국을 하나하나 밟으며 천천히, 천천히, 우리를 따라잡는다.

롤랜드는 수전을 바라보며 손을 들었다. 처음에는 키스를 날려 보낼 생각에 손을 입술로 향했지만, 생각해 보니 정신 나간 짓이었다. 그래서 입술에 닿으려는 손을 높이 들어 이마에 살짝 대고 경례를 보냈다. 짓궂은, 장난스러운 경례였다.

수전도 방긋 웃으며 똑같은 경례로 화답했다. 이때 정원에서 이슬비를 맞으며 호박과 샤프루트를 따던 코딜리어를 본 사람은 아무도 없었다. 코딜리어는 모자를 눈썹까지 눌러쓴 채로, 호박 덩굴을 지키는 허수아비 뒤에 반쯤 몸을 감춘 채, 정원에 우두커니 서 있었다. 그렇게 가만히 서서 롤랜드와 커스버트가 지나가는 광경을 지켜보았다(커스버트는 눈에 들어오지도 않았다, 오로지 롤랜드에게 관심이 쏠려 있었으니.). 말을 탄 청년의 시선을 따라가자 수전이 보였다. 창가에 앉아 황금 새장 속의 새처럼 즐겁게 콧노래를 흥얼거리는 수전이.

사금파리처럼 날카로운 의혹이 코딜리어의 머릿속을 스쳤다. 그러고 보니 수전의 기분이 너무나 갑작스럽게 바뀐 듯싶었다. 전에는 슬픔과 두려움과 분노를 오가며 발광을 하더니, 요즘은 좀 멍하기는 해도 밝은 표정으로 현실을 받아들였던 것이다. 그런데 어쩌면 현실을 받아들인 것이 아닌지도 몰랐다.

"말도 안 돼."

입으로는 이렇게 중얼거렸지만, 손도끼를 쥔 손에는 힘줄이 불끈 솟았다. 이윽고 진창이 된 정원에 털썩 무릎을 꿇은 코딜리어는 샤프루트 덩굴을 정신없이 베어 집 옆벽에다 척척 던지기 시작했다.

"둘 사이엔 아무 일도 없어. 난 알아. 저 나이 때 애들이 그렇게 용의주도할 리가 없어. 저 나이 땐…… 트래블러스 레스트의 주정뱅이들처럼 앞뒤 안 가리고 덤비는 법이니까."

하지만 그 둘이 보여준 웃는 얼굴은. 두 사람이 서로 눈을 맞춘 채 주고받은 그 미소는.

"아무렇지도 않았어."

코딜리어는 덩굴을 자르고 또 집어던지며 중얼거렸다. 밭이 절반이나 쑥대밭이 되었는데도 전혀 알아차리지 못했다. 중얼거리기는 생긴 지 얼마 안 된 버릇이었다. 수확제가 가까워지면서 말썽꾸러기 조카가 부쩍 속을 썩인 탓이었다.

"그냥 웃으며 인사한 것뿐이야. 그게 다라고."

경례와 손짓 역시 마찬가지였다. 아래를 지나가던 잘생긴 기사는 그저 어여쁜 아가씨를 발견했을 뿐이고, 위에 있던 아가씨 역시 잘생긴 기사에게 인사를 받고 기뻐했을 뿐이었다. 젊음이 젊음을 알아본 것, 그것이 전부였다. 그렇지만, 그래도…….

그 녀석의 눈빛은…… 그리고 저 계집애의 눈빛도.

물론 터무니없는 생각이었다. 하지만…….

봤잖아. 그게 다가 아니었잖아.

그랬다. 아마도. 아주 잠깐이었지만 그 청년은 수전에게 입맞춤을 날릴 것처럼 보였는데…… 가까스로 정신을 차리고 경례로 바꾼 듯했다.

봤든 못 봤든 상관없어. 젊은 기사는 원래 짓궂은 법이야. 제 아비의 감시를 벗어났을 때엔 더욱 그렇지. 알다시피 저 세 녀석은 그쪽으로 이미 전과가 있고 말이야.

모두 의심할 바 없는 진실이었지만, 코딜리어의 뇌리에 박힌 차가운 의심을 녹이기에는 역부족이었다.

5

롤랜드가 보안관 사무실의 문을 두드리자 조너스가 나와서 두 사람을 맞이했다. 셔츠 가슴께에 부보안관 배지를 단 그의 눈에서는 어떤 감정도 읽을 수 없었다.

"잘 왔네. 비 맞지 말고 어서 들어오게."

조너스가 뒤로 물러서며 손님들을 안으로 들였다. 그는 평소보다 더욱 심하게 다리를 절고 있었다. 롤랜드 생각에는 아마도 궂은 날씨 탓인 듯했다.

롤랜드와 커스버트는 나란히 사무실에 들어섰다. 한쪽 구석에 있는 가스난로 덕분인지(보나 마나 시트고 유전에서 채워온 가스일 텐데.) 처음 들렀을 때에는 서늘하던 사무실이 이날은 정신이 멍할 정도로 후텁지근했다. 감방 세 칸은 끔찍한 몰골을 한 주정뱅이 다섯이 차지하고 있었다. 양 옆 칸은 남자 둘, 가운데 칸은 다리를 활짝 벌린 채 간이침대에 앉아 빨간 속옷을 훤히 드러낸 여자 한 명의 몫이었다. 롤랜드는 그 여자가 콧구멍을 조금만 더 깊이 후볐다가는 그대로 죽어버리지 않을까 싶어 걱정스러웠다. 눈을 돌리자 사무실 알림판에 기대서서 지푸라기로 이를 쑤시는 클레이 레이놀즈가 보였다. 뚜껑 달린 책상 앞에 앉은 사람은 데이브 부보안관이었다. 그는 미간을 찌푸리고 외알 안경 너머로 눈앞의 게임판을 들여다보며 턱을 쓰다듬고 있었다. 롤랜드는 자신과 커스버트가 이들의 성 빼앗기 게임을 방해한 것을 알고서도 당황한 기색이 전혀 없었다.

"이런, 여기 좀 보세요, 엘드레드! 내륙 자치령의 어린 신사 두 분이 오셨어요! 어머님께 말씀은 드리고 오셨나, 신사 양반들?"

"아, 그럼요. 그나저나 신수가 훤하시네요, 레이놀즈 나리. 날이 습해서 매독이 좀 수그러지셨나 봅니다 그려?"

마구 지껄이는 커스버트를 흘겨보기는커녕 부드러운 미소조차 지우지 않은 채로, 롤랜드는 팔꿈치로 친구의 어깨를 툭 쳤다.

"부디 제 친구의 무례를 용서하십시오. 익살이 가끔씩 도를 넘을 때가 있는데, 본인도 어쩔질 못하는 모양입니다. 피차간에 성질을 긁을 필요는 없다고 봅니다. 지나간 일은 불문에 부치기로 합의를 했으니까요. 안 그렇습니까?"

"그럼, 당연하지. 다 오해에서 비롯된 소동이었으니."

조너스는 절뚝거리며 게임판이 펼쳐진 책상으로 돌아갔다. 웃고 있던 그의 얼굴이 자리에 앉는 동안 살짝 고통스러운 표정으로 바뀌었다.

"이거야 원, 늙은 개보다 못한 신세로군. 차라리 누가 좀 죽여줬으면 좋겠어. 땅속은 춥긴 해도 고통은 없을 테니까. 안 그런가, 친구들?"

다시 게임판으로 눈을 돌린 조너스는 병사 말을 집어 언덕 옆으로 이동시켰다. 이제 장군을 부를 차례였으니 방어에 구멍이 뚫릴 만도 했지만…… 롤랜드가 보기에 이번 판에는 딱히 그럴 것 같지 않았다. 상대인 데이브 부보안관의 실력이 모자랐기 때문이었다.

"지금은 자치령의 녹을 받으며 근무하시나 보군요."

롤랜드가 조너스의 셔츠에 달린 별 모양 배지를 턱짓으로 가리키며 말했다.

"녹이라고 해봐야 쥐꼬리지. 부보안관 한 명이 다리가 부러졌기에 거드는 것뿐이야."

대답하는 조너스의 말투는 더할 나위 없이 나긋나긋했다.

"레이놀즈 씨랑 디페이프 씨는요? 두 분도 같이 도우시나요?"

"뭐, 그런 셈이지. 어부들 쪽을 조사하는 일은 잘돼가나? 듣자 하니 영 더딘 것 같던데."

"이제 다 끝났습니다. 저희가 원래부터 이렇게 느려 터졌던 건 아닙니다. 하지만 애초에 이곳으로 쫓겨 온 것만 해도 충분히 부끄러운 일이다 보니…… 임무를 엉성하게 마무리할 수가 없더군요. 사람들 말로는 착실한 거북이가 게으른 토끼를 이긴다지 않습니까."

"그렇다고 하더군. 그게 어디 사는 사람들인지는 모르겠지만."

건물 안쪽 어디쯤에서 변기 물 내리는 소리가 들려왔다. *햄브리 보안관 사무소는 정말이지 내 집처럼 편안한 곳이구나.* 롤랜드는 속으로 중얼거렸다. 물소리에 이어 계단을 내려오는 육중한 발소리가 들려왔고, 잠시 후 허크 에이버리 보안관이 나타났다. 그는 한손으로 허리띠를 매는 동시에 다른 손으로는 널찍한 이마에 맺힌 땀을 닦고 있었다. 롤랜드는 보안관의 민첩한 손놀림에 감탄했다.

"휴우! 어제 저녁에 먹은 콩이 탈이 났나, 설사를 했지 뭐야."

보안관은 롤랜드와 커스버트의 얼굴을 차례로 확인하고 다시 롤랜드 쪽으로 눈을 돌렸다.

"어서 오게! 그물 숫자 세는 일은 비 때문에 중지했나 보지?"

"디어본 씨 말을 듣자 하니 그물 세기는 다 끝난 것 같더군요."

조너스가 대신 대답했다. 그러고는 기다란 머리칼을 손가락 끝으로 쓸어넘겼다. 그 뒤편에 있던 클레이 레이놀즈는 미끄러지던 몸을 일으켜 다시 알림판에 기대서더니, 대놓고 싫어하는 표정으로 롤랜드와 커스버트를 바라보았다.

"그래? 흠, 거 잘됐군. 잘됐어. 그래, 다음은 뭔가? 혹시 우리가 도울 일은 없겠나? 우리가 제일 잘하는 게 그거거든, 일손이 필요한 곳에 손을 빌려주는 거 말일세. 암."

"실은 도움을 청할 일이 하나 있습니다."

롤랜드는 이렇게 말하며 허리띠에 꽂힌 명단을 뽑아들었다.

"이제 드롭 평원을 조사할 차렌데, 폐를 끼치기는 싫거든요."

함박웃음을 머금은 데이브 부보안관이 기사 말을 집더니 자기 편

언덕 뒤로 쭉 이동시켰다. 조너스는 대번에 장군을 부르며 상대편 진영의 왼쪽 측면을 뚫고 들어갔다. 웃음이 사라진 부보안관의 얼굴은 영문을 알지 못해 멍한 표정이었다.

"어떻게 한 거예요, 방금?"

"간단해."

조너스는 빙긋이 웃으며 몸을 뒤로 젖혔다. 다른 사람들도 시야에 들어오게 하려는 몸짓이었다.

"잘 기억해 둬, 데이브. 난 이기기 위해서 게임을 해. 나 스스로도 어쩔 도리가 없어. 타고난 천성이라."

조너스의 관심은 온통 롤랜드에게로 향했다. 그의 입가에 걸린 미소가 점점 더 넓게 번져갔다.

"쓰러져 죽어가는 아가씨에게 이렇게 중얼거린 전갈처럼 말이지. '집어들 때 알았어야지, 나한테 독침이 있다는 걸.'"

6

가축들에게 사료를 주고 집에 들어온 수전은 여느 때처럼 주스를 마시러 서늘한 식료품 창고로 곧장 들어섰다. 그러는 동안 굴뚝 옆 구석에 코딜리어가 서 있는 줄은 미처 알아차리지 못했고, 그래서 고모가 입을 열었을 때 수전은 혼이 빠져 나갈 듯이 놀랐다. 단지 예상치 못한 목소리이기 때문만은 아니었다. 오히려 목소리에 깃든 냉기 때문이었다.

"그 남자랑 아는 사이냐?"

손에서 스르륵 미끄러지는 주스 병을, 수전은 가까스로 붙잡았다. 오렌지 주스는 쏟아버리기에는 너무나 비싼 음료였고, 여름이한참 지난 이맘때면 더욱 그랬다. 수전은 돌아서서 장작 보관함 옆에 서 있는 고모를 마주보았다. 코딜리어는 모자를 벗어서 현관 복도의 옷걸이에 걸어두었지만 어깨 담요는 아직 걸치고 있었고, 진흙투성이 장화도 벗기 전이었다. 장작더미 위에는 도끼가 놓여 있었다. 샤프루트 덩굴에서 나온 초록빛 수액이 도끼날을 따라 기다랗게번들거렸다. 코딜리어의 목소리는 차가웠지만 눈빛은 의심의 불길로 뜨겁게 타올랐다.

수전은 모든 감각과 정신이 순식간에 또렷해졌다. '아뇨'라고 말하면 끝장이야. 그 남자가 누구냐고 물어도 끝장이고. 그러니까 지금 해야 할 대답은……

"두 명 다 아는 사이예요. 저번 파티에서 만났잖아요. 그때 같이보셨으면서. 그나저나 깜짝 놀랐어요, 고모."

수전은 짐짓 통명스러운 말투로 대꾸했다.

"왜 너한테 그런 식으로 경례를 한 거지?"

"제가 어떻게 알아요? 그냥 기분 내키는 대로 한 거겠죠."

코딜리어는 조카에게 성큼 다가서려다 진흙투성이 장화가 미끄러져 휘청거렸다. 그러나 이윽고 균형을 잡고 수전의 팔을 붙들었다. 두 눈이 분노로 이글거렸다.

"어디서 버르장머리 없이! 건방 떨지 마, 귀여운 아가씨, 안 그랬다간……"

수전이 어찌나 거세게 뿌리쳤던지, 코딜리어는 마침 옆에 있던식탁을 붙들지 않았다면 또다시 자빠질 뻔했다. 등 뒤의 깨끗한 바닥에 찍힌 진흙 발자국이 왠지 소리 없는 질책 같았다.

"한 번만 더 아가씨라고 부르면 그땐…… 그땐 뺨에 불이 날 줄 아세요! 정말이에요!"

코딜리어는 이를 드러내며 사나운 미소를 지었다.

"난 네 아버지의 하나뿐인 육친이야, 그런데 뺨을 갈기겠다고? 너 그 정도로 못된 계집애였어?"

"왜 못 때리는데요? 고모도 날 때리잖아요?"

코딜리어의 눈 속에서 타오르던 불꽃이 사그라졌다. 입가를 물들인 미소도 함께 사라졌다.

"수전! 내가 널 몇 번이나 때렸다고 그러는 거냐! 네가 기어 다니면서 뭐든 닥치는 대로 건드리던 시절부터 다 합쳐도 다섯 번도 안 될 거다, 그땐 심지어 펄펄 끓는 주전자까지……"

"요즘엔 주로 손이 아니라 말로 때리잖아요. 나도 참을 만큼 참았어요. 이젠 질렸다고요. 만약 내가 돈을 받고 남자한테 팔려갈 나이가 됐다면, 그건 고모한테 교양 있는 말을 들을 나이가 됐다는 뜻이기도 해요."

코딜리어는 변명을 하려고 입을 열었다. 조카의 분노와 질책에 당황했기 때문이었다. 그러다가 이내 깨달았다. 수전은 그 소년들에게서 다른 쪽으로 교묘하게 화제를 돌리는 중이었다. 아니, 그 소년으로부터.

"파티에서 만난 게 다라고? 그러니까 그, 디어본이라는 녀석."

물론 잘 알고 있겠지만.

"마을에서도 본 적이 있어요."

수전은 고모의 눈을 똑바로 마주보았다. 쉬운 일은 아니었다. 황혼 다음에는 어둠이 찾아오듯이, 반쪽짜리 진실 뒤에는 거짓말이 따라오는 법이므로.

"마을에 갔을 때 봤어요. 세 명 다. 이제 속이 시원하세요?"

아니, 그럴 리가. 수전은 점점 더 절망감을 느꼈다.

"맹세할 테냐? 네 아버지의 이름을 걸고 그 디어본이라는 녀석을 만나지 않았다고 맹세할 수 있어?"

저녁에 말을 타러 나간 날이 그렇게 많았는데. 수전은 가만히 생각했다. *그렇게 여러 가지 핑계를 대면서. 아무한테도 안 들키게 그렇게 조심했는데. 그런데 고작 비 오는 날 아침에 손을 한 번 흔든 것 때문에 들통이 나다니. 이렇게 허무하게 끝장이라니. 애초에 다른 결말이 있었을까? 그것도 모를 만큼 멍청했던 걸까, 우린?*

그랬다…… 아니, 그렇지 않았다. 사실 그들은 그동안 제정신이 아니었다. 그리고 지금도 마찬가지였다.

수전은 몇 번인가 사소한 거짓말을 했다가 들켰을 때 보았던 아버지의 눈빛이 자꾸만 떠올랐다. 호기심이 반쯤 섞인 실망의 눈빛이었다. 사소하기 그지없는 거짓말이 가시가 되어 아버지를 찌른 것 같았다.

"맹세 못 해요. 고모가 무슨 권리로 나한테 그런 걸 시켜요?"

"맹세해!"

코딜리어가 날카롭게 외쳤다. 그러고는 균형을 잃지 않으려는 듯이 다시금 식탁을 꽉 붙들었다.

"맹세해, 맹세해! 이건 애들 장난이 아니야! 넌 이제 애가 아니라고! 내 앞에서 맹세해! 넌 순결하다고 맹세하란 말이야!"

"싫어요."

수전은 자리를 피하려고 돌아섰다. 심장이 미친 듯이 두근거렸지만, 그 끔찍하게 선명한 느낌 덕분에 오히려 현실감을 유지할 수 있었다. 롤랜드라면 이해할 수 있을 감각이었다. 수전은 지금 총잡이의 눈으로 보는 중이었다. 부엌에는 창문이, 드롭 평원 쪽으로 난 창문이 있었고, 수전은 그 창문 유리를 통해 자기 등 뒤로 다가서는 코딜리어 고모의 희미한 형상을 보았다. 고모는 한쪽 팔을 치켜들고 있었고, 그 팔 끝에 달린 손은 꽉 쥔 주먹이 되어 있었다. 수전은 뒤를 돌아보지 않고 손만 들어서 고모에게 멈추라는 신호를 보냈다.

"그 손 내려. 당장 내려, 이 망할 것아."

수전이 지켜보는 가운데, 유리에 희미하게 비친 눈 두 개가 충격과 절망감으로 휘둥그레졌다. 유령처럼 희미한 주먹이 스르륵 펴지더니 다시 손으로 바뀌어 유령 같은 여인 곁으로 내려갔다.

"수전."

코딜리어가 침통한 목소리로 중얼거렸다.

"어떻게 나한테 그런 말을 할 수가 있니? 그렇게 상스러운 말로 고모를 모욕하다니, 도대체 어쩌다 그렇게 된 거야?"

수전은 대답하지 않고 바깥으로 나섰다. 그대로 마당을 지나 마구간으로 들어갔다. 그곳에 들어서자 어릴 적부터 친근했던 말과 통나무와 짚단의 냄새가 끔찍하도록 선명한 방금 전의 기억을 몰아내고 그 빈자리를 가득 채웠다. 수전은 다시금 어린 시절로 돌아갔고, 다시금 혼돈의 그늘 속에서 길을 잃었다. 파일런이 주인을 돌아보며 나지막이 울었다. 수전은 말의 목에 머리를 대고 흐느끼기 시작했다.

"역시! 자네 말이 맞았어, 굼벵이 같은 놈들이야. 아예 조심조심 기어 다니는구먼."

디어본과 히스가 사무실을 떠나자 에이버리 보안관이 말했다. 그는 글씨가 빼곡한 명단을 가만히 들여다보다가 흡족한 표정으로 킬킬거렸다.

"이것 좀 보게! 아주 작품을 만들어 왔다니까! 하! 이제 놈들 눈에 띄면 안 되는 것들은 일찌감치 치워놓을 수 있겠어."

"정말 멍청한 놈들이라니까요."

레이놀즈는 이렇게 중얼거렸지만…… 마음 한편으로는 그들이 부디 멍청이가 아니기를 바랐다. 만약 트래블러스 레스트에서 벌어진 사건이 정말로 다 끝난 일이라고 생각한다면, 디어본은 멍청한 정도가 아니라 아예 천치였다.

데이브 부보안관은 아무 말이 없었다. 외알 안경 너머의 게임판을 바라보는 그의 눈빛은 절망으로 가득했다. 그가 쥔 백군이 단 여섯 수 만에 전멸했기 때문이었다. 조너스의 적군이 언덕을 돌아 노도처럼 진격하자 부보안관의 희망은 물거품처럼 사라지고 말았다.

"이걸 보니 비에 젖지 않게 꽁꽁 싸매서 시프론트 관저로 가져가고 싶은 마음이 굴뚝같구먼."

에이버리 보안관이 중얼거렸다. 그는 여태 명단을 들여다보고 있었다. 거기에 빼곡히 적힌 농장 및 목장 이름과 각 장소의 조사 예정 일자를 보며 희희낙락했다. 세밑을 지나 내년까지 길게 이어지는 일정이었다. 맙소사!

"그럼 그렇게 하지 그러십니까."

조너스가 중얼거리며 자리에서 일어섰다. 통증이 다리를 따라 벼락처럼 솟아올랐다.

"한 판 더 두실래요, 조너스 씨?"

데이브 부보안관이 게임판의 말을 정리하며 물었다.

"자네보단 차라리 마귀풀을 씹는 개랑 두는 게 더 재밌겠는데."

조너스가 쏘아붙였다. 그러고는 어리숙한 얼굴뿐 아니라 목까지 온통 벌겋게 물든 부보안관을 보며 짓궂은 희열을 느꼈다. 그는 절뚝거리며 사무실 입구 쪽으로 걸어가 문을 열고 현관으로 나섰다. 이슬비가 어느새 가랑비로 바뀌어 있었다. 인적 없는 힐 스트리트에 젖은 자갈만이 반들거렸다.

레이놀즈도 뒤따라 사무실을 나섰다.

"엘드레드, 저도 같이⋯⋯"

"저리 꺼져."

레이놀즈는 잠시 머뭇거리다 이내 안으로 돌아가 문을 닫았다.

도대체 뭐가 불만이야? 조너스는 스스로에게 물었다.

강아지 두 마리가 들고 온 명단을 보았으니 기분이 흡족해야 마땅했다. 에이버리 보안관처럼, 또 보안관에게 이날 아침의 방문에 관해 듣고 나서 흐뭇해 할 라이머처럼. 어차피 사흘 전 라이머에게 소년들이 머잖아 드롭 평원을 조사할 거라 귀띔해둔 사람은 그 자신이 아니던가? 그랬다. 그런데 왜 이토록 불안한 걸까? 왜 이다지도 초조할까? 파슨의 부하 라티고한테서 아직 아무 연락도 없어서? 교수대 바위에 갔던 레이놀즈가 아무 소득도 없이 돌아왔고, 뒤이어 디페이프마저 빈손으로 돌아와서? 그럴 리가 없었다. 라티고는 대군을 이끌고 올 예정이었지만 아직은 너무 일렀고, 이는 조너스 역시 아는 바였다. 수확제까지는 아직 한 달도 넘게 남아 있었다.

그럼 궂은 날씨 탓에 다리가 쑤셔서 그런 거냐? 오래된 상처 때문에 골골거리는 초라한 몰골이 돼서?

아니었다. 통증이 지독하기는 했지만 전에는 이보다 더 아픈 적도 있었다. 문제는 머릿속에 있었다. 조너스는 처마 아래 기둥에 기대서서, 타일에 부딪히는 빗방울 소리를 들으며 생각했다. 성 빼앗기 게임을 할 때 고수들은 언덕 옆으로 살짝 고개를 내밀고 엿보다가 냉큼 숨곤 했다. 지금이 바로 그런 때였다. 너무나 완벽해서 오히려 구린내가 풍기는 상황. 터무니없는 생각이었지만, 어째서인지 조금도 이상하지 않았다.

"나랑 성 빼앗기 게임을 하겠다 이거냐, 꼬맹아?" 조너스가 중얼거렸다. "그럼 머잖아 엄마 곁을 떠난 걸 후회하게 될 게다. 반드시."

8

롤랜드와 커스버트는 드롭 평원을 따라 바케이 목장으로 돌아왔다. 이날은 조사하는 척 돌아다니지 않고 쉴 예정이었다. 비가 내려 하늘이 어둑어둑했지만, 길을 떠난 직후에는 커스버트가 예전과 거의 다름없는 수준의 익살을 보여주었다. 그가 낄낄거리며 롤랜드에게 물었다.

"너 봤어? 그놈들 얼굴 말이야, 롤랜…… 아니, 윌. 감쪽같이 속아 넘어갔어, 안 그래?"

"그러게."

"이제 어쩌지? 다음 계획은 뭐야?"

롤랜드는 멍한 표정으로 커스버트를 바라보았다. 마치 졸다가 놀라서 깬 사람처럼.

"다음은 놈들 차례야. 우린 기다리면 돼. 조사하는 척하면서."

밝은 기분은 연기처럼 사라졌고, 커스버트는 다시 한 번 두 가지 기본적인 사실에 관해 비난을 퍼붓고 싶은 충동을 억눌러야 했다. 한 가지는 롤랜드가 어떤 젊은 숙녀의 치명적인 매력에 빠져 허우적대느라 자신의 사명을 저버린 것이었고, 그보다 더 중요한 또 한 가지는 중간 세계가 롤랜드의 지혜를 가장 필요로 하는 바로 지금, 그가 총명함을 잃어버린 것이었다.

그렇다고는 해도, 롤랜드가 저버린 사명이란 도대체 뭘까? 또 롤랜드가 틀렸다고 확신할 근거는? 논리? 직관? 아니면 그저 추한 질투심? 커스버트는 어느새 조너스를 떠올리고 있었다. 데이브 부보안관이 너무 성급하게 말을 움직였을 때 그의 군대를 아무렇지 않게 초토화시키던 조너스의 솜씨를. 하지만 삶은 성 빼앗기 게임하고는 달랐다…… 그렇지 않은가? 커스버트는 알 수가 없었다. 다만 자신의 직관 가운데 적어도 하나는 확실한 듯싶었다. 롤랜드는 지금 재앙으로 향하는 중이었다. 그들 모두와 함께.

정신 차려. 커스버트는 속으로 중얼거렸다. *정신 차리란 말이야, 롤랜드. 너무 늦기 전에 제발.*

제3장
성 빼앗기 게임

1

그로부터 일주일 동안은 점심을 먹고 침대에 기어들어 한참 퍼자다가 바보가 된 듯 멍한 기분으로 일어나고 싶은 날씨가 이어졌다. 우기라고 하기에는 한참 모자란 비였지만 그래도 날씨가 이렇다보니 막바지에 접어든 사과 따기는 위험한 작업이 되었고(일꾼 몇은 다리가 부러졌고, 세븐마일 과수원에서는 처녀 한 명이 사다리 꼭대기에서 떨어져 허리가 부러지기도 했다.), 감자밭도 일하기 힘든 곳이 되었다. 감자 캐기보다 질척거리는 밭에서 수레를 끌어내는 데 시간이 더 걸렸기 때문이었다. 수확제를 위해 그린하트 광장에 달아놓은 장식들은 젖어서 모두 떼어내야 했다. 자원 봉사자들은 다시 일을 할 수 있게 날씨가 개기만 기다리느라 점점 더 초조해졌다.

물자의 수량을 파악해야 하는 소년들에게는 좋지 않은 날씨였지만, 적어도 축사를 돌아다니며 가축의 수를 세는 일은 시작할 수 있었다. 그나마 살맛에 눈을 뜬 처녀 총각에게는 흡족한 날씨라고 할 수 있었으나, 궂은 날이 이어지는 동안 롤랜드와 수전이 만난 날은 단 이틀뿐이었다. 이제 자신들이 하는 짓이 얼마나 위험한지 피부로 느껴졌기 때문이었다.

첫 번째 밀회 장소는 시코스트 로드 근처의 버려진 보트 창고였다. 두 번째는 시트고 유전 동남쪽에 있는 다 쓰러져가는 건물의 끄트머리 방이었다. 한때는 정유소 식당이었던 곳 바닥에 롤랜드의 안장깔개를 펼쳐놓고서, 두 연인은 격렬하게 사랑을 나누었다. 절정을 향해 치닫는 동안 수전은 롤랜드의 이름을 거듭 또 거듭 외쳤다. 놀란 비둘기들이 파드닥 날개를 쳤다. 낡고 컴컴한 방과 허물어져 가는 복도에 그 보드라운 천둥소리가 울려 퍼졌다.

2

부슬비가 영원토록 그치지 않을 것 같던, 또 햄브리 주민들이 가라앉은 대기에 맴도는 희박지대의 톱니바퀴 소리에 질려 모조리 미쳐버릴 것 같던 바로 그때, 흡사 돌풍처럼 강력한 바람이 바다로부터 불어와 육지의 구름을 날려버렸다. 아침에 눈을 떠 보니 마을의 하늘은 시퍼런 강철처럼 번득였고, 햇빛에 물든 만은 아침에는 황금처럼, 오후에는 새하얀 불길처럼 반짝였다. 축 처진 느낌은 간데없이 사라졌다. 감자밭에서는 활기를 되찾은 수레가 굴러다녔다. 그린하트 광장에 다시 모인 아낙들은 '올해의 수확제 처녀 총각'인 수전 델가도와 제이미 매칸이 서서 박수갈채를 받을 단상에 꽃을 장식하기 시작했다.

장관 관저로부터 가장 가까운 드롭 평원 끝자락에서는 롤랜드와 커스버트와 알레인이 말을 타고 새 임무를 수행하는 중이었다. 옆구리에 자치령의 불도장이 찍힌 말이 몇 마리나 있는지 파악하는 임무였다. 소년들은 맑은 하늘과 청량한 바람 덕분에 사기를 되찾았고, 사나흘 동안 함께 웃고 떠들며 말을 달리는 사이에 다시금 예전의 돈독한 사이로 돌아갈 수 있었다.

그렇게 서늘하고 화창했던 어느 날 아침, 보안관 사무실에서 나온 엘드레드 조너스가 그린하트 광장 쪽을 향해 힐 스트리트를 걸어 올라갔다. 디페이프와 레이놀즈는 보이지 않았다. 이제 곧 도착할 라티고의 선발대를 맞이하러 둘이 함께 교수대 바위에 갔기 때문이었다. 이날 조너스의 일정은 간단했다. 먼저 그린하트 광장의 정자에 앉아 맥주를 한잔 걸친 다음, 그곳에서 벌어지는 수확제 준비 작업을 구경할 작정이었다. 말하자면 바비큐용 불구덩이 파기, 장작불에 쓸 장작 쌓기, 폭죽 발사용 대포를 어떻게 배치할지를 놓고 벌어지는 토론, 그리고 올해의 수확제 처녀 총각이 올라가 환호를 받을 단상에 꽃을 장식하는 여자들 따위를 구경할 생각이었다. 어쩌면 꽃 처녀들 가운데 반반한 여자를 한 명 꾀어내서 잠시 여흥을 즐길 수도 있었다. 술집 작부들은 디페이프와 레이놀즈에게 맡긴 채 거들떠도 안 본 조너스였지만, 열일곱 살쯤 먹은 싱싱한 꽃 처녀라면 얘기가 달랐다.

허리의 통증은 날씨가 개면서 점차 희미해졌고, 거의 일주일 동안 휘청거릴 정도로 위태로웠던 걸음걸이도 이제는 살짝 저는 정도로 나아진 참이었다. 바깥 공기를 쐬며 즐기는 맥주 한두 잔이면 기분 전환으로는 충분할 수도 있었지만, 조너스는 여자 생각을 떨치기가 영 힘들었다. 뽀얀 피부에 가슴이 봉긋한 젊은 여자. 숨 냄새가 싱그럽고 향긋한 여자. 입술은 팽팽하고 달착지근하고……

"저…… 조너스 씨……? 아니, 엘드레드?"

빙그레 웃으며, 조너스는 목소리가 들려온 쪽으로 돌아섰다. 커다란 눈에 촉촉한 살결, 살짝 벌어진 입술을 지닌 꽃 처녀는 그곳에 없었다. 대신 중년의 막바지에 접어든 깡마른 여인이 서 있었다. 가슴은 납작하고 엉덩이는 평평하고 앙다문 입술은 창백한, 거기다 머리는 너무 꽉 묶어서 금방이라도 머리카락이 지르는 비명소리가 들릴 것만 같은 여인. 조너스의 백일몽과 일치하는 것이라고는 오로지 동그랗게 뜬 눈 한 쌍뿐이었다. *이 여자 아무래도 나한테 반한 것 같은데.* 조너스는 머릿속으로 비웃으며 생각했다.

"이런, 코딜리어! 오늘 아침엔 유난히 아름답군요!"

조너스는 너스레를 떨며 두 손을 뻗어 코딜리어의 손을 감쌌다. 코딜리어는 두 뺨이 살짝 붉어진 채 쿡쿡 웃었다. 덕분에 잠시나마 예순 살이 아니라 마흔다섯 살처럼 보였다. *아니, 아직 예순은 아니지.* 조너스는 곰곰이 생각했다. *저 입가의 주름하고 눈 밑의 그늘은…… 생긴 지 얼마 안 됐어.*

"친절한 말씀 고맙지만, 전 바보가 아니에요. 요즘 통 잠을 못 잤거든요. 이 나이에 잠을 못 자면 한참 더 늙어 보이는 법이죠."

"밤잠을 못 이루다니 제가 다 가슴이 아프군요. 하지만 날씨가 좋아졌으니 이제……"

"날씨 때문이 아니에요, 엘드레드. 우리 잠깐 얘기 좀 할래요? 아무리 생각해도 상담할 사람이 당신밖에 떠오르질 않아서 그래요."

조너스의 미소가 함박웃음으로 바뀌었다. 그는 코딜리어의 손을 자기 팔 안쪽으로 끌어당기고 손으로 감싸 쥐었다. 이제 그녀의 두 뺨이 벌겋게 달아올랐다. 머리에 피가 잔뜩 몰렸으니 몇 시간이고 재잘재잘 떠들 듯싶었다. 그리고 조너스는 그녀의 한마디 한마디가 흥미로울 거라는 예감이 들었다.

3

어떤 기질을 타고난 여성들은 일정한 나이가 되면 술보다 차를 마실 때 더 입이 싸지는 법이었다. 조너스는 앞서 떠올린 맥주를(그리고 혹시 모를 꽃 처녀를) 주저 없이 포기했다. 그래서 델가도 여사를 햇빛 따사로운 그린하트 정자 한쪽으로 모신 다음(롤랜드와 수전이 익히 아는 빨간 돌이 지척에 있는 자리였다.), 차 한 주전자와 케이크를 주문했다. 다과가 나오기를 기다리는 동안 둘은 수확제 준비 작업에 한창인 사람들을 구경했다. 햇살이 쏟아지는 공원에 망치 소리와 톱질 소리, 고함 소리와 왁자한 웃음소리가 넘실거렸다.

"축제는 다 흥겨운 거라지만, 그중에서도 수확제 때면 다들 어린 애로 돌아가는 것 같아요. 안 그래요?"

"지당하신 말씀."

어릴 적에도 어린애답지 않았던 조너스가 대꾸했다.

"내가 제일 좋아하는 건 장작불이에요."

코딜리어는 공원 한쪽 구석, 단상에서 보면 대각선 방향에 수북이 쌓여가는 장작더미와 널빤지를 보며 중얼거렸다. 마치 나무로 된 거대한 원뿔형 천막 같았다.

"마을 사람들이 허수아비를 가져다 불에 던져넣을 때가 최고죠. 잔인하긴 해도 보고 있으면 언제나 짜릿하거든요."

"그럼요."

조너스는 맞장구를 치며 생각했다. 올해 수확제 밤에 장작불에 던져질 허수아비들 가운데 세 개는 활활 타오르는 동안 돼지고기 타는 냄새와 함께 신화 속의 괴물 하피처럼 절규할 텐데, 과연 코딜리어가 그걸 보면서도 짜릿한 흥분을 느낄까? 만약 일이 순조롭게 풀리면 맨 마지막까지 절규할 허수아비의 눈은 연한 파란색일 터였다.

주문한 차와 케이크가 나왔을 때, 조너스는 쟁반을 내려놓는 웨이트리스의 풍만한 가슴을 곁눈으로도 보지 않았다. 그의 시선은 오로지 흥미로운 델가도 여사에게, 초조하게 움찔거리는 그녀의 몸짓과 어색해 보일 만큼 절박한 표정에 꽂혀 있었다.

웨이트리스가 물러나자 조너스는 차를 따르고 주전자를 받침대에 올려놓은 다음, 두 손으로 코딜리어의 손을 감싸 쥐었다. 그러고는 낼 수 있는 가장 온화한 목소리로 얘기를 시작했다.

"자, 코딜리어. 보아하니 고민이 있는 것 같은데. 당신 친구 엘드레드한테 털어놔요."

코딜리어는 입술을 앙다물었다. 하도 꽉 다물어서 아예 입술이 사라진 것 같았지만, 그래도 떨림을 감출 수는 없었다. 두 눈은 촉촉이 젖었고, 눈물이 그렁거리다가 결국에는 흘러넘쳤다. 조너스는 냅킨을 집어 탁자 너머로 몸을 숙이고 그 눈물을 닦아주었다.

"얘기해 봐요."

"할게요. 누구한테든 얘기해야겠어요, 안 그러면 미쳐버릴 테니까. 하지만 엘드레드, 먼저 한 가지만 약속해 줘요."

"기꺼이 약속할게요, 아름다운 아가씨. 뭐든지."

조너스가 부드러운 목소리로 대꾸했다. 그러고는 별 호들갑도 아닌 찬사에 어느 때보다도 벌겋게 달아오른 코딜리어의 뺨을 보며 그녀의 손을 더욱 힘주어 잡았다.

"하트한테는 절대 안 말하면 안 돼요. 물론 거미처럼 징그러운 그 비서도 알면 안 되지만, 특히 장관님한테는 절대 비밀이에요. 혹시라도 내 직감이 옳다면, 또 그걸 장관님이 알게 되면, 수전은 서쪽 사막으로 추방당할 수도 있어요! 어쩌면 나까지 같이 추방당할지도 몰라요!"

코딜리어는 거의 신음하다시피 했다. 자기가 하는 말이 생생한 사실인 것을 처음으로 깨달은 사람 같았다.

"소린 장관님한테는 입도 뻥긋 안 할 거예요. 킴버 라이머한테도 알리지 않을 거고. 맹세할게요."

조너스는 동정 어린 미소를 거두지 않은 채로 말했다. 한편으로는 코딜리어가 위험을 감수하지 않을 거라는…… 어쩌면 그러지 못할 거라는 생각이 얼핏 그의 뇌리를 스쳤다. 그러다가 이내, 천이 찢어지는 소리처럼 조그맣게 쥐어짜는 목소리로, 코딜리어가 외마디 말을 내뱉었다.

"디어본."

머릿속을 가득 채웠던 이름이 코딜리어의 입에서 나온 순간, 조너스는 가슴이 쿵 내려앉는 듯했다. 얼굴은 웃고 있었지만 두 손에는 자신도 모르게 힘이 꾹 들어갔고, 그 바람에 손을 잡힌 코딜리어가 흠칫 놀라고 말았다.

"미안해요, 조금 놀라서 그만. 디어본이라…… 평판은 꽤 좋은 친구던데, 안심하고 믿을 만한 사람인지는 의심스럽더군요."

"그 사람이 우리 수전이랑 만나는 것 같아서 무서워요."

이번에는 코딜리어가 손을 꽉 쥐었지만, 조너스는 꿈쩍도 하지 않았다. 실은 거의 느끼지도 못했다. 그는 놀란 기색이 표정에 드러나지 않기를 바라며 빙그레 웃기만 했다.

"그 사람이 우리 수전하고…… 남자 대 여자로 만나는 것 같아요. 아, 생각만 해도 얼마나 끔찍한지!"

코딜리어는 비통함을 억누르며 흐느꼈다. 그러면서 혹시 지켜보는 눈이 없는지 주위를 흘끔거렸다. 조너스는 꼭 그런 식으로 두리번거리며 썩은 짐승의 고기를 뜯는 코요테와 들개 무리를 본 적이 있었다. 그는 코딜리어가 마음껏 흐느끼게 내버려 두었다. 그녀가 진정하기를 바랐기 때문이었다. 두서없이 떠드는 말은 도움이 안 되는 법이므로. 이윽고 눈물이 잦아들 기미가 보이자 그가 찻잔을 내밀었다.

"이것 좀 들어요."

"예. 고마워요."

차는 여전히 김이 피어오를 만큼 뜨거웠지만 코딜리어는 정신없이 마셨다. *늙어 빠진 목구멍에 무슨 슬레이트라도 깔았나 보군.* 조너스는 속으로 중얼거리며 코딜리어가 내려놓은 잔에 새로 차를 따랐고, 그러는 동안 코딜리어는 주름 장식이 달린 손수건으로 얼굴에 흐른 눈물을 싹싹 닦았다.

"난 그 남자가 마음에 안 들어요. 도통 믿을 수가 없어요. 인사도 내륙 자치령 방식으로 이상하게 하고, 눈매는 건방지고, 알 수 없는 소리를 지껄이니까요. 그 패거리 세 명 다 싫지만, 특히 그 남자가 마음에 안 들어요. 혹시라도 수전하고 그 남자 사이에 무슨 일이라도 있었다면(*아무래도 그런 것 같아서 너무 무서운데*), 벌은 죄다 우리 수전한테 돌아오잖아요, 안 그래요? 짐승 같은 충동을 거부하는 건 결국 여자 책임이니까."

조너스는 탁자 위로 몸을 숙인 채 동정 어린 따뜻한 눈으로 코딜리어를 응시했다.

"나한테 다 털어놔요, 코딜리어."

코딜리어는 그 말대로 했다.

4

쿠스 언덕의 레아는 수정 구슬의 모든 것을 사랑했는데 그중에서도 사람들의 가장 사악한 순간을 놓치지 않고 보여주는 점이 가장 마음에 들었다. 수정 구슬의 분홍색 광채 속에 어린애가 놀다가 넘어진 친구를 위로해 주는 광경이나 지친 남편이 아내의 무릎을 베고 누운 광경, 오순도순 마주앉아 저녁을 먹는 노부부의 모습 따위가 등장한 적은 한 번도 없었다. 구슬은 레아만큼이나 그런 장면에 관심이 없는 듯했다.

대신에 근친상간의 현장이, 아이를 때리는 어머니가, 아내를 구타하는 남편이 보였다. 소년들이 집 없는 개를 뼈다귀로 꾀어 마을 서쪽으로 데려간 다음 그저 재미로 꼬리를 자르는 광경도 보였다 (그 여덟 살배기 꼬마들이 '위대한 관 사냥꾼'을 자칭하며 우쭐거린다는 걸 알았더라면 레아는 참으로 흐뭇했으리라.). 강도질은 여러 번, 살인도 한 차례 이상 목격했다. 한번은 시시한 말다툼 끝에 쇠스랑으로 길 동무를 찔러 죽인 떠돌이 사내를 보기도 했다. 궂은비가 처음 내리기 시작한 밤의 일이었다. 살해당한 남자의 시체는 지금도 서쪽으로 가는 위대한 길 가장자리의 도랑에 널브러진 채 지푸라기와 풀에 덮여 썩어가는 중이었다. 어쩌면 가을 폭풍이 또 한 차례 홍수를 몰고 오기 전에 발견될 수도 있었다. 아니면 그대로 썩어가거나.

또한 코딜리어 델가도와 깡패 조너스가 그린하트 광장의 야외 테이블에 앉아 얘기하는 장면도 보았는데, 그 대화의 주제는…… 물론 알 방법이 없었다. 다만 그 늙은 처녀의 눈에 깃든 감정은 알아볼 수 있었다. 눈앞의 남자에게 빠져들어 얼굴이 온통 벌게진 탓이었다. 총잡이가 되려다 실패한 비열한 악당에게 반해 한껏 들뜬 표정이었다. 말할 것도 없이 우스꽝스러운 광경이었고, 레아는 그 둘을 이따금씩 살펴봐야겠다고 생각했다. 몹시도 재미난 일이 벌어질 것 같은 예감이 들었으므로.

수정 구슬은 코딜리어와 조너스를 보여준 후에 다시 흐릿해졌다. 레아는 눈 모양 자물쇠가 달린 상자에 구슬을 넣었다. 구슬에 비친 코딜리어를 보았을 때, 레아는 그녀의 방탕한 조카에게 아직 볼일이 남았다는 생각이 떠올랐다. 아직 그 일을 끝내지 못한 것은 뜻밖이었지만, 실은 그럴 만한 사정이 있었다. 그 애송이 놈에게 복수할 방법을 떠올리자마자 레아의 정신과 감정은 다시금 평정을 찾았고, 덕분에 수정 구슬에 다시 영상이 떠올랐으며, 그 영상에 탐닉하다 보니 한동안 수전 델가도가 아직 살아 있음을 잊고 말았던 것이다. 그러나 이제, 레아는 자신의 계획을 다시금 떠올렸다. 비둘기 무리 속에 고양이를 풀어놓는 것이었다. 그러고 보니 고양이라고 하면……

"머스티! 이리 온, 머스티, 어디 있니?"

장작더미 위에 있던 고양이가 미끄러지듯 걸어 나왔다. 어두컴컴한 오두막 안에서 고양이의 두 눈이 반짝였고(날이 다시 화창해지자 레아는 창문 가리개를 모두 내렸다.), 구부러진 꼬리가 빙빙 돌았다. 고양이가 주인의 무릎으로 폴짝 뛰어올랐다.

"너한테 맡길 일이 하나 있단다."

레아는 허리를 숙여 머스티를 핥았다. 고양이 털가죽의 황홀한 맛이 입과 목에 가득 퍼졌다.

머스티는 가르랑거리며 둥그렇게 구부린 등을 주인의 입술에 치댔다. 다리가 여섯 개 달린 돌연변이 고양이에게는 이런 세상도 살맛 나는 곳이었다.

5

조너스는 최선을 다해 코딜리어를 떼놓으려 했지만 생각만큼 쉽지는 않았다. 말라깽이 노처녀를 살살 구슬려 홀려놓아야 했기 때문이었다. 어쩌면 나중에 써먹을 일이 생길지도 몰랐다. 그래서 결국에는 코딜리어의 입가에 살짝 입을 맞춘 다음(그러자 얼굴이 너무 빨개져서 착란 상태에 빠진 게 아닌가 걱정될 정도였다.), 그녀를 그토록 괴롭히는 고민거리에 대해 알아보겠노라고 말했다.

"하지만 비밀로 해야 해요!"

집까지 바래다주는 길에 코딜리어가 겁먹은 목소리로 외쳤다. 조너스는 그러마고 답했다. 신중히 하겠다고, 신중함이 곧 자신의 신조라고. 확인하기 전까지 결코 안심하지 못할 처지인 것은 알지만, 그래도 괜한 걱정일 거라고 코딜리어를 달래기까지 했다. 원래 십대들이란 부풀리기를 좋아하지 않던가? 만약 그 소녀가 고모의 걱정을 알아차린다면 진정시키기는커녕 오히려 더 자극할지도 몰랐다.

집 마당과 도로를 가르는 하얀 널빤지 울타리 앞에 코딜리어가 멈춰 섰다. 더할 수 없는 안도감으로 물든 표정이었다. 조너스는 그녀의 표정을 보며 뻣뻣한 솔로 등을 긁은 당나귀 같다고 생각했다.

"글쎄, 전 그런 생각은 전혀 못했는데…… 듣고 보니 그럴 수도 있겠네요. 그렇죠?"

"그럼요. 그래도 한번 알아볼게요. 가능한 한 조용히. 나중에 후회하느니 미리 조심하는 편이 나으니까."

조너스는 한 번 더 코딜리아의 입가에 키스하고 말을 이었다.

"시프론트 관저 사람들한테는 입도 뻥긋 안 할게요. 절대로."

"고마워요, 엘드레드! 아, 정말 너무 고마워요!"

집으로 뛰어 들어가기 전, 코딜리어는 조너스를 힘껏 끌어안았다. 셔츠 가슴팍에 눌린 조그마한 유두가 돌처럼 딱딱했다.

"어쨌든 오늘 밤엔 편히 잠들 수 있겠어요!"

코딜리어는 그럴지도 몰랐다. 허나 조너스는 편히 잘 수 있을지 어떨지 자신이 없었다.

고개를 푹 숙이고 손은 뒷짐을 진 채로, 조너스는 말을 묶어둔 후키 대장간 쪽으로 걸어갔다. 길 저편에서 사내아이들이 왁자하게 떠들며 달려왔다. 그중 두 아이는 끄트머리에 피가 말라붙은 개꼬리를 휘두르고 있었다.

"비켜라, 관 사냥꾼 나가신다! 우리도 위대한 관 사냥꾼이에요, 아저씨처럼요!"

아이 하나가 우쭐대며 외쳤다. 조너스는 총을 뽑아 아이들을 겨누었다. 제대로 알아보지도 못할 만큼 빠른 동작이었다. 기겁한 아이들은 한순간 조너스의 진짜 모습을 보았다. 두 눈을 이글거리며 허연 이를 드러낸 조너스는 사람의 옷을 걸친 하얀 늑대였다.

"꺼져라, 이 망나니 꼬맹이들아! 너희 애비들이 기뻐서 잔치를 열도록 네놈들 다리를 잘라 버리기 전에 썩 꺼져!"

잠시 동안 꼼짝 못하고 얼어붙어 있던 아이들이 이내 비명을 지르며 달아났다. 한 아이는 트로피를 남기고 갔다. 널빤지를 깐 보도에, 징그러운 부채처럼 생긴 개꼬리가 떨어져 있었던 것이다. 조너스는 그 광경에 눈살을 찡그리며 총을 총집에 꽂았다. 그러고는 다시 뒷짐을 지고 신들의 본성에 관해 명상하는 사람처럼 묵묵히 걸음을 옮겼다. 그나저나 별것도 아닌 악동 패거리에게 총까지 겨누다니, 도대체 왜 그랬을까?

언짢아서 그런 거지. 조너스는 생각했다. *걱정이 돼서.*

그랬다. 그는 걱정하고 있었다. 가슴이 빨래판 같은 그 노처녀의 의심 때문에 몹시도 동요했던 것이다. 소린의 처지에서 하는 걱정은 아니었다. 조너스로서는 디어본 녀석과 그 소녀가 수확제 축일 한낮에 광장 한복판에서 붙어먹는다 해도 상관없기 때문이었다. 그가 걱정하는 까닭은 디어본에게 또다시 속았기 때문이었다.

놈은 이미 한 번 내 등 뒤를 빼앗았어. 그래서 다시는 그렇게 당하지 않겠노라 맹세했지. 그런데 놈이 그 계집을 따먹었다면, 난 또 한 번 허를 찔린 셈이야. 안 그래?

물론, 그 생각이 옳았다. 놈이 행정 장관의 첩이 될 여자애와 정을 통할 만큼 뻔뻔하다면, 그런 짓을 하고도 빠져나갈 만큼 교활하다면, 내륙 자치령에서 온 애송이 셋을 앞뒤 못 가리는 천둥벌거숭이로만 여겼던 조너스는 뭐가 된단 말인가?

우린 놈들을 얕봤다가 바보 취급을 당했어요. 레이놀즈는 앞서 그렇게 말했다. *다시는 그러고 싶지 않습니다.*

그런데 똑같은 일이 또다시 일어난 걸까? 디어본 패거리가 도대체 어디까지 아는 걸까? 얼마나 많이 캐냈을까? 그걸 누구한테 보고했을까? 만약 디어본 녀석이 행정 장관의 여자를 건드리고 무사히 넘어갈 만큼 영리하다면…… 그렇게 간 큰 짓을 벌이고도 이 엘드레드 조너스를…… 모두의 눈을 속였다면…….

"안녕하십니까, 조너스 나리!"

브라이언 후키가 말했다. 그는 대장장이답게 널따란 가슴에 모자를 대고 싱글벙글 웃으며 조너스를 향해 연방 굽실거렸다.

"신선한 그라프 한 잔 올릴까요? 방금 막 사과를 짰는데 말입니다, 맛이 아주……"

"말을 가지러 온 것뿐이야. 쫑알대지 말고 어서 데려와."

"아, 예, 그럼요. 냉큼 대령하겠습니다, 나리."

후키는 명령을 받고 자리를 뜨면서도 웃는 낯으로 흘끔 뒤를 돌아보았다. 혹시나 등에 총을 맞을까 두려웠기 때문이었다.

10분 후, 조너스는 위대한 길을 따라 서쪽으로 향했다. 터무니없는, 그러나 강력한 충동이 그를 사로잡았다. 말에 박차를 가하여 이모든 바보 짓거리를 뒤로 하고 쏜살같이 떠나고 싶다는 충동이었다. 늙은 호색한 소린도, 풋사랑에 눈이 먼 롤랜드와 수전도, 손은 빠르지만 머리 회전은 느린 로이와 클레이도, 야망에 불타는 라이머도, 그리고 숲이 우거진 골짜기에서 조너스가 시를 읊는 동안 그를 위해 꽃을 엮어 화관을 만드는 소름 끼치는 환상에 사로잡혀 있는 코딜리어 델가도마저도.

조너스는 전에도 달아난 적이 있었다. 직감이 달아나라고 속삭였을 때였다. 그는 이제껏 많은 것을 버리며 살아왔다. 그러나 이번에는 달아날 수 없었다. 이미 애송이들에게 복수하겠노라 맹세했기 때문이었다. 그리고 조너스는 다른 이들과 한 약속은 수없이 어겼지만 자신과 한 약속은 단 한 번도 어긴 적이 없었다.

게다가 존 파슨도 문제였다. 조너스는 의인 파슨과 직접 이야기를 나눈 적은 없었지만(그리고 싶지도 않았다, 그는 변덕스럽고 위험한 미치광이로 악명이 높았으니), 그의 군대를 이끌고 이제 곧 도착할 조지 라티고하고는 몇 차례 거래를 한 경험이 있었다. 애초에 위대한 관 사냥꾼들을 고용한 장본인이 바로 라티고였다. 그는 선수금으로 거액을 건넸을 뿐 아니라(조너스는 그 돈을 아직 레이놀즈와 디페이프에게 나누어주지 않았다.) 후에 동맹의 주력 부대를 셰이브드 산맥 주변에서 일망타진하게 되면 더 큰 전리품을 보장하겠노라고 약속했다.

물론 라티고는 버러지 같은 놈이었지만, 그 뒤에 꾸물꾸물 기어올 다른 버러지들에 비하면 아무것도 아니었다. 게다가 큰 보상을 바란다면 위험을 감수해야 하는 법이었다. 만약 조너스가 말과 황소, 신선한 채소와 양곡을 실은 군량 수레, 기름, 그리고 무엇보다 마법사의 수정 구슬을 무사히 전달하기만 하면 모든 일이 해결될 터였다. 만약 실패한다면, 파슨이 한밤중에 부하들과 벌이는 폴로 경기에서는 십중팔구 공 대신 조너스 패거리의 머리가 굴러다닐 터였다. 충분히 가능한 일이었고, 조너스도 이를 알고 있었다. 언젠가는 틀림없이 벌어질 일이었다. 그러나 머리와 목이 분리될 날이 끝내 오고 만다 할지라도, 디어본 패거리 같은 얼간이들이 그날을 앞당기게 놔둘 수는 없는 노릇이었다. 놈들이 제아무리 고귀한 혈통을 타고났다 할지라도.

하지만 놈이 소린의 수확제 장난감이 될 계집과 정을 통했다면…… 그 정도 사건을 감쪽같이 감출 수 있다면, 다른 비밀은 또 얼마나 갖고 있는 걸까? 어쩌면 녀석은 지금 나랑 성 빼앗기 게임을 벌이는 중일 수도 있어.

만약 그렇다면, 게임은 머지않아 끝날 것이다. 젊은 디어본 나리가 언덕에서 고개를 빼꼼 내미는 순간 조너스가 기다리고 있다가 머리를 날려 버릴 테니까.

당장은 어디를 먼저 들를지가 문제였다. 바케이 목장으로 가서 진작 뒤졌어야 할 놈들의 숙소를 지금이라도 뒤져야 할까? 그렇게 할 수도 있었다. 지금은 세 놈 모두 드롭 평원에 나가 자치령이 소유한 말의 숫자를 세고 있을 테니. 그러나 고작 말 때문에 목이 잘릴 위험을 감수할 수는 없지 않은가? 아무렴. '의인' 파슨을 걱정해야 하는 상황에서 말은 사소한 문제였다.

조너스는 목장 대신 시트고 유전 쪽으로 말을 달렸다.

6

조너스는 먼저 기름 탱크를 점검했다. 모두 있어야 할 곳에 고스란히 있었다. 때가 되면 굴러갈 준비를 마친 새 바퀴 위에서, 새 위 장막 뒤에 숨은 채로, 줄을 맞춰 가지런히 늘어서 있었던 것이다. 위 장막의 소나무 가지 중에는 끄트머리가 노랗게 마른 것도 있었지만 대부분은 요사이 내린 비 덕분에 여전히 푸른빛을 유지했다. 조너스 가 살펴보니 침입자의 흔적 같은 것은 눈에 띄지 않았다.

뒤이어 조너스는 파이프라인을 따라 언덕을 걸어 올라갔고, 그 러는 동안 점점 더 자주 멈춰서 쉬어야 했다. 경사면과 유전 사이의 녹슨 문 앞에 도착할 즈음에는 다리가 지독히도 욱신거렸다. 문을 살펴보던 조너스는 위쪽에 나 있는 기름 자국을 보고 눈살을 찌푸 렸다. 어쩌면 별것 아닐 수도 있었지만, 누군가 문이 떨어져 나갈까 봐 열지 않고 위로 넘어왔을지도 모른다는 생각이 들었다.

그로부터 한 시간 동안 조너스는 시추탑 사이를 거닐며 혹시 모 를 흔적을 찾았고, 특히 아직 작동하는 시추탑 주변을 유심히 살폈 다. 발자국은 (궂은날이 일주일이나 이어진 덕분에) 수없이 많았지만 또렷이 알아보기란 불가능했다. 내륙 자치령에서 온 소년들이 다녀 갔을 수도 있었다. 앞서 마을에서 본 악동들이 남긴 것인지도 몰랐 다. 어쩌면 전설 속의 아서 엘드 왕과 그의 기사들이 남긴 흔적일 수도 있었다. 갈피를 잡을 수 없는 상황이 조너스의 심기를 어지럽 혔다. 그는 애매함과 마주칠 때면(성 빼앗기 게임은 예외였지만) 늘 그 랬다.

조너스는 언덕을 내려가 말을 타고 마을로 돌아갈 생각에 앞서 왔던 길을 되짚어갔다. 불처럼 치솟는 다리의 통증을 달래려면 독한 술이 필요했다. 바케이 목장은 뒤로 미뤄도 상관없었다.

문까지 반쯤 걸어갔을 때, 조너스는 시트고 유전과 위대한 길을 잇는 줍다란 길을 발견하고 한숨을 쉬었다. 풀이 웃자란 그 길까지 살펴볼 필요는 없을 듯싶었지만, 한편으로는 기왕 여기까지 왔으니 제대로 마무리를 지어야 한다는 생각이 들었다.

마무리는 개뿔. 술이나 한잔 걸쳤으면 좋겠군.

그러나 훈련된 정신력으로 본능을 억누를 줄 아는 사람은 비단 롤랜드만이 아니었다. 조너스는 한숨을 쉬며 다리를 문지른 다음, 잡풀이 우거진 오솔길 쪽으로 걸어갔다. 어쩌면 정말로 뭐가 있을지도 몰랐다.

그것은 오래된 길과 위대한 길이 만나는 지점으로부터 열 걸음 남짓 되는 곳의 도랑에 떨어져 있었다. 조너스는 풀 속에 있는 희끄무레한 형상을 보고 처음에는 돌멩이려니 생각했다. 그러다가 동그랗고 시커먼 점을 보고서 틀림없이 눈구멍이라는 생각이 들었다. 그렇다면 돌멩이가 아니었다. 해골이었다.

신음을 내뱉으며, 조너스는 무릎을 굽히고 그 물체를 풀 속에서 집어들었다. 그러는 동안에도 등 뒤의 유전에서는 아직 작동하는 시추탑들이 쉬지 않고 삐걱대며 쿵쿵 소리를 냈다. 그가 손에 쥔 것은 까마귀 해골이었다. 전에 본 적이 있는 물건이었다. 온 마을 사람들이 다 보았을 것이다. 그 해골의 주인은 어릿광대 아서 히스…… 광대들이 으레 그렇듯이 녀석 또한 소도구를 지니고 다녔다. 바로 이 까마귀 해골을.

"놈은 이걸 경계병이라고 불렀어. 안장머리에 매달고 다니면서. 가끔은 목걸이처럼 목에 걸기도 했고."

조너스가 중얼거렸다. 그랬다. 그 애송이는 이 해골을 목에 걸고 다녔다. 그래서 그날 밤 트래블러스 레스트에서 사건이 벌어졌을 때에도…….

생각에 잠겨 있던 조너스가 까마귀 해골을 뒤집어 보았다. 두뇌가 있던 자리에 마지막까지 남은 외로운 상념처럼, 해골 속에서 무언가 잘그락거리는 소리가 들렸다. 해골을 기울여서 손바닥에 대고 흔들자 끊어진 금 사슬이 주르륵 흘러내렸다. 애송이가 해골을 목에 걸 때 사용한 사슬이었다. 어쩌다 사슬이 끊어지는 바람에 그만 해골이 도랑에 떨어졌는데, 히스 도령이 귀찮아서 찾으려 하지 않았던 것이다. 다른 사람의 눈에 띌지도 모른다는 생각은 아마 하지도 못했으리라. 사내아이들이란 그렇게 무심한 법이었다. 그런 녀석들이 자라서 어엿한 남자가 되는 것 자체가 기적이었다.

그곳에 무릎을 꿇고서 까마귀 해골을 들여다보는 동안 조너스는 평온한 표정을 유지했지만, 그 무표정한 얼굴 뒤편에서는 평생 느껴 본 적 없는 분노의 불길이 타오르고 있었다. 그랬다. 놈들은 이곳을 다녀갔다. 바로 전날까지만 해도 헛소리라고 코웃음을 쳤을 일이 또 한 번 사실로 밝혀진 셈이었다. 위장막이 있든 없든 간에 이제는 놈들이 기름 탱크를 발견했다고 가정하는 수밖에 없었다. 게다가 이 까마귀 해골을 발견하지 못했더라면 조너스는 그런 사실 자체를 까맣게 모를 뻔했다.

"결판을 짓고 나면 놈들의 눈구멍도 댁처럼 퀭해질 걸세, 까마귀 선생. 이 손으로 깨끗이 도려내 줄테니까."

조너스는 해골을 멀리 던져 버리려다가 마음을 고쳐먹었다. 어쩌면 요긴하게 쓸 수도 있을 듯싶었다. 한 손에 까마귀 해골을 쥔 채로, 조너스는 말을 묶어둔 곳으로 돌아갔다.

코럴 소린은 하이 스트리트를 따라 트래블러스 레스트 쪽으로 걸어갔다. 머리는 무겁게 지끈거렸고, 가슴 속에서는 신물이 치솟았다. 눈을 뜬 지 고작 한 시간밖에 안 됐건만 숙취가 하도 지독해서 하루가 꼬박 지난 것만 같았다. 얼마 전부터 코럴은 술을 너무 많이 마셨고, 스스로도 이를 잘 알았다. 이제는 거의 매일 밤 마실 지경이었지만 그래도 사람들이 보는 곳에서는 한두 잔을(그것도 약한 술로만) 넘지 않도록 극히 조심했다. 아직은 아무도 눈치를 못 챈 듯싶었다. 그리고 눈치챈 사람이 없는 한 그녀는 계속 퍼마실 작정이었다. 술이라도 마시지 않으면 어떻게 저 멍청한 오라비를 참아줄 수 있단 말인가? 이 멍청한 마을은 또 어떻고? 거기다 말 사육업자 조합의 목장주들 전체가, 또 대지주들 가운데 적어도 절반이 배신자인 이 현실을 술 없이 어떻게 참아 넘긴단 말인가?

"동맹 따위 엿이나 먹으라지." 코럴이 나지막이 중얼거렸다. "수풀 속의 새 두 마리보다 내 손 안의 새 한 마리가 더 귀하다고."

하지만 그녀의 손 안에 정말로 새가 있을까? 그들 가운데 새를 쥔 사람이 한 명이라도 있기는 한 걸까? 의인 파슨이 과연 약속을 지키려고 할까? 라티고라는 남자가 킴버 라이머를 통해 이쪽 편과 맺은 약속들을? 코럴이 보기에는 의심스러웠다. 독재자들은 약속을 손바닥 뒤집듯이 바꾸게 마련이었고, 손 안의 새도 손가락을 쪼고 손바닥에 똥을 싸다가 휙 날아가는 식으로 주인을 짜증나게 하곤 했다. 당장은 어찌 되든 상관없었다. 코럴은 자기 앞가림 정도는 할 수 있기 때문이었다. 게다가 백성들이란 언제나 마시고 노름하고 살던 대로 살기를 바라는 법이었다. 누구 앞에 무릎을 꿇든 간에, 또 누구한테 세금을 바치든 간에.

그럼에도, 양심이라는 이름의 늙은 악마가 속삭일 때 그 입을 틀어막으려면 술 몇 잔이 도움이 되곤 했다.

코럴은 크레이븐 장의사 앞에 멈춰 서서 거리 저 너머를 바라보았다. 사다리에 올라간 소년들이 장대와 건물 처마에 종이 등을 달면서 깔깔대고 있었다. 수확제 밤이 되면 그 등에 불이 켜지고, 그러면 햄브리의 큰길은 수없이 많은 보드라운 빛 덩어리로 가득 찰 터였다.

잠깐 동안 코럴은 어린 시절의 기억을 떠올렸다. 기억 속에서 아이의 모습을 한 코럴은 황홀하게 빛나는 색색의 종이 등을 보았다. 사람들의 함성과 폭죽 터지는 소리를 들었다. 그린하트 광장 쪽에서 무도회 음악이 들려왔을 때에는 곁에 있던 아버지가 한쪽 손을 잡아주었고…… 다른 쪽 손은 반대편에 있던 오빠 하트가 잡아주었다. 그 기억 속에서 하트는 태어나 처음으로 받은 긴 바지를 자랑스레 입고 있었다.

썰물처럼 밀려든 추억의 맛은 처음에는 달콤했지만, 이내 씁쓸해졌다. 기억 속의 소녀는 자라서 술집과 매음굴을 소유한 깡마른 여인이 되었다(드롭 평원의 광대한 토지는 말할 것도 없었다.). 그 여인의 유일한 애인은 오빠의 비서였고, 요즘 들어 가장 열중하는 취미는 눈을 뜨자마자 들이켜는 해장술이었다. 도대체 어쩌다가 이렇게 되어버린 걸까? 오래전의 그 소녀라면 지금의 코럴 같은 여자만은 결코 되고 싶지 않았을 텐데.

"어디서부터 비뚤어졌을까?" 코럴은 혼자 중얼거리고는 웃음을 터뜨렸다. "아, 사람의 아들 예수님. 이 방탕한 죄인은 도대체 어디서 길을 잘못 든 걸까요? 할렐루야."

코럴의 목소리는 작년 이 마을에 들렀던 떠돌이 전도사 여인과 몹시도 비슷했다. 핏스턴, 그 여인의 이름은 실비아 핏스턴이었다. 그 목소리를 들으니 또다시 웃음이, 이번에는 저절로 터져나왔다. 이제 트래블러스 레스트로 향하는 걸음이 조금은 가벼워졌다.

술집 바깥에 시미가 나와 있었다. 아직 남은 비단꽃을 살피는 중이었다. 아이는 코럴을 보고 손짓으로 인사했다. 코럴도 손을 흔들며 뭐라고 답인사를 했다. 대신 일할 사람은 얼마든지 구할 수 있었지만 시미는 착한 아이였고, 그래서 코럴은 디페이프가 그 아이를 죽이지 않아 다행이라고 생각했다.

손님이 한 줌도 안 됐건만 술집 안은 가스등을 모두 밝혀 환했다. 게다가 바닥도 말끔했다. 침 뱉는 그릇은 시미가 비웠을 테지만, 코럴이 보기에 나머지 청소는 바 안쪽에 서 있는 뚱뚱한 여인이 도맡은 듯싶었다. 여인은 화장을 하고 있었으나 흙빛이 된 뺨과 퀭한 눈, 축 처지기 시작한 목의 주름까지 가릴 수는 없었다(도마뱀 가죽처럼 변해 버린 여자들의 목을 볼 때면 코럴은 늘 소름이 끼쳤다.).

개구쟁이의 번들거리는 유리 눈 아래서 바를 지키는 그 늙은 여인은 '날쌘 발 페티'였다. 페티는 할 수만 있으면 바텐더인 스탠리가 돌아와 쫓아내기 전까지 계속 그렇게 서 있고 싶었다. 그래도 눈치가 있어서 코럴에게 직접 말을 꺼내지는 않았지만, 페티는 자신이 원하는 바를 소리 없이 웅변하는 중이었다. 이제 그녀가 몸을 팔아 돈을 벌던 시절은 끝났다. 그래서 바텐더가 되고 싶어 안달했던 것이다. 코럴이 알기로 선례가 없지는 않았다. 강넘이 마을의 포레스트 트리 주점에도 여자 바텐더가 있었고, 타바레스 해안의 글렌코브 주점도 어떤 여자가 바텐더로 일한 적이 있다고 했다. 그러다 매독에 걸려 죽었지만. 그런데 페티가 외면하려 했던 사실이 한 가지 있었으니, 바로 스탠리 루이즈가 자신보다 열다섯 살이나 어리고 몸도 훨씬 건강하다는 것이었다. 스탠리는 페티가 어느 허름한 무덤에 처박혀 (날쌘 발을 더는 놀리지 못하고) 썩어갈 때까지도 개구쟁이 아래에 서서 손님들에게 술을 따를 터였다.

"안녕하세요, 소린 여사님."

페티가 인사를 건넸다. 그러고는 코럴이 미처 입을 열기도 전에 바에 술잔을 올려놓고 위스키를 따랐다. 조그만 술잔을 내려다보는 코럴의 표정에 절망감이 가득했다. 뭐야, 다들 알고 있었던 거야?

"필요 없어. 내가 언제 술 달랬어? 아직 해도 안 졌잖아! 가져가서 다시 병에 담아, 그리고 바에 서 있지 말고 당장 꺼져. 다섯 시도 안 됐는데 도대체 누가 술을 마시러 오겠어? 유령?"

페티의 표정이 무너져 내렸다. 두꺼운 화장이 실제로 갈라지는 듯했다. 페티는 바 밑에서 깔때기를 꺼내어 술병 주둥이에 대고 잔에 담은 위스키를 도로 따랐다. 깔때기를 썼는데도 바에 술이 흘렀다. 통통한 손이 덜덜 떨린 탓이었다(이제 그 손가락에는 반지가 보이지 않았다. 이미 오래전에 길 건너 잡화점에서 먹거리와 바꿨기 때문이었다.).

"죄송해요, 여사님. 죄송해요. 전 그냥……"

"그냥이고 자시고 듣기 싫으니까 닥쳐."

코럴은 날카롭게 쏘아붙였다. 그러고는 핏발이 선 눈을 돌려 피아노 앞에 앉은 셰브를 노려보았다. 셰브는 낡은 악보를 뒤적이다가 입을 헤 벌린 채 바 쪽을 멍하니 바라보는 중이었다.

"뭘 봐, 이 징그러운 두꺼비야."

"아뇨, 아닙니다. 그, 그냥……"

"그럼 눈깔 돌려. 이 돼지 같은 년도 좀 치우고. 아예 둘이 어디 가서 붙어먹는 건 어때? 그러면 이년 낮짝에도 윤기가 좀 돌 거 아냐. 너도 덩달아서 재미 좀 보고."

"저, 저는……"

"꺼지라고! 내 말 안 들려? 둘 다 꺼지란 말이야!"

페티와 셰브는 위층의 매춘용 객실 대신 주방으로 향했지만, 코럴은 아무래도 상관없었다. 그 둘이 지옥으로 간다고 해도 알 바 아니었다. 눈앞에서 사라지기만 하면 그만이었다.

코럴은 바 안쪽으로 들어가 주위를 둘러보았다. 한쪽 구석의 테이블에서 남자 둘이 카드놀이를 하고 있었다. 깡패 레이놀즈가 그 둘을 지켜보며 맥주를 홀짝거렸다. 바 끄트머리에 손님이 한 명 더 있었지만 그는 혼자만의 공상에 빠져 멍하니 허공을 응시했다. 코럴 소린 여사에게 관심을 보이는 사람은 한 명도 없었는데…… 있다고 해도 상관없었다. 페티가 알 정도면 온 세상이 다 알 테니까.

코럴은 바에 흐른 위스키를 손가락으로 찍어 입에 넣고 빨았다. 또 한 번, 그리고 다시 한 번. 그러다가 술병을 잡고 들이켜려던 찰나, 회녹색 눈에 거미를 닮은 털북숭이 괴물이 바에 폴짝 내려앉아 하악 소리를 냈다. 코럴은 비명을 지르며 물러섰고, 위스키 병을 발치에 떨어뜨렸으나…… 신기하게도 병은 깨지지 않았다. 대신 머리가 깨지는 것 같았다. 골이 어쩌나 지끈거렸던지, 두개골이 썩은 달걀 껍데기처럼 깨져버릴 것만 같았다. 카드놀이를 하던 남자들이 벌떡 일어나며 테이블을 뒤엎었다. 레이놀즈는 총을 뽑아들었다.

"안 돼."

코럴은 자신도 알아듣기 힘들 만큼 떨리는 목소리로 중얼거렸다. 두 눈은 욱신거렸고, 가슴은 방망이질하듯 두근댔다. 사람이 너무 놀라면 죽을 수도 있다던 말이 이제야 실감이 났다.

"진정해, 신사 분들. 별 일 아니야."

다리가 여섯 달린 괴물 고양이 머스티가 바에 서서 입을 벌리고 뾰족한 송곳니를 드러낸 채 또다시 날카로운 소리를 냈다.

코럴은 몸을 숙여 술병을 집어든 다음(허리 아래로 머리를 숙이자 또다시 골이 빠개지고 말 거라는 확신이 들었다.), 술이 아직 반의반 정도 남은 것을 확인하고 병째 들이켰다. 이제 누가 보든, 보면서 무슨 생각을 하든 아무 상관도 없었다.

코럴의 마음을 읽기라도 했는지, 머스티가 가르랑대기 시작했다. 이날 머스티는 빨간 목띠를 하고 있었는데…… 녀석이 맨 것을 보니 산뜻하기보다 사악해 보였다. 목띠 아래에는 하얀 종이쪽지가 꽂혀 있었다.

"쏴버릴까요?" 느릿한 목소리가 들려왔다. "원하신다면 그렇게 하지요. 한 방이면 발톱밖에 안 남을 겁니다."

조너스였다. 용수철 문 바로 옆에 서 있는 그의 안색은 코럴만큼이나 해쓱했지만, 그래도 머스티를 날려버릴 수 있다는 것은 분명한 사실이었다.

"아뇨. 자기 애완동물이 죽은 걸 알면 그 늙은 악녀가 우릴 귀뚜라미로 만들어 버릴 거예요."

"악녀라니?"

조너스가 실내를 가로질러 바 쪽으로 걸어오며 물었다.

"레아 두바티보. 자칭 '쿠스 언덕의 레아' 말이에요."

"아! 악녀가 아니라 마녀 말씀이로군."

조너스가 고양이의 등을 다독거렸다. 고양이는 손길을 허락하는 정도가 아니라 아예 등을 동그랗게 굽히며 몸을 맡겼건만, 그는 단 한 번밖에 쓰다듬어 주지 않았다. 뭐에 젖은 듯이 축축한 털가죽이 불쾌해서였다.

"한 잔 주시겠습니까?" 조너스가 고갯짓으로 술병을 가리키며 말했다. "좀 이르긴 하지만 다리가 너무 쑤셔서요."

"당신은 다리가 쑤시고 나는 골이 쑤시는데 낮이든 밤이든 무슨 상관이겠어요. 내가 살게요."

조너스의 하얀 눈썹이 쫑긋 올라갔다.

"감사한 마음 금할 길이 없군요, 동지."

코럴은 머스티에게 손을 뻗었다. 고양이는 하악 소리를 내면서도 그녀가 목띠에 꽂힌 쪽지를 꺼내도록 가만히 있었다. 쪽지를 펼쳐 보니 짤막한 문장 한 줄이 눈에 들어왔다.

목이 타는구나, 소년을 보내다오

"좀 봐도 될까요?"

조너스가 물었다. 첫 잔이 목을 넘어가 속을 덥혀주자 세상이 한결 더 밝아 보였다.

"안 될 것도 없죠."

코럴이 쪽지를 건넸다. 조너스는 슬쩍 보고 나서 쪽지를 돌려주었다. 하마터면 레아를 잊을 뻔했다. 있을 수 없는 일이었지만, 그렇다고 세상 모든 일을 다 기억하고 살 수는 없는 노릇 아닌가? 요즘들어 조너스는 살인 청부업자가 아니라 아홉 코스짜리 귀빈 만찬을 한꺼번에 내보내려고 안달하는 요리사가 된 기분이었다. 그런데 다행히도 늙은 마녀가 제 발로 소식을 전해 왔던 것이다. 할망구의 갈증에 축복이 있기를. 그리고 조너스의 갈증에도. 덕분에 때맞춰 이곳을 찾을 수 있었으니.

"시미!"

코럴이 악을 썼다. 그녀 또한 위스키의 효험을 느끼는 중이었다. 이제 거의 인간으로 되돌아간 느낌이었다. 한 술 더 떠 눈앞에 있는 엘드레드 조너스에게 자신과 함께 질펀한 저녁을 보낼 생각이 있는지 궁금하기까지 했다. 행정 장관의 여동생이자…… 시간을 잊게 만드는 비법을 아는 이 소럴 코린과 함께.

용수철 문이 열리며 시미가 들어왔다. 두 손은 흙투성이였고, 분홍색 모자는 목 끈에 매달린 채 등 뒤에 대롱거렸다.

"예, 코럴 소린 여사님! 저 여기 있습니다요!"

코럴은 시미 너머로 보이는 하늘을 보며 시간을 계산했다. 아무리 레아의 명령이라고 해도 오늘은 날이 아니었다. 밤중에 시미를 쿠스 언덕에 보낼 수는 없었다. 절대로.

"아니야, 됐어." 코럴의 목소리는 여느 때보다 더 부드러웠다. "가서 꽃이나 마저 챙기렴. 흙을 잘 덮어. 서리가 내릴 테니까."

코럴은 레아의 쪽지를 뒤집고 거기에 단 한 단어를 적었다.

내일

그런 다음 쪽지를 조너스에게 내밀었다.

"저 냄새 나는 놈 목에다 달아줄래요? 난 손도 대기 싫어요."

조너스는 부탁받은 대로 했다. 고양이는 회녹색 눈을 마지막으로 한 번 부라린 다음, 바에서 뛰어내려 용수철 문 밑으로 사라졌다.

"시간이 없어요."

코럴이 중얼거렸다. 그녀 스스로도 무슨 말인지 당최 알 수 없었지만, 정작 조너스는 다 알아들었다는 듯이 고개를 끄덕였다.

"아무도 모르는 주정뱅이랑 위층으로 올라갈 생각, 있어요? 예쁜 축에 든다고는 못하겠지만 이래봬도 몸은 꽤 유연해요. 침대에선 적극적인 편이기도 하고."

조너스는 잠시 생각하다가 고개를 끄덕였다. 그의 눈이 번들거렸다. 깡마르기로 치면 코딜리어 델가도와 별 다를 바 없는 여자였지만…… 그게 뭐가 중요한가? 달릴 것은 다 달렸을 텐데!

"좋지요."

"미리 경고하는데…… 난 더러운 소리를 잘하기로 유명해요."

"숙녀 분의 말씀, 온몸으로 귀담아듣겠습니다."

코럴의 입가에 웃음이 번졌다. 두통은 씻은 듯이 사라졌다.

"그렇게 될 거예요. 두고 봐요."

"잠깐만 기다리십시오. 어디 가지 마시고."

조너스는 실내를 가로질러 레이놀즈가 앉아 있는 곳으로 갔다.

"앉으세요, 엘드레드."

"아니. 숙녀께서 기다리신다."

레이놀즈는 바 쪽을 흘깃 쳐다보았다.

"농담이겠죠, 설마."

"난 여자 일로는 절대 농담 안 한다, 클레이. 내 말 잘 들어."

레이놀즈는 눈을 반짝이며 똑바로 앉았다. 조너스는 이 자리에 로이 디페이프가 없어서 다행이라고 생각했다. 로이는 시킨 일은 그럭저럭 해냈지만 설명을 대여섯 번은 해야 말귀를 알아들었다.

"렝길한테 가라. 사람을 최소한 열 명은 모아서 유전에 배치하라고 전해. 똑똑하고 입이 무거운 놈들, 혹시 필요하면 들키지 않고 매복할 수 있을 만큼 배짱이 있는 놈들로. 인솔자는 브라이언 후키로 정하라고 해. 이런 일에는 그런 침착한 녀석이 안성맞춤이니까."

레이놀즈의 두 눈에 흐뭇한 빛이 번들거렸다.

"꼬맹이들을 기다렸다가 치는 겁니까?"

"놈들은 유전에 한 번 온 적이 있어. 그러니 다시 들를 게다. 그때 총알을 퍼부어서 골로 보내는 거야. 단번에, 경고 없이. 무슨 말인지 알지?"

"그럼요! 그리고 그다음은요?"

"그다음은 석유도 기름 탱크도 죄다 놈들한테 뒤집어씌우는 거야." 조너스의 입가에 음흉한 미소가 번졌다. "놈들이 파슨한테 갖다 바칠 작정이었다고 말이지. 동맹에는 비밀로 하고서. 그럼 우린 수확제 때 마을 얼간이들의 어깨에 앉아 거리를 행진하게 될 게다. 배신자들을 척결한 영웅이 돼서 말이야. 그나저나 로이는 어딜 간 거냐?"

"교수대 바위로 돌아갔습니다. 정오에 거기 있는 걸 봤어요. 엘드 레드, 로이가 그러는데 그들이 오고 있답니다. 바람이 동쪽으로 불 때면 이쪽으로 다가오는 말발굽 소리가 들린대요."

"그놈 귀에는 듣고 싶은 소리만 들리나 보군."

말은 이렇게 했지만, 아무래도 로이 디페이프의 말이 옳은 듯싶었다. 트래블러스 레스트에 들어설 때 가라앉을 대로 가라앉았던 조너스의 기분은 이제 바닥을 치고 솟아오르는 중이었다.

"꼬맹이들이 오든 말든, 이제 슬슬 기름 탱크를 옮길 때가 됐어. 밤에 두 명씩 가서 작업을 시작한다. 전설 속의 방주에 짝을 지어 올라탄 짐승들처럼." 조너스는 자기가 내뱉은 말에 웃음을 터뜨렸다. "그래도 몇 명은 남겨 둬야지. 덫에 올려둔 치즈처럼."

"쥐새끼들이 안 걸려들면요?"

조너스는 알 바 아니라는 듯이 어깨를 으쓱했다.

"덫이 안 통하면 다른 방법을 써야지. 내일 내가 가서 놈들을 좀 들쑤셔놓을 거다. 분통이 터져서 정신이 흐려지도록. 자, 넌 가서 일을 해. 난 기다리는 여자가 있으니까."

"저보다 인기가 좋으시군요, 엘드레드."

조너스가 고개를 끄덕였다. 이제 반시간만 지나면 다리의 통증 따위는 까맣게 잊을 수 있을 듯싶었다.

"저 여자한테 넌 한입거리도 안 돼."

조너스는 코럴이 팔짱을 끼고 서서 기다리는 바 쪽으로 돌아갔다. 이내 팔짱을 푼 코럴이 그의 두 손을 잡더니 오른손을 자기 왼쪽 가슴에 올려놓았다. 손바닥에 딱딱하게 선 유두가 느껴졌다. 왼손은 코럴이 입으로 가져가더니 검지를 살짝 물었다.

"술병도 챙길까요, 소린 여사님?"

"나쁠 것 없죠."

지난 몇 달간 내내 그랬듯이 술에 취해 잠들었더라면 코럴은 침대 스프링이 삐걱거리는 소리에 눈을 뜨지 않았을 것이다. 아니, 폭탄이 터졌다 해도 깨지 않았으리라. 그러나 아래층에서 가져온 술병은 술이 조금도 줄지 않은 채로, 트래블러스 레스트 위층에 꾸며놓은 코럴 소린 전용 침실의 조그만 탁자에 놓여 있었다(침실은 매춘부들의 방 세 칸을 합쳐놓은 크기였다.). 온몸이 뻐근했지만 머리만은 상쾌했다. 어쨌거나 정사가 효과를 발휘했던 것이다.

창가에 조너스가 서서 희끄무레한 여명을 내다보며 바지를 입는 중이었다. 벗은 등에 지그재그로 새겨진 흉터가 가득했다. 코럴은 누가 그토록 지독하게 매질을 했는지, 또 어떻게 그런 매질을 당하고도 살아남았는지 묻고 싶었지만 입을 다물기로 했다.

"어디 가요?"

"아무 색이나 괜찮으니까 페인트를 좀 구할까 해서요. 그리고 아직 꼬리가 붙어 있는 떠돌이 개도 한 마리. 그다음은…… 모르시는 게 나을 것 같군요."

"알았어요."

코럴은 다시 누워서 이불을 턱까지 덮어 썼다. 일주일 정도는 세상모르고 잘 수 있을 것 같았다.

조너스는 장화를 신은 다음 허리에 총띠를 묶으며 문 쪽으로 걸어갔다. 그러고는 문고리에 손을 얹은 채 잠시 멈춰 섰다. 그를 바라보는 코럴의 회색 눈은 졸음으로 반쯤 흐릿했다.

"최고의 밤이었습니다."

조너스의 말에 코럴이 빙긋 웃었다.

"나도 그래요, 동지. 정말 최고였어요."

.

제4장
롤랜드와 커스버트

1

조너스가 트래블러스 레스트에 있는 코럴의 침실을 떠난 지 두 시간쯤 됐을 무렵, 바케이 목장에서는 롤랜드와 커스버트와 알레인이 숙소 현관을 나섰다. 태양이 이미 지평선 높이 떠 있었다. 소년들은 원래 일찍 일어나는 편이었지만 이곳에서는 커스버트의 말을 따라야 했다. '우린 내륙 자치령 출신처럼 보여야 해. 게으르진 않지만 느긋한 한량처럼.'

롤랜드는 기지개를 쭉 편 다음 허리를 굽혀 장화 앞코를 잡았다. 그러자 허리에서 뚜두둑 소리가 났다.

"하여튼 기분 나쁜 소리라니까."

알레인이 중얼거렸다. 아직 잠이 덜 깨서 뚱한 목소리였다. 사실 알레인은 뒤숭숭한 꿈과 예감에 시달리느라 밤새 잠을 설쳤다. 세 친구들 가운데 그런 경험을 한 사람은 알레인뿐이었다. 아마도 예지력 때문일 터였다. 알레인은 언제나 예지력이 강한 편이었으므로.

"너 들으라고 일부러 그런 거야." 커스버트가 너스레를 떨며 알레인의 어깨를 잡았다. "기운 내, 친구. 넌 풀 죽어 있기엔 너무 잘생겼어."

소년들은 롤랜드가 몸을 똑바로 펼 때까지 기다렸다가 다 함께 흙 마당을 지나 마구간으로 향했다. 마당을 반쯤 질러갔을 때, 롤랜드가 갑자기 멈추는 바람에 하마터면 알레인이 그의 등에 부딪힐 뻔했다. 롤랜드는 동쪽을 바라보고 있었다.

"오호."

우스꽝스러운, 어리둥절한 목소리로 롤랜드가 중얼거렸다. 심지어 빙긋이 웃기까지 했다.

"'오호'라니? 무슨 일이야, 위대한 영도자님? 오호, 즐거워라, 이제 곧 아리따운 아가씨를 만나겠구나? 아니면 오호, 젠장, 오늘도 이 냄새 나는 사내놈들이랑 온종일 붙어 있어야겠구나?"

커스버트가 롤랜드 흉내를 내며 비꼬았다. 알레인은 가만히 장화코를 내려다보았다. 길르앗을 떠날 때에는 불편했던 새 장화가 이제 가죽이 늘어나고 굽이 닳아서 더없이 편안했다. 지금은 친구들보다 장화를 보고 있을 때 더 마음이 편했다. 요즘 들어 커스버트의 말에는 언제나 날이 서 있었다. 익살이 사라진 자리를 대신 채운 것은 야비함과 불쾌함이었다. 알레인은 롤랜드가 커스버트의 모욕에 분노할 거라는 기대를 버리지 않았다. 날카로운 쇠로 긁은 부싯돌처럼, 롤랜드가 버럭 화를 내며 커스버트를 때려눕힐 거라고 생각했다. 실은 그러기를 염원했다. 그렇게라도 해야 분위기가 바뀔 것 같아서였다.

그러나 이날 아침은 아니었다.

"그냥 해본 말이야."

롤랜드는 느긋하게 대꾸하고 걸어갔다. 안장에 오르는 동안 커스버트가 다시 입을 열었다.

"롤랜드, 그 비둘기 말인데. 네가 지겨워하는 건 나도 알아, 미안해. 그치만 내 생각엔 한 번 더 전언을 보내야……"

"알았어. 약속할게."

롤랜드는 빙긋 웃으며 대답했다. 커스버트는 의심하는 눈빛으로 그를 바라보았다.

"진짜로?"

"내일 아침에도 네 생각이 안 바뀌면 그때 보내자. 네가 고른 비둘기 다리에, 네가 직접 쓴 전언을 묶어서, 길르앗 쪽으로 날려 보내는 거야. 어때, 아서 히스? 이 정도면 되겠어?"

커스버트는 그래도 못 믿겠다는 표정으로 가만히 롤랜드를 바라보았고, 그런 친구를 보며 알레인은 가슴이 미어지는 듯했다. 잠시후, 커스버트의 얼굴에도 웃음이 번졌다.

"그래. 고맙다."

뒤이어 롤랜드의 입에서 나온 말에 알레인은 기이한 예감을 느꼈다. 그의 의식 속에서 예지력을 담당하는 부분이 부르르 떨리며 동요했다.

"고마워하기엔 아직 일러."

2

"전 거기 올라가기 싫어요, 소린 여사님."

시미가 말했다. 평소에는 매끈하던 얼굴이 심상치 않게 찌푸려졌다. 두려움에 떠는 표정이었다.

"그 여자는 무서워요. 곰처럼 무서워요, 진짜예요. 코에 사마귀도 나 있어요. 여기요."

시미는 오종종하고 매끈한 자기 콧망울을 손가락으로 짚었다. 전날까지만 해도 그렇게 미적거리는 꼴을 보면 머리를 갈겼을 코럴이었지만, 이날은 유달리 참을성이 강했다.

"네 말이 맞아. 하지만 시미, 그 여잔 특별히 널 지명했어. 그 여자가 심부름 값을 후하게 주는 건 너도 잘 알잖아."

"그래 봤자 절 딱정벌레로 둔갑시키면 무슨 소용이에요. 벌레가 돈을 쓸 수 있는 것도 아닌데."

시미는 풀 죽은 목소리로 그렇게 중얼거리면서도 여관에서 부리는 노새 카프리초소가 묶여 있는 곳으로 걸어갔다. 노새 등에 바키가 실어 둔 술통 두 개가 보였다. 하나는 균형을 맞추려고 모래를 채운 통이었다. 다른 한 통에는 갓 짠 *그라프*가 들어 있었다. 레아가 좋아하는 술이었다.

"곧 있으면 수확제잖아. 웬걸, 이제 3주도 안 남았어."

"그러네요."

코럴의 밝은 목소리에 시미의 표정이 조금 누그러졌다. 시미는 축제라면 사족을 못 쓰게 좋아했다. 장식등, 폭죽, 무도회, 이런저런 놀이, 사람들의 웃음소리까지도. 축제날이 돌아오면 모두들 즐거워했고, 그래서 그에게 못된 소리를 퍼붓지도 않았다.

"주머니가 두둑하면 축제가 훨씬 더 즐거울 텐데 말이지."

"그건 그래요, 소린 여사님. 맞아요, 진짜 그래요."

시미는 방금 막 인생의 심오한 진리를 깨달은 사람 같은 표정으로 중얼거렸다. 코럴은 카프리초소의 고삐를 시미의 손에 단단히 쥐여주었다.

"잘 갔다 오렴. 그 늙은 까마귀한테 공손하게 대해야 해. 인사할 땐 허리를 푹 숙이고…… 그리고 해가 지기 전에 내려오는 거 명심하고."

"그럼요, 환할 때 내려와야죠. 사방이 환할 때, 암요."

시미는 밤까지 쿠스 언덕에 남아 있는 자신의 모습을 상상하고 몸을 부르르 떨었다.

"기특한 녀석."

코럴은 시미가 분홍색 모자를 푹 눌러쓰고 성질 고약한 노새의 고삐 줄을 쥔 채 출발할 때까지 가만히 지켜보았다. 그러다가 맨 앞에 보이는 조그마한 언덕 너머로 시미의 모습이 사라지자 나지막이 되뇌었다.

"기특한 녀석."

3

풀이 우거진 언덕 비탈에 바짝 엎드린 채로, 조너스는 애송이들이 바케이 목장을 떠나고 나서 한 시간이 지날 때까지 기다렸다. 그런 다음 말을 타고 언덕마루에 올라 녀석들의 뒷모습을 찾았다. 5킬로미터가 넘게 떨어진 갈색 언덕에 점 세 개가 보였다. 녀석들이 하루 일과를 위해 출발하는 길이었다. 뭔가 눈치챈 낌새는 전혀 없었다. 처음에 넘겨짚었던 것보다는 영리한 놈들이었지만…… 그래 봤자 자기들 생각만큼 영리한 놈들은 결코 아니었다.

조너스는 바케이 목장에서 500미터쯤 떨어진 곳까지 다가간 다음(이른 가을 아침의 화창한 햇살 속에 뼈대만 남은 마구간과 일꾼 숙소는 그보다 더 멀리 있었다.), 목장주 저택의 분수대 옆에 자란 미루나무에 말을 묶었다. 소년들이 빨래를 널어둔 곳이었다. 조너스는 나무 아래쪽 가지에 널린 바지와 셔츠를 걷어 수북이 쌓고 거기에 오줌을 갈긴 후에 말로 돌아갔다.

조너스가 안장 가방에서 개꼬리를 꺼내자 말은 드디어 그 물건이 사라져서 기쁘다는 듯이 발로 땅을 쿵쿵 굴렀다. 개꼬리를 버리게 되어 기쁘기는 조너스도 마찬가지였다. 슬슬 코를 찌르는 악취가 풍기기 시작했기 때문이었다. 반대편 안장 가방에서는 빨간 페인트가 든 조그마한 유리 단지와 솔이 나왔다. 조너스가 이날 대장간을 지키던 브라이언 후키의 맏아들한테서 받아 온 것이었다. 후키는 지금쯤 틀림없이 시트고 유전에 나가 있을 터였다.

조너스는 몸을 감출 생각은 아예 하지도 않은 채 숙소 건물로 향했는데…… 어차피 이 근처에는 몸을 숨길 지형지물 자체가 없었다. 게다가 소년들이 자리를 비웠으니 딱히 피해야 할 눈도 없었다.

포치의 흔들의자에 한 놈이 두고 간 책이 보였다. 머서의 『설교와 명상』이었다. 중간 세계에서 책은 극히 진귀한 물건이었고, 내륙 자치령에서 멀어질수록 더욱 찾아보기 힘들었다. 시프론트 관저에 있는 몇 권을 제외하면 이 책은 조너스가 메지스에 와서 처음 본 것이었다. 책을 펼치자 여성의 단아한 글씨체로 적힌 문구가 눈에 들어왔다. *소중한 아들에게, 사랑하는 엄마가.* 조너스는 그 종이를 찢어 버리고 페인트 단지를 열어 세 손가락 끝에 페인트를 찍었다. 그러고는 가운뎃손가락으로 엄마를 지워버리고 새끼손가락을 붓 삼아 그 위에 갈보라고 적었다. 조너스는 눈에 잘 띄는 곳에 박힌 녹슨 못에 그 종이를 꽂아둔 다음, 책을 갈기갈기 찢고 발로 짓밟았다. 책의 임자는 누구일까? 조너스는 디어본이기를 바랐지만 누구라도 상관없었다.

숙소 안으로 들어서자 맨 먼저 새장 안에서 구구거리는 비둘기들이 눈에 들어왔다. 조너스는 이때껏 녀석들이 햇빛을 반사시켜 암호 통신을 주고받을 거라고 생각했다. 그런데 전서구라니! 맙소사! 이렇게 야무질 수가!

"너희는 좀 있다 손봐주마. 얌전히 기다리고 있어. 숨이 붙어 있는 동안 맘껏 먹고 싸면서."

비둘기들이 구구거리는 소리가 부드럽게 귓가를 간질이는 가운데, 조너스는 호기심 어린 눈으로 숙소 안을 둘러보았다. 그냥 애송이들일까, 아니면 귀족 출신? 디페이프는 앞서 리치 마을에서 만난 늙은 주정뱅이에게 물어보았다고 했다. 그 늙은이는 아마 둘 다일 거라고 대답했다. 깔끔하게 정리해놓은 방을 보면 적어도 본때 있게 자란 것 같기는 했다. 잘 훈련된 녀석들이었다. 침대 세 개가 다 반듯하게 개켜져 있었다. 개인 소지품 또한 침대 발치에 차곡차곡 쌓여 있었다. 각각의 짐 속에서는 어머니의 초상화가 나왔고(아, 저런 착실한 녀석들 같으니), 그중에는 양친이 함께 그려진 초상화도 있었다. 조너스는 사람 이름이나 혹시 모를 증명서가 나오지 않을까 하고 기대했지만(하다못해 연애편지 한 통이라도) 허탕이었다. 그냥 애송이이든 아니면 귀족 애송이이든 간에 몹시도 용의주도한 놈들이었다. 조너스는 액자에 든 초상화를 꺼내어 갈가리 찢었다. 작은 물건들은 온 사방에 던져놓고 시간이 허락하는 한도 내에서 자근자근 짓밟아 망가뜨렸다. 정장 바지 주머니에서 찾은 리넨 손수건은 코를 풀어서 눈에 잘 띄도록 정장 구두에 살포시 얹어놓았다. 하루 종일 가축의 수를 세다가 지친 몸을 이끌고 집에 돌아왔을 때, 자기 물건에 묻어 있는 모르는 사람의 콧물보다 더 분통 터지는 것이 있을까? 그보다 더 무서운 것이 또 있을까?

이제 비둘기들이 불안에 떨고 있었다. 조너스가 새장 문을 열었을 때, 비둘기들은 어치나 까마귀처럼 쪼아대지는 못했지만 그래도 달아나려고 날개를 퍼덕이며 버둥거렸다. 물론 아무 소용도 없었다. 조너스는 비둘기들을 차례로 붙잡고 대가리를 비틀어 뜯었다. 그런 다음 소년들의 짚 베개 아래에 죽은 새를 한 마리씩 놓아두었다.

그러던 중에 베개 밑에서 작은 보너스가 나왔다. 기다란 종이쪽지와 잉크가 든 펜이었다. 틀림없이 전언을 보낼 때 사용하는 물건이었다. 조너스는 펜을 꺾어서 방 저편으로 던져버렸다. 종이쪽지는 주머니에 고이 챙겼다. 종이는 언제나 쓸모 있는 자원이므로.

비둘기들을 해치우고 나니 사방이 조용했다. 조너스는 널빤지 바닥 위를 천천히 걷기 시작했다. 고개를 숙인 채로, 삐걱대는 소리를 유심히 들으면서.

4

알레인이 탄 말이 빠른 걸음으로 다가왔을 때, 롤랜드는 친구의 하얗게 질린 얼굴과 두려움으로 물든 눈을 못 본 척했다.

"이쪽은 31마리야, 알레인. 왕관과 방패가 있는 문양으로 봐선 모두 자치령 소유의 말 같아. 네 쪽은 몇 마리야?"

"롤랜드, 우리 돌아가야 돼. 뭔가 잘못됐어. 예감이 들어, 이렇게 강한 예감은 처음이야."

"몇 마리냐니까?"

롤랜드가 거듭 물었다. 그는 전에도 알레인의 예지력이 쓸모 있기보다 짜증스럽다고 느낀 적이 있었다. 바로 지금처럼.

"40. 아니, 41? 잘 모르겠어. 무슨 상관이야, 어차피 우리가 못 세게 다 옮겨 놨을 텐데. 롤랜드, 내 말 안 들려? 돌아가야 한다고! 뭔가 잘못됐다니까! *숙소에 무슨 일이 생겼단 말이야!*"

롤랜드는 500미터쯤 떨어진 곳에서 한가로이 말을 타고 거니는 커스버트를 흘깃 쳐다보았다. 그러고는 다시 알레인에게로 눈을 돌렸다. 말없이 던지는 질문처럼, 두 눈썹이 살짝 올라가 있었다.

"커스버트가 뭐? 롤랜드, 쟨 어차피 예지력 같은 거 없잖아. 난 달라. 너도 알잖아, 난 다르다고! 제발, 롤랜드! 누군지는 모르지만 우리 비둘기를 발견할 거야! 어쩌면 우리 총도!" 평소에는 침착하던 알레인이 흥분과 낭패감에 휩싸여 거의 악을 지르다시피 했다. "같이 안 갈 거면 나 혼자라도 가게 해 줘! 허락해 줘, 롤랜드! 네 아버지의 명예를 위해!"

"허락 못 해. *네* 아버지의 명예를 위해서. 이쪽은 31마리야. 네 쪽은…… 40마리? 그래, 40마리라고 해두자. 40은 좋은 숫자니까. 아주 좋은 숫자지. 이제 자리를 바꿔서 다시 세어보자."

"너 도대체 왜 그래?"

알레인이 거의 속삭이듯 조그마한 목소리로 물었다. 롤랜드를 바라보는 그의 표정은 마치 미친 사람을 보는 듯했다.

"왜 그러냐니?"

"너도 *알았잖아!* 아침에 숙소를 나설 때 느꼈잖아!"

"아, 뭔가 본 것 같기도 해. 그냥 반사된 햇빛이었을 테지만…… 그나저나 알레인, 넌 날 믿어? 내가 보기에 중요한 건 그거야. 넌 날 믿어? 아니면 너도 내가 사랑에 빠져서 정신이 나갔다고 생각해? 커스버트처럼?"

롤랜드는 커스버트가 있는 쪽을 고갯짓으로 가리켰다. 그의 입가에는 희미한 웃음이 감돌았지만, 두 눈은 초점 없이 흐릿하면서도 동시에 냉랭했다. 지평선 너머까지 꿰뚫어보는 롤랜드 특유의 눈빛이었다. 알레인은 수전 델가도가 롤랜드의 이 눈빛을 보았는지, 만약 보았다면 어떻게 받아들였을지 궁금했다.

"난 널 믿어."

머릿속이 너무나 혼란스러웠다. 이제 알레인은 자기가 한 대답이 참인지 거짓인지조차 판단할 수 없었다.

"좋아. 그럼 나랑 자릴 바꿔. 명심해, 내 계산으로는 31마리야."

"그래, 31. 31마리란 말이지."

알레인은 대꾸하고 나서 두 손을 들어 허벅지를 내리쳤다. 하도 세게 쳐서 평소에는 얌전하던 말이 귀를 납작 숙이고 휘청거렸다.

"오늘은 좀 일찍 돌아가자. 그렇게 해서 네 기분이 풀린다면."

롤랜드는 그 말을 남기고 떠났다. 알레인은 멀어지는 친구의 뒷모습을 가만히 바라보았다. 그는 평소에도 롤랜드의 머릿속에 무슨 생각이 들어 있는지 궁금했지만, 지금처럼 절박하게 알고 싶었던 적은 한 번도 없었다.

5

끼익. 끼익 끼익.

귀를 기울이고 찾던 소리가 마침내 들려왔다. 조너스가 막 수색을 포기하려던 참이었다. 그는 은닉처가 애송이들의 침대 근처에 있으리라고 짐작했지만, 놈들은 역시 용의주도했다.

조너스는 한쪽 무릎을 꿇고 앉은 다음, 바닥에 칼날을 꽂고 비틀어 삐걱거리는 바닥 널빤지를 들어올렸다. 바닥 아래에 시커먼 목면으로 감싼 꾸러미 세 개가 보였다. 축축한 목면에서 총 소제용 기름 냄새가 희미하게 풍겼다. 조너스는 애송이들이 어떤 총을 가져왔는지 궁금한 마음에 꾸러미를 꺼내어 펼쳐보았다. 내용물은 쓸 만하기는 해도 딱히 특별하지는 않았다. 꾸러미 두 개에는 (이유는 알 수 없지만) '수호자'라는 이름으로 불리는 5연발 리볼버가 한 정씩 들어 있었다. 세 번째 꾸러미에는 수호자보다 질이 더 좋은 6연발 리볼버가 두 정 들어 있었다. 잠시나마 조너스는 이 총이 총잡이가 사용하는 커다란 리볼버라고 생각했다. 시퍼런 강철 몸통에 백단향 손잡이, 갱도처럼 기다란 총신이 달린 리볼버라고. 그런 총이라면 원래 계획이 어그러지든 말든 간에 그대로 두고 올 수 없는 노릇이었다. 그러다 보니 평범한 총 손잡이를 확인했을 때 그는 오히려 일말의 안도감을 느꼈다. 실망하기를 바라고 온 것은 아니었지만, 덕분에 정신이 맑아졌으니 그나마 다행이었다.

조너스는 총을 다시 싸서 바닥 아래에 집어넣고 널빤지를 덮었다. 마을의 조무래기 불량배들이 이곳에 오는 것은 있을 법한 일이었고, 지키는 사람 없는 숙소를 어지럽히다가 부수지 못할 물건을 사방에 흐트러뜨리는 일도 충분히 일어날 만했다. 그러나 이런 비밀 장소를 용케 찾아낸다? 그런 일은 있을 수 없었다. 결코.

놈들이 과연 마을의 불량배들 짓이라고 믿을까?

믿을 수도 있었다. 처음에 애송이들을 얕봤다고 해서 지금부터 녀석들을 과대평가할 이유는 없었다. 게다가 조너스는 딱히 그런 것까지 신경 쓰지 않아도 좋을 만큼 느긋했다. 어쨌거나 놈들은 분통이 터질 테니까. 어쩌면 분노에 눈이 먼 나머지 숨어 있던 언덕 뒤에서 뛰쳐나와 총공세에 나설지도 몰랐다. 조심성 따위는 바람에 날려 보낸 채…… 제 발로 위험에 뛰어들기 위해서.

조너스는 잘린 개꼬리를 아까까지 비둘기가 있던 새장에 꽂아놓았다. 불쑥 솟은 개꼬리가 커다란 가짜 깃털 같았다. 그는 솔에 페인트를 적셔 벽에다

내 엿이나 쪽쪽 빨아라!

와 함께

집에 가세요 부잣집 도련님들

이라는, 천진난만하기 그지없는 문구를 적어놓았다. 그런 다음 숙소를 나와 현관 옆 포치에 잠시 서서 여전히 목장에 아무도 없는지 확인했다. 물론 그 혼자였다. 그럼에도 잠깐 동안, 아주 미묘하게, 마음에 걸리는 구석이 있었다. 왠지 꼬리를 밟힌 것만 같은 느낌이었다. 어쩌면 내륙 출신들이 사용하는 텔레파시 같은 것인지도.

그래, 그런 게 있었지. '예지력'이라고 하는.

그랬다. 하지만 그 능력은 총잡이와 예술가, 그리고 미치광이들이 사용하는 것이었다. 애송이들이 쓸 수 있을 리가 없었다. 귀족이든 아니든 간에.

그럼에도 조너스는 거의 뛰다시피 빠른 걸음으로 말이 있는 곳으로 돌아갔고, 그대로 안장에 올라 마을을 향해 달렸다. 이제 모든 것이 파국을 향해 치닫는 중이었다. 악마의 달이 만월이 되기 전까지 해야 할 일이 산더미였다.

6

이끼가 낀 지붕 아래 돌 벽으로 둘러싸인 레아의 작은 집은 쿠스의 맨 끄트머리 언덕 위에 옹송그리고 있었다. 지붕 너머로 북서쪽의 배드 그래스와 사막, 교수대 바위, 아이볼트 골짜기를 포함한 장대한 경관이 펼쳐졌지만, 정오가 지난 지 얼마 안 되어 노새 카프리초소를 끌고 조심스레 레아네 집 마당에 들어선 시미는 아름다운 경치에 신경 쓸 겨를이 전혀 없었다. 근 한 시간 동안 허기에 시달린 시미였으나 뱃속을 쥐어짜던 허기도 이제 싹 사라지고 없었다.

이곳은 시미가 햄브리 자치령에서 가장 싫어하는 장소였다. 거대한 시추탑이 쉬지 않고 철컹거리며 오르락내리락하는 시트고 유전보다도 더 치가 떨렸다.

"아, 안녕하세요."

시미가 카프리초소를 끌고 마당으로 들어서며 소리쳤다. 노새는 집에 가까워질수록 발에 힘을 주고 목을 숙이며 뻗댔지만, 주인이 힘주어 고삐를 당기자 다시 순순히 따라왔다. 시미는 그런 노새에게 거의 미안함까지 느낄 지경이었다.

"부, 부인? 파리 한 마리 못 죽일 만큼 착하고 나이 지긋하신 부인님? 안에 계세요? 저 시미예요, 부인께서 드실 *그라프* 가져왔어요."

시미는 빙긋 웃으며 빈손을 앞으로 내밀었다. 아무 해도 끼치지 않겠다는 뜻으로 손바닥을 쫙 펴서 내밀었지만, 오두막 안에서는 여전히 아무 소리도 들리지 않았다. 시미는 뱃속이 뒤틀리는 느낌을, 뒤이어 꾸르륵거리는 느낌을 받았다. 한순간 아기처럼 바지에 똥을 싸겠구나 하는 생각이 들었지만, 시간이 지나자 속이 조금 편해졌다. 적어도 뱃속은 편안했다.

한 걸음씩 옮길 때마다 진저리가 났다. 마당은 집주인의 손길이 닿기라도 한 듯 자갈투성이었고, 제멋대로 자란 잡초도 누렇게 시들어 있었다. 마당 한쪽에는 남새밭이 있었다. 주로 호박과 샤프루트가 자라고 있었는데 가만히 보니 모두 돌연변이였다. 뒤이어 남새밭의 허수아비가 눈에 들어왔다. 허수아비 역시 징그러운 돌연변이였다. 짚으로 만든 머리가 두 개 달려 있었고, 가슴께에 튀어나온 지푸라기 손처럼 생긴 덩어리는 여성용 새틴 장갑을 끼고 있었다.

소린 여사님, 전 다시는 여기 안 올 거예요. 시미는 속으로 중얼거렸다. *억만금을 준대도 싫어요.*

오두막 문은 열려 있었다. 시미의 눈에는 마치 헤 벌어진 입처럼 보였다. 그 안에서 역하고 축축한 악취가 풍겨 나왔다.

시미는 집까지 열다섯 걸음 정도 남은 곳에서 멈춰 섰다. 그러다 카프리초소가 주둥이로 엉덩이를 툭 건드렸을 때, 시미는 짤막한 비명을 토했다. 그 소리에 하마터면 놀라 달아날 뻔한 시미는 고작 제자리에 서 있기 위해 온 의지력을 쥐어 짜내야만 했다. 화창한 날이었으나 이 언덕 위에서는 태양도 아무 힘을 못 쓰는 듯했다. 초행길도 아니었고 전에도 레아의 언덕이 유쾌했던 적은 한 번도 없었지만, 이날은 유독 고약했다. 마치 한밤중에 깨어나 희박지대의 소리를 들을 때와 똑같은 기분이었다. 무언가 끔찍한 것이 자신을 향해 다가오는 것만 같았다. 광기로 희번덕거리는 두 눈 아래 시뻘건 발톱밖에 없는 어떤 것이.

"저, 저기요? 아무도 안 계세요? 저……"

"이리 가까이 와라." 열린 문 안쪽에서 목소리가 흘러나왔다. "내가 볼 수 있는 곳으로 와, 이 얼간아."

흐느끼지도 울부짖지도 않으려고 기를 쓰면서, 시미는 목소리가 시키는 대로 했다. 다시는 이 언덕을 내려가지 못하리라는 생각이 들었다. 어쩌면 카프리초소는 돌아갈지도 모르지만, 그는 아니었다. 불쌍한 시미는 솥단지 안에서 끝을 맞을 판이었다. 오늘 저녁에는 뜨끈한 요리로, 내일은 수프로, 그다음엔 냉육이 되어 세밑까지. 그것이 그의 운명이었다.

시미는 후들거리는 다리를 끌고 현관 앞 계단까지 쭈뼛쭈뼛 다가

갔다. 양 무릎 사이가 더 좁았다면 짝짝기처럼 부딪혀서 딱딱거리는 소리가 들릴 판이었다. 이날 레아는 아예 목소리 자체가 달랐다.

"부, 부인? 저 무서워요. 무, 무서워 죽겠어요."

"당연히 그럴 테지."

목소리가 말했다. 기분 나쁜 연기 덩어리처럼, 목소리가 햇살 속으로 구불텅구불텅 흘러나왔다.

"허나 걱정하지 마. 내가 시키는 대로만 하면 돼. 더 가까이 와라, 시미. 스탠리의 아들이여."

걸음을 옮길 때마다 두려움이 발을 잡아끌었지만, 시미는 목소리가 시키는 대로 했다. 카프리초소도 고개를 푹 숙인 채 뒤를 따랐다. 언덕을 오르는 동안 쉬지 않고 거위처럼 시끄럽게 힝힝대던 노새가 이제는 조용하기만 했다.

"옳지, 왔구나." 그늘 속에 파묻힌 목소리가 속삭이듯 말했다. "드디어 왔어."

레아는 열린 문을 통해 쏟아진 햇살 속으로 나오다가 환한 빛에 눈이 부셔서 움찔 물러섰다. 두 팔로 끌어안고 있는 것은 빈 *그라프* 통이었다. 목걸이처럼 목을 친친 감고 있는 것은 초록색 뱀 에르모트였다.

시미는 전에도 그 뱀을 본 적이 있었다. 그리고 그때마다 저런 뱀에 재수 없게 물리면 어떤 괴로움에 몸부림치며 죽어갈까 궁금해하곤 했다. 하지만 이날은 그런 궁금증이 전혀 들지 않았다. 레아에 비하면 에르모트조차도 평범해 보였던 것이다. 노파의 얼굴은 볼이 푹 꺼져서 나머지 얼굴 전체가 해골 같았다. 머리카락이 얼마 안 남은 머리에는 갈색 반점이 생겼는데 툭 튀어나온 이마까지 번진 모양이 꼭 징그러운 벌레 떼 같았다. 왼쪽 눈 밑은 벌겋게 부어 있었고, 헤벌쭉 웃는 입 속에 고작 몇 개밖에 안 남은 이가 보였다.

"내 몰골이 영 마음에 안 들지, 응? 그래서 겁을 먹은 게지?"

"아, 아뇨. 아니, 맞아요!"

시미는 잘못 대답했다는 생각에 냉큼 말을 주워섬겼다. 그러나 뒤이어 내뱉은 말은 더 어색했다.

"예, 예쁘신데요!"

레아는 들릴락 말락 하게 웃으며 빈 술통을 시미의 품에 불쑥 떠안겼다. 그 힘이 하도 세서 시미는 하마터면 엉덩방아를 찧을 뻔했다. 손가락이 닿은 순간은 아주 잠깐이었지만 살갗에 소름이 돋기에는 충분한 시간이었다.

"아무렴. 하는 짓이 예쁘면 얼굴도 예뻐 보인다잖아? 그거야말로 나한테 딱 맞는 말이지. 암, 딱 맞고말고. 됐으니까 내 *그라프*나 내놔, 이 얼간아."

"예, 예! 당장 가져오겠습니다요!"

시미는 빈 통을 들고 노새에게 돌아가 통을 땅에 내려놓은 다음, *그라프*가 든 작은 술통의 줄을 더듬더듬 풀었다. 등에 꽂히는 마녀의 눈초리가 생생하게 느껴진 탓에 손놀림이 무뎌졌지만, 그래도 마침내 술통을 푸는 데 성공했다. 통이 손에서 미끄러지다 보니 하마터면 돌바닥에 떨어져 박살날 뻔한 아찔한 순간도 있었으나 시미는 그 직전에 가까스로 통을 고쳐 잡았다. 마침내 술통을 들고 현관으로 돌아갔을 때 뱀이 안 보인다는 생각이 퍼뜩 떠올랐고, 정신을 차려 보니 신발 위에 꾸물거리는 움직임이 느껴졌다. 에르모트가 시미를 올려다보며 쉭쉭거렸다. 흉측하게 벌어진 주둥이 사이로 독니 두 쌍이 드러났다.

"방정맞게 움직이지 마라, 꼬마야. 영리하게 굴어. 오늘 에르모트가 기분이 영 안 좋거든. 자, 통을 문 안으로 가져와. 무거워서 난 못 들 것 같아. 요 며칠 끼니를 걸러서 말이지."

시미는 통을 들고 허리를 숙이느라(*인사할 땐 허리를 푹 숙이고라던 소린 여사의 말처럼*) 인상이 찌푸려졌지만, 뱀이 버티고 앉은 이상 허리의 부담을 줄이겠다고 다리를 움직일 수도 없는 노릇이었다. 이윽고 똑바로 몸을 펴고 보니 레아가 낡고 지저분한 봉투를 내밀고 있었다. 봉투 주둥이는 빨간 밀랍으로 동그랗게 봉인되어 있었다. 시미는 저런 밀랍을 만들려면 무슨 재료를 써야 하는지 상상도 하기 싫었다.

"이걸 가져가서 코딜리어 델가도한테 전해. 누군지는 알지?"

"예, 예. 수전 아가씨의 고모님이세요."

"맞았어."

시미가 쭈뼛쭈뼛 손을 내밀자 레아는 봉투를 획 당겼다.

"넌 까막눈이지. 그렇지, 얼간아?"

"예. 전 글씨를 봐도 무슨 말인지 하나도 몰라요."

"좋아. 명심해, 누구한테 이 편지를 보여줬다가는 어느 날 밤 네 베개 밑에 에르모트가 기다리고 있을 게야. 난 앉아서 천리를 본단다, 시미. 무슨 말인지 알겠냐? *내 눈에는 다 보여*."

그냥 봉투일 뿐인데도 받아들고 보니 왠지 무겁고 으스스했다. 종이가 아니라 사람 가죽으로 만든 것 같았다. 게다가 편지라니, 레아가 코딜리어 델가도에게 편지를 쓸 일이 뭐가 있단 말인가? 시미는 온통 거미줄로 덮인 코딜리어의 얼굴을 보았던 그날을 떠올리고 부르르 떨었다. 그 거미줄은 어쩌면 지금 이 집 현관에 기어 다니는 저 징그러운 짐승이 자아낸 것일 수도 있었다.

"어디다 흘려도 내 눈엔 다 보여." 레아가 나직이 말했다. "다른 사람한테 보여줘도 난 다 안다. 그러니 명심해라, 스탠리의 아들아. 난 앉아서 천리를 본다는 걸."

"예, 조심하겠습니다요."

봉투를 잃어버리는 편이 더 나을지도 몰랐지만, 차마 그럴 엄두가 나지 않았다. 시미는 사람들 말마따나 머리가 조금 모자라기는 해도 자기가 이곳까지 불려온 까닭이 무엇인지 못 알아차릴 정도는 아니었다. 그라프를 배달하기 위해서가 아니라 이 봉투를 받아서 전달하기 위해서였다.

"안에 잠깐 들어오지 않으련?" 레아가 속삭이듯 말하며 시미의 사타구니를 가리켰다. "내가 주는 버섯을 한 입 먹어 봐. 아주 특별한 거란다. 그걸 먹으면 내 얼굴이 네가 사모하는 상대로 보일 게야."

"아뇨, 안 돼요."

시미는 바지를 꽉 움켜쥐고 헤벌쭉 웃으며 대답했다. 귀 밑까지 걸린 웃음이 꼭 살갗을 비집고 터져 나오는 비명 같았다.

"그게, 지난주에 다 시들어서 떨어져 버렸거든요."

레아는 잠시 넋이 나간 듯 가만히 시미를 바라보았다. 이토록 순수한 경악에 휩싸인 적은 평생 단 몇 번뿐이었다. 그러던 레아가 이내 가슴이 후련해지도록 껄껄 웃었다. 누리끼리한 손으로 배를 붙잡고서, 흥을 이기지 못해 몸까지 꺼떡거릴 정도였다. 놀란 에르모트는 기다란 배를 바닥에 깔고 집으로 스르륵 기어 들어갔다. 컴컴한 집 안 깊숙한 곳에서 고양이가 뱀을 보고 하악 소리를 냈다.

"이제 가 봐."

레아가 여전히 웃으며 말했다. 그러고는 몸을 앞으로 숙여 시미의 셔츠 주머니에 동전 서너 푼을 넣어주었다.

"썩 꺼져, 이 얼빠진 놈아! 꽃에 한눈팔 생각은 하지도 말고!"

"예, 예, 그럼……"

뭐라고 더 말하기도 전에 문이 쾅 닫혔다. 어찌나 세게 닫았는지 문 널빤지 틈으로 먼지가 피어올랐다.

7

커스버트는 오후 두 시에 바케이 목장으로 돌아가자는 롤랜드의 말에 깜짝 놀랐다. 이유를 물었지만 롤랜드는 어깨만 으쓱할 뿐, 더 말하려 들지 않았다. 커스버트가 돌아보니 알레인은 생각에 잠긴 듯 묘한 표정을 하고 있었다.

숙소에 가까워질수록 커스버트의 불길한 예감은 점점 더 커졌다. 세 소년은 둔덕에 올라 바케이 목장을 내려다보았다. 숙소 문이 열려 있었다.

"롤랜드!"

알레인이 외쳤다. 그의 손가락이 목장 분수대 근처의 미루나무를 가리키고 있었다. 목장을 나설 때 깔끔하게 널어두었던 빨래들이 땅바닥에 어지럽게 흩어져 있었다.

커스버트는 말에서 내려 빨래가 있는 곳으로 달려갔다. 그러고는 셔츠를 집어들고 냄새를 맡더니 휙 내던졌다.

"오줌을 쌌어!" 커스버트가 성난 목소리로 외쳤다.

"가자." 롤랜드가 말했다. "얼마나 엉망진창인지 봐야지."

8

숙소 안은 그야말로 엉망진창이었다. *넌 알고 있었지.* 커스버트는 롤랜드를 바라보며 생각했다. 그러다가 알레인에게로 눈을 돌렸다. 알레인은 풀 죽은 표정을 하고 있었지만 그리 놀란 기색은 없었다. *둘 다 알고 있었어.*

롤랜드가 죽은 비둘기 쪽으로 몸을 숙이더니 바닥에서 무언가 집어들었다. 너무나 가늘어서 커스버트는 처음에는 그것이 무엇인지 알아보지 못했다. 이윽고 롤랜드가 일어서서 친구들 앞에 손을 내밀었다. 머리카락 한 가닥이었다. 기다랗고, 새하얀. 롤랜드가 엄지와 검지를 펴자 머리카락이 하늘하늘 떨어졌다. 바닥에 떨어진 머리카락은 갈가리 찢긴 커스버트 올굿의 부모님 초상화 위에 자리를 잡았다.

"그 늙은 까마귀가 여기 왔다, 이거지. 그런데 우린 왜 돌아와서 그놈의 숨통을 끊어놓지 않았을까?"

커스버트의 귀에 그 자신의 목소리가 아득하게 들려왔다.

"때를 놓쳤기 때문이지."

롤랜드가 담담하게 말했다.

"그 *자식*이라면 그렇게 했을 거야, 롤랜드. 우리 중에 누구 한 명이 그 자식의 집에 가서 난장판을 만들었다면."

"우린 그 자식이랑 달라."

롤랜드가 담담하게 말했다.

"그 자식을 찾아서 뒤통수로 이빨이 튀어나오게 해주겠어."

"아니, 꿈도 꾸지 마."

롤랜드의 목소리는 담담하기만 했다.

커스버트는 롤랜드의 입에서 나오는 느긋한 소리를 한마디만 더 들었다가는 미쳐버릴 것만 같았다. 우정과 *카텟*은 그의 머릿속을 떠나 몸속 깊이 가라앉았고, 그 자리를 채운 것은 오로지 시뻘겋게 타오르는 분노였다. 조너스가 이곳에 있었다. 조너스는 이곳에 와서 그들의 옷에 오줌을 갈겼고, 알레인의 어머니를 갈보라고 모욕했고, 유치한 낙서를 벽에 휘갈겼고, 그들의 비둘기를 죽였다. 롤랜드는 알고 있었다…… 알면서 아무것도 하지 않았고…… 계속 아무것도 하지 않을 작정이었다. 애인과 뒹구는 것만 빼고. 이제는 시도 때도 없이 뒹굴 것이 뻔했다. 관심사라고는 오로지 그것뿐이었으니.

하지만 다음번에 만날 땐 그 여자가 네 얼굴을 보고 진저리를 치게 될 거야. 커스버트는 속으로 중얼거렸다. *내가 그렇게 만들어줄 거거든.*

커스버트가 주먹을 움켜쥐었다. 알레인이 그의 손목을 붙들었다. 롤랜드는 돌아서서 흩어진 담요를 줍기 시작했다. 커스버트의 성난 얼굴과 꽉 쥔 주먹이 아무것도 아니라는 듯이.

커스버트는 알레인을 억지로라도 떼어놓을 생각으로 반대쪽 주먹마저 움켜쥐었다. 그러나 친구의 둥그렇고 천진한 얼굴에 떠오른 표정이 너무 진지하고 다급해서 그만 화가 한풀 꺾이고 말았다. 지금 다툴 상대는 알레인이 아니었다. 커스버트는 알레인 또한 불길한 징조를 미리 눈치챘으리라 확신했다. 그러나 한편으로는 롤랜드가 알레인에게 조너스가 떠날 때까지 가만히 있으라고 지시했을 거라 는 확신도 들었다.

"따라와." 알레인이 커스버트의 어깨에 팔을 두르며 말했다. "밖 으로 나가자. 진정해, 제발. 지금은 우리끼리 싸울 때가 아니야."

"그리고 우리 대장님께서 뇌가 녹아내릴 때까지 오입질에 빠져 있을 때도 아니지."

커스버트는 목소리를 낮출 생각도 하지 않고 뇌까렸다. 그러나 알레인이 또다시 잡아끌자 순순히 그를 따라 숙소 문을 나섰다.

참는 것도 이번이 마지막이야. 커스버트는 생각했다. 하지만 더 는 안 돼. 못해. 알레인을 시켜서 저 자식한테도 경고해둘 거야.

제일 친한 친구와 이야기를 나누면서 알레인을 전령으로 삼아야 한다는 생각에, 또 일이 결국 이 지경까지 이르렀다는 생각에 커스 버트의 마음은 절망과 분노로 가득 찼다. 그래서 현관을 나서는 순 간, 커스버트는 돌아서서 롤랜드를 마주보았다.

"너는 여자에 눈이 멀어 겁쟁이가 되었구나."

커스버트는 귀족어로 말했다. 곁에 있던 알레인이 놀라서 짧은 숨을 들이쉬었다.

등을 친구들 쪽으로 돌리고 서서, 품 안 가득 담요를 끌어안은 채 로, 롤랜드는 갑자기 돌로 변한 사람처럼 우뚝 멈춰 섰다. 그 순간 커스버트는 롤랜드가 돌아서서 자신에게 달려들 거라고 확신했다. 그렇게 싸움이 벌어지면 십중팔구 둘 중 한 명이 죽거나 눈이 멀거 나 정신을 잃어야 끝날 터였다. 그리고 패자는 십중팔구 커스버트 자신이겠지만, 이제 그런 것은 아무래도 상관없었다.

그러나 롤랜드는 돌아서지 않았다. 대신 똑같이 귀족어로 이렇게 말했다.

"*놈은 우리의 지혜와 경계심을 훔치러 왔다. 보아하니 너한테만큼은 놈의 계략이 성공한 것 같구나.*"

"아니." 커스버트는 다시 평민어로 돌아와 대꾸했다. "너야 마음 한구석으로 그렇게 생각하겠지만, 그렇지 않아. 진실은 바로 이거야. 넌 완전히 방향을 잃었어. 경솔함을 사랑으로 착각하고 무책임을 정당화했단 말이야. 난……"

"따라오란 말이야, *제발!*"

알레인은 으르렁대다시피 하며 커스버트를 끌고 문을 나섰다.

9

롤랜드가 시야에서 사라지자 커스버트는 뜻하지 않게 알레인에게로 향하는 분노를 느꼈다. 마치 바람이 바뀌면서 함께 돌아가는 풍향계 같았다. 두 친구는 햇살이 내리쬐는 현관 문간에 서서 서로 마주보았다. 알레인은 울적하고 심난한 표정이었고, 커스버트는 주먹을 너무 꽉 쥔 탓에 두 손을 덜덜 떨고 있었다.

"넌 왜 항상 저 자식을 봐주는 거야? 왜?"

"드롭 평원에 있을 때 롤랜드가 나한테 물어봤어. 자길 믿느냐고. 난 믿는다고 했고. 그래서 이러는 거야."

"그럼 너도 바보구나."

"맞아, 그리고 롤랜드는 총잡이고. 만약 롤랜드가 더 기다려야 한다고 하면 우린 더 기다려야 해."

"쟤가 총잡이가 된 건 우연이었어! 사이비야! 돌연변이라고!"

알레인은 놀라서 말을 잊은 채 친구를 물끄러미 바라보았다.

"알레인, 나랑 같이 가자. 이젠 이 미친 놀음판을 끝내야 해. 조너스를 찾아서 죽여버리는 거야. 우리 *카텟*은 깨졌어. 새로 만들어야 해, 너랑 내가."

"안 깨졌어. 만약 깨진다면 그건 네 책임이야. 그리고 난 네가 한 짓을 절대 용서 안 할 거야."

이제 커스버트가 말을 잊을 차례였다.

"가서 말이라도 타다가 와, 응? 한참 타다 와. 너한텐 머리를 식힐 시간이 필요해. 지금은 무엇보다 우리 사이의 단결이 중요한……"

"그런 말은 저 *자식*한테 가서 해!"

"아니, *너*한테 할 거야. 조너스는 우리 엄마를 모욕했어. 모르겠어? 내가 만약 롤랜드가 옳다고 믿지 않았다면, 너랑 같이 복수하러 갔을 거야. 조너스가 원하는 게 바로 그거야. 우리가 분별력을 잃고 정신없이 달려드는 거."

"네 말이 맞아. 하지만 다 맞진 않아." 말은 그렇게 하면서도, 커스버트는 천천히 주먹을 폈다. "뭔지는 나도 설명할 길이 없지만, 네가 못 보는 게 있어. 내가 만약 수전이 우리 *카텟*을 망쳐놨다고 하면 넌 내가 질투한다고 하겠지. 하지만 수전이 모르고 그랬다고 해도 그건 사실이야. 수전은 롤랜드의 정신을 흐리게 했어, 그래서 지옥의 문이 열린 거야. 롤랜드는 그 문틈으로 흘러나오는 열기를 느끼면서도 그게 수전을 향한 열정이라고 착각했지만…… 우리까지 그럴 순 없어, 알레인. *우리라도* 정신을 차려야 해. 롤랜드를 위해서, 우리 자신을 위해서, 또 우리 아버지들의 명예를 위해서."

"수전이 우리의 적이란 말이야?"

"아니야! 차라리 적이라면 더 낫지."

커스버트는 숨을 길게 들이쉬었다가 내뱉었다. 한 번 더 들이쉬었다가 내뱉었고, 또 한 번 들이쉬었다가 내뱉었다. 심호흡을 할 때마다 조금씩 정신이 맑아지는 듯했다. 조금씩 자신으로 돌아오는 기분이었다.

"됐어. 그 얘긴 이제 그만 하자. 네 말이 맞아, 가서 말 좀 타다 와야겠어. 한참 타다가 올게."

커스버트는 말 쪽으로 걸어가다가 다시 돌아섰다.

"롤랜드한테 전해, 네가 틀렸다고. 기다리기로 한 결정이 옳다고 해도 그 이유는 틀렸다고, 그러니까 다 틀린 거라고 전해. 그리고…… 아까 내가 했던 지옥의 문 얘기도. 그게 내 예지력이라고 말해. 알았어?"

"그래. 커스버트, 조너스한테 가까이 가지 마."

"장담은 못하겠는데." 커스버트는 말에 오르며 대꾸했다.

"넌 아직 애야. 어른이 아니란 말이야. 우리 셋 다."

알레인의 목소리는 구슬펐다. 실은 금방이라도 울 것 같았다.

"네가 틀렸길 바랄게, 알레인. 우린가 어른의 일을 할 때가 금방 올 테니까."

커스버트는 말 머리를 돌려 쏜살같이 달려갔다.

10

해변 길을 따라 한참 달리는 동안 커스버트는 아무 생각도 하지 않으려고 애썼다. 머릿속으로 통하는 문을 활짝 열어놓으면 가끔은 뜻하지 않은 생각들이 그 문을 통해 들어온다는 것을 그는 알았다. 그리고 그런 생각들은 대개 쓸모 있는 것들이었다.

그러나 이날 오후에는 그렇지 않았다. 혼란스럽고 비참한 채로, 또 새로운 생각은(하다못해 희망조차도) 무엇 하나 머리에 담지 못한 채로, 커스버트는 다시 햄브리로 말을 돌렸다. 하이 스트리트를 끝에서 끝까지 지나는 동안에는 인사하는 사람들에게 손을 흔들거나 말을 건네기도 했다. 그들 셋은 이곳에서 좋은 사람들을 많이 만났고, 그중 몇몇은 친구가 되기도 했다. 햄브리의 평민들에게서는 대부분 환대받는 느낌을 받았다. 집과 가족을 남겨두고 멀리 떠난 젊은이들로 대해주었던 것이다. 그리고 커스버트가 이곳의 평민들과 만나 친해지는 동안 그들이 라이머와 조녀스의 음침한 계략에 동참했을지도 모른다는 의심은 점점 더 옅어졌다. 실은 그토록 완벽한 위장 효과야말로 의인 파슨이 햄브리를 택한 이유였다.

이날 거리에는 사람이 많았다. 농부들이 차린 시장은 사람들로 붐볐고, 좌판도 손님으로 가득했으며, 아이들은 '펀치와 질리 연극'을 구경하며 깔깔 웃었다(질리는 빗자루를 들고 늘 당하기만 하는 불쌍한 펀치를 쫓아 이리저리 뛰어다녔다.). 그리고 수확제를 맞아 거리를 단장하는 일도 한창 속도를 높이는 중이었다. 그러나 커스버트는 수확제를 떠올려도 그리 즐겁거나 기대가 되지 않았다. 그가 아는 길르앗의 수확제가 아니기 때문이었을까? 어쩌면 그럴 수도 있었지만…… 그보다는 머리도 마음도 너무 무겁기 때문이었다. 만약 이것도 어른이 되기 위해 겪어야 하는 경험이라면, 차라리 건너뛰고 싶었다.

커스버트는 말을 타고 번화가를 빠져나갔다. 이제 바다를 등지고 보니 얼굴에 한가득 햇살이 비쳤고, 등 뒤로는 저 멀리 그림자가 뻗어나갔다. 머잖아 위대한 길에서 벗어나 드롭 평원을 지나면 바케이 목장이 나올 참이었다. 하지만 그전에 그의 오랜 친구 시미가 노새를 끌고 나타났다. 시미는 고개를 푹 숙이고 어깨도 축 처져 있었다. 분홍색 모자는 비뚜름하게 쓰고 있었고, 장화는 흙투성이였다. 커스버트의 눈에는 세상 끝에서부터 걸어온 사람처럼 보였다.

"시미!"

커스버트가 외쳤다. 시미의 활기 찬 웃음과 정신 나간 사람처럼 퍼붓는 수다가 벌써부터 귀에 선했다.

"이런 반가울 데가! 잘 지냈…….”

시미가 고개를 들자 모자의 챙이 얼굴 위로 올라왔고, 커스버트는 말을 잇지 못했다. 시미의 얼굴에 드리운 끔찍한 공포를 보았기 때문이었다. 창백한 뺨을, 근심이 가득한 눈을, 그리고 떨리는 입을.

11

마음만 먹었다면 이미 두 시간 전에 델가도 씨 댁에 도착할 수도 있었지만, 시미는 거북이처럼 느릿느릿 걸음을 옮겼다. 한 걸음 내디딜 때마다 셔츠 안에 품은 편지가 발을 붙잡는 듯했다. 끔찍한, 정말로 끔찍한 기분이었다. 편지 생각은 아예 할 수도 없었다. 머릿속에서 생각을 담당한 부분이 거의 망가졌기 때문이었다.

커스버트는 말에서 훌쩍 뛰어내려 시미에게 달려갔다. 그러고는 시미의 양 어깨를 붙잡았다.

"무슨 일 있어? 얘기해 봐, 우린 친구잖아. 절대 안 웃을게."

'아서 히스'의 다정한 목소리와 걱정스러운 표정 앞에서 시미는 울음을 터뜨렸다. 아무한테도 말하지 말라던 레아의 무시무시한 경고는 까맣게 잊고 말았다. 울음이 가시지 않은 목소리로, 시미는 이날 아침부터 그때껏 일어난 일을 모조리 털어놓았다. 그러는 동안 커스버트는 두 번이나 천천히 얘기하라고 부탁했고, 그의 손에 이끌려 나무 그늘 아래 나란히 앉은 후에야 시미는 비로소 마음을 진정시킬 수 있었다. 이야기를 듣는 동안 커스버트는 점점 더 불안해졌다. 이야기가 다 끝났을 때, 시미는 셔츠 품속에서 봉투 한 개를 꺼냈다.

봉인을 깨고 안에 든 쪽지를 읽는 동안 커스버트의 두 눈은 점점 더 커다래졌다.

12

바케이 목장에서 흐뭇한 기분으로 돌아온 조너스는 트래블러스 레스트에서 자신을 기다리던 로이 디페이프와 마주쳤다. 선발대가 도착했다는 디페이프의 말에 조너스의 기분은 한층 더 흐뭇해졌다. 그러나 디페이프의 안색은 생각만큼 밝지 않았다. 실은 기뻐하는 기색이 전혀 없었다.

"그 친구는 시프론트 관저로 갔습니다. 예상대로 말이죠. 지금 당장 대장을 만나고 싶답니다. 제가 대장이라면 여기서 허기를 때우느라 꾸물거리진 않을 겁니다. 물론 술도 안 마시고요. 그자를 상대하려면 맑은 정신이 필요할 테니까요."

"오늘은 충고하느라 바쁜 것 같구나, 로이. 안 그러냐?"

조너스는 잔뜩 비꼬는 투로 중얼거렸지만 막상 페티가 위스키를 내왔을 때에는 술잔을 무르고 대신 물을 청했다. 디페이프의 낌새가 조금 이상했기 때문이었다. 안색이 백짓장처럼 새하얬다. 게다가 셰브가 피아노 앞에 앉아 건반을 쳤을 때에는 그쪽으로 고개를 휙 돌리기까지 했다. 그것도 총 손잡이에 손을 얹은 채로. 신기한 일이었다. 또 조금은 불안했다.

"말해 봐. 뭐 때문에 그렇게 겁을 먹은 거냐?"

"저도 모르겠어요." 디페이프는 뚱한 표정으로 고개를 저었다.

"그 친구 이름은?"

"안 물어봤습니다. 그쪽도 안 밝혔고요. 하지만 파슨의 문장은 보여 주더군요. 대장도 아시겠지만." 디페이프의 목소리가 조금 작아졌다. "그 눈 말입니다."

물론 조너스도 알고 있었다. 그는 물끄러미 보는 듯한 그 번쩍 뜬 눈이 지독히도 마음에 안 들었다. 애초에 파슨이 뭐에 홀려서 그 눈을 문장으로 택했는지 상상이 가질 않았다. 차라리 강철 주먹이 낫지 않을까? 칼은? 아니면 새는? 예컨대 매라든가. 매가 들어갔더라면 멋진 문장이 됐을 텐데. 그런데 그 눈은……

"알았다."

조너스는 이렇게 대답하고 물 한 잔을 깨끗이 비웠다. 어쨌거나 위스키보다는 더 수월하게 넘어갔다. 마침 목이 바싹 타던 참이었으므로.

"나머지는 내가 직접 확인하마. 됐지?"

술집 입구에 도착한 조너스가 용수철 문을 미는 순간, 디페이프가 그의 이름을 불렀다. 조너스가 돌아섰다.

"대장, 그놈은 이 세상 사람이 아닌 것 같습니다."

"무슨 소리냐?"

"그게, 저도 잘 모르겠어요."

디페이프는 당황해서 어쩔 줄 모르는 표정이었는데…… 동시에 누구한테 쫓기는 사람 같기도 했다. 두 손이 모두 총을 붙잡고 있었던 것이다.

"고작 5분 동안 얘기했을 뿐인데, 처음엔 리치에서 만난 그 늙다리인 줄 알았습니다. 제가 저세상으로 보낸 그 영감태기요. 그런데 조금 있다가 얼굴을 보니까 이런 생각이 드는 거예요. '젠장, 우리 아버지가 왜 여기 있지?' 그런데 조금 후에는 아버지도 사라지고, 다시 원래 그놈 모습으로 돌아왔어요."

"어떻게 그럴 수가?"

"직접 보시면 알 겁니다. 마음에 들지 안 들지는 모르겠지만요."

조너스는 한쪽 문짝을 밀고 선 채로 곰곰이 생각했다.

"파슨 본인은 아니겠지, 로이? 의인이 변장을 하고 직접 왔을 수도 있잖아?"

디페이프는 찌푸린 얼굴로 망설이다 고개를 저었다.

"아뇨."

"확실한 거냐? 잘 생각해 봐, 우린 그 사람을 딱 한 번밖에 못 봤어. 그것도 멀리서."

그때는 라티고가 손가락으로 가리켜서 알려주었다. 줄잡아 1년 하고도 넉 달 전의 일이었다.

"확실해요. 그 사람 키가 얼마나 되는지 기억하세요?"

조너스가 고개를 끄덕였다. 파슨은 전설 속의 퍼스 경 같은 거인은 아니었지만 적어도 180센티미터는 넘었고, 몸집도 실팍했다.

"그놈 키는 클레이랑 비슷하거나 더 작아요. 누구로 변신하든 간에 키는 그대롭니다." 디페이프는 잠시 망설이다가 덧붙였다. "꼭 죽은 사람 같이 웃습니다. 도저히 참고 들을 수가 없어요."

"죽은 사람 같이 웃다니, 그게 무슨 소리냐?"

로이 디페이프는 고개를 저었다.

"딱 부러지게 설명을 못하겠네요."

13

20분 후, 엘드레드 조너스는 말을 타고 여기 들어오는 이들에게 평화를이라고 적힌 아치문 아래를 지나 시프론트 관저 안뜰로 들어섰다. 마음이 불안한 까닭은 라티고가 올 거라고 기대했기 때문이었는데…… 만약 디페이프의 눈이 완전히 삐지 않았다면, 조너스가 이제부터 만날 사람은 라티고가 아니었다.

늙은 하인 미겔이 느릿느릿 다가오더니 잇몸이 다 보이게 헤벌쭉 웃으며 말고삐를 받아주었다.

"레코노시미엔토(고맙네.)."

"포르 나다, 헤페(별말씀을요, 나리.)."

관저 안으로 들어선 조너스는 쓸쓸한 유령처럼 응접실에 앉아 있는 올리브 소린을 보고 목례를 했다. 올리브도 고개를 끄덕이며 힘없이 웃었다.

"안녕하세요, 조너스 씨. 하트를 만나러 오신 거라면……"

"아닙니다, 부인. 오늘은 재무 집행관을 만나러 왔습니다."

조너스는 짧게 대답하고 라이머의 집무실이 있는 위층으로 서둘러 올라간 다음, 가스등 불빛이 (어스레하게) 비추는 좁다란 석조 복도를 따라 걸었다.

복도 끄트머리에 도착한 조너스는 눈앞에 서 있는 문을 두드렸다. 놋쇠 장식이 달린 거대한 참나무 문 위에는 따로 아치가 만들어져 있었다. 라이머는 수전 델가도 같은 젊은 여자에게는 관심이 없었지만 나름대로 권력을 과시할 줄 아는 위인이었고, 그것이야말로 그를 조종하는 비결이었다. 조너스는 그 권력의 상징인 문을 두드렸다.

"들어오게, 친구."

목소리가 들렸다. 라이머가 아니었다. 뒤이어 들려온 키들거리는 웃음소리에 조너스는 소름이 돋았다. *꼭 죽은 사람 같이 웃습니다.* 앞서 디페이프가 했던 말이 떠올랐다.

조너스는 문을 밀어 열고 안으로 들어섰다. 라이머는 여자만큼이나 향초에도 관심이 없는 사람이었지만, 이날은 집무실에 향초가 타고 있었다. 그 향을 맡으며 조너스는 길르앗의 궁전과 '선조들의 홀'에서 벌어지던 성대한 행사를 떠올렸다. 이 방에는 가스등이 환히 켜져 있었다. 열린 창문으로 흘러드는 바닷바람에 벨벳 커튼이 가녀리게 흔들렸다(커튼 색깔은 충성의 상징이자 라이머가 가장 좋아하는 보라색이었다.). 방 안에 라이머의 모습은 보이지 않았다. 실은 아무도 안 보였다. 집무실에 작은 발코니가 있기는 했지만 그리로 통하는 문 역시 열려 있었고, 바깥에는 아무도 없었다.

조너스는 방 안쪽으로 더 들어가면서 맞은편 벽에 걸린 금테 거울을 통해 등 뒤에 누가 있는지 확인했다. 역시 아무도 없었다. 앞쪽 왼편에 보이는 테이블에 두 사람 몫의 간단한 식사가 차려져 있었지만, 의자에는 아무도 없었다. 그러나 그에게 말을 한 사람이 있었다. 소리로 보아 문 바로 건너편에 누군가 있어야 했다. 조너스는 총을 뽑아들었다.

"자, 이리 오게."

앞서 그를 불러들인 목소리였다. 조너스의 왼쪽 어깨 바로 뒤에서 들려왔다.

"총은 필요 없어, 우린 친구니까. 다 같은 편이다, 이 말이지."

조너스는 발뒤꿈치를 디딘 채로 빙그르 돌아섰다. 갑자기 나이를 먹은 듯 몸이 둔해진 느낌이 들었다. 눈앞에 중키의 사내가 서 있었다. 다부진 체격에 새파란 눈, 건강한 덕분인지 아니면 술기운 덕분인지 발그레한 뺨을 지닌 남자였다. 빙그레 웃는 입술 사이로 드러난 자잘한 이는 틀림없이 끝을 뾰족하게 간 듯싶었다. 원래부터 그토록 뾰족할 리는 없기 때문이었다. 남자는 사제복처럼 검고 기다란 덧옷 차림이었는데 모자는 등 뒤로 젖혀진 채였다. 처음에는 대머리 같았지만, 알고 보니 아니었다. 너무 짧게 깎은 머리가 솜털처럼 보일 뿐이었다.

"장난감 총은 넣어두게. 말했잖나, 우린 친구라고. 함께 빵을 뜯으면서 많은 얘기를 나눠보세. 황소 얘기, 기름 탱크 얘기, 또 프랭크 시내트라가 정말로 빙 크로스비보다 더 훌륭한 발라드 가수였는지에 대해서도."

"누구? 훌륭한 뭐?"

"아, 자네가 모르는 사람들이야. 별로 중요한 건 아닐세."

검은 옷의 남자가 또다시 킬킬 웃었다. 조너스가 듣기에는 정신병동의 철창 너머에서 흘러나올 법한 소리였다.

조너스는 몸을 돌려 다시 거울을 보았다. 이번에는 어깨 너머에서 웃고 있는 검은 옷의 남자가 또렷이 보였다. 맙소사, 처음부터 쭉 저 자리에 있었던 걸까?

그래, 하지만 모습을 드러내기로 마음먹기 전에는 안 보이는 거야. 마법사인지 아닌지는 모르겠지만 신기한 재주를 지닌 놈인 건 분명해. 어쩌면 파슨이 부리는 요술쟁이인지도.

조너스는 뒤로 돌아섰다. 검은 옷의 남자는 여전히 웃고 있었다. 이제 뾰족한 이는 보이지 않았다. 하지만 아까는 분명히 뾰족했다. 조너스는 두 눈으로 똑똑히 보았다.

"라이머는?"

"수전 델가도 양한테 보냈네. 수확제 때 거행할 교리문답을 준비해야 하니까."

검은 옷의 남자가 대답했다. 그러고는 굵직한 팔로 조너스의 어깨를 감싸고 테이블 쪽으로 이끌었다.

"우리끼리만 얘기하는 게 좋을 것 같았거든."

조너스는 파슨이 보낸 전령의 비위를 거스르고 싶지는 않았지만,

그 팔의 감촉을 견딜 수가 없었다. 이유는 알 수 없었지만 도저히 참을 수가 없었다. 벌레가 기어다니는 것만 같았다. 그래서 어깨를 움츠려 남자의 팔에서 벗어나 의자로 향했고, 그러는 동안 떨지 않으려고 애썼다. 교수대 바위에 갔던 디페이프가 하얗게 질려 돌아온 것도 무리가 아니었다. 지극히 당연한 일이었다.

검은 옷의 남자는 비위가 상하기는커녕 또다시 킬킬 웃었다(*사실이었군. 조너스는 가만히 생각했다. 정말로 죽은 사람처럼 웃고 있어.*). 한순간 조너스는 방 안에 함께 있는 사람이 코트의 아버지인 파도라고 생각했다. 파도는 오래전 그를 서쪽으로 추방한 장본인이었다. 그래서 한 번 더 총을 뽑았지만, 다시 보니 역시 검은 옷의 남자였다. 남자는 다 안다는 듯이 불쾌한 표정으로 웃고 있었다. 새파란 두 눈이 가스등의 불꽃처럼 이글거렸다.

"무슨 재미난 구경이라도 하셨나, 조너스 선생?"

"음. 식사나 하지."

조너스는 중얼거리며 의자에 앉았다. 그러고는 빵을 한 조각 뜯어 입에 넣었다. 바싹 마른 혀에 빵이 들러붙었지만 그는 아랑곳하지 않고 우물우물 씹었다.

"좋아." 뒤이어 자리에 앉은 남자가 와인을 따랐고, 조너스의 잔이 먼저 채워졌다. "자, 친구. 이제 다 털어놔 보게. 그 성가신 꼬맹이 셋이 도착한 다음부터 자네가 한 일, 자네가 아는 것들, 또 자네가 앞으로 할 일에 대해서 말일세. 하나도 빠뜨리지 말고 모조리."

"먼저 문장부터 확인하고 싶은데."

"물론 그래야지. 역시 신중하군."

검은 옷의 남자가 품속에서 네모난 금속판을 꺼냈다. 조너스의 눈에는 은으로 보였다. 남자가 테이블에 던진 금속판이 조너스의 접시에 부딪혀 '챙' 소리를 냈다. 판에 새겨진 문장은 조너스의 예상과 일치했다. 선뜻하게 바라보는 눈이었다.

"됐나?"

조너스는 고개를 끄덕였다.

"그럼 이쪽으로 좀 밀어주게."

조너스는 은판을 향해 손을 뻗었다. 평소에는 침착하던 손이 웬일인지 그의 목소리처럼 부들부들 떨렸다. 그는 떨리는 손가락을 가만히 응시하다가 재빨리 테이블 아래로 손을 감추었다.

"거…… 건드리고 싶지 않아."

사실이었다. 손도 대고 싶지 않았다. 조너스는 문득 깨달았다. 만약 그 판을 건드리면 거기 새겨진 은색 눈이 스르륵 움직여서…… 자신을 똑바로 노려볼 것 같았다.

검은 옷의 남자는 킬킬 웃으며 누구를 부를 때처럼 오른손을 까딱거렸다. 은으로 된 버클이(조너스의 눈에는 은판이 이제 버클로 보였다.) 남자 쪽으로 스르륵 미끄러져 가더니…… 거친 천으로 된 덧옷 소매 속으로 사라졌다.

"수리수리마수리! 짜잔! 완성! 자, 그럼." 검은 옷의 남자는 와인을 음미하듯 천천히 마시고 말을 이었다. "피곤한 인사는 이쯤 해두고 슬슬……"

"아직 하나 남았어. 당신은 내 이름을 알고 있어. 그러니까 당신이름도 가르쳐 줘."

"월터라고 부르게."

검은 옷의 남자가 말했다. 뒤이어 그의 입가에서 순식간에 웃음이 사라졌다.

"월터, 그게 바로 내 이름이야. 자, 이제 우리가 어디에 있는지, 또 어디로 가는지 얘기해 보세. 한마디로 대화를 나누자, 이거지."

14

커스버트가 숙소로 돌아왔을 때는 이미 밤이었다. 롤랜드와 알레인은 카드놀이를 하는 중이었다. 둘은 숙소를 예전과 거의 똑같은 모습으로 치워 놓고서(옛 관리인 사무실에서 찾은 테레빈유 덕분에 벽의 낙서조차도 희미한 분홍색으로 지워져 있었다.) 이제 *카사 푸에르테*에 빠져 있었다. 그들의 고향에서는 '핫 패치'라고도 불리는 게임이었다. 이름이야 어떻든 간에 기본적으로는 두 명이서 하는 워치 미 게임이었고, 세상이 아직 젊던 시절부터 술집과 일꾼 숙소와 모닥불 언저리에서 벌어진 놀음이기도 했다.

롤랜드는 고개를 번쩍 들고 커스버트의 심기를 살폈다. 겉만 보면 롤랜드는 여느 때처럼 태연했고, 게임 도중에 알레인을 네 번이나 궁지에 몰아넣기도 했다. 그러나 마음속에는 번민과 망설임이 소용돌이쳤다. 알레인은 앞서 커스버트와 마당에 서서 나누었던 얘기를 롤랜드에게도 들려주었다. 친구의 입으로 듣기에는, 심지어 한 다리 건너 전해 듣기에도 끔찍한 이야기였다. 그러나 커스버트가 떠나기 직전에 남긴 말은 그보다 더 선뜩했다. *넌 경솔함을 사랑으로 착각하고 무책임을 정당화했어.* 만에 하나라도 그런 적이 있었던가? 롤랜드는 그렇지 않다고 스스로에게 거듭 부정했다. 그가 친구들에게 내린 명령은 가혹할지언정 합리적이었다. 유일하게 합리적인 결정이었다. 커스버트의 고함은 그저 지나가는 바람일 뿐…… 사적인 공간이 더럽혀지는 바람에 울컥 터져 나온 분노에 지나지 않았다. 그렇다 하더라도…….

옳은 결정을 내렸다고 해도 그 이유는 틀렸다고, 그러니까 다 틀린 거라고 전해.

그럴 리가 없었다.

안 그런가?

오는 동안 내내 쏜살같이 말을 달리기라도 했는지, 커스버트의 웃는 얼굴은 붉게 상기되어 있었다. 젊고, 잘생기고, 생기가 넘쳐 보였다. 실은 거의 예전의 커스버트로 돌아간 듯 즐거워 보였다. *제발 입 좀 다물라고 말릴 때까지 까마귀 해골을 상대로 즐겁게 헛소리를 지껄이던 예전의 모습으로.*

그러나 롤랜드는 자신의 눈을 믿지 않았다. 커스버트의 웃음은 어딘가 이상했고, 뺨은 혈기가 아니라 분노 때문에 붉게 물들었을 수도 있었다. 두 눈에 번득이는 빛은 장난기가 아니라 광기 같았다. 롤랜드는 겉으로는 내색하지 않았지만 속으로는 가슴이 철렁했다. 태풍이 저절로 가라앉기를 바라며 잠시 기다렸건만, 결국은 헛수고였다. 흘긋 쳐다보니 알레인 역시 같은 심정인 듯했다.

커스버트, 이제 3주만 있으면 다 끝나. 너한테 털어놓을 수 있다면 좋을 텐데.

뒤이어 떠오른 생각은 놀랄 만큼 간단했다. *왜 못하는데?*

생각해 보니 스스로도 이유를 알 수 없었다. 왜 그 사실을 감추고 혼자서 끙끙댔을까? 무엇 때문에? 눈이 멀었던 걸까? 맙소사, 정말로 그랬던 걸까?

"왔구나, 커스버트. 말은 잘 탔어……"

"그래, 아주 잘 탔어. 끝내주게 유익한 산책이었지. 밖으로 따라 나와. 너한테 보여줄 게 있으니까."

롤랜드는 살짝 즐거워 보이는 커스버트의 눈빛 때문에 점점 더 불안해졌지만, 그래도 카드를 테이블 위에 부채꼴로 가지런히 뒤집어 놓고 자리에서 일어섰다. 알레인이 그의 소매를 붙잡았다.

"안 돼!" 알레인의 목소리는 나지막하고 다급했다. "저 녀석 눈빛 못 봤어?"

"봤어." 롤랜드는 가슴 가득 실망감을 느끼며 대답했다.

이제 더는 친구로 느껴지지 않는 친구를 향해 천천히 걸어가는 동안, 롤랜드는 자신이 이제껏 술에 취한 상태나 다름없는 정신으로 매사를 결정했다는 생각을 처음으로 떠올렸다. 아니, 취했든 안 취했든 무슨 결정을 내리기는 했을까? 이제는 그마저도 확신이 서지 않았다.

"보여 줄 게 뭔데?"

"아주 멋진 거야."

롤랜드는 이렇게 대답하고 껄껄 웃었다. 웃음소리에 적의가 묻어났다. 어쩌면 살의였을지도.

"너도 아주 자세히 보고 싶어질 거야. 내가 장담할게."

"커스버트, 너 도대체 왜 그래?" 알레인이 물었다.

"왜 그러냐고? 난 아무렇지도 않아, 알레인. 꽃 속의 벌처럼, 바다 속의 물고기처럼 행복하다고."

그 말과 함께 돌아서서 문을 나서는 동안 커스버트는 또다시 웃음을 터뜨렸다.

"가지 마, 롤랜드. 저 자식 제정신이 아니야."

"단결이 무너지면 우린 살아서 메지스를 벗어날 가망이 없어. 만약 그렇게 된다면, 난 적이 아니라 차라리 친구의 손에 죽는 쪽을 택하겠어."

롤랜드는 바깥으로 나갔다. 잠시 망설이던 알레인도 그 뒤를 따랐다. 오직 비탄만이 가득한 표정으로.

15

사냥꾼 여신이 떠난 달에는 아직 악마의 얼굴이 보이지 않았지만 하늘에는 별이 총총했고, 별빛 덕분에 사방을 분간하기도 어렵지 않았다. 커스버트의 말은 아직 안장도 벗지 못한 채 가로대에 묶여 있었다. 그 너머로 펼쳐진 네모난 흙 마당이 별빛 아래 변색된 은 뚜껑처럼 희끄무레하게 빛났다.

"뭔데 그래?"

롤랜드가 물었다. 총은 아무도 차고 있지 않았다. 적어도 그것만큼은 다행이었다.

"나한테 보여줄 게 있다며."

"이거야."

커스버트는 숙소와 타다 남은 저택의 잔해 중간쯤에서 멈춰섰다. 그러고는 의기양양하게 손을 내밀었지만, 롤랜드의 눈에는 별 특별한 것이 보이지 않았다. 그래서 커스버트에게 다가가 고개를 숙였다.

"내 눈엔 아무것도……"

커스버트의 주먹이 턱에 꽂힌 순간, 롤랜드의 머릿속에서 별빛보다 수천 배는 더 환한 빛이 폭발했다. 장난으로 도닥거렸을 때를 빼면(그것도 아주 어릴 적에) 커스버트가 롤랜드를 때리기는 이때가 처음이었다. 롤랜드는 정신을 잃지는 않았지만 팔다리가 말을 듣지 않았다. 팔도 다리도 분명히 붙어 있건만, 마치 다른 나라에 가 있는 느낌이었다. 사지가 봉제 인형의 팔다리처럼 후들후들 떨렸다. 롤랜드는 풀썩 자빠졌다. 몸의 윤곽을 따라 흙먼지가 피어올랐다. 하늘의 별들이 기묘하게 움직였다. 별들이 뿌연 꼬리를 달고 호를 그리며 달리는 것처럼 보였다. 귓속에서는 날카로운 윙윙 소리가 났다.

저 멀리서 알레인의 고함 소리가 들렸다.

"어휴, 이 바보! 이 멍청한 자식!"

롤랜드는 온몸의 힘을 짜내어 간신히 고개를 돌렸다. 이쪽으로 오려는 알레인과 그런 알레인을 막고 밀어내는 커스버트가 보였다. 커스버트는 이제 웃고 있지 않았다.

"이건 우리 사이의 일이야, 알레인. 넌 빠져."

"그런 식으로 기습을 하다니, 이 망할 자식!"

좀처럼 성낼 줄을 모르는 알레인이 이때는 커스버트도 두려워할 만큼 길길이 화를 냈다. *일어나야 해.* 롤랜드는 기를 쓰고 생각했다. *쟤들을 말려야 해, 더 끔찍한 일이 터지기 전에.* 팔다리가 헤엄치듯 허우적거리자 흙먼지가 피어올랐다.

"맞았어, 이 자식이 우리한테 한 짓이 바로 기습이야. 난 그저 돌려준 것뿐이야." 커스버트는 아래를 내려다보며 말했다. "내가 보여주려던 게 바로 그거야, 롤랜드. 그 땅바닥. 네가 지금 누워 있는 그

흙먼지. 천천히 맛보도록 해. 그럼 혹시 정신이 들지도 모르니까."

이제 롤랜드의 분노가 타오를 차례였다. 머릿속이 차가운 살의로 물드는 느낌이 들자 롤랜드는 그 살의에 맞서 싸웠다. 그러나 이길 가망이 없었다. 이제는 조너스도, 시트고 유전의 기름 탱크도, 그들이 밝혀낸 군수품 보급 계획도 중요하지 않았다. 그리고 머잖아 동맹도, 또 그토록 힘들게 지켜온 카텟도 하찮은 것이 될 판국이었다.

살짝 마비됐던 발과 다리가 서서히 풀리자 롤랜드는 기를 쓰고 일어나 앉았다. 조용히 커스버트를 올려다보며, 두 손으로 땅을 짚은 채, 굳은 표정으로. 그의 두 눈에 별빛이 일렁거렸다.

"커스버트, 난 너를 진심으로 아끼고 있어. 하지만 이렇게 항명을 하고 질투 때문에 짜증을 부린다면, 나도 더는 못 참아. 내가 받은 만큼 똑같이 되갚아준다면 넌 갈가리 찢겨 토막이 날 거야. 그러니까 네가 불시에 날린 주먹만 갚아주겠어."

"그래, 너는 그러고도 남을 기다." 커스버트는 자연스러운 햄브리 사투리로 말했다. "근데 그 전에 이걸 함 봐봐."

아예 경멸하는 듯한 손짓으로, 커스버트는 꼭꼭 접힌 종이쪽지를 롤랜드에게 던졌다. 쪽지는 롤랜드의 가슴에 부딪혀 튕겨서 무릎으로 떨어졌다.

그 쪽지를 집는 동안 롤랜드는 끓어오르던 분노가 조금씩 누그러지는 기분이 들었다.

"이게 뭐야?"

"펴서 읽어봐. 이 정도 별빛이면 읽을 수 있으니까."

천천히, 뻣뻣한 손가락을 움직여서, 롤랜드는 쪽지를 펴고 거기에 적힌 글을 읽었다.

순결을 끝장냈어! 그 계집의 몸에 윌 디어본의 손이 안 닿은 곳은
한 군데도 없다! 자, 이제 어쩌면 좋지?

롤랜드는 다시 한 번 읽어보았다. 손이 떨리는 바람에 두 번째 읽
을 때에는 글씨가 눈에 잘 들어오지 않았다. 수전과 만났던 장소들
이 눈에 선했다. 보트하우스, 통나무집, 버려진 오두막. 누군가 보고
있었다는 사실을 알게 되자 이제 그 장소들이 새롭게 보였다. 둘 다
용의주도하다고 자부했건만. 조심스럽고 신중하다고 자신했건만.
그런데 내내 지켜본 사람이 있었다. 수전이 옳았다. 누군가 보았던
것이다.

나 때문에 모두 위태로워졌어. 수전뿐만 아니라 우리 목숨까지.

아까 내가 했던 지옥의 문 얘기도 전해.

그리고 수전의 목소리가 들렸다. *카는 바람 같은 거야…… 나를
정말로 사랑한다면, 나를 가져.*

롤랜드는 그렇게 했다. 잘될 거라는 근거가 전혀 없는데도(마음
깊은 곳에서는 스스로도 그것을 알면서) 그저 유치한 오만에 취해 다
잘 풀릴 거라고 믿었다. 그가 그이기 때문에, 그래서 카가 그의 사랑
을 이루어 주리라 믿었다.

"내가 바보였어."

롤랜드의 목소리는 그의 손처럼 떨렸다.

"그래, 사실이야. 넌 바보였어." 커스버트가 흙바닥에 무릎을 꿇
고 롤랜드를 마주보았다. "자, 치고 싶으면 쳐. 네가 원하는 만큼 세
게, 칠 수 있는 만큼 몇 번이든. 난 맞고만 있을 거야. 너한테 책임감
을 일깨워주기 위해 내가 할 수 있는 일은 다 했어. 그래도 계속 잠

들어 있고 싶으면 그렇게 해. 네가 어느 쪽을 택하든, 난 널 아낄 거야."

커스버트는 롤랜드의 어깨를 잡고 뺨에 살짝 입을 맞췄다.

롤랜드는 울음을 터뜨렸다. 감사하는 마음도 조금은 있었지만, 그보다는 수치심과 혼란스러움으로 범벅이 된 눈물이었다. 심지어 마음 한구석의 조그만 어둠 속에는 커스버트에 대한 증오가 싹을 틔웠다. 그 증오는 언제까지나 그곳에 남아 있을 듯싶었다. 증오의 씨앗은 불시에 날아와 턱에 꽂힌 주먹이 아니라 뺨에 받은 입맞춤이었다. 정신을 차리게 해준 것보다 용서해준 것이 더 증오스러웠다.

롤랜드는 흙투성이가 된 손에 쪽지를 쥔 채 일어섰다. 다른 손으로는 어설프게 눈물을 닦는 바람에 뺨에 축축한 얼룩이 남았다. 휘청거리는 친구를 받쳐주려고 커스버트가 손을 내밀었을 때, 롤랜드는 그를 거세게 밀쳤다. 어찌나 세게 밀었던지 알레인이 어깨를 잡아 주지 않았더라면 커스버트마저 쓰러질 뻔했다.

이윽고 천천히, 롤랜드가 다시 주저앉았다. 이번에는 커스버트 앞에 주저앉아 두 손을 들고 고개를 숙였다.

"롤랜드, 그만둬!" 커스버트가 외쳤다.

"아니, 난 내 아버지의 얼굴을 잊었어. 너한테 사과할게."

"알았어. 젠장, 알았다고!" 이제는 커스버트도 우는 듯했다. "일어나…… 제발! 네가 그러면 난 마음이 찢어질 것 같아!"

내 마음도 그래. 롤랜드는 생각했다. 이렇게 초라한 꼴이 됐으니까. 하지만 다 내 잘못이야, 안 그래? 이 캄캄한 마당에 엎드려서, 머리는 욱신거리고 가슴은 부끄러움과 두려움으로 가득한 신세. 이게 내 몫이야, 내가 자초한 거야.

두 친구가 일으켜주려고 내민 손을 롤랜드는 거부하지 않았다.

"멋진 한 방이었어, 커스버트."

롤랜드는 거의 평소와 다름없는 목소리로 말했다.

"뭐, 아무 준비도 안 된 사람한테 날린 것치고는 괜찮았겠지."

"그나저나 이 편지…… 어디서 난 거야?"

커스버트는 시미와 만난 이야기를 들려주었다. 자기 몫의 불행에 빠져 우물쭈물하던 시미는 카가 찾아와주기를 바랐는데…… 그가 기다리던 카는 '아서 히스'의 탈을 쓰고 나타났다.

"마녀가 보냈다, 이거지." 롤랜드가 중얼거렸다. "그런데 어떻게 알았을까? 수전 말로는 그 여잔 쿠스 언덕을 절대 떠나지 않는다던데."

"글쎄. 아무려면 어때. 내가 지금 제일 걱정하는 건 시미야. 나한테 털어놓고 저 쪽지를 준 것 때문에 혹시 다치지나 않을까 싶어서 말이야. 그다음으로 걱정되는 건, 그 늙은 마녀가 한 번 하려고 한 고자질을 두 번은 못할까 하는 거고."

"난 터무니없는 잘못을 적어도 한 가지는 저질렀어. 하지만 수전을 사랑한 건 실수가 아니야. 나한테 그건 거스를 수 없는 일이었어. 수전한테도 그랬고. 너희도 그렇게 믿어?"

"응."

알레인이 제꺽 대답했다. 그리고 잠시 후, 거의 내키지 않는 목소리로 커스버트가 말했다.

"그래, 믿어."

"난 건방지고 어리석었어. 혹시라도 이 쪽지가 수전의 고모한테 전해졌다면, 수전은 추방당했을 거야."

"그리고 우린 지옥으로 떨어졌겠지. 목에 밧줄이 걸린 채로." 커스버트가 담담하게 덧붙였다. "너한텐 별로 중요한 문제가 아니란 건 나도 알지만."

"그 마녀는 어떡하지? 롤랜드, 어쩔 생각이야?"

알레인이 묻자 롤랜드는 살짝 웃으며 북서쪽을 향해 돌아섰다.

"레아…… 정체가 뭐든 간에 못 말리는 말썽꾼이야, 그렇지? 그리고 말썽꾼한테는 경고가 필요하지."

롤랜드는 고개를 숙인 채 숙소 쪽으로 터덜터덜 걸어갔다. 커스버트가 돌아보니 알레인의 눈에도 살짝 눈물이 어려 있었다. 커스버트가 손을 내밀었다. 알레인은 그 손을 물끄러미 보기만 했다. 그러다가 이내 고개를 끄덕이고(커스버트가 아니라 자기 자신에게 끄덕이는 듯했다.) 친구의 손을 잡았다.

"넌 마땅히 해야 할 일을 했어, 커스버트. 난 처음엔 의심했지만, 지금은 아니야."

커스버트가 참았던 숨을 토했다.

"맞았어, 그리고 당연히 해야 하는 방식으로 했지. 만약 기습을 안 했다면 난 지금쯤……"

"……두들겨 맞아서 멍이 들었겠지. 시퍼렇게, 시커멓게."

"그 정도면 다행이게. 아주 그냥 무지개 색으로 물들었을걸."

"마법사의 무지개가 됐을지도 모르지. 너한테 어울리는 색까지 덧붙여서."

그 말에 커스버트가 웃음을 터뜨렸다. 두 친구는 함께 숙소로 돌아갔다. 롤랜드가 커스버트의 말에서 안장을 내리는 중이었다.

커스버트가 도우려고 그쪽으로 돌아섰지만, 알레인이 붙잡았다.

"잠깐 혼자 있게 놔둬. 지금은 그게 최선이야."

둘은 그대로 숙소로 들어갔고, 10분 후에 롤랜드가 들어와보니 커스버트가 그의 자리에 앉아 카드놀이를 하고 있었다. 게다가 이기는 중이었다.

"커스버트."

롤랜드의 말에 커스버트가 고개를 들었다.

"내일 나랑 같이 할 일이 있어. 우리 둘만. 쿠스 언덕에서."

"해치우러 가는 거야?"

롤랜드는 생각했다. 치열하게 궁리했다. 그러다 마침내 고개를 들었다. 입술을 깨문 채로.

"그래야지."

"그래, 그래야지. 그런데 진짜 할 거야?"

"꼭 그래야 한다면. 그 마녀가 죽음을 자초한다면."

나중에 롤랜드는 그 결정을(그것을 결정이라고 할 수 있다면) 몸서리치며 후회하게 되지만, 그렇게 결정한 까닭을 이해하지 못한 적은 한 번도 없었다. 그해 가을 메지스에 머물던 롤랜드는 제이크 체임버스와 그리 다를 바 없는 어린아이였던 것이다. 그리고 대부분의 아이들에게 사람을 죽이기로 결심하기란 쉬운 일이 아니었다.

"차라리 죽여 달라고 하는 게 그 여자한테도 좋을 텐데."

커스버트가 말했다. 총잡이답게 거친 말투였지만 표정은 고민스러워 보였다.

"그래, 그렇겠지. 하지만 그 정도로 교활한 인간이 순순히 목을 내놓진 않을 거야. 내일은 일찍 일어나도록 해."

"알았어. 이 판은 네가 마무리할래?"

"금방 이길 거면서, 뭘. 됐어."

롤랜드는 친구들 곁을 지나 침대로 향했다. 그리고는 침대에 앉아 무릎 위에 포갠 두 손을 가만히 내려다보았다. 기도를 하는 중인지도 몰랐다. 어쩌면 그저 골똘히 생각하는 중일 수도 있었다. 커스버트는 잠시 그를 바라보다가 카드로 눈을 돌렸다.

16

이튿날 아침, 롤랜드와 커스버트는 해가 막 지평선 위로 떠오를 때 길을 나섰다. 아침 이슬에 젖은 드롭 평원이 동틀 녘의 햇빛에 뒤덮여 주황색으로 활활 불타는 듯했다. 사람과 말이 내뿜은 숨이 서리처럼 허옇게 퍼졌다. 두 사람 모두에게 잊을 수 없는 아침이었다. 그들은 태어나서 처음으로 리볼버를 총집에 꽂고 전진했다. 태어나서 처음으로 총잡이가 되어 세상에 나가는 길이었다.

커스버트는 한마디도 하지 않았다. 입을 열었다가는 평소처럼 헛소리를 줄줄 읊을 것을 알기 때문이었다. 그리고 롤랜드는 원래 말수가 적었다. 둘 사이에 오간 대화는 한 차례뿐이었고, 그마저도 짤막했다.

"내가 말했지, 커스버트. 난 적어도 한 가지는 끔찍한 실수를 저질렀다고. 이 쪽지가……." 롤랜드는 자기 셔츠 주머니를 만지며 말을 이었다. "이 쪽지가 나한테 일깨워줬어. 그 실수가 뭔지 알아?"

"그 앨 사랑한 건 아니겠지. 그건 실수가 아니니까. 넌 그 사랑이 카라고 했어. 그건 나도 동감이야."

커스버트는 그렇게 말할 수 있어서 마음이 놓였고, 그 말이 진심이라서 더욱 마음이 놓였다. 이제는 수전마저도 받아들일 수 있을 듯싶었다. 가장 친한 친구의 연인으로서가 아니라, 처음 본 순간 그 자신도 갖고 싶었던 소녀로서가 아니라, 얽히고설킨 운명의 한 부분으로서.

"맞아, 그 앨 사랑한 건 실수가 아니었어. 사랑이 다른 모든 걸 떠나서 존재할 수 있다고 믿은 게 실수였지. 난 두 개의 삶을 살 수 있을 줄 알았어. 하나는 너랑 알레인이랑 임무가 있는 삶, 또 하나는 수전과 함께하는 삶이었어. 사랑 덕분에 *카*에서 벗어날 수 있을 거라고 믿은 거야. 새가 날개 덕분에 적들 위로 날아오를 수 있는 것처럼. 무슨 말인지 알아?"

"사랑에 눈이 먼 거구나."

커스버트의 말투는 지난 두 달 동안 마음고생을 한 소년치고는 퍽이나 점잖았다.

"그래." 롤랜드의 목소리는 침울했다. "눈이 멀었지…… 하지만 이젠 보여. 자, 속도를 좀 높이자. 빨리 결판을 내야겠어."

17

그들은 수레바퀴 자국이 울퉁불퉁 새겨진 흙길을 말을 타고 올라갔다. 입맞춤을 부르는 달의 환한 빛 아래 수전이 「경솔한 사랑」을 흥얼거리며 올라간 바로 그 길이었다. 흙길이 레아의 집 마당으로 이어지는 곳에서 말들이 멈춰 섰다.

"전망이 멋진데. 여기선 사막이 한눈에 다 보이겠어."

"그치만 우리 눈앞에 보이는 전망은 영 꽝인데."

커스버트의 말은 사실이었다. 정원에는 아직 안 딴 돌연변이 채소가 가득했고 그 앞에 서 있는 허수아비는 불쾌한 농담처럼, 또는 불길한 전조처럼 보였다. 마당에 홀로 서 있는 나무는 기분 나쁜 빛깔의 시든 잎이 떨어지는 모양새가 꼭 털갈이를 하는 늙은 독수리 같았다. 그 나무 너머에 오두막이 있었다. 거친 돌 벽 위로 검댕이 시커멓게 묻은 짤따란 굴뚝 한 개가 서 있었고, 굴뚝에 노란색 페인트로 그려진 마법진은 찾아오는 이를 비웃는 것처럼 보였다. 뒤쪽 모퉁이에 높다랗게 난 창문 뒤로 장작이 쌓여 있었다.

롤랜드는 이런 오두막을 전에도 여러 번 본 적이 있었지만(친구들과 길르앗을 떠나 이곳으로 오는 길에 수도 없이 지나쳤지만), 이토록 불길한 기운을 내뿜는 오두막은 처음이었다. 이렇다 할 특징은 없었지만 부인하기에는 너무나 강력한 기운이 분명히 존재했다. 감시당하는 느낌, 무언가 도사리고 있는 느낌이 들었다.

커스버트도 그 기운을 느끼고 침을 꿀꺽 삼켰다.

"더 가까이 가볼까? 안에 들어갈 거야, 롤랜드? 그러니까, 그……문이 열려 있잖아. 안 보여?"

롤랜드에게도 보였다. 마치 그들이 올 줄 알았다는 듯이, 문이 열려 있었다. 그들을 안으로 초대하는 것처럼. 같이 앉아서 아침을 먹자고, 입에 담지도 못할 것들을 대접하겠다는 듯이.

"여기서 기다려."

롤랜드는 러셔의 고삐를 당겨 앞으로 나아갔다.

"안 돼! 나도 갈 거야!"

"아니, 넌 뒤에서 엄호해 줘. 안으로 들어가야 할 것 같으면 부를게. 하지만 내가 저 안에 들어가면…… 여기 살던 마녀는 숨통이 끊어질 거야. 네 말마따나 그게 최선인지도 모르지."

러셔가 천천히 걸음을 내디딜 때마다 롤랜드는 점점 더 불안해졌다. 이곳에는 악취가 풍겼다. 상한 고기와 뜨뜻하게 부패한 토마토에서 날 법한 냄새였다. 짐작 같아서는 오두막에서 흘러나오는 듯싶었지만, 동시에 땅에서도 피어올랐다. 그리고 걸음을 옮길 때마다 희박지대의 울음소리가 커지는 듯했다. 마치 이곳의 대기가 그 소리를 증폭시키는 것처럼.

수전은 혼자서 이곳을 찾아왔어. 그것도 밤중에. 맙소사, 난 친구들하고 동행한다고 해도 밤에 올 자신은 없는데.

롤랜드는 나무 아래 멈춰 서서 스무 걸음 앞에 열려 있는 문의 안쪽을 들여다보았다. 부엌 비슷한 곳이 눈에 들어왔다. 탁자 다리, 의자 등받이, 지저분한 벽난로 바닥이 보였다. 집 주인은 눈에 띄지 않았다. 그러나 그곳에 있었다. 롤랜드는 징그러운 벌레처럼 자신의 몸을 훑는 마녀의 눈길을 느꼈다.

요술로 모습을 감춰서 안 보이는 것뿐…… 저 안에 있어.

어쩌면 실제로 보았을 수도 있었다. 문 안쪽 바로 오른편의 공기가, 무슨 난방 기구를 켜기라도 한 것처럼 기묘하게 일렁거렸다. 롤랜드는 고개를 돌리고 곁눈질로 보면 아지랑이로 변한 상대의 진짜 모습이 보인다는 얘기를 들은 적이 있었다. 그래서 그 방법을 써 보기로 했다.

"롤랜드?"

등 뒤에서 커스버트가 불렀다.

"아직은 괜찮아, 커스버트."

롤랜드는 자기가 무슨 말을 하는지 거의 의식하지 못했다. 왜냐하면…… 바로 저기! 일렁이던 아지랑이가 또렷해지더니 여인의 모습과 비슷하게 변했다. 물론 그저 상상일 수도 있었지만, 그래도…….

바로 그 순간, 들킨 것을 눈치챘는지 아지랑이가 그늘 속으로 더 깊숙이 움직였다. 롤랜드는 너덜너덜한 검은색 드레스 자락이 펄럭이는 것을 분명히 보았지만, 그 옷은 금세 사라졌다.

그래도 상관없었다. 롤랜드는 마녀를 만나기 위해서가 아니라 경고 한마디를 건네기 위해 이곳에 왔고…… 소년들 가운데 누구의 아버지라고 해도 분명히 같은 일을 했을 터였다.

"레아!"

롤랜드는 추상 같이 엄격한 명령조의 목소리로 외쳤다. 그 목소리에 떨기라도 했는지 나무에서 누런 이파리 두 장이 떨어졌고, 한 장이 롤랜드의 검은 머리에 내려앉았다. 오두막은 귀를 기울이며 기다리는 듯 고요했는데…… 이윽고 귀에 거슬리는, 조롱하는 것 같은 고양이 울음소리가 들려왔다.

"레아, 누구의 딸도 아닌 자여! 너한테 줄 것이 있어 가져왔다! 네가 잃어버린 거다!" 롤랜드는 셔츠 품에서 꼬깃꼬깃 접힌 쪽지를 꺼내어 돌바닥에 내던졌다. "오늘은 친구로서 찾아왔지만…… 이 편지가 네 뜻대로 전해졌다면, 넌 아마 목숨으로 대가를 치렀을 거다."

롤랜드가 말을 멈췄다. 나뭇잎이 또 한 장 떨어졌다. 이번 것은 러셔의 갈기에 내려앉았다.

"잘 들어라, 레아. 누구의 딸도 아닌 자여. 잘 듣고 새겨둬라. 나는 윌 디어본의 이름으로 여기에 왔으나 디어본은 내 진짜 이름이 아니며, 나는 동맹을 섬기는 몸이다. 그뿐만이 아니다. 내가 섬기는 것은 동맹의 뒤에 있는 진짜 힘…… 백(白)의 일족의 힘이다. 너는 우리 카의 길을 침범했다. 경고는 이번 한 번뿐이다. *다시는 그 길에 발을 들이지 마라.* 알아들었느냐?"

오두막은 그저 조용히 기다릴 뿐이었다.

"네 더러운 농간에 이용당할 뻔한 그 소년의 털끝 하나라도 건드리면, 너는 죽을 것이다. 네가 아는 것, 또 안다고 생각하는 것을 다시는 남에게 말하지 마라. 코딜리어 델가도나 조너스, 라이머, 소린에게 말하면 너는 죽을 것이다. 네가 얌전히 있으면 우리도 평화를 지킬 것이다. 입을 열면 우리가 다물게 해 줄 것이다. 알아들었느냐?"

여전히 고요했다. 지저분한 창문 두 개가 눈처럼 빤히 이쪽을 바라보고 있었다. 미풍이 불어와 나뭇잎이 롤랜드의 주위로 우수수 쏟아졌고, 장대 위에 서 있던 허수아비도 불쾌한 끼익 소리를 내며 흔들렸다. 교수형 밧줄 끝에서 대롱거리던 요리사 핵스의 모습이 롤랜드의 머릿속을 퍼뜩 스쳤다.

"알아들었느냐?"

대답이 없었다. 이제는 문 안쪽의 아지랑이도 보이지 않았다.

"좋아. 침묵은 곧 동의한다는 뜻이니까."

롤랜드는 말을 돌렸다. 그러는 동안 고개가 살짝 들렸고, 덕분에 볼 수 있었다. 머리 위의 누런 나뭇잎 사이에서 무언가 초록색을 띤 것이 꾸물거렸다. 나지막이 쉭쉭거리는 소리도 들렸다.

"롤랜드, 조심해! 뱀이야!"

커스버트가 외쳤고, 두 번째 경고가 그의 입을 떠나기 전에 롤랜드가 총을 뽑았다.

러셔가 방향을 틀어 껑충 뛰는 사이에 롤랜드는 왼발을 단단히 버티고 안장 옆으로 몸을 기울였다. 그는 세 발을 쏘았고, 대형 리볼버의 천둥 같은 총성은 고요한 대기를 찢으며 질주하다가 근처의 언덕에 부딪혀 되돌아왔다. 한 발을 쏠 때마다 뱀이 하늘 위로 날아올랐다. 파란 하늘과 누런 나뭇잎을 배경으로 빨간 피가 점점이 퍼졌다. 마지막 총탄은 뱀의 대가리를 날려 버렸고, 숨이 끊어진 채 땅에 떨어진 뱀은 두 동강이 나 있었다. 오두막 안에서 슬픔과 분노로 얼룩진 울음소리가 터져 나왔을 때 그 소리가 어찌나 끔찍했던지, 롤랜드는 등골이 얼어붙는 것만 같았다.

"망할 놈!" 그늘 속에서 여인의 목소리가 외쳤다. "아아, 이 망나니 같은 놈! 내 친구를! 내 친구를!"

"저게 네 친구였다면 나한테 풀어놓지 말았어야지. 내가 한 말을 잘 기억해라, 레아. 누구의 딸도 아닌 자여."

목소리는 마지막으로 한 번 쉭쉭거리고 잠잠해졌다.

롤랜드는 말을 타고 커스버트에게 돌아오면서 총을 총집에 꽂았다. 커스버트의 눈은 놀라움으로 동그래졌다.

"롤랜드, 멋진 솜씨였어! 맙소사, 정말 멋졌어!"

"이제 돌아가자."

"그치만 마녀가 너희 사이를 어떻게 알았는지 안 물어봤잖아!"

"물어보면 가르쳐줄 것 같아?"

롤랜드의 목소리는 미세하게 떨렸다. 나무에서 튀어나온 뱀은 롤랜드를 똑바로 노리고 달려들었고…… 그는 자신이 죽지 않았음을 아직 실감할 수가 없었다. 뱀을 끝장낸 것은 하늘이 보살핀 덕분이었다.

"입을 열게 만들면 돼."

커스버트가 말했지만, 롤랜드는 친구의 목소리에서 주눅 든 기색을 느낄 수 있었다. 어쩌면 나중에, 몇 년 동안 원정을 다니며 총을 사용한 후라면 모르지만, 지금의 커스버트에게는 살인이나 고문을 저지를 배짱이 없었다.

"그렇게 한다고 해도 사실대로 털어놓진 않을 거야. 마녀는 숨을 쉬듯이 거짓말을 하는 존재니까. 경고한 대로 입을 다물기만 하면, 우리가 오늘 여기 온 목적은 충분히 달성한 셈이야. 가자, 난 여기가 마음에 안 들어."

18

마을로 돌아가는 길에 롤랜드가 입을 열었다.

"다 같이 만나야겠어."

"네 말은 네 명이서 같이 만나잔 말이지, 그렇지?"

"맞아. 내가 아는 걸 다 털어놓고 함께 궁리하는 거야. 내 계획을 전부 다 가르쳐줄게. 우리가 뭘 기다리고 있는지도."

"아주 좋은 생각이야."

"수전이 우릴 도와줄 거야. 실은 *처음부터* 우릴 도우려고 했어. 내가 그걸 왜 몰랐을까?"

롤랜드가 혼잣말처럼 중얼거렸다. 커스버트는 롤랜드의 검은 머리에 왕관처럼 붙어 있는 나뭇잎을 보고 기분이 좋아졌다.

"사랑에 빠지면 눈이 멀기 때문이지." 커스버트는 피식 웃으며 롤랜드의 어깨를 두드렸다. "사랑에 빠지면 눈이 머는 법이야, 이 친구야."

19

소년들이 돌아간 것을 확인하고 나서, 레아는 문을 열고 끔찍한 햇빛 속으로 천천히 걸어 나왔다. 나무가 서 있는 곳으로 절룩절룩 걸어간 그녀는 갈가리 찢겨 널브러진 뱀 곁에 풀썩 주저앉아 엉엉 울었다.

"에르모트, 에르모트! 이게 무슨 꼴이냐!"

뱀의 대가리가 보였다. 입은 벌어진 채 딱 굳어 있었고, 두 줄로 난 독니에서는 아직도 독이 똑똑 떨어졌다. 방울져 떨어지는 투명한 독이 따사로운 햇발에 비쳐 프리즘처럼 보였다. 뱀의 두 눈이 번들 거렸다. 레아는 한 손으로 에르모트를 집어들었다. 비늘로 덮인 주둥이에 입을 맞춰 뾰족한 이빨에 든 독을 마지막 한 방울까지 빨아 마셨고, 그러는 동안 내내 흐느꼈다.

그런 다음 다른 손으로 뱀의 기다란 몸뚱이를 들고 보드라운 가죽에 뚫린 총구멍을 보며 신음했다. 구멍 속으로 너덜너덜해진 빨간 살이 보였다. 레아는 뱀의 대가리를 몸뚱이에 붙이고 두 번이나 주문을 외웠지만, 아무 일도 일어나지 않았다. 당연한 이치였다. 에르모트는 이미 주문의 힘이 닿지 않는 곳으로 떠난 후였다. 가엾은 에르모트.

레아는 평평한 젖무덤 한쪽에 뱀의 대가리를, 다른 쪽에는 몸뚱이를 얹었다. 그러고는 뱀의 마지막 피 한 방울이 드레스를 적실 때까지 그 저주스러운 소년들이 사라진 방향을 바라보았다.

"이 빚은 꼭 갚아주마. 모든 신의 이름을 걸고 반드시 갚아주마. 네놈들이 꿈에도 생각지 못한 곳에 이 레아가 나타날 게다, 그때 네놈들은 목이 터지도록 비명을 지를 게야. 알아들었느냐? *목이 터지도록 비명을 지를 게야!*"

레아는 그 자리에 조금 더 앉아 있다가 일어나 오두막으로 돌아갔다. 에르모트를 품에 안은 채, 다리를 질질 끌면서.

제5장
마법사의 무지개

1

롤랜드와 커스버트가 쿠스 언덕을 방문한 날로부터 사흘째 되는 날 오후, 로이 디페이프와 클레이 레이놀즈는 트래블러스 레스트 주점 2층의 복도를 따라 코럴 소린의 널따란 침실로 향했다. 클레이가 문을 두드렸다. 조너스가 문이 열렸으니 들어오라고 말했다.

안으로 들어서던 디페이프의 눈에 맨 먼저 들어온 것은 창가의 안락의자에 앉아 있던 코럴 소린이었다. 코럴은 하늘거리는 하얀 실크 잠옷을 입고 머리에는 빨간 스카프를 두르고 있었다. 무릎에는 뜨개질감이 한가득 놓여 있었다. 디페이프는 놀란 눈으로 그녀를 바라보았다. 그녀는 의미심장한 웃음을 지으며 디페이프와 레이놀즈에게 '안녕, 신사 나리들'이라고 인사한 다음, 다시 뜨개질을 시작했다. 바깥에서 폭죽이 터지는 소리와 놀라서 힝힝거리는 말 울음소리, 사내아이들의 음흉한 웃음소리가 들려왔다(아이들이란 원래 축제까지 기다릴 줄 모르는 법이었다. 일단 손에 폭죽이 있으면 불을 붙여야만 했다.).

디페이프가 레이놀즈를 돌아보았지만 그 역시 어깨를 으쓱하고 팔짱을 끼어 망토의 양쪽 끝을 손에 쥐었다. 의혹 또는 비난, 그도 아니면 둘 다를 표현하는 몸짓이었다.

"왜, 뭐 잘못됐어?"

조너스가 물었다. 그는 화장실로 통하는 문간에 서서 어깨에 걸친 수건 끄트머리로 얼굴의 면도용 거품을 닦는 중이었다. 웃통은 벗은 채였다. 디페이프는 조너스의 벗은 몸을 수도 없이 봤지만 그의 등에 지그재그로 새겨진 흉터를 볼 때면 늘 진저리가 쳐졌다.

"아니…… 여사님 방으로 오라는 말은 들었지만, 방 주인도 같이 계실 줄은 몰랐거든요."

"괜찮아, 다 아니까."

조너스는 수건을 화장실에 던져넣고 침대로 가서 발치에 걸려 있던 자기 셔츠를 집어 들었다. 그 너머에 있던 코럴은 조너스의 벗은 등을 게걸스러운 눈으로 흘깃 쳐다보고는 다시 뜨개질감으로 눈을 돌렸다.

"시트고 쪽 일은 어떠냐, 클레이?"

"조용합니다. 하지만 어린 방랑자들이 기웃거리기 시작하면 시끌벅적하겠지요."

"몇 명이나 나가 있지? 배치는 어떻게 했어?"

"낮에는 열 명, 밤에는 열두 명이 지키고 있습니다. 로이하고 제가 교대로 지키는데, 말씀드렸다시피 아직은 조용합니다."

조너스는 고개를 끄덕였지만 실은 마음이 편치 않았다. 소년들을 일찌감치 시트고 유전으로 끌어들이고 싶어서였다. 숙소를 어지럽히고 비둘기를 죽여 싸움을 건 것도 같은 이유에서였다. 그런데도 놈들은 여전히 언덕 뒤에 꼭꼭 숨어 있었다. 조너스는 어린 황소 세 마리와 들판에 서 있는 기분이었다. 손에 든 빨간 천을 투우사처럼 열심히 흔들어봤지만, 황소들은 달려들 생각을 하지 않았다. 어째서?

"수송 작업은? 그쪽은 어떻게 돼가지?"

"빈틈없이 진행 중입니다. 지난 나흘 동안 밤마다 탱크를 네 개씩 날랐습니다. 두 개씩 짝을 지어서요. 책임자는 렌프루입니다, 레이지 수전 목장의 주인이죠. 나머지 반은 미끼로 계속 남겨두실 겁니까?"

"그래."

조너스가 대답한 순간, 누군가 방문을 두드렸다. 디페이프가 벌떡 일어섰다.

"혹시……."

"아니. 검은 옷을 입은 그놈은 돌아갔다. 아마 전투를 앞둔 의인의 군대에 위문 공연이라도 하러 갔을 테지."

조너스의 말에 디페이프가 껄껄 웃었다. 창가에 앉은 잠옷 차림의 여인은 뜨개질거리를 내려다볼 뿐, 말이 없었다.

"문 열렸어!"

조너스가 외쳤다. 문으로 들어온 남자는 모자를 쓰고 어깨 담요를 두르고 있었다. 발에는 농부나 카우보이처럼 샌들을 신고 있었지만 얼굴은 하얬고, 모자 챙 아래로 늘어진 머리 타래는 금빛이었다. 그가 바로 라티고였다. 한눈에 봐도 틀림없이 거친 사내였지만, 그

래도 검은 옷을 입고 낄낄거리던 그 남자보다는 훨씬 반가운 상대
였다.

"만나서 반갑네, 신사 여러분."

방으로 들어선 라티고가 문을 닫으며 인사했다. 시무룩하게 찌푸
린 얼굴이 마치 몇 년 동안 재미난 일이라고는 하나도 없었던 사람
같았다. 어쩌면 태어나서 지금껏 없었을지도.

"잘 있었나, 조너스? 일은 잘돼가고?"

"난 잘 있었어. 일도 잘돼가고."

조너스가 손을 내밀었다. 라티고는 그 손을 쥐고 무덤덤하게 살
짝 흔들었다. 그는 디페이프와 레이놀즈를 무시하고 대신 코럴 소린
에게 눈을 돌렸다.

"숙녀 분께 부디 기나긴 낮과 즐거운 밤이 이어지기를."

"두 배의 축복이 함께하길 바랄게요, 라티고 씨."

코럴은 고개도 들지 않고 뜨개질만 하면서 대꾸했다. 라티고는
침대 발치에 앉아 어깨 담요 속에서 담뱃갑을 꺼내어 담배를 말기
시작했다.

"오래 있진 않을 거야. 그건 현명한 짓이 아니거든. 누가 주의 깊
게 보기라도 하면 외지인인 줄 금세 알 테니까."

라티고는 내륙 북쪽 노르드 지방의 퉁명스럽고 뚝뚝 끊어지는 말
투로 말했다. 그곳에서는 (디페이프가 알기로는) 아직도 사슴과 붙어
먹는 짓이 유일한 소일거리였다. 자기 누이보다 달리기를 못하는 사
람의 경우에는 그랬다.

"암요, 물론 그러시겠죠."

레이놀즈가 재미나다는 듯이 중얼거렸다. 라티고는 싸늘한 눈초

리로 그를 흘겨보고는 다시 조너스에게로 눈을 돌렸다.

"내 부하들의 본진은 여기서 30휠 떨어진 곳에 있네. 아이볼트 골짜기 서쪽 숲인데…… 골짜기에서 들리는 그 기분 나쁜 소리는 대체 뭐지? 그 소리 때문에 말들이 겁을 먹던데."

"희박지대야."

"겁을 먹긴 사람도 마찬가지예요. 너무 가까이 가면 말이죠." 레이놀즈가 끼어들었다. "멀리 떨어져 있는 게 최곱니다, 대장님."

"몇 명이나 데리고 왔나?" 조너스가 물었다.

"100명. 모두 단단히 무장했어."

"전설에 따르면 퍼스 경의 군대도 무장은 단단히 했다더군."

"장난하지 마."

"실전 경험은 있는 병력인가?"

"전투가 뭔지는 알고도 남을 놈들이야."

조너스는 라티고의 말이 거짓임을 간파했다. 의인 파슨은 산 속의 요새에 정예 병력을 배치했다. 이곳에 보낸 것은 파견대, 따라서 분대장급을 제외하면 보나마나 오줌을 싸는 것 말고는 고추로 할 줄 아는 일이 아무것도 없는 애송이들일 터였다.

"교수대 바위에 열두 명을 배치했네. 자네 부하들이 옮겨놓은 기름 탱크를 지키도록."

"수가 너무 많은 것 같은데."

"난 자네랑 병력 배치를 의논하려고 위험을 감수하면서까지 이 구린내 나는 촌구석에 찾아온 게 아니야, 조너스."

"거 참 미안하게 됐군."

조너스가 대꾸했지만, 형식적인 사과였다. 그는 코럴의 안락의자 곁에 앉아 자기 몫의 담배를 말기 시작했다. 코럴이 뜨개질감을 옆으로 치우고 손을 뻗어 그의 머리를 어루만졌다. 디페이프는 조너스가 코럴의 어디를 보고 반했는지 알 수가 없었다. 디페이프의 눈에 그녀는 매부리코에 모기한테 물린 자국 같은 가슴을 지닌 못생긴 할망구일 뿐이었다.

"그 세 젊은이 말인데." 라티고가 대뜸 본론을 꺼냈다. "의인께서는 메지스에 내륙 자치령 사람이 얼쩡거리는 걸 매우 언짢아하셔. 그런데 자네 말로는 그 친구들이 신분을 숨기고 있다던데. 도대체 그놈들 정체가 뭔가?"

조너스는 머리에 붙은 짜증스러운 벌레를 떨치듯이 코럴의 손을 치웠다. 코럴은 언짢은 기색도 없이 다시 뜨개질을 시작했다.

"젊은이가 아니라 그냥 꼬맹이들이야. 놈들이 이곳에 온 게 파슨이 그토록 걱정하는 *카*라면, 그건 동맹이 아니라 우리 몫의 *카*겠지."

"아쉽지만 자네의 신학적 결론으로 의인을 계몽하기란 불가능한 일이야. 무전기를 가져오긴 했는데, 망가졌는지 아니면 거리가 멀어서 그런지 연락이 닿질 않아. 이유는 아무도 몰라. 어차피 그런 장난감 따위 마음에 안 들긴 마찬가지지만. 웃기는 물건이지. 그러니 우리 앞가림은 우리가 할 수밖에 없어, 친구. 죽이 되든, 밥이 되든."

"굳이 파슨한테 걱정거리를 떠안길 것까진 없어."

"의인께선 놈들을 계획의 불안 요소로 여기고 계셔. 아마 월터가 자네한테 그렇게 전했을 텐데."

"맞아. 나도 똑똑히 기억하고 있어. 월터 나리는 좀처럼 잊기 힘든 분이더군."

"그렇고말고." 라티고가 맞장구를 쳤다. "월터는 의인의 대변자야. 자넬 찾아온 것도 그 꼬맹이들 일을 강조하기 위해서지."

"과연 효과가 있더군. 로이, 라티고 나리한테 그저께 보안관 사무소에 갔던 얘기를 들려드려."

조너스의 말에 디페이프가 불안한 표정으로 목을 가다듬었다.

"보안관…… 그, 그러니까 에이버리……."

"알아, 만짓날의 돼지처럼 피둥피둥 살찐 놈이지. 얘기해봐."

"꼬맹이들이 드롭 평원에서 말을 세고 있을 때, 에이버리의 부하가 전언을 듣고 놈들한테 찾아갔습니다."

"전언이라니?"

"이런 내용이었습니다. '수확제 당일에는 마을에 가지 말 것, 수확제 당일에는 드롭 평원에도 가지 말 것, 수확제 당일에는 숙소 근처에만 머무는 것이 최선. 축제 기간에는 자치령 주민들이 설령 친한 사이라고 해도 외지인을 반기지 않기 때문.'"

"그래서, 놈들의 반응은?"

"수확제 당일에는 자기들끼리 있겠다고 대번에 동의하더군요. 늘 그런 식입니다. 무슨 부탁을 받아도 그렇게 대뜸 응하는 것 말입니다. 물론 놈들도 알지요, 다른 고장과 마찬가지로 이곳에도 수확제 때 외지인을 배척하는 풍습이 없다는 걸요. 실은 외지인을 맞아들여서 함께 즐기는 게 관례라는 걸 놈들도 다 알 겁니다. 그러니까 사실은……."

"……그렇게 일러두면 놈들이 우리가 축제 당일에 이동할 거라고 믿을 거다, 이 말이지. 그래, 알았어." 조바심이 난 라티고가 대신 이야기를 마무리했다. "내가 궁금한 건 그래서 그놈들이 진짜로 속

왔나 하는 거야. 어때, 약속대로 수확제 전날 놈들을 해치울 수 있겠어? 아니면 더 기다려야 하나?"

디페이프와 레이놀즈의 눈이 조너스에게로 향했다. 조너스는 등 뒤로 손을 뻗어 코럴의 가늘지만 그리 흉하지 않은 허벅지에 올려 놓았다. 지금이 가장 중요한 대목이라고, 그는 생각했다. 여기서 어떻게 대답하느냐에 따라 꼼짝없이 운명이 결정될 판이었다. 그의 답이 옳다면 위대한 관 사냥꾼들은 고맙다는 인사와 보수를 받을 테고…… 어쩌면 보너스까지 챙길 수도 있었다. 만약 틀렸다가는, 바닥에 떨어질 때 목이 뽑힐 만큼 높디높은 교수대에 단단히 매달릴 운명이었다.

"날개 뽑힌 새처럼 간단히 일망타진할 수 있어. 죄목은 반역. 고귀한 신분의 젊은이 셋이 존 파슨에게 고용됐다, 충격적인 이야기지. 우리가 사는 이 타락한 시대를 그보다 더 잘 보여주는 사건이 또 있겠나?"

"반역이라고 외친다고 해서 사람들이 모여들 것 같은가?"

이렇게 묻는 라티고를 보며 조너스는 싸늘하게 웃었다.

"개념 자체만 놓고 보면 반역은 평민들한테 조금 동떨어진 이야기지. 술에 취한 군중이라고 해도, 또 말 사육업자 조합이 미리 선동꾼을 고용했다고 해도 말이야. 하지만 살인이 얽히면…… 그것도 백성들의 사랑을 한 몸에 받던 행정 장관이 살해당한다면……."

디페이프의 놀란 눈이 장관의 여동생에게로 향했다.

"세상에, 그런 애석한 일이." 코럴이 한숨을 쉬며 말했다. "어쩌면 제가 직접 폭도들을 이끌고 나설지도 모르겠군요."

디페이프는 조너스가 코럴에게 끌린 이유를 마침내 알아차렸다.

눈앞의 여인은 조너스 본인만큼이나 냉정한 인간이었다.

"한 가지 더. 의인께서 자네한테 안전하게 보관하라고 맡기신 물건이 있을 거야. 수정 구슬이지, 아마?"

라티고가 묻자 조너스가 고개를 끄덕였다.

"그래, 맞아. 꽤나 별 볼 일 없는 물건이더군."

"근처에 사는 마녀한테 맡겼다던데."

"그랬지."

"도로 찾아오게. 당장."

"자네한테 명령을 듣고 싶진 않은데." 조너스는 조금 짜증 난 목소리로 대꾸했다. "그 건은 꼬맹이들이 유치장에 갇힌 다음에 처리할 생각이야."

레이놀즈가 흥미롭다는 듯이 끼어들었다.

"라티고 씨, 혹시 그 구슬을 직접 보신 적이 있습니까?"

"가까이서 본 적은 없지만, 그걸 직접 본 사람은 몇 명 알아." 라티고는 잠시 입을 다물었다. "……한 명은 머리가 돌아서 어쩔 수 없이 총살했지. 그런 상태로 변한 인간은 30년 전에 딱 한 번밖에 못 봤어. 사막 언저리에 살던 양치기였는데, 광견병에 걸린 코요테한테 물려서 그렇게 됐지."

"신의 가호가 있기를."

레이놀즈는 이렇게 중얼거리며 자기 목을 세 번 두드렸다. 그는 광견병이라면 치가 떨렸다.

"마법사의 무지개에 사로잡히면 기도를 중얼거릴 시간도 없을걸." 라티고는 차갑게 쏘아붙이고 다시 조너스에게 주의를 돌렸다. "그 구슬은 맡길 때보다 되찾을 때 더 조심해야 해. 지금쯤 마녀가 그 물건의 매력에 홀딱 빠졌을 테니까."

"라이머하고 에이버리를 보낼 생각이야. 에이버리야 그냥 무지렁이지만, 라이머는 꾀가 있는 녀석이거든."

"내 생각에 그렇게 되기는 힘들 것 같은데."

"어째서?"

조너스가 라티고에게 물었다. 그러고는 코럴의 허벅지를 잡은 손에 더욱 힘을 주면서 라티고를 향해 불쾌한 미소를 날렸다.

"이 미욱한 종한테 *왜* 힘든지 가르쳐 주시면 안 될까?"

"왜냐면 말이죠." 그 질문에 대답한 사람은 코럴이었다. "레아가 보관 중인 마법사의 무지개를 되찾을 때쯤이면, 라이머 집행관은 우리 오라버니를 모시고 황천길을 걷느라 바쁠 예정이기 때문이에요."

"이게 무슨 소립니까, 엘드레드?" 디페이프가 물었다.

"라이머도 죽는다는 얘기지." 조너스의 입가에 웃음이 번졌다. "존 파슨이 보낸 흉악한 첩자들한테 또 한 가지 더러운 죄목이 추가될 거다, 이 말이야."

코럴이 맞장구치듯 빙그레 웃었다. 그러고는 조너스의 손을 잡아 허벅지 깊숙이 집어넣고 다시 뜨개질을 시작했다.

2

소녀는 어린 나이였지만 이미 결혼한 몸이었다.

소년은 잘생겼지만 무책임했다.

어느 날 밤, 소녀는 외딴 곳에서 소년을 만나 이제 달콤한 밀회를 끝내야 한다고 말했다. 소년은 절대 그럴 수 없다고, 둘의 사랑은 하늘의 별처럼 변치 않을 운명이라고 했다. 소녀는 별자리도 때가 되면 변하는 법이라고 말했다. 아마도 소년은 울음을 터뜨렸을 것이다. 소녀는 웃었을 것이다. 분명히 너무 긴장해서 터져 나온 웃음이었으리라. 이유야 어쨌건, 끔찍이도 때를 잘못 맞춘 웃음이었다. 소년은 돌을 집어 소녀의 머리를 내리쳤다. 이윽고 정신이 돌아온 소년은 자기가 한 짓을 깨닫고 평평한 바위에 기대앉아 소녀의 무참히 깨진 머리를 무릎에 뉜 다음, 근처의 나무에 앉은 올빼미가 지켜보는 가운데 자신의 목을 그었다. 소년은 소녀의 얼굴에 입맞춤을 퍼부으며 죽어갔고, 사람들에게 발견되었을 때 그들의 입술은 서로의 피로 봉인되어 있었다.

오래된 옛날이야기였다. 어느 마을에나 조금씩 다른 형태로 전해지는 이야기였다. 배경은 대개 연인들의 산책길이나 외진 강둑, 아니면 마을 공동묘지였다. 실제로 일어난 사건의 세세한 부분이 사람들의 엽기적이고 낭만적인 취향을 너끈히 만족시킬 만큼 변형되자, 마침내 노래가 만들어지기 시작했다. 보통은 기타나 만돌린을 서툴게 연주하는 처녀들이 들뜬 마음에 음정도 제대로 못 맞추면서 부르곤 했다. 후렴구에는 대개 다음과 같은 애절한 가사가 들어갔다. *나아의 사아아라아아앙, 그렇게 둘은 한 몸으로 숨을 거두었다오.*

햄브리에서는 이 케케묵은 이야기에 로버트와 프란체스카라는 연인들이 등장했고, 사건이 일어난 때도 세계가 변질하기 이전의 옛날이었다. 살인과 자살이 일어난 장소는 햄브리 공동묘지였으며 프란체스카의 머리를 박살 낸 돌은 묘비, 그리고 로버트가 기대앉아 목을 그은 돌 벽은 소린 가의 납골당 벽이었다(다섯 세대 전으로 거슬러 올라가면 햄브리나 메지스에 소린이라는 성을 지닌 사람이 있었는지조차 의심스럽지만, 민담이란 어차피 운율에 맞춰서 읊는 거짓말에 지나지 않았다.).

사실이든 거짓이든, 사람들은 공동묘지에 두 연인의 유령이 출몰한다고 믿었다. (전설에 따르면) 피투성이가 된 채 안타까운 표정으로 손에 손을 잡고 묘비 사이로 걷는 유령 둘이 보인다는 것이었다. 따라서 밤에는 묘지를 찾는 사람이 없었고, 그래서 롤랜드와 커스버트, 알레인, 그리고 수전에게는 그곳이 가장 알맞은 회합 장소였다.

약속 시간이 가까워지면서 롤랜드는 슬슬 걱정이 되기 시작했다. 실은 초조해서 미칠 지경이었다. 문제는 수전이었다. 아니, 정확히 말하면 수전의 고모였다. 불에 기름을 끼얹는 격인 레아의 편지가 도착하지 않았는데도, 코딜리어는 롤랜드와 수전의 관계를 거의 확신했다. 공동묘지에서 만나기로 한 날까지 채 일주일도 안 남은 어느 날, 코딜리어는 바구니를 들고 집에 들어서는 수전을 보자마자 악을 쓰기 시작했다.

"그 녀석이랑 같이 있었지! 난 다 알아, 이 못된 것아, 네 얼굴에 다 쓰여 있어!"

그날 롤랜드 근처에도 가지 않았던 수전은 입을 헤 벌린 채 고모를 바라볼 뿐이었다.

"누구랑 같이 있었다는 거예요?"

"흥, 내 앞에서 내숭 떨 생각 마, 예쁜 아가씨! 내숭 따위 집어치워! 우리 집 앞을 지나면서 너한테 혀를 날름날름하던 놈이 누굴까? 디어본 그 녀석이잖아! 디어본! 디어본! 천 번이라도 말해주마! 창피한 줄 알아, 이것아! 창피한 줄 알아! 네 바지 좀 봐라! 그놈이랑 풀밭에서 뒹구느라 퍼런 물이 들었어! 가랑이가 훤히 안 터진 게 신기할 지경이야!"

코딜리어 고모는 이제 거의 비명을 지르다시피 했다. 목의 핏줄이 밧줄처럼 굵게 일어서 있었다. 수전은 어안이 벙벙한 얼굴로 자신이 입은 낡은 면바지를 내려다보았다.

"이건 페인트예요, 고모. 보면 몰라요? 전 장관 관사에서 콘체타랑 같이 축제 장식을 만들었어요. 바지에 페인트가 묻은 건 하트 소린 때문이에요. 디어본이 아니라 소린 때문이라고요. 장식이랑 폭죽을 보관하는 창고에서 소린이 절 덮쳤어요. 장난질을 하기에 때도 장소도 적당하다고 판단한 거겠죠. 내 위에 올라타선 자기 바지를 적시고 흐뭇한 표정으로 떠났어요. 콧노래까지 부르면서."

얘기하는 동안 콧살을 찌푸리기는 했지만, 요즘 들어 수전이 소린에게 느끼는 감정은 슬픔이 섞인 혐오감뿐이었다. 그를 두려워하던 시절은 이미 지난 후였다.

한편 코딜리어는 반짝이는 눈으로 조카를 바라보았다. 수전은 처음으로 고모의 정신 상태를 진지하게 의심했다.

"그럴듯하구나."

마침내 코딜리어가 중얼거렸다. 이마에는 땀방울이 송골송골 맺혔고, 목의 퍼런 핏줄은 시곗바늘처럼 불뚝거렸다. 요즘 들어 코딜리어는 냄새까지 풍겼다. 목욕을 하든 안 하든 간에 뭐가 썩는 것처럼 시큼한 냄새가 났다.

"그래서, 그다음에 같이 뒹굴었냐? 그놈이랑?"

수전은 앞으로 걸어가 고모의 앙상한 손목을 붙잡고 바지 무릎의 얼룩에 갖다 댔다. 코딜리어는 비명을 지르며 뿌리치려고 버둥댔지만 수전은 완강했다. 잠시 후, 고모의 손을 코앞에 갖다 댄 수전은 고모가 손바닥에 묻은 것의 냄새를 알아차릴 때까지 가만히 기다렸다.

"무슨 냄샌지 아시겠어요, 고모? 페인트예요! 종이 등불에 색을 칠하다가 묻었다고요!"

수전이 잡고 있던 손목에서 스르륵 힘이 빠졌다. 마주보던 눈도 어느 정도 정상으로 돌아온 듯했다.

"그래." 마침내 코딜리어가 말했다. "페인트구나. 이번에는."

그날 이후로 수전은 길에서 고개를 돌릴 때마다 번번이 자기 뒤를 슬금슬금 따라오는 깡마른 여인의 그림자를, 아니면 미심쩍은 눈길로 자신의 동선을 확인하는 고모의 친구들을 목격했다. 드롭 평원에서 말을 달릴 때면 언제나 감시당하는 기분이 들었다. 묘지에서 네 명이 다 함께 만나기 전, 수전은 이미 두 번이나 롤랜드와 그 친구들을 만나기로 약속을 정했다. 그리고 두 번의 약속을 모두 취소했는데 그중 두 번째는 약속 시간 직전에 취소해야만 했다. 그때 수전은 브라이언 후키의 맏아들이 자신을 의미심장하게 지켜본다는 느낌을 받았다. 그저 직감일 뿐이었지만…… 너무나 강력한 직감이었다.

수전의 처지를 더욱 위태롭게 한 원인은 롤랜드만큼이나 그녀 스스로도 만남을 갈구한다는 점이었는데, 이는 단지 대화를 나누기 위해서가 아니었다. 수전은 롤랜드를 만나야 했다. 만나서 그의 손을 잡아야 했다. 그 밖의 달콤한 몸짓들은 나중으로 미룰 수도 있었지만, 수전은 그를 만나고 그의 손을 잡아야만 했다. 그가 단순히 겁에 질린 외로운 소녀의 꿈이 빚어낸 존재가 아니라고 확신해야 했다.

결국에는 마리아가 도움의 손을 내밀었다. 하늘이 보우하사 그 어린 하녀는 생각보다 훨씬 머리가 좋았다. 수전이 시프론트 관저의 귀빈 숙소에서 밤을 보낼 예정이라고 적힌 편지를 코딜리어에게 전한 사람이 바로 마리아였다. 편지를 쓴 사람은 올리브 소린이었고, 코딜리어는 의심병에 단단히 걸린 와중에도 그 편지마저 가짜로 의심하지는 않았다. 왜냐하면 가짜가 아니기 때문이었다. 수전에게 부탁받은 올리브는 아무것도 묻지 않은 채 힘없이 편지를 적어 내려갔다.

"우리 조카한테서 무슨 이상한 낌새 못 느꼈니?"

편지를 전하러 온 마리아에게 코딜리어가 불쑥 물었다.

"그냥 피곤해서 그래요. 목감기도 걸린 것 같고요."

"목감기? 수확제가 코앞인데? 말도 안 돼! 난 안 속아! 수전은 절대 안 아파!"

"목감기라니까요."

마리아는 불신으로 무장한 사람 앞에서 오로지 농사꾼의 딸만이 지을 수 있는 태연한 표정으로 같은 대답을 되풀이했고, 코딜리어는 그것으로 만족할 수밖에 없었다. 마리아 본인은 수전이 무슨 일을 꾸미는지 알 도리가 없었지만 그것이야말로 수전이 바라는 바였다.

귀빈 숙소의 발코니를 넘어간 수전은 건물 북쪽 벽을 타고 4미터가 넘게 자란 덩굴을 조심조심 밟으며 땅으로 내려간 다음, 벽에 나 있는 하인용 뒷문을 통과했다. 그곳에는 롤랜드가 기다리고 있었다. 그리하여 두 연인은 남들이 굳이 알 것 없는 따뜻한 시간을 2분 동안 보낸 후에 함께 러셔에 올라타고 공동묘지로 달려갔다. 그곳에서는 커스버트와 알레인이 부푼 기대와 불안한 희망을 가슴에 품고 그들을 기다렸다.

3

수전은 먼저 얼굴이 동그랗고 차분해 보이는, 이름이 리처드 스톡워스가 아니라 알레인 존스인 금발 소년을 바라보았다. 그러다가 다른 소년에게로 눈을 돌렸다. 수전으로 하여금 의심을 넘어 분노의 표적이 된 기분을 느끼게 한 그 소년의 진짜 이름은 커스버트 올굿이었다.

두 소년은 담쟁이로 뒤덮인 쓰러진 묘비에 나란히 앉아 야트막한 안개에 발목을 담그고 있었다. 러셔의 등에서 내린 수전이 그들을 향해 천천히 다가갔다. 그들도 자리에서 일어섰다. 먼저 알레인이 한쪽 다리를 내밀어 단단히 짚고서 내륙 자치령 방식으로 인사를 했다.

"아가씨, 부디 기나긴 낮과⋯⋯"

여기까지 말했을 때, 곁에 있던 소년이 끼어들었다. 호리호리한 키에 머리가 검은 그 소년은 촐싹이지만 않으면 미남으로 보일 법했다. 실제로 검은 눈동자가 몹시 매력적이었다.

"⋯⋯유쾌한 밤이 이어지길 기원합니다."

커스버트가 알레인보다 두 배는 더 깊이 몸을 숙이며 인사를 끝맺었다. 그 모습이 축제 때 상연하는 풍자극의 신하들과 하도 비슷해서 수전은 쿡쿡 웃고 말았다. 터지는 웃음을 도저히 참을 수 없었다. 이윽고 수전도 고개를 깊숙이 숙이고 두 팔을 펼쳐 입지도 않은 치마를 집는 시늉을 하며 소년들을 향해 인사했다.

"신사 분들께 두 배의 안녕을 기원할게요."

그런 다음 서로를 멀뚱멀뚱 바라보았다. 그들은 이제 딱히 어찌해야 좋을지 모르는 아이 셋에 지나지 않았다. 롤랜드도 도움이 되지 않았다. 그는 러서 곁에 쭈그려 앉은 채 가만히 지켜볼 뿐이었다.

수전이 쭈뼛거리며 한 발 앞으로 나섰다. 이제 표정에 웃음기가 보이지 않았다. 입가에는 아직 보조개가 남아 있었지만 눈빛은 불안해 보였다.

"너희가 날 미워하지 않았으면 좋겠어. 설령 미워한다고 해도 이해할 순 있어. 내가 너희 계획에…… 너희 셋의 우정에 끼어들었으니까. 하지만 나도 어쩔 수 없었어."

수전은 두 손을 허리 옆에 축 늘어뜨리고 있었다. 이제 그 손이 손바닥을 위로 한 채 커스버트와 알레인을 향해 펴졌다.

"난 롤랜드를 사랑해."

"우린 널 미워하지 않아. 그렇지, 커스버트?"

알레인이 물었다. 잠시 소름 끼치는 정적이 이어졌고, 그러는 동안 커스버트는 수전의 어깨 너머를 가만히 바라보았다. 희끄무레하게 빛나는 악마의 달을 살피는 중인 듯했다. 수전은 심장이 멎을 것만 같았다. 그러다가 커스버트의 시선이 다시 수전을 향했고, 달콤하게 웃는 그의 얼굴을 본 순간 수전은 혼란스러우면서도 황홀한 생각('만약 이 남자를 먼저 만났더라면'으로 시작하는 생각)이 별똥별처럼 머릿속을 스쳐 갔다.

"롤랜드의 사랑은 곧 우리 사랑이지."

커스버트는 이렇게 말하며 수전의 손을 잡고 곁으로 이끌었다.

그와 알레인 사이에 수전이 서자 꼭 세 남매처럼 보였다.

"왜냐면 우린 배냇저고리를 입고 뒹굴던 시절부터 친구였으니까. 그리고 우리 중 한 명이 세상을 뜰 때까지 친구일 테고." 커스버트는 천진한 표정으로 웃으며 말을 이었다. "일이 풀리는 꼴을 보면 한날한시에 다 같이 뜰 수도 있을 것 같지만."

"그것도 조만간에 말이지."

"난 상관없어." 알레인이 덧붙인 농담을 수전이 마무리했다. "우리 고모가 보호자랍시고 따라오지만 않으면."

4

"우리는 *카텟*이야. 여럿이서 하나 된 자들이지."

롤랜드는 일행의 얼굴을 차례로 살폈고, 그러는 동안 어떠한 반대의 빛도 읽지 못했다. 서늘한 납골당에 들어와 다시 모여 앉은 일행의 입과 코에서 하얀 숨이 뿜어져 나왔다. 롤랜드는 쭈그려 앉은 채 나머지 세 명을 바라보았다. 그들이 나란히 앉은 돌 벤치 양 옆에는 시든 줄기만 꽂힌 돌 꽃병이 각각 놓여 있었다. 바닥에는 장미 꽃잎이 여기저기 널려 있었다. 커스버트와 알레인은 수전의 양 옆에서 팔로 그녀를 감싸듯이 앉아 있었는데 그 모습이 꽤나 자연스러웠다. 롤랜드는 그런 그들을 보며 다시금 여동생과 누이를 지키는 두 오빠 같다고 생각했다.

"우린 예전보다 더 강해졌어. 그런 느낌이 강하게 들어."

"동감이야, 알레인." 커스버트가 일행을 둘러보며 말했다. "그러고 보니 만나기로 한 장소도 아주 멋진데. 우리 같은 *카텟*에 아주 잘 어울려."

롤랜드는 웃지 않았다. 재담은 그의 본령이 아니었다.

"일단 햄브리에서 지금 무슨 일이 벌어지는지부터 얘기하자. 그리고 이제 곧 닥칠 일에 대해서도."

"있잖아, 우린 임무를 받고 여기 온 게 아니야." 알레인이 수전에게 말했다. "아버지들이 고향에서 멀리 보냈기 때문에 온 것뿐이야. 롤랜드가 존 파슨의 부하로 보이는 사람한테 원한을 사는 바람에 그만……."

"흠, '원한을 샀다'라. 멋진 표현인데. 아주 유려해. 외워뒀다가 기회가 생길 때마다 써먹어야겠어."

"좀 참아, 커스버트. 난 여기 앉아서 밤을 새우고 싶진 않아."

"어휴, 죄송합니다. 위대하신 영도자님."

말만 이렇게 할 뿐, 커스버트는 뉘우치는 기색 없이 눈을 이쪽저쪽으로 굴렸다. 알레인이 다시 이야기를 시작했다.

"여기 올 때 연락을 주고받으려고 전서구를 가져왔어. 그치만 보낸 지 한참 됐으니까, 부모님들은 아마 우리가 별 탈 없이 잘 있는 줄 아실 거야."

"아, 그러니까 알레인이 하고 싶어 하는 얘기가 뭐냐면 말이지, 우리가 기습을 당했다, 이 말이야. 롤랜드랑 나는, 그…… 앞으로의 일에 대해서 이견이 좀 있었고, 롤랜드는 기다리자고 했어. 난 싫다고 했고. 근데 지금 생각해보면 쟤 말이 옳았던 것 같아."

"결정은 옳았지만, 그 이유는 틀렸지. 어쨌거나 우리 사이의 이견은 이미 조정됐어."

롤랜드가 담담한 목소리로 말했다. 수전은 조금 놀란 표정으로 커스버트와 롤랜드를 번갈아 쳐다보았다. 그러다 롤랜드의 턱 왼쪽에서 시선이 멈췄다. 턱에 든 멍자국은 반쯤 열린 납골당 문 사이로 흘러든 희미한 달빛으로도 또렷이 알아볼 수 있었다.

"어떻게 조정했는데?"

"그건 중요하지 않아. 파슨은 길르앗 서북쪽의 셰이브드 산맥에서 한 바탕 전투를 벌일 거야. 어쩌면 그런 전투가 여러 차례 이어질지도 몰라. 지금 그쪽으로 이동 중인 동맹의 군대가 보기에는 오히려 놈이 함정에 빠진 모양새겠지. 정상적인 상황에서라면 실제로도 그럴 테고. 하지만 파슨은 교전하는 척하면서 아군을 유인한 후에 옛사람들의 무기로 몰살할 작정이야. 무기에 들어갈 연료는 시트고 유전의 기름이고. 수전, 너랑 내가 발견한 그 탱크에 들어 있던 기름 말이야."

"정유소가 어디 있길래 파슨이 기름을 사용한다는 거야?"

"파슨의 군대가 이동하는 경로를 따라 이곳에서 서쪽으로 가다 보면 나올 거야." 커스버트가 대신 대답했다. "우리가 보기엔 십중팔구 비카스티스 같아. 어딘지 알아? 광산촌인데."

"들어본 적은 있지만, 난 햄브리에서 멀리 벗어난 적이 한 번도 없어…… 그것도 이제 얼마 안 있으면 바뀔 것 같지만."

수전은 롤랜드를 지그시 바라보며 말했다. 이제 알레인이 대화에 끼어들 차례였다.

"저기, 셰이브드 산맥에는 말이야, 옛사람들이 살던 시대의 기계가 많이 있어. 주로 움푹 들어간 산등성이나 골짜기에 남아 있대. 로봇이나 살인 광선 같은 거. 레이저 빔이라고 하는데, 그걸 맞으면 몸이 두 동강이 나버린대. 뭐가 더 있는지는 아무도 몰라. 어떤 건 그냥 전설일 테지만, 그래도 아니 땐 굴뚝에선 연기도 안 나는 법이니까. 어쨌거나 정유 시설을 만들기엔 거기가 최고야."

"정유가 끝나면 파슨이 기다리는 곳으로 싣고 간다, 이거야. 그거야 뭐, 우리가 알 바 아니지. 우린 이곳 메지스에도 할 일이 잔뜩 있으니까."

"난 그래서 기다리고 있었던 거야, 커스버트. 놈들이 약탈한 물자를 하나도 빠짐없이 모두 파악하려고."

"혹시 수전 네가 아직 모를까 봐 하는 얘긴데 말이지, 얘가 야심이 좀 원대한 친구야."

커스버트가 눈을 찡긋하며 너스레를 떨었다. 그러나 롤랜드는 아랑곳하지 않고 아이볼트 골짜기 쪽을 가만히 바라보았다. 이날 밤에는 그곳에서 아무 소리도 들려오지 않았다. 바람이 일찌감치 가을에 맞게 방향을 틀었기 때문이었다.

"그 기름에 불을 붙일 수만 있다면…… 나머지는 다 해결돼. 결국엔 기름이 제일 중요하니까. 난 놈들의 기름을 처리한 다음에 이곳을 빠져나가고 싶어. 우리 넷이서 같이."

"아마 수확제 날에 기름을 옮기려고 하겠지?"

"아, 맞아. 그럴 거야."

커스버트는 수전의 물음에 이렇게 답하고서 낄낄 웃었다. 어린아이의 웃음처럼 천진난만하고 전염성이 있는 웃음이었다. 웃으면서 배를 잡고 앞뒤로 꺼떡거리는 모습마저도 어린애 같았다. 수전은 어리둥절한 표정이었다.

"왜? 왜 웃는 거야?"

"나, 나도 몰라…… 그냥, 너무 웃겨서. 난 웃느라 말을 못하겠고, 롤랜드는 아예 입에 담기도 싫을 거야. 그러니까 알레인, 네가 얘기해. 데이브 부보안관이 뭐랬는지 수전한테 얘기해줘."

"음, 그 사람이 우릴 만나러 바케이 목장에 왔었어." 알레인 역시 빙그레 웃고 있었다. "꼭 우리 삼촌이라도 되는 것처럼 얘기하더라. 햄브리 주민들은 축제 때 외지인이 돌아다니는 걸 싫어한다면서, 우리더러 보름달이 뜨는 수확제 밤엔 숙소에 꼭 붙어 있으랬어."

"말도 안 돼!"

수전이 성난 목소리로 외쳤다. 자기 고향이 부당한 이유로 모욕당했을 때 누구라도 낼 법한 목소리였다.

"우리가 축제 때 외지인을 얼마나 환영하는데, 옛날부터 쭉 그랬어! 우린…… 우린 미개인이 아니야!"

"진정, 진정해." 커스버트가 킥킥거리며 말했다. "그건 우리도 알아. 그치만 데이브 부보안관은 우리가 그걸 모른다고 생각하는 것 같아, 안 그래? 그 양반은 자기 마누라가 만든 화이트 티가 이 일대에서 제일 맛있다는 것만 빼면 아무것도 몰라. 에이버리 보안관은 그보다 조금 더 아는 것 같지만, 그 양반도 별로 똑똑한 편은 아니야."

"그자들이 일부러 우리한테 경고를 한 이유는 두 가지야." 롤랜드가 말했다. "첫째는 수전 네 말대로 수확제 당일에 기름을 운반하기 위해서야. 둘째는 우리 눈앞에서 파슨의 전략 물자를 훔칠 수 있다고 자만하기 때문이고."

"그 죄는 아마 나중에 우리한테 뒤집어씌우겠지"

알레인이 말했다. 수전은 호기심이 어린 눈으로 두 소년을 번갈아 쳐다보다가 입을 열었다.

"그래서 너흰 어떻게 할 생각인데?"

"우릴 유인하려고 시트고에 남겨 둔 미끼를 박살 낼 거야. 그다음엔 놈들이 집결한 곳을 습격할 거고." 롤랜드가 나지막이 말했다. "집결지는 교수대 바위야. 놈들이 서쪽으로 이송할 기름 가운데 절반은 이미 그곳에 가 있어. 무장한 병력도 대기하고 있겠지. 머릿수가 200명은 될 거야, 어쩌면 더 적을지도 모르지만. 난 그놈들을 몰살할 작정이야."

"그렇게 안 하면 우리가 죽을걸." 알레인이 중얼거렸다.

"롤랜드, 우리 넷이서 어떻게 200명을 다 해치운단 말이야?"

"우리 힘으론 못 하지. 하지만 모여 있는 기름 탱크에 불이 붙으면 폭발이 일어날 거야. 그것도 어마어마한 폭발이. 살아남은 병사들은 겁에 질릴 테고, 지휘관들은 머리끝까지 화가 나겠지. 그러다가 우릴 발견할 거야. 왜냐하면…… 우리가 놈들 앞에 모습을 드러낼 거니까."

알레인과 커스버트는 숨 죽인 채 롤랜드를 바라보았다. 계획의 나머지 부분은 이미 듣거나 짐작하고 있었지만, 여기서부터는 롤랜드가 자기 머릿속에 꼭꼭 감춰둔 내용이기 때문이었다. 수전이 겁먹은 표정으로 물었다.

"그다음은? 그다음은 어떡할 건데?"

"아이볼트 골짜기로 유인할 거야. 골짜기 안의 희박지대로."

5

벼락같은 침묵이 뒤를 이었다. 이윽고 조금은 감탄한 목소리로 수전이 중얼거렸다.

"미쳤구나."

"아니, 얜 안 미쳤어. 아마 골짜기 절벽에 나 있는 좁은 홈을 생각하고 하는 말일 거야. 안 그래, 롤랜드? 골짜기 아래쪽, 모퉁이 바로 앞에 있는 틈새 말이야."

커스버트의 말에 롤랜드가 고개를 끄덕였다.

"네 명이라면 그 틈새로 거뜬히 올라갈 수 있을 거야. 골짜기 꼭 대기엔 미리 바위를 한 무더기 쌓아둘 거고. 혹시 뒤를 쫓는 놈이 있으면 산사태 맛을 보여 줄 수 있게."

"그건 너무 끔찍해."

"음, 살아남으려면 별 수 없어." 수전의 말에 알레인이 대꾸했다. "만약 적들이 무사히 빠져나가서 기름을 사용한다면, 놈들이 준비한 무기의 사정거리에 들어간 동맹 병사들은 한 명도 남김없이 몰살당할 거야. 의인은 절대 포로를 잡지 않으니까."

"나쁜 짓이라고 하진 않았어. 그냥 끔찍할 뿐이야."

잠시 침묵이 흐르는 동안 네 아이는 병사 200명을 죽이는 계획에 대해 곰곰이 생각했다. 다만 그 병사들 모두가 어른일 리는 없었다. 대개는(아마 거의 모두) 그들과 다름없는 아이들일 터였다.

마침내 수전이 침묵을 깨뜨렸다.

"바위에 깔리지 않은 사람들은 골짜기에서 빠져나갈 텐데."

"아니, 그러진 않을 거야."

알레인이 말했다. 아이볼트 골짜기의 지형을 숙지한 덕분에 계획의 전모를 파악할 수 있었던 것이다. 고개를 끄덕이는 롤랜드의 입가에 옅은 미소가 떠올랐다.

"어째서?"

"그게, 골짜기 입구에 마른 덤불이 있잖아. 거기다 불을 붙이는 거야. 안 그래, 롤랜드? 만약 그날도 지금처럼 바람이 세게 불면…… 연기가…….'"

"그래, 연기가 적들을 골짜기 깊숙이 몰아넣겠지. 희박지대로.'"

"불은 어떻게 피울 건데? 롤랜드, 아무리 마른 덤불이라고 해도 성냥이나 부싯돌로 불을 지를 시간은 없을 거 아냐.'"

"그건 네가 도와주면 돼, 수전. 기름 탱크에 불을 지를 때도 마찬가지야. 너도 알겠지만, 우리가 가진 총으로 불을 붙이긴 힘들어. 원유는 의외로 불이 잘 안 붙거든. 시미도 너랑 같이 도와줬으면 좋겠는데.'"

"그럼 가르쳐줘. 내가 어떻게 해야 하는지.'"

6

그들은 20분을 더 이야기했지만, 원래 계획에서 바뀐 부분은 놀랄 만큼 적었다. 계획을 너무 꼼꼼히 뜯어고쳤다가 상황이 급변하면 완전히 틀어질 수도 있다는 것을 모두 이해한 듯했다. 그들을 이곳으로 몰고 온 것은 카였다. 따라서 이곳에서 다시 몰고 나가주기를 바라며 카에(그리고 그들 자신의 용기에) 의지하는 것이 최선일 터였다.

커스버트는 시미를 끌어들이고 싶지 않았지만, 결국에는 동의했다. 시미가 맡은 역할은 안전하다고는 못해도 최소한이었고, 메지스를 영영 떠날 때 그도 함께 데려가기로 롤랜드가 합의했기 때문이었다. 네 명이든 다섯 명이든 어차피 마찬가지라면서.

"좋아." 마침내 입을 연 커스버트가 수전을 돌아보았다. "시미한테는 나 아니면 네가 얘기해야 해."

"내가 할게."

"코럴 소린한테는 절대 새어나가지 않게 단단히 타일러 둬. 꼭 장관의 동생이라서가 아니야. 그 여잔 어딘가 구린 구석이 있어."

"하트의 동생인 것보다 더 구린 구석이 뭔지는 내가 가르쳐줄 수 있을 것 같은데." 수전이 커스버트에게 말했다. "코딜리어 고모 말로는 코럴이 엘드레드 조너스랑 그렇고 그런 사이래. 어휴, 불쌍한 우리 고모! 올 여름이 고모한텐 평생 최악의 계절이었어. 하긴, 가을이 된다고 딱히 나아질 것도 없지만. 그때쯤엔 사람들이 배반자의 고모라고 손가락질할 테니까."

"다 그러진 않을 거야." 알레인이 말했다. "똑똑한 사람은 어디에나 있잖아."

"어쩌면. 하지만 코딜리어 고모는 기분 좋은 소문에는 절대 귀를 안 기울이는 사람이야. 그런 소문을 옮기는 법도 없고. 사실, 우리 고모는 조너스를 짝사랑했어."

수전의 말에 커스버트는 벼락을 맞은 듯 깜짝 놀랐다.

"조너스를 짝사랑해? 맙소사, 말도 안 돼! 와, 이건 뭐, 이성 취향이 고약한 것도 사형감이라면 너희 고모는 1번으로 목이 매달리겠는데, 안 그래?"

수전은 키득거리며 무릎을 끌어안고 고개를 끄덕였다.

"자, 이제 돌아갈 시간이야. 알레인, 커스버트. 혹시 수전한테 급히 연락할 일이 생기면 그린하트 광장의 돌 벽에 있는 빨간 돌을 이용하도록 해."

"알았어. 얼른 여기서 나가자, 롤랜드. 추워서 아주 그냥 뼛속까지 시큰거린다."

롤랜드는 저릿한 다리를 쭉 펴고 몸을 풀었다.

"중요한 건 이거야, 적들이 진형을 갖춰서 이동하는 동안 우릴 가만히 두기로 결정했다는 거. 그게 우리의 무기야. 그것도 아주 든든한 무기. 그러니까 이제……"

그 순간 알레인의 나직한 목소리가 롤랜드의 말을 막았다.

"저기, 문제가 하나 더 있어. 엄청 중요한 거야."

롤랜드는 다시 쭈그려 앉아 흥미가 가득한 눈으로 알레인을 올려다보았다.

"그 마녀 말이야."

알레인의 말에 수전은 흠칫 놀랐지만, 롤랜드는 짜증이 난 듯 피식 웃을 뿐이었다.

"그 여잔 우리 일이랑 아무 상관도 없어, 알레인. 그 여자가 조너스의 음모에 가담했을 거라곤 도저히 믿을 수가……"

"그건 나도 마찬가지야."

"……게다가 커스버트랑 내가 단단히 일러뒀어. 수전하고 나 사이에 관해 떠들지 말라고. 우리 말이 안 통했다면 수전 고모가 이미 길길이 날뛰었을 거야."

"롤랜드, 정말 모르겠어? 레아가 누구한테 고자질을 했는지는 중요하지 않아. 중요한 건 그 마녀가 *처음부터 어떻게 알았느냐* 하는 거야."

"분홍색 때문이야."

알레인의 말이 끝나기가 무섭게 수전이 중얼거렸다. 그러고는 잘린 머리칼이 새로 자라기 시작한 부분을 손으로 쓰다듬었다.

"분홍색이라니, 그게 무슨 말이야?"

"달 말이야." 알레인의 물음에 수전은 이렇게 대답하고 고개를 저었다. "몰라. 모르겠어, 내가 무슨 말을 하는지. 꼭 지푸라기 인형처럼 머릿속이 텅 빈…… 롤랜드? 왜 그래, 어디 아파?"

롤랜드는 이제 쭈그리고 있지 않았다. 꽃잎이 흩어진 돌바닥에 거의 눕다시피 한 자세로 우두커니 앉아 있었다. 마치 기절하지 않으려고 안간힘을 쓰는 사람 같았다. 납골당 바깥에서는 뼛조각처럼 바스락거리는 가을 낙엽 소리와 쏙독새 울음소리가 들려왔다.

"맙소사." 롤랜드가 나지막이 중얼거렸다. "말도 안 돼. *그럴 리가 없어.*"

롤랜드의 눈이 커스버트의 눈과 마주쳤다. 평소에 가득하던 익살이 썰물처럼 빠져나간 두 눈에는 냉철하고 계산적인 바닥이 드러나 있었다. 커스버트의 어머니조차도 알아보지 못할…… 아니, 어쩌면 자기 아들이라고 인정하지 않을 눈빛이었다.

"분홍이라. 거 참 재밌네. 롤랜드, 우리가 길르앗을 떠나기 전에 네 아버지가 했던 말이잖아. 안 그래? 분홍을 조심하라고 경고하셨잖아. 그땐 농담인 줄 알았는데. *십중팔구는.*"

"아!" 알레인의 눈이 휘둥그레졌다. "아, 씨발!"

알레인은 자신이 방금 죽마고우의 애인과 나란히 앉아 뭐라고 지껄였는지 퍼뜩 깨닫고서 두 손으로 얼른 입을 가렸다. 두 볼이 벌겋게 달아올랐다.

수전은 그 욕설을 듣지도 못했다. 롤랜드를 가만히 바라보던 수전의 눈이 점점 두려움과 혼란스러움으로 물들어갔다.

"뭐야? 너희, 뭔가 아는 거야? 가르쳐줘! *나도 가르쳐줘!*"

"수전, 너한테 한 번 더 최면을 걸어야겠어. 그때 버드나무 숲에서 걸었던 것처럼. 지금 당장 걸어야 해, 계속 이렇게 뜬구름 잡듯이 이야기하다간 네 기억을 더 어지럽힐 뿐이니까."

롤랜드는 이미 주머니에 손을 넣고 있었다. 이제 그곳에서 총알이 나왔고, 다시금 롤랜드의 주먹 위에서 총알이 춤추듯 움직이기 시작했다. 수전의 시선은 자석에 끌린 쇠처럼 그 총알로 향했다.

"시작해도 될까? 준비되면 말해."

"그래, 시작해. 이제 와서 무슨 소용일진 모르겠지만……."

수전의 두 눈은 점점 커졌고, 눈빛은 흐려졌다. 말끝이 흐려지면서 눈은 다시 롤랜드의 주먹 위에서 춤추는 총알을 따라 쉬지 않고 움직이기 시작했다. 우뚝 멈춘 총알을 롤랜드가 움켜쥐자 수전은 눈을 감았다. 가냘픈 숨소리가 고르게 이어졌다.

"와, 돌처럼 딱 굳었는데." 커스버트가 놀란 듯이 중얼거렸다.

"전에도 최면에 걸린 적이 있거든. 아마 레아 짓이었겠지…… 수전, 내 말 들려?"

"응, 롤랜드. 잘 들려."

"다른 사람의 목소리도 들어주면 좋겠는데."

"누구?"

롤랜드가 손짓으로 알레인을 불렀다. 수전의 정신에 만들어진 장벽을 돌파할 만한(아니면 우회로라도 찾을 만한) 사람이 있다면 바로 알레인이었다. 그가 롤랜드 곁으로 다가앉았다.

"나야, 수전. 누구 목소린지 알겠어?"

수전은 눈을 감은 채 빙긋이 웃었다.

"응, 알레인이잖아. 또는 리처드 스톡워스."

"맞았어."

알레인은 초조하고 어리둥절한 눈으로 롤랜드를 돌아보았다. '나보고 어쩌라고?' 그 눈은 이렇게 묻는 듯했지만, 롤랜드는 입을 꾹 다문 채 대답하지 않았다. 그는 동시에 두 장소에 머물면서, 두 사람의 목소리를 듣는 중이었다.

개울가 버드나무 숲에서, 수전의 목소리를 들었다. *마녀가 말했어. '그래, 아가씨. 그렇게 하면 돼. 착한 아가씨니까 잘할 게야.' 그 다음엔 다 분홍색이었어.*

길르앗의 궁전 뒤뜰에서, 아버지의 목소리를 들었다. *그건 그레이프프루트다. 분홍색을 띤 물건이지.*

분홍색을 띤 물건.

7

말들은 떠날 준비를 마친 상태였다. 말 앞에 선 세 소년의 표정은 덤덤했지만 가슴속에는 떠나고 싶은 마음이 이글거렸다. 눈앞의 여로와 거기에 도사린 수수께끼는 누구보다 소년의 마음을 들뜨게 하는 법이므로.

그들이 서 있는 곳은 궁전 동쪽의 뜰, 롤랜드가 코트를 쓰러뜨림으로써 이 모든 일을 시작한 장소로부터 그리 멀지 않은 곳이었다. 해가 아직 머리를 내밀지 않은 이른 아침, 회색 리본 같은 안개가 풀밭을 덮고 있었다. 스무 걸음 정도 떨어진 곳에 커스버트와 알레인의 아버지가 나란히 서서 총집에 손을 얹은 채 보초를 서는 중이었다. 마튼이 이곳을 공격할 기미는 보이지 않았지만(당분간 궁전을, 아니 아예 길르앗을 떠나 있을 예정이었으므로), 그렇다고 해서 완전히 마음을 놓을 수는 없는 노릇이었다.

그리하여 메지스와 변경 자치령을 향해 동쪽으로 출발하려는 소년들에게 이야기를 한 사람은 롤랜드의 아버지뿐이었다.

"마지막으로 하나만 일러두마. 아마 메지스에서는 신기한 것을 볼 일이 없을 테지만, 너희가 조심할 것이 하나 있다. 바로 무지개다. 마법사의 무지개."

세 소년이 안장 끈을 조절하는 동안 그는 이런 얘기를 들려주었다. 그러고는 쿡쿡 웃다가 다시 말을 이었다.

"그건 그레이프프루트다. 그러니까 말하자면, 분홍색이지."

"마법사의 무지개는 동화에나 나오는 거잖아요."

커스버트가 스티븐 디셰인의 미소를 흉내 내듯 빙긋 웃으며 말했다. 그러다가 스티븐의 눈에 맴도는 어떤 기운을 눈치챘는지, 커스버트의 얼굴에서 웃음기가 사라졌다.

"……아닌가요?"

"옛날이야기라고 해서 꼭 진실인 건 아니지만, 멀린의 무지개는 아마도 진짜일 거다. 원래는 무지개 안에 수정구슬이 열세 개 있었다고 한다. 열두 지킴이가 한 개씩, 나머지 한 개는 빔의 교차점에 있었다고 하더구나."

"그 한 개는 탑의 몫이군요. 암흑의 탑."

롤랜드가 나지막이 중얼거렸다. 소름이 오소소 돋았다.

"그래, 내가 어릴 적에는 그걸 '13'이라고 불렀다. 친구들끼리 모닥불을 둘러싸고 앉아서 검은 구슬 이야기를 하며 바보처럼 겁을 먹기도 했는데…… 그러다 아버지들한테 걸리지 않으면 다행이었지. 내 선친께선 13을 입에 올리는 건 어리석은 짓이라고 하셨다. 이름을 부르는 소리를 들으면 그것들이 나타난다면서. 허나 너희 셋이 검은 13을 조심할 필요는 없을 게다. 적어도 당장은…… 그래, 지금 조심할 건 분홍 구슬이다. 멀린의 그레이프프루트."

소년들은 스티븐 디셰인이 얼마나 진지하게 이야기하는지 당최 가늠할 수가 없었다. 아니…… 그가 정말로 진지한지조차도 확신이 서지 않았다.

"마법사의 무지개에 들어 있는 다른 구슬들은 실제로 존재했다고 해도 지금 거의 다 부서졌다. 그런 물건은 한 장소나 한 주인의 손에 오래 머무르지 않는 법이고, 마법에 걸린 구슬이라 해도 어떻게든 부서지게 마련이니까. 허나 무지개 가운데 서너 줄은 지금도 이 처연한 세상을 떠돌고 있을 터. 파란색은 거의 확실히 존재한다. 파란 구슬은 사막에 사는 느림보 돌연변이들, 자칭 '토털 호그'라는 그 무리가 약 50년 전에 지니고 있었는데 그 후로 다시 행방이 묘연해졌다. 초록과 주황은 각각 러드와 디스에 있다고 전해진다. 그리고 확신할 수는 없지만, 아마 분홍도 남아 있을 게다."

"그것들이 하는 일이 정확히 뭔데요? 어디에 쓰는 물건이죠?"

"투시다. 마법사의 무지개 가운데 몇몇 색깔은 미래를 볼 수 있다고 한다. 어떤 색은 다른 세상을 들여다본다. 악마들이 거하는 곳, 옛사람들이 우리 세계를 버리고 찾아갔다고 전해지는 곳 말이다. 아마 여러 세계를 오가는 문이 있는 장소도 보여줄 게다. 나머지는 우리가 사는 세계의 먼 곳과 사람들이 감추려 하는 비밀을 보여준다고 한다. 그 가운데 좋은 것은 결코 없다. 오로지 추악한 것만이 보일 뿐이지. 어디까지가 진실이고 어디서부터 미신인지는 아무도 모른다."

소년들을 둘러보는 스티븐의 얼굴에서 웃음이 점점 엷어졌다.

"허나 이것만은 확실하다. 존 파슨이 어떤 부적을 지니고 있고, 밤이 되면 놈의 천막이 환히 빛난다는 것…… 때로는 전투를 앞두고, 때로는 부대가 일제히 이동하기 전에, 그리고 가끔은 중요한 결단을 내리기 전에. 그때 놈의 천막은 분홍색으로 빛난다."

"그냥 전등에다 분홍 스카프를 씌워놓고 기도하는 건지도 모르죠. 아니, 진짜로요. 그러는 사람들 있잖아요."

커스버트가 친구들을 보며 말했다. 표정을 보니 살짝 동의를 구하는 듯했다.

"그럴지도. 어쩌면 네 말대로거나, 그 비슷한 것인지도 모르지. 허나 필시 훨씬 거대한 어떤 것이 있을 게다. 내가 아는 한 파슨은 계속해서 우리 군대를 패배시켰고, 계속해서 포위를 무사히 빠져나갔고, 계속해서 우리 허를 찔렀다. 그 마법이 놈의 부적이 아니라 놈 자신의 힘이라면, 동맹에게는 차라리 다행일 게다."

"조심할게요, 아버지가 그러라고 하시면요. 하지만 파슨은 북쪽 아니면 서쪽에 있어요. 저희가 가는 곳은 남쪽이고요."

롤랜드가 말했다. 마치 아버지에게 모르는 것을 가르쳐주듯이.

"그것이 정말로 무지개의 구슬이라면 어디에나 존재할 수 있다. 동쪽이든 서쪽이든, 아니면 남쪽이든. 파슨은 그 구슬을 늘 지니고 있지 못한다. 끼고 있으면 아무리 안심이 된다 해도 말이다. 누구도 그럴 수는 없다."

"어째서요?"

"왜냐하면 그 구슬이 살아 있기 때문이지. 그리고 굶주려 있기도 하고. 구슬을 부리는 자는 결국 구슬에 부림을 당하게 된다. 만약 파슨이 무지개의 구슬을 갖고 있다면 멀리 떨어진 곳에 보관하다가 필요할 때에만 가져오게 할 거다. 자칫 분실할 수도 있다는 건 놈도 알지만, 동시에 구슬을 너무 오래 지니고 있는 것이 위험하다는 것도 알기 때문이지."

묻고 싶은 것이 한 가지 더 있었다. 두 소년은 예의를 지키느라 입을 꾹 다물었지만, 롤랜드는 달랐다.

"아버지, 진지하게 하시는 말씀이죠? 농담은 아니겠죠, 설마?"

"네 또래의 다른 아이들은 어머니의 입맞춤 없이는 안심하고 잠자리에 들지도 못한다. 나는 지금 그런 어린애들을 멀리 떠나보내는 거다. 메지스는 아늑하고 조용한 곳이다. 적어도 내가 어릴 적에는 그랬다. 부디 건강하게 살아 있는 모습으로 너희 셋을 다시 만나고 싶다만…… 그리 될 거라고 장담할 수는 없다. 지금은 누구도, 아무것도 장담할 수 없는 시대니까. 그러니 농담에 시시덕거리며 너희를 보낼 생각은 없다. 내 말이 농담일 거라 생각하다니, 난 그게 더 놀랍구나."

"죄송합니다."

롤랜드가 사과했다. 그들 부자간에는 전부터 불안한 평화가 감돌

왔고, 아들은 그 고요함을 깨뜨리고 싶지 않았다. 그럼에도 아들은 떠나고 싶어서 몸이 근질거렸다. 주인의 생각에 동의를 표하듯, 뒤에 서 있던 러셔가 고개를 끄덕였다.

"너희가 멀린의 수정 구슬을 발견할 거라고 생각하진 않는다. 허나…… 고작 열네 살 나이에 침낭 속에 권총을 숨기고 떠나는 너희를 배웅하는 날이 올 거란 생각도 못하긴 마찬가지였다. 지금 이곳은 *카*의 권능 아래에 있다. 그리고 *카*가 힘을 발휘하는 곳에서는 어떤 일이든 일어나는 법이다."

천천히, 천천히, 스티븐 디셰인은 모자를 벗고 뒤로 물러나 소년들에게 고개를 숙였다.

"조심해서 가라, 내 아들들아. 그리고 몸 성히 돌아오너라."

"부디 긴 낮과 즐거운 밤이 이어지기를." 알레인이 말했다.

"행운을 기원하나이다." 커스버트가 말했다.

"사랑해요, 아버지." 롤랜드가 말했다.

스티븐 디셰인은 고개를 끄덕이고 마지막 인사를 건넸다.

"고맙다, 아들아. 나도 사랑한다. 모두에게 축복이 있기를."

마지막 한마디는 우렁찬 목소리로 울려퍼졌다. 다른 두 남자, 즉 로버트 올굿과 거칠었던 어린 시절 '불덩어리 크리스'로 불리던 크리스토퍼 존스도 아이들에게 축복을 빌어주었다.

그렇게 세 소년은 위대한 길의 끄트머리를 향해 출발했다. 주위는 온통 여름으로 물들어 숨이 막힐 듯이 무더웠다. 문득 고개를 쳐든 롤랜드는 마법사의 무지개를 그만 까맣게 잊고 말았다. 어머니가, 침실 창가에 기대어 선 어머니의 모습이 눈에 들어왔기 때문이었다. 궁전 서쪽의 고색창연한 회색 돌 벽이 어머니의 갸름한 얼굴을 포위하고 있었다. 볼에 눈물이 줄줄 흐르는데도 어머니는 웃으며 힘차게 손을 흔들었다. 세 소년 가운데 떠나는 길에 어머니를 본 사람은 롤랜드뿐이었다.

그런데도 롤랜드는 손을 흔들지 않았다.

8

"롤랜드!"

누군가 팔꿈치로 옆구리를 찔렀다. 생생한 기억에서 깨어나 현실로 돌아오게 할 만큼 아픈 일격이었다. 커스버트였다.

"어떻게 좀 해 봐, 할 생각이 있으면! 난 얼어 죽기 전에 이 납골당에서 나가고 싶단 말이야!"

롤랜드는 알레인의 귓가에 대고 속삭였다.

"네 도움이 필요할 거야. 준비해."

알레인이 고개를 끄덕였다. 롤랜드는 수전을 돌아보았다.

"넌 나랑 맨 처음 안텟이 되고 나서 개울로 걸어갔어."

"그래."

"그리고 거기서 머리를 잘랐고."

"맞아. 그랬어."

수전의 목소리는 꿈을 꾸듯 흐리멍덩했다.

"몽땅 다 자를 생각이었어?"

"응, 모조리."

"머리를 자르라고 시킨 사람이 누군지 알아?"

한동안 침묵이 이어졌다. 그러다 롤랜드가 알레인 쪽으로 고개를 돌리려 할 때, 수전이 입을 열었다.

"레아…… 레아가 나를 조종하려고 했어."

"그래서, 그다음은? 문간에 서 있을 때 무슨 일이 있었지?"

"아, 그 전에 다른 일이 있었어."

"어떤?"

"그 여자한테 장작을 갖다줬어."

수전은 그 말을 끝으로 입을 다물었다. 롤랜드가 흘긋 돌아보니 커스버트가 낸들 아냐는 듯 어깨를 으쓱했다. 알레인도 영문을 모르겠다는 듯이 두 손을 쫙 폈다. 롤랜드는 알레인에게 도움을 청하려다 아직은 그럴 때가 아니라고 판단했다.

"지금은 장작 같은 건 신경 쓰지 마. 그전에 있었던 일도. 그 이야기는 나중에 할지도 모르지만, 지금은 아니야. 그 집을 나설 때 무슨 일이 일어났지? 레아가 네 머리를 어쩌라고 한 거야?"

"내 귀에 대고 소곤거렸어."

"뭐라고 했는데?"

"몰라. 그 대목은 그냥 분홍색이야."

지금이 그때였다. 롤랜드가 알레인에게 고갯짓을 했다. 알레인은 입술을 깨물고 앞으로 나섰다. 겁먹은 표정이었지만 그래도 그는 수전의 손을 잡고 말을 걸었다. 나직하고 부드러운 목소리로.

"수전? 나 알레인 존스야. 누군지 알지?"

"응…… 리처드 스톡워스지."

"레아가 네 귀에 대고 뭐라고 소곤거렸어?"

희미한, 흐린 날의 그림자처럼 희미한 주름이 수전의 이마를 가로질렀다.

"잘 안 보여. 분홍색이야."

"안 봐도 돼. 지금 중요한 건 보는 게 아니야. 그냥 눈을 감아버려, 아예 아무것도 안 보이게."

"*벌써 감았어.*"

수전이 살짝 토라진 목소리로 말했다. *두려워서 그러는 거야.* 롤랜드는 속으로 생각했다. 알레인에게 그만하라고, 수전을 깨우라고 말하고 싶은 충동이 불쑥 솟았지만 애써 억눌렀다.

"마음의 눈이 있잖아. 기억 속에서 내다보는 눈. 수전, 그 눈을 감아. 네 아버지의 명예를 위해 그 눈을 감고 나한테 얘기해 줘. 뭐가 보이는지가 아니라 뭐가 들리는지. 그 마녀가 뭐라고 *말하는지.*"

선뜩하게도, 수전이 마음의 눈을 감자마자 얼굴에 있는 진짜 눈이 번쩍 뜨였다. 고대의 석상 같은 그 눈으로 수전은 롤랜드를, 그리고 롤랜드의 마음속을 꿰뚫어보았다. 롤랜드는 터지려는 비명을 억눌렀다.

"수전, 너 그 집 문간에 서 있었지?" 알레인이 물었다.

"응. 그 마녀랑 같이."

"*거기로 다시 돌아가봐.*"

"*알았어.*"

나른한 목소리. 나직하지만 분명히 들렸다.

"눈을 감았는데도 환한 달이 보여. 그레이프프루트처럼 커다란 달이야."

그건 그레이프프루트다. 롤랜드는 가만히 생각했다. *그러니까 말하자면, 분홍색이지.*

"그래서, 무슨 말이 들리는데? 레아가 뭐라고 했어?"

"아니, 말하는 사람은 *나*야." 고집쟁이 여자아이 같은 목소리. "먼저 말을 꺼낸 사람은 *나*야, 알레인. 내가 '이제 가도 되나요?'라고 물으니까 레아가 '실은 사소한 문제가 하나 남았는데 말이지'라고 했어. 그러고 나서…… 그다음에…….'

알레인이 수전의 손을 부드럽게 감싸 쥐었다. 자기 안에 깃든 예지력을 나누어주려는 몸짓이었다. 수전이 손을 빼려고 움찔거렸지만 알레인은 허락지 않았다.

"그리고 그다음은? 무슨 일이 일어났지?"

"레아가 은색 메달을 꺼냈어."

"그래서?"

"몸을 숙이고 나한테 자기 목소리가 들리느냐고 물었어. 숨 냄새까지 맡을 수 있을 만큼 가까이서. 마늘 냄새가 진동했어. 다른 역겨운 냄새도 같이." 수전의 얼굴이 불쾌감에 살짝 찌푸려졌다. "그 여자 목소리가 들려. 이제 그 여자가 보여. 그 여자가 들고 있는 메달도."

"아주 잘했어, 수전. 또 뭐가 보이는데?"

"레아. 달빛 속에서 보니까 꼭 해골 같아. 머리카락이 자란 해골."

"맙소사." 커스버트가 중얼거리며 팔짱을 끼었다.

"그 여자가 나한테 잘 들으라고 했어. 자기 말대로 하라고 했어. 나도 그러겠다고 했고. 그 여자가 이렇게 말했어. '옳지, 귀여운 것. 그래, 착하기도 하지.' 그러면서 내 머리를 쓸어내렸어. 얘기하는 동안 내내. 내 머리타래를."

납골당의 어스름한 그늘 속에서, 수전은 마치 물속에서 움직이듯 천천히 손을 들어 자신의 금빛 머리칼로 가져갔다.

"그러고 나서 내가 순결을 잃은 다음에 할 일이 있댔어. '상대가 곁에서 잠들 때까지 기다렸다가 네 머리카락을 잘라. 한 올도 남기지 말고 모조리. 머리가죽이 보일 때까지.' 이렇게 말했어."

소년들의 눈이 조금씩 두려움으로 물들었다. 수전의 목소리가 레아의 목소리로 바뀌었기 때문이었다. 쿠스 언덕에 사는 노파의 으르렁대는, 투덜거리는 목소리였다. 싸늘하고 몽롱한 눈을 빼면 얼굴조차 쭈그렁 할망구 같았다.

"'잘라라, 창녀 같은 네 머리카락을 모조리 잘라, 어미 배에서 나올 때랑 똑같은 몰골로 남자한테 돌아가! 남자가 그 꼴을 보고 얼마나 좋아하는지 똑똑히 봐라!'"

수전이 입을 다물었다. 알레인은 창백해진 얼굴로 롤랜드를 돌아보았다. 입술을 바들바들 떨면서도 알레인은 수전의 손을 놓지 않았다. 롤랜드가 수전에게 물었다.

"달이 왜 분홍색이지? 수전, 네 기억 속의 달이 왜 분홍색인지 알아?"

"보물 때문이야."

수전은 깜짝 놀란 표정이었다. 거의 기뻐 보이기까지 했다.

"침대 밑에 보물을 감춰뒀어. 나한테 들킨 줄도 모르고."

"확실해?"

"응. 내가 훔쳐본 걸 알았다면 그 여잔 날 죽였을 거야."

수전은 태연하게 대답하고 킥킥 웃었다. 세 소년 모두 가슴이 철렁 내려앉았다.

"레아의 침대 밑에 있는 상자 속에는 달이 들어 있어."

수전은 어린애 같은 목소리로 노래하듯 중얼거렸다.

"분홍색 달이구나." 롤랜드가 말했다.

"맞아."

"침대 밑에."

"응."

수전은 알레인에게 붙잡혔던 손을 냉큼 빼냈다. 그러고는 두 손으로 허공에 원을 그렸다. 그러는 동안 끔찍할 정도로 탐욕스러운 표정이 수전의 얼굴을 경련처럼 휩쓸고 지나갔다.

"롤랜드, 난 그걸 갖고 싶어. 가져야겠어. 너무 예쁜 달이야! 레아가 장작을 가져오라고 시켰을 때 봤어. 방 창문으로. 그때 레아는…… 젊어 보였어." 그리고 다시 한 번. "난 그걸 갖고 싶어."

"아니, 어림도 없어. 그런데 그게 침대 밑에 있었다고?"

"응. 레아가 손을 움직이니까 마술처럼 공간이 나타났어."

"멀린의 무지개 중 한 조각이 그 마녀한테 있단 말이구나." 커스버트가 어리둥절한 목소리로 말했다. "네 아버지가 말씀하신 물건, 그걸 그 할망구가 갖고 있었어. 앉아서 천리를 내다본 것도 당연해!"

"저기, 롤랜드, 뭐 더 물어봐야 돼? 수전 손이 얼음장 같아. 최면을 이렇게 깊숙이 걸면 안 되는데. 지금까진 잘했지만, 그래도……."

"이제 됐어."

"수전한테 잊어버리라고 말해 둘까?"

알레인의 말에 롤랜드는 대뜸 고개를 저었다. 그들은 *카텟*이었다. 좋을 때에도, 그리고 나쁠 때에도. 롤랜드가 수전의 손을 쥐었다. 정말로 손이 얼음장 같았다.

"수전?"

"응, 롤랜드."

"내가 지금부터 시를 읊어줄 거야. 다 읊고 나면 넌 모든 걸 기억하게 돼. 전에 그랬던 것처럼. 알았지?"

수전은 빙그레 웃으며 다시 눈을 감더니 이렇게 중얼거렸다.

"새와 곰과 산토끼와 물고기여……."

뒤는 롤랜드가 마무리 지었다. 빙그레 웃으면서.

"내 연인에게 그녀가 가장 바라는 걸 안겨주렴."

수전이 눈을 떴다. 여전히 웃는 얼굴이었다.

"너야." 이렇게 말하며 수전은 롤랜드와 입을 맞추었다. "그래도 너야, 롤랜드. 역시 너야. 내 사랑은."

롤랜드는 수전을 끌어안았다. 더는 스스로를 억누를 수 없었다.

커스버트는 눈을 돌렸다. 알레인은 장화 앞코를 내려다보며 헛기침을 했다.

9

말을 타고 시프론트 관저로 돌아가는 길. 수전은 롤랜드의 허리를 두 팔로 안은 채 물었다.

"레아한테서 구슬을 뺏을 거야?"

"지금은 그냥 두는 게 좋겠어. 파슨의 명령으로 조너스가 맡겨놓은 물건일 거야, 틀림없어. 나중에 다른 약탈 물자랑 같이 서쪽으로 가져갈 생각이겠지. 그것도 뻔할 뻔 자야. 기름 탱크랑 파슨의 부하들을 처리할 때 같이 해치우면 돼."

"떠날 때 가지고 갈 생각이야?"

"가져가든가, 아니면 부숴야지. 아버지께 갖다드리면 좋겠지만 그러려면 위험을 감수해야 해. 조심하는 수밖에 없어. 엄청난 마력이 깃든 물건이니까."

"레아가 우리 계획을 눈치챘을까? 조너스나 킴버 라이머한테 경고하지 않을까?"

"우리가 그 소중한 장난감을 뺏으러 가지 않는 한 우리 계획 같은 건 안중에도 없을걸. 레아는 우리한테 겁을 먹었을 거야. 게다가 구슬에 완전히 홀렸다면 지금은 그걸 들여다보느라 정신이 없을 테고."

"완전히 홀렸어. 아마 지금쯤 구슬만 보고 있을 거야."

"그렇겠지."

러셔는 바닷가 절벽을 따라 자란 수풀 속의 오솔길을 걸어갔다. 듬성듬성한 나뭇가지 사이로 담쟁이가 뻗은 장관 관저의 회색 벽이 어슴푸레하게 보였고, 저 아래쪽에서는 파도가 자갈에 부딪혀 부서지는 소리가 규칙적으로 들려왔다.

"수전, 무사히 들어갈 수 있지?"

"걱정 마."

"시미랑 같이 어떻게 해야 하는지도 알지?"

"응. 기분이 이렇게 상쾌하기는 정말 오랜만이야. 머릿속의 해묵은 그림자가 드디어 떨어진 것 같아."

"알레인 덕분이야. 나 혼자선 못했을 거야."

"알레인의 손 말이야. 신비한 힘이 있나봐."

"맞아."

두 사람은 하인용 출입문 앞에 도착했다. 수전은 흐르는 물처럼 가뿐하게 말에서 내렸다. 롤랜드도 안장에서 내려 수전의 허리를 한 팔로 감싸고 섰다. 수전이 달을 올려다보았다.

"봐, 달이 차올라서 악마의 얼굴이 나타나기 시작했어. 네 눈에도 보여?"

칼날 같은 콧날, 씩 웃는 야윈 뺨. 아직 눈은 자리를 잡지 못했지만, 정말이었다. 롤랜드의 눈에도 보였다.

"어렸을 땐 저 얼굴이 무서웠는데."

이제 수전은 나지막이 속삭이고 있었다. 벽 너머의 저택을 의식한 탓이었다.

"악마의 달이 가득 차면 창문에 커튼을 쳤어. 무서웠거든. 악마가 나를 볼까봐, 땅으로 내려와 나를 끌고 가서 잡아먹을까봐." 수전의 입술이 바르르 떨렸다. "애들은 참 바보 같다니까. 안 그래?"

"가끔은."

롤랜드는 정작 어릴 적에는 악마의 달을 두려워하지 않았지만, 지금 보는 이 달은 무서웠다. 앞날은 너무나 캄캄했고, 빛으로 향하는 길은 너무나 가늘었다.

"사랑해, 수전. 내 모든 마음을 담아서, 진심으로."

"알아. 나도 널 사랑해."

수전은 입술을 살짝 벌린 채 롤랜드와 입을 맞추었다. 그런 다음 롤랜드의 손을 잠시 가슴에 올렸다가 이내 따뜻해진 손바닥에 입을 맞추었다. 롤랜드는 그런 수전을 끌어안았고, 수전은 그의 등 뒤로 점점 차오르는 달을 올려다보았다.

"수확제까지 일주일 남았구나. 이 고장의 목동이랑 농부는 수확제를 *핀 데 아뇨*라고 해. 네 고향에서도 그렇게 불러?"

"거의 비슷해. 거기선 '해 닫기'라고 불러. 여인들이 돌아다니면서 설탕에 절인 과일이랑 입맞춤을 나눠주지."

수전은 롤랜드의 어깨에 얼굴을 댄 채 킥킥 웃었다.

"거기도 그렇게 다르진 않구나."

"수전, 최고의 키스는 나를 위해 아껴둬야 해."

"그럴게."

"무슨 일이 벌어지든, 우린 함께할 거야."

롤랜드는 이렇게 말했지만, 그들을 굽어보는 악마의 달은 청정해 위로 펼쳐진 별빛 총총한 밤하늘을 보며 지그시 웃고 있었다. 마치 다른 미래를 알고 있다는 듯이.

제6장
그해가 끝날 무렵

1

바야흐로 메지스에 *핀 데 아뇨*가 찾아왔다. 중간 세계 내륙부에서는 '해 닫이'로 불리는 시기였다. 이제껏 수천 번, 아니 수만 번, 어쩌면 수십만 번 그랬던 것처럼 똑같은 모습으로 찾아왔다. 확실히 아는 사람은 아무도 없었다. 세계는 이미 변질했고 시간은 이상해졌기 때문이었다. 메지스 사람들은 이렇게 말하곤 했다. '시간은 수면에 비친 얼굴이로다.'

밭에서는 장갑을 끼고 가장 두툼한 어깨 담요를 걸친 남녀들이 마지막 남은 감자를 캐는 중이었다. 이제 바람이 동풍으로 완전히 바뀌어 사나워진 탓이었다. 차가운 공기에서는 언제나 짠물 냄새가 났다. 눈물에서 나는 냄새와 비슷했다. 소작인들은 마지막 작물을 거둬들이면서 수확제 때 이런저런 일을 하고 이렇게 저렇게 놀 거라며 떠들었지만 그러는 동안에도 가을바람에 깃든 우울함을, 한 해가 떠나가는 기분을 저릿하게 실감했다. 시간은 개울에 흐르는 물처럼 사람들에게서 멀어졌고, 비록 아무도 입 밖에 내지는 않았지만 모두가 이를 분명히 알았다.

과수원에서는 왁자하게 웃는 청년들이 돛대 위의 망루를 지키는 초병처럼 나무를 오르내리며 꼭대기에 달린 마지막 사과를 땄다(바람이 거칠어진 이 무렵의 마지막 사과 따기는 오로지 청년들의 몫이었다.). 그들 머리 위로 구름 한 점 없이 파랗게 빛나는 하늘에서는 남쪽으로 향하는 기러기 떼가 안녕을 고하듯 쉰 목소리로 우짖었다.

조그만 낚싯배들은 뭍으로 끌려나왔다. 날씨가 싸늘한데도 어부들은 거의 모두 웃통을 벗은 채 노래를 부르며 선체를 닦고 페인트를 칠했다. 그들이 노동요 삼아 부르는 오래된 노래의 가사는 이러했다.

이 몸은 눈부시게 파란 바다의 사나이
보이는 건 전부 다, 전부 다,
이 몸은 자치령의 사나이
보이는 건 전부 다 내 거라네!

이 몸은 눈부시게 파란 저 만의 사나이
입에서 나오는 건 전부 다, 전부 다,
그물이 꽉 찰 때까지 바다에 머문다
내 입에서 나오는 건 전부 다 고운 말이라네!

그리고 가끔은 이 배에서 저 배로 술병이 건너다니기도 했다. 만에는 이제 큰 고깃배 몇 척만 남아서 양 떼를 모는 개처럼 빙빙 돌며 미리 쳐놓은 그물이 있는 곳을 돌아다녔다. 정오가 되면 출렁이는 수면에 가을 땡볕이 이글거렸고, 고깃배에 탄 남자들은 책상다리를 하고 앉아 점심을 먹으며 눈에 보이는 건 전부 다 자기 것이라고 생각했다. 적어도 스산한 가을바람이 지평선을 덮고 불어닥쳐 진눈깨비와 눈송이를 토해내기 전까지는.

때는 바야흐로 해 닫이. 한 해를 닫을 시간이었다.

밤이면 햄브리 거리를 따라 수확제 맞이 등불이 환히 빛났고, 허수아비들은 붉게 칠한 손을 달고 있었다. 사방에 축제 장식이 걸린 가운데 길거리와 시장 두 곳에서는 여자들이 이따금 모르는 남자와 입을 맞추기도 했지만, 육체관계는 거의 완전히 멈추다시피 한 상태였다. 그 일은 수확제 밤이 되면 (아주 성대하게) 시작될 터였다. 이듬해 만지 무렵에 줄줄이 태어나는 아기들이 그 결과물이었다.

드롭 평원에서는 말 떼가 자유로운 시절이 다 끝난 것을 알아차리기라도 한 듯(십중팔구는 다 알 텐데) 거칠게 내달렸다. 언덕을 쏜살같이 달려 내려가던 말들은 바람이 거세질 때면 고개를 서쪽으로 돌리고 겨울을 향해 볼기짝을 내밀었다. 목장의 포치에서는 모기장이 사라지고 덧창이 내걸렸다. 널따란 목장주 저택의 주방에서든 조그만 농가의 부엌에서든 축제 기분에 젖어 입을 맞추는 사람은 아무도 없었고, 섹스는 아예 상상도 못할 일이었다. 바야흐로 금욕과 충전을 위한 시기였던 것이다. 부엌은 컴컴한 새벽부터 해가 지고 나서 한참 후까지 더운 김과 열기로 가득했다. 사과와 순무, 콩, 샤프루트, 큼직하게 자른 고기의 냄새가 솔솔 풍겼다. 아낙들은 온종일 노동에 시달리다 이미 감긴 눈으로 잠자리에 들었고, 시체처럼 꼼짝 않고 누워 있다가 컴컴한 이튿날 새벽에 일어나 다시 부엌으로 향했다.

마을 공터에서는 낙엽을 태웠다. 그리고 요일이 바뀌어 달에 사는 악마의 얼굴이 또렷해질수록 불속에 던져지는 붉은 손 허수아비의 숫자도 점점 늘었다. 들에서는 옥수숫대가 횃불처럼 타올랐고, 가끔은 함께 타오르는 허수아비의 붉은 손과 하얀 십자 눈이 불길 속에서 이글거렸다. 불가에 둥글게 모여선 남자들은 굳은 얼굴로 말 한마디 꺼내지 않았다. 허수아비를 태워 고대의 잔혹한 신들을 달래는 끔찍한 풍습에 관해 이야기하는 사람은 아무도 없었지만, 이를 모르는 사람 또한 아무도 없었다. 가끔은 그들 가운데 한 명이 나지막이 중얼거리곤 했다. *번제 나무*라는 두 단어를.

그들은 닫는 중이었다. 단단히, 철저히, 그해를 닫고 있었다.

거리는 폭죽 터지는 소리와 아이들 웃음소리로 떠들썩했고, 이따금씩 커다란 폭죽이 둔중한 굉음을 울릴 때면 얌전한 짐말조차도 놀라서 뒷다리로 서곤 했다. 이때도 잡화점과 길 건너편의 트래블러스 레스트를 찾는 손님들은 키스를 거르지 않았다. 개중에는 열린 입술 사이로 혀를 감으며 축축한 키스를 나누는 사람도 있었지만, 코럴 소린의 창부들은(물론 거트 모긴스처럼 공상가 기질이 있는 창부는 스스로를 '목화 따는 아가씨'라고 소개했는데) 지루한 나날을 보냈다. 그 한 주 동안에는 손님이 좀처럼 안 들기 때문이었다.

겨울 대비용 장작이 활활 타고 메지스 전역이 떠들썩하게 달아오르는 세밑은 아직 아니었으나…… 한편으로는 이미 세밑이나 다름없었다. 번제 나무가 곧 한 해의 끝을 의미하기 때문이었다. 이는 거대한 엘크 머리 박제 아래서 바를 지키는 스탠리 루이즈부터 배드 그래스를 지키는 렝길의 부하들까지 누구나 아는 사실이었다. 청명한 공기 속에서는 어떤 메아리가, 피 속에서는 다른 곳으로 떠나고 싶어 하는 갈망이, 마음속에서는 고독이, 바람소리 같은 노래를 읊조렸다.

그러나 올해는 그것이 다가 아니었다. 누구도 차마 입에 올리지 못하는 불길한 느낌이 있었다. *핀 데 아뇨*를 앞둔 한 주 동안, 평생 악몽을 꿔본 적 없는 사람들이 하나둘 나쁜 꿈에 시달리다 비명을 지르며 깨어나곤 했다. 순둥이를 자처하던 사내들은 주먹다짐에 휘말리는 정도가 아니라 아예 나서서 싸움을 걸어댔다. 여느 해 같았으면 그저 가출할 생각만 하고 말았을 불만투성이 소년들이 올해는 실제로 집을 뛰쳐나갔고, 대개는 하룻밤 노숙을 하고 나서야 돌아왔다.

딱 부러지게 말할 수는 없었지만 그 느낌은 분명히 존재했다. 이번 수확제는 단단히 잘못됐다는 느낌이었다. 이제 한 해를 닫을 뿐만 아니라 평화에도 작별을 고할 시간이었다. 왜냐하면 이곳에서, 조용한 변방 자치령 메지스에서, 중간 세계의 명운을 건 마지막 대결이 곧 벌어지기 때문이었다. 바로 이곳에서 피의 강이 흐르기 시작할 참이었다. 지금까지의 세상이 썰물처럼 쓸려갈 때까지 남은 시간은 채 2년도 되지 않았다. 이 땅에서부터 시작된다. 장미 들판에 서 있는 암흑의 탑이 야수 같은 목소리로 외친다. 시간은 수면에 비친 얼굴과 같다고.

2

코럴 소린은 베이뷰 호텔에서 나와 하이 스트리트를 내려오다가
시미를 발견했다. 노새 카프리초소를 끌고 반대 방향으로 걸어가던
시미는 가늘고 맑은 목소리로 「경솔한 사랑」을 부르고 있었다. 걸음
은 느릿느릿했다. 노새 등에 실린 술통이 얼마 전 쿠스 언덕에 싣고
갔던 것보다 반절은 더 컸기 때문이었다.

코럴은 자기 가게의 잡일꾼 소년을 향해 기운차게 손을 흔들었
다. 기운이 넘치는 이유가 있었다. 엘드레드 조너스의 경우에는 *편
데 아뇨*를 맞아 금욕을 행할 이유가 없었기 때문이었다. 게다가 그
는 한쪽 다리가 불편한 만큼 다른 쪽으로 상상력이 풍부했다.

"시미! 어디 가는 길이니? 시프론트 관저?"

"예, *그라프* 주문이 들어와서요. 수확제 때 성대한 파티를 여느라
술이 많이 필요하대요. 밤새도록 춤을 추다 후끈 달아오르면 *그라프*
를 들이켜면서 한숨 돌리는 거죠! 근데 소린 여사님 오늘 되게 예뻐
보이시네요. 볼도 발그레하고, 진짜 예쁘세요."

"어머나, 세상에! 시미 네가 그런 기특한 말도 할 줄 아는구나!"
코럴은 시미를 보며 환하게 웃었다. "그만 가봐, 아첨꾼 총각. 가다
가 딴 데로 새지 말고."

"어휴, 그럼요. 이만 가보겠습니다."

코럴은 가만히 서서 멀어지는 시미의 뒷모습을 보며 빙그레 웃었
다. *밤새도록 춤을 추다 후끈 달아오르면.* 시미는 그렇게 말했다. 춤
은 알 바 아니었지만, 코럴은 이번 수확제의 분위기가 뜨겁게 달아
오를 거라고 확신했다. 아주 뜨겁게.

3

미겔은 시프론트 관저의 아치문 앞에서 시미를 만났다. 그는 오로지 아랫사람들을 대할 때만 나타나는 거만한 눈빛으로 시미를 보다가 술통의 코르크 마개를 차례로 뽑았다. 첫째 통의 경우에는 그저 마개의 냄새만 확인했지만, 둘째 통은 구멍 속에 엄지손가락을 넣었다가 빼서 입에 물고 지그시 음미했다. 홀쭉하게 들어간 주름투성이 뺨과 합죽한 입이 오물오물 움직이는 모습이 마치 턱수염 난 영감 아기 같았다.

"맛이 좋죠, 그렇죠? 파티에 쓰기는 딱이잖아요. 어때요, 관저에서 천 년 동안 근무하신 미겔 나리?"

미겔은 손가락을 입에 넣은 채 시큰둥한 표정으로 시미를 쳐다보았다.

"됐어. 들어가, 이 얼간아."

시미는 노새를 끌고 관저 건물을 돌아서 주방으로 향했다. 이곳은 몸이 덜덜 떨릴 정도로 바닷바람이 강했다. 주방에서 일하는 하녀들을 보고 시미가 손을 흔들었지만, 화답하는 사람은 한 명도 없었다. 아무도 시미를 못 본 모양이었다. 거대한 화덕의 화구마다 냄비가 올라가 김을 내뿜었고, 기다랗고 평퍼짐한 원피스처럼 생긴 목면 옷에 색색의 띠로 머리를 묶은 하녀들은 안개 속의 희끄무레한 유령처럼 움직였다.

시미는 카프리초소의 등에 실린 술통 두 개를 차례로 내렸다. 그런 다음 꿍 소리와 함께 통을 들고 뒷문 옆의 커다란 참나무 통으로 향했다. 통 뚜껑을 열고 안을 들여다본 시미는 눈물이 핑 돌 만큼

알싸한 묵은 술 냄새에 놀라 몸을 뒤로 젖혔다.

"어휴! 이 냄새만 맡아도 취하고 남겠네!"

시미는 구시렁거리며 술통을 들어올린 다음, 흘리지 않게 조심하면서 한 통을 다 쏟아 넣었다. 그렇게 두 통을 다 비우니 큰 통이 거의 찼다. 수확제 밤에 주방 수도꼭지에서 사과술이 물처럼 흘러나올 거라 생각하니 흐뭇했다.

빈 술통을 다시 노새 등에 싣고 나서, 시미는 혹시 지켜보는 눈이 없는지 확인하려고 다시 한 번 주방 쪽을 살핀 다음(아무도 없었다. 이날 아침 코럴의 술집에서 일하는 덜 떨어진 하인 따위는 누구의 관심사도 아니었다.), 앞서 왔던 길로 돌아가는 대신 관저의 창고가 있는 쪽으로 카프리초소를 끌고 갔다.

나란히 늘어선 창고 세 채 앞에 빨간 손이 달린 허수아비가 각각 앉아 있었다. 시미는 왠지 그 허수아비들한테 감시당하는 느낌이 들어서 몸이 떨렸다. 그러다가 미친 할망구 레아의 집에 심부름을 갔던 날이 떠올랐다. 진짜 무서운 것은 그 마녀였다. 이 허수아비들은 그저 짚으로 채운 자루일 뿐이었다.

"수전 아가씨? 아가씨, 안에 계세요?"

나지막이 부르는 소리에 화답하듯, 가운데 창고의 문이 빠끔히 벌어졌다. 이윽고 문이 끼익 소리를 내며 열렸다.

"들어와!" 역시 나지막한 목소리. "노새도 같이! 얼른!"

시미가 카프리초소를 끌고 들어선 창고 안에서는 짚과 콩과 비스킷 냄새가 풍겼는데…… 그것이 다가 아니었다. 더 독한 것이 또 있었다. *폭죽이구나.* 시미는 곰곰이 생각했다. *화약도 있어.*

오전 내내 마지막 시침질에 시달리던 수전은 얇은 실크 가운 아래에 목이 높은 장화를 신고 있었다. 머리는 빨갛고 파란 색종이로 감아서 말아놓은 상태였다. 그 모습을 본 시미가 킥킥거렸다.

"꽤 재미있는 차림이네요, 패트릭의 따님 수전 아가씨. 어, 꽤 우스운 것 같아요, 제가 보기엔."

"그래, 이대로 가서 초상화 모델이라도 해야겠다." 수전의 표정은 심란해 보였다. "시간이 없어. 20분만 있으면 사람들이 날 찾을 거야. 그 늙은 변태가 날 부르면 그 전에 찾으러 나설지도…… 자, 서두르자!"

둘은 카프리초소의 등에서 술통을 내렸다. 먼저 수전이 가운 주머니에서 부서진 말 재갈을 꺼내어 뾰족한 끄트머리로 통 뚜껑을 열었다. 다음으로 재갈을 넘겨받은 시미가 남은 통의 뚜껑을 열었다. 창고 안에 그라프의 시큼한 사과향이 가득 퍼졌다.

"자!" 수전이 시미에게 부드러운 천을 던져 주었다. "이걸로 최대한 보송보송하게 닦아. 포장이 돼 있으니까 통을 완전히 말릴 필요는 없지만, 그래도 혹시 모르니까."

둘이서 함께 술통 안을 닦는 동안 수전은 불안한 눈으로 몇 초에 한 번씩 문 쪽을 살폈다.

"좋아, 이만 하면 됐어. 자…… 이제 두 가지를 챙겨야 해. 없어져도 아무도 눈치 못 챌 거야, 저 뒤에 세상의 반을 날려 버릴 만큼 잔뜩 쌓여 있으니까."

수전은 컴컴한 창고 안쪽으로 급히 돌아갔다. 가운 밑단을 손에 쥐어 높이 들고, 장화 소리를 쿵쿵 울리면서. 돌아왔을 때에는 포장된 꾸러미를 두 팔 가득 안고 있었다.

"이게 큰 거야."

수전이 말했다. 시미는 그 꾸러미를 받아서 한쪽 술통에 넣었다. 다 합쳐 열두 개인 꾸러미들을 만져 보니 안에 어린애 주먹만 한 동그란 물체가 가득했다. 대형 폭죽이었다. 술통에 꾸러미를 다 채우고 뚜껑을 닫을 무렵, 수전이 아까보다 작은 꾸러미들을 안고 돌아왔다. 시미가 받아서 다른 통에 채워 넣었다. 감촉으로 모아 소형 폭죽, 그중에서도 소리와 함께 색색의 불꽃까지 내뿜는 놈들이었다.

수전은 시미와 함께 카프리초소의 등에 술통을 묶는 동안에도 계속 창고 문 쪽을 흘끔거렸다. 그러다가 마침내 술통이 노새의 양 옆구리에 자리를 잡자 안도의 숨을 내쉬며 손등으로 이마에 맺힌 땀을 닦았다.

"이제 절반은 끝났어. 목적지가 어딘지는 알지?"

"그럼요, 패트릭의 따님 수전 아가씨. 바케이 목장이잖아요. 제 친구 아서 히스 나리가 받아서 꼭꼭 숨겨둘 거예요."

"무슨 일로 거기까지 가는지 누가 물으면?"

"내륙에서 오신 손님들께 맛난 *그라프*를 갖다드리는 길이라고 해야죠. 왜냐면 손님들이 축제 때 마을에 안 오기로 하셨으니까······ 근데 왜 안 오시는 걸까요, 수전 아가씨? 축제가 싫어서?"

"곧 알게 될 거야, 시미. 지금은 신경 쓸 것 없어. 자, 이제 그만 출발해야겠다."

그러나 시미는 미적거렸다. 수전은 조바심을 숨기려고 애쓰며 물었다.

"왜 그래? 시미, 무슨 일이야?"

"저기, 저, 아가씨한테 *핀 데 아뇨* 키스를 받았으면 해서요."

이렇게 말하는 시미의 얼굴은 근심스러울 만큼 새빨갰다. 수전은 저도 모르게 웃음을 터뜨리고는 까치발로 서서 시미의 입가에 입을 맞추었다. 그 덕분에 시미는 화약 한 짐을 노새 등에 싣고도 하늘을 나는 기분으로 바케이 목장까지 갈 수 있었다.

4

이튿날, 클레이 레이놀즈는 스카프로 얼굴을 가리고 눈만 내놓은 모습으로 말을 타고 시트고 유전으로 달려갔다. 마음 같아서는 목초 지인지 바닷가인지 알 수 없는 이 빌어먹을 곳을 당장이라도 떠나고 싶었다. 기온 자체는 그리 낮지 않았으나 바다 위로 불어온 바람을 맞다 보면 면도날에 베이는 것만 같았다. 그뿐만이 아니었다. 수확제가 다가올수록 햄브리와 메지스 자치령 전역이 음울한 분위기에 젖어들었다. 레이놀즈는 그 오싹한 분위기에 진절머리가 났다. 디페이프도 그 분위기를 감지했다. 그의 눈빛을 보면 알 수 있었다.

아니, 먼저 기사 흉내를 내는 꼬맹이 셋을 바람에 날리는 먼지로 만들어준 다음에 이곳을 기억 속에 묻어버릴 수만 있다면 더 바랄 것이 없었다.

레이놀즈는 허물어져 가는 정유소 주차장에 멈춘 다음, 낡은 트럭의 범퍼에 말을 묶고 유전 쪽으로 걸어갔다. 트럭은 녹으로 뒤덮인 탓에 뒤꽁무니에 붙은 쉐보레(CHEVROLET)라는 뜻 모를 단어만 간신히 알아볼 수 있었다. 양가죽 외투를 뚫을 만큼 차갑고 거센 바람 탓에 모자가 날아가지 않도록 두 번이나 귀까지 눌러써야 했다. 어쨌거나 스스로의 모습이 안 보여서 다행이었다. 농부처럼 보일 것이 뻔하기 때문이었다.

유전은 겉만 보면 아무 일도 없는 듯했다. 다시 말하면, 개미 새끼 하나 보이지 않았다. 바람만이 파이프 양쪽에 늘어선 전나무를 스쳐 지나가며 쓸쓸한 소리를 남길 뿐이었다. 터벅터벅 걷는 동안 이쪽을 주시하는 눈이 열두 쌍이나 있다는 생각은 아무도 못할 듯 싶었다.

"어이! 이리 나와, 할 얘기가 있어."

잠시 침묵이 이어졌다. 그러다가 피아노 목장의 히람 퀸트와 트래블러스 레스트 주점의 바키 캘러핸이 몸을 숙인 채 나무 사이로 걸어 나왔다. *젠장.* 레이놀즈는 두려움과 즐거움 사이의 미묘한 기분을 느끼며 속으로 중얼거렸다. *저렇게 푸짐한 고깃덩이는 푸줏간에 가도 못 구하겠는데.*

퀸트의 허리춤에는 낡아빠진 전장식 권총이 꽂혀 있었다. 레이놀즈가 오랫동안 보지 못한 물건이었다. 그런 총은 방아쇠를 당겼을 때 불발로 끝나면 차라리 행운이었다. 재수가 없으면 얼굴 쪽으로 폭발해서 장님이 되는 수가 있었다.

"별 일 없나?"

퀸트가 메지스 사투리로 뭐라 뭐라 중얼댔다. 바키가 다 듣고 나서 다시 말했다.

"이상 없습니다, 나리. 이 녀석 말로는 자기나 부하들이나 슬슬 좀이 쑤신다는군요."

바키는 싱글벙글 웃는 낯으로 말을 이었다. 자기가 무슨 말을 하는지 전혀 모르는 눈치였다.

"뇌가 화약통이라면 겁이 나서 코도 못 풀 얼간이가 말이죠."

"그래도 믿을 만한 얼간이겠지?"

바키가 어깨를 으쓱했다. 어쩌면 긍정의 몸짓일 수도 있었다.

그들은 숲으로 들어갔다. 롤랜드와 수전이 발견했을 때 서른 개쯤 되던 기름 탱크가 지금은 고작 여섯 개뿐이었고, 그 여섯 개 중 실제로 기름이 든 것은 두 개뿐이었다. 패거리는 땅바닥에 앉아 있거나 모자로 얼굴을 덮고 자는 중이었다. 그들이 지닌 총은 대부분 퀸트의 허리춤에 꽂힌 것만큼이나 믿음직해 보였다. 개중 형편이 어려운 몇몇은 팔맷돌을 무기로 지니고 있었다. 레이놀즈의 눈에는 차라리 그쪽이 더 쓸 만해 보였다.

"잘나신 대장님께 전해. 매복하고 있다가 놈들이 오면 덮치라고, 기회는 한 번뿐이라고 말이야."

레이놀즈가 한 말을 바키가 듣고 다시 퀸트에게 전했다. 퀸트가 씩 웃자 입술 사이로 누르스름한 말뚝 같은 송곳니가 드러났다. 그는 바키에게 짧게 뭐라 대답하고는 두 손을 앞으로 내밀고 맞잡았다. 흉터투성이인 거대한 주먹 두 개가 위아래로 포개진 모습이 꼭 보이지 않는 적의 목을 비트는 듯했다. 바키가 다시 통역하려 했으나 레이놀즈는 됐다는 듯 손을 흔들었다. 퀸트의 대답 가운데 알아들은 말은 고작 한 단어뿐이었지만, 그것으로 충분했기 때문이었다. 그가 알아들은 말은 *죽인다*였다.

5

축제까지 남은 일주일 동안 레아는 우두커니 앉아 수정 구슬만

들여다보았다. 그에 앞서 한참 시간을 들여 에르모트의 머리와 몸통을 검은 실로 꿰매어 붙였다. 그리하여 서툰 바늘땀이 새겨진 채 썩어가는 그 초록색 뱀을 목에 걸고 앉아서 수정 구슬이 선사한 꿈에 빠져 지내는 동안, 레아는 시취가 점점 지독해지는 것을 알아차리지 못했다. 머스티가 두 번이나 다가와 먹이를 달라고 야옹거렸지만 그때마다 레아는 거들떠보지도 않고 걷어차버렸다. 그녀 자신도 점점 야위어서 눈이 대꾼하다 못해 아예 침실 문간의 그물에 걸린 해골처럼 보일 지경이었다. 무릎에 수정 구슬을 올려놓고 목에는 썩은 냄새가 진동하는 뱀의 주검을 걸고 앉아서, 레아는 이따금씩 꾸벅꾸벅 졸았다. 고개를 방아처럼 숙이다 보니 뾰족한 턱이 쿡쿡 가슴에 닿았고 헤 벌어진 입가에서는 침이 질질 흘렀지만, 사실 레아는 잠들어 있지 않았다. 볼 것이 너무 많았다. 너무나 많았다.

게다가 천리안은 이미 레아의 것이었다. 심지어 얼마 전부터는 수정 구슬 속의 분홍빛 안개를 가라앉히기 위해 구슬 위로 손을 저을 필요도 없었다. 자치령 안의 모든 비열함이, 모든 사소한(실은 그리 사소하지 않은) 잔악함과 사기 행위와 거짓말이 그녀 앞에 훤히 펼쳐졌다. 그중 태반은 자잘하고 남세스러운 행위들이었다. 누이가 옷을 갈아입는 광경을 열쇠구멍으로 엿보며 수음하는 사내아이, 가욋돈이나 담배를 찾아 남편의 주머니를 뒤지는 아내, 마음에 둔 매춘부가 잠시 앉았던 의자를 혀로 핥는 술집 피아노 연주자 셰브, 길을 막고 꾸물거린다는 이유로 킴버 라이머에게 엉덩이를 걷어차이고서 그의 베갯잇을 갈다가 안쪽에 침을 뱉는 하녀까지.

레아는 이 모든 광경이야말로 자신이 떠나 온 인간 사회의 본모습이라고 생각했다. 그러면서 이따금씩 껄껄 웃었다. 때로는 수정 구슬 속의 사람들에게 말을 걸기도 했다. 그들에게 자기 목소리가 들리기라도 한다는 듯이. 수확제를 앞둔 한 주의 셋째 날이 되자 레아는 변소에 가는 것도 그만두었다. 구슬을 들고 가면 될 텐데도 그랬다. 레아의 몸에서 시큼한 지린내가 피어오르기 시작했다.

넷째 날, 머스티는 주인 근처에 발길을 끊었다.

앞서 구슬을 손에 넣은 다른 사람들이 그러했듯이 레아는 수정 구슬 속에서 꿈을 꾸었고, 그 꿈 속에서 자신을 놓아버렸다. 천리안이 선사하는 소소한 즐거움에 깊숙이 빠진 나머지 자신의 늙은 몸에 남은 얼마 안 되는 생기를 분홍빛 구슬이 갉아먹는 줄도 몰랐던 것이다. 설령 알았다 해도 그 정도면 수지맞는 거래라고 여겼을 것이다. 레아는 사람들이 어둠 속에서 무슨 짓을 저지르는지 속속들이 보았다. 그것이야말로 그녀가 원하는 전부였다. 그것을 보는 대가로 자기 수명을 깎아야 한다면, 레아는 틀림없이 공정한 거래라고 생각했을 것이다.

6

"내놔, 새끼야. 불은 내가 붙일 거야."

조너스라면 누구의 목소리인지 알았을 것이다. 목소리의 주인은 바로 길 건너에서 조너스에게 개꼬리를 흔들며 이렇게 외친 소년이었다. 우리도 위대한 관 사냥꾼이에요, 아저씨처럼요!

이 귀여운 소년에게 협박을 당한 사내아이는 친구들과 함께 하급 시장의 푸줏간에서 훔쳐온 생간을 손에 쥐고 빼앗기지 않으려 버둥거렸다. 앞서 말을 꺼낸 소년이 아이의 귀를 잡고 비틀었다. 아이는 비명을 지르며 간을 내밀었다. 꽉 움켜쥔 손가락 사이로 검붉은 피가 뚝뚝 떨어졌다.

"진작 그럴 것이지. 똑똑히 기억해, 여기선 내가 대장이야."

아이들이 있는 곳은 하급 시장의 빵집 가판 뒤였다. 갓 구운 빵의 냄새에 끌렸는지, 한쪽 눈이 먼 떠돌이 잡종견이 근처에서 어슬렁거렸다. 개는 굶주림으로 번들거리는 한쪽 눈에 희망을 담아 아이들을 바라보고 있었다.

생간에는 기다란 홈이 패어 있었다. 홈에서 비죽 튀어나온 것은 초록색 폭죽의 심지였다. 심지 아래쪽은 임신부의 배처럼 불룩했다. 대장 소년이 성냥을 꺼내더니 쑥 튀어나온 앞니에 대고 그어서 불을 붙였다.

"절대 안 먹을걸!"

곁에 있던 다른 소년이 기대에 들뜬 목소리로 외쳤다.

"저렇게 말랐는데? 보자마자 덥석 물 거야. 내기해도 좋아, 내 카드랑 네 말꼬리를 걸고."

의심하던 아이는 곰곰이 생각하다가 고개를 저었다.

"자식, 똑똑한데."

대장 소년은 씩 웃으며 폭죽 심지에 불을 붙였다.

"야, 멍멍아! 맛난 거 줄까? 자, 먹어!"

소년이 개를 향해 간을 던졌다. 깡마른 개는 치직거리는 심지에도 아랑곳없이 성한 한쪽 눈으로 며칠 만에 나타난 큼직한 먹이를 뚫어져라 노려보며 냉큼 달려왔다. 개가 날아오는 간을 낚아채자마자 폭죽이 터졌다. 소리와 불꽃이 요란하게 터져 나왔다. 개의 대가리에서 턱 아래쪽이 완전히 뭉개졌다. 개는 피를 흘리면서, 성한 한쪽 눈으로 아이들을 멍하니 바라보면서, 한동안 우두커니 서 있다가, 이내 털썩 쓰러졌다.

"봤지! 내가 그랬잖아, 먹을 거라고! 수확제 만세!"

"너희들 여기서 뭐 하는 거야?" 여인의 날카로운 목소리가 들려왔다. "썩 꺼져, 이 까마귀 같은 놈들아!"

아이들은 낄낄거리며 환한 오후 햇살 속으로 달아났다. 웃음소리가 정말로 까마귀 같았다.

7

커스버트와 알레인은 아이볼트 골짜기 입구 앞에서 말 위에 앉아 있었다. 바람이 희박지대의 소리를 흩뜨렸는데도 그 진동이 머릿속에 남아 이가 덜덜 떨렸다.

"진짜 치가 떨린다니까." 커스버트가 꽉 다문 이 사이로 중얼거렸다. "젠장, 빨리 끝내자."

"그래." 알레인이 대답했다.

불룩한 카우보이용 외투 차림의 두 소년은 말에서 내린 다음, 골짜기 앞을 가로질러 쌓여 있는 덤불에 말을 묶었다. 평소 같으면 말을 묶을 필요가 없었지만 그들의 눈에는 똑똑히 보였다. 말들 역시 주인과 마찬가지로 희박지대의 흐느끼는 소리에 겁을 먹고 있었다. 커스버트는 머릿속에 희박지대의 목소리가 들리는 듯했다. 신음하듯 끔찍한, 그러면서도 설득력 있는 목소리가 그를 유혹했다.

어서 와, 커스버트. 바보 같은 것들은 다 잊어버려. 기름 탱크도,
자존심도, 죽음의 공포도, 또 네가 할 수 있는 거라곤 비웃는 일밖에
없어서 지금껏 비웃었던 외로움까지. 아, 그 여자애도 잊어버려. 넌
그 애를 사랑하지, 안 그래? 설령 사랑하지 않는다고 해도 넌 그 애
를 원해. 그 애가 너 대신 네 친구를 사랑한다니 애석한 일이지만,
나한테 오면 그런 고민도 다 끝이야. 그러니 이리 와. 뭘 망설이는
거야?

"뭘 망설이는 걸까?" 커스버트가 중얼거렸다.

"응?"

"그러니까, 우리 말이야. 뭘 망설이는 거지? 빨리 끝내고 여길 빠
져나가야 하는데."

그들은 저마다 안장 가방에서 조그마한 목면 포대를 꺼냈다. 포
대 안에는 이틀 전에 시미가 갖다 준 소형 폭죽에서 꺼낸 화약이 들
어 있었다. 알레인이 무릎을 꿇고 땅바닥에 앉더니 칼을 꺼내들고
뒤쪽으로 기어가기 시작했다. 덤불 아래로 가능한 한 길게 고랑을
파는 중이었다.

"더 깊이 파. 화약이 바람에 날리면 안 되니까."

커스버트가 말하자 알레인이 이글거리는 눈으로 쏘아보았다.

"네가 할래? 네가 직접 하면 되겠네, 마음도 놓이고."

희박지대 때문에 그러는 거야. 커스버트는 속으로 생각했다. 알
레인도 영향을 받는구나.

"아니, 됐어. 넌 앞뒤 못 가리는 바보치고는 꽤 잘하고 있어. 그러
니까 계속해."

알레인은 커스버트를 잡아먹을 듯이 노려보다가 이내 씩 웃고는

다시 고랑을 파기 시작했다.

"넌 그 입 때문에 오래 못 살 거야, 커스버트."

"그래, 아마도."

커스버트도 한쪽 무릎을 꿇고 알레인을 따라 뒤로 움직이기 시작했다. 그렇게 고랑에 화약을 뿌려 넣으면서 희박지대의 윙윙거리는 소리에, 그 달콤한 유혹에 맞서 싸웠다. 강풍이 불지 않는 한 화약은 흩어지지 않을 듯싶었다. 그러나 비가 내린다면 덤불이 가려 주는 것도 한계가 있었다. 혹시라도 비가 오면…….

그건 생각하지 마. 그냥 카에 맡겨.

덤불 양쪽에 판 고랑에 화약을 채우는 데에는 10분밖에 안 걸렸지만, 두 소년에게는 훨씬 더 길게 느껴졌다. 아마 말들도 같은 심정인 듯했다. 고삐 끈을 한껏 당긴 채 조급하게 발을 굴렀던 것이다. 귀를 뒤로 바짝 눕히고, 눈을 뒤룩뒤룩 굴리면서. 커스버트와 알레인은 고삐 끈을 풀고 안장에 올랐다. 커스버트의 말은 두 번이나 펄쩍 뛰었는데…… 커스버트가 보기에는 가엾게도 두려움에 떠는 것 같았다.

멀리 펼쳐진 풍경의 중간 지점에서 환한 햇빛이 강철에 부딪혀 반짝거렸다. 교수대 바위에 있는 기름 탱크였다. 탱크는 지면에 드러난 사암 아래쪽에 바짝 붙어 있었지만, 해가 중천에 뜬 지금은 바위 그림자가 사라져 감춘 보람이 없었다.

"진짜 믿을 수가 없어. 우리가 장님인 줄 아나."

돌아가는 길에 알레인이 중얼거렸다. 들키지 않도록 교수대 바위를 빙 돌아가는 거리를 포함하면 시간이 꽤 걸릴 참이었다.

"그렇게 생각한다면 바보겠지. 뭐, 처음부터 바보들이었지만."

커스버트가 말했다. 아이볼트 골짜기에서 점점 멀어지자 안도감에 정신이 아찔할 지경이었다. 이제 며칠만 있으면 저곳에 들어가야 하는 걸까? 실제로 말을 타고서, 그 끔찍한 덩어리로부터 고작 몇 미터 떨어진 곳까지? 믿을 수가 없었다. 그래서 커스버트는 생각하기를 멈추었다. 그 생각이 진실이라는 믿음이 들기 전에.

"교수대 바위 쪽으로 병력이 더 모이고 있어. 보여?"

알레인이 골짜기 너머 수풀 쪽을 가리켰다. 거리가 멀다 보니 개미처럼 조그마했지만, 커스버트의 눈에는 똑똑히 보였다.

"보초들이 교대하는 중이군. 중요한 건 저놈들 눈에도 우리가 보일까 하는 거야. 알레인, 네 생각은 어때? 안 보이겠지?"

"저렇게 멀리서? 설마."

커스버트도 그렇게 생각했다.

"커스버트, 저놈들 수확제 때까진 다 집결하겠지? 고작 몇 놈뿐이면 잡아봤자 헛수곤데."

"응, 그럴 거야. 확실해."

"조너스랑 부하들도?"

"그래, 그놈들도."

저 앞에 보이던 배드 그래스가 점점 가까워졌다. 얼굴에 바람이 들이쳐서 눈이 따가웠지만 커스버트는 아랑곳하지 않았다. 등 뒤에서 들리던 희박지대의 소리가 윙윙대는 벌 소리 정도로 잦아들었고, 머잖아 완전히 사라질 것이기 때문이었다. 당장은 그것만으로도 충분히 행복했다.

"커스버트, 우리 무사히 빠져나갈 수 있을까?"

"글쎄."

커스버트가 대답했다. 그러고는 덤불 아래의 고랑에 가득 찬 화약을 떠올리며 씩 웃었다.

"그치만 한 가지는 확실해, 알레인. 그 자식들은 우리가 여기다 미리 손을 써놨다는 걸 똑똑히 알게 될 거야."

8

중간 세계의 모든 자치령이 그러하듯이 메지스에서도 축제 전의 일주일은 정치의 시간이었다. 자치령 곳곳에서 유력 인사들이 모여들었고, 수확제 당일의 본회의 전까지 여러 번의 간담회가 줄줄이 열렸다. 수전도 그 자리에 초대받았다. 주로 행정 장관이 여전히 원기왕성하다는 것을 보여주는 장식품 노릇을 하기 위해서였다. 올리브 소린도 그녀와 함께 참석하여 오로지 여인들만이 알아차릴 수 있는 우스꽝스럽다 못해 잔혹한 촌극의 주역을 맡았다. 늙은 앵무새 같은 장관 양편에 나란히 앉아 수전은 커피를 따르고 올리브는 케이크를 돌리면서, 손수 만든 것이라고는 하나도 없는 요리와 음료에 쏟아지는 칭찬을 우아하게 받아들였던 것이다.

수전은 올리브의 웃음 뒤에 가려진 울적한 표정을 차마 볼 수가 없었다. 남편이 패트릭 델가도의 딸과 동침할 날은 결코 오지 않을 터였지만…… 올리브 소린 마님은 그 사실을 몰랐고, 수전 역시 그녀에게 알려줄 방법이 없었다. 그저 장관의 아내를 곁눈으로 흘끔거리며 드롭 평원에서 롤랜드에게 들었던 말을 떠올릴 뿐이었다. *잠깐 동안 나한텐 그 여자가 우리 어머니처럼 느껴졌어. 그런데 바로 그*

것이 문제였다. 안 그런가? 올리브 소린은 누구의 어머니도 아니었다. 그것이야말로 애초에 이 끔찍한 상황이 벌어지게 된 이유였다.

수전의 머릿속은 더 중요한 다른 일 생각으로 가득했지만, 관저에서 연이어 행사가 열리는 바람에 수확제까지 남은 시간은 이제고작 사흘이었다. 그러다가 마지막 간담회가 끝나고 나서 마침내 짬이 생겼고, 수전은 아플리케가 달린 분홍색 드레스 차림으로(수전은그 드레스가 싫었다. 실은 모든 드레스가 끔찍이도 싫었다.) 관저를 빠져나올 수 있었다. 다과회까지 돌아와야 했기에 머리를 땋을 시간이 없었지만 시녀인 마리아가 대신 묶어주었고, 그 덕분에 수전은 머잖아 영영 떠나게 될 집으로 돌아올 수 있었다.

실제로 용무가 있는 곳은 아버지가 예전에 사무실로 쓰던 마구간 뒷방이었지만, 수전은 먼저 집 안에 들어가서 바라던 소리를 들었다. 고모가 코를 고는 소리였다. 숙녀답게 얌전히. 사랑스럽게.

수전은 빵 한 조각에 꿀을 발라서 마구간으로 들고 갔다. 마당에바람이 불다 보니 먼지가 앉지 않도록 손으로 가려야 했다. 정원 말뚝에 서 있는 허수아비가 삐걱거렸다.

수전은 몸을 숙이고서 건초 냄새가 향긋한 마구간 그늘 속으로들어갔다. 파일런과 펠리시아가 히힝 울며 인사를 건넸고, 수전은먹다 남은 빵을 둘로 나누어 답례했다. 말들도 기쁘게 받아먹는 듯했다. 그중 펠리시아의 몫이 더 컸다. 얼마 안 있으면 영영 헤어져야하기 때문이었다.

아버지를 여읜 후로 수전은 사무실 근처에 오지 않으려 했다. 빗장을 올리고 안으로 들어설 때면 가슴이 사무치게 아팠기 때문이었다. 바로 지금처럼. 좁다란 창은 거미줄로 뒤덮여 있었지만 환한 가을 햇살이 그 틈을 비집고 쏟아졌고, 덕분에 재떨이 위에 놓인 담배 파이프를 알아볼 수 있었다. 아버지가 '사색용 파이프'로 부르며 제일 아끼던 빨간색 파이프였다. 책상 앞 의자의 등받이에 걸려 있는 마구도 보였다. 아마도 가스등 빛에 의지하여 수선하다가 다음날 끝낼 요량으로 남겨둔 물건일 테지만…… 하필이면 뱀이 말 아래에서 난리를 피우는 바람에 그 다음날은 영영 오지 않았다. 적어도 패트릭 델가도에게는 그랬다.

"아, 아빠." 수전이 갈라진 목소리로 나지막이 중얼거렸다. "너무 보고 싶어요."

책상으로 다가가 상판을 손으로 슥 훑자 먼지 사이로 네 갈래 길이 생겼다. 수전은 아버지의 의자에 앉았다. 아버지가 앉을 때면 늘 그랬듯이 삐걱거리는 소리가 들렸고, 그 소리에 수전은 결국 무너지고 말았다. 5분 동안 그렇게 앉아 흐느끼면서, 어린 시절에 그랬듯이 꼭 쥔 두 손으로 눈을 비볐다. 다만 지금은 달래줄 아버지가 없었다. 무릎에 앉혀놓고 턱 아래의 보드라운 살을(아버지의 인중에 난 뻣뻣한 수염에 특히 약한 그곳을) 간지럽혀 울음을 웃음으로 바꾸어줄 아버지가. 시간은 수면에 비친 얼굴이었고, 수전에게 그 얼굴의 임자는 아버지였다.

마침내 눈물이 훌쩍거림으로 잦아들었다. 수전은 책상 서랍을 하나씩 열었다. 담배 파이프가 더 나왔고(파이프 부리를 씹는 습관 탓에 못 쓰게 된 것들이 많았다.) 모자가 한 개, 수전의 인형이 한 개(부러진 팔을 미처 고치지 못한 인형이었다.), 깃털 펜, 조그마한 술병도 한 개 나왔다. 빈병이었지만 주둥이 근처에서는 아직도 희미하게 위스키 향이 풍겼다. 찾던 물건은 맨 아래 서랍에 있었다. 박차 한 쌍이었다. 한 짝은 별 모양 톱니가 그대로 붙어 있었으나 다른 한 짝은 떨어지고 없었다. 수전은 거의 확신할 수 있었다. 아버지가 숨을 거둔 그날 차고 있던 박차였다.

만약 우리 아빠가 여기 계셨다면. 앞서 수전은 드롭 평원에서 그렇게 말했다. *하지만 안 계시잖아. 돌아가셨으니까.* 그것이 롤랜드의 대답이었다.

박차 한 쌍. 그리고 부러진 한쪽 톱니.

수전은 박차를 손바닥 위에서 튕겨 보았다. 머릿속에 오션 폼의 뒷모습이 떠올랐다. 말은 먼저 아버지를 떨어뜨렸고(그때 한쪽 박차가 등자에 걸려 톱니가 부러졌다.), 뒤이어 비틀거리다가 쓰러져 아버지의 몸을 덮쳤다. 그 광경은 또렷이 보였지만 프랜시스 렝길이 말한 뱀은 어디에도 없었다. 뱀의 그림자도 보이지 않았다.

수전은 박차를 원래 있던 곳에 돌려놓고 일어선 다음, 책상 오른편에 있는 선반을 바라보았다. 손재주가 좋은 패트릭 델가도가 손수 만든 물건이었다. 가죽으로 표지를 싼 장부가 줄줄이 늘어서 있었다. 이미 오래전에 종이 제조법을 잊은 이곳에서는 보물 창고나 다름없는 장소였다. 수전의 아버지는 거의 30년 동안 자치령의 말을 도맡아 키웠고, 이곳에 늘어선 혈통 기록부들이 바로 그 증거였다.

수전은 맨 끝에 있는 장부를 뽑아 훌훌 넘겨보았다. 눈에 익은 아버지의 글씨를 보니 가슴이 아렸지만, 이날은 그 아릿함이 반가울 지경이었다. 공들여 쓴 글씨는 반듯했고, 숫자는 왠지 자신이 넘쳐 보였다.

헨리에타의 망아지, 2두 모두 정상

델리아의 밤색 망아지, 사산(돌연변이)

서러브레드 욜란다의 망아지, 건강한 수망아지

뒤에는 줄줄이 날짜가 적혀 있었다. 패트릭 델가도는 정말로 반듯한 사람이었다. 정말로 꼼꼼한 사람이었다. 정말로…….

수전의 손이 문득 멈췄다. 여기서 뭘 하고 있는지 스스로도 알 수 없었지만, 수전은 자신이 찾고자 했던 것을 발견했다. 아버지가 쓴 마지막 장부의 끄트머리에 스무 장 남짓 뜯겨 나간 자국이 남아 있었던 것이다.

누가 그랬을까? 아버지는 아니었다. 독학으로 글을 깨우치기는 했어도 패트릭 델가도는 남들이 신이나 황금을 섬기듯이 종이를 경건하게 대했다.

장부를 찢은 이유는 또 뭘까?

이유라면 짚이는 데가 있었다. 당연히 말 때문이었다. 드롭 평원에는 말이 너무 많이 있었다. 그리고 렝길, 크로이든, 렌프루 같은 목장주들은 말의 혈통에 관해 거짓말을 늘어놓았다. 수전 아버지의 직책을 이어받은 헨리 워트너도 마찬가지였다.

만약 우리 아빠가 여기 계셨다면…….

하지만 안 계시잖아. 돌아가셨으니까.

그때 수전은 롤랜드에게 프랜시스 렝길이 아버지의 죽음을 두고 거짓말을 할 리가 없다고 말했지만…… 이제는 그랬을지도 모른다는 생각이 들었다.

맙소사, 이제는 그럴 수도 있을 듯싶었다.

"여기서 뭘 하는 거냐?"

수전은 조그마한 비명을 토하며 장부를 떨어뜨리고 홱 돌아섰다. 눈앞에 낡은 검정 드레스 차림의 코딜리어 고모가 서 있었다. 드레스의 맨 위 단추 세 개가 끌러진 탓에 하얀 면 슈미즈 위로 툭 불거진 빗장뼈가 보였다. 튀어나온 빗장뼈를 보고서야 수전은 지난 석 달 사이에 코딜리어 고모가 얼마나 야위었는지를 깨달았다. 왼쪽 뺨에 발갛게 남은 베개 자국이 꼭 손찌검을 당한 흔적 같았다. 멍 든 것처럼 시커멓고 퀭한 눈두덩 아래에서 두 눈이 형형하게 번득였다.

"고모! 간 떨어질 뻔했잖아요! 어휴, 정말······."

"여기서 뭘 하는 거냐니까?"

코딜리어가 거듭 물었다. 수전은 몸을 숙여 장부를 집었다.

"아빠 생각을 하고 있었어요."

수전은 이렇게 둘러대며 장부를 선반에 다시 꽂았다. 맨 마지막 쪽을 찢은 사람은 누구일까? 렝길? 킴버 라이머? 아니, 그럴 것 같지 않았다. 그보다는 바로 지금 눈앞에 서 있는 여자의 소행 같았다. 대가는 기껏해야 금화 한 닢이었으리라. *난 아무것도 안 물어봤어, 아무것도 못 들었고. 그러니까 아무 일도 없을 거야.* 아마도 코딜리어는 금화를 돈통에 넣으면서 그렇게 생각했을 것이다. 진짜 금인지 확인하려고 깨물어본 다음에.

"아빠 생각? 그래, 아빠한테 용서를 빌어야지. 넌 네 아빠의 얼굴을 잊었으니까. 잊어도 아주 까맣게 잊었지."

수전은 말없이 고모를 바라볼 뿐이었다.

"오늘도 그놈이랑 같이 있었냐?"

코딜리어는 이렇게 묻고서 쇳소리를 내며 웃었다. 그러고는 베개 자국이 남은 뺨을 손으로 문지르기 시작했다. 고모의 성미가 점점 고약해진 것은 수전도 이미 아는 바였지만, 조너스와 코럴 소린의 염문이 퍼지면서부터는 그 정도가 더욱 심해졌다.

"디어본이랑 같이 있었어? 그놈이 토한 허연 물에 지금도 젖어 있는 거냐? 내 눈으로 봐야겠다, 이리 와!"

수전의 고모가 미끄러지듯 앞으로 달려나왔다. 검은 드레스 때문에 마치 유령처럼 보였지만 가슴팍은 풀어헤친 채였고, 드레스 자락 아래로 슬리퍼를 신은 발이 살짝 드러났다. 수전은 그런 고모를 뒤로 밀쳤다. 두려움과 혐오감 때문에 힘껏 떠밀었다. 코딜리어는 거미줄이 낀 유리창 옆의 벽에 등을 부딪쳤다.

"고모는 용서를 빌어야 해요. 아빠 사무실에서 딸인 나를 모욕했으니까요. *아빠 사무실인 이곳에서.*"

수전은 장부가 꽂힌 선반을 쳐다보다가 다시 고모에게로 눈을 돌렸다. 겁에 질린 채 다음수를 계산하는 코딜리어 델가도의 표정이 진실을 고스란히 알려주었다. 코딜리어가 자기 오빠를 살해하는 음모에 가담했을 리는 없었다. 수전은 도저히 그랬으리라고는 믿을 수 없었다. 하지만 그 음모를 아예 모르지는 않았다. 적어도 조금은, 알고 있었다.

"부정한 계집 같으니." 코딜리어가 중얼거렸다.

"아뇨, 난 부정을 저지른 적이 없어요."

수전은 자신의 말이 사실임을 퍼뜩 깨달았다. 그렇게 생각하니 어깨를 짓누르던 짐이 사라진 듯했다. 수전은 사무실 문으로 걸어간 다음, 돌아서서 고모를 바라보았다.

"난 오늘로 이 집을 떠날 거예요. 그래서 다시는 방금 같은 소릴 듣지 않을 거예요. 고모의 지금 그 꼬락서니도 다시는 안 볼 거고요.

고모를 보면 가슴이 찢어질 것 같아요. 어릴 적부터, 고모가 날 딸처럼 아끼던 그때부터 고모를 사랑했던 내 마음이 다 날아가 버릴 것만 같아요!"

코딜리어는 두 손으로 얼굴을 가렸다. 모양새만 보면 수전에게 손찌검이라도 당한 사람 같았다.

"그럼 가! 시프론트 관저든 어디든 가서 그놈이랑 뒹굴어! 화냥년 같으니, 내가 죽기 전에 네 얼굴을 다시 볼 일은 없을 거다!"

수전은 파일런을 끌고 마구간을 나섰다. 마당에 나왔을 즈음에는 너무 서럽게 울어서 말에 오르지도 못할 지경이었다. 하지만 결국에는 안장에 앉았고, 슬픈 한편으로 홀가분한 기분도 분명히 느껴졌다. 하이 스트리트를 향해 모퉁이를 돈 수전은 파일런의 옆구리를 차서 속도를 높였다. 뒤는 돌아보지 않았다.

9

이튿날 새벽의 아직 캄캄한 시각, 자기 방을 나선 올리브 소린이 40년 가까이 남편과 함께 자던 침실로 숨어들었다. 맨발에 닿은 침실 바닥은 차가웠고, 침대에 닿을 즈음에는 한기에 몸이 떨릴 지경이었으나…… 몸이 떨리는 까닭은 바닥이 차가워서만이 아니었다. 올리브는 취침용 모자를 쓰고 코를 골아대는 수척한 남자의 곁에 누웠고, 그 남자가 몸을 돌려(다리와 허리에서 뚜둑거리는 소리를 내며) 멀어지려 하자 남자의 등에 바싹 붙어 그를 꼭 끌어안았다. 애틋한 감정은 전혀 없었다. 그저 남자의 온기를 조금이나마 나누어 갖고 싶어서였다. 올리브는 자신의 풍만한 가슴만큼이나 익숙한 남자의 좁은 가슴이 손 밑에서 오르내리는 것을 느끼고 나서야 마음이 조금 가라앉았다. 남자가 뒤척거렸다. 올리브는 그가 깨어나면 얼마만인지 기억도 안 날 만큼 오랜만에 곁에 누운 아내를 발견하리라고 짐작했다.

그래요, 일어나요. 올리브는 속으로 중얼거렸다. *제발.* 남자를 직접 깨울 엄두는 나지 않았다. 평생 가장 끔찍한 악몽에서 깨어난 후에 어두운 복도를 지나 여기까지 오느라 용기를 다 써버린 탓이었다. 만약 남자가 깨어나면 올리브는 그것을 어떤 징조로 여기고 그에게 방금 꾸었던 꿈 얘기를 들려줄 작정이었다. 커다란 새가, 황금색 눈을 가진 거대한 새가 날개에서 피를 뚝뚝 흘리며 자치령 위로 날아가는 꿈 이야기를.

새의 그림자가 닿는 곳은 온통 피바다였어요. 올리브는 그렇게 얘기할 작정이었다. *그림자가 닿지 않는 곳은 한 군데도 없었어요. 자치령이 온통 피로 뒤덮였어요, 햄브리에서 아이볼트까지요. 바람에서는 타는 냄새가 났어요. 그 소식을 알려주러 서재에 갔더니 당신은 이미 죽었더군요. 난로 곁에 앉아서, 무릎에 웬 해골을 올려놓고 두 눈이 뽑힌 채로.*

그러나 남자는 일어나는 대신 눈을 감은 채 올리브의 손을 잡았다. 지나가는 젊은 여자들, 심지어 하녀들한테까지 한눈을 팔기 전에는 그 남자도 그렇게 아내의 손을 잡곤 했다. 그래서 올리브는 잠자코 누워 남편의 손을 잡고 있기로 마음먹었다. 잠시나마 오래 전 그 시절처럼, 둘 사이가 다정했던 그때처럼 있고 싶어서였다.

그러다 올리브도 까무룩 잠이 들었다. 눈을 떠보니 어스름한 새벽빛이 창으로 비쳐들 무렵이었다. 남자는 올리브의 손을 이미 놓은 후였다. 실은 침대 반대쪽 끄트머리까지 달아난 후였다. 올리브가 보기에 남자가 일어나서 아내를 보면 그리 기뻐할 것 같지 않았고, 악몽 때문에 불안하던 기분도 이제는 사라지고 없었다. 그래서 이불을 젖히고 발을 빼다가, 다시 한 번 남자의 얼굴을 돌아보았다. 취침용 모자가 비뚤어져 있었다. 올리브는 남자의 모자를 바로잡아준 다음, 모자와 그 아래의 깡마른 이마를 부드럽게 어루만졌다. 남자가 다시 뒤척였다. 올리브는 그가 잠잠해질 때까지 기다렸다가 일어섰다. 그러고는 유령처럼 자기 방으로 돌아갔다.

10

수확제 축일 이틀 전, 그린하트 광장에 임시 가판이 열렸다. 첫 손님들이 원반 돌리기와 병 던지기, 공 던져넣기에 몰려들어 자신들의 운을 시험했다. 조랑말이 끄는 열차도 있었다. 깔깔 웃는 아이들을 수레에 가득 태우고 8자 모양으로 놓인 좁은 궤도를 도는 열차였다.

("조랑말 이름이 찰리였어?" 에디 딘이 롤랜드에게 물었다.)

("아니었을 거다. 우리 세계의 귀족어에는 그 말과 발음이 비슷한 단어가 있다. 아주 안 좋은 뜻의 단어지.")

("그게 뭔데요?" 제이크가 물었다.)

("죽음을 의미하는 말이란다.")

로이 디페이프는 조랑말이 정해진 경로를 몇 바퀴 도는 광경을 바라보며 서 있었다. 그런 열차를 타고 놀던 자신의 어린 시절이 아련하게 떠올랐다. 물론 그의 어릴 적 기억은 거의 모두 지워지고 없었지만.

디페이프는 그 광경을 지겨워질 때까지 바라보다가 터덜터덜 걸음을 옮겨 보안관 사무소로 들어섰다. 에이버리 보안관과 데이브 부보안관, 프랭크 클레이풀이 갖가지 신기한 총을 잔뜩 모아놓고 청소하는 중이었다. 에이버리가 디페이프에게 고개를 끄덕여 인사하고 다시 하던 일로 돌아갔다. 보안관에게는 어딘가 이상한 구석이 있었는데 디페이프는 잠시 후에 그 느낌의 정체를 깨달았다. 그가 아무것도 먹고 있지 않았던 것이다. 사무소에 들렀을 때 손에 주전부리를 안 들고 있는 보안관을 보기는 이번이 처음이었다.

"내일 일의 준비는 다 끝난 겁니까?"

디페이프가 물었다. 에이버리는 짜증과 웃음이 반씩 섞인 표정으로 그를 돌아보았다.

"그딴 건 알아서 뭐 하게?"

"조너스가 물어보라고 해서요."

디페이프가 이렇게 말하자 에이버리의 짜증 섞인 웃음이 살짝 누그러졌다. 에이버리는 늘어놓은 총 위로 굵직한 팔을 펼쳤다.

"그래, 다 됐어. 자네 눈에는 이게 안 보이나?"

디페이프는 '말보다 행동이 더 미덥다'라는 속담을 인용할까 했지만, 그래봐야 무슨 소용이 있겠는가? 애송이들 셋이 조너스의 계획대로 속아 넘어가면 일이 술술 풀릴 판국이었다. 놈들이 속지 않을 경우에는 에이버리의 통통한 엉덩이를 잘라서 굶주린 늑대 떼한테 던져 주면 그만이었다. 어떻게 되든 로이 디페이프로서는 알 바 아니었다.

"조너스가 한마디 더하더군요. 잊지 말고 아침 일찍 가라고."

"그래, 알았어. 일찍 가지. 여기 이 두 친구 말고 여섯 명이 더 올 거야. 프랜 렝길한테도 같이 가자고 부탁해뒀어. 그 친구한텐 기관 총이 있으니까."

에이버리의 말끝에서 우쭐거리는 느낌이 묻어났다. 마치 자기가 기관총을 발명하기라도 한 듯이. 이윽고 에이버리가 디페이프를 슬 쩍 흘겨보았다.

"자넨 어떤가, 관 사냥꾼 나리? 같이 갈 텐가? 부보안관 배지야 뭐, 내가 달아주면 그만이니까."

디페이프의 입가에 웃음이 번졌다.

"전 따로 할 일이 있습니다. 레이놀즈랑 같이요. 다들 할 일이 산 더미예요, 보안관님. 어쨌거나 수확제는 수확제니까요."

11

그날 오후, 수전과 롤랜드는 배드 그래스에 있는 오두막에서 만 났다. 수전은 뜯겨나간 장부 이야기를 들려주었고 롤랜드는 그가 오 두막 북쪽 모퉁이에 숨겨 두었던 물건을 보여주었다. 그 물건은 곰 팡이가 핀 가죽으로 꽁꽁 싸여 있었다.

수전은 그 물건을 가만히 보다가 겁에 질려 휘둥그레진 눈으로 롤랜드를 돌아보았다.

"무슨 일이야? 롤랜드, 뭐가 잘못되기라도 했어?"

수전이 묻자 롤랜드는 고개를 저었다. 아무 일도 없었다. 어쨌거나 그가 아는 한은, 아무 문제도 없었다. 그럼에도 그 물건을 감추어야 한다는 생각만은 절실했다. 예지력 같은 것은 전혀 아니었다. 그저 느낌일 뿐이었다.

"다 순조롭게 진행되고 있어. 그러니까 말하자면…… 우리가 1대 50으로 싸워야 하는 상황이 온다고 해도 놀랄 게 없다는 뜻이지. 수전, 우리한테는 기습만이 유일한 기회야. 그 기회를 날려버릴 생각은 아니지, 그렇지? 렝길한테 가서 네 아버지의 장부를 휘두르거나 하진 않을 거지?"

수전은 고개를 저었다. 만약 수전이 의심을 품은 아버지의 죽음에 렝길이 관련되어 있다면, 그는 이틀 후에 죗값을 치르게 될 터였다. 그것도 아주 톡톡히. 하지만 이 물건은…… 그 물건 때문에 수전은 겁이 났고, 그래서 롤랜드에게 솔직히 털어놓았다. 롤랜드는 수전의 얼굴을 손으로 감싸고 그녀의 눈을 가만히 들여다보았다.

"잘 들어, 수전. 난 그저 조심하려는 것뿐이야. 일이 틀어질 가능성은 얼마든지 있어. 혹시라도 그렇게 되면, 무사히 빠져나갈 가능성이 제일 큰 사람은 바로 너야. 너랑 시미란 말이야. 만약 그렇게 되면 여기로 와서 이 총을 맡아줘. 총을 들고 길르앗으로 가. 가서 우리 아버지를 찾아. 이걸 보여 드리면 네 말을 믿으실 거야. 우리 아버지한테 여기서 벌어진 일을 얘기해 드려. 그러면 돼."

"롤랜드, 네가 잘못되기라도 하면 난 아무것도 못해. 그렇게 되면 난 죽는 수밖에 없어."

롤랜드의 손은 수전의 얼굴을 떠나지 않았다. 이제 그 손이 수전의 머리를 잡고 좌우로 천천히 흔들었다.

"아니, 넌 안 죽을 거야."

롤랜드의 싸늘한 목소리와 눈빛을 보며 수전은 겁을 먹는 대신 경외감에 휩싸였다. 그의 피에 관한 생각이 불쑥 떠올랐다. 얼마나 오래된 혈통인지, 또 그 피가 이따금씩 얼마나 차가워질 수 있는 지도.

"약속해. 이 일이 끝나기 전엔 절대 안 죽을 거라고."

"야…… 약속할게, 롤랜드. 절대 안 죽을게."

"그럼 어떻게 할 건지 큰 목소리로 말해봐."

"여기로 올 거야. 네 총을 챙겨서, 네 아버지께 갖다드릴 거야. 그런 다음 여기서 벌어진 일을 얘기해 드릴 거고."

롤랜드는 고개를 끄덕이고 수전의 얼굴을 놓아 주었다. 양쪽 뺨에 희미하게 손가락 자국이 남았다.

"너 때문에 겁먹었잖아."

수전은 이렇게 말하고는 고개를 저었다. 그 말로는 부족했다.

"무서워 죽는 줄 알았어."

"나도 어쩔 수 없어. 원래 이렇게 생겨 먹었으니까."

"하지만 난 그런 네가 좋은걸."

수전은 롤랜드의 왼쪽 뺨에, 오른쪽 뺨에, 그리고 입술에 키스했다. 그러고는 그의 셔츠 속에 손을 넣어 젖꼭지를 어루만졌다. 젖꼭지는 손가락이 닿자마자 딱딱하게 굳었다.

"새와 곰과 산토끼와 물고기여." 수전은 롤랜드의 얼굴 곳곳에 입을 맞추며 속삭였다. "내 연인에게 그가 가장 바라는 걸 안겨주렴."

한참 후, 두 사람은 롤랜드가 가져온 곰 가죽 위에 누워 풀밭에 스치는 바람소리를 들었다.

"있잖아, 난 저 바람소리가 정말 마음에 들어. 저 소리를 들을 때마다 나도 바람이 되고 싶어져. 바람이 가는 곳으로 따라가서, 바람이 보는 풍경을 보고 싶어."

"올해엔 그렇게 될 거야. *카*가 허락한다면."

"그래. 너랑 같이."

수전은 팔꿈치를 짚고 롤랜드 쪽으로 돌아누웠다. 망가진 지붕을 뚫고 들어온 햇살이 수전의 얼굴을 물들였다.

"사랑해, 롤랜드."

수전은 이렇게 말하며 롤랜드에게 입을 맞추었고…… 이내 흐느끼기 시작했다. 롤랜드는 걱정스러운 표정으로 수전을 끌어안았다.

"왜 그래? 수전, 무슨 일이야?"

"나도 모르겠어. 그냥, 너무 불안해서 그런가봐."

울음소리가 더욱 커졌다. 롤랜드를 바라보는 수전의 눈에서는 눈물이 그칠 줄을 몰랐다.

"날 버리지 않을 거지, 그렇지? 날 두고 떠나지 않을 거지?"

"그럴 리가 없잖아."

"난 너한테 모든 걸 바쳤어. 순결 따윈 아무것도 아니야."

"난 널 버리지 않을 거야, 수전."

그러나 롤랜드는 문득 곰 가죽을 뚫고 스며드는 한기를 느꼈다. 그리고 바깥에서 들려오는 바람소리는…… 방금 전까지만 해도 그토록 편안하던 그 소리가 지금은 짐승의 숨소리 같았다.

"그럴 일은 절대 없을 거야. 맹세할게."

"그치만 무서운걸. 난 너무 무서워."

"무서워할 필요 없어."

롤랜드는 또박또박, 조심스럽게 말했다. 문득 온갖 터무니없는 말들이 입에서 터져 나오려 했기 때문이었다. *수전, 우리 같이 도망가자. 내일 모레 수확제 날이 아니라 지금, 당장. 옷을 걸치고 바람의 반대 방향으로 달아나는 거야. 말을 타고 남쪽으로, 뒤도 돌아보지 말고. 그럼 우린……*

……쫓기겠지.

그것이 그들의 운명이었다. 알레인과 커스버트의 얼굴이 떠올라 그들을 괴롭힐 것이다. 셰이브드 산맥에서 죽을지도 모를 병사들, 무덤 같은 무기고에서 억지로 끌려나온 고대의 무기에 학살당한 군인들의 얼굴이 두 사람을 괴롭힐 것이다. 무엇보다 아버지들의 얼굴이 그들을 따라다닐 것이다. 평생토록, 죽을 때까지. 남극으로 달아난다고 해도 아버지의 얼굴을 피할 수는 없었다.

"넌 모레 점심 때 몸이 안 좋다고 둘러대기만 하면 돼."

이미 꼼꼼하게 논의한 계획이었지만, 갑자기 치솟은 두려움에 어쩔 줄을 몰랐던 롤랜드는 그것밖에 달리 할 얘기가 떠오르지 않았다.

"일단 네 방으로 가, 그리고 우리가 공동묘지에서 만났던 날처럼 관저를 벗어나는 거야. 그다음엔 잠깐 숨어 있어야 해. 새벽 세 시가 되면 말을 타고 이리 와서 저 가죽 꾸러미를 열어 봐. 만약 내 총이 안 보이면…… 안 보일 거야, 내가 장담할게. 내 총이 안 보이면 다 잘됐다는 뜻이야. 넌 말을 타고 우릴 만나러 오면 돼. 골짜기 위쪽, 우리가 얘기했던 그곳으로. 거기서……"

"알아, 나도 다 알아. 하지만 왠지 예감이 안 좋아." 수전은 롤랜드의 양 볼을 손으로 감쌌다. "롤랜드, 난 우리가 잘못될까봐 무서워. 왜 그런지 이유는 알 수 없지만."

"다 잘 해결될 거야. *카가 우리를……*"

"*카* 얘기는 하지 마! 제발, 그만해! 우리 아빠가 그러셨어, *카*는 바람 같은 거라고. 사람이 아무리 애원해 봤자 원하는 건 뭐든 휩쓸고 간댔어. *카*는 그렇게 탐욕스러운 거야, 끔찍한 거란 말이야!"

"수전……."

"됐어, 이제 그만해."

똑바로 누운 수전이 덮고 있던 곰 가죽을 무릎까지 젖혔다. 그러자 하트 소린보다 훨씬 더 위대한 왕들이 자기 왕국을 기꺼이 내던질 만큼 아름다운 몸이 드러났다. 맨살 위로 빗방울 같은 햇살이 흘러내렸다. 수전이 롤랜드에게 두 팔을 내밀었다. 치렁치렁한 머리 아래 귀신을 본 듯 겁에 질린 얼굴이었지만, 롤랜드의 눈에는 지금의 수전이 그 어느 때보다도 아름다워 보였다. 훗날 롤랜드는 이렇게 생각했다. *수전은 알고 있었어. 마음 한구석에서 이미 느끼고 있었던 거야.*

"말은 이제 그만해. 얘기는 끝났어. 날 사랑한다면, 날 가져."

그리하여 마지막으로, 롤랜드는 수전을 안았다. 둘은 하나가 되어 흔들렸다. 살과 살이, 숨과 숨이 부딪혔고, 바깥에서는 바람이 파도처럼 울부짖으며 서쪽을 향해 달려갔다.

12

빙긋이 웃는 악마의 달이 하늘에 걸린 그날 저녁, 집을 나선 코딜리어 델가도는 낮에 쌓아둔 낙엽 더미를 빙 돌아서 느린 걸음으로 마당을 지나 채소밭으로 향했다. 두 팔에 옷가지가 한 아름 안겨 있었다. 코딜리어는 허수아비를 묶은 장대 앞에 옷들을 던져놓은 다음, 멍한 눈으로 하늘의 달을 올려다보았다. 달 표면에 새겨진 악마가 다 안다는 듯이 씩 웃고 있었다. 달은 뼈다귀처럼 하얗게 빛났다. 자줏빛 실크에 달린 흰색 단추처럼.

그 달이 코딜리어를 보며 웃었다. 코딜리어도 웃음으로 화답했다. 이윽고 환각 상태에서 깨어난 여인처럼, 코딜리어는 앞으로 걸어가 허수아비를 장대에서 끌어내렸다. 고주망태가 되어 춤을 못 추게 된 남자처럼, 허수아비의 머리가 그녀의 어깨에 축 늘어졌다. 빨간 두 손이 대롱거렸다.

코딜리어가 허수아비의 옷을 벗기자 간신히 사람 비슷한 형상을 한 불룩한 몸통이 드러났다. 몸통에는 죽은 오빠의 내복 아랫도리가 꿰어져 있었다. 코딜리어는 집에서 챙겨온 물건을 높이 들어 달빛에 비춰 보았다. 빨간 승마용 실크 블라우스. 행정 장관 소린이 '예쁘신 아가씨'한테 준 선물이었다. 그 아가씨가 절대 안 입으려 하는 옷이기도 했다. 창녀나 입는 옷이라고, 그 아가씨는 말했다. 그렇다면 코딜리어 델가도는? 고집쟁이 오빠가 프랜시스 렝길과 존 크로이든 패거리한테 맞서다가 죽은 후에 혼자 조카딸을 맡아 기른 코딜리어는 뭐가 된단 말인가? 그렇게 따진다면 포주가 되는 셈이었다.

그렇게 생각하고 보니 엘드레드 조너스와 코럴 소린의 모습이 떠올랐다. 아래층에서 「흙먼지 블루스」의 흥겨운 피아노 소리가 들려오는 가운데 벌거벗은 채 몸을 섞는 두 사람을 상상하며, 코딜리어는 개처럼 신음했다.

코딜리어는 실크 블라우스를 허수아비의 머리에 씌웠다. 다음은 수전의 승마용 치마바지 차례였다. 그다음은 슬리퍼. 그리고 마지막으로 수전의 봄나들이용 보닛이 허수아비의 모자를 대신했다.

짜잔! 허수아비 청년이 허수아비 처녀로 변신했다.

"내 눈은 못 속인다, 이거야." 코딜리어가 소곤거렸다. "난 다 알아. 암, 다 알고말고. 산전수전 다 겪은 몸이거든."

코딜리어는 허수아비를 들고 채소밭에서 낙엽 더미로 향했다. 먼저 수북이 쌓인 더미 옆에 허수아비를 내려놓은 다음, 낙엽을 한 움큼 퍼서 블라우스 안에 쑤셔넣어 밋밋한 가슴을 만들었다. 뒤이어 주머니에서 성냥을 꺼내어 불을 붙였다.

바람마저 힘을 보태고 싶어 안달이 난 듯 갑자기 잦아들었다. 코딜리어는 마른 나뭇잎에 성냥을 갖다 댔다. 이윽고 낙엽 더미가 통째로 타올랐다. 코딜리어는 허수아비 처녀를 끌어안은 채 불 앞에 가만히 서 있었다. 번화가에서 터지는 폭죽소리도, 그린하트 광장에서 울려 퍼지는 증기 오르간 소리도, 하급 시장에서 연주하는 악단의 음악 소리도 코딜리어에게는 들리지 않았다. 벌겋게 타는 낙엽이 위로 날아올라 머리카락을 스치는 통에 하마터면 불이 옮겨 붙을 뻔했지만, 그조차도 알아차리지 못하는 듯했다. 둥그렇게 뜬 두 눈은 공허해 보였다.

불의 높이가 절정에 이르렀을 때, 코딜리어는 불가로 가서 허수아비를 던져넣었다. 환한 주황색 불덩이가 허수아비를 친친 감았다. 불꽃과 타는 낙엽이 굴뚝처럼 하늘로 솟아올랐다.

"알 게 뭐야!"

코딜리어가 외쳤다. 눈물이 불빛에 비쳐 피로 바뀌었다.

"번제 나무! 그래, 그것밖에 없어!"

승마복을 입은 허수아비에 불이 붙었다. 얼굴은 새까맣게 탔고, 빨간 두 손은 더욱 붉게 타올랐으며, 흰 실로 십자 땀을 떠서 만든 눈은 검게 그을렸다. 보닛도 활활 타올랐다. 얼굴이 이글이글 녹아내리기 시작했다.

코딜리어는 가만히 서서 바라보았다. 주먹을 쥐었다 폈다 하면서, 살갗에 불티가 내려앉는 것도, 불붙은 낙엽들이 집 쪽으로 날아가는 것도 까맣게 모른 채로. 아마 집에 불이 붙었다고 해도 아랑곳하지 않았을 것이다.

조카의 옷을 입은 허수아비가 잿더미 위에 쓰러져 재가 될 때까지, 코딜리어는 가만히 서서 바라보았다. 그러다가, 마치 관절이 녹슬어버린 로봇처럼 느릿느릿 걸어서 집으로 돌아온 다음, 소파에 누워 잠들었다. 죽은 사람처럼.

13

수확제 전날 새벽 세 시 반. 스탠리 루이즈는 마침내 가게 문을 닫기로 마음먹었다. 마지막 연주는 20분 전에 이미 끝난 참이었다. 악단이 돌아간 후에도 한 시간이나 피아노를 친 셰브는 톱밥에 얼굴을 묻은 채 코를 고는 중이었다. 코럴 소린 여사는 위층에 있었고, 위대한 관 사냥꾼 패거리는 코빼기도 보이지 않았다. 스탠리 생각에는 시프론트 관저에 있을 듯싶었다. 또한 그들이 수상한 일을 벌이는 중이라는 생각도 들었지만, 정확히 무슨 일인지는 알 도리가 없었다. 스탠리는 고개를 들어 개구쟁이의 반짝이는 눈 두 쌍을 올려다보았다.

"뭔지 알고 싶지도 않아. 난 그저 한 아홉 시간 동안 내리 자고 싶을 뿐이야. 날이 밝으면 진짜 파티가 시작될 테고, 다들 새벽까지 눌러앉아 퍼마실 테니까. 그럼……"

건물 뒤편 어딘가에서 날카로운 비명이 들려왔다. 스탠리는 움찔 물러서서 바 안쪽으로 몸을 숨겼다. 피아노 옆에 엎어져 있던 셰브가 고개를 쓱 들더니 "뭐야?"라고 중얼거리고는 다시 쿵 소리와 함께 머리를 처박았다.

누가 지른 비명인지 알아보고 싶은 마음은 눈곱만큼도 없었지만, 스탠리는 알아보러 갈 사람은 결국 자신이라고 생각했다. 목소리만 놓고 보면 빌어먹을 '날쌘 발 페티' 같았다.

"축 늘어진 궁둥짝을 걷어차서 아예 영영 내쫓아주마."

이렇게 중얼거리며 스탠리는 바 아래쪽으로 몸을 숙였다. 거기에는 굵직한 나무 몽둥이가 두 개가 걸려 있었다. '진정제'와 '해결사'였다. 매끈한 표면에 군데군데 옹이가 박힌 진정제는 제대로 머리를 갈기면 난폭한 망나니조차도 두 시간은 너끈히 기절시킬 수 있었다.

스탠리는 자신의 예감을 저울질하다가 다른 몽둥이 쪽으로 눈을 돌렸다. 길이는 진정제보다 짧지만 위쪽은 더 굵은 해결사였다. 또한 해결사의 위쪽 끄트머리에는 둥그렇게 못이 박혀 있었다.

바 끝으로 걸어간 스탠리는 문을 지나 어두침침한 창고를 통과했다. 술통이 가득 쌓인 창고에서 그라프와 위스키 냄새가 진동했다. 창고 뒷벽의 문을 나서면 뒷마당이었다. 스탠리는 그곳까지 걸어간 다음, 숨을 깊이 들이마시고 자물쇠를 풀었다. 페티가 또다시 자지러지게 비명을 지를 거라 예상했지만 아무 소리도 들리지 않았다. 뒷마당에는 바람소리뿐이었다.

고맙게도 뒈져버린 건가. 스탠리는 속으로 중얼거리며 문을 열었다. 그러고는 뒤로 한 걸음 물러서면서 못이 박힌 몽둥이를 치켜들었다.

페티는 살해당한 것이 아니었다. 그 창녀는 얼룩이 진 슈미즈(보기에 따라서는 속치마) 바람으로, 칠면조처럼 축 늘어진 목살 아래 불룩 솟은 가슴 위로 두 손을 꼭 맞잡고서, 뒷간으로 가는 길에 우두커니 서 있었다. 그렇게 서서 하늘을 올려다보고 있었다. 스탠리는 서둘러 그녀에게 다가갔다.

"무슨 일이야? 놀라서 명이 십 년은 줄었잖아."

"스탠리, 저 달!" 페티가 소곤거렸다. "세상에, 저것 봐요!"

하늘을 올려다본 스탠리는 가슴이 철렁 내려앉았지만, 애써 침착하고 조리 있게 말을 꺼냈다.

"진정해, 페티. 그냥 먼지 때문에 그런 거야. 찬찬히 생각해봐. 요 며칠 바람이 유독 세게 불었잖아, 먼지를 가라앉힐 비도 안 왔고. 저건 그냥 먼지야."

그러나 먼지처럼 보이지 않았다.

"나도 눈이 있어요. 뭔지 안다고요."

페티가 소곤거렸다. 하늘에 펼쳐진 피처럼 붉은 막 너머로, 악마의 달이 빙긋이 웃으며 한쪽 눈을 찡긋 감고 있었다.

제7장
구슬 빼앗기

1

어느 매춘부와 어느 바텐더가 입을 헤 벌리고 핏빛 달을 올려다
볼 때, 재무 집행관 킴버 라이머는 재채기를 하며 잠에서 깨어났다.

젠장, 하필 수확제 때 감기에 걸리다니. 라이머는 속으로 중얼거
렸다. *이제 꼬박 이틀간 바깥에서 돌아다녀야 하는데. 이러다 몸이
상하지 않으면 다행……*

뭐가 코끝을 간질이는 느낌에 다시 재채기가 터져 나왔다. 비쩍
마른 가슴에서 시작하여 바싹 마른 입을 거쳐 컴컴한 방 안에 터져
나온 재채기 소리는 흡사 작은 권총의 발사음 같았다.

"거기 자네, 누군가?"

라이머가 외쳤다. 대답이 돌아오지 않았다. 라이머는 문득 새일
거라고 생각했다. 건방진 새 한 마리가 낮에 방 안에 날아들었고, 이
제 방 주인이 잠든 틈을 타 펄럭펄럭 날아다니다가 얼굴을 스쳤다.

그렇게 생각하니 살갗에 소름이 오소소 돋았다. 새와 벌레와 박쥐가 끔찍이도 싫었기 때문이었다. 라이머는 침대 머리맡의 가스 남포등을 허겁지겁 켜려다 하마터면 바닥에 떨어뜨릴 뻔했다.

남포등을 가까이 끌어당겼을 때, 펄럭거리는 움직임이 다시 느껴졌다. 이번에는 뺨이었다. 라이머는 비명을 지르며 베개 쪽으로 냉큼 물러나 남포등을 가슴에 꼭 끌어안았다. 등 옆에 달린 스위치를 돌리자 쉿 하는 가스 소리가 났다. 라이머는 점화 단추를 눌렀다. 등불이 켜졌고, 불빛이 비치는 좁다란 원 안에서 라이머가 본 것은 날개를 펄럭거리는 새가 아니라 침대 끄트머리에 걸터앉은 클레이 레이놀즈였다. 레이놀즈는 메지스 자치령의 재무 집행관을 간질이는 데 쓴 깃털을 한 손에 쥐고 있었다. 다른 손은 망토에 가려진 채 무릎 위에 놓여 있었다.

햄브리 서쪽의 먼 숲에서 처음 만난 날부터, 레이놀즈는 라이머가 마음에 들지 않았다. 그 숲은 파슨의 부하 라티고가 지금 주력 부대와 함께 머무는 아이볼트 골짜기 너머에 있었다. 바람이 몰아치던 그날 밤, 위대한 관 사냥꾼 패거리가 조그만 공터에 들어섰을 때 라이머는 렝길과 크로이든을 대동하고 모닥불 앞에 앉아 있었다. 레이놀즈의 망토가 바람에 날려 그의 몸을 감쌌다. '안녕하신가, 망토 나리.' 라이머의 말에 곁에 있던 두 사람이 껄껄 웃었다. 악의 없는 농담이었지만, 레이놀즈에게는 악의로 느껴졌다. 그가 지금껏 거쳤던 여러 고장에서 망토는 본래의 뜻보다 '수그리는 사람' 또는 '굽히는 사람'이라는 뜻으로 통했다. 사실 망토는 동성애자를 뜻하는 속어였다. 라이머는(세련된 냉소를 구사하는 척해봤자 본질은 시골뜨기였기에) 그 말이 레이놀즈의 심기를 건드린 것을 까맣게 몰랐다. 레이놀즈는 누가 자신을 놀리면 단번에 알아차렸고, 할 수만 있으면 반드시 앙갚음을 하는 인간이었다.

그리하여 킴버 라이머가 첫값을 치를 날이 왔던 것이다.

"레이놀즈? 여기서 뭐 하나? 어떻게 들어온 거야?"

"사람 잘못 봤어." 침대에 앉은 남자가 대답했다. "레이놀즈라는 사람은 여기 없어. 있는 거라곤 망토 *나리*뿐이야."

레이놀즈가 망토 아래 감추고 있던 손을 꺼냈다. 손에 쥔 것은 예리하게 연마한 식칼이었다. 오늘의 임무를 염두에 두고 하급 시장에서 구입한 물건이었다. 레이놀즈는 그 식칼을 치켜든 다음, 30센티미터나 되는 칼날을 라이머의 가슴에 박아 넣었다. 칼날에 완전히 관통당한 라이머는 핀에 꽂힌 벌레 같았다. *벼룩 같군.* 레이놀즈는 속으로 생각했다.

라이머의 손에서 떨어진 남포등이 침대 저편으로 굴러갔다. 그렇게 구르다가 발 쪽 받침대에 부딪혔지만 깨지지는 않았다. 맞은편 벽에 일그러진 채 버둥거리는 킴버 라이머의 그림자가 떠올랐다. 그 위로 몸을 수그린 남자의 그림자는 굶주린 독수리 같았다.

레이놀즈가 칼을 쥔 손을 들어올렸다. 그러고는 엄지와 검지 사이에 새겨진 조그마한 파란색 문신이 라이머의 눈앞에 가도록 손을 뒤집었다. 라이머가 그 문신을 눈에 새긴 채 저세상으로 떠나게 하려는 속셈이었다. 레이놀즈의 입가에 웃음이 번졌다.

"자, 어디 한번 비웃어보시지. 어서. 비웃어봐."

2

새벽 다섯 시가 조금 넘었을 무렵, 행정 장관 하트 소린이 끔찍한 꿈에서 깨어났다. 분홍색 눈이 달린 새가 자치령의 하늘을 천천히 날아다니는 꿈이었다. 새의 그림자가 닿는 곳마다 풀이 누렇게 시들었고, 나무에서는 이파리가 떨어졌고, 작물은 말라 죽었다. 새의 그림자가 그의 푸르고 살기 좋은 자치령을 황무지로 바꾸어 놓았다. *내 자치령인지는 모르겠지만, 어쨌든 그 새는 내 거야.* 눈을 뜨기 직전에 소린은 그렇게 생각하며 침대 한쪽에 동그랗게 옹송그린 채 벌벌 떨었다. *그 새는 내 거야, 내가 이리 데려왔어, 새장에서 풀어 준 사람도 나야.*

다시 잠들기는 틀렸다는 것을 소린도 알고 있었다. 그는 물을 한 잔 따라서 마신 다음, 비쩍 마른 엉덩이에 낀 잠옷을 빼내며 몽롱한 정신으로 서재로 걸어갔다. 취침용 모자 끄트머리에 달린 솜 장식이 어깻죽지 사이에서 대롱거렸고, 한 걸음 옮길 때마다 무릎에서 삐걱거리는 소리가 났다.

꿈으로 표현된 죄책감에 대해 말하자면…… 글쎄, 이미 엎질러진 물이었다. 조너스 패거리는 머잖아 목적을 달성할 테고(그리하여 두둑한 보수를 챙길 테고), 그렇게 되면 금세 이 땅을 떠날 참이었다. 분홍색 눈과 역병을 퍼뜨리는 그림자를 지닌 그 새가 멀리 날아가는 셈이었다. 어딘지 모를 고향으로, 위대한 관 사냥꾼 패거리도 함께 데리고서. 올해가 끝날 즈음에는 침실에서 재미를 보느라 바빠서 그런 것은 생각할 겨를도 없을 듯싶었다. 물론 악몽을 꿀 이유도 없었다.

게다가 또렷이 알아볼 만한 상징이 빠진 꿈은 어떤 일의 전조가 아니라 그저 꿈일 뿐이었다.

어쩌면 서재 커튼 아래로 보이는 너덜너덜한 장화 한 쌍이 또렷한 상징인지도 몰랐지만, 소린은 그쪽으로는 아예 눈도 돌리지 않았다. 그의 두 눈은 제일 아끼는 의자 옆의 병에 고정되어 있었다. 새벽 다섯 시에 적포도주를 마시는 것은 바람직한 습관이 아니었지만 딱 한 번이라면 해로울 것도 없었다. 이제 막 지독한 꿈에서 깨어난 데다, 어차피 내일은……

"수확제니까." 소린은 난롯가의 안락의자에 앉으면서 중얼거렸다. "수확제 때는 조금 풀어지는 것도 나쁘지 않지."

소린은 이승에서 마시는 마지막 술을 들이켰다. 뜨끈한 기운이 뱃속을 때리고 목으로 다시 올라오자 기침이 터지면서 몸에 온기가 돌았다. 기분이 조금, 아니, 훨씬 좋아졌다. 이제 거대한 새도 역병을 뿌리는 그림자도 보이지 않았다. 소린은 두 팔을 쭉 펴서 가늘고 기다란 두 손을 깍지 낀 다음, 손가락을 거칠게 꺾어 뚝뚝 소리를 냈다.

"난 그 소리가 영 마음에 안 들어, 말라깽이 영감."

소린의 왼쪽 귀 바로 옆에서 들려온 목소리였다.

소린은 놀라서 펄쩍 일어섰다. 그의 심장도 가슴 속에서 펄쩍 뛰어올랐다. 빈 술잔이 손을 벗어나 날아올랐지만 푹신하게 받아줄 발받침대가 없었다. 술잔은 난로에 부딪혀 박살이 났다.

소린이 미처 비명을 지르기도 전에 로이 디페이프가 그의 모자를 벗기고 얼마 안 남은 머리카락을 틀어쥐었다. 그러고는 장관의 목을 뒤로 홱 꺾었다. 디페이프가 다른 손에 쥔 칼은 레이놀즈의 것보다 훨씬 작았지만, 노인의 목을 따기에는 조금도 부족하지 않았다. 어두운 방 안에 검붉은 피가 흩뿌려졌다. 디페이프는 소린의 머리를 놓고 앞서 몸을 숨겼던 커튼 뒤로 돌아가 바닥에 있던 물건을 집어 들었다. 커스버트가 잃어버린 '경계병'이었다. 디페이프는 그 까마귀 해골을 들고 안락의자 앞으로 돌아와 죽어가는 장관의 무릎에 올려놓았다.

"새……." 소린이 입 안 가득 피를 머금은 채로 그르륵거렸다. "새!"

"맞았어, 영감. 그 꼴이 돼서도 알아보다니 참 용하군그래."

디페이프는 소린의 머리를 다시 뒤로 젖힌 다음, 칼날을 재빨리 두 번 비틀어 노인의 눈알을 뽑았다. 한쪽 눈알은 꺼져가는 난롯불 속에 던져졌다. 남은 한쪽은 벽에 던져져서 부지깽이 뒤쪽으로 주르륵 흘러내렸다. 소린의 오른쪽 발이 부르르 떨다가 우뚝 멈췄다.

아직 할 일이 하나 더 있었다.

디페이프는 주위를 두리번거리다가 소린의 취침용 모자를 발견했다. 모자 끄트머리에 달린 솜 장식이 붓 노릇을 할 수 있을 것 같았다. 그는 모자를 집어서 장관의 무릎에 고인 피에 적신 다음, 서재 벽에 의인 파슨의 문장을

그렸다.

"됐어." 디페이프가 뒤로 물러서면서 중얼거렸다. "이거면 놈들은 끝장이야. 불사신이 아니라면 말이지."

그 말은 사실이었다. 아직 밝혀지지 않은 유일한 의문은 롤랜드의 *카텟*을 산 채로 잡을 수 있느냐 하는 것이었다.

3

조너스는 프랜시스 렝길에게 부하들을 어디에 몇 명씩 배치하라고 꼼꼼히 지시했다. 마구간 안에 2명, 바깥에 6명이었다. 바깥에 있는 6명 중 3명은 낡아서 녹이 슨 농기구 뒤편에, 2명은 불탄 목장주 자택의 잔해에, 그리고 마지막 1명인 부보안관 데이브 홀리스는 마구간 지붕에 쭈그리고 앉아 지붕 너머를 감시하는 중이었다. 렝길은 진지하게 임무를 수행하는 부하들을 보며 마음이 흡족해졌다. 상대는 어디까지나 소년들에 지나지 않았지만, 한 번뿐이기는 해도 위대한 관 사냥꾼들을 무릎 꿇린 소년들이기 때문이었다.

바케이 목장 근처로 이동할 때까지는 에이버리 보안관이 여봐란 듯이 지휘관 행세를 했다. 그러다가 한쪽 어깨에 기관총을 비뚜름하게 맨 렝길이(스무 살 청년 때처럼 등을 꼿꼿이 세우고 안장에 앉아) 지휘를 맡았다. 긴장한 데다 숨이 턱까지 찬 에이버리는 언짢은 대신 오히려 반가워하는 눈치였다.

"매복 장소는 내가 명령받은 대로 가르쳐주마. 꽤 잘 세운 작전이라 이의를 제기할 여지가 없거든."

렝길이 부하들에게 말했다. 사방이 어두워서 얼굴이 모두 희끄무레한 얼룩처럼 보였다.

"내가 따로 지시할 사항은 딱 하나, 놈들을 군이 생포할 필요는 없지만 산 채로 잡는 게 최선이라는 거다. 놈들을 끝장내는 것도, 이 모든 음모에 종지부를 찍는 것도 자치령 시민들이 자신들의 손으로 직접 할 일이니까. 불만이 있다고 해도 참아야 한다. 그러니 명심해라, 만약 쏴야 할 이유가 있다면, 쏴라. 허나 쓸데없이 방아쇠를 당기는 놈은 내 손으로 얼굴 가죽을 벗겨줄 거다. 알아들었나?"

답은 돌아오지 않았다. 모두 알아들은 눈치였다.

"좋아." 렝길이 굳은 표정으로 말했다. "1분 주겠다. 움직일 때 소리가 나지 않게 각자 장비를 단속해라. 확인이 끝나면 출발한다."

4

롤랜드와 커스버트, 알레인은 이날 아침 6시 15분에 숙소에서 나와 포치 앞에 나란히 섰다. 알레인은 커피를 방금 막 다 마신 참이었다. 커스버트는 하품을 하며 기지개를 켰다. 롤랜드는 셔츠 단추를 채우며 배드 그래스가 있는 서남쪽을 바라보았다. 그러면서 매복하고 있을 적이 아니라 수전을 생각했다. 그리고 수전의 눈물도. *카는 그렇게 탐욕스러운 거야, 끔찍한 거란 말이야.* 그날 수전은 그렇게 말했다.

롤랜드의 직감은 아직 눈을 뜨지 않았다. 조너스가 전서구를 죽인 날 일찌감치 이를 눈치챘던 알레인의 예지력도 잠잠했다. 그리고 커스버트는……

"오늘도 평온한 하루로군!" 동트는 하늘을 보며 이렇게 외쳤다. "오늘도 복된 하루야! 연인의 한숨소리와 말발굽 소리만 빼면 아주 그냥 고요해 죽을 것 같은 하루!"

"네 헛소리로 얼룩진 하루겠지. 가자."

알레인이 중얼거렸다. 여덟 쌍이나 되는 눈들이 이쪽을 감시하고 있었지만 일행은 앞마당을 가로질러 걷는 동안 조금도 눈치채지 못했다. 그들이 들어선 마구간 문 옆에도 두 사람이 숨어 있었다. 한명은 낡은 써레 뒤에, 한 명은 아무렇게나 쌓은 낟가리 뒤에 저마다 총을 차고 매복해 있었다.

오로지 러셔만이 뭔가 잘못된 낌새를 알아차렸다. 러셔는 발을 구르고 눈을 뒤룩거리면서 롤랜드의 손을 피해 뒤로 물러섰다.

"러셔, 왜 그래?" 롤랜드가 주위를 두리번거리며 말했다. "거미 때문에 그러나봐. 앤 거미라면 질색을 해서."

바깥에서는 렝길이 일어서서 두 손을 앞으로 저었다. 그의 부하들이 마구간 앞으로 소리 없이 이동했다. 지붕에 있던 데이브 홀리스도 총을 뽑아들고 일어섰다. 외알 안경은 쓸데없이 반짝거리지 않도록 조끼 주머니 안에 들어가 있었다.

커스버트가 말을 끌고 마구간을 나섰다. 알레인이 그 뒤를 따랐다. 롤랜드는 불안한 듯 버둥거리는 러셔를 끌고 맨 끄트머리에 따라왔다.

"저기 봐."

커스버트가 신이 나서 외쳤다. 자신과 친구들 바로 뒤에 서 있는 적들을 여태 발견하지 못한 탓이었다. 커스버트가 손으로 북쪽을 가리켰다.

"곰 모양 구름이야! 오늘은 재수가 좋을……"

"꼼짝 마라, 꼬맹이들!" 프랜시스 렝길이 소리쳤다. "한 발짝도 움직이지 마!"

알레인이 몸을 틀었다. 다른 이유 때문이 아니라 순전히 놀라서였다. 그러자 마른 나뭇가지 여러 개가 한꺼번에 부러질 때처럼, 자그맣게 찰칵대는 소리가 물결처럼 퍼졌다. 리볼버와 화승총의 격철을 젖히는 소리였다.

"알레인, 안 돼! 움직이지 마, 가만있어!"

롤랜드가 외쳤다. 목구멍에는 독약처럼 쓰디쓴 절망이 차올랐고 눈가에는 분노의 눈물이 맺혀 따끔거렸지만…… 그럼에도 롤랜드는 돌처럼 서 있었다. 커스버트와 알레인도 가만히 서 있어야 했다. 움직였다가는 죽을 판이었으므로. 롤랜드가 다시 외쳤다.

"꼼짝도 하지 마! 둘 다!"

"똑똑한 녀석이로군. 손을 등 뒤로 돌려."

렝길의 목소리가 이제 더 가까이서 들려왔다. 몇 사람의 발소리도 함께 따라왔다. 아침 해에 비친 그림자 두 개가 롤랜드를 양 옆에서 포위했다. 불룩한 그늘로 보아 왼쪽 것은 에이버리 보안관의 그림자 같았다. 아마도 이날은 화이트 티를 대접하러 온 것이 아닌 듯했다. 반대편 그림자의 주인은 렝길이었다.

"서둘러, 디어본. 그게 본명인지 아닌지는 모르겠다만. 손 뒤로 내밀어. 허리 뒤로. 네 친구들 머리에도 총이 겨눠져 있다. 우린 세 놈 중에 둘만 생포해도 아무 문제도 없어."

우릴 상대로 방심하진 않겠다, 이거지. 롤랜드는 속으로 중얼거리며 잠시나마 뒤틀린 자부심을 느꼈다. 흐뭇함 비슷한 기분도 덩달아 느껴졌다. 하지만 씁쓸했다. 몹시도 씁쓸한 기분이었다.

"롤랜드! 그놈 말 듣지 마, 롤랜드!"

커스버트가 외쳤다. 쥐어짜듯 괴로운 목소리였다. 그러나 선택의 여지는 없었다. 롤랜드는 등 뒤로 손을 내밀었다. 러셔가 조그맣게 힝힝거리더니 숙소 현관 앞에 가서 섰다. 이 모든 일이 몹시도 부적절하다고 꾸짖는 듯했다.

"손목에 쇠가 닿아서 좀 차가울 거야. 수갑을 채울 거거든."

렝길이 롤랜드의 손 위로 싸늘한 고리 두 개를 통과시켰다. 철컥 소리와 함께 순식간에 롤랜드의 손목에 수갑이 단단히 채워졌다.

"좋아, 이제 네 차례다."

"웃기지 마!"

커스버트가 날카롭게 갈라진 목소리로 외쳤다. 둔탁한 타격음에 이어 나직한 신음소리가 들려왔다. 롤랜드가 돌아보니 알레인이 왼손 손바닥으로 이마를 짚은 채 무릎을 꿇고 있었다. 얼굴에 피가 흘렀다.

"한 방 더 갈겨 줄까?"

제이크 화이트가 물었다. 그가 손에 든 구식 권총은 손잡이가 앞으로 가도록 거꾸로 쥐어져 있었다.

"말만 해, 아침 체조라고 생각하고 갈겨줄게. 팔도 풀 겸."

"그만해!"

커스버트는 몸이 덜덜 떨릴 지경이었다. 두려움과 슬픔이 뒤섞인 기분이었다. 그의 등 뒤에 서 있는 무장한 남자 세 명은 방아쇠를 당기고 싶어 안달이 난 상태였다.

"그럼 얌전히 손을 등 뒤로 내밀어."

커스버트는 울지 않으려고 이를 악물고서 시키는 대로 했다. 부보안관 브리저가 그의 손목에 수갑을 채웠다. 다른 남자 둘이 알레인을 거칠게 일으켜 세웠다. 알레인은 살짝 비틀거리다가 이내 수갑을 찬 채로 꼿꼿이 섰다. 그러다 롤랜드와 눈이 마주치자 애써 웃었다. 어떤 의미에서는 매복에 당한 이날 아침에 가장 처참한 순간이었다. 롤랜드는 고개를 끄덕여 답례하며 스스로에게 맹세했다. 두 번 다시 이렇게 당하지 않겠노라고, 1000살까지 산다고 하더라도.

이날 아침 렝길은 평소와 달리 가느다란 끈 넥타이 대신 스카프를 매고 있었지만, 롤랜드가 보기에 그가 입은 재킷은 몇 주 전 장관의 환영 만찬에서 입었던 밑단이 기다란 그 옷이었다. 렝길 곁에 서 있는 에이버리 보안관은 한꺼번에 치솟은 흥분과 불안과 자만심을 주체하지 못한 나머지 숨을 씩씩대고 있었다.

"소년 제군, 자네들을 자치령 법률 위반 혐의로 체포하겠네. 정확한 죄명은 반란과 살인일세."

"우리가 누굴 죽였다는 겁니까?"

알레인이 차분한 목소리로 묻자 민병대 패거리 중 한 명이 웃음을 터뜨렸다. 그 웃음에 담긴 감정이 놀라움인지 조롱인지 롤랜드는 판단할 수 없었다.

"행정 장관님과 재무 집행관님일세. 자, 그럼······."

"어떻게 이러실 수가 있습니까?"

롤랜드가 신기하다는 듯이 물었다. 렝길에게 하는 질문이었다.

"메지스는 당신 고향이잖습니까. 전 공동묘지에서 당신 선조들의 묘비를 봤습니다. 렝길 씨, 어떻게 자기 고향을 상대로 이런 짓을 할 수가 있습니까?"

"난 여기서 자네랑 입씨름할 생각 없네." 렝길이 롤랜드의 어깨 너머를 건너다보며 말했다. "알바레스! 이 친구 말 데려와! 야무진 친구들이니까 손이 묶인 채로도 거뜬히 탈 수……"

"아뇨, 대답하셔야 합니다. 피하지 마십시오, 렝길 씨. 이 사람들은 당신이 데려온 친구들입니다. 당신 고향 출신이 아닌 사람은 한 명도 없습니다. 어떻게 이러실 수가 있습니까? 당신은 자기 어머니가 흐트러진 모습으로 자고 있는 모습을 보면 달려들어서 겁탈할 사람입니까?"

늙은 목장주 렝길의 입이 일그러졌다. 창피하거나 당황한 표정이 아니라 슬쩍 혐오감을 드러내는 점잖은 표정이었다. 그가 에이버리 쪽으로 고개를 돌렸다.

"길르앗에서는 애들 말버릇을 아주 고상하게 들이는구먼. 안 그런가?"

에이버리는 라이플을 들고 있었다. 그가 라이플 개머리판을 위로 들고 수갑을 찬 총잡이 앞으로 불쑥 다가섰다.

"신사한테 어떻게 말해야 하는지 내가 가르쳐주지! 이걸로 이빨을 날려버릴 테니 말만 해, 프랜!"

렝길이 에이버리를 막아섰다. 표정이 몹시도 피곤해 보였다.

"멍청한 짓 하지 마. 시체도 아닌데 축 늘어진 꼴로 말 등에 싣고 갈 순 없어."

에이버리가 총을 내렸다. 렝길이 롤랜드를 돌아보았다.

"자넨 살날이 얼마 안 남았으니 무슨 충고를 들어도 별 도움이 안 될 거야. 난 그래도 한마디 해야겠네. 지금 같은 세상에서는 이기는 편에 붙어야 해. 바람이 어느 쪽으로 부는지도 알아야 하고. 그래야 바람의 방향이 바뀔 때 알아차릴 수 있어."

"넌 네 아비의 얼굴을 잊었다, 이 추잡한 굼벵이 놈아."

커스버트가 또박또박 말했다. 그 말은 렝길의 마음속에서 어머니를 언급한 롤랜드의 말이 건드리지 못한 부분을 건드렸다. 볕에 그을린 렝길의 뺨이 순식간에 벌겋게 달아올랐다.

"놈들을 말에 태워! 한 시간 안에 감옥에 단단히 가둬놔!"

5

러셔의 안장에 어찌나 세게 던져졌던지, 롤랜드는 하마터면 반대쪽으로 곤두박질칠 뻔했다. 그쪽에 서 있던 부보안관 데이브 홀리스가 붙잡아서 장화를 등자에 걸어주지 않았더라면 꼼짝없이 떨어질 판국이었다. 데이브도 당황했는지 긴장한 표정으로 살짝 웃었다.

"여기서 만나다니 유감이군요."

롤랜드가 침울한 목소리로 말을 건넸다.

"나도 여기 있어서 유감이에요. 만약 살인이 목적이었다면 좀 더 빨리 저질렀으면 좋았을 텐데. 친구 분이 자랑스레 남긴 증거도 없었으면 좋았을 테고."

롤랜드는 데이브 부보안관이 무슨 말을 하는지 전혀 알 수 없지만, 아무래도 상관없었다. 그저 음모의 한 부분에 지나지 않았고, 아마도 데이브를 포함하여 이들 가운데 그들을 진범으로 믿는 사람은 한 명도 없었다. 그럼에도 세월이 흐르면 그들이 자기 자식과 손자들에게 오늘 일을 무용담처럼 들려주리라는 생각이 들었다. 자신이 민병대와 함께 말을 달리며 반란을 제압하던 영광스러운 시절의 기억을.

총잡이는 무릎으로 러셔를 조종하여 방향을 틀었고…… 그러자 눈앞에, 바케이 목장의 마당과 위대한 길로 이어지는 진입로 사이의 대문 옆에, 조너스가 보였다. 가슴팍이 두툼한 밤색 말 위에 앉은 조너스는 초록색 카우보이모자를 쓰고 낡은 회색 코트를 걸치고 있었다. 오른쪽 무릎 옆에 라이플이 꽂힌 기다란 총집이 보였다. 코트 왼쪽 자락은 리볼버 손잡이가 나오도록 뒤로 젖혀져 있었다. 이날은 머리를 뒤로 묶지 않아서 양 어깨가 새하얀 머리카락으로 덮여 있었다.

조너스는 모자를 들고 궁중 예법을 흉내 내듯이 롤랜드 쪽으로 내밀었다.

"멋진 게임이었네. 얼마 전까지 엄마 젖이나 빨던 어린애치고는 아주 훌륭한 솜씨였어."

"영감님은 너무 오래 사신 것 같군요."

롤랜드가 맞받아쳤다. 조너스는 빙긋이 웃었다.

"그 말본새도 고치게 될 거야. 암, 그렇고말고." 조너스의 눈이 렝길에게로 향했다. "프랜, 놈들의 장난감을 압수하시오. 특히 칼을 빼놓지 말고 챙기시오. 총도 갖고 있지만 지금은 다른 곳에 있을 거요. 이 친구들은 짐작도 못했겠지만 난 다 알고 있소. 아, 그리고 저 웃기는 친구의 새총도. 그 물건은 절대 잊지 마시오. 얼마 전에 그걸로 로이의 대가리를 날려 버릴 뻔했으니."

"혹시 그 빨강 머리 바보 말인가?"

커스버트가 물었다. 타고 있던 말이 춤추듯 날뛰는 바람에 떨어지지 않으려고 전후좌우로 몸을 꺼떡거리는 모습이 마치 서커스 곡예사 같았다.

"그 친구라면 자기 대가리가 날아가도 아쉬워하지 않을 거야. 불알이 날아간다면 또 모르지만, 대가리는 절대 안 그럴걸."

"어쩌면 그 말이 옳을지도 모르겠군."

롤랜드의 창과 활이 압수당하는 광경을 보며 조너스가 맞장구를 쳤다. 새총은 커스버트의 허리띠 뒤, 새총 전용으로 손수 만든 총집에 꽂혀 있었다. 롤랜드는 이미 알고 있었지만 로이 디페이프가 커스버트의 실력을 시험하지 않은 것은 그 자신에게 매우 다행스러운 일이었다. 커스버트는 50미터나 떨어진 새의 날개를 맞힐 수 있었기 때문이었다. 쇠구슬이 담긴 주머니는 허리띠 왼쪽에 묶여 있었다. 브리저 부보안관은 그 주머니도 잊지 않았다.

그러는 동안 조너스는 친근하게 웃으며 롤랜드를 바라보았다.

"자네 본명이 뭔가? 솔직히 털어놔, 이제 와서 밝힌다고 해될 것도 없잖아. 어차피 곧 죽을 목숨이란 건 피차 다 아는데."

롤랜드는 대꾸하지 않았다. 렝길이 눈을 동그랗게 뜨고 조너스를 쳐다보았다. 조너스는 그게 무슨 상관이냐는 듯이 어깨를 으쓱하고는 고갯짓으로 마을 쪽을 가리켰다. 렝길은 고개를 끄덕인 다음, 트고 갈라진 손가락으로 롤랜드의 등을 쿡 찔렀다.

"가자. 말을 출발시켜."

롤랜드는 두 발로 러셔의 옆구리를 꾹 눌렀다. 말이 조너스 쪽으로 성큼성큼 걸어갔다. 불현듯 롤랜드의 머릿속에 깨달음의 불빛이 켜졌다. 가장 훌륭하고 정확한 직감이 늘 그렇듯이 그 깨달음 또한 어디에서도 오지 않았고, 동시에 모든 곳에서 밀려왔다. 어떠한 전조도 없이 순식간에 완전한 꼴을 갖추고 나타났던 것이다. 롤랜드는 조너스의 곁을 지나면서 물었다.

"너를 서쪽으로 쫓아낸 사람이 누구냐, 이 굼벵아. 코트는 아닐 거야. 그러기엔 네가 너무 늙었으니까. 코트의 아버지였나?"

조너스의 얼굴에서 나른한 웃음이 사라졌다. 아니, 누구한테 뺨이라도 맞은 듯이 *날아가*버렸다. 아주 잠깐이기는 했지만 그 흰머리 사내는 놀랍게도 아이로 돌아가 있었다. 깜짝 놀란, 부끄러워하는, 상처받은 아이였다.

"그래, 코트의 아버지였군. 눈을 보니 알겠어. 그리고 지금은 여기에, 이 청정해 인근에 있지만…… 사실 진짜 너 자신이 있는 곳은 서쪽이야. 너 같은 인간의 영혼은 서쪽 황야를 결코 벗어나지 못하는 법이니까."

조너스는 오로지 롤랜드의 비상한 시력으로만 알아차릴 만큼 빠른 속도로 총을 뽑아 격철을 젖혔다. 뒤에 있던 사내들이 술렁거렸다. 몇몇은 놀란 목소리였고 대개는 겁을 먹은 목소리였다.

"조너스, 멍청한 짓 하지 마!" 렝길이 으르렁댔다. "생포하느라 그렇게 고생해놓고 이제 와서 죽일 작정인가?"

조너스는 아예 못 들은 눈치였다. 두 눈은 동그랬고, 꽉 다문 입가는 부르르 떨렸다. 그가 쉰 목소리로 나직이 중얼거렸다.

"입조심해라, 윌 디어본. 주둥이를 조심스럽게 놀리는 게 좋을 거야. 이 총의 방아쇠는 3분의 2쯤 당겨진 상태니까."

"그래, 쏴."

롤랜드가 대꾸했다. 그러고는 고개를 들고 조너스를 마주보았다.

"쏴봐, 이 추방당한 놈아. 쏘라고, 벌레 같은 자식아. 쏘란 말이다, 이 패배자야. 그래봤자 넌 추방당한 채로 살다가 그에 걸맞게 죽을 거다."

한순간 롤랜드는 조너스가 쏠 거라고 확신했고, 이와 동시에 자신은 죽어 마땅하다고 느꼈다. 그토록 간단하게 생포당한 치욕에 어울리는 최후였다. 그 순간에는 어떤 것도 숨을 쉬지 않았고, 어떤 것도 소리를 내지 않았으며, 어떤 것도 움직이지 않았다. 땅에 서서 또는 말 위에 앉아서 이 대치 상황을 지켜보던 남자들의 그림자만이 흙바닥에 얇게 새겨져 있었다.

그러다가 조너스가 격철을 풀고 리볼버를 총집에 꽂았다.

"렝길 씨, 녀석들을 마을로 데려가서 가둬놓으시오. 내가 갈 때까지 머리카락 한 올도 건드리지 마시오. 나도 이놈을 죽이려다 참았으니 당신도 패고 싶은 마음 정도는 참을 수 있을 거요. 자, 출발하시오."

"가자."

렝길이 말했다. 억지로 꾸며냈던 위엄이 싹 가신 목소리였다. 이길 가망이 없는 게임에 뛰어든 것을 (너무 늦게) 알아차린 사람의 목소리였다.

그들은 말을 달렸다. 이동하는 동안 롤랜드는 단 한 번 뒤를 돌아보았다. 그 젊고 차가운 눈에 깃든 경멸의 빛은 오래전 갈란에서 조너스의 등에 흉터를 남겼던 채찍질보다도 더욱 쓰라렸다.

6

롤랜드 일행이 시야에서 사라지고 나서 조너스는 숙소 건물로 들어갔다. 바닥의 널빤지를 치우고 조그만 무기고를 들여다보니 권총이 두 정밖에 없었다. 검은 손잡이가 달린 6연발 리볼버 두 정이 보이지 않았다. 분명 디어본의 총일 텐데도.

넌 서쪽에 있어. 너 같은 인간의 영혼은 서쪽을 결코 떠날 수 없는 법이니까. 넌 추방당한 채로 살다가 그에 걸맞게 죽을 거다.

조너스의 손이 움직이기 시작했다. 커스버트와 알레인이 가져온 리볼버 두 정을 분해하기 위해서였다. 알레인의 총은 사격 연습을 제외하면 쏴 본 적도 없는 물건이었다. 바깥으로 나온 조너스는 총의 부품을 이곳저곳으로 하나씩 던져 버렸다. 있는 힘껏 던지면서 아까 보았던 차가운 푸른 눈의 시선을, 또 아무도 모를 거라 믿었던 자신의 비밀을 남의 입으로 들었을 때의 충격을 잊으려 애썼다. 로이와 클레이도 막연히 짐작만 할 뿐 확실히는 모르던 비밀이었다.

그날 해가 지기 전에 메지스의 모든 주민이 알게 될 터였다. 손에 관 문신을 한 백발의 해결사 엘드레드 조너스가 실은 좌절한 총잡이에 지나지 않는다는 것을.

넌 추방당한 채로 살다가 그에 걸맞게 죽을 거다.

"그럴 테지."

조너스가 중얼거렸다. 그의 눈은 불에 타다 남은 목장 저택을 응시했지만 실은 아무것도 보고 있지 않았다.

"허나 너보다는 오래 살 거다, 디어본 도령. 그리고 네 해골이 땅속에서 다 썩고 나서도 한참 후에야 죽을 거다."

조너스는 안장에 올라 말의 방향을 튼 다음, 저택의 잔해를 날카롭게 쏘아보았다. 그러고는 로이와 클레이가 기다리는 시트고를 향해 달렸다. 그러나 아무리 빨리 달려도 경멸을 담아 쏘아보는 롤랜드의 눈길을 피할 수는 없었다.

7

"일어나요! 일어나요, 아가씨! 일어나세요!"

처음에는 멀리서 들려오는 목소리 같았다. 마술처럼 신기한 방법을 통해 수전이 누워 있는 어두운 장소로 목소리가 둥둥 떠서 흘러오는 것만 같았다. 거칠게 흔들어대는 손이 그 목소리와 합류했는데도, 그래서 일어나지 않으면 안 된다는 생각이 들었는데도, 눈을 뜨는 것은 몹시도 길고 힘든 투쟁이었다.

수전이 푹 잠든 것은 몇 주 만에 처음이었다. 지난밤에도 잠을 못 이룰 거라고 생각했다. 아니, 지난밤*이야말로* 불면의 밤이 될 거라고 생각했다. 시프론트 관저의 호화로운 침실에 뜬눈으로 누워 침대 이쪽에서 저쪽으로 구르는 동안 온갖 불길한 예측이 수전의 머릿속을 가득 채웠다. 입고 있던 잠옷은 엉덩이까지 올라와서 허리를 친친 감았다. 그래서 요강을 쓰려고 일어선 김에 그 징그러운 옷을 벗어서 구석에 던져 버리고 알몸으로 침대에 기어 들어갔다.

묵직한 실크 잠옷을 벗은 것이 숙면의 비결이었다. 수전은 순식간에 곯아떨어졌다. 아니, 이 경우에는 곯아떨어졌다는 표현이 정확하지 않았다. 잠에 빠져드는 정도가 아니라 숫제 의식도 꿈도 없는 구덩이 속으로 굴러떨어지는 느낌이었다.

그런데 지금, 침입자의 목소리가 들렸다. 침입자의 팔이 베개 이쪽 끝에서 저쪽 끝으로 머리가 흔들릴 만큼 수전을 흔들어댔다. 수전은 빠져나가려고 무릎을 가슴까지 끌어당기고 알 수 없는 말을 웅얼거리며 저항했지만, 침입자의 팔은 집요했다. 거친 흔들림이 다시 시작됐다. 떽떽거리며 잔소리를 하는 목소리도 멈추지 않았다.

"일어나요, 아가씨! 일어나요! 거북이 수호신과 곰 수호신의 이름으로 제발, 일어나란 말이에요!"

마리아의 목소리였다. 너무나 흥분한 목소리였기 때문에 대번에 알아듣지 못한 것이었다. 수전은 그토록 안절부절못하는 마리아의 목소리를 들은 적도, 그럴 날이 오리라고 예상한 적도 없었다. 그런데 이날이 바로 그날이었다. 하녀의 목소리는 금방이라도 발광할 것만 같았다.

수전이 일어나서 앉았다. 한순간 너무나 많은 예감이, 하나같이 불길한 예감이 몰려들어서 몸을 움직일 수조차 없었다. 덮고 자던 이불이 무릎까지 내려가는 바람에 젖가슴이 훤히 드러났는데도 고작 손끝으로 살짝 집는 것밖에 할 수 없었다.

첫 번째 불길한 징조는 빛이었다. 지금껏 본 적이 없을 만큼 환한 빛이 창문으로 쏟아져 들어왔는데…… 생각해 보니 이 방에서 이렇게 늦게까지 누워 있기는 처음이었다. 맙소사, 틀림없이 아침 10시는 됐을 듯싶었다. 어쩌면 더 늦었을지도.

두 번째 불길한 징조는 아래층에서 들려오는 소리였다. 장관 관저에서 맞는 아침은 보통 평온하게 마련이었다. 정오까지는 마부들이 말을 끌어내 아침 운동을 시키는 소리, 미겔이 마당을 비질하는 소리, 또 쉬지 않고 밀려왔다가 빠져나가는 파도소리를 빼면 거의 아무 소리도 들리지 않았다. 그런데 이날 아침에는 고함소리와 욕하는 소리와 질주하는 말발굽 소리, 게다가 묘하게 날카로운 웃음소리까지 이따금씩 들려왔다. 침실 바깥 어딘가, 같은 층은 아니지만 가까운 곳에서 장화 신은 사람들이 달려가는 쿵쿵 소리가 들려왔다.

무엇보다도 불길한 징조는 바로 마리아였다. 피부가 가무잡잡한 마리아의 두 뺨이 잿빛으로 변해 있었고, 평소에는 단정하던 머리도 엉망이었다. 수전이 보기에는 지진이 일어나지 않았다면 결코 볼 수 없는 몰골이었다.

"마리아, 무슨 일이야?"

"어서 가셔야 해요, 이제 시프론트 관저에 계시면 위험해요. 차라리 댁에 가 계시는 게 더 안전할 거예요. 아까까지 안 보이셔서 벌써 댁에 가신 줄 알았는데, 하필이면 영 안 좋은 날 늦잠을 자셨지 뭐예요."

"가라니?"

수전이 물었다. 그러고는 천천히 이불을 끌어당겨 콧등까지 덮고서, 강아지처럼 동그란 눈으로 마리아를 바라보았다.

"가라니, 무슨 소리야 그게?"

"뒷문으로 나가세요."

마리아는 아직 졸음 때문에 뻣뻣한 수전의 손에서 이불을 홱 빼냈다. 그러고는 발목까지 다 드러나도록 이불을 들췄다.

"전에도 그리로 나가셨잖아요. 자, 어서요, 빨리요! 옷 입고 가셔야 된다고요! 그 남자애들은 다 잡혀 들어갔어요, 그치만 패거리가 더 있으면 어떡해요? 그놈들이 돌아와서 아가씨까지 죽이면 어떡하냐고요?"

수전은 침대에서 일어서는 중이었다. 그러다가 다리에 힘이 쭉 빠져서 다시 풀썩 주저앉을 수밖에 없었다.

"남자애들?" 수전이 조그맣게 중얼거렸다. "남자애들이 죽이면 누구를? 남자애들이 죽이면 누구를?"

문법이 엉망이었지만 마리아는 무슨 뜻인지 알아들었다.

"디어본이랑 그 부하들 말이에요."

"그 애들이 누굴 죽였는데?"

"장관님이랑 재무 집행관님이오." 마리아는 심란하면서도 안쓰러워하는 표정으로 수전을 바라보았다. "자, 이제 일어나세요. 그리고 빨리 출발하세요. 관저는 이미 난장판이에요."

"걔들이 그런 짓을 했을 리가 없어."

수전은 한마디 덧붙이려다가 간신히 참았다. *그런 건 계획에 없었단 말이야.*

"소린 장관님과 라이머 나리가 돌아가신 건 사실이에요. 누구 짓이든 간에요."

아래쪽에서 나던 고함소리가 더 커졌고, 작지만 날카로운 폭발음도 들려왔다. 폭죽 터지는 소리하고는 달랐다. 마리아는 그쪽을 휙 돌아보고는 수전에게 옷을 던져주기 시작했다.

"장관님은 글쎄, 두 눈이 뽑혀 있었다지 뭐예요."

"걔들이 한 짓이 아니야! 마리아, 난 알아. 난 걔들을……"

"전 그 애들 일이라면 아무것도 몰라요, 무슨 꼴을 당하든 관심도 없고요. 하지만 아가씨는 걱정돼 죽겠어요. 그러니까 빨리요, 옷 입고 떠나세요. 뒤도 돌아보지 말고 가세요."

"그 애들은 어떻게 됐어?"

수전은 문득 끔찍한 상상이 떠올라 벌떡 일어섰다. 옷가지가 우수수 발치에 떨어졌다.

"죽진 않았지? 아니야, 안 죽었다고 말해줘!"

"죽진 않았을 거예요. 온갖 소문이 다 돌고 있긴 한데, 제 생각엔 그냥 감방에 갇힌 것 같아요. 하지만 그래 봤자······."

군이 말을 끝맺을 필요는 없었다. 마리아는 수전의 눈을 피해 시선을 돌렸고, 그 무의식적인 행동이(그리고 아래층에서 들려오는 어지러운 고함소리가) 곧 답이었다. 아직 사형은 당하지 않았다. 그러나 하트 소린은 몹시도 사랑받는 지도자이자 유서 깊은 가문 출신이었다. 그리고 롤랜드와 커스버트와 알레인은 외지인이었다.

아직 사형은 당하지 않았지만······ 이튿날은 수확제였고, 수확제 밤에는 거대한 장작불을 피우는 행사가 열렸다.

수전은 정신없이 옷을 입기 시작했다.

8

클레이 레이놀즈는 조너스와 함께 보낸 시간이 로이 디페이프보다 더 길었다. 그래서 해골 같은 시추탑 사이로 다가오는 말 탄 사람의 형상을 보자마자 디페이프 쪽을 돌아보며 말했다.

"두목한테 아무것도 묻지 마. 분위기를 보아하니 오늘 아침엔 멍청한 질문 같은 거 하면 안 되겠어."

"네가 어떻게 알아?"

"그건 중요한 게 아니야. 입이나 꽉 다물고 있어."

조너스가 부하들 앞에서 말을 세웠다. 안장에 구부정하게 앉은 그의 표정은 창백했고, 생각에 잠긴 듯했다. 그 표정을 본 디페이프는 레이놀즈의 경고를 잊고 그만 질문을 던지고 말았다.

"엘드레드, 괜찮아요?"

"괜찮기는 누가?"

조너스는 이렇게 내뱉고 다시 입을 다물었다. 그들 뒤로 시트고 유전에 몇 안 남은 석유 시추탑이 천천히 끽끽거렸다.

한참 후에 조너스가 기운을 차리고 조금이나마 똑바로 앉았다.

"꼬맹이들은 지금쯤 감방에 있을 거다. 렝길하고 에이버리한테 무슨 일이 있으면 총을 두 발씩 두 번 쏘라고 일러뒀는데, 아직은 총소리가 안 들렸어."

"저희도 아무 소리 못 들었어요. 총소리 비슷한 것도요."

디페이프가 냉큼 대답하자 조너스의 표정이 일그러졌다.

"들릴 턱이 있겠냐, 응? 소음이 이렇게 심한데. 멍청한 놈!"

디페이프는 할 말이 없어서 입술만 깨물었다. 그러다가 왼쪽 등자가 옆으로 비뚤어진 것을 보고 바로잡으려고 몸을 숙였다.

"너희, 혹시 사람들 눈에 띄지는 않았겠지? 그러니까 오늘 아침에, 라이머하고 소린을 처리하고 돌아오는 길에 말이야. 혹시라도 누구한테 들키진 않았겠지?"

레이놀즈가 대표로 고개를 저었다.

"그 건은 더없이 깔끔하게 끝냈습니다."

조너스는 그저 스치는 생각이었다는 듯이 고개를 끄덕이고 유전과 녹슨 시추탑 쪽으로 눈을 돌렸다.

"어쩌면 사람들 말이 옳은지도 몰라. 어쩌면 옛사람들은 정말로 악마였을 수도 있어."

조너스는 거의 들리지도 않을 만큼 작게 중얼거렸다. 그러고는 다시 부하들 쪽을 돌아보았다.

"뭐, 지금은 우리가 악마지만. 안 그러냐, 클레이?"

"어떻게 생각하시든 전 찬성입니다, 엘드레드."

"방금 그건 진심으로 한 말이었어. 지금은 *우리*가 악마야. 젠장, 그러니 악마답게 행동하는 수밖에. 클레이, 퀸트랑 저 아래 있는 녀석들은 뭘 하고 있지?"

"대장의 명령만 기다리는 중입니다."

조너스는 음험한 눈빛으로 레이놀즈를 바라보았다.

"이제 놈들은 필요 없어. 디어본 그 녀석, 계집애처럼 잘도 좋알거리더구나. 할 수만 있으면 내 손으로 내일 밤 햄브리에 가서 놈의 발밑에 불을 붙이고 싶을 정도로 말이야. 하마터면 바케이 목장에서 놈을 쏴죽일 뻔했다. 렝길이 안 말렸으면 쐈을 거야. 정말이지 계집애 같은 자식이라."

그렇게 중얼거리는 동안 조너스는 점점 침울해졌다. 표정은 해를 가리고 흘러가는 비구름처럼 자꾸만 어두워졌다. 등자를 바로잡고 똑바로 앉은 디페이프가 불안한 눈으로 레이놀즈를 흘깃 쳐다보았다. 레이놀즈는 아무 반응도 보이지 않았다. 어쩔 도리가 없지 않은가? 지금 여기서 조너스의 광기가 폭발하기라도 하면(레이놀즈가 예전에 목격했듯이) 그들은 도망칠 길이 없었다.

"엘드레드, 아직 할 일이 남았습니다."

레이놀즈의 목소리는 나직했지만 효과가 있었다. 조너스가 몸을 세우고 똑바로 앉았던 것이다. 그는 안장머리가 옷걸이라도 되는 양 모자를 벗어 걸어놓고 손으로 멍하니 머리를 쓸어 넘겼다.

"그래…… 네 말이 맞아. 저 아래로 내려가라. 퀸트한테 전해, 소를 끌고 와서 마지막 기름 탱크 두 개를 교수대 바위로 옮기라고. 기름 탱크를 실어서 라티고한테 전달하려면 네 명은 필요할 거다.

나머지는 그대로 대기하도록."

레이놀즈가 보기에 이제는 질문을 해도 무사할 듯싶었다.

"라티고의 나머지 병력은 언제 그곳으로 옵니까?"

"병력?" 조너스가 코웃음을 쳤다. "그딴 건 기대도 하지 마! 라티고의 나머지 *젖먹이*들은 오늘 밤에 교수대 바위로 집결할 거다. 코요테나 들개 따위가 못 덤비게 깃발을 나부끼면서 달려오겠지. 아마 내일 밤 10시경에는 호송 임무를 수행할 준비가 끝나겠지만…… 만약 내 예상대로 오합지졸이라면 보나마나 계획을 엉망으로 만들 거다. 그나마 좋은 소식은 놈들한테 의지할 필요가 없다는 거야. 일이 다 잘 풀리는 것 같으니까. 자, 그만 가봐. 내려가서 놈들한테 일을 시키고 다시 돌아와라. 되도록 빨리."

조너스는 말 머리를 돌려서 서북쪽에 불룩하게 솟은 산자락을 바라보았다.

"우린 따로 할 일이 있다. 빨리 해치우는 게 좋아. 난 이 빌어먹을 메지스의 먼지를 내 모자와 장화에서 최대한 빨리 털어내야겠다. 이제 이곳의 공기가 지겨워졌어. 아주 지긋지긋해."

9

여인의 이름은 테레사 마리아 돌로레스 오샤이번이었다. 나이는 마흔 살, 통통하고 귀여운 용모에 아이는 넷, 남편인 피터는 성격이 느긋한 소몰이꾼이었다. 여인은 상급 시장에서 바닥 깔개나 직물 따위를 팔기도 했다. 시프론트 관저에서 쓰는 곱고 아름다운 직물도 대개는 테레사 오샤이번의 손을 거쳐 갔고, 그 덕분에 살림이 꽤 풍족했다. 비록 가장인 남편은 소 치는 일을 했지만 오샤이번 가족은 다른 시대의 다른 장소에서라면 중산층에 속했다. 맨 위의 두 아이는 다 자라서 출가를 했고 그중 한 아이는 자치령을 떠났다. 셋째는 그해 연말에 사랑하는 사람과 결혼할 꿈에 부풀어 있었다. 막내인 넷째만이 엄마에게 무슨 문제가 있지 않나 하고 의심했지만, 테레사가 얼마나 광적인 강박에 사로잡혀 있는지는 전혀 눈치채지 못했다.

이제 금방이야. 레아는 수정 구슬 속의 테레사를 뚫어지게 바라보며 생각했다. *이제 금방 시작할 거야. 하지만 그 전에 막둥이부터 처리해야겠지.*

수확제 맞이 기간에는 학교가 쉬는 데다 시장의 가판도 오후 몇 시간만 열었기 때문에, 테레사는 막내딸에게 파이 한 개를 들려서 집 바깥으로 내보냈다. 레아는 그 파이가 이웃에 보내는 수확제 맞이 선물이려니 하고 생각했지만, 테레사가 딸의 머리에 털실 모자를 씌워주면서 뭐라고 당부했는지는 듣지 못했다. 아마도 가까이 사는 이웃은 아닐 것 같았다. 테레사 마리아 돌로레스 오샤이번에게는 잡일을 처리할 시간이 필요했기 때문이었다. 그 집은 꽤 넓었고, 따라서 닦아야 할 모퉁이도 많았다.

레아가 킥킥대며 웃었다. 킥킥거리는 소리는 이내 정신없이 터지는 마른기침으로 바뀌었다. 한쪽 구석에 있던 머스티가 귀신한테 홀린 것 같은 눈으로 레아를 바라보았다. 비쩍 말라서 해골이나 다름없는 주인으로부터 멀리 떨어져 있었는데도, 머스티는 조금도 마음이 안 놓이는 눈치였다.

파이를 한쪽 팔 아래에 낀 여자아이가 엄마에게 배웅을 받으며 집을 나섰다. 아이는 뾰로통한 표정으로 엄마를 한 번 돌아보았고, 뒤이어 아이의 얼굴 앞에서 문이 닫혔다.

"지금이야!" 레아가 갈라진 목소리로 외쳤다. "모퉁이가 기다리고 있어! 무릎을 꿇어, 이 여편네야, 어서 무릎 꿇고 시작해!"

테레사는 먼저 창문을 열었다. 고대하던 광경, 그러니까 대문을 나선 딸이 하이 스트리트로 향하는 광경을 보고 나서 테레사는 주방 쪽으로 돌아섰다. 식탁 앞까지 걸어간 다음, 그곳에 서서 몽롱한 눈으로 빈 공간을 응시했다.

"아니, 그럴 때가 아니야, 지금은!"

레아가 안달이 나서 외쳤다. 이제 자신이 사는 지저분한 오두막이 보이지 않았고, 자기 몸과 집 안에서 진동하는 악취도 느껴지지 않았다. 레아는 마법사의 무지개 속에 들어가 있었다. 테레사 오샤이번과 함께, 메지스 자치령에서 집안 벽 모퉁이가 가장 깨끗한 그녀의 집에 있었다. 어쩌면 중간 세계를 통틀어 가장 깨끗한 집인지도 몰랐다.

"서둘러, 이 여편네야!" 레아는 거의 비명을 지르다시피 외쳤다. "어서 네가 좋아하는 집안일을 시작해!"

그 말을 듣기라도 한 것처럼, 테레사는 실내복 드레스의 단추를 풀어 벗은 다음 차곡차곡 개서 의자 위에 올려놓았다. 그러고는 바느질로 기운 깨끗한 슈미즈의 밑자락을 무릎 위로 당긴 채 한쪽 구석으로 걸어가서 네 발을 짚고 엎드렸다.

"바로 그거야, 우리 예쁜이!"

레아가 외쳤다. 기침을 하면서 웃느라 금방이라도 가래가 목에 걸려 질식할 것만 같았다.

"자, 이제 일할 시간이다, 서둘러!"

테레사 오샤이번은 목을 쭉 뻗고 입을 열어 혀를 내민 다음, 주방 구석을 핥기 시작했다. 머스티가 우유를 핥을 때와 똑같은 모양새였다. 이 모습을 지켜보던 레아는 무릎을 치며 기쁨의 함성을 질렀다. 양옆으로 몸을 꺼떡대는 동안 얼굴은 점점 더 빨갛게 달아올랐다. 그랬다, 테레사야말로 레아가 가장 아끼는 볼거리였던 것이다! 의심할 여지 없이! 앞으로 몇 시간 동안 테레사는 손과 무릎을 짚고 엉덩이를 하늘로 쳐든 채 집 안 구석구석을 핥으면서, 이름 모를 신에게(심지어 사람의 아들 예수도 아닌 어떤 신에게) 아무도 모르는 자신의 죄를 사하여 달라고 빌 참이었다. 그 행위는 테레사의 속죄 의식이었던 것이다. 가끔은 혀에 가시가 박히는 바람에 의식을 멈추고 개수대에 피가 섞인 침을 뱉어야 했다. 지금까지는 육감이 가르쳐준 덕분에 식구들이 돌아와서 발견하기 전에 용케 일어나 옷을 걸칠 수 있었지만, 레아는 알고 있었다. 머잖아 테레사의 강박이 도를 넘어 그녀를 곤경에 빠뜨릴 것이 뻔했다. 어쩌면 이날이 그날인지도 몰랐다. 막내딸이 일찍 돌아올 수도 있었다. 용돈을 받아 읍내에 놀러갈 생각으로 집에 들어섰다가 엎드려서 구석을 핥는 엄마를 발견할 수도 있었다. 맙소사, 얼마나 신나는 구경거리인가! 레아가 얼마나 보고 싶어 했던가! 얼마나 애태우며 기다렸던……

갑자기 테레사 오샤이번의 모습이 사라졌다. 깔끔한 집 안 풍경도 사라졌다. 일렁이는 분홍빛 장막에 가려 *모조리* 사라져 버렸다. 몇 주일 만에 처음으로, 마법사의 수정 구슬이 다시 먹통이 되었다.

레아는 손톱이 기다랗게 자란 깡마른 손으로 구슬을 들고 사납게 흔들었다.

"어떻게 된 거야, 이 망할 것아! *뭐가 문제야?*"

구슬은 묵직했고, 레아는 기력이 점점 쇠하는 중이었다. 두어 번 사납게 흔들자 구슬이 손에서 빠져나갔다. 레아는 쪼그라들어 흔적만 남은 가슴으로 구슬을 받친 채 부들부들 떨었다.

"안 돼, 안 돼, 내 보물아." 레아가 자장가를 부르듯 중얼거렸다. "그래, 준비가 되면 다시 돌아오렴. 이 레아가 잠깐 정신을 놨지 뭐냐. 하지만 이제 괜찮아. 널 흔든 건 진심이 아니었어, 물론 떨어뜨리는 일도 절대 없을 거야. 그러니까 넌 그냥……."

레아가 갑자기 입을 다물더니 귀를 쫑긋 세웠다. 말들이 다가오는 중이었다. 아니, 다가오는 것이 아니었다. 여기에 와 있었다. 소리를 들어 보니 세 명이 말을 타고 있었다. 레아가 한눈을 판 사이에 살그머니 접근했던 것이다.

그놈들일까? 그 성가신 꼬맹이들?

레아는 구슬을 가슴에 꼭 끌어안았다. 두 눈은 둥그레졌고, 입술은 축축했다. 손은 너무 야위어서 이제 구슬이 내뿜는 분홍빛이 손을 통과하여 손가락뼈가 시커먼 우산살처럼 보일 지경이었다.

"레아! 쿠스 언덕의 레아여!"

아니, 꼬맹이들 목소리가 아니었다.

"이리 나와라, 네게 맡긴 물건도 함께 가져와!"

점입가경이었다.

"파슨님께서 돌려받고자 하신다! 우리가 받으러 왔다!"

꼬맹이들이 아니라 위대한 관 사냥꾼 패거리였다.

"어림도 없다, 이 백발이 성성한 얼간이 놈아." 레아가 나직이 중얼거렸다. "네놈한테는 절대 안 내줄 테니까."

레아의 두 눈이 날카로운 빛을 뿜으며 이쪽저쪽을 살폈다. 덥수룩한 머리에 입까지 덜덜 떠는 모습이 꼭 병에 걸려서 죽을 자리를 찾아 골짜기에 들어선 코요테 같았다.

수정 구슬을 내려다보던 레아의 입에서 흐느낌 비슷한 소리가 흘러나왔다. 이제는 분홍빛 광채마저도 사라진 후였다. 구슬은 주검의 눈알처럼 캄캄했다.

10

오두막집 안에서 비명 소리가 터져 나왔다.

디페이프는 눈을 동그랗게 뜨고 조너스를 돌아보았다. 소름이 돋다 못해 살갗이 따끔거릴 지경이었다. 도무지 사람이 지르는 비명 소리 같지가 않았던 것이다.

"레아!" 조너스가 다시 소리쳤다. "구슬을 들고 이리 나와라, 나와서 우리한테 넘겨! 너랑 장난 칠 시간 따위 없다!"

오두막 문이 휙 열렸다. 디페이프와 레이놀즈가 총을 뽑는 사이에 노파가 걸어 나왔다. 햇빛 때문에 눈을 깜빡거리는 모습이 평생 동굴에 처박혀 살아온 생물 같았다. 노파는 존 파슨이 애지중지하는 장난감을 머리 위로 높이 들고 있었다. 문간에는 그 구슬을 던져서 깨뜨릴 만한 돌이 여러 개 있었고, 설령 조준을 잘못해서 구슬이 돌을 비껴간다고 해도 깨지기는 매한가지였다.

자칫 엉망이 될 수도 있다는 것을 조너스는 알고 있었다. 세상에는 협박이 안 통하는 사람도 있었던 것이다. 조너스는 꼬맹이들 생각에 온통 정신이 팔려 있었고(그런데 정작 그놈들은 허탈할 정도로 쉽게 잡혔다.), 그러다 보니 그만 이쪽 상황에 신경 쓸 겨를이 없었다. 더구나 레아야말로 멀린의 무지개를 맡기기에 가장 적합한 인물이라고 추천했던 킴버 라이머는 이미 저세상에 가 있었다. 일이 틀어졌을 경우에 라이머 탓으로 돌리기란 불가능했다.

조너스가 이제 서쪽으로 멀리 추방당하여 얼어붙은 땅 끝의 낭떠러지에 추락하기 직전까지 몰리겠구나 하고 생각했을 때, 사태는 한층 더 악화되었다. 디페이프가 리볼버의 격철을 젖히는 소리가 들렸던 것이다.

"총 치워, 이 멍청아!"

"저것 좀 보세요!" 디페이프는 거의 신음하다시피 했다. "저 마녀를 보라고요, 엘드레드!"

조너스도 보고 있었다. 검은 드레스를 입은 그 괴물은 목걸이 대신 썩어가는 뱀의 주검을 목에 걸고 있었다. 어찌나 말라비틀어졌던지 걸어 다니는 해골이 따로 없었다. 피부가 너덜너덜하게 벗겨진 두개골에는 머리카락 몇 가닥만 붙어 있을 뿐, 살은 다 떨어져 나가고 없었다. 뺨과 이마에는 물집이 잡혔고 왼쪽 입가에는 거미 같은 것에 물린 자국이 보였다. 조너스는 마지막 상처가 혹시 괴혈병 증상이 아닌가 싶었지만, 아무래도 상관없었다. 그의 관심사는 오로지 죽어가는 노파가 부들부들 떨리는 깡마른 손으로 높이 들고 있는 수정 구슬뿐이었다.

11

햇살이 너무나 눈부셨던 까닭에 레아는 자신에게 겨눠진 권총을 보지 못했다. 이윽고 시야가 또렷해졌을 때는 디페이프가 이미 총을 집어넣은 후였다. 레아는 멀찍이 떨어진 곳에 나란히 서 있는 남자들, 즉 안경 쓴 빨강 머리와 망토를 걸친 사내, 그리고 흰머리 조너스를 보고 킬킬대며 웃었다. 이 레아가 저 힘센 관 사냥꾼들을 무서워한 적이 있던가? 생각해 보니 그런 것도 같았지만, 도대체 왜? 머릿수만 많다 뿐이지 그저 사내놈들에 지나지 않았다. 그리고 레아는 평생 사내들을 꺾으며 살아온 몸이었다. 아, 물론 사내들은 자기가 천하무적이라고 자부했다. 중간 세계의 어느 누구도 자기 어머니의 얼굴을 잊은 자를 욕하지 않았기 때문이었다. 그러나 사내들의 본질은 딱하기 그지없었다. 놈들은 슬픈 노래에 감동하여 눈물을 흘렸고, 벗은 젖가슴을 보면 머릿속이 백지가 되었으며, 강하고 거칠고 똑똑하다고 자부하는 놈일수록 더 쉽게 조종당하게 마련이었다.

수정 구슬은 캄캄했다. 그리고 구슬 속의 어둠을 미워하면 할수록 레아의 머릿속은 점점 더 맑아졌다.

"조너스! 엘드레드 조너스 아니신가!"

"그렇소, 노모님. 부디 기나긴 낮과 즐거운 밤이 이어지기를."

"인사 따위는 집어치워. 지금은 그럴 때가 아니야."

레아는 수정 구슬을 머리 위에 치켜든 채 앞으로 네 발짝 걸어 나온 다음, 그대로 멈췄다. 바로 옆의 잡풀이 무성한 땅에 회색 돌이 불쑥 튀어나와 있었다. 레아는 그 돌을 내려다보다가 다시 조너스에게로 눈을 돌렸다. 말은 하지 않았지만 뜻하는 바는 분명했다.

"원하는 게 뭐요?"

"구슬이 캄캄해졌어. 내가 지키는 동안 내내 살아 있었는데. 그래, 아무것도 안 보일 때조차도 난 느낄 수 있었어, 구슬이 숨을 쉬면서 선명한 분홍빛을 내뿜는 걸 말이야. 그런데 네 목소리가 들리니까 캄캄해졌어. 너랑 같이 가기가 싫다는 뜻이지."

"그렇다고 해도 난 명령에 따라 구슬을 가져가야 하오."

조너스의 목소리가 부드럽게 누그러졌다. 코릴 소린과 함께 누워 있을 때의 목소리와 똑같지는 않았지만 그래도 비슷했다.

"잠깐만 생각해보면 내 처지를 이해할 수 있을 거요. 파슨이 그 물건을 원하는데 내가 감히 거역할 수 있겠소? 내년 이맘때면 중간 세계에서 가장 권세 있는 자가 될 파슨을? 만약 빈손으로 돌아가서 쿠스 언덕의 레아가 구슬을 돌려주지 않았다고 보고하면 그가 날 죽일 거요."

"내가 네 못난 상판을 똑바로 보면서 구슬을 깨 버렸다고 보고해도 죽긴 마찬가지일걸."

레아가 가까이 다가온 덕분에 조너스는 그녀가 병 때문에 얼마나 망가졌는지를 똑똑히 볼 수 있었다. 얼마 안 남은 머리카락 위에서 캄캄한 수정 구슬이 이리저리 흔들렸다. 레아에게는 구슬을 오랫동안 들고 있을 기력이 없었다. 버틸 시간은 기껏해야 1분이었다. 조너스는 이마에 땀방울이 맺히는 느낌이 들었다.

"그렇소, 노모님. 허나 죽을 방법을 택해야 할 처지라면 나는 내 죽음의 원인을 함께 데려가는 쪽을 택하고 싶소. 물론 이 경우에는 바로 당신이오."

레아가 다시 컥컥거리며(웃음소리와 비슷한 탁한 목소리로) 알아들었다는 듯이 고개를 끄덕였다.

"어차피 파슨은 나 없인 아무것도 못해. 이 구슬이 마침내 주인을 찾았다, 이 말씀이야. 그래서 네 목소리를 듣자마자 컴컴해진 거야."

조너스는 수정 구슬이 오로지 자신만의 것이라고 믿은 인간이 얼마나 많았을지 궁금해졌다. 이마에 흐르는 땀이 눈에 스미기 전에 닦고 싶었지만, 그는 두 손을 안장 머리에 단정히 포갠 채 미동도 하지 않았다. 레이놀즈와 디페이프를 돌아볼 생각은 차마 하지도 못한 채, 그저 부하들이 자신에게 모든 것을 맡겨주기만을 바랄 뿐이었다. 레아는 몸도 정신도 칼날 위에 아슬아슬하게 서 있는 상태였다. 조금만 건드려도 한쪽으로 떨어질 판국이었다.

"구슬이 진정으로 기다리던 주인을 만났다, 그 말이군."

조너스는 빠져나갈 길이 보이는 듯싶었다. 운이 좋다면. 어쩌면 레아에게도 행운이 찾아올지도.

"그럼 우리가 어떻게 하면 좋겠소?"

"나랑 같이 가는 거다."

레아의 얼굴이 끔찍하게 탐욕스러운 표정으로 일그러졌다. 그야말로 재채기를 하는 시체의 얼굴 같았다. *자기가 죽어가는 줄도 모르는구나.* 조너스는 가만히 생각했다. *고맙게도.*

"구슬을 주마, 하지만 나도 데려가라. 너랑 같이 파슨한테 갈 거다, 이거지. 내가 파슨의 예언자가 돼서 구슬을 읽어 주면 우린 천하무적이야. 그러니 날 데려가!"

그것이야말로 조너스가 바라던 바였다.

"알았소. 허나 파슨이 어떤 결정을 내리든 나랑은 무관하오. 그건 알고 계시겠지?"

"물론이지."

"좋소. 자, 이제 구슬을 이리 주시오. 원한다면 다시 돌려 드리겠소만, 먼저 무사한지 내 눈으로 확인해야 하니까."

레아는 천천히 손을 내렸다. 조너스는 레아의 가슴에 안긴 구슬을 보면서도 마음을 완전히 놓지 못했지만, 그래도 숨쉬기는 조금이나마 편해졌다. 자신을 향해 다가오는 레아를 보면서 그는 말을 뒤로 물리고 싶은 충동을 애써 억눌렀다.

조너스는 안장에 앉은 채로 두 손을 내밀고 몸을 숙였다. 위를 올려다보는 레아의 눈은 쭈글쭈글한 눈꺼풀에 가려진 채로도 형형하게 빛났다. 그중 한쪽 눈이 조너스에게 음험한 윙크를 보냈다.

"난 네가 무슨 생각을 하는지 다 안다, 조너스. '구슬을 받으면 총을 뽑아서 죽여버려야지, 안 될 게 뭐람?' 이렇게 생각하고 있지? 허나 그랬다간 너도, 네 부하들도 끝장이야. 날 죽이면 구슬은 파슨 앞에서 다시는 빛나지 않을 거다. 다른 사람 앞에서는, 그래, 먼 훗날 언젠가는 다시 빛날지도 모르지. 허나 파슨 앞에서는 빛나지 않을 텐데…… 그렇게 되면 파슨이 널 살려 둘까? 자기 장난감을 부서진 채로 들고 온 너를?"

그 질문의 답을 조너스는 이미 알고 있었다.

"나랑 거래를 합시다, 노모님. 구슬을 갖고 우리랑 같이 서쪽으로 가는 거요. 도중에 당신이…… 숨을 거두지만 않는다면. 이런 말을 입에 올리자니 면목이 없소만, 보아하니 건강이 별로 안 좋으신 듯해서."

레아가 키들거리며 웃었다.

"이래 봬도 꽤 건강한 몸이야, 암! 내 시계가 멈추려면 아직 몇

년은 더 남았어!"

아무래도 착각하시는 것 같소, 노모님. 조너스는 속으로만 이렇게 중얼거릴 뿐, 태연한 표정으로 구슬을 향해 손을 내밀었다.

레아는 잠시 구슬을 붙들고 버텼다. 양쪽 모두 협정을 맺고 지키기로 약속까지 했지만, 결국에는 구슬을 놓을 엄두가 나지 않았던 것이다. 탐욕스럽게 번들거리는 눈빛이 꼭 안개를 뚫고 비치는 달빛 같았다.

조너스는 입을 꾹 다물고 손을 내민 채 레아가 현실을 받아들이기를 끈기 있게 기다렸다. 레아가 구슬을 내놓기만 하면, 기회는 있었다. 계속 버틴다면, 돌과 잡풀이 무성한 이 마당에 서 있는 사람들은 머잖아 모조리 교수대에 매달릴 운명이었다.

회한이 서린 한숨을 내쉬며, 레아가 마침내 조너스에게 구슬을 건넸다. 마녀의 손을 떠나 사냥꾼의 손으로 넘어가는 순간, 구슬 깊숙한 곳에서 분홍색 광채가 어렴풋이 깜박거렸다. 조너스의 머리는 통증 때문에 욱신거렸고…… 사타구니는 불쑥 치솟은 욕정 때문에 부르르 떨렸다.

까마득히 멀리서 나는 것처럼 조그맣게, 디페이프와 레이놀즈가 총의 격철을 젖히는 소리가 들렸다.

"총 치워."

"하지만……."

레이놀즈는 조너스의 명령을 듣고도 망설이는 듯했다. 노파가 또다시 킬킬 웃기 시작했다.

"자네가 이 레아를 배신할 줄 알았나보군. 저 친구들이 아니라 자네가 대장이라서 다행이야, 조너스…… 부하들이 못 보는 걸 자넨

보는 것 같으니까 말이지."

물론 조너스는 알고 있었다. 자신이 손에 쥔 이 매끈하고 투명한 수정 구슬이 얼마나 위험한 물건인지를. 구슬은 마음만 먹으면 눈 깜짝할 사이에 그를 홀릴 수도 있었다. 그리고 한 달 후에는 눈앞의 마녀와 같은 꼴이 될 것이다. 정신이 완전히 사로잡힌 나머지 몸이 꼬챙이처럼 비쩍 마르고 부스럼투성이가 되었는데도 알지도 못하고 치료할 생각도 못하는 몰골로.

"총 치우란 말이다!"

레이놀즈와 디페이프는 서로 마주보다가 총을 총집에 꽂았다.

"구슬을 보관하는 물건이 있었을 텐데. 끈이 달린 주머니와 상자 말이오. 가져오시오."

"알았어." 레아는 불쾌한 웃음을 흘리며 조너스를 바라보았다. "허나 구슬이 자넬 원한다면 그런 걸로는 막을 수 없어. 그러니 혹시나 하는 생각은 버리는 게 좋아."

나머지 둘을 살피던 레아의 눈이 레이놀즈에게 고정됐다.

"창고에 수레가 있다. 수레를 끌 회색 염소도 두 마리 있고."

조너스는 눈치챘다. 레이놀즈에게 명령하는 동안에도 레아의 눈은 자꾸만 수정 구슬로 향했고…… 이제는 조너스 자신도 그쪽을 보려고 안달했다.

"당신이 뭔데 나한테 명령이야."

"아니, 그건 *내* 명령이다."

레이놀즈가 툴툴대자 조너스가 나섰다. 그의 눈길은 구슬에 못 박혀 있었다. 갈망과 두려움을 동시에 느끼며, 구슬 속 깊숙한 곳에서 번득이던 분홍색 광채를 찾았다. 아무것도 보이지 않았다. 차갑고 캄캄했다. 조너스는 다시 눈을 들어 레이놀즈를 바라보았다.

"가서 수레를 가져와."

12

레이놀즈는 기울어진 창고 문 사이로 들어서기도 전에 윙윙대는 파리 소리를 들었고, 그 덕분에 레아의 염소들이 이미 고된 삶에서 해방된 것을 눈치챘다. 염소들은 통통 부은 주검이 되어 우리 안에 쓰러져 있었다. 다리는 위로 쭉 뻗은 채였고, 눈구덩이에는 구더기가 바글거렸다. 레아가 언제 마지막으로 사료와 물을 줬는지는 알 길이 없었지만 레이놀즈는 냄새로 보아 일주일은 족히 지났으리라고 짐작했다.

수정 구슬이 보여 주는 환상에 푹 빠져 지내느라 너무 바빠서 신경을 못 쓴 거겠지. 그런데 죽은 뱀은 왜 목에 걸고 있는 거지?

"알고 싶지도 않아."

레이놀즈는 얼굴을 덮은 수건 사이로 중얼거렸다. 당장은 이 빌어먹을 창고에서 나가고 싶을 뿐이었다.

가만히 살펴보니 레아의 수레는 검은 색으로 칠을 하고 겉에는 밀교에서나 쓸 법한 무늬를 금색으로 그려넣은 물건이었다. 레이놀즈의 눈에는 약장수의 수레처럼 보였다. 한편으로는 상여 같기도 했다. 레이놀즈는 손잡이를 잡고 재빨리 창고 바깥으로 수레를 끌고 나왔다. 나머지는 디페이프에게 맡기면 그만이었다. 녀석의 말을 수레에 묶고 냄새 나는 마녀를 태운 다음…… 어디로 가야 할까? 그걸 누가 안단 말인가? 혹시 조너스라면 알지도.

레아는 집으로 들어가서 조너스 패거리가 가져왔던 구슬 주머니를 들고 뒤뚱뒤뚱 걸어나왔다. 그러다가 레이놀즈가 목적지를 묻자 멈춰서 고개를 빳빳이 들고 가만히 서 있었다.

조너스는 곰곰이 생각하다가 대답했다.

"우선 시프론트 관저로 가자. 그래, 노모님께도 그 구슬에게도 거기 있는 편이 좋을 거야. 내일 파티가 끝날 때까지."

"그래, 시프론트가 좋겠어. 난 한 번도 가 본 적이 없거든."

레아는 이렇게 중얼거리며 다시 걸음을 옮겼다. 그러고는 조너스의 말 앞에 서서(말은 마녀로부터 멀어지려고 버둥거렸다.) 주머니의 입구를 열었다. 조너스는 조금 더 생각에 잠겨 있다가 구슬을 주머니에 넣었다. 구슬의 무게로 바닥이 불룩해진 주머니는 꼭 눈물방울처럼 보였다. 레아의 입가에 음흉한 웃음이 퍼졌다.

"잘하면 소린도 만날 수 있겠군. 그럼 파슨의 이 장난감으로 그 양반한테 아주 재미난 광경을 보여 줘야겠어."

"그렇게 하시오. 만날 수만 있다면."

말에서 내린 조너스가 디페이프의 말을 검은 수레에 묶으면서 중얼거렸다.

"허나 그 양반이 있는 곳에선 마법을 안 써도 앉아서 천리를 볼 수 있을 거요."

레아는 찡그린 표정으로 조너스를 바라보았다. 그러다 다시 앞서의 음흉한 웃음이 떠올랐다.

"저런, 우리 장관님께서 그만 사고를 당하신 게로군!"

"그럴지도."

조너스가 맞장구를 쳤다. 그 말은 들은 레아는 키득거렸고, 이내 목청이 터질 듯이 껄껄 웃기 시작했다. 마당을 나서는 동안에도 웃음소리는 그치지 않았다. 왕좌에 앉은 '검은 땅의 여왕'처럼 밀교의 무늬가 그려진 검은 수레에 앉아서, 레아는 웃고 또 웃었다.

제8장
저주의 재

1

    공황은 전염성이 있는데, 특히 아무것도 알려지지 않은 가운데 모든 것이 유동적인 상황일 때 더욱 그러한 법이다. 수전을 공황의 미끄러운 내리막길로 떠민 것은 늙은 하인 미겔의 모습이었다. 미겔은 시프론트 관저 앞마당 한복판에 서서 두 손으로 꽉 붙잡은 기다란 빗자루를 가슴에 댄 채, 곤혹스럽다 못해 고통스럽게 일그러진 표정으로 말을 타고 이리저리 달리는 사람들을 바라보는 중이었다. 미겔의 등에는 모자가 비뚜름하게 걸려 있었다. 평소에는 말쑥하게 몸단장을 하던 미겔이 어깨 담요를 뒤집어 걸친 것을 보고 수전은 두려움 비슷한 선뜩한 기분을 느꼈다. 볼에 눈물을 줄줄 흘리면서도 이쪽저쪽을 돌아보며 지나가는 기수들 가운데 아는 얼굴이 보이면 인사를 하려고 애쓰는 미겔을 지켜보며, 수전은 언젠가 달려오는 마차 앞으로 아장아장 기어가는 아이를 보았을 때의 기억이 떠올랐다.

그 아이는 때맞춰 나타난 아버지가 구해주었지만, 미겔을 구해줄 사람은 누구일까?

수전이 미겔 쪽으로 걸음을 떼려 할 무렵, 사나운 눈을 한 갈색 점박이 말이 농부를 태우고 수전 옆을 쏜살같이 달려갔다. 하도 가까이 지나가서 한쪽 등자는 엉덩이를 스쳤고, 꼬리는 이마를 때릴 정도였다. 수전은 기묘한 소리를 내며 킥킥 웃었다. 미겔을 걱정하다가 정작 자기가 말에 깔려 죽을 뻔하다니! 바보 같으니!

수전은 다시 한 번 양 옆을 살피고 앞으로 나아가다가, 짐마차가 무서운 속도로 모퉁이를 돌아서 달려오는 것을 보고 도로 물러섰다. 짐마차는 처음에는 두 바퀴로 위태롭게 굴러왔다. 짐칸에 실은 물건은 방수천에 덮여서 뭔지 알 수 없었지만, 가만히 지켜보니 미겔이 빗자루를 움켜쥔 채 짐마차 쪽으로 다가갔다. 마차 앞으로 다가가던 아이의 모습을 떠올린 수전의 입에서 알아들을 수 없는 비명이 터져 나왔다. 미겔은 간발의 차로 움찔 물러섰고, 날아가듯이 빠르게 그의 앞을 통과한 마차는 덜커덩거리며 마당을 지나 아치 너머로 사라졌다.

미겔은 빗자루를 떨어뜨리고 두 손으로 볼을 감싼 채 무릎을 꿇더니, 비통한 목소리로 기도문을 외우기 시작했다. 수전은 잠시 그를 지켜보며 함께 기도문을 외우다가 이내 마구간 쪽으로 달려갔다. 이제 건물 옆에 몸을 숨길 생각은 할 겨를이 없었다. 정오까지 온 햄브리에 퍼질 전염병을 수전은 이미 앓고 있었던 것이다. 파일런의 등에 안장을 얹는 일은 꽤 가뿐하게 해냈지만(평소 같았으면 마구간 일꾼 세 명이 달라붙어서 거들 일이었다.), 어서 문 밖으로 달려 나가라고 놀란 말의 옆구리를 걷어찰 즈음에는 생각할 기력이 조금도 남아 있지 않았다.

여태 무릎을 꿇은 채 화창한 하늘을 향해 손을 치켜들고 기도하는 미겔 앞을 지나가면서, 수전은 앞서 달려간 기수들이 그러했듯이 그의 얼굴을 거들떠보지도 않았다.

2

수전은 하이 스트리트를 쉬지 않고 달렸다. 박차가 없는 신발로 옆구리를 몇 번이나 찼던지 파일런은 거의 날다시피 했다. 이런저런 생각, 의문, 실천 가능한 행동 계획…… 그런 것들은 말을 타고 달리는 동안 전혀 떠오르지 않았다. 그저 거리에 가득한 사람들의 모습을 멍하니 보며 파일런이 그들을 비켜가도록 고삐를 이리저리 틀었다. 수전이 아는 것이라고는 오로지 머릿속에 비명처럼 울려 퍼지는 그의 이름(롤랜드! 롤랜드! 롤랜드!)뿐이었다. 세상이 통째로 뒤집힌 기분이었다. 그날 밤 납골당에서 맺어진 용감한 카텟은 산산조각 나고 말았다. 세 명은 죽을 날을 받아들고 감옥에 갇혔고(그나마도 아직 살아 있을 때의 얘기였고), 마지막 한 명은 외양간에 날아든 새처럼 겁에 질려 갈피를 못 잡고 허둥댔다.

그런 공황 상태가 계속되었다면 일이 완전히 딴판으로 풀릴 수도 있었다. 그러나 번화가를 지나 마을 반대편에 이른 수전은 어느새 아버지와 고모와 함께 살던 집으로 향하고 있었다. 그곳에는 집으로 달려오는 말 탄 사람을 가만히 지켜보는 고모가 있었다.

수전이 집 쪽으로 다가서는 사이에 현관문이 열리고 코딜리어가 나왔다. 목부터 발끝까지 검은 옷으로 감싼 코딜리어는 현관 앞 계단을 뛰어 내려오더니 비명인지 웃음인지 모를 소리를 외치며 길 쪽으로 달려왔다. 아마도 둘 다였으리라. 그 모습은 안개 같은 공황에 사로잡힌 수전의 머릿속을 뚫고 들어왔지만…… 고모의 얼굴을 알아보았기 때문은 아니었다.

"레아!"

수전이 외쳤다. 그러면서 고삐를 얼마나 거칠게 잡아당겼던지 파일런이 미끄러지다가 뒷발로 일어섰다. 둘은 금방이라도 나자빠질 것처럼 비틀거렸다. 넘어졌다가는 주인을 깔아뭉개 죽일 수도 있는 위태로운 상황에서, 파일런은 간신히 뒷발로 버티고 서서 허공에 앞발을 구르며 포효했다. 수전은 죽지 않으려고 말의 목에 팔을 감고 버텼다.

가장 좋은 검은색 드레스를 입고 검은 레이스 베일까지 쓴 코딜리어 델가도는 말 앞이 자기 집 현관인 양 태연하게 서서, 말발굽이 코앞의 허공을 찢고 지나가는데도 미동도 하지 않았다. 검은 장갑을 낀 한쪽 손에는 나무 상자를 들고 있었다.

수전은 눈앞의 여인이 레아가 아닌 것을 뒤늦게 알아차렸지만, 잘못 본 것도 무리는 아니었다. 코딜리어는 레아처럼 빼빼 마르지 않았고(적어도 아직은) 걸친 옷도 훨씬 말쑥했다(지저분한 장갑만은 예외였다. 장갑이 왜 그렇게 더러운지는 둘째 치고 애초에 왜 장갑을 끼었는지조차 알 수 없었다.). 그러나 광기가 번들거리는 눈빛만은 레아와 소름 끼치게 비슷했다.

"안녕하신가, 우리 예쁜 아가씨!"

기운차게 자신을 반겨주는 코딜리어 고모의 쉰 목소리를 들으며 수전은 가슴이 철렁했다. 고모는 조그마한 상자를 한 손으로 가슴에 단단히 붙들고 빈손을 수전에게 내밀었다.

"이 화창한 가을날에 어딜 가시나? 어딜 그리 바삐 가실까? 연인의 품은 아닐 거야, 틀림없어. 한 명은 죽었고 한 명은 감옥에 처박혀 있으니까!"

코딜리어가 또다시 껄껄 웃었다. 얇은 입술이 말려 올라가자 하얗고 큼직한 이가 드러났다. 말의 이빨만큼이나 커다랬다. 두 눈은 햇빛을 받아 번쩍거렸다.

아예 돌아버렸구나. 수전은 속으로 생각했다. *가엾게도. 불쌍한 노인.*

"디어본을 꼬드겨서 저지른 거냐?"

코딜리어가 물었다. 그러고는 파일런 곁으로 슬금슬금 다가오더니, 젖어서 번들거리는 눈으로 수전을 올려다보았다.

"네가 한 짓이지, 맞지? 그럼 그렇지! 그놈이 흉기로 삼은 칼도 네가 줬을 거야, 행운을 빈답시고 칼에 입을 맞춘 다음에. 너도 놈들이랑 한 패야. 순순히 인정하는 게 어때? 난 진실을 알아, 그러니까 하다못해 그놈이랑 뒹군 것만이라도 인정해. 난 다 봤어. 네가 창가에 앉아 있던 날 그놈이 널 어떤 눈으로 봤는지, 또 네가 그놈한테 어떤 눈빛을 보냈는지!"

"진실을 알고 싶다면 가르쳐 드릴게요. 나랑 그 사람은 사랑하는 사이예요. 그리고 해가 바뀌기 전에 부부가 될 거고요."

코딜리어는 더러운 장갑을 낀 손을 파란 하늘로 치켜들고 신들에게 인사라도 하듯이 휘휘 저었다. 그렇게 손을 흔들면서 환희와 웃음이 뒤섞인 비명 같은 소리를 토해냈다.

"결혼을 하시겠다고! 하! 혼약을 맺는 제단에서는 아예 희생자들의 피까지 마시겠군, 안 그래? 아이고, 이 사악한 것! 아주 눈물이 날 지경이구나!"

그러나 코딜리어는 눈물을 흘리는 대신 또다시 웃음을 터뜨렸다. 눈이 시리도록 파란 하늘에 환희의 포효가 울려 퍼졌다.

"우린 살인 같은 거 계획한 적 없어요."

수전이 대답했다. 그러면서 머릿속으로 장관 관저에서 일어난 살인 사건과 파슨의 군대를 처치하기 위해 파놓은 함정 사이에 선을 그었다.

"그 사람은 아무도 안 죽였어요. 이건 고모 친구 조너스가 저지른 짓이에요. 그 사람이 계획하고 그 사람이 저지른 더러운 짓이란 말이에요."

그 말을 들은 코딜리어는 들고 있던 상자에 손을 집어넣었고, 수전은 고모가 낀 장갑이 왜 그렇게 더러운지를 대번에 알아차렸다. 장갑을 끼고 난로 안을 긁었기 때문이었다.

"이 재로 너를 저주하마!"

코딜리어는 울부짖으며 수전의 다리에, 또 파일런의 고삐를 쥔 손에 시커먼 구름 같은 재를 뿌렸다.

"암흑이 너희를 삼킬 것이다, 너희 둘 다! 함께 행복하게 잘살아 봐라, 불신자들아! 살인자들! 사기꾼들! 거짓말쟁이들! 간통꾼들! 세상으로부터 의절당한 자들아!"

코딜리어 델가도는 저주를 한마디 외칠 때마다 한 움큼씩 재를 뿌렸다. 그리고 저주를 한마디씩 들을 때마다 수전의 정신은 점점 더 맑아졌고, 차가워졌다. 수전은 꼿꼿이 버티고 서서 고모가 자신에게 재를 퍼붓도록 내버려두었다. 사실 파일런은 옆구리에 재가 비처럼 쏟아지는 느낌을 받고 물러서려 했지만, 고삐를 당기는 수전 때문에 가만히 있을 수밖에 없었다. 이제 구경꾼들이 몰려들어 유서 깊은 저주 의식을 구경했지만(그중에는 눈을 동그랗게 뜨고 입을 바들바들 떠는 시미도 끼어 있었지만), 수전은 이조차도 알아차리지 못했다. 다시 제정신으로 돌아와 무엇을 해야 할지 깨달았기 때문이었다. 그리고 그것만으로도 고모에게 고마움 비슷한 기분을 느꼈다.

"고모, 난 고모를 용서할 거예요."

수전이 말했다. 이제 텅 비다시피 한 재 상자가 코딜리어의 손에서 떨어졌다. 마치 수전에게 뺨이라도 맞은 듯했다.

"뭐?" 코딜리어가 조그맣게 중얼거렸다. "뭐가 어째?"

"고모가 오빠에게, 그러니까 내 아버지에게 한 짓 말이에요. 고모가 공범으로 가담한 그 음모요."

수전은 손을 다리에 문질러 닦은 다음 앞으로 내밀고 몸을 숙였다. 그러고는 고모가 물러서기 전에 고모의 한쪽 뺨에 묻은 재를 닦아 주었다. 재가 닦인 자리에 남은 얼룩은 시커멓고 커다란 흉터 같았다.

"그렇지만 이 얼룩은 평생 지고 살아야 해요. 씻고 싶으면 씻어요, 그래 봤자 마음속에는 영원토록 남아 있겠지만요. 어쩌면…… 고모 마음속엔 이미 얼룩이 있었는지도 모르겠네요. 안녕히 계세요."

"네가 가긴 어딜 가!"

코딜리어 고모는 장갑을 낀 손으로 얼굴에 생긴 얼룩을 문질렀다. 그러고는 파일런의 고삐를 잡아채려고 뛰어들다가 상자에 발이 걸려 하마터면 넘어질 뻔했다. 그런 고모 곁에 몸을 숙이고 있다가 어깨를 잡고 일으켜준 사람은 수전이었다. 코딜리어는 살무사에게 닿기라도 한 것처럼 펄쩍 뛰어 물러섰다.

"그놈한테는 못 가! 지금 가면 안 돼, 이 멍청한 것아!"

수전은 고삐를 당겨 말 머리를 틀었다.

"참견하지 마요, 고모. 우리 사이는 이걸로 끝이에요. 하지만 내가 한 말, 똑똑히 기억해둬요. 나랑 그 사람은 해가 바뀌기 전에 결혼할 거예요. 내 뱃속엔 이미 첫째 아이가 자라고 있으니까요."

"이대로 그놈한테 가면 너희 결혼식은 내일 밤에 열릴 거야! 연기 속에서 손을 잡고, 불 속에서 혼약을 맺고, 잿더미 속에서 초야를 치른단 말이다! 잿더미 속에서 초야를 치른다고, 내 말이 안 들리냐?"

광기에 사로잡힌 고모가 욕을 퍼부으며 성큼성큼 다가섰지만 수전에게는 더 들을 시간이 없었다. 시간이 그야말로 쏜살같이 흐르는 중이었다. 필요한 일을 끝마칠 여유는 있을 듯싶었지만, 그러려면 서둘러야 했다.

"안녕히 계세요."

수전은 한 번 더 인사하고 쏜살같이 말을 달렸다. 고모의 마지막 말이 귓가에 맴돌았다. *잿더미 속에서 초야를 치른다고, 내 말이 안 들리냐?*

3

마을을 떠나 큰길을 따라 달리던 수전은 자신 쪽으로 다가오는 말 탄 사람들을 보고 길에서 벗어났다. 순례자들과 마주치기에 적당한 때가 아닌 듯했다. 마침 근처에 낡은 곡식 창고가 있었다. 수전은 파일런을 몰고 창고 뒤로 간 다음, 파일런의 목을 다독여 조용히 시켰다.

말 탄 사람들은 생각보다 늦게 수전이 있는 곳에 도착했다. 그들이 마침내 눈앞에 다가왔을 때, 수전은 그들이 늦은 까닭을 알아차렸다. 레아가 기묘한 문양으로 뒤덮인 검은 수레에 앉아 그들을 따라왔기 때문이었다. 입맞춤을 부르는 달이 뜬 밤에 처음 만났을 때, 그 마녀는 무섭기는 해도 사람처럼 보였다. 그런데 수전의 눈앞을 지나가는 지금은, 무릎에 놓인 주머니를 꼭 끌어안고서 검은 수레의 움직임에 맞춰 이리저리 꺼떡거리는 암컷인지 수컷인지 모를 부스럼투성이 짐승의 형상을 한 지금은, 인간이 아니라 차라리 괴물에 더 가까웠다. 함께 온 사람들은 위대한 관 사냥꾼 패거리였다. 수레에 탄 괴물이 악을 쓰듯 외쳤다.

"시프론트 관저로 가자! 어서, 최고 속도로 달려! 오늘 밤엔 소린의 침대에서 잘 거다! 자다가 내키면 오줌도 갈겨줄 테다! 어서 달려, 어서!"

자기 말에 수레를 달고 온 디페이프가 몸을 돌려 경멸과 두려움이 섞인 눈으로 레아를 바라보았다.

"입은 좀 다무시지."

레아는 발작 같은 웃음으로 답했다. 그러고는 양옆으로 몸을 꺼떡거리면서, 한 손으로는 무릎에 놓인 주머니를 움켜쥐고 다른 손으로는 손톱이 기다랗게 자란 뒤틀린 집게손가락을 쭉 뻗어 디페이프를 가리켰다. 레아를 보면서 수전은 두렵다 못해 힘이 쭉 빠지는 느낌이 들었다. 또다시 절망이 사방을 뒤덮었다. 조금만 틈을 보여도 뇌를 녹여버릴 시커먼 액체처럼.

수전은 정신을 다잡고서 온 힘을 다해 저항했다. 앞서 느꼈던 그 기분, 포기하면 또다시 찾아올 기분을 거부하기 위해서였다. 그것은 창고에 갇힌 뇌 없는 새가 된 기분이었다. 자신이 들어온 열린 창문을 무시한 채 벽에 머리를 찧어대는 새.

수레가 다음 언덕 너머로 사라지고 그들 패거리의 자취라고는 공중에 맴도는 먼지밖에 안 남았을 때에도, 레아의 거친 웃음소리는 잦아들지 않았다.

5

배드 그래스의 오두막에 도착한 때는 오후 1시 정각이었다. 수전은 잠시 파일런 위에 비스듬히 걸터앉아 오두막을 가만히 바라보았다. 롤랜드와 함께 이곳에 있었던 때로부터 아직 하루도 안 지났단 말인가? 사랑을 나누고 앞날을 설계하던 그때로부터? 믿을 수가 없었다. 그러나 말에서 내려 오두막에 들어서니 앞서 먹을거리를 담아왔던 버들 바구니가 현실이라고 확인시켜 주었다. 바구니는 곧 쓰러질 것 같은 탁자 위에 그대로 놓여 있었다.

바구니를 보고 있으려니 전날 저녁부터 아무것도 못 먹었다는 생각이 불쑥 떠올랐다. 몸 구석구석을 핥는 하트 소린의 시선 때문에 신경이 곤두서 저녁도 제대로 못 먹었던 것이다. 하긴, 그 징그러운 시선도 이제는 옛날이야기가 아닌가? 이제 수전은 시프론트 관저의 복도를 걷다가 하트 소린이 깜짝 상자의 광대 인형처럼 문에서 불쑥 튀어나와 몸을 더듬고 불룩한 가랑이를 비벼댈지도 모른다고 두려워할 필요가 없었다.

재가 됐어. 다 타서 재가 돼 버렸어. 하지만 롤랜드, 우린 아니야. 맹세할게, 우린 절대 그렇게 되지 않을 거야.

겁먹고 긴장한 채로, 수전은 당장 해야 할 일들을 정리하려고 끙끙댔다. 말에 안장을 얹을 때와 마찬가지로 차근차근 처리해야 할 일들이 있었다. 그러나 수전은 열여섯 살이었고, 건강했다. 버들 바구니를 본 순간 허기가 밀려왔다.

바구니를 열어 보니 먹다 남은 쇠고기 샌드위치 두 개에 개미 떼가 모여 있었다. 수전은 개미를 툭툭 털고 샌드위치를 씹어 삼켰다. 빵이 굳어서 딱딱했지만 그런 것은 안중에도 없었다. 바구니 안에는 반쯤 남은 사과주스 병과 케이크도 함께 들어 있었다.

음식을 다 먹어 치운 다음, 수전은 오두막 북쪽 구석으로 가서 무두질을 하다가 만 생가죽을 들췄다. 그 아래에 움푹 팬 공간이 나타났다. 안에는 부드러운 가죽으로 싼 롤랜드의 총이 놓여 있었다.

혹시라도 일이 틀어지면, 넌 여기로 와서 이 총을 들고 서쪽의 길르앗으로 가야 해. 가서 우리 아버지를 찾아.

어렴풋하면서도 절박한 호기심이 일어났다. 롤랜드는 수전이 아직 태어나지 않은 자신들의 아기를 뱃속에 품은 채 신나게 길르앗으로 달려갈 거라고 진심으로 믿었을까? 그와 그의 친구들이 수확제 밤의 거대한 장작불 속에서 비명을 지르며 통구이가 되는 동안?

수전은 리볼버 한 정을 총집에서 꺼냈다. 탄창을 여느라 시간이 걸리기는 했지만 이내 둥그런 탄창이 미끄러지듯 옆으로 빠져나왔고, 구멍마다 장전된 총알이 보였다. 수전은 탄창을 제자리에 돌려놓고 남은 리볼버를 점검했다.

수전은 롤랜드와 마찬가지로 안장 뒤의 담요 속에 총을 감춘 다음, 안장에 올라 다시 동쪽으로 향했다. 하지만 마을 쪽은 아니었다. 아직은. 그 전에 들를 곳이 한 군데 더 있었다.

6

오후 2시 무렵, 프랜시스 렝길이 공회당에서 연설을 한다는 소문이 메지스 전역에 퍼졌다. 누가 처음 퍼뜨린 소식인지는(뜬소문치고는 너무나 상세하고 구체적이었다.) 아무도 몰랐지만, 아무도 괘념치 않았다. 사람들은 그저 소식을 전할 뿐이었다.

3시가 되자 공회당 안은 주민들로 꽉 들어찼고, 건물 바깥에 서서 렝길의 짧은 연설을 귓속말로 전해 듣는 사람만 해도 200명이나 됐다. 렝길이 곧 등장한다는 소식을 트래블러스 레스트에 맨 처음 퍼뜨린 코럴 소린은 공회당에 나타나지 않았다. 렝길이 무슨 말을 할지 이미 알기 때문이었다. 실은 되도록 짧고 직설적으로 말하라는 조너스의 주장을 거들기까지 했다. 굳이 선동할 필요는 없었다. 주민들은 수확제 날의 해가 저물 때쯤이면 폭도로 변신할 터였다. 폭도들은 늘 두목을 뽑는 법이었고, 그렇게 뽑힌 두목은 언제나 적임자였다.

렝길은 조끼 앞에 은으로 만든 수확제 기념 장식을 단 채 한 손에 모자를 들고 연설을 했다. 짧고 두루뭉술하면서도 확신을 주는 연설이었다. 빽빽하게 모인 주민들은 거의 모두 평생 렝길과 알고 지냈던 사람들이었기에 그의 입에서 나온 말이라면 한마디도 의심치 않았다.

청바지를 입은 남자들과 낡은 체크무늬 드레스 차림의 여자들 앞에서, 렝길은 하트 소린과 킴버 라이머가 디어본, 히스, 스톡워스에게 살해당했노라고 말했다. 범행의 단서는 소린 장관의 무릎에 놓인 어떤 물건, 바로 새의 해골이었다.

그 말에 사람들이 웅성거리기 시작했다. 렝길의 말을 듣던 주민들 가운데 그 새 해골이 커스버트의 안장머리에 묶여 있거나 그의 목에 자랑스레 걸려 있는 모습을 본 사람은 한둘이 아니었다. 사람들은 그의 장난기에 웃음을 터뜨리곤 했다. 그들의 머릿속에 웃음으로 화답하던 커스버트의 얼굴이 떠올랐다. 커스버트가 웃은 이유는 정작 따로 있었다는 생각도 함께 떠올랐다. 사람들의 표정이 어두워졌다.

뒤이어 렝길은 재무 집행관의 목을 자른 흉기가 디어본의 것이라고 말했다. 세 소년은 그날 아침 메지스에서 달아나려던 참에 붙잡혔다. 범행 동기는 아직 다 밝혀지지 않았지만 아마도 메지스의 말을 욕심냈기 때문인 듯했다. 그렇다면 튼튼한 말에 후한 값을, 그것도 현금으로 지급한다고 알려진 존 파슨의 사주를 받았을 가능성도 있었다. 다시 말해 그들 셋은 자신의 고향과 동맹의 대의를 저버린 배신자들이었다.

렝길은 공회당 좌석 맨 뒤에서 셋째 줄에 브라이언 후키의 아들 루푸스를 미리 심어 두었다. 이제 그 루푸스 후키가 때맞춰 소리쳤다.

"그놈들, 자백은 했나요?"

"그래. 살인 두 건 모두 자백했고, 더없이 자랑스럽다더군."

렝길의 대답에 사람들은 천둥소리처럼 요란하게 웅성거렸다. 그 소리는 입에서 입을 타고 파도처럼 바깥쪽으로 퍼져나갔다. 더없이 자랑스럽다니, 더없이 자랑스럽다니, 야음을 틈타 사람을 죽여 놓고 더없이 자랑스럽다니.

입들이 굳게 닫혔다. 손들은 하나둘 불끈 쥔 주먹으로 변했다.

"디어본 말로는 조너스 씨 일행이 자신들의 도둑질을 목격하고 라이머 집행관한테 보고했다더군. 그래서 도둑질을 끝마치는 동안 입을 막으려고 라이머 집행관을 살해한 거야. 이미 보고를 받았을지도 모르는 소린 장관님도 함께."

앞서 라티머는 이 연설이 말도 안 되는 소리라며 반대했다. 조너스도 웃는 얼굴로 고개를 끄덕이며 중얼거렸다. *맞아. 얼토당토않은 소리지. 하지만 아무래도 상관없어.*

렝길은 답할 준비가 되어 있었지만 아무도 질문하지 않았다. 주민들이 자리를 뜨는 동안 공회당 안에는 웅성거리는 소리와 어두운 표정, 그리고 수확제 장식이 조그맣게 찰랑거리는 소리뿐이었다.

애송이들은 감옥에 갇혀 있었다. 렝길은 앞으로 그들을 어떻게 할지에 대해 아무것도 밝히지 않았지만 역시 아무도 묻지 않았다. 그는 다음날 열기로 한 행사들, 즉 게임과 말타기, 칠면조 경주, 호박 조각 경연 대회, 돼지 몰기, 수수께끼 시합, 무도회 가운데 몇 가지는 간밤의 참극에 조의를 표하는 뜻에서 취소될 거라고 말했다. 물론 정말로 중요한 행사들, 그러니까 가축 품평회와 늙은 말 도살하기, 양털 깎기, 가축 교배하기, 말과 돼지와 소와 양을 거래하는 경매는 예년과 다름없이 열릴 예정이었다. 그리고 달이 뜰 무렵의 성대한 장작불도. 장작불과 허수아비 태우기. *번제 나무*는 까마득한 옛날부터 수확제 축일의 마무리였다. 세상이 끝장나지 않는 한 결코 빼먹을 수 없는 행사였던 것이다.

"장작불은 활활 탈 거야. 허수아비들도 함께 탈 거고." 엘드레드 조너스는 렝길에게 그렇게 말했다. "그렇게만 말하면 돼. 자네가 할 말은 그것뿐이야."

그리고 렝길이 보았듯이, 조너스의 말은 옳았다. 모두의 표정이 그렇게 말하고 있었다. 비단 옳은 일을 행하겠다는 결심만이 아니라 일종의 추악한 조바심이 모두의 표정을 물들였다. 세상에는 오래된 관습들이, 오로지 손을 붉게 칠한 허수아비의 형태로만 남아 있는 오래된 의식이 존재했다. *번제 나무* 역시 그러한 의식이었다. 실행을 멈춘 지 이미 수백 년이나 된 의식이었지만(외딴 산속에서는 여전히 이따금씩 벌어졌지만), 변질해 버린 세상에서는 시간이 거꾸로 흐르기도 하는 법이었다.

짧게 끝내. 조너스의 그 말은 실로 훌륭한 조언이었다. 렝길에게 조너스는 평온한 시절 같으면 곁에 두고 싶지 않은 인물이었지만, 지금 같은 때에는 쓸모 있는 인재였다.

"여러분, 부디 평안하시기를. 모두에게 평화가 찾아오기를."

렝길은 연설이 끝났다는 표시로 두 손이 어깨 위로 가도록 팔짱을 끼고 뒤로 물러섰다.

"긴 낮과 평안한 밤이 이어지기를."

주민들은 다 같이 침통한 목소리로 답례했다. 그러고는 망설임 없이 돌아서서 공회당을 떠나 수확제 전날의 오후 일과를 준비하는 곳으로 향했다. 그들 중 적잖은 수가 트래블러스 레스트나 베이뷰 호텔로 향하리라는 것을 렝길은 훤히 알고 있었다. 그는 손을 들어 이마의 땀을 훔쳤다. 원래부터 사람들 앞에 나서기를 싫어하는 렝길이었지만 이날만큼 싫었던 적은 없었다. 그래도 잘 끝난 것 같았다. 아주 잘.

7

사람들은 입을 다문 채 물처럼 빠져나갔다. 렝길이 예상한 대로 대부분은 술집으로 향했다. 가는 길에 유치장이 있었지만 그쪽으로 눈을 돌리는 사람은 거의 없었고…… 있다 해도 살짝 흘겨볼 뿐이었다. 입구 쪽 처마 아래에는 (에이버리 보안관의 안락의자에 축 늘어져 있는 붉은 손 허수아비를 빼면) 아무도 없었고, 볕이 따뜻한 오후에는 늘 그렇듯이 문이 살짝 열려 있었다. 소년들이 유치장에 있는 것만은 분명했지만 특별히 엄중하게 감시하는 낌새는 조금도 보이지 않았다.

트래블러스 레스트와 베이뷰 호텔로 향하던 사내들이 하나로 뭉치면 롤랜드 패거리를 끌어내는 것은 일도 아니었다. 하지만 그렇게 하는 대신 그들은 고개를 숙이고 입을 다문 채 술이 기다리는 곳으로 터덜터덜 걸음을 옮겼다. 아직은 때가 아니었다. 이날 밤은, 아니었다.

하지만 이튿날은…….

8

바케이 목장이 지척에 보이는 곳. 수전은 고삐를 당겨 말을 세우고 입을 헤 벌린 채 하염없이 앉아 있었다. 기다랗게 경사진 자치령 소유의 목초지에서 무언가 발견했던 것이다. 말을 세운 곳으로부터 동쪽 멀리, 적어도 5킬로미터는 떨어진 곳에, 10명 남짓 되는 몰이꾼들이 수전이 평생 한 번도 본 적 없을 만큼 많은 말들을 몰고 가는 중이었다. 어림잡아 400마리는 돼 보였다. 말들은 몰이꾼이 인도하는 대로 느긋하게 걸음을 옮겼다.

겨울이 다가오니까 목장으로 몰고 가는 거겠지.

얼핏 떠오른 생각이었다. 하지만 그들이 향하는 방향은 목장이 줄지어 늘어선 평원 위쪽이 아니었다. 수가 너무 많아서 풀밭을 뒤덮은 먹구름처럼 보이는 말 떼는, 교수대 바위가 있는 서쪽으로 가고 있었다.

수전은 애초부터 롤랜드가 한 말을 모두 믿었지만 이 광경을 보고서 자신만의 방식으로 더욱 확신을 얻었다. 모든 것이 죽은 아버지와 직접 관련되어 있었다.

문제는 바로 저 말들이었다. 당연한 얘기지만.

"망할 자식들." 수전이 중얼거렸다. "이 나쁜 말 도둑놈들."

수전은 파일런의 고삐를 틀어 잿더미가 된 목장으로 달려갔다. 오른편 땅바닥에 그림자가 기다랗게 늘어졌다. 머리 위로는 악마의 달이 파란 낮 하늘에 허옇게 박혀 있었다.

9

뚜렷한 이유는 알 수 없었지만, 수전은 조너스가 바케이 목장에 부하를 남겨두지 않았을까 하고 두려워했다. 알고 보니 그 두려움은 기우에 지나지 않았다. 목장은 7년 전 불에 타 무너졌을 때부터 내륙 출신 소년들이 찾아올 때까지 그랬듯이 이날도 텅 비어 있었다. 그럼에도 이날 아침에 벌어졌던 대결의 흔적은 또렷이 남아 있었고, 숙소 건물 안에 들어서자마자 바닥 널빤지 사이로 입을 벌린 구멍이 대번에 눈에 들어왔다. 조너스가 알레인과 커스버트의 총을 챙기고서 덮어둘 생각도 하지 않았기 때문이었다.

수전은 침대 사이로 걸어가 한쪽 무릎을 꿇고 구멍 안을 들여다보았다. 아무것도 없었다. 실은 찾으러 온 물건이 애초부터 그 안에 있었는지조차 의심스러웠다. 바닥의 구멍은 그리 크지 않았다.

그렇게 가만히 앉은 채로, 수전은 침대 세 개를 물끄러미 바라보았다. 어떤 게 롤랜드의 침대일까? 코는 롤랜드의 머리카락과 살갗의 냄새를 기억하고 있으니 찾을 수도 있을 것 같았지만, 그런 감상적인 충동은 지그시 눌러두는 편이 나을 듯싶었다. 당장은 마음을 굳게 먹고 서둘러야 했다. 지금은 망설이거나 돌아볼 때가 아니었다.

재가 돼버릴 거다. 머릿속에서 코딜리어 고모가 속삭였다. 너무 작아서 잘 들리지도 않는 목소리로. 수전은 그 목소리를 떨쳐내듯이 거칠게 고개를 저으며 바깥으로 나갔다.

숙소 뒤편에는 아무것도 없었다. 변소 양 옆과 뒤쪽도 마찬가지였다. 그 옆의 낡은 식당 건물을 돌아 뒤쪽을 살펴보니 그제야 찾던 물건이 나왔다. 마지막으로 봤을 때 카프리초소의 등에 실려 있던 조그만 술통 두 개가 남의 눈을 피할 생각도 없이 태연하게 놓여 있었던 것이다.

그 노새를 생각하니 시미의 얼굴이 함께 떠올랐다. 어른처럼 큰 키로 수전을 내려다보며 희망에 들뜬 아이 같은 얼굴로 말하던 시미. *저, 아가씨한테 핀 데 아뇨 키스를 받았으면 해서요.*

시미는 '아서 히스 나리' 덕분에 목숨을 건졌다. 시미는 마녀가 분노할 것을 알면서도 고모에게 갈 쪽지를 커스버트에게 건네주었다. 이 술통을 여기까지 가져온 사람도 시미였다. 술통은 조금이나마 정체를 감추기 위해 검댕이 칠해져 있었고, 그러다 보니 뚜껑을 여는 동안 수전의 손과 셔츠 소맷부리에도 검은 얼룩이 생겼다. 그것 또한 고모가 말한 재였다. 그러나 통 안의 폭죽은 무사했다. 주먹만 한 대형 폭죽과 손가락만 한 소형 폭죽이 함께 들어 있었다.

수전은 두 가지 폭죽을 모두 집어서 주머니가 불룩해질 때까지 쑤셔 넣고 나머지는 두 팔 가득 안았다. 그렇게 팔에 안고 온 폭죽을 안장 가방에 넣은 다음, 하늘을 올려다보았다. 세 시 반이었다. 해가 지기 전까지는 햄브리로 돌아갈 수 없으니 적어도 한 시간 반은 더 기다려야 했다. 그러니 감상에 젖을 시간이 조금은 생긴 셈이었다.

숙소로 돌아간 수전은 롤랜드의 침대를 거뜬히 찾아냈다. 잠자리에 들기 전에 기도를 올리는 아이처럼 침대 곁에 무릎을 꿇고서, 수전은 롤랜드의 베개에 얼굴을 묻고 숨을 깊이 들이마셨다.

"롤랜드." 베개에 파묻혀 웅얼거리는 목소리. "널 사랑해. 널 얼마나 사랑하는지 몰라."

수전은 롤랜드의 침대에 누워 창 너머로 점점 약해지는 햇빛을 바라보았다. 그러다 한번은 두 손을 들어 손가락에 묻은 검댕을 가만히 올려다보았다. 식당 앞에 있는 펌프로 가서 손을 씻을까 하는 생각도 들었지만, 그냥 두기로 했다. 시커먼 채로 놔두기로. 그들은 카텟, 여럿이 하나 된 자들이었다. 굳건한 사명과 굳건한 사랑을 지닌.

재는 재로 남겨둘 작정이었다. 아무리 추악하다 할지라도.

10

우리 수전이 말썽을 좀 부리긴 해도 시간 하나는 잘 지킨단 말이야. 패트릭 델가도는 그렇게 말하곤 했다. *시간은 아주 칼 같이 지켜, 우리 딸이.*

수확제 전날 밤, 그 말은 사실이 되었다. 수전은 자기 집을 멀리 돌아서 해가 산 너머로 지기 10분 전에 트래블러스 레스트에 도착했다. 하이 스트리트는 보랏빛 땅거미로 물들어 있었다.

거리는 수확제 전날 밤치고는 스산할 정도로 휑했다. 지난 한 주 동안 그린하트 광장을 채운 악단의 연주도 들리지 않았다. 이따금 폭죽 터지는 소리가 들렸지만 환호하며 웃는 아이들 목소리는 없었다. 불이 켜진 색등도 고작 몇 개뿐이었다.

컴컴한 처마 아래마다 서 있는 허수아비들이 이쪽을 노려보는 듯했다. 그 하얀 십자 눈을 보고 있자니 소름이 돋았다.

술집 안에 펼쳐진 광경도 마찬가지로 기묘했다. 말을 묶어두는 가로대에는 빈자리가 없었고(몇 마리는 아예 길 건너 잡화점 앞에 있었고) 창문마다 새어나온 빛이 얼마나 환했던지 술집이 아니라 캄캄한 바다에 떠 있는 거대한 배처럼 보일 지경이었지만, 셰브의 피아노 연주와 함께 흘러나와야 할 싸우는 소리와 환호성이 이날 밤에는 들리지 않았다.

수전은 100명도 넘는 남자들이 그저 옹기종기 모여서 술을 마시는 광경을 어느새 머릿속에 생생하게 떠올렸다. 그들은 말도 안 하고, 웃지도 않고, 사탄의 골목길 게임판에 주사위를 던진 다음 그 결과에 환호하거나 구시렁거리지도 않았다. 수확제를 빌미로 여자의 입술을 훔치는 사람도 없었다. 말실수로 시작하여 주먹다짐으로 끝나는 싸움도 벌어지지 않았다. 수전의 연인과 그 친구들이 갇힌 곳으로부터 300미터도 안 떨어진 이 술집 안에서, 남자들은 그저 술만 마셨다. 이날 밤에는 술 마시는 것 말고는 아무것도 안 할 듯싶었다. 그러니 운이 따른다면…… 수전에게 운과 용기가 함께 따른다면…….

수전이 술집 앞에서 파일런에게 멈추라고 나직이 속삭인 순간, 컴컴한 어둠 속에서 사람 형상이 불쑥 솟아올랐다. 수전은 흠칫 놀라 긴장했지만, 이제 떠오르기 시작한 달이 맨 먼저 던진 주황색 달빛 속에 시미의 얼굴이 드러났다. 수전은 마음이 놓이다 못해 웃음이 터져 나왔다. 스스로가 우스워서 나온 웃음이었다. 시미도 그들 카텟의 일원이었다. 수전은 이미 알고 있었다. 시미 역시 그것을 안다고 해도 딱히 놀랄 일은 아니지 않은가?

"수전 아가씨. 기다리고 있었어요."

시미는 모자를 벗어 가슴에 대고 말했다.

"왜?"

"이리 오실 줄 알았거든요."

시미는 어깨 너머로 트래블러스 레스트를 돌아보았다. 시커먼 건
물에서 뻗어 나온 환한 불빛이 사방으로 퍼져 나갔다.

"아서 나리랑 친구 분들을 구하러 가는 거죠, 그렇죠?"

"응. 할 수만 있다면."

"꼭 해야 해요. 저 안에 있는 사람들은 아무 말도 안 하지만, 말할
것도 말 것도 없어요. 전 알아요, 패트릭의 따님 수전 아가씨. *전 다
알아요.*"

수전도 그럴 거라고 생각했다.

"안에 코럴 소린도 있어?"

시미가 고개를 저었다.

"장관 관저로 갔어요. 스탠리한테 뭐랬냐면요, 모레 장례식이 열
리니까 그전에 시신을 염해야 한댔어요. 그치만 장례식 땐 여기 없
을 거예요. 위대한 관 사냥꾼들이 떠날 때 코럴 마님도 같이 떠날
거예요."

시미는 손을 들어 눈물을 닦았다.

"시미, 네 노새 말인데……."

"안장을 얹어놨어요. 고삐도 기다란 걸로 바꿨고요."

시미를 보던 수전의 입이 헤 벌어졌다.

"그걸 다 어떻게 알고……?"

"여기로 오실 줄 알았던 거랑 똑같아요. 그냥 알았어요."

시미는 별 거 아니라는 듯 어깨를 으쓱하고 뒤쪽을 가리켰다.

"카프리초소는 저쪽에 있어요. 주방 뒤 펌프에 묶어놨어요."

"잘했어."

수전은 안장 가방 안을 뒤적였다. 소형 폭죽이 있는 곳이었다.

"자, 몇 개 받아. 성냥은 갖고 있지?"

"예."

시미는 아무것도 묻지 않고 그저 바지 앞주머니에 폭죽만 쑤셔 넣었다. 하지만 이때껏 트래블러스 레스트의 용수철 문을 한 번도 열어본 적이 없는 수전은 그에게 묻고 싶은 것이 있었다.

"시미, 손님들이 가게에 들어오면 외투랑 어깨담요는 어디다 둬? 술을 마시다 보면 더워지니까 벗을 거 아냐."

"예, 맞아요. 문 바로 안쪽에 기다란 탁자가 있는데요, 거기다 쌓아 놔요. 집에 갈 때 내 옷이니 네 옷이니 하면서 싸우는 사람들도 있어요."

그 말에 고개를 끄덕이면서 수전은 열심히, 또 재빨리 머리를 굴렸다. 시미는 모자를 가슴에 댄 채로 우두커니 앞에 서 있었다. 자신은 못하는 일…… 적어도 보통 머리로는 해낼 수 없는 일을 수전에게 맡기는 중이었다. 마침내 수전이 고개를 들었다.

"시미, 날 도와주면, 넌…… 넌 더 이상 햄브리에서 살 수가 없어. 메지스에서도…… 변방 자치령 어디에서도. 우리가 달아날 때 너도 같이 가야 해. 무슨 말인지 알아?"

시미는 또렷이 이해하고 있었다. 떠난다는 생각에 아예 얼굴이 환히 빛날 정도였다.

"그럼요, 수전 아가씨! 아가씨랑 윌 디어본 씨랑 리처드 스톡워스 씨, 또 저하고 제일 친한 아서 히스 나리랑 같이 가는 거잖아요! 으리으리한 건물이랑 조각상도 구경하고, 요정 공주처럼 예쁘게 입은 아가씨들이랑, 또……."

"잡히면 우린 처형당할 거야."

시미의 얼굴에서 웃음이 사라졌지만 눈빛은 여전히 총총했다.

"알아요. 잡히면, 음, 십중팔구 죽겠죠."

"그래도 우릴 도와줄 거야?"

"카프리초소한테 벌써 안장을 올려놨어요."

시미가 앞서 했던 대답을 되풀이했다. 더 들을 필요는 없었다. 수전은 모자를 쥔 시미의 손을 잡았다(모자 위쪽은 푹 꺼져 있었다. 이렇게 찌그러진 모자를 본 것이 처음은 아니었다.). 그러고는 한 손으로 안장머리를 붙잡은 채 몸을 숙여 시미의 볼에 입을 맞추었다. 올려다보는 시미의 얼굴에 웃음이 번졌다.

"젖 먹던 힘까지 다 끌어내보자. 알았지?"

"예, 패트릭의 따님 수전 아가씨. 우리 친구들을 위해, 젖 먹던 힘까지. 최선을 다해서."

"그래. 이제 잘 들어, 시미. 똑똑히 들어야 돼."

수전은 이야기를 시작했고, 시미는 귀를 기울였다.

11

20분 후, 통통하게 부푼 주황색 달이 가파른 언덕을 오르는 임신부처럼 힘겹게 지붕 위로 올라설 무렵, 말몰이꾼 한 명이 노새를 끌고 하이 스트리트를 따라 보안관 사무소 쪽으로 향했다. 사무소가 있는 하이 스트리트 끝자락은 이미 칠흑처럼 캄캄했다. 그린하트 광장 주변에는 군데군데 불이 켜져 있었으나 (여느 해 같으면 불을 환히 밝힌 채 인파로 북적였을) 공원은 한산하기 그지없었다. 가판대는 거의 모두 닫혔고 그나마 열린 가게도 손님이 든 곳은 점집뿐이었다. 수확제 전날 밤에는 원래 흉한 점괘밖에 나오지 않았지만, 그래도 사람들은 점을 보러 갔다. 하긴, 세상이 원래 그렇지 않던가?

말몰이꾼은 두툼한 어깨 담요를 걸치고 있었다. 혹시 가슴이 여자처럼 불룩해도 가릴 수 있을 만한 담요였다. 머리에는 땀으로 얼룩진 큼지막한 모자를 쓰고 있었다. 혹시 얼굴이 여자처럼 생겼어도 가릴 수 있을 만한 모자였다. 그 모자의 널따란 챙 아래로, 말몰이꾼은 「경솔한 사랑」을 흥얼거렸다.

노새의 조그만 안장은 밧줄로 묶은 커다란 짐 아래에 파묻혀 있었다. 무슨 천을 여러 장 겹쳐 덮은 짐 같았지만 사방이 어두워서 알아보기가 힘들었다. 무엇보다 기묘한 것은 노새의 목에 걸린 특이한 수확제 장식이었다. 농사꾼용 모자 두 개와 말몰이꾼용 모자 한 개를 기다란 밧줄로 묶어 만든 장식이었다.

말몰이꾼이 보안관 사무소 앞에 도착하자 노랫소리가 멈췄다. 건물은 창문 한 개에서 흘러나온 희미한 빛을 빼면 아무 기척도 느껴지지 않았다. 처마 밑의 안락의자에 우스꽝스러운 허수아비가 허크에이버리 보안관의 자수 조끼를 입고 양철 별 배지를 단 채 앉아 있었다. 지키는 사람은 아무도 없었다. 메지스에서 가장 미움받는 세 사람이 안에 갇혀 있다는 증거는 조금도 찾아볼 수 없었다. 그리고 이제, 몹시도 조그맣게, 말몰이꾼의 귀에 기타 소리가 들려왔다.

기타 소리는 멀리서 터지는 폭죽 소리에 묻혀 잘 들리지 않았다. 말몰이꾼이 어깨 너머를 돌아보았다. 희끄무레한 사람 형상이 눈에 들어오는가 싶더니, 그 형상이 손을 흔들었다. 말몰이꾼은 고개를 끄덕이고 손짓을 한 다음 노새를 가로대에 묶었다. 오래전 어느 여름날, 롤랜드와 친구들이 보안관에게 인사하러 왔을 때 말을 묶어둔 바로 그 가로대였다.

12

데이브 홀리스 부보안관이 벌써 한 200번은 친 것 같은 「물에 빠져죽을 밀스 선장」의 도입부를 또다시 기타로 연주하는 동안, 아무도 잠글 생각을 하지 않았던 보안관 사무소의 문이 열렸다. 데이브 부보안관 맞은편에는 에이버리 보안관이 자기 책상 의자에 등을 젖히고 앉아 불룩한 배에 손을 올려놓고 있었다. 주황색 램프 불빛이 일렁거리며 사무실 안을 비췄다.

"계속 치세요, 부보안관님. 그럼 처형은 안 해도 될 테니까."

커스버트 올굿이 말했다. 그는 자기 감방 문 앞에 서서 두 손으로 창살을 붙잡고 있었다.

"왜냐면 저희가 자살할 거거든요. 정당방위 차원에서."

"입 다물어, 이 굼벵이 같은 놈아."

이렇게 쏘아부친 사람은 에이버리 보안관이었다. 보안관은 푸짐한 저녁을 먹고 졸다가 반쯤 깨어난 상태로 이웃 자치령에 사는 동생(과 몹시도 예쁘게 생긴 제수)에게 이날의 무용담을 어떻게 들려줄지 궁리하는 중이었다. 겸손하게 이야기하는 와중에도 자신이 주역을 맡았다는 점을 꼭 전해야 했다. 그러니까 그가 없었더라면 이 어린 망나니 셋은 결코……

"제발 노래는 부르지 마세요. 노래만 참아주시면 전설 속의 아서 엘드 왕도 제가 죽였다고 자백할게요."

커스버트가 부보안관에게 너스레를 떨었다. 그의 왼편 침대에는 알레인이 다리를 꼬고 앉아 있었다. 롤랜드는 깍지 낀 손으로 머리를 받치고 자기 침대에 누워 천장을 올려다보고 있었다. 그러다가 사무소 문이 철컥 하고 열린 순간, 롤랜드는 벌떡 일어나 침대에 앉았다. 마치 기다리고 있었다는 듯이.

"브리저가 교대하러 왔나 봐요."

데이브 부보안관은 신이 나서 기타를 옆으로 치웠다. 이 지긋지긋한 임무에서 벗어나고 싶어 안달이 났던 것이다. 아서 히스(본명은 커스버트 올굿)의 농담은 정말이지 끔찍한 수준이었다. 어쩌면 이튿날 화형대에 매달리는 동안에도 쉬지 않고 농담을 지껄일 것만 같았다.

"내가 보기엔 그놈들 부하 같은데."

에이버리 보안관이 말했다. 그놈들이란 위대한 관 사냥꾼들을 가리키는 말이었다.

실은 둘 다 아니었다. 사무실에 들어선 사람은 어울리지 않게 커다란 어깨 담요를 걸치고(뒤뚱뒤뚱 들어서서 문을 닫는 동안 담요가 바닥에 질질 끌릴 정도였다.) 눈 위까지 모자를 눌러쓴 말몰이꾼이었다. 허크 에이버리 보안관의 눈에는 꼭 카우보이 허수아비처럼 보였다.

"어이, 자네!"

낯선 사내를 부르는 보안관의 얼굴에 웃음이 번졌다. 보나마나 누가 장난을 치려고 보낸 사람이었고, 장난이라면 에이버리 보안관도 남 못지않게 칠 줄 알았다. 특히 고기와 으깬 감자를 양껏 먹어 치우고 흐뭇해진 저녁에는 더더욱 그랬다.

"어서 오게! 무슨 일로 여기까지 왕림을……?"

사내의 한쪽 손은 문고리에, 다른 손은 어깨 담요 밑에 감춰져 있었다. 감췄던 손이 나타났을 때, 감방에 갇힌 소년 셋은 그 손이 어색하게 쥐고 있는 총을 대번에 알아보았다. 총을 바라보던 에이버리 보안관의 얼굴에서 웃음기가 서서히 사라졌다. 불룩한 배 위에 깍지를 끼고 있던 손이 스르륵 풀어졌다. 책상 위에 걸쳐졌던 발도 바닥으로 내려왔다.

"허, 이 친구 보게. 뭔가 따로 할 말이 있나 보군."

보안관이 느릿느릿 중얼거렸다.

"벽에 걸린 열쇠, 가져와. 그걸로 감방 문 열어."

말몰이꾼은 억지로 꾸며낸 쉰 목소리로 나직하게 말했다. 바깥에서 또다시 폭죽이 타닥거리는 소리를 내며 터졌지만, 그 소리를 알아차린 사람은 롤랜드뿐이었다.

"그건 좀 힘들겠는데."

에이버리 보안관이 맨 아래 서랍을 발로 슬며시 열면서 말했다. 서랍 안에는 그날 아침에 사용한 총 몇 정이 들어 있었다.

"그 총에 총알이 들었는지 안 들었는지는 모르겠지만, 너 같은 잔챙이가 과연 총을 쏠 배짱이 있을지……"

말몰이꾼이 책상을 겨누고 방아쇠를 당겼다. 좁은 사무실 안을 뒤흔든 총성은 귀가 먹먹할 정도로 요란했지만, 롤랜드는 문이 닫혀 있으니 바깥에서 들으면 폭죽 소리로 착각할 수도 있으리라고(부디 그랬으면 하고) 생각했다. 어떤 것보다는 크고 어떤 것보다는 작은 폭죽 소리로.

넌 멋진 여자야. 롤랜드는 속으로 생각했다. *정말 멋진 여자야. 하*

지만 조심해, 수전. 제발 조심해.

이제 세 명 모두 감방 문 앞에 나란히 서서 눈을 동그랗게 뜨고 입을 다물고 있었다.

총알이 보안관 책상에 깔린 받침판 한쪽 귀퉁이에 박히면서 큼지막한 구멍이 뚫렸다. 에이버리는 비명을 지르며 몸을 젖히다가 의자와 함께 뒤로 넘어갔다. 그의 발이 서랍에 걸렸고, 서랍이 빠져나와 뒤집히면서 낡아빠진 권총 세 정이 널빤지 바닥에 나뒹굴었다.

"수전, 조심해!"

커스버트가 외쳤다. 뒤이어 그가 또 한 번 악을 썼다.

"데이브, 안 돼!"

데이브 홀리스는 에이버리가 은퇴하면 자신이 메지스 자치령 보안관이 되리라는 희망을 품은 남자였다(그는 이따금씩 아내 주디에게 자신이 뚱보 에이버리보다 훨씬 훌륭한 보안관이 될 거라는 포부를 들려주기도 했다.). 그런 그가 삶의 마지막 순간에 행동에 나선 동기는 위대한 관 사냥꾼들에 대한 두려움이 아니라 사명감이었다. 소년들을 어떻게 연행했는지, 또 소년들이 정말로 죄가 있는지에 대한 의문은 그의 머릿속에서 까맣게 사라졌다. 마지막 순간에 그가 떠올린 생각은 소년들이 자치령의 죄수라는 것, 또 죄수들이 탈출하지 못하도록 온힘을 다해 막아야 한다는 것이었다.

데이브 부보안관은 어울리지 않게 큰 옷을 걸친 말몰이꾼을 향해 달려들었다. 그의 손에서 총을 빼앗을 작정이었다. 그리고 필요하면 그 총으로 그를 쏠 작정이었다.

13

수전은 구멍 속으로 노란 나무가 드러난 보안관의 책상 귀퉁이를 멍하니 바라보았다. 손가락을 한 번 움직인 것만으로 이토록 커다란 타격을 가할 수 있는 데에 놀라 정신이 나갔던 것이다. 그때 커스버트의 다급한 외침이 그녀를 현실로 불러냈다.

데이브 부보안관이 치렁치렁한 어깨 담요를 붙잡으려고 달려들었지만 수전은 벽으로 흠칫 물러나 그를 피했고, 동시에 또다시 방아쇠를 당겼다. 요란한 굉음이 한 번 더 울리는가 싶더니 수전보다 고작 두 살 많은 청년인 데이브 홀리스가 뒤로 날아갔다. 셔츠 가슴팍에 달린 별 모양 배지의 꼭짓점 사이에 구멍이 뚫려 있었고, 그 구멍에서 연기가 피어올랐다. 두 눈은 방금 일어난 일을 믿을 수 없다는 듯이 동그랬다. 쭉 뻗은 손 옆에는 기다란 실크 리본으로 묶인 외알 안경이 나동그라져 있었다. 한쪽 발이 기타를 건드려 바닥으로 쓰러뜨리는 바람에 앞서 그가 연주하던 것만큼이나 우스꽝스러운 기타 소리가 사무실에 울려퍼졌다.

"데이브." 수전이 속삭이듯 중얼거렸다. "세상에, 데이브. 미안해요. 내가 무슨 짓을……?"

데이브는 딱 한 번 일어서려고 버둥거리다가 얼굴부터 고꾸라졌다. 총알이 들어가면서 생긴 앞쪽 구멍은 작았지만 이제 수전이 보고 있는 등 쪽 구멍은 커다랗고 끔찍했다. 온통 시커멓고 빨갰으며, 가장자리의 셔츠는 검게 타 있었다. 마치 총으로 쏘는 대신 달군 부지깽이로 찌른 것 같았다. 총은 원래 적을 자비롭고 깔끔하게 처치하는 물건이었지만…… 지금 눈앞의 광경은 자비롭지도, 깔끔하지도 않았다.

"데이브. 데이브, 난······."

"조심해 수전!"

롤랜드가 외쳤다. 에이버리 때문이었다. 그는 네 발로 허둥지둥 기어와 수전의 종아리를 붙들고 냉큼 잡아당겼다. 수전은 '쿵' 소리와 함께 엉덩방아를 찧으며 쓰러졌고, 이내 바닥에 웅크린 에이버리와 얼굴을 마주했다. 에이버리의 툭 불거진 눈과 거칠거칠한 얼굴과 마늘 냄새를 풀풀 풍기는 입이 바로 코앞에 있었다.

"맙소사, 아가씨 정말 보통이 아니구먼."

에이버리가 소곤거리며 손을 뻗었다. 수전은 롤랜드의 총을 다시 한 번 발사했다. 어깨 담요에 불을 붙이면서 발사된 총알이 천장에 구멍을 뚫었다. 횟가루가 우수수 떨어졌다. 에이버리가 햄 덩어리처럼 통통한 손으로 수전의 목을 잡고 조르기 시작했다. 아득히 멀리서, 롤랜드가 그녀의 이름을 외쳤다.

수전에게는 아직 기회가 한 번 더 남아 있었다.

아마도.

한 번이면 충분하단다, 수전. 머릿속에서 아버지의 목소리가 들렸다. *너한테 필요한 기회는 딱 한 번뿐이야.*

수전은 엄지손가락 옆으로 총의 격철을 당긴 다음, 허크 에이버리 보안관의 목 아래에 축 늘어진 살 속 깊숙이 총구를 밀어넣고 방아쇠를 당겼다.

결과는 말도 못하게 끔찍했다.

14

수전의 무릎에 떨어진 에이버리의 머리는 안 익힌 고깃덩이처럼 묵직하고 축축했다. 그 머리 위로 조금씩 열기가 번지는 느낌이 들었다. 시야 아래쪽 끄트머리에 노란 불꽃이 보였다.

"책상 위에!"

롤랜드가 외쳤다. 감방 철문을 어찌나 세게 흔들었던지 문이 돌쩌귀에서 떨어질 것처럼 철컹거렸다.

"수전, 책상 위에 물병이 있어! 서둘러, 어서!"

수전은 에이버리의 머리를 치우고 일어서서 불에 타는 어깨 담요를 걸친 채 비틀거리며 책상으로 다가갔다. 그렇게 담요가 불타는 매캐한 냄새를 맡는 와중에도 머릿속 한구석으로는 시간이 있어서 다행이었다고, 해가 지기를 기다리는 동안 머리를 뒤로 묶길 잘했다고 생각했다.

물병은 거의 가득 차 있었지만 안에 든 것은 물이 아니었다. 사과주의 달콤새콤한 냄새가 코를 찔렀다. 물병을 들어 술을 몸에 쏟아 붓자 불꽃이 꺼지면서 '치익' 소리가 났다. 수전은 어깨 담요를(그리고 안 어울리게 커다란 모자도 함께) 벗어서 바닥에 내동댕이쳤다. 그러고는 다시 한 번 데이브를 돌아보았다. 그는 수전과 어린 시절을 함께 보낸 소년이었고, 오래전 언젠가 문이 잠긴 후키네 대장간에서 입을 맞출 뻔한 소년이었다.

"수전!"

롤랜드의 목소리가 들렸다. 거칠고 다급한 목소리가.

"열쇠! 어서!"

수전은 벽의 못에 걸린 열쇠고리를 잡아챘다. 그런 다음 먼저 롤랜드가 갇힌 감방으로 가서 창살 틈으로 무작정 열쇠를 내밀었다. 화약과 불에 탄 모직 담요와 피의 냄새가 공기 중에 가득했다. 숨을 쉴 때마다 치솟는 욕지기를 감당하기가 힘들었다.

롤랜드는 맞는 열쇠를 찾아낸 다음 창살 사이로 손을 뻗어 자물쇠에 꽂아 넣었다. 잠시 후에 바깥으로 나온 롤랜드가 거칠게 끌어안자 수전은 울음을 터뜨렸다. 이윽고 커스버트와 알레인도 자유의 몸이 되었다.

"넌 천사야!"

알레인이 말하며 수전을 끌어안았다.

"아니, 아니야."

수전은 고개를 흔들며 더 서럽게 울었다. 그러면서 롤랜드에게 총을 내던졌다. 손에 쥐고 있던 총이 더럽게 느껴졌기 때문이었다. 두 번 다시 건드리고 싶지 않았다.

"데이브랑 난 어릴 때 같이 놀던 사이였어. 머릴 잡아당기지도, 못살게 굴지도 않는 착한 애였단 말이야. 어른이 돼서도 좋은 사람이었어, 그런데 내가 죽여 버렸어. 데이브 아내한테는 누가 이 소식을 전하지?"

롤랜드는 수전의 등을 끌어안고 한동안 가만히 서 있었다.

"넌 해야 할 일을 한 것뿐이야. 그 사람이 안 죽었으면 우리가 죽었을 거야. 너도 알잖아, 안 그래?"

수전은 롤랜드에 가슴에 얼굴을 묻은 채 고개를 끄덕였다.

"에이버리는 어떻게 되든 상관없어. 하지만 데이브는……."

"진정해. 누가 총소리를 알아들었을지도 몰라. 혹시 아까 그 폭죽, 시미가 터뜨린 거였어?"

수전이 고개를 끄덕였다.

"너희가 입을 옷을 좀 가져왔어. 모자랑 어깨 담요도."

수전은 서둘러 문으로 뛰어가서 고개를 내밀고 이쪽저쪽을 살핀 다음, 점점 짙어지는 어둠 속으로 사라졌다.

커스버트가 불에 그을린 어깨 담요를 들고 와서 데이브 부보안관 의 얼굴을 덮어 주었다.

"운이 없었어, 친구. 중간에 끼는 바람에 그만 이 꼴이 됐지 뭐야, 안 그래? 그렇게 나쁜 인간은 아니었는데."

수전이 낮에 훔친 옷가지를 품 안 가득 안고 돌아왔다. 카프리초 소의 안장에 묶어둔 짐이 바로 그 옷들이었다. 시미는 지시를 받을 것도 없이 이미 다음 임무에 착수한 상태였다. 그런 시미가 칠푼이 라면 수전이 아는 사람들 중 절반은 서 푼 아니면 너 푼짜리였다.

"이 옷은 다 어디서 났어?"

알레인이 물었다. 수전은 모자를 내밀며 대답했다.

"트래블러스 레스트에서 챙겼어. 내가 아니라 시미가. 자, 어서 받아."

커스버트가 모자를 받아 친구들에게 전했다. 롤랜드와 알레인은 이미 어깨 담요를 걸친 후였다. 모자를 푹 눌러쓰고 보니 셋 다 영 락없이 드롭 평원의 말몰이꾼으로 보였다.

"이제 어디로 가지?"

문을 나서며 알레인이 물었다. 주변 거리는 컴컴했고, 오가는 사 람도 없었다. 총소리를 귀담아 들은 사람이 없다는 뜻이었다.

"일단 후키네 대장간으로 가자. 너희 말이 다 거기 있어."

수전이 말했다. 네 명은 한 무리로 뭉쳐 거리를 내려갔다. 노새 카프리초소는 시미가 타고 가는 바람에 함께 있지 않았다. 수전은 심장이 방망이질하듯 두근거리고 이마에 땀방울이 맺혔는데도 몸이 바들바들 떨렸다. 고의이든 아니든 간에 그녀는 이날 밤 두 사람의 목숨을 빼앗았고, 다시는 돌아올 수 없는 선을 넘었다. 롤랜드를 위해서, 사랑을 위해서 한 일이었다. 그리고 이제 달리 어쩔 도리가 없었다는 단순한 깨달음이 조금이나마 위안을 주었다.

함께 행복하게 잘살아봐라, 불신자들아. 사기꾼들. 살인자들. 이제로 너희를 저주하마.

수전은 롤랜드의 손을 붙잡았고, 마주잡은 그의 손을 힘껏 쥐었다. 그러고는 고개를 들어 악마의 달을 올려다보았다. 그 사악한 얼굴이 이제 성난 주황빛에서 창백한 은빛으로 바뀌어가는 중이었다. 문득 가엾은 데이브 홀리스를 향해 방아쇠를 당긴 순간 자신이 사랑을 위해 가장 귀중한 것을 대가로 치렀다는 생각이 들었다. 그 대가란 바로 자신의 영혼이었다. 만일 롤랜드가 지금 수전을 떠난다면 고모의 저주가 실현되는 셈이었다. 롤랜드가 떠나면 수전에게 남는 것은 재뿐이었으므로.

제9장
수확제

1

침침한 가스등 한 개만 켜진 마구간에 롤랜드 일행이 들어서자 칸막이 뒤에서 사람 그림자가 나타났다. 롤랜드가 허리 양쪽에 차고 있던 총을 뽑아들었다. 한 손에 등자를 들고 나타난 시미는 롤랜드를 보며 어색한 웃음을 지었다. 이내 그 웃음이 얼굴 가득 번지는가 싶더니, 시미가 기쁨으로 눈을 반짝이며 일행을 향해 달려왔다.

롤랜드는 총을 총집에 꽂고 끌어안을 준비를 했지만, 시미는 그런 롤랜드를 지나쳐서 커스버트의 품에 안겼다.

"어이, 어이. 나 이러다 자빠지겠어!"

커스버트는 뒤로 쓰러질 것처럼 우스꽝스럽게 비틀거리다가 시미를 번쩍 들어올렸다.

"아가씨가 나리를 구했군요! 그럴 줄 알았어요, 전 다 알았어요! 수전 아가씬 최고니까요!"

시미는 두리번거리다가 롤랜드 곁에 서 있던 수전을 발견했다. 수전의 낯빛은 여전히 창백했지만 이제 평정을 찾은 듯했다. 시미는 다시 커스버트에게 고개를 돌리고 그의 이마 한복판에 입을 맞췄다.

"어이쿠! 이번엔 또 뭐야?"

"사랑의 표시예요, 아서 히스 나리! 제 목숨을 구하셨잖아요!"

"뭐, 그랬을지도."

커스버트는 당황한 듯 웃음을 터뜨렸다. 빌려 쓴 모자가 머리에 비뚜름하게 걸려 있었다. 처음부터 머리에 안 맞게 너무 커다란 모자였다.

"그치만 서두르지 않으면 그 목숨이 얼마 못 갈 수도 있어."

"말은 다 준비됐어요. 수전 아가씨가 안장을 얹어두라고 해서요, 그대로 했어요. 제가 다 제대로 준비해놨어요. 이제 리처드 스톡워스 나리의 말에다가 이 등자만 달면 돼요. 지금 달린 등자는 너무 낡았거든요."

"그건 나중에 해도 돼."

알레인이 등자를 받아들며 말했다. 그는 등자를 한쪽에 치워 두고 롤랜드를 돌아보았다.

"이제 어디로 가지?"

롤랜드가 맨 먼저 떠올린 생각은 소린 가의 납골당으로 돌아가자는 것이었다. 시미는 대번에 겁먹은 표정을 지었다.

"납골당요? 악마의 달이 꽉 찬 밤에요?"

시미가 고개를 저었다. 하도 세게 저어서 모자가 벗겨지고 머리칼이 양 옆으로 출렁거렸다.

"거긴 시체밖에 없어요, 디어본 나리. 그치만 악마의 달이 떴을 때 자꾸 들락거리면서 귀찮게 하면요, 시체들이 일어나서 걸어다녀 요!"

"어차피 가 봤자 소용없어." 수전이 말했다. "마을 여자들이 꽃을 들고 시프론트 관저로 가는 길에 줄지어 서 있을 거야. 납골당에도 잔뜩 모여 있을 테고. 할 수 있다면 올리브 마님이 직접 감독하실 테지만, 아마 우리 고모랑 코럴 소린도 끼어 있을 거야. 지금은 그 사람들이랑 부딪히면 안 돼."

"알았어. 일단 말을 타고 출발하자. 천천히 생각해 봐, 수전. 시미 너도. 적어도 새벽까지 숨어 있을 장소가 필요해. 늦어도 한 시간 안 에 도착할 수 있는 곳으로. 위대한 길에서 멀리 떨어진 곳 중에 북 서쪽만 빼면 아무 데나 괜찮아."

"북서쪽은 왜 안 되는데?" 알레인이 물었다.

"왜냐면 우리가 지금 그쪽으로 가야 하기 때문이지. 우리한텐 할 일이 있어, 그리고…… 우리가 그 일을 하는 중이란 걸 놈들한테도 알려야 해. 특히 엘드레드 조너스한테."

롤랜드의 입가에 칼날처럼 얇은 미소가 번졌다.

"그 자식한테 게임이 끝났다는 걸 가르쳐 줘야 해. 이제 성 빼앗 기 게임은 끝났어. 그리고 이쪽은 *진짜* 총잡이들이야. 놈들이 상대 가 되는지 한번 보자고."

2

롤랜드 *카텟*이 시트고 유전에 도착한 때는 한 시간 후, 달이 숲

위로 높이 떠올랐을 무렵이었다. 일행은 만일에 대비하여 위대한 길로부터 떨어져 평행으로 말을 달렸지만, 알고 보니 괜한 걱정이었다. 길을 오가는 사람이 한 명도 보이지 않았던 것이다. *올해는 꼭 수확제가 취소된 것 같아.* 수전은 이렇게 생각하다가…… 이내 붉은 손이 달린 허수아비들을 떠올리고 몸서리를 쳤다. 하마터면 롤랜드의 손도 다음날 저녁에 붉은 색으로 칠해질 뻔했기 때문이었다. 지금도 마찬가지였다. 혹시라도 붙잡힌다면. *롤랜드뿐만이 아니야. 우리 모두 같은 운명이야. 시미도.*

일행은 유전 동남쪽 모퉁이의 멈춘 지 한참 된 시추장치에 말을 (그리고 심통을 부리면서도 종종거리며 잘 따라와 준 카프리초소도 함께) 묶은 다음, 아직 움직이는 시추탑이 모여 있는 곳으로 천천히 걸어갔다. 그러는 동안 대화는 오로지 귓속말로만 주고받았다. 롤랜드는 꼭 그럴 필요까지는 없다고 생각했지만, 이곳에서는 귓속말이 오히려 자연스럽게 느껴졌다. 롤랜드가 보기에 시트고 유전은 납골당보다 훨씬 더 으스스한 곳이었다. 또 악마의 달이 만월이 되든 말든 간에 납골당의 시체가 일어설 일은 없을 것 같았지만, 이 유전에는 몹시도 시끄러운 시체가 몇 구 있었다. 달빛 속에 녹슨 몸으로 버티고 서서, 발을 쿵쿵 구르듯이 피스톤을 위아래로 움직여 끔찍한 소리를 내는 좀비들이었다.

그럼에도 롤랜드는 일행을 이끌고 아직 작동하는 시추탑이 모여 있는 곳으로 향했다. 중간에 지나친 표지판에 안전모 착용 확인이나 작업장 안전, 석유 생산의 첫 걸음 같은 문구가 적혀 있었다. 이윽고 어느 시추탑 앞에서 걸음을 멈추었을 때, 맷돌처럼 돌아가는 소리가 너무나 시끄러운 나머지 롤랜드는 목소리가 들리도록 고래고래 소리를 질러야 했다.

"*시미! 큰 폭죽 몇 개만 줘!*"

시미는 수전의 안장 가방에서 꺼내어 주머니 가득 챙겨둔 폭죽 가운데 두 개를 롤랜드에게 건넸다. 롤랜드는 커스버트의 팔을 잡고 앞으로 끌어당겼다. 시추탑 주변에는 녹슨 철사 울타리가 네모꼴로 쳐져 있었다. 두 소년이 울타리를 넘어가려고 발을 걸치자 가로로 쳐져 있던 철사가 오래 묵은 뼈다귀처럼 끊어졌다. 소년들은 달빛과 기계가 만들어낸 움직이는 그림자 속에서 서로를 마주보며 긴장과 즐거움을 동시에 느꼈다.

수전이 롤랜드의 팔을 붙잡았다.

"*조심해!*"

시추탑의 리드미컬한 덜컹 덜컹 덜컹 소리를 뚫고 수전의 고함소리가 울려퍼졌다. 롤랜드가 돌아보니 수전의 표정에 두려움은 보이지 않았다. 그저 흥분과 경계심뿐이었다.

롤랜드는 씩 웃으며 수전을 잡아당겨 귀에 입을 맞춘 다음, 귀에 대고 나직이 속삭였다.

"달아날 수 있게 준비해둬. 우리가 성공하면 시트고에 촛불이 하나 켜질 테니까. 그것도 어마어마하게 큰 촛불이."

롤랜드와 커스버트는 몸을 숙이고 울타리 맨 아래 버팀목을 통과하여 녹슨 시추탑 옆에 섰다. 귀에 거슬리는 기계음이 몸을 움찔할 정도로 시끄러웠다. 롤랜드는 시추탑이 오래전에 망가지지 않은 것이 놀라웠다. 기계장치는 대부분 녹슨 금속 블록으로 덮여 있었지만, 빙빙 돌아가는 거대한 회전축에는 자동으로 분사되는 것이 분명한 기름이 덕지덕지 묻어 있었다. 이만큼 가까이 오고 보니 가스 같은 냄새가 풍겼다. 롤랜드는 전에 유전 반대편에서 보았던 가스 불꽃을 떠올렸다.

"*거인이 뀌는 방귀 같아!*" 커스버트가 외쳤다.

"*뭐라고?*"

"*냄새가 꼭…… 아냐, 됐어! 얼른 끝내자…… 할 수 있겠지?*"

롤랜드도 알 수 없었다. 그는 빛바랜 초록색 금속 덮개 아래서 굉음을 울리는 기계를 향해 다가갔다. 커스버트도 내키지 않는 표정으로 따라갔다. 두 소년은 짧은 통로로 들어섰다. 고약한 냄새가 풍기는 데다 후텁지근한 곳이었지만, 금세 시추탑 바로 아래에 도착할 수 있었다. 그들 눈앞에서 피스톤 끄트머리에 달린 회전축이 매끈한 표면에 눈물 같은 기름방울을 흘리며 쉬지 않고 돌아가고 있었다. 그 옆으로 구부러진 관이 보였다. 롤랜드가 보기에 십중팔구 여분의 기름을 흘려보내는 관이었다. 관 주둥이에서 이따금씩 갓 퍼 올린 원유가 방울방울 떨어졌고, 바로 아래의 땅에는 시커먼 웅덩이가 있었다. 롤랜드가 그 웅덩이를 가리키자 커스버트가 고개를 끄덕였다.

이곳에서는 소리를 질러도 소용이 없을 듯했다. 온 세상이 함성과 비명의 도가니이기 때문이었다. 롤랜드는 한 손으로 커스버트의 목을 감싸고 귀를 자기 입 쪽으로 당겼다. 그러고는 다른 손에 쥔 큰 폭죽을 커스버트의 눈앞에 들이댔다.

"불을 붙이고 뛰는 거야. 내가 들고 있을게, 네가 뛰는 동안 최대한 시간을 벌 수 있게. 그건 너뿐 아니라 날 위한 일이기도 해. 같이 가는 것보다 따로 가는 게 빠져나가기 쉬우니까. 알아들었지?"

커스버트는 롤랜드의 입술에 대고 고개를 끄덕인 다음, 친구의 머리를 돌려 똑같은 방식으로 말을 전했다.

"이 안에 가스가 가득해서 불을 붙이자마자 폭발하면 어떡해?"

롤랜드가 뒤로 물러서더니 손바닥을 위쪽으로 하고 어깨를 으쓱했다. '난들 알아?'라는 뜻의 몸짓이었다. 커스버트는 껄껄 웃으며 에이버리의 사무실에서 챙겨온 성냥갑을 꺼냈다. 그런 다음 롤랜드에게 준비됐냐고 묻듯이 눈을 동그랗게 떴다. 롤랜드가 고개를 끄덕였다.

바람이 세게 불었지만 시추탑 아래의 공간은 주위의 기계장치들이 가려주었고, 그 덕분에 성냥의 불꽃이 똑바로 솟아올랐다. 롤랜드는 폭죽을 내밀었다. 순간 어머니가 떠올라 마음이 심란해졌다. 어머니는 폭죽을 정말로 싫어했다. 아들이 폭죽 때문에 눈이나 손가락을 잃을 거라고 굳게 믿었기 때문이었다.

커스버트는 심장 바로 위의 가슴을 손으로 두드리고 손바닥에 입을 맞추었다. 행운을 기원하는 만국 공통의 몸짓이었다. 그런 다음 성냥불을 심지에 갖다댔다. 심지가 치직거리며 타기 시작했다. 커스버트는 뒤로 돌아서서 기계장치를 덮은 블록에 부딪히는 시늉을 하다가(그야말로 커스버트다운 짓이라고 롤랜드는 생각했다. 교수대에 올라가서도 농담을 지껄일 친구였으므로.), 이내 아까 들어왔던 짧은 복도를 부리나케 달려갔다.

롤랜드는 담력이 허락하는 한도까지 폭죽을 들고 있다가 기름 배출관을 향해 던져넣었다. 폭죽을 던지고 돌아서려니 등골이 서늘했다. 커스버트가 두려워하던 대로 공기 중의 가스가 폭발할 것 같아서였다. 폭발은 일어나지 않았다. 롤랜드가 짧은 복도를 달려 공터로 나왔다. 부러진 울타리 바로 바깥에 서서 양손을 흔드는 커스버트가 보였고(*뛰어, 이 바보야, 빨리 뛰어!*), 뒤이어 등 뒤의 세상이 폭발했다.

뱃속까지 울리는 둔중한 폭발음이 고막을 안쪽으로 찌부러뜨리고 목구멍에서 숨을 빨아내는 듯했다. 발밑의 땅은 조각배를 흔드는 파도처럼 일렁거렸고, 따뜻하고 거대한 손이 등을 밀어 몸을 앞으로 쓰러뜨리는 것만 같았다. 롤랜드는 그 손과 함께 한 걸음(어쩌면 두세 걸음)을 내딛는 기분이 들었지만, 다음 순간 땅에서 발이 떨어져 울타리를 향해 날아갔다. 커스버트는 울타리 앞에 서 있지 않았다. 대신 땅에 나자빠진 채 롤랜드의 뒤편에 있는 것을 바라보는 중이었다. 동그란 두 눈은 놀라움으로 가득했고, 입은 헤 벌어진 채였다. 롤랜드는 이 모든 것을 또렷이 볼 수 있었다. 이제 시트고 유전이 대낮처럼 환했기 때문이었다. 마치 그들 일행이 자신들만의 수확제 장작불을 피운 듯했다. 햄브리의 장작불보다 하루 일찍, 또 그곳 사람들은 꿈도 못 꿀 만큼 훨씬 더 환하게.

롤랜드는 커스버트가 자빠져 있는 곳까지 무릎으로 미끄러져 간 다음, 한 팔로 친구를 끌어안았다. 그들 너머에서 우르릉거리는 굉음이 울려 퍼지더니 쇳덩이가 사방에 떨어지기 시작했다. 둘은 땅에서 일어나 알레인이 수전과 시미를 지키려고 버티고 서 있는 곳을 향해 달렸다.

재빨리 뒤를 돌아본 롤랜드의 눈에 시추탑의 잔해가 보였다. 탑은 아직 절반쯤 남아 있었다. 불에 달궈진 편자처럼 검붉게 빛나는 탑이 하늘로 40미터쯤 솟구친 샛노란 불길을 둘러싸고 서 있었다. 이제 시작이었다. 마을 사람들이 도착하기 전에 탑을 몇 개나 더 불태울 수 있을지는 아직 알 길이 없었지만, 롤랜드는 무슨 일이 있어도 할 수 있는 데까지 최선을 다할 작정이었다. 교수대 바위에 있는 기름 탱크를 폭파하는 것은 목표의 절반에 지나지 않았다. 이곳은 파슨의 연료 공급원이므로 반드시 제거해야 했다.

알고 보니 다른 기름 관에 폭죽을 더 던져넣을 필요는 없었다. 유전 지하의 관들은 촘촘하게 연결되었을 뿐 아니라 대개는 낡고 부식된 잠금장치에서 샌 천연가스로 가득했다. 롤랜드와 커스버트가 일행이 있던 곳에 도착하자마자 다음번 폭발이 일어났고, 앞서 폭발한 시추탑의 오른편에 있던 탑에서 새로이 불길이 치솟았다. 잠시 후, 50미터가 넘게 떨어진 곳의 시추탑이 용의 울음 같은 굉음을 내뿜으며 세 번째 폭발을 일으켰다. 탑 기반의 콘크리트 기둥에 박혀 있던 쇠로 된 기계장치가 꼭 썩은 잇몸에서 이가 빠지듯이 쑥 뽑혀 나왔다. 파랗고 노란 불길을 타고 200미터 가까이 날아오른 쇳덩이가 사방에 불꽃을 흩날리며 아래로 곤두박질쳤다.

또 한 개. 또 한 개. 그리고 한 개 더.

다섯 아이들은 손을 들어 화염으로부터 눈을 가린 채 꼼짝도 못하고 서 있었다. 이제 시트고 유전은 생일 케이크처럼 환하게 빛났고, 이글거리는 열기가 그들에게 쏟아졌다.

"하느님 맙소사." 알레인이 중얼거렸다.

롤랜드는 퍼뜩 깨달았다. 여기서 꾸물거리다가는 팝콘처럼 튀겨질 판이었다. 게다가 말도 챙겨야 했다. 말들은 폭발의 중심으로부터 멀리 떨어져 있었지만 폭심점이 계속 한곳에 머무른다는 보장은 없었다. 작동하지 않던 시추탑 두 개가 이미 화염에 휩싸인 참이었다. 말들이 불 때문에 겁을 먹었을 듯싶었다.

아니, 겁을 먹은 것은 롤랜드 본인이었다.

"가자!" 롤랜드가 소리쳤다.

일행은 일렁이는 주황색 불길을 뚫고 말이 있는 곳으로 달려갔다.

3

처음에 조너스는 모든 것이 자기 머릿속의 환상이라고 생각했다. 폭발은 정사의 흥분 가운데 한 부분이기 때문이었다.

그렇다, 정사. 빌어먹을 정사. 조너스와 코럴 소린은 교미하는 당나귀들처럼 몸을 섞었다. 그렇지만 멋진 경험이었다. 정말로 굉장했다.

조너스는 전에도 화끈한 여인들을 만난 적이 있었다. 남자를 화덕으로 끌어들여 그 안에 가두는 여자들, 욕망이 이글거리는 눈으로 바라보며 허리를 흔드는 여자들이었다. 그러나 그의 몸속에서 그토록 강렬한 환희의 불꽃을 일으킨 여자는 코럴이 처음이었다. 섹스에 관한 한 조너스는 하면 좋고 못 하면 그만이라고 여기는 편이었다. 하지만 코럴과 함께 있을 때 그는 원하고 또 원하고 더욱 많이 원했다. 함께 있을 때 둘은 고양이처럼, 또는 족제비처럼 몸을 틀고 소리를 지르고 손톱을 세웠다. 서로 깨물고 욕을 퍼부었고, 그러면서도 결코 만족하지 못했다. 코럴과 함께할 때 조너스는 이따금 달콤한 기름 속에서 튀겨지는 기분을 느꼈다.

이날 밤에는 말 사육업자 조합과 만나는 자리가 있었다. 다만 최근 들어 그 조합은 파슨 지지자 조합이라는 이름이 훨씬 더 어울리는 모임으로 바뀌었다. 조너스는 조합원들에게 최신 정보를 알려주고 멍청한 질문에 대답해가면서 이튿날 해야 할 일을 그들의 머릿속에 새겨 넣었다. 그 일을 다 마치고 나서는 킴버 라이머의 거처에 머무는 레아를 보러 갔다. 레아는 자신을 훔쳐보는 조너스의 존재를 아예 알아차리지도 못했다. 높다란 천장까지 책이 빽빽하게 꽂힌 라이머의 서재에서, 라이머의 흑단 책상 뒤에, 라이머의 값비싼 의자에 앉아 있는 레아는 교회 제단 앞에 버려진 매춘부의 속바지처럼 어울리지 않는 존재였다. 라이머의 책상 위에 마법사의 무지개가 놓여 있었다. 레아는 그 수정 구슬 위로 손을 휘휘 저으며 나지막한 목소리로 중얼중얼 주문을 외웠지만, 구슬은 시커먼 색 그대로였다.

조너스는 서재 문을 잠그고 코럴에게 갔다. 코럴은 이튿날 담소가 열릴 응접실에서 그를 기다리고 있었다. 이쪽 동에는 침실이 여러 개 있었지만, 코럴이 조너스를 이끌고 향한 곳은 죽은 오빠의 침실이었고…… 조너스가 보기에는 결코 우연이 아니었다. 그곳에서 둘은 하트 소린이 자신의 첩과 한 번도 누워 보지 못한 화려한 침대에 누워 몸을 섞었다.

정사는 늘 그랬듯이 격렬했고, 조너스가 곧 절정에 이르려 할 때 첫 번째 시추탑이 폭발했다. *맙소사, 이 여자 정말 물건인데.* 조너스는 속으로 생각했다. *이 정도로 화끈한 여자는 평생 처음……*

폭발이 두 번, 연이어 일어났고, 조너스의 아래에 깔려 있던 코럴은 잠시 몸이 굳었다가 다시 엉덩이를 들썩거렸다.

"시트고 쪽이네요."

코럴이 거칠게 헐떡이며 말했다.

"그래."

조너스는 신음을 흘리며 코럴의 움직임에 맞춰 허리를 움직이기 시작했다. 섹스 생각은 까맣게 사라졌지만 두 사람은 이미 멈출 수 없는 지점을 지난 후였다. 죽음의 위협이 닥쳐와도, 팔다리가 떨어져 나간다고 해도 멈출 수 없었다.

2분 후, 조너스는 소린의 침실에 나 있는 조그마한 발코니를 향해 벌거벗은 채 허겁지겁 달려갔다. 반쯤 힘이 빠진 음경이 양 옆으로 흔들거리는 모양새가 꼭 바보가 흔드는 마술 지팡이 같았다. 코럴 역시 발가벗은 몸으로 한 걸음 뒤에서 그를 따라갔다.

"뭐 하는 거예요?" 조너스가 발코니 문을 여는 사이에 코럴이 외쳤다. "난 세 번은 더 느낄 수 있었는데!"

조너스는 코럴의 말을 무시했다. 서북쪽으로 펼쳐진 전원 풍경은 달빛에 물들어 희끄무레했으나…… 유전이 있는 곳만은 달랐다. 그곳에서는 샛노란 불길이 무섭게 이글거렸다. 조너스가 지켜보는 동안에도 불길은 점점 넓게 퍼지면서 더욱 환해졌다. 폭발이 연이어 일어나면서 둔중한 충격이 몇 킬로미터를 달려 이곳까지 전해졌다.

조너스는 머릿속이 어둠으로 뒤덮이는 기묘한 느낌이 들었다. 그 느낌은 디어본이라는 꼬맹이가 날카로운 직감으로 조너스의 정체를 꿰뚫어보았을 때부터 그의 머릿속에 자리 잡고 있었다. 기운이 넘치는 코럴과 정사를 벌인 덕분에 조금은 기분이 밝아졌지만, 5분 전까지만 해도 의인 파슨의 유류 저장소였던 곳이 불바다로 변한 광경을 바라보는 지금, 그 느낌이 다시 돌아와 머릿속을 갉아먹었다. 살을 파먹는 대신 뼛속에 박혀 결코 빠져나가지 않는 병균처럼. *네가 있는 곳은 서쪽이야.* 디어본은 그렇게 말했다. *너 같은 인간의 영혼은 서쪽 황야를 결코 벗어나지 못하는 법이니까.* 물론 그 말은 사실이었다. 굳이 뭘 디어본 같은 원숭이 새끼한테서까지 들을 필요는 없었는데…… 그런데 그 말을 듣고 나서부터 지금까지, 조너스의 머릿속 한구석은 줄곧 그 생각에 사로잡혀 있었다.

빌어먹을 윌 디어본. 놈은 지금 대체 어디에 있을까? 나머지 두 애송이는 또 어디에 있을까? 에이버리의 유치장? 조너스 생각에 그럴 것 같지는 않았다. 이미 그곳에는 없을 듯했다.

새로 일어난 폭발이 밤하늘을 찢었다. 발코니 아래쪽에서 이날 아침의 암살 사건 때문에 소리를 지르며 이리저리 뛰던 사람들이 또다시 소리치며 뛰어다녔다.

"이렇게 성대한 수확제 불꽃놀이는 처음이네요."

코럴이 나지막이 중얼거렸다. 조너스가 뭐라 대꾸하기도 전에 누군가 침실 문을 세차게 두들겼다. 문이 활짝 열리더니 웃통을 벗고 청바지만 입은 클레이 레이놀즈가 쿵쾅거리며 달려 들어왔다. 머리는 헝클어져 있었고, 두 눈은 놀라서 동그랬다.

"마을에서 안 좋은 소식이 들어왔습니다, 엘드레드. 디어본이랑, 내륙에서 온 꼬맹이 두 놈이……"

폭발이 세 번, 꼬리를 물고 일어났다. 활활 타오르는 시트고 유전에서 거대한 주황색 불덩이가 천천히 밤하늘로 솟아오르더니, 서서히 허물어져 사라졌다. 레이놀즈는 발코니로 걸어 나와 난간 앞의 두 사람 사이에 멈춰 섰다. 둘 다 벗은 몸이라는 것은 알아차리지도 못했다. 그저 동그래진 눈으로 불덩이가 사라질 때까지 바라볼 뿐이었다. 세 애송이들처럼 흔적 없이 사라질 때까지. 조너스는 온몸의 기운을 앗아가는 그 기묘한 느낌이 또다시 머릿속을 뒤덮는 기분이 들었다.

"어떻게 탈출한 거지? 넌 뭐 아는 거 없어? 에이버리는?"

"죽었습니다. 옆에 있던 부보안관이랑 같이요. 토드 브리저라고,

다른 부보안관이 발견했다는데…… 엘드레드, 유전에서 무슨 일이 벌어진 겁니까? 이게 웬 난리예요?"

"아, 저건 그 애들이 벌인 짓이야." 코럴이 끼어들었다. "자기네끼리 일찌감치 수확제 파티를 시작한 거지. 안 그래요?"

저놈들의 배짱은 도대체 얼마나 두둑한 거지? 조너스는 스스로에게 물었다. 좋은 질문이었다. 어쩌면 생각할 가치가 있는 유일한 질문인지도 몰랐다. 놈들은 저 난장판으로 목적을 달성했을까……? 아니면 이제 겨우 시작일까?

떠나고 싶다는 생각이 다시금 떠올랐다. 시프론트 관저에서, 햄브리에서, 아예 메지스 자치령에서 벗어나고 싶었다. 아득히 멀리 떨어진 곳으로 가고 싶다는 생각에 불현듯 가슴이 사무쳤다. 조너스는 이미 성 빼앗기 게임에서 진격의 한 수를 두었다. 무르기에는 너무 늦은 지금, 그는 철저히 맨 몸으로 적에게 노출된 기분이었다.

"클레이."

"예, 엘드레드."

대답은 했지만, 레이놀즈의 눈과 정신은 여전히 시트고에서 벌어진 화재에 쏠려 있었다. 조너스는 부하의 어깨를 잡고 돌려세웠다. 이제 조너스는 자신의 머리가 요점과 세부 사항을 하나씩 짚으면서 점점 빨리 돌아가는 기분이 들었다. 반가운 느낌이었다. 묘하게 어둡고 비관적이던 느낌은 점점 옅어지다가 사라졌다.

"지금 여기 있는 인원이 몇 명이지?"

레이놀즈는 미간을 찌푸린 채 잠시 생각했다.

"서른다섯 명일 겁니다. 아마도."

"그중 무장한 인원은?"

"총을 가진 녀석들 말인가요?"

"그래, 새총이든 딱총이든 총 말이다, 이 멍청한 놈아."

"아마 한……." 생각에 잠긴 레이놀즈의 아랫입술이 쑥 튀어나왔다. "열두어 명 될 겁니다. 제대로 나가는 총이 있는 놈은요."

"말 사육업자 조합에서 온 녀석들은? 아직 여기 있나?"

"그럴 겁니다."

"가서 렝길하고 렌프루를 데려와. 적어도 깨우느라 난리 칠 필요는 없을 거다, 다들 일어났을 테니까. 다들 저 아래에 모여 있겠지." 조너스가 엄지로 관저 앞마당을 가리켰다. "렌프루한테 선발대를 조직하라고 전해. 무장한 녀석들로. 마음 같아선 한 열 명 데려가고 싶지만, 난 다섯 명만 데려갈 거다. 그리고 관저에 있는 조랑말 중에 가장 튼튼하고 야무진 놈을 골라 마녀 할망구의 수레를 묶어놔. 늙다리 미겔한테 단단히 일러둬라, 혹시라도 교수대 바위까지 가는 도중에 조랑말이 널브러져 뒈지면 불알을 떼서 귀마개로 쓰게 해주겠다고."

갑자기 코럴 소린이 짧은 웃음을 터뜨렸다. 레이놀즈는 그쪽을 흘긋 돌아보고는 코럴의 가슴을 뚫어지게 보다가 가까스로 조너스에게 눈을 돌렸다.

"로이는 어디 있지?"

레이놀즈가 고개를 들어 위를 올려다보며 대답했다.

"3층에요. 어린 하녀랑 같이 있을 겁니다."

"가서 끌고 와. 할망구의 수레를 준비하는 일은 그놈한테 맡겨."

"우리는요, 지금 출발하는 겁니까?"

"그래, 최대한 빨리. 너랑 나는 렌프루의 부하들을 데리고 먼저 출발한다. 나머지는 렝길이 인솔해서 따라올 거다. 클레이, 넌 렌프루가 같이 오는지만 확인하면 돼. 그나마 그 인간은 배짱이 좀 있으니까."

"드롭 평원에 있는 말들은 어떡하고요?"

"지금은 말 같은 걸 걱정할 때가 아니야."

시트고 유전에서 또다시 폭발이 일어났다. 불덩이가 또 한 개 하늘로 떠올랐다. 지금쯤 틀림없이 뭉게뭉게 피어오를 검은 연기구름은 보이지 않았고, 기름 냄새도 풍기지 않았다. 동쪽에서 서쪽으로 부는 바람이 연기와 냄새 모두 마을에 닿지 않게 쓸고 가는 듯했다.

"그래도……."

"어서 시키는 대로 해."

이제 해야 일의 우선순위가 눈앞에 가지런히 펼쳐졌다. 말을 챙기는 것은 맨 나중에 할 일이었다. 파슨이라면 가까운 곳 어디서든 말을 구할 수 있기 때문이었다. 끝에서 두 번째로 할 일은 교수대 바위에 모아 둔 기름 탱크를 챙기는 일이었다. 이제 유전이 사라졌으니 기름은 그 어느 때보다도 중요한 자원이었다. 기름 탱크를 잃어버리기라도 하면 위대한 관 사냥꾼들은 집에 돌아갈 기대를 버려야 할 판이었다.

그러나 무엇보다도 중요한 것은 역시 파슨이 맡긴 마법사의 무지개였다. 무엇으로도 대체할 수 없는 유일한 물건이기 때문이었다. 만에 하나 부서지기라도 하면 엘드레드 조너스가 아니라 조지 라티고의 수중에 있을 때 부서져야 마땅했다.

"이제 가봐. 로이는 렝길의 부하들을 이끌고 따라갈 거다. 넌 나랑 같이 간다. 자, 어서 움직여."

"나는요?"

코럴이 물었다. 조너스는 손을 뻗어 코럴을 끌어안았다.

"내가 당신을 잊어버릴 리가 없잖소."

코럴은 고개를 끄덕이더니 옆에서 지켜보는 클레이 레이놀즈를 까맣게 잊은 채 조너스의 사타구니로 손을 가져갔다.

"알아요. 나도 당신을 잊지 않을게요."

4

시트고 유전에서 빠져나온 롤랜드 일행은 귀가 먹먹하고 여기저기 그을리기는 했지만 크게 다친 곳은 없었다. 시미는 커스버트의 말에 함께 탔고, 노새 카프리초소는 기다란 고삐 끈에 매달린 채 맨 뒤에서 뒤뚱뒤뚱 따라왔다.

어디로 가야 할지 생각해낸 사람은 다름 아닌 수전이었다. 그리고 올바른 해답이 대개 그렇듯이, 생각해 보면 자명한 답이었다. 그리하여 수확제 전야가 수확제 아침으로 바뀐 지 얼마 안 됐을 무렵, 그들 다섯 명은 수전과 롤랜드가 몇 차례 만나 사랑을 나누었던 배드 그래스의 오두막에 도착했다.

커스버트와 알레인은 담요를 깔고 앉아 보안관 사무소에서 챙겨 온 총들을 점검했다. 커스버트의 새총도 그 안에 함께 있었다.

"쓸 만한데. 롤랜드, 탄착군이 너무 넓게 흩어지지만 않으면 이걸로 어떻게든 해볼 수 있겠어."

알레인이 총의 회전식 탄창을 열고 총열을 들여다보며 말했다.

곁에 있던 커스버트가 한숨을 쉬며 중얼거렸다.

"그 목장주 자식이 들고 온 기관총이 있으면 좋을 텐데."

"코트가 그 총을 보면 뭐라고 했을지 너도 알지?"

롤랜드가 묻자 커스버트가 깔깔거리며 웃었다. 알레인도 덩달아 낄낄댔다.

"코트가 누구야?"

수전이 물었다. 알레인이 웃음을 멈추고 대답했다.

"엘드레드 조너스가 닮고 싶어 하는 사람. 우리 스승님이셨어."

롤랜드는 친구들에게 한두 시간 눈을 붙이라고 제안했다. 곧 힘든 하루가 펼쳐질 참이기 때문이었다. 어쩌면 그들의 마지막 하루가될지도 모른다는 말은 굳이 덧붙일 필요가 없을 듯싶었다.

"알레인, 잘 듣고 있지?"

롤랜드가 소리나 주의력 이야기를 하는 것이 아님을 잘 아는 알레인은 고개를 끄덕였다.

"뭐 좀 들려?"

"아니, 아직."

"계속 집중해봐."

"그럴게, 하지만…… 장담은 못 해. 예지력은 변덕스러운 거라서. 너도 잘 알겠지만."

"그래도 해 봐."

시미는 평생의 친구로 여기는 커스버트 곁에 담요 두 장을 반듯이 펼쳐 놓고 중얼거렸다.

"저분은 롤랜드 나리…… 저분은 알레인 나리…… 그럼 아서 히스 나리는요? 진짜 이름이 뭐예요?"

"내 이름은 커스버트야. 커스버트 올굿. 안녕, 만나서 반가워. 잘 지내지?"

커스버트가 너스레를 떨며 손을 내밀었다. 시미는 그가 내민 손을 잡고 킥킥 웃었다. 뜻밖의 쾌활한 웃음소리에 모두들 빙긋이 웃었다. 롤랜드는 웃는 동안 살짝 통증을 느꼈고, 만약 거울이 있으면 폭발하는 시추탑에 너무 가까이 있다가 벌겋게 탄 자신의 얼굴을 볼 수 있으리라는 생각이 들었다.

"커스버트라니, 세상에! 커스터드도 아니고, 진짜 웃긴 이름이네요. 나리가 그렇게 웃기는 사람이 된 것도 이해가 가요. 커스버트, 하하, 진짜 웃겨요!"

커스버트는 빙긋이 웃으며 고개를 끄덕였다.

"롤랜드, 이 자식 내가 죽여버려도 될까? 혹시 더 써먹을 데가 없으면 말이야."

"좀 봐줘."

롤랜드는 이렇게 말하고 수전 쪽으로 고개를 돌렸다. 얼굴을 물들였던 웃음이 어느새 사라지고 없었다.

"수전, 나랑 잠깐 산책하러 안 갈래? 너한테 할 말이 있어."

수전은 롤랜드를 올려다보며 표정을 읽으려고 애썼다.

"좋아."

수전이 손을 내밀었다. 롤랜드가 그 손을 잡았고, 둘은 달빛에 물든 바깥으로 함께 걸어나갔다. 그리고 그 달 아래서, 수전은 심장을 옥죄는 두려움을 느꼈다.

5

두 사람은 달콤한 냄새를 풍기는 풀밭 사이로 말없이 걸어갔다. 배드 그래스에 자란 풀은 뱃속에서 소화되는 동안에도 여운이 가시지 않을 만큼 소와 말의 입맛에 잘 맞았지만, 그 풀을 먹은 동물은 배가 점점 부풀다가 결국에는 죽게 마련이었다. 풀은 롤랜드보다 머리 하나는 더 클 만큼 키가 컸고 색깔도 여름 때처럼 초록빛이었다. 배드 그래스에서 놀다가 길을 잃고 죽은 아이들도 있었지만, 수전은 롤랜드와 함께라면 두렵지 않았다. 방향을 알려줄 별자리가 보이지 않아도 상관없었다. 롤랜드의 방향 감각은 오싹할 정도로 완벽했다.

"수전, 넌 총을 쏘지 말라는 내 말을 어겼어."

마침내 롤랜드가 입을 열었다. 수전은 빙긋이 웃는 얼굴로 롤랜드를 바라보았다. 즐거움과 분노가 반씩 섞인 표정이었다.

"그럼 다시 감방으로 돌아갈래? 친구들이랑 같이?"

"아니, 물론 그러고 싶진 않아. 넌 정말 용감했어!"

롤랜드는 수전을 끌어안고 입을 맞추었다. 그러다가 팔을 풀고 물러섰을 때에는 두 사람 다 숨이 거칠어져 있었다. 롤랜드는 수전의 양팔을 붙잡고 눈을 똑바로 응시했다.

"하지만 이번에는 내 말대로 해야 해."

수전은 입을 다문 채 가만히 서서 롤랜드를 마주보았다.

"넌 아마 알 거야. 내가 무슨 말을 하려고 하는지."

"그래. 아마도."

"그럼 말해봐. 네 입으로 듣는 게 나을 테니까."

"넌 친구들이랑 같이 가고, 난 이 오두막에 남아야겠지. 시미랑 같이."

롤랜드가 고개를 끄덕였다.

"그럴 거지? 그렇게 할 거지?"

수전은 곰곰이 생각했다. 어깨담요 밑에서 롤랜드의 총을 뽑을 때 그 총이 얼마나 낯설고 선뜩했는지를. 또 자신이 쏜 총알에 맞아 뒤로 날아간 데이브의 경악에 찬 눈을. 처음 에이버리 보안관을 쏘려고 낑낑댔을 때, 바로 눈앞에 있는 그를 맞히지 못하고 고작 옷에 불을 붙이고 만 자신을. 소년들은 여분의 총을 갖고 있지 않았고(롤랜드의 총을 넘겨받는다면 몰라도), 어차피 수전은 총을 제대로 다룰 줄 몰랐다. 게다가…… 수전은 애초에 총을 쥐고 싶지 않았다. 상황이 이런 데다 시미까지 챙겨야 하다 보니 아예 수전에게 총을 맡기지 않는 것이 최선이었다.

롤랜드는 꾹 참고 기다렸다. 마침내 수전이 고개를 끄덕였다.

"시미랑 같이 기다릴게. 약속할게."

롤랜드는 안도하는 표정으로 빙긋이 웃었다.

"이제 네가 솔직히 대답할 차례야, 롤랜드."

"그럴게. 할 수 있다면."

수전을 달을 올려다보다가 거기에 새겨진 불길한 얼굴에 몸서리를 쳤다. 그러고는 다시 롤랜드 쪽을 돌아보았다.

"네가 나한테 돌아올 가망은 있는 거야?"

롤랜드는 수전의 팔을 쥔 채 그 질문의 답을 곰곰이 생각했다. 그러다가 한참 만에 입을 열었다.

"있어. 조녀스가 생각하는 것보다는 훨씬. 배드 그래스 언저리에서 기다리다 보면 분명 적들의 움직임이 눈에 띌 거야."

"맞아, 내가 본 말 떼도……"

"놈은 아마 말 떼를 안 데리고 움직일 거야."

롤랜드가 말했다. 스스로는 알지 못했지만 그는 조너스의 심중을 꿰뚫고 있었다.

"하지만 놈의 부하들은 말 떼를 안 몰고 온다고 해도 시끌벅적할 거야. 머릿수가 꽤 많으면 알아보기도 쉽겠지. 풀밭이 가르마처럼 갈라질 테니까."

수전은 고개를 끄덕였다. 드롭 평원에서도 여러 번 본 적이 있기 때문이었다. 정체 모를 남자들 여럿이 말을 타고 지나가는 동안 배드 그래스가 갈라지는 광경을.

"적들이 널 찾고 있다면? 롤랜드, 만약에 조너스가 정찰대를 보내면 어떡할 거야?"

"굳이 그럴 것 같진 않아. 뭐, 정찰대가 오면 죽여버리면 그만이지. 가능한 한 조용하게. 우린 사람을 죽이는 훈련을 받았어. 그러니까 훈련받은 대로 할 거야."

수전이 두 손을 위로 들었다. 그러자 이제 거꾸로 수전이 롤랜드의 팔을 붙든 꼴이 됐다. 표정은 두려워서 안달이 난 듯했다.

"아직 내 질문에 대답 안 했어. 돌아올 가망은, 있는 거야?"

롤랜드는 가만히 생각하다가 한참 만에 입을 열었다.

"가능성은 반반이야."

수전은 얻어맞은 사람처럼 눈을 질끈 감았다. 그러고는 숨을 들이마셨다가 토하며 다시 눈을 떴다.

"안 좋구나. 그래도 내가 걱정했던 것보단 잘될지도 몰라. 혹시 네가 못 돌아오면? 네가 전에 얘기한 대로 시미랑 같이 서쪽으로 가면 돼?"

"그래, 길르앗으로 가. 그곳 사람들은 무슨 일이 있어도 널 안전하게 돌봐 줄 거야. 하지만 무엇보다…… 명심해, 만약 기름 탱크가 폭발하는 소리가 안 들리면, 넌 반드시 떠나야 해."

"네 고향 사람들한테 경고하란 말이지. 그곳의 *카텟*한테."

롤랜드가 고개를 끄덕였다.

"걱정 마, 경고할게. 그리고 시미도 안전하게 보살필게. 우리가 여기까지 온 건 나뿐만 아니라 시미 덕분이기도 하니까."

롤랜드는 수전이 생각하는 것보다 훨씬 더 시미에게 의지하고 있었다. 만약 그와 알레인과 커스버트가 죽는다면 수전의 마음을 다잡고 살아갈 힘을 줄 사람은 바로 시미였다.

"언제 출발할 거야? 우리끼리 같이 있을 시간은 있어?"

"시간은 있지만, 지금은 참는 게 좋을 것 같아. 물론, 그냥 이렇게 헤어지는 건 나도 힘들어. 혹시라도 네가, 정 원한다면……."

롤랜드의 눈빛은 제발 허락해 달라고 간청하는 듯했다.

"그냥…… 가서 잠깐 눈이나 붙이자."

수전은 이렇게 말하며 롤랜드의 손을 잡아끌었다. 그에게 아이를 가졌다고 말하고 싶어 잠시 입술이 떨렸지만, 수전은 마지막 순간에 입을 꾹 다물었다. 굳이 그 말을 하지 않아도 롤랜드가 걱정할 일은 산더미 같았고…… 그토록 기쁜 소식을 저 징그러운 달 아래서 전하고 싶지는 않았다. 그랬다가는 틀림없이 마가 낄 것 같았다.

두 사람은 걸음을 옮길 때마다 요란하게 출렁거리는 키 큰 풀 사이로 걸어갔다. 오두막 바깥에 이르렀을 때, 롤랜드가 수전을 돌려 세우더니 두 손으로 볼을 감싸고 살짝 입을 맞추었다.

"널 영원히 사랑할 거야, 수전. 어떤 위험이 닥친다고 해도."

수전이 빙긋이 웃었다. 웃느라 볼 살이 위로 올라가자 눈에 맺혔던 눈물이 두 뺨 위로 주르륵 흘러내렸다.

"나도. 어떤 위험이 닥친다고 해도."

수전은 롤랜드가 한 말을 되뇌며 입을 맞추었다. 두 사람은 함께 오두막으로 들어갔다.

6

달이 기울기 시작할 무렵, 대문자로 '여기 들어오는 이들에게 평화를'이라고 적인 아치문 아래로 말을 탄 사람 여덟 명이 지나갔다. 맨 앞에서 이끄는 사람은 조너스와 레이놀즈였다. 그들 뒤로 레아의 검은 수레가 따라왔다. 수레를 끄는 조랑말은 밤을 새고도 한나절을 더 달릴 수 있을 만큼 튼튼해 보였다. 조너스가 조랑말에 기수를 붙여주겠다고 했지만 레아는 거절했다.

"나보다 더 짐승을 잘 부리는 사내놈은 평생 본 적이 없어."

레아의 말은 사실인 듯했다. 고삐가 레아의 무릎 위에 축 늘어져 있었는데도 조랑말은 알아서 움직였다. 나머지 다섯 명은 해시 렌프루와 히람 퀸트, 그리고 렌프루의 부하들 가운데 가장 야무진 카우보이 세 명이었다.

코럴 소린도 함께 가려 했지만 조너스의 생각은 달랐다.

"우리가 죽으면 당신은 예전처럼 살 수 있을 거요. 우리랑 엮일 단서가 아무것도 없으니까."

"당신이 없으면 살 이유가 없는 걸요."

"아, 그런 계집애 같은 소리는 관두시오, 당신한텐 안 어울리니까. 잘 생각해보면 살아야 할 이유 따위는 얼마든지 있소. 만약 내 생각대로 일이 다 잘 풀린다면…… 또 당신이 앞으로도 나랑 같이 있고 싶다면, 계획이 성공했다는 소식을 듣자마자 말을 타고 이곳에서 빠져나오도록 하시오. 서쪽의 비카스티스 산맥에 마을이 하나 있소. 리치라는 곳이지. 최고로 빠른 말을 타고 그리로 가시오. 우리가 아무리 서둘러도 그곳까지 가려면 며칠은 걸릴 거요. 리치 마을에 여자 혼자 묵어도 안전한 여관이 있을지 모르겠지만…… 아무튼 번듯한 숙소를 찾아보시오. 거기서 기다리는 거요. 우리가 기름 탱크를 싣고 그곳에 도착하면 당신도 합류해서 내 오른팔이 될 거요. 알아들었소?"

다 이해할 수 있었다. 코럴 소린은 천 명에 한 명 나올까 말까 한 여자, 그야말로 사탄만큼이나 영리하고 사탄이 가장 아끼는 창부만큼이나 음란한 여자였다. 이제 문제는 계획이 과연 조너스의 이야기만큼이나 간단하게 성공할 수 있느냐 하는 것이었다.

조너스는 검은 수레가 곁에 다가올 때까지 속도를 늦췄다. 수정 구슬이 자루에서 빠져나와 레아의 무릎 위에 놓여 있었다.

"뭐가 좀 보입니까?"

조너스가 물었다. 그는 구슬에서 뿜어 나오는 짙은 분홍빛 광선이 다시 보고 싶었지만, 한편으로는 두렵기도 했다.

"아니. 허나 때가 되면 다시 보일 게야. 걱정 마."

"아무것도 안 보이면 당신이 무슨 쓸모가 있단 말이오?"

"때가 되면 다 알게 돼 있어."

레아는 이렇게 말하며 거만한 표정으로 조너스를 올려다보았다
(그러나 눈빛에는 조금이나마 두려움이 엿보였고, 조너스는 그 두려움이
마음에 들었다.).

조너스는 말에 박차를 가하여 조촐한 행렬의 선두로 돌아갔다.
조금이라도 말썽을 부릴 기미가 보이면 레아한테서 구슬을 빼앗을
작정이었다. 사실 그는 이미 구슬의 기이하고 중독성 있는 달콤한
느낌에 사로잡힌 상태였다. 단 한 번 목격한 분홍빛 광선이 머릿속
에 자꾸만 떠올랐다.

제길. 조너스는 속으로 생각했다. *나한테 돌아오는 건 전장의 피
로뿐이야. 이번 일이 끝나면 난 다시 예전의 자신으로 돌아가겠지.*

그것도 나름 멋진 일이었다. 하지만……

*……*사실 조너스는 자신의 앞날이 슬슬 궁금해졌다.

이제 렌프루와 클레이가 말 머리를 나란히 하고 가는 중이었다.
조너스는 그 둘 사이로 말을 몰고 들어갔다. 오래전에 다친 다리가
지독하게 욱신거렸다. 또 하나의 나쁜 징조였다.

"렝길은?"

조너스가 렌프루에게 물었다.

"부하들을 모으는 중이야. 걱정 마. 서른 명은 데려올 테니."

"서른 명이라니! 젠장, 마흔 명은 모아야 한다고 말했잖아! 최소
한 마흔이라고!"

렌프루는 차가운 눈으로 조너스를 가만히 응시했다. 그러다가 갑
자기 불어온 거센 바람에 몸을 움찔했다. 뒤이어 그는 목에 감고 있
던 스카프를 끌어올려 입과 코를 가렸다. 뒤에 따라오던 부하들은
이미 그와 똑같이 얼굴을 가리고 있었다.

"조너스, 애송이 셋을 그렇게 두려워하는 이유가 뭔가?"

"우리 목숨이 걱정돼서 그러는 거야. 당신은 너무 멍청해서 놈들의 정체가 뭔지, 또 놈들의 능력이 얼마나 되는지 전혀 모르는 것 같으니까."

조너스는 목에 두른 스카프를 끌어올리며 좀 더 침착한 목소리로 얘기하려고 애썼다. 그렇게 하는 것이 최선이었다. 당분간은 이 멍청이들이 필요하기 때문이었다. 일단 라티고에게 수정 구슬을 넘겨주면 이야기가 달라질 테지만.

"뭐, 어쩌면 놈들을 다시 볼 일이 없을지도 모르지만."

"벌써 50킬로미터 바깥으로 달아났을걸. 서쪽으로 부리나케 말을 달리고 있겠지. 난 놈들이 감방에서 어떻게 빠져나왔는지 궁금해 죽겠어."

그게 뭐가 중요하다는 거냐, 이 멍청한 놈아. 조너스는 속으로 이렇게 생각할 뿐, 아무 대꾸도 하지 않았다.

"렝길의 부하들 말인데, 근방에서 제일 야무진 놈들로 골라서 데려올 거야. 혹시 싸움이 벌어지면 서른 명이 아니라 예순 명 몫은 할 수 있어."

그 말을 들은 조너스는 레이놀즈와 살짝 눈을 마주쳤다. *내 눈으로 봐야 믿을 수 있겠는데.* 레이놀즈의 눈빛은 한순간 이렇게 말하는 듯했고, 조너스는 로이 디페이프보다 레이놀즈다 더 미더운 이유를 다시금 깨달았다.

"무장한 병력은 몇이나 되지?"

"총으로? 글쎄, 한 절반쯤. 한 시간도 안 돼서 따라올 거야."

"좋아."

적어도 등 뒤를 걱정할 필요는 없었다. 어쩌면 기습을 당할 수도 있는 상황이었다. 그리고 조너스는 그 저주받은 수정 구슬과 한시바삐 헤어지고 싶었다.

뭐? 헤어져? 심장보다 더 깊숙한 곳에서 야비한 목소리가, 반쯤 미친 사람의 목소리가 소곤거렸다. *이봐, 진심이야?*

조너스는 그 목소리가 잦아들 때까지 못 들은 척했다. 30분 후, 일행은 도로에서 벗어나 드롭 평원에 들어섰다. 몇 킬로미터 앞에서 바람을 따라 은빛 수면처럼 일렁이는 곳이 보였다. 배드 그래스였다.

7

조너스 일행이 드롭 평원으로 내려갈 무렵, 롤랜드와 커스버트, 알레인은 말에 올라타는 중이었다. 수전과 시미는 오두막 문간에 서서 손을 맞잡고 말없이 그들을 지켜보았다.

"기름 탱크가 폭발하면 소리가 들릴 거야. 냄새도 날 테고. 바람이 반대쪽으로 분다고 해도 타는 냄새는 맡을 수 있을 거야. 그런 다음 한 시간도 안 돼서 다시 연기가 피어오를 거야." 롤랜드가 손을 뻗어 먼 곳을 가리켰다. "골짜기 입구에 쌓아놓은 덤불에서."

"아무것도 안 보이면?"

"그럼 서쪽으로 가. 하지만 볼 수 있을 거야, 수전. 약속할게."

수전은 앞으로 한 걸음 나서서 롤랜드의 허벅지에 손을 얹었다. 그러고는 옅어지는 달빛 속에서 그의 얼굴을 올려다보았다. 롤랜드는 몸을 굽혀 수전의 목덜미를 부드럽게 감싸고 입을 맞추었다.

"조심해서 가."

수전이 물러서며 말했다.

"그래요. 당당하게 맞서세요, 세 분 다요."

시미가 불쑥 끼어들어 덧붙였다. 그러고는 앞으로 나서서 커스버트의 장화를 수줍게 어루만졌다. 커스버트가 몸을 숙여 시미의 손을 쥐고 흔들었다.

"수전을 잘 부탁해, 친구."

시미는 진지한 표정으로 고개를 끄덕였다.

"걱정 마세요."

말을 탄 소년들이 천천히 멀어져갔다. 풀밭이 그들의 모습을 집어삼키듯이 닫히기 전, 롤랜드는 마지막으로 뒤를 돌아보았다.

"사랑해, 수전."

수전이 빙긋이 웃었다. 아름다운 웃음이었다.

"잊지 마. 새와 곰과 산토끼와 물고기."

수전이 말했다. 롤랜드가 다음번에 수전을 보았을 때, 그녀는 마법사의 수정 구슬 안에 갇혀 있었다.

8

롤랜드와 친구들이 배드 그래스 서쪽에서 본 풍경은 황량하면서도 아름다웠다. 바람에 날리는 모래가 널따란 시트처럼 사막의 돌바닥 위로 날아오르면, 달빛이 그 모래를 달리는 유령으로 바꾸어놓았다. 이따금씩 2휠쯤 떨어진 곳의 교수대 바위가 보였고, 거기서 2휠 더 떨어진 아이볼트 골짜기의 입구도 눈에 들어왔다. 때로는 둘 다 모래에 가려 사라지곤 했다. 등 뒤에서는 키 큰 풀들이 서로 스치며 물소리 같은 노랫소리를 들려주었다.

"기분은 좀 어때? 다들 괜찮아?"

롤랜드가 물었다. 두 친구는 고개를 끄덕였다.

"내 생각엔 총싸움이 거하게 벌어질 것 같아."

"다 함께 아버지의 얼굴을 기억하자." 커스버트가 말했다.

"그래. 똑똑히 기억해야지." 롤랜드는 거의 멍한 상태로 맞장구를 친 다음, 안장에 앉은 채로 기지개를 켰다. "한 가지 다행인 건, 바람이 놈들 편이 아니라 우리 편이라는 거야. 놈들이 다가오면 소리가 들리겠지. 일단 머릿수부터 확인해야 돼. 알았지?"

두 친구가 함께 고개를 끄덕였다.

"조너스가 아직도 우쭐해 있다면 금방 들이닥칠 거야. 급히 모으느라 몇 명 안 되는 부대를 데리고 오겠지. 구슬도 같이 들고 올 테고. 그렇게 되면 우린 매복하고 있다가 놈들을 모조리 죽이고 마법사의 무지개를 빼앗아야 해."

알레인과 커스버트는 말없이 귀를 기울였다. 바람이 갑자기 거세졌고, 롤랜드는 모자가 날아가지 않도록 꾹 눌러썼다.

"만약 우리 때문에 겁을 먹었다면, 조너스는 병력을 더 많이 모아서 한참 있다가 올 거야. 그렇게 되면 놈들이 그냥 지나가도록 놔둬야 해. 그런 다음…… 바람이 여전히 우리 편이라면, 놈들의 후미에 몰래 섞여 들어가야 해."

롤랜드의 말을 들은 커스버트의 입가에 웃음이 번졌다.

"야, 롤랜드. 네 아버지가 들으시면 진짜 뿌듯해 하시겠다. 이제 겨우 열네 살인데 아주 그냥 악마처럼 교활해!"

"다음 달이면 열다섯 살이야." 롤랜드가 진지한 표정으로 말했다. "두 번째 계획대로 하려면 뒤에 따라가는 놈들은 죽여야 할지도 몰라. 내 신호를 잘 봐, 알았지?"

"놈들 행렬에 섞여서 교수대 바위까지 가겠다고? 그런 거야?" 알레인이 물었다. 알레인은 늘 커스버트보다 한두 박자 늦게 깨우쳤지만, 롤랜드는 괘념치 않았다. 눈치 빠른 친구보다 듬직한 친구가 더 나을 때도 있기 때문이었다.

"맞아. 상황이 여의치 않으면."

"그렇다면…… 혹시 놈들이 분홍 구슬을 갖고 있다면, 구슬이 우릴 못 찾아내게 해 달라고 빌어야겠네."

알레인이 이렇게 말하자 커스버트가 흠칫 놀란 표정을 지었다. 롤랜드는 입술을 깨물며 알레인이 꽤 눈치가 빠를 때도 있다고 생각했다. 분명히 커스버트보다 먼저…… 아니, 롤랜드보다도 먼저 그 불길한 가능성을 떠올렸던 것이다.

"오늘 아침엔 그것 말고도 빌어야 할 게 많아. 하지만 어쩌겠어, 판을 벌였으면 패가 나오는 대로 받아서 쳐야지."

그들은 안장에서 내려와 말 옆의 풀밭 가장자리에 앉아서 기다렸다. 대화는 거의 나누지 않았다. 롤랜드는 사막 위로 달려가듯 움직이는 모래 구름을 보며 수전 생각을 떠올렸다. 수전과 결혼을 해서 길르앗 남쪽의 주인 없는 땅에 자리를 잡고 사는 상상을 했다. 그때쯤이면 파슨이 전쟁에서 질 것 같았다. 기묘하게 몰락해가는 세상도 차차 좋아질 것 같았고(롤랜드의 마음속에 자리 잡은 천진난만한 부분은 존 파슨을 끝장내면 세상이 좋아질 것이라고 믿고 있었다.), 그렇게 되면 총잡이로서 살아온 삶도 끝날 것만 같았다. 지금 허리에 차고 있는 6연발 리볼버를 손에 쥘 자격을 얻은 날로부터 아직 1년도 안 지났건만(스티븐 디셰인이 허락만 하면 그의 커다란 리볼버도 찰 수 있었건만), 롤랜드는 벌써부터 총이 지긋지긋했다. 어찌된 까닭인지 수전과 입을 맞추고 나서부터 마음이 녹아내리고 심장이 두근거렸다. 지금과 다르게 살 수 있을 것 같았다. 아마도 더 행복하게. 집을 짓고, 아이를 낳고, 그리고 또⋯⋯

"온다." 알레인의 목소리가 그를 상상 속에서 끌어냈다.

총잡이는 일어서서 러셔의 고삐를 잡았다. 커스버트도 벌떡 일어나 곁에 꼿꼿이 섰다.

"수가 많아? 아니면 적어? 알레인, 너 혹시⋯⋯ 보여?"

알레인은 서남쪽을 향해 서서 손바닥을 앞으로 하고 두 손을 쭉 내밀었다. 롤랜드는 친구의 어깨 너머로 이제 곧 지평선 아래로 사라질 노인성을 바라보았다. 그렇다면 해가 뜰 때까지 남은 시간은 고작 한 시간뿐이었다.

"아직 몰라."

"그럼 구슬이 있는지 없는지만이라도 확인을⋯⋯"

"안 돼. 조용히 해, 롤랜드. 안 들리잖아!"

롤랜드와 커스버트는 가만히 서서 알레인을 애타게 바라보았다. 그러면서 한편으로는 귀를 쫑긋 세우고 말발굽 소리와 수레바퀴 소리, 또는 바람에 실려오는 목소리를 찾았다. 시간은 몹시도 느리게 흘렀다. 노인성이 사라지고 새벽이 다가오는데도 바람은 잦아들기는커녕 더욱 거세졌다. 롤랜드가 돌아보니 커스버트는 이미 새총을 꺼내들고 줄을 만지작거리는 중이었다. 눈이 마주치자 커스버트는 달리 어쩌겠냐는 듯이 어깨를 으쓱했다.

"몇 명 안 돼." 알레인이 불쑥 입을 열었다. "너흰 안 보여?"

두 친구 모두 고개를 저었다.

"열 명도 안 돼. 아마 여섯 명일 거야."

"좋았어!" 롤랜드는 이렇게 중얼거리며 자신도 모르게 허공에 주먹을 날렸다. "수정 구슬은?"

"그건 모르겠어." 알레인은 잠꼬대하는 사람 같은 목소리로 중얼거렸다. "그치만 같이 있는 것 같아. 네가 보기엔 어때?"

롤랜드가 보기에도 그럴 듯싶었다. 인원은 고작 예닐곱 명, 십중팔구 수정 구슬을 지니고 이동하는 중이었다. 완벽했다.

"준비해, 친구들. 지금부터 놈들을 덮칠 거니까."

9

조너스 일행은 드롭 평원을 한참 내려가서 배드 그래스에 들어섰다. 가을 하늘에 환히 빛나는 별들이 길잡이가 되어 주었고, 해시 렌프루는 별의 방향을 훤히 꿰고 있었다. 그는 쌍둥이자리로 알려진 두 별을 선으로 이은 다음 20분마다 멈춰 서서 현재 위치를 가늠했다. 조너스는 그 늙은 카우보이가 일행을 이끌고 이 무성한 풀밭을 거뜬히 통과하여 교수대 바위로 인도할 거라고 믿어 의심치 않았다.

그렇게 배드 그래스에 들어선 지 한 시간쯤 지났을 무렵, 뒤쪽에 있던 퀸트가 말을 몰고 조너스에게 다가왔다.

"저기, 저 노파가 좀 뵙고 싶다는데요. 중요한 일이랍니다."

"지금?"

"예." 퀸트의 목소리가 작아졌다. "무릎에 올려놓은 구슬이 환하게 빛나더군요."

"그래? 이리 와라, 퀸트. 무슨 일인지 내가 가서 확인하는 동안 네가 선두를 맡는 거다."

조너스는 검은 수레가 옆에 나란히 오도록 말의 속도를 늦췄다. 레아가 얼굴을 들어 올려다보았고, 수정 구슬의 분홍색 광채에 휩싸인 그 얼굴을 보며 조너스는 한순간 젊은 아가씨의 얼굴이라고 생각했다.

"그래, 오셨구먼, 우리 대장님. 금세 나타나실 줄 알았지."

레아가 킬킬대며 웃었다. 웃느라 잔뜩 주름이 진 그 얼굴을 보며 조너스는 다시금 레아의 실체를 깨달았다. 무릎 위의 물건에게 생기를 모조리 빨린 탓에 껍데기만 남은 인간이었다. 뒤이어 조너스는 그 물건을 내려다보다가…… 의식을 잃고 말았다. 분홍빛 광선이 마음속 가장 깊숙한 곳의 주름과 빈틈을 속속들이 파고들어 처음으로 환하게 비춰 주는 느낌이 들었다. 절정에 이르렀을 때의 코럴 소린조차도 그토록 환하게 그를 비춰주지는 못했다.

"썩 마음에 드나 보군, 그렇지?" 레아는 킬킬대며 중얼거렸다. "암, 그럴 게야. 이렇게 예쁘게 빛나는데 누군들 싫어하겠어! 헌데 조너스 나리, 나리 눈에는 뭐가 보이나?"

한 손으로 안장머리를 쥐고 몸을 굽히고서, 하나로 묶은 기다란 머리칼을 늘어뜨린 채로, 조너스는 수정 구슬을 지긋이 들여다보았다. 처음에는 도톰한 입술처럼 매혹적인 분홍색 광채밖에 보이지 않다가 이내 그 빛이 갈라지기 시작했다. 이윽고 높이 자란 풀로 둘러싸인 오두막이 보였다. 은둔자들이나 좋아할 법한 오두막이었다. 칠이 벗겨졌지만 아직 빨간색이 선명한 문이 열려 있었다. 그리고 한 여자가 현관의 돌계단에 앉아 무릎에 손을 올려놓고 있었다. 발치의 땅바닥에 담요를 펼쳐놓은 여자, 풀어헤친 머리가 어깨에 드리워진 그 여자는 바로……

"이런 빌어먹을!"

조너스가 나지막이 중얼거렸다. 이제 안장에서 금방이라도 떨어질 것처럼 아슬아슬하게 몸을 숙인 모습이 마치 곡마단에서 일하는 재주꾼 같았고, 두 눈은 아예 사라진 듯했다. 눈이 있던 자리가 온통 분홍빛으로 둥그렇게 물들어 있었다.

그 모습을 본 레아가 즐겁다는 듯이 킬킬댔다.

"맞았어, 소린이 첩으로 삼으려다 맛도 못 보고 죽은 그 계집이야! 디어본의 애인이 됐지!" 킬킬대던 웃음소리가 뚝 멎었다. "내 사랑스러운 에르모트를 죽인 놈의 애인이지. 허나 놈은 대가를 치를 게야. 암, 그렇고말고. 더 자세히 들여다봐, 조너스 대장! 더 가까이서!"

조너스는 그 말대로 했다. 그러자 모든 것이 또렷이 보였고, 진작 그렇게 할 걸 잘못했다는 생각이 들었다. 구슬 속에 보이는 소녀의 고모가 품었던 두려움은 모두 사실이었다. 레아는 이미 알고 있었다. 다만 그 수전이라는 소녀가 내륙 자치령에서 온 소년과 붙어먹은 것을 레아가 왜 아무에게도 말하지 않았는지는 수수께끼였다. 게다가 수전은 윌 디어본과 붙어먹기만 한 것이 아니었다. 디어본과 친구들이 탈출하도록 도와주었고, 더 나아가 보안관 둘을 죽였을 수도 있었다.

구슬 속에 비친 광경이 몽글거리며 더 가까워졌다. 그것을 보는 동안 조너스는 살짝 어지러워졌지만, 어지럼증조차 유쾌하게 느껴졌다. 수전 뒤로 보이는 오두막은 불 크기를 바짝 줄인 등잔이 어렴풋이 밝히고 있었다. 처음에는 한쪽 구석에 누가 자고 있는 듯했지만 다시 보니 가죽을 쌓아놓은 더미가 사람 비슷하게 보이는 것일 뿐이었다.

"꼬맹이들이 보이나?" 이렇게 묻는 레아의 목소리는 아득히 멀리서 들리는 듯했다. "어때, 대장님. 꼬맹이들이 보여?"

"아니."

조너스가 대답했다. 이제 자신의 목소리마저도 멀리서 들리는 듯싶었다. 그의 시선은 수정 구슬에 고정되어 있었다. 구슬에서 뻗어 나온 빛이 뇌를 바짝 태우며 깊숙이, 더 깊숙이 파고드는 느낌이 들었다. 흐뭇한 기분이었다. 추운 밤에 피워 놓은 뜨거운 불처럼.

"계집애 혼자요. 누굴 기다리나 본데."

"좋아."

레아가 구슬 위로 손을 움직였다. 먼지를 털듯이 우악스러운 손짓이 끝나자 분홍색 빛이 사라졌다. 조너스가 나지막한 신음으로 항의했지만 아무 소용도 없었다. 구슬은 다시 캄캄해졌다. 레아에게 두 손을 뻗어 다시 빛을 비추라고 말하고 싶었지만, 필요하다면 애걸도 할 수 있었지만, 조너스는 순전히 의지력만으로 충동을 억눌렀다. 거기에 보답이라도 하듯이 서서히 이성이 되돌아왔다. 덕분에 레아의 손짓은 인형극의 꼭두각시 인형이 그렇듯이 아무 의미도 없는 몸짓일 뿐이라는 깨달음을 얻을 수 있었다. 수정 구슬은 레아의 뜻과 상관없이 스스로 원하는 대로 할 뿐이었다.

한편 수레에 앉은 못생긴 노파는 치가 떨리도록 교활하고 약삭빠른 눈으로 조너스를 바라보는 중이었다.

"계집애가 누굴 기다리는 걸까? 대장님 생각은 어때?"

조너스는 퍼뜩 깨달았다. 소녀가 누구를 기다리는지는 보나마나 뻔했다. 그 소년들. 아직 수염도 안 난 빌어먹을 내륙 출신 애송이들. 놈들이 소녀와 함께 있지 않다는 말은 곧 자기들끼리 기다린다는 뜻이었다. 바로 이 길 앞에서.

조너스를 기다리는 중이었다. 그리고 아마도⋯⋯

"내 말 잘 들으시오. 딱 한 번만 말할 테니 사실대로 대답하는 게 좋을 거요. 놈들이 이 물건을 알고 있소? 그 애송이들이 마법사의 무지개에 관해 아냔 말이오."

레아는 조너스의 시선을 피했다. 어떤 의미로는 충분한 대답이었지만, 그렇다고 해서 그냥 넘어갈 수는 없었다. 쿠스 언덕에서 이곳까지 먼 길을 오는 동안 레아는 줄곧 자기 좋을 대로 고집을 부렸다. 이제 누가 대장인지 확실히 일깨워줄 때였다. 조너스는 다시 몸을 숙여 레아의 어깨를 붙잡았다. 끔찍한 느낌, 왠지 살아 있는 뼈다귀를 만지는 느낌이 들었지만 조너스는 평온한 기색을 유지했다. 그러면서 어깨를 쥔 손에 더욱 힘을 주었다. 레아가 신음하며 몸을 틀었지만 조너스는 아랑곳하지 않았다.

"대답해, 이 할망구야! 아가리 다물고 있지 말고!"

"어쩌면, 놈들이 알 수도 있어. 그 계집애가 그날 밤 구슬을 봤을지도⋯⋯ 아이구, 이거 놔! 아파 죽겠어!"

"내가 마음만 먹었으면 넌 벌써 죽은 몸이야."

조너스는 다시 한 번 애타는 눈으로 수정 구슬을 보다가 몸을 일

으켜 안장에 똑바로 앉았다. 그러고는 손을 둥글게 말아 입에 대고
외쳤다.

"클레이! 거기 서!"

앞서 가던 레이놀즈와 렌프루가 돌아보자 조너스는 손을 들어 뒤
에 따라오던 카우보이들을 멈춰세웠다.

바람은 사락사락 소리를 내며 풀밭을 쓸고 갔고, 풀이 누웠다가
다시 일어서자 달콤한 향기가 소용돌이처럼 퍼져 나갔다. 조너스는
헛수고인 줄 알면서도 암흑 속 저 먼 곳을 바라보았다. 애송이들이
어디에 있을지 모르는 지금, 조너스는 기습당할지도 모른다는 생각
에 불안해졌다. 몹시도 께름칙했다.

조너스는 클레이와 렌프루가 기다리는 곳으로 말을 몰았다. 렌프
루의 표정에 조바심이 드러났다.

"무슨 일인데? 이제 금방 동이 틀 거야. 시간이 없어."

"배드 그래스에 오두막이 몇 채 있는데, 어딘지 아나?"

"뭐, 대강은. 그런데 왜……?"

"빨간 문이 달린 오두막이 어디 있는지 알아?"

렌프루가 고개를 끄덕이고 북쪽을 가리켰다.

"수니 영감이 살던 집이야. 그 늙은이는 어느 날 갑자기 뭔지 모
를 신앙에 푹 빠졌어. 무슨 꿈이나 환상 같은 걸 봤겠지. 아무튼 그
때부터 오두막 현관문을 뻘겋게 칠하더군. 벌써 5년 전에 마니 교도
들이 사는 곳으로 떠났어."

렌프루는 이제 적어도 이유를 묻지는 않았다. 조너스의 표정에서
질문을 허락하지 않겠다는 낌새를 챘기 때문이었다.

조너스는 손을 들어 거기에 새겨진 파란색 관 문신을 흘깃 보고

는 고개를 돌려 퀸트를 불렀다.

"이제 네가 인솔해라."

퀸트의 숯검정 같은 눈썹이 쫑긋 올라갔다.

"제가요?"

"그래. 하지만 이 길로 가진 않을 거다. 계획이 바뀌었어."

"그게 무슨……?"

"입 다물고 잘 들어, 이해가 안 가는 게 있으면 그때 물어보고. 일단 저 망할 수레를 뒤로 돌리는 거다. 그다음엔 부하들을 시켜 호위하면서 우리가 온 길로 돌아가라. 가서 렝길 패거리하고 합류하는 거다. 렝길한테 나랑 레이놀즈, 렌프루가 올 때까지 그 자리에서 기다리라고 전해. 알아들었지?"

퀸트가 고개를 끄덕였다. 놀란 눈치였지만 입은 열지 않았다.

"좋아. 가라. 그리고 마녀한테 전해. 장난감은 자루에 넣어 두라고."

조너는 한 손으로 이마를 문질렀다. 여간해서는 떨리지 않는 손가락이 미세하게 떨렸다.

"사람의 넋을 빼놓는 물건이야."

퀸트는 말을 몰고 돌아가다가 조너스가 부르는 소리를 듣고 뒤를 돌아보았다.

"내륙에서 온 꼬맹이들이 여기에 있는 것 같다, 퀸트. 아마 우리가 가는 길 앞에서 기다리고 있을 거다. 하지만 혹시라도 뒤쪽에 매복해 있다면 다시 돌아가는 널 덮칠 거다."

퀸트는 자기 머리보다 더 높은 곳까지 자란 풀숲을 허둥지둥 두리번거렸다. 그러다가 입을 꾹 다물고 조너스에게 눈을 돌렸다.

"만약 놈들이 공격에 나선다면 수정 구슬을 뺏으려고 할 거다.

자, 이제 내 말을 잘 들어라. 구슬을 빼앗기고 살아남은 놈은 차라리 죽었으면 하고 바라는 신세가 될 거다."

레아의 검은 수레 뒤에 한 줄로 따라오는 카우보이들이 보였다. 그들은 안장에 삐딱하게 엉덩이를 걸치고 있었다. 조너스는 턱짓으로 그들을 가리켰다.

"가서 네 부하들한테 똑똑히 전해."

"예, 대장님."

"렝길 패거리가 있는 곳에 도착하면 너흰 안전할 거다."

"대장님이 금방 안 오시면, 언제까지 기다릴까요?"

"너희가 다 죽어서 흙이 될 때까지. 자, 이제 가라."

퀸트가 떠나자 조너스는 레이놀즈와 렌프루를 향해 돌아섰다.

"우린 중간에 잠깐 들를 데가 있어."

10

"롤랜드." 알레인이 다급한 목소리로 나직이 불렀다. "놈들이 반대쪽으로 돌아섰어."

"확실해?"

"응. 뒤에 따라오는 패거리가 하나 더 있어. 수가 훨씬 많아. 그쪽으로 돌아가는데."

"머릿수를 늘려서 안전을 도모하는 거겠지. 그게 다야."

커스버트가 말했다. 롤랜드는 다시 알레인에게 물었다.

"놈들이 수정 구슬을 갖고 있어? 어때, 구슬이 보여?"

"웅, 갖고 있어. 녀석들이 되돌아가는데도 볼 수 있었던 건 구슬 덕분이야. 일단 눈에 띄면 갱도 속의 등불처럼 빛나거든."

"지금도 레아가 지니고 있어?"

"그런 것 같아. 그 마녀는 차마 볼 엄두가 안 나."

"조너스는 우릴 두려워해. 그래서 병력을 더 모으려고 하는 거야. 분명해, 틀림없어."

롤랜드는 자신의 추론이 옳으면서도 한편으로는 지독히 어긋난 것을 알지 못했다. 자신이 길르앗을 떠난 이후 단 몇 차례밖에 경험하지 못했던 십대 소년 특유의 지독한 확신에 다시금 빠져들었음을 깨닫지 못했던 것이다.

"이제 어떡하지, 롤랜드?"

"가만히 있으면 돼. 잘 들으면서, 기다리는 거야. 어차피 교수대 바위로 갈 거라면, 놈들은 수정 구슬을 갖고 다시 이 길로 올 거야. 이 길밖에 없으니까."

"수전은?" 커스버트가 물었다. "수전하고 시미는? 걔들은 어떡해? 그쪽이 안전한지 우리가 어떻게 알아?"

"거기까지 알 방법은 아마 없을 거야." 롤랜드는 책상다리를 하고 앉아서 러셔의 고삐를 무릎에 올려놓았다. "하지만 조너스랑 부하들은 금방 돌아올 거야. 놈들이 오면, 우린 할 일을 하면 그만이야."

11

수전은 안에 들어가서 자고 싶은 마음이 들지 않았다. 롤랜드가 없는 오두막은 자기가 있을 곳이 아니라고 느낀 탓이었다. 그래서 시미에게 오두막 구석의 가죽을 덮어주고 자신은 담요 몇 장을 챙겨 바깥으로 나갔다. 수전은 오두막 문간 계단에 잠시 앉아서 하늘의 별을 올려다보며 나름의 방식으로 롤랜드를 위해 기도했다. 그러다가 조금 기분이 나아지자 담요를 깔고 누워서 남은 담요를 몸에 덮었다. 곤히 잠들었다가 마리아의 목소리에 눈을 뜬 때가 까마득히 오래전인 것 같았다. 시미가 입을 벌린 채 컥컥 코를 고는 소리가 오두막에서 들려왔지만 그마저도 귀에 거슬리지 않았다. 수전은 한쪽 팔을 베고 잠이 들었고, 20분 후 시미가 문간에 나와서 졸린 눈을 껌벅이며 내려다보다가 소변을 보러 풀밭으로 사라졌을 때에도 눈을 뜨지 않았다. 노새 카프리초소만이 눈앞에 지나가는 시미의 존재를 알아차리고 기다란 주둥이를 뻗어 주인의 엉덩이를 쿡 깨물었다. 시미는 잠에 취한 채로 등 뒤로 손을 뻗어 카프리초소의 주둥이를 밀어냈다. 노새가 치는 장난이라면 이골이 난 시미였다.

버드나무 숲이(그리고 새와 곰과 산토끼와 물고기가) 나오는 꿈에서 수전을 깨운 것은 볼일을 보고 돌아온 시미가 아니라 그녀의 목을 누르는 차가운 강철 원이었다. 요란한 '철컥' 소리를 듣고 수전은 대번에 보안관 사무소의 기억을 떠올렸다. 권총의 격철을 젖히는 소리였다. 머릿속에서 버드나무 숲의 풍경이 점점 흐릿해졌다.

"일어날 시간이야, 아가씨."

목소리가 들렸다. 잠이 덜 깬 황망한 상태에서 수전은 지금이 전날 아침이라고, 자신을 깨우러 온 사람은 마리아라고 믿고 싶었다. 소린과 라이머를 죽인 범인이 돌아와 수전마저 죽이려 하기 전에 시프론트 관저를 떠나야 한다면서.

그러나 소용이 없었다. 눈을 떠 보니 아침의 환한 햇빛 대신 새벽 다섯 시의 어슴푸레한 여명이 보였다. 목소리도 여자가 아니라 남자의 것이었다. 그리고 그 남자는 어깨를 잡고 흔드는 대신 총구로 목을 누르고 있었다.

수전이 올려다보니 주름이 진 기다란 얼굴과 그 주위로 늘어진 하얀 머리카락이 보였다. 입술은 흉터처럼 가느다랬다. 눈은 롤랜드와 똑같이 연한 파란색이었다. 엘드레드 조너스였다. 그 뒤에 서 있는 남자는 과거 행복했던 시절에 수전의 아버지에게 술을 권하던 해시 렌프루였다. 또 다른 남자, 즉 조너스의 *카텟* 가운데 한 명이 오두막 안으로 들어섰다. 가슴이 철렁하다 못해 뱃속이 얼어붙는 기분이 들었다. 이제 시미의 목숨도 위험한 판국이었다. 지금 어떤 일이 벌어지는 중인지 시미가 과연 이해할 수 있을까? 수전은 확신이 서지 않았다. *이 둘은 지난번 술집에서 시미를 죽이려고 했어. 그러니까 대강은 눈치챌 거야.*

"눈을 뜨셨군, 아가씨. 그래, 좋아." 조너스는 잠을 쫓으려고 눈을 깜박이는 수전을 내려다보며 친근하게 말했다. "잘했어! 이런 데서 혼자 곯아떨어지면 안 돼, 특히 아가씨 같은 미인은 더더욱. 하지만 걱정 마. 내가 집까지 모셔다 드릴 테니까."

조너스는 오두막 입구의 계단을 내려오는 빨강머리 부하 쪽으로 흘깃 눈을 돌렸다. 그는 혼자였다.

"어때, 클레이? 안에 숨겨둔 거 없더냐?"

레이놀즈는 고개를 가로저었다.

"아무것도 없습니다."

시미. 수전은 속으로 중얼거렸다. *어디 있는 거야, 시미?*

조너스는 손을 뻗어 수전의 가슴을 슬쩍 어루만졌다.

"멋지구나. 부드럽고 탱탱해. 디어본이 반할 만하군."

"징그러운 문신으로 뒤덮인 손 저리 치워, 이 나쁜 놈아."

씩 웃으며, 조너스는 수전의 말을 따랐다. 그러고는 고개를 돌려 노새를 가만히 바라보았다.

"눈에 익은 짐승이로군. 내 절친한 벗 코럴의 소유물이지. 하다 하다 이제 가축 도둑질까지! 요즘 젊은 것들은 정말 큰일이야, 큰일. 안 그런가, 렌프루 나리?"

수전 아버지의 옛 동료는 아무 대꾸도 하지 않았다. 애써 담담한 표정을 유지하는 렌프루를 보며 수전은 그가 아주 조금이나마 이 자리에 있는 스스로를 부끄러워한다고 생각했다.

조너스는 다시 수전 쪽으로 고개를 돌렸다. 얇은 입술이 싹싹하게 미소 짓는 표정처럼 휘어져 있었다.

"하긴, 살인까지 저질렀으니 노새 한 마리 훔치는 것쯤 식은 죽 먹기였겠지. 안 그래?"

수전은 대꾸하지 않았다. 그저 노새의 주둥이를 다독이는 조너스를 말없이 지켜볼 뿐이었다.

"노새까지 끌고 오다니, 그 애송이들이 뭘 실어 나른 거지?"

"수의야." 수전은 마비된 입술을 움직여 중얼거렸다. "너랑 네 친구들이 다 함께 입을 수의. 얼마나 무겁던지. 하마터면 노새 등이 부러질 뻔했어."

"내 고향에는 이런 옛말이 있지." 조너스는 여전히 미소를 띤 채로 말했다. "똑똑한 여자애들은 지옥에 간다. 혹시 들어본 적 있나?"

그러는 동안에도 손으로는 쉬지 않고 카프리초소의 콧등을 매만졌다. 노새는 그 손길이 마음에 들었던지, 목을 한껏 젖히고 조그만 눈을 반쯤 감은 채 즐거워했다.

"이런 생각은 못해봤어? 노새 등에 실린 짐을 내려서 각자 챙겨 떠난 친구들은 보통 다시 돌아오는 법이 없다는 생각 말이야."

수전은 아무 대꾸도 하지 않았다.

"아가씨는 완전히 버려졌어. 금세 달아오른 쇳덩이는 금세 식는다, 이거야. 놈들이 어디로 갔는지 알아?"

"응."

수전이 말했다. 조그마한, 거의 속삭임 같은 목소리였다. 조너스의 표정에 흡족한 기색이 돌았다.

"솔직히 털어놓으면 편해질 수 있어. 안 그런가, 렌프루?"

"아무렴. 수전, 놈들은 반역을 저질렀어. 의인 파슨의 편이란다. 놈들이 어디로 갔는지, 무슨 꿍꿍인지 아는 대로 말해."

수전은 조너스에게 시선을 고정한 채로 입을 열었다.

"이리 와. 더 가까이."

마비된 입술을 억지로 움직인 탓에 *이이 아 더 가아이*처럼 들렸지만, 조너스는 용케 알아듣고 몸을 숙였다. 고개를 쭉 뺀 모습이 카프리초소와 너무 비슷해서 기괴할 정도였다. 그러다가 조너스가 눈앞에 다가왔을 때, 수전은 그의 얼굴에 침을 뱉었다.

조너스가 용수철처럼 벌떡 일어섰다. 놀라고 화가 나서 입술이 일그러져 있었다.

"*이런 망할 년이!*"

조너스는 악을 쓰며 손을 한껏 휘둘렀고, 수전은 땅바닥으로 굴러 떨어졌다. 축 늘어진 채 모로 누운 수전의 눈앞에 폭발하는 시커 먼 별들이 보였다. 이미 풍선처럼 부푼 오른쪽 뺨에 얼얼한 통증을 느끼며, 수전은 생각했다. *손가락 두 마디 정도만 아래로 때렸어도 목이 부러졌을 텐데. 차라리 그게 더 나았을 텐데.* 수전은 손을 들어 오른쪽 콧구멍에서 흘러나온 피를 훔쳤다.

조너스는 렌프루 쪽으로 고개를 돌렸다. 앞으로 한 발 나섰던 렌 프루가 우뚝 멈춰 섰다.

"말에 태우고 손을 앞으로 묶어놔. 꽉 묶어."

말을 마친 조너스는 수전을 내려다보더니 냅다 어깨를 걷어찼다. 하도 세게 차서 수전이 오두막 쪽으로 데굴데굴 굴러갔다.

"감히 나한테 침을 뱉어? 이 엘드레드 조너스한테? 망할 년."

레이놀즈가 목에 감고 있던 수건을 내밀었다. 조너스는 그 수건 을 받아 얼굴에 묻은 침을 닦고 수전 곁에 쪼그려 앉았다. 그러고는 수전의 머리카락을 한 줌 잡아들고 수건에 묻은 침을 닦았다. 그런 다음 수전을 붙들고 일으켜 세웠다. 이제 통증 때문에 눈물이 흘러 나왔지만 수전은 꿋꿋이 입을 다물었다.

"네 애인은 영영 놓쳐버렸는지도 모르지만 그래도 너 하나는 꽉 잡았구나. 안 그러냐, 탱탱한 가슴을 가진 수전? 그래, 디어본이 말 썽을 부리면 너한테 그 두 배로 갚아주면 되겠구나. 물론 디어본한 테도 알려줄 거야. 기대해도 좋아."

조너스의 표정에서 웃음이 사라졌다. 그가 느닷없이 홱 떠미는 바람에 수전은 하마터면 다시 나동그라질 뻔했다.

"자, 이제 말에 타라. 내 칼로 네 면상을 손봐주기 전에 서두르는 게 좋을 거다."

겁에 질려 소리 없이 흐느끼면서, 시미는 풀밭에 숨어 그 광경을 지켜보았다. 수전은 사악한 관 사냥꾼의 얼굴에 침을 뱉고 그에게 맞아 쓰러졌다. 하도 세게 맞아서 하마터면 죽을 뻔했다. 시미는 대번에 뛰쳐나가려 했지만, 그랬다가는 개죽음을 당할 뿐이라고 말하는 목소리가 들렸다. 머릿속에 들리는 그 목소리의 주인은 어쩌면 친구인 아서 히스 같기도 했다.

수전이 말에 오르는 모습을 시미는 가만히 지켜보았다. 관 사냥꾼 패거리가 아니라 술집에서 이따금 본 기억이 있는 덩치 큰 카우보이가 거들려고 나섰지만, 수전은 신발 바닥으로 그를 밀어냈다. 남자는 얼굴이 벌개져서 물러섰다.

화나게 하면 안 돼요, 수전 아가씨. 시미는 속으로 중얼거렸다. *제발, 그러지 마세요, 그랬다간 더 세게 맞을 거예요! 어이구, 저 얼굴 좀 봐! 코피까지 흘리시네!*

"마지막 기회다." 조너스가 말했다. "놈들은 지금 어딨지? 무슨 짓을 벌이려는 거야?"

"가서 죽어버려."

수전의 대답을 듣고 조너스는 빙긋 웃었다. 마음에 상처를 입은 듯 처연한 웃음이었다.

"저세상에는 네가 먼저 가 있을 테니 나중에 찾아보도록 하지. 이이, 오두막은 샅샅이 뒤졌나?"

"뭐가 있었는지 몰라도 놈들이 다 챙겨갔습니다." 빨강머리가 대답했다. "남긴 거라곤 이 디어본의 노리개뿐입니다."

자기 말에 오르던 조너스는 부하의 대답을 듣고 몹시도 비열한 웃음을 터뜨렸다.

"좋아. 출발하자."

일행은 배드 그래스로 돌아갔다. 누웠던 풀들이 다시 일어서자 마치 아무 일도 없었던 양 고요해졌지만…… 수전은 사라졌고, 카프 리초소도 보이지 않았다. 수전과 나란히 말을 몰고 가던 카우보이가 노새를 데려간 것이었다.

그들이 다시 돌아오지 않을 거란 확신이 서자 시미는 느릿느릿 공터로 걸어갔고, 그렇게 걷는 동안 바지 앞섶의 단추를 채웠다. 시미는 롤랜드와 친구들이 향한 방향과 수전이 끌려간 방향을 번갈아 돌아보았다. 어느 쪽으로 가야 할까?

잠깐만 생각해도 선택의 여지가 없음을 알 수 있었다. 이곳의 풀은 억세고 탄력이 좋았다. 롤랜드와 알레인과 착한 아서 히스(시미의 마음속에서 그는 지금도, 그리고 앞으로도 아서 히스였다.)가 간 길은 사라지고 없었다. 반면에 수전과 그녀를 납치한 패거리가 간 길은 아직 또렷이 남아 있었다. 그리고 어쩌면, 그녀의 뒤를 쫓아간다면, 뭔가 할 일이 있을지도 몰랐다. 그녀를 도울 수 있을지도 몰랐다.

시미는 수전이 끌려간 방향으로 향했다. 처음에는 걸어갔지만, 다시 돌아온 적들에게 붙잡힐지도 모른다는 두려움이 사그라지자 속도를 내어 뛰어갔다. 그렇게 시미는 그날 내내 수전의 뒤를 쫓았다.

13

어떤 상황에서도 그리 낙관적인 편이 아니었던 커스버트는 동틀 녘이 가까워지자 점점 더 불안해졌다. *수확제구나. 드디어 수확제의 날이 밝았어. 그리고 우린 날카롭게 벼린 칼을 들고 있지. 벨 거라고는 아무것도 없는데 말이야.*

커스버트는 알레인에게 뭐가 '들리느냐고' 두 번이나 물었다. 처음에 알레인은 그저 끙 소리만 냈다. 두 번째로 물었을 때에는 귀에 대고 그렇게 쫑알거리는데 뭐가 들리겠냐고 되받아쳤다.

15분 간격으로 던진 질문이 '쫑알거림'이라니 받아들이기 힘들었지만, 커스버트는 터덜터덜 물러나 말 앞에 가서 시무룩하게 앉아 있었다. 잠시 후, 롤랜드가 다가와 그 곁에 앉았다.

"난 지금도 기다리는 거라면 치가 떨려, 롤랜드. 메지스에 있는 동안 한 일이라고는 그것밖에 없는데."

"이제 조금만 더 참으면 돼."

14

조너스 일행은 해가 뜨고 나서 한 시간쯤 지났을 때 프랜시스 랭길의 부대가 마련해 놓은 임시 집결지에 도착했다. 퀸트와 레아, 렌프루의 부하들이 이미 도착하여 커피를 마시는 광경을 보고 조너스는 마음이 놓였다.

렝길은 일행 앞으로 나섰다가 손이 묶인 채 말에 탄 수전을 보고 흠칫 물러섰다. 마치 숨어 들어갈 쥐구멍을 찾는 듯했다. 그러나 마땅히 몸을 숨길 곳이 없다 보니 가만히 서 있을 수밖에 없었다. 렝길의 표정은 그리 밝지 않았다.

수전은 무릎으로 말을 움직여 앞으로 나아갔다. 도중에 레이놀즈가 어깨를 잡으려 했지만 옆으로 슬쩍 피해 빠져나갔다.

"안녕하세요, 프랜시스 렝길 씨! 여기 계실 줄 알았어요!"

"그런 모습으로 만나게 되다니 유감이구나, 수전."

렝길의 얼굴은 점점 더 붉어졌다. 이마까지 번져가는 붉은 기운이 꼭 방파제를 덮치는 파도 같았다.

"어쩌다 그렇게 못된 친구들이랑 어울려서…… 그런 놈들은 끝에 가서 늘 배신하는 법인데."

그 말을 듣고 수전은 웃음을 터뜨렸다.

"못된 친구들이라니! 하긴, 못된 친구라면 일가견이 있으시겠죠. 안 그래요, 프랜 아저씨?"

렝길은 당황한 나머지 쭈뼛거리며 돌아섰다. 수전은 한쪽 발을 치켜들고 누가 말릴 새도 없이 렝길의 등 한복판을 걷어찼다. 배를 깔고 엎어진 렝길의 표정에는 두려움과 황망함이 가득했다.

"건방진 것, 그만두지 못해!"

렌프루가 악을 쓰며 수전의 머리를 갈겼다. 언어맞은 곳은 머리 왼쪽이었고, 덕분에 앞서 맞았던 오른쪽과 균형을 이루게 됐다고 여길 수도 있었지만 그것도 차근차근 생각할 여유가 생긴 나중의 일이었다. 수전은 휘청거리다 안장에서 떨어질 뻔했지만 가까스로 버텼다. 그러는 동안 렌프루에게는 눈길도 주지 않은 채 렝길만 노려보았다. 렝길은 이제 간신히 네 발을 짚고 몸을 일으킨 참이었다. 표정은 정신이 나간 듯 멍하기만 했다.

"당신이 우리 아빨 죽였어! 이 비겁한 겁쟁이!"

수전은 주위에 둘러선 카우보이와 목축업자 무리를 돌아보았다. 이제 그들의 시선은 모두 수전을 향하고 있었다.

"그래, 당신 말이야, 프랜 렝길! 말 사육업자 조합의 우두머리! 당신이야말로 가장 비겁한 인간이야! 들개 똥만도 못한 인간! 이 천하디천한······!"

"됐어, 그만하면 충분해."

조너스가 말했다. 그는 어깨가 축 쳐진 채 부하들에게 허둥지둥 돌아가는 렝길을 흥미로운 눈으로 지켜보았다. 그리고 물론, 수전은 부리나케 달아나는 렝길을 보며 지독한 쾌감을 느꼈다. 레아는 몸을 좌우로 꺼떡거리며 킬킬댔다. 웃음소리가 꼭 손톱으로 칠판을 긁는 소리 같았다. 수전은 그 소리를 듣고 놀랐지만 정작 이 무리에 섞여 있는 레아를 보고는 조금도 놀라지 않았다.

"충분 같은 소리."

수전은 이렇게 내뱉고는 조너스에게서 렝길에게로 눈을 돌렸다. 그 표정에 드러난 경멸은 바닥이 보이지 않을 만큼 깊었다.

"이런 인간한테는 어떤 욕을 퍼부어도 부족해."

"하긴, 그럴지도. 어쨌거나 잠깐 퍼부은 욕치고는 훌륭했어. 웬만한 사내놈도 그렇게는 못할 거야. 봐, 저 마녀도 낄낄거리고 있잖아! 듣는 이 양반 처지에선 상처에 소금을 뿌리는 것 같겠지. 뭐, 그 입도 머잖아 다물게 해줄 거지만. 어이, 클레이!"

조너스가 외치자 레이놀즈가 말을 몰고 다가왔다.

"아가씨를 시프론트 관저로 모셔. 할 수 있겠나?"

"그럼요."

레이놀즈는 서쪽으로 향하는 대신 동쪽으로 가게 됐다는 안도감을 표정에 드러내지 않으려고 애썼다. 께름칙하기 때문이었다. 교수대 바위도, 라티고도, 그리고 기름 탱크도…… 모든 것이 께름칙했다. 이유는 알 길이 없었지만.

"바로 출발할까요?"

"좀 기다려봐, 당장 여기서 전투가 벌어질 수도 있으니까. 그걸 누가 알겠어? 하지만 수수께끼가 없으면 아침에 눈을 뜰 이유도 없는 법이지. 썩은 이처럼 욱신거리는 다리가 달린 몸뚱이라고 해도 말이야. 안 그래?"

"글쎄요. 전 잘 모르겠는데요."

"렌프루 나리, 잠깐 이 아가씨 좀 봐주시오. 난 돌려받을 물건이 있어서 잠깐 가봐야 하거든."

조너스의 목소리는 멀리까지 퍼졌다. 그가 일부러 크게 말했기 때문이었다. 그 결과 레아의 웃음소리는 목을 칼로 잘리기라도 한 듯이 뚝 그쳤다. 빙긋이 웃으며, 조너스는 황금 장식이 붙은 검은색 수레 쪽으로 천천히 말을 몰았다. 레이놀즈가 탄 말은 그의 왼쪽에 붙어 따라왔다. 그리고 조너스는 오른쪽에 따라붙는 디페이프의 말을 보지 않고도 느낄 수 있었다. 로이 디페이프는 실로 충직한 부하였다. 머리는 조금 모자랐지만 심성이 올바른 덕분에 하나하나 명령하지 않아도 알아서 행동했다.

조너스의 말이 한 걸음 내디딜 때마다 레아는 수레에 앉은 채 조금씩 움츠러들었다. 그러는 동안 퀭한 두 눈은 있을 리가 없는 탈출구를 찾아 이쪽저쪽으로 뒤룩거렸다.

"가까이 오지 마, 이 망할 인간아!"

레아는 이렇게 외치며 조너스를 향해 한 손을 치켜들었다. 다른 손으로는 수정 구슬이 든 자루를 더욱 힘껏 끌어안았다.

"저리 가, 안 그러면 벼락을 내리꽂아서 말에 앉은 채로 태워 죽일 거다! 네 부하들도 한몫에 죽일 거야!"

디페이프는 그 말을 듣고 멈칫하는 눈치였지만 레이놀즈는 끄떡도 하지 않았고, 이는 조너스 역시 마찬가지였다. 레아는 온갖 요술에 통달한 마녀였다. 어쩌면, 한때는. 그러나 그 탐욕스러운 구슬과 만난 이상 그것도 다 옛날 이야기였다.

"이리 내놔." 조너스는 레아의 수레 곁으로 다가가 자루 쪽으로 손을 내밀었다. "그건 네 물건이 아니야. 지금도, 전에도. 그간 잘 보관했으니 언젠가 의인께 보답받을 날이 올 거다. 허나 지금은 욕심을 부릴 때가 아니야."

레아의 입에서 비명이 터졌다. 그 소리가 어찌나 날카로웠던지 몇몇 카우보이들은 들고 있던 커피 잔을 놓치고 두 손으로 귀를 틀어막아야 했다. 비명을 지르면서, 레아는 자루의 주둥이를 틀어쥐고 머리 위로 번쩍 들어올렸다. 자루 아래쪽에 둥그렇게 처진 구슬이 진자처럼 대롱거렸다.

"*어림없는 소리! 너 같은 놈한테 내주느니 차라리 땅에 던져서 박살을 내주마!*"

조너스가 보기에 구슬이 깨질 것 같지는 않았다. 레아의 팔은 가느다랬고, 배드 그래스의 땅바닥은 풀이 무성하게 자라 푹신했기 때문이었다. 그럼에도 구슬이 깨지는지 안 깨지는지 확인하고 싶은 마음은 추호도 없었다. 조금도.

"클레이. 총을 뽑아라."

조너스가 말했다. 레이놀즈가 명령을 따르는지 굳이 눈으로 확인할 필요는 없었다. 레아가 클레이의 말이 있는 왼쪽으로 다급하게 눈을 돌렸기 때문이었다.

"지금부터 숫자를 셀 거다. 내가 셋까지 셋을 때에도 저 여자가 자루를 붙들고 있으면 대가리를 날려줘라."

"예."

"하나."

조너스는 높이 쳐든 자루 속에서 진자처럼 대롱거리는 구슬을 가만히 응시했다. 구슬이 빛나고 있었다. 자루의 천을 뚫고 뻗어나오는 탁한 분홍빛이 보였다.

"둘. 지옥에서 편히 지내라, 레아. 세……"

"*아, 알았어!*" 레아는 굽은 손으로 얼굴을 가리고 자루를 쑥 내밀었다. "*자, 받아! 이제 너도 구슬의 저주를 받을 거다, 나처럼!*"

"고마운 얘기로군."

조너스는 자루의 주둥이 바로 아래를 쥐고 홱 잡아당겼다. 자루의 끈이 빠져나가면서 주먹의 살갗을 벗기고 손톱을 잡아 뜯는 바람에 레아가 비명을 질렀다. 그러나 조너스의 귀에는 들리지 않았다. 해결사로 살아온 기나긴 인생에서 처음으로, 조너스는 자신의 일을, 주위의 상황을, 금방이라도 목숨을 빼앗길지도 모르는 온갖 위험을 모조리 잊어버렸다. 구슬이 손에 들어왔기 때문이었다. 그의 손 안에 있었다. 줄지어 늘어선 신들의 무덤에 맹세컨대 구슬은 이제 그의 것이었다, 마침내!

내 거야! 조너스는 더 바랄 것이 없었다. 귀리 자루에 대가리를

파묻는 말처럼 자루를 열고 안을 들여다보고 싶었지만, 그는 가까스로 참았다. 대신 안장머리에 자루 끈을 두 번 감아 묶어놓았다. 그런 다음 허파가 터지기 직전까지 숨을 들이마셨다가 토해냈다. 기분이 나아졌다. 조금은.

"로이."

"예, 조너스."

이곳을 떠나는 게 좋겠다는 생각이 들었다. 물론 처음 떠오른 생각이 아니었다. 조너스는 이 촌놈들 속에서 벗어나고 싶었다. 놈들의 저급한 말투를 들으면 정말이지 치가 떨렸다.

"로이, 이번에는 열까지 셀 거다. 열을 셀 때까지 저 마녀가 내 눈앞에서 사라지지 않으면 쏴도 좋다. 어디, 네가 수를 셀 줄 아는지 한번 보자. 건너뛰지 말고 차근차근 세라, 내가 듣고 있을 테니까!"

"하나." 디페이프의 목소리는 진지했다. "둘. 셋. 넷."

쌍욕을 지껄이면서, 레아는 수레의 고삐 줄을 틀어쥔 다음 그것으로 망아지의 엉덩이를 휘갈겼다. 놀란 망아지가 귀를 납작 눕히고 부리나케 뛰기 시작하자 수레가 냅다 앞으로 튀어나갔고, 그 바람에 레아는 수레 바닥에 대자로 널브러졌다. 두 발이 하늘로 삐죽 솟았다. 허옇고 깡마른 정강이 위로 복사뼈까지 오는 검은 구두와 짝이 안 맞는 양말이 보였다. 카우보이들이 껄껄 웃었다. 조너스도 웃음을 참지 못했다. 벌렁 자빠진 마녀가 발을 쳐든 광경은 실로 통쾌했다.

"다, 다, 다섯." 디페이프는 웃다 못해 딸꾹질이 나올 지경이었다. "여, 여섯!"

레아는 죽어가는 물고기처럼 버둥거리며 마부석에 기어올랐다.

그러고는 뿌연 눈으로 조너스 패거리를 돌아보았다. 뿌연 눈으로, 조롱하듯 입가를 일그러뜨리고.

"저주를 받을 게다, 네놈들 모두!"

레아가 악을 썼다. 수레가 공터 가장자리를 향해 달려가며 정신 없이 덜컹거렸는데도, 그 날카로운 목소리는 조너스 일행의 가슴에 칼날처럼 박혔다.

"한 놈도 피하지 못할 거다! 너…… 너…… 그리고 너도!" 갈고리 처럼 휜 레아의 손가락이 마지막으로 조너스를 가리켰다. "도둑놈! 이 비겁한 도둑놈!"

꼭 제 물건인 것처럼 주절거리는군. 조너스는 어안이 벙벙했다 (물론 그 역시 구슬을 넘겨받고 맨 먼저 떠오른 생각은 '내 거야!'였지만.). 닭 잡아서 점이나 치는 시골 마녀 주제에 이런 보물이 가당키나 한 것처럼 말이야.

망아지는 귀를 납작 붙인 채 정신없이 달렸고, 수레는 덜컹거리며 배드 그래스로 들어섰다. 늙은 마녀의 고함소리는 어떤 채찍보다도 효과적이었다. 검은 수레가 초록빛 풀 속으로 미끄러져 들어갔다. 조너스 일행이 지켜보는 가운데, 수레는 마술사의 속임수처럼 한순간에 사라졌다. 그러나 그들을 저주하는 마녀의 목소리는 그 후로도 한참 동안 이어졌다. 마녀는 그들 모두 죽을 것이라고 외쳤다. 악마의 달 아래에서.

15

"아가씨를 관저로 모시고 가라. 혹시 중간에 멈춰서 재미를 좀 보고 싶어지면…… 뭐, 굳이 말리진 않으마."

조너스는 클레이 레이놀즈에게 이렇게 말하며 수전을 흘끗 쳐다보았다. 수전이 어떻게 반응하는지 궁금해서였지만, 결과는 만족스럽지 않았다. 수전은 렌프루에게 얻어맞고 정신이 나갔는지 멍한 표정이었다. 적어도 당장은 그랬다.

"무슨 짓을 하든 상관없으니 코럴한테 데려다 주기만 해."

"알겠습니다. 코럴 마님께는 뭐라고 전할까요?"

"따로 소식이 들릴 때까지 이 계집을 단단히 붙잡아 두라고 해. 그리고…… 너도 같이 있는 게 좋겠다. 코럴 곁에 말이야. 이제 내일이면 모든 게 끝난다. 하지만 코럴은…… 네가 리치 마을까지 같이 가 줘라. 경호원처럼."

레이놀즈는 고개를 끄덕였다. 일이 점점 더 수월해졌다. 시프론트 관저에 가서 대기하면 그만이었다. 관저에 도착하면 이 계집을 살짝 맛볼 마음이 들지도 몰랐지만, 도중에 그러고 싶지는 않았다. 한낮에 으스스하게 떠 있는 저 둥그런 악마의 달 아래에서는.

"가라. 어서 출발해."

레이놀즈는 수전이 탄 말을 끌고 공터를 지나 레아가 빠져나간 가장자리와 멀찍이 떨어진 곳으로 향했다. 수전은 눈을 내리깐 채 꽁꽁 묶인 두 손을 지그시 볼 뿐, 아무 말도 하지 않았다. 조너스가 부하들 쪽으로 돌아서더니 멀어지는 수전의 등을 가리키며 말했다.

"내륙에서 온 애송이 셋이 유치장에서 탈출했다. 바로 저 건방진 계집애가 도와준 덕분에."

사내들 사이에서 나직이 구시렁거리는 소리가 흘러나왔다. 그 '윌 디어본'이라는 녀석과 친구들이 탈출한 것은 다들 이미 아는 바였다. 하지만 놈들이 달아나도록 도운 범인이 델가도 양이었다니…… 수전 처지에서 보면 레이놀즈에게 이끌려 배드 그래스로 사라진 것이 오히려 다행인지도 몰랐다.

"신경 쓸 것 없어!"

조너스가 외쳤다. 사내들의 주의를 끌기 위해서였다. 그는 조심스레 손을 뻗어 자루 아래에 축 늘어진 수정 구슬을 어루만졌다. 구슬을 만지기만 했는데도 무슨 일이든 할 수 있을 것처럼, 심지어 한 손을 뒤로 묶은 채로도 거뜬히 해낼 것처럼 자신감이 치솟았다.

"저 계집은 잊어라. 애송이들도 잊어버려!" 조너스의 시선이 렝길에서 워트너로, 크로이든으로, 브라이언 후키로, 그리고 로이 디페이프에게로 옮겨갔다. "우리는 병력이 마흔이나 된다. 좀 있으면 150명이 더 합류할 거다. 놈들은 고작 셋이고, 아직 열여섯 살도 안 된 꼬맹이들이다. 그 젖비린내 나는 세 놈이 무서운가?"

"아니오!"

"놈들을 발견하면 어떻게 할 거냐?"

"죽일 겁니다!"

우렁찬 복창 소리에 놀란 까마귀들이 아침 해를 가리며 날아올랐다. 놀라서 깍깍거리는 까마귀 소리가 꼭 조용한 곳을 찾아 떠나자고 툴툴대는 소리 같았다.

조너스는 기분이 흐뭇했다. 자루를 둥그렇게 부풀린 구슬에 한 손을 얹고 있으려니 구슬의 힘이 몸속으로 쏟아져 들어오는 듯했다.

분홍빛 마력이로군. 조너스는 속으로 생각하며 빙긋이 웃었다.

"자, 가자. 마을 사람들이 수확제 장작불을 피우기 전에 아이볼트 골짜기 서쪽에 있는 기름 탱크를 옮겨야 하니까."

16

풀숲에 납작 엎드려 공터를 지켜보던 시미는 하마터면 레아의 검은 수레에 깔릴 뻔했다. 알아듣지 못할 소리를 고래고래 외치던 그 마녀는 몸에서 풍기는 시큼한 악취가 느껴질 정도로 가까이 스쳐 지나갔다. 혹시라도 고개를 숙였더라면 틀림없이 시미를 발견하고 마법을 부려 새나 너구리, 아니면 모기로 바꾸어 놓았으리라.

시미는 조너스가 망토를 걸친 남자에게 수전을 넘기는 광경을 보고 공터 가장자리 쪽으로 슬금슬금 움직이기 시작했다. 조너스가 늘어놓는 장광설이 들렸지만(거기 있는 사내들은 대개 시미가 아는 사람들이었다. 그토록 많은 메지스 주민들이 사악한 관 사냥꾼 패거리의 명령을 따르다니, 치욕스러웠다.) 시미는 조금도 아랑곳하지 않았다. 사람들이 말에 오를 때에는 혹시 이쪽으로 오지 않을까 두려워서 그 자리에 얼어붙었지만, 그들은 반대편인 서쪽으로 향했다. 공터는 마법처럼 순식간에 텅 비었는데…… 다만 완전히 빈 것은 아니었다. 카프리초소가 홀로 남아 있었다. 밟혀서 누운 풀 위에 기다랗게 늘어진 고삐가 보였다. 카프리초소는 멀어져 가는 남자들을 보며 지옥에나 가라는 듯이 힝힝거린 다음 뒤로 돌아섰고, 그 순간 공터를 지켜보던 시미와 눈이 마주쳤다. 노새는 귀를 쫑긋거리다가 풀을 뜯으려고 고개를 숙였다. 그러더니 풀에 주둥이를 대기가 무섭게 다시 고개를 쳐들어 시미를 보며 또다시 힝힝댔다. 이게 다 네 탓이라고 비난하듯이.

시미는 카프리초소를 보며 골똘히 생각했다. 걸어가는 것보다 노새를 타고 가는 편이 훨씬 더 빠를 터였다. 물론, 당연히 그럴 테지만…… 두 번째로 들린 울음소리 때문에 마음을 바꾸었다. 노새가 눈치 없이 울기라도 했다가는 수전을 끌고 간 남자한테 들킬 수도 있었다.

"집까진 너 혼자서도 찾아갈 수 있을 거야. 잘 가, 우리 착한 카프리초소. 언젠가 꼭 다시 만나자."

시미는 수전과 레이놀즈가 지나가면서 생긴 길을 찾아낸 다음, 다시 한 번 그들의 뒤를 따라 뛰어갔다.

17

"놈들이 돌아오는데."

롤랜드가 스스로 알아차리기 직전, 알레인이 말했다. 머릿속이 분홍색 번개가 치는 것처럼 깜박거렸다.

"다 함께 오는 중이야."

롤랜드는 커스버트 앞에 쭈그려 앉았다. 그를 돌아보는 커스버트의 눈빛에는 평소의 장난기가 조금도 보이지 않았다.

"너만 믿을게." 롤랜드가 커스버트에게 말하고는 새총을 툭툭 두드렸다. "그리고 이것도."

"걱정 마."

"탄약은 넉넉해?"

"쇠구슬이 한 40개 될 거야. 안장주머니엔 폭죽도 있어."

커스버트는 목면 주머니를 꺼내어 보여 주었다. 평소에는 아버지의 담배쌈지로 쓰던 주머니였다.

"큰 폭죽은 몇 개나 남았지?"

"충분해, 롤랜드. 충분하다고."

커스버트는 웃지 않았다. 웃음기가 사라진 그의 눈은 살인자의 눈처럼 공허했다. 롤랜드는 어깨담요를 쓸어내리며 그 거친 질감을 손바닥으로 다시금 확인했다. 그러고는 커스버트를, 다음으로 알레인을 돌아보며 성공할 수 있다고 되뇌었다. 그들은 할 수 있었다. 겁만 먹지 않으면. 3 대 40, 또는 3 대 50이라는 생각에 주눅만 들지 않으면.

"일단 총질이 시작되면 교수대 바위에 있는 놈들도 눈치를 채지 않을까?"

알레인이 이렇게 묻자 롤랜드가 고개를 끄덕였다.

"틀림없이 알아차릴 거야. 바람이 놈들 쪽으로 부니까."

"그럼 빨리 움직여야 할 텐데."

"죽기 살기로 하는 수밖에."

롤랜드는 길르앗의 왕궁 뒤뜰에서 빽빽하게 자란 덤불 울타리 사이에 서 있던 기억을 떠올렸다. 팔에는 기르던 매 데이비드가 앉아 있었고, 등에는 겁에 질려 흘린 땀이 줄줄 흘러내렸다. 넌 오늘 죽을지도 몰라. 롤랜드는 데이비드에게 그렇게 말했고, 그 말은 진심이었다. 그러나 그 자신은 살아남아 시험을 통과했고, 동쪽을 향해 걸으며 시험장을 빠져나왔다. 이날은 커스버트와 알레인이 시험을 치를 차례였다. 다만 장소는 길르앗이 아니었다. 전통에 따라 시험을 치르던 왕궁 뒤뜰이 아니라 바로 이곳 메지스였다. 배드 그래스의 끄트머리에서, 사막에서, 또 골짜기에서 시험을 치러야 했다. 아이볼트 골짜기에서.

"증명하든가, 죽든가. 결국엔 그거겠지."

총잡이의 생각을 읽기라도 한 듯, 알레인이 말했다.

"그래, 결국엔 그거야. 언제나 그랬듯이. 놈들이 도착하려면 얼마나 걸릴 것 같아?"

"적어도 한 시간? 어쩌면 두 시간쯤."

"사주 경계를 철저히 하면서 이동하겠지."

롤랜드의 말에 알레인이 고개를 끄덕였다.

"아마 그럴 거야."

"예감이 별로 안 좋은데." 커스버트가 중얼거렸다.

"조너스는 우리가 풀숲에 매복했다가 덮칠까봐 두려워할 거야. 어쩌면 우리가 주위의 풀밭에 불을 지를까봐 두려워할지도 모르고. 그러다가 사방이 트인 곳에 닿으면 경계를 늦추겠지."

"그랬으면 좋겠다, 이 말이지?"

커스버트가 말했다. 롤랜드는 굳은 표정으로 고개를 끄덕였다.

"그래. 그랬으면 좋겠어."

레이놀즈는 처음에는 조금 빨리 걷는 속도로 수전의 말을 이끌고 갔지만, 조너스와 렝길을 비롯한 패거리에게서 벗어난 지 30분쯤 지나자 말의 속도를 좀 더 높였다. 수전이 탄 파일런도 레이놀즈의 말이 뛰는 속도를 너끈히 따라잡았고, 덕분에 10분 후에는 두 말이 함께 쉬지 않고 달릴 수 있었다.

수전은 묶인 두 손으로 안장머리를 붙잡은 채 레이놀즈 오른편에서 차분하게 말을 달렸다. 등 뒤로 기다란 머리칼이 물결처럼 흩날렸다. 가만히 생각하니 얼굴이 아주 볼 만할 듯싶었다. 통통하게 부푼 뺨이 평소보다 5센티미터는 더 높아진 것 같았다. 바람만 스쳐도 욱신거릴 지경이었다.

배드 그래스의 풀숲이 끝나고 드롭 평원이 시작되는 곳에 이르렀을 때, 레이놀즈는 말들을 좀 쉬게 할 생각으로 멈췄다. 그는 말에서 내린 다음 수전을 등지고 서서 소변을 봤다. 그러는 동안 수전은 평원의 경사면에서 풀을 뜯는 말 떼를 바라보았다. 말들은 돌보는 이 없이 평원 가장자리에 기다랗게 늘어서 있었다. 아마도 그들이 저만큼 모아두었으리라. 그렇게 많은 수는 아니었지만 충분히 인상적이었다.

"아가씨는 볼일 안 봐도 되겠어? 내가 도와줄 수도 있는데. 꾹 참고 있다가 나중에 우는 소리 하지 마."

"무서운가 보네. 용감하신 해결사 나리께서 겁먹으셨나봐, 안 그래? 손에 관 문신까지 새겨 놓고선."

레이놀즈는 애써 조롱하는 웃음을 지었다. 그러나 이날 오전에는 그 웃음이 어색해 보였다.

"점치는 일은 점쟁이한테나 맡겨둬, 아가씨. 그래서 볼일은 볼 거야, 말 거야?"

"난 됐어. 어쨌거나 당신은 겁을 먹었어. 이유가 뭐지?"

레이놀즈는 담뱃진 때문에 누레진 이를 드러내며 수전을 노려보았다. 그는 조너스와 헤어지고 나서도 불길한 예감이 사라지지 않은 것을 막연히 느끼고 있었다.

"헛소리 하지 말고 입 다물어."

"그러지 말고 날 풀어주는 게 어때? 내 친구들도 당신을 풀어줄 거야. 조금 있다가 우릴 발견하면."

그 말에 레이놀즈는 거의 진심에 가까운 웃음을 터뜨렸다. 그러고는 안장에 올라 칵 소리를 내고는 침을 뱉었다. 머리 위의 하늘에 퉁퉁하게 부푼 악마의 달이 하얀 구슬처럼 떠 있었다.

"꿈이라도 마음껏 꿔둬, 아가씨. 꿈꾸는 건 공짜니까. 하지만 그 애송이들을 다시 만나진 못할 거야. 놈들은 널브러져서 벌레한테 파먹힐 운명이니까. 자, 가볼까."

둘은 다시 말을 몰고 떠났다.

19

수확제 전날 밤, 코딜리어 델가도는 아예 잠자리에 눕지도 못했다. 현관 앞 의자에 우두커니 앉아, 무릎에 올려 둔 뜨개질감은 건드리지도 않은 채로, 밤을 꼬박 새웠던 것이다. 그러다가 10시가 가까워져 아침 햇살이 점점 환해지는 지금, 같은 의자에 앉은 모습 그대로, 코딜리어는 멍하니 앞만 바라볼 뿐이었다. 어차피 볼 것도 없었다. 모든 것이 한순간에 무너졌다. 수전과 수전이 낳을 아기의 대가로 하트 소린에게서 거액을 받으리라는 희망은 사라졌다. 소린이 아직 살아 있기만 하면 분명 유언장에라도 남겼으련만. 이웃들에게 존경받는 인물이 되리라는 희망도, 미래를 위해 마련한 계획도 모조리 무너졌다. 욕정을 다스리지 못한 문제아 둘 때문에 모두 물거품이 되고 말았다.

낡은 의자에 앉아 뜨개질감을 무릎에 올려놓은 채, 수전이 끼얹은 재가 불도장처럼 시커멓게 묻은 뺨을 지우지도 않은 채로, 코딜리어는 곰곰이 생각했다. *사람들이 이 의자에 앉아 죽은 나를 발견하겠지. 언젠가. 늙고, 가난하고, 아무도 기억 못하는 나를. 그 배은 망덕한 년! 내가 얼마나 고생하며 키워줬는데!*

코딜리어를 현실로 불러낸 것은 유리창을 긁는 조그마한 소음이었다. 언제부터 들렸는지는 알 수 없었지만 그 소리가 마침내 의식을 침범하자 코딜리어는 뜨개질감을 옆으로 치우고 일어섰다. 아마도 새일 듯싶었다. 아니면 세상이 끝장난 줄도 모른 채 그저 수확제라고 장난을 치러 온 꼬맹이일 수도 있었다. 뭐든 간에, 코딜리어는 쫓아버릴 작정이었다.

처음에는 아무것도 보이지 않았다. 그러다가 코딜리어가 막 돌아서려 할 때, 마당 끄트머리에 서 있는 망아지와 수레가 눈에 띄었다. 수레는 검은 바탕에 금색 문양을 칠한 모양새가 조금 선뜩했고, 마구에 묶인 채 고개를 숙인 망아지는 풀을 뜯을 생각도 하지 않는 모습이 꼭 죽기 살기로 뛰어온 것처럼 피곤해 보였다.

코딜리어가 눈살을 찌푸리고 그쪽을 바라보는 사이, 구불구불 뒤틀린 지저분한 손이 눈앞의 허공에 불쑥 솟아올라 또다시 유리를 긁어댔다. 코딜리어는 질겁해서 두 손으로 가슴을 감쌌다. 놀란 심장이 가슴을 박차고 뛰쳐나올까 두려워하는 사람 같았다. 그러고는 뒤로 물러서다가 난로 가리개가 종아리를 스치는 바람에 조그맣게 비명을 질렀다.

기다랗고 시커먼 손톱이 유리창을 두 번 긁고 사라졌다.

코딜리어는 한동안 어쩔 줄을 모르고 서 있다가 문간으로 다가갔다. 도중에 장작통 앞에 멈춰서 굵기가 적당한 장작 한 개를 쥐어들었다. 만일에 대비하기 위해서였다. 그런 다음 문을 열고 집 모서리로 걸어갔다. 숨을 깊이 들이마시고, 정원을 돌아서, 장작을 높이 쳐들었다.

"누군지 몰라도 썩 꺼져! 아주 경을 치기 전에 썩⋯⋯!"

코딜리어는 눈앞의 광경에 말문이 막히고 말았다. 서리에 얼어 죽은 짚 옆 화단 위에, 사람인지 의심스러울 만큼 늙은 여인이 엉금엉금 기고 있었다. 이쪽으로 기어오는 중이었다. (얼마 남지 않은) 꼬불꼬불한 머리카락이 얼굴을 가리고 있었다. 볼과 이마에는 부스럼이 가득했다. 헤 벌어진 입술에서 흘러나온 피가 사마귀투성이인 뾰족한 턱으로 흘러내렸다. 양쪽 눈가는 눈곱이 끼어 탁한 노란 빛이었다. 게다가 노파는 몸을 움직일 때마다 금이 간 풀무처럼 씩씩거렸다.

"선량한 여인이여, 날 좀 도와주시게." 유령 같은 노파가 헐떡거리며 말했다. "제발 좀 도와줘, 내가 곧 죽게 생겼어."

장작을 쥔 손이 스르르 내려왔다. 코딜리어는 눈앞의 광경을 도저히 믿을 수가 없었다. 그녀의 입에서 나직한 목소리가 흘러나왔다.

"레아? 당신 혹시, 레아예요?"

"그래. 제발, 도와줘."

레아가 중얼거렸다. 차가운 땅을 손으로 짚고서, 시든 비단꽃 사이로 꾸물꾸물 기어오면서. 코딜리어는 냉큼 뒤로 물러섰다. 잡히는 대로 들고 온 둔기가 이제 무릎께에서 대롱거렸다.

"아, 안 돼요. 당신 같은 사람을 집에 들일 수는…… 이런 몰골을 보게 되다니 나도 가슴이 아프지만, 그래도…… 아시겠지만 남들 이목이란 게 있잖아요. 혹시 누가 보기라도 하면……."

이렇게 말하면서 코딜리어는 하이스트리트 쪽을 힐긋 쳐다보았다. 마을 사람들이 문 밖에 길게 늘어서 있으면 좋으련만, 거짓부렁을 지어내서 퍼뜨리려고 안달 난 사람들이 이쪽을 뚫어지게 보고 있으면 좋으련만, 문 밖에는 아무도 없었다. 햄브리 마을은 고요했다. 도로와 보도 모두 인적이 없었고, 해마다 왁자지껄하던 수확제의 소음도 이날은 들리지 않았다. 코딜리어는 시든 꽃 위에 축 늘어져 있는 괴물에게로 눈을 돌렸다.

"당신 조카가…… 날 이렇게……." 흙투성이가 된 괴물이 나지막이 말했다. "이게 다…… 그 계집애 때문이야……."

코딜리어는 들고 있던 장작을 스르르 놓쳤다. 장작이 떨어지면서 복사뼈를 때렸지만 아픔도 느껴지지 않았다. 두 손이 저절로 움츠러들어 주먹으로 변했다.

"도와줘…… 난 그 계집애가 어디 있는지 알아…… 우, 우린…… 할 일이 있어. 우리 둘이…… 여자들끼리……."

코딜리어는 잠시 망설이다가 노파 쪽으로 걸어간 다음, 무릎을 꿇고 한 팔로 노파를 안아 일으켜 세웠다. 몸에서 풍기는 악취 때문에 토할 것만 같았다. 그야말로 살이 썩는 냄새였다.

노파를 부축하고 집으로 들어가는 동안 앙상한 손가락이 뺨과 목덜미를 훑었다. 코딜리어는 소름이 끼쳤지만 몸을 떼지는 않았고, 레아가 의자에 허물어지듯 앉아 숨을 헐떡이고 방귀를 뿜어내는 모습을 보고 나서야 비로소 물러섰다.

"내 말 잘 들어."

"듣고 있어요."

코딜리어는 의자를 들고 와서 레아 곁에 앉았다. 곧 죽을 사람 같았지만 일단 눈을 마주보고 있으려니 기이하게도 시선을 돌릴 수가 없었다. 레아는 이윽고 지저분한 드레스 앞섶에 손을 넣어 은색 목걸이 같은 것을 꺼내더니, 양쪽으로 빠르게 흔들기 시작했다. 마치 묵주를 굴리며 기도하는 사람 같았다. 간밤에 한 숨도 자지 못했던 코딜리어는 졸음이 쏟아졌다.

"다른 놈들은 우리가 잡을 수 없는 곳에 있어. 구슬은 내 손을 빠져나갔고. 하지만 그 계집은……! 그년은 장관 관저로 끌려갔어, 그러니 다시 만날 수 있을 게야…… 그 정도야 우리도 할 수 있지. 아무렴."

"만나긴 누굴 만난다고 그래요." 코딜리어가 멍하니 중얼거렸다. "다 죽어가는 주제에."

레아가 낄낄대며 웃자 누런 침이 주르륵 흘러내렸다.

"내가 죽어? 어림없는 소리! 그냥 좀 힘이 빠져서 쉬는 것뿐이야. 자, 이제 내 말 잘 들어, 히람의 딸이자 패트릭의 동생인 코딜리어!"

레아는 앙상한(그러나 놀랄 만큼 힘이 센) 팔로 코딜리어의 목을 감고 바짝 끌어당겼다. 동시에 다른 쪽 손을 들어 코딜리어의 동그래진 눈 앞에서 은색 메달을 흔들었다. 노파가 뭐라고 속삭이자 코딜리어는 알아들었다는 듯이 고개를 끄덕였다.

"그래, 그대로 하면 돼."

노파는 이렇게 말하며 물러났다. 의자에 무너지듯 앉는 모양새가 진이 빠진 듯했다.

"자, 서둘러. 난 이대로는 오래 못 버텨. 시간이 조금 걸릴 게야. 기운을 차리려면."

코딜리어는 거실을 가로질러 부엌으로 향했다. 손으로 작동하는 물 펌프 옆에 날카로운 식칼 두 자루가 꽂힌 나무토막이 보였다. 코딜리어는 식칼 한 자루를 들고 돌아왔다. 아득히 먼 곳을 보는 듯 멍한 눈이 수전과 똑같았다. 입맞춤을 부르는 달이 뜬 밤, 레아네 오두막의 열린 문 앞에 레아와 함께 서 있던 수전과.

"그년한테 복수할 거지? 내가 찾아온 이유가 바로 그거야."

"우리 예쁜 아가씨한테 말이죠."

코딜리어는 들릴락 말락 하는 목소리로 중얼거렸다. 칼을 안 쥔 빈손이 서서히 얼굴로 올라가 재가 묻은 뺨을 어루만졌다.

"그럼요. 받은 대로 갚아줘야죠. 당연히."

"죽음으로?"

"예. 그년이 죽든지, 내가 죽든지."

"죽는 건 그년이야, 그러니까 겁먹지 마. 자, 이제 날 좀 도와줘, 코딜리어. 어서 나한테 필요한 걸 줘!"

코딜리어는 드레스 앞단추를 풀고 밋밋한 가슴과 그전 해부터 불룩 나오기 시작한 배를 드러냈다. 하지만 허리는 아직 잘록했다. 코딜리어는 바로 그 허리에 칼을 대고 속옷과 살갗을 함께 그었다. 하얀 속옷이 칼자국을 따라 대번에 붉어지기 시작했다.

"좋아, 꼭 장미가 피어나는 것 같구먼. 난 꿈에서 본 적이 있어. 활짝 핀 장미를, 또 세상 끝의 장미 들판에 시커멓게 서 있는 그걸 말이야. 자, 더 가까이 와!"

레아는 코딜리어의 허리를 붙잡고 끌어당겼다. 그런 다음 코딜리어의 얼굴을 올려보며 입술을 핥고 씩 웃었다.

"좋아. 아주 좋아."

쿠스의 레아가 상처에 입을 대고 피를 빼는 동안 코딜리어는 레아의 정수리 너머를 멍하니 바라보았다.

20

친구들과 함께 매복하고 있는 웃자란 풀숲 쪽으로 고삐와 버클이 절그럭거리는 소리가 나지막이 들려왔을 때, 롤랜드는 처음에는 기뻐했다. 그러나 이내 두런거리는 목소리와 터벅거리는 발굽 소리까지 들릴 정도로 가까워지자 슬슬 겁이 나기 시작했다. 말을 탄 패거리가 근처를 지나가는 것은 괜찮았지만, 운 나쁘게 놈들이 이쪽을 향해 똑바로 다가온다면 그와 친구들은 굴속에 있다가 쟁기에 파헤쳐진 두더지 떼처럼 죽을 운명이었다.

그런 식으로 죽게 하려고 카가 그들을 여기까지 몰고 왔을 리는 없었다. 이 드넓은 배드 그래스에서 적들이 어떻게 롤랜드 일행이 숨은 곳을 정확히 찾아낼 수가 있겠는가? 그럼에도 적들은 점점 가까이 다가왔고, 말고삐의 버클이 절그럭거리는 소리와 두런거리는 목소리도 점점 더 또렷해졌다.

알레인이 어쩔 줄 모르는 표정으로 롤랜드를 쳐다보며 왼쪽을 가리켰다. 롤랜드는 고개를 젓고 두 손으로 바닥을 가리켰다. 꼼짝 말고 기다리라는 뜻이었다. 기다리는 수밖에 없었다. 기척을 감추고 움직이기에는 이미 늦은 참이었다.

롤랜드는 총을 뽑았다.

커스버트와 알레인도 그를 따랐다.

결국 쟁기는 두더지들을 20미터 정도 비켜갔다. 억센 풀 사이로 설핏 드러나는 말과 사내들의 모습이 똑똑히 보일 정도로 가까운 거리였다. 롤랜드는 선두에 나란히 서서 대열을 이끄는 조너스와 디페이프와 렝길을 똑똑히 확인했다. 적어도 서른 명은 되는 부하들이 그 뒤를 따라갔다. 털이 얼룩덜룩한 밤색 말과 빨간 색, 초록색 어깨담요가 풀 사이로 언뜻언뜻 보였다. 꽤 듬성듬성하게 이어진 대열을 보며 롤랜드는 적들이 탁 트인 사막에 이르면 간격을 더 벌려서 이동하리라고 확신했다.

적의 대열이 지나가기를 기다리는 동안 소년들은 자기 말의 머리를 꾹 눌렀다. 혹시라도 근처를 지나가는 동족들에게 인사를 건네려고 힝힝댈지도 모르기 때문이었다. 마침내 적의 대열이 사라지자 롤랜드는 웃음기 없는 차가운 표정으로 친구들을 돌아보았다.

"자, 말에 타. 이제 수확할 시간이야."

21

소년들은 배드 그래스의 가장자리까지 말을 타고 이동했다. 조너스 패거리가 지나가면서 남긴 길을 따라가다 보니 처음에는 풀이 짓밟힌 자리가, 뒤이어 사막이 나타났다.

구름 한 점 없이 짙푸른 하늘 아래 바람이 쓸쓸한 소리를 내며 거세게 질주했고, 그 바람을 따라 굵은 모래가 커다란 소용돌이를 그리며 흩날렸다. 그 하늘에서 악마의 달이 주검의 희뿌연 눈처럼 아래를 굽어보고 있었다. 약 200미터 앞에 조너스를 지원하러 온 부하들이 세 줄로 넓게 퍼져서 따라가는 중이었다. 모자를 깊숙이 눌러 쓰고, 어깨를 움츠린 채, 어깨 담요를 펄럭이면서.

롤랜드는 커스버트가 대열 가운데에 오도록 말을 움직였다. 커스버트는 이미 새총을 손에 쥐고 있었다. 그는 먼저 알레인에게 쇠구슬 다섯 개를 건넨 다음, 롤랜드에게도 다섯 개를 건넸다. 그러고는 질문을 던지듯이 눈을 동그랗게 떴다. 롤랜드는 무슨 뜻인지 알았다는 양 고개를 끄덕였고, 뒤이어 다 함께 말을 몰고 출발했다.

바람에 날린 흙먼지가 펄럭이는 이불보처럼 그들의 눈을 가렸다. 그 먼지 탓에 말을 탄 적들이 유령처럼 흐릿하게 보이다가 이따금 완전히 사라지기도 했지만, 소년들은 멈추지 않고 적들의 뒤를 따라잡았다. 롤랜드는 긴장을 늦추지 않은 채 적이 뒤를 돌아보고 이쪽을 발견하기를 기다렸지만, 돌아보는 사람은 아무도 없었다. 누구도 매서운 모래 바람을 향해 얼굴을 돌리려 하지 않았기 때문이었다. 적이 위험을 알아차릴 만한 소리도 전혀 없었다. 이제 땅이 모래 바닥으로 바뀐 탓에 말발굽 소리가 멀리까지 전해지지 않았던 것이다.

적 대열의 20미터 뒤에 이르렀을 때, 커스버트가 고개를 끄덕였다. 이 정도면 실력을 발휘할 만한 거리였다. 알레인이 쇠구슬 한 개를 건넸다. 안장에 꼿꼿이 앉은 채로, 커스버트는 그 쇠구슬을 새총 고무줄에 재고 당긴 다음, 바람이 멈추기를 기다렸다가 손을 놓았다. 저 앞쪽 왼편에 말을 타고 가던 사내가 벌에 쏘인 듯 움찔하며 한 손을 살짝 들더니, 곧이어 허물어지듯 안장에서 떨어졌다. 놀랍게도 곁에 가던 동료 둘 모두 알아차리지 못한 것 같았다. 그중 오른쪽에 있는 남자가 몸을 꿈지럭거리기 시작했다. 그 남자가 뭔가 눈치챈 것 같다는 생각이 롤랜드의 머릿속에 막 떠오른 순간, 커스버트가 또다시 새총의 고무줄을 당겼다. 이번에는 가운데서 가던 남자가 말의 목 위로 푹 엎어졌다. 놀란 말이 고개를 쳐들었다. 남자는 뼈가 없는 사람처럼 뒤로 풀썩 자빠지더니 모자가 벗겨진 채 말에서 떨어졌다. 바람소리가 약해진 덕분에 한쪽 발이 등자에 걸려 무릎이 꺾이는 소리까지 똑똑히 들려왔다.

세 번째 남자가 마침내 몸을 틀기 시작했다. 롤랜드는 수염을 기른 그 남자의 옆얼굴을 얼핏 보았다. 바람 탓에 불을 안 붙인 채 물고 있는 담배와 놀라서 동그래진 한쪽 눈이 보이는가 싶더니, 뒤이어 커스버트의 새총이 또다시 팅 소리를 냈다. 동그랗던 눈이 핏빛으로 물들었다. 그 남자는 스르륵 미끄러지며 안장머리를 향해 손을 뻗었지만 붙잡지 못했다.

일단 셋. 롤랜드는 속으로 중얼거렸다.

그는 러셔에게 박차를 가하여 달리기 시작했다. 두 친구도 똑같이 따라했고, 뒤이어 세 소년은 한 뼘 간격을 두고 나란히 달리며 흙먼지 속으로 들어섰다. 새총 기습에 당한 적들의 말은 다 함께 남쪽으로 방향을 틀었다. 다행이었다. 메지스에서는 주인 없는 말이 심심찮게 눈에 띄기 때문이었다. 하지만 사람은 없고 안장만 얹힌 말이라면…….

앞쪽에 말 탄 사람들이 더 있었다. 한 명, 그 앞에 나란히 가는 두 명, 그리고 그 앞에 또 한 명.

롤랜드는 칼을 뽑아 들었다. 그런 다음 자신이 표적이 된 줄도 모른 채 말을 달리는 적의 곁으로 다가갔다.

"왜 그래, 무슨 일 있어?"

표적은 아무 의심도 못한 채 물었다. 그리고 그가 얼굴을 돌리는 순간, 롤랜드는 그의 가슴에 칼을 꽂았다. 무법자답게 입과 코를 가린 수건 위로 갈색 눈이 휘둥그레지는가 싶더니 표적이 말에서 떨어졌다.

커스버트와 알레인이 롤랜드 곁을 지나 달려갔다. 커스버트는 속도도 줄이지 않고 그대로 달리면서 새총으로 앞에 가는 두 명을 해치웠다. 맨 앞에 가던 적이 바람소리에도 불구하고 기척을 들었는지 안장에 앉은 채로 몸을 틀려고 했다. 알레인이 칼을 뽑아 손가락으로 칼날 끄트머리를 잡았다. 그러고는 배운 대로 팔을 쭉 뻗어 힘껏 휘두르듯이 던졌다. 적어도 6미터는 되는 거리에 바람까지 세게 분 탓에 던지기가 쉽지 않았지만, 알레인의 조준은 한 치도 어긋나지 않았다. 칼은 표적의 얼굴을 가린 수건 한복판에 손잡이만 남긴 채 깊숙이 꽂혔다. 표적이 된 남자는 컥컥대며 칼을 뽑으려고 버둥거리다가 동료와 마찬가지로 말에서 떨어졌다.

이로써 일곱.

한 번 휘둘러 일곱이라. 동화에 나오는 용감한 꼬마 재봉사 같은

데. 롤랜드는 속으로 중얼거렸다. 알레인과 커스버트를 따라잡는 동안 어느새 차분해진 심장이 이제 가슴 속에서 육중하게 두근거렸다. 바람은 쓸쓸한 휘파람 소리를 내며 몰아쳤다. 흙먼지가 날아올라 회오리치다가 그 바람과 함께 날아갔다. 앞에 보이는 적은 셋, 그 너머는 적의 본대였다.

롤랜드는 다음 표적 셋을 손짓으로 가리킨 다음 새총 쏘는 시늉을 했다. 그런 다음 그 너머를 가리키며 총 쏘는 시늉을 했다. 커스버트와 알레인이 고개를 끄덕였다. 그들은 앞으로 달려나갔다. 다시한 번 나란히, 등자가 닿을 만큼 가까이.

22

커스버트는 눈앞의 적 세 명 가운데 두 명을 깨끗이 명중시켰지만, 세 번째 표적은 때를 잘못 맞춰 몸을 꺼떡이는 바람에 뒤통수를 겨누고 날린 쇠구슬이 귓불을 스치며 빗나갔다. 그러나 롤랜드는 이미 리볼버를 들고 있었고, 그 총으로 고개를 돌린 사내의 관자놀이에 총알을 박아 넣었다. 이로써 열 명. 조너스의 부하들이 문제가 생긴 것을 눈치채기도 전에 이미 4분의 1을 쓰러뜨린 셈이었다. 롤랜드는 이 정도면 충분한지 어떤지 전혀 감을 잡지 못했지만 적어도 작전의 첫 단계가 성공한 것만큼은 확실히 알 수 있었다. 더는 몸을 숨길 필요가 없었다. 이제 당당히 살육을 벌일 시간이었다.

"하일! 하일!" 롤랜드는 사방에 울려퍼지도록 우렁찬 목소리로 외쳤다. *"총잡이들이여, 나를 따르라! 나를 따르라! 적들을 짓밟아*

라! 한 놈도 살려두지 마라!"

그들은 적의 본대를 향해 속도를 높였다. 태어나서 처음으로 뛰어든 전장이었는데도 양 떼를 덮치는 늑대처럼 사납게 달려들었다. 앞서가던 사내들은 뒤에 오는 이가 누구인지, 무슨 일이 벌어지는지 까맣게 모른 채 그들의 과녁이 되었다. 세 소년은 총잡이가 되기 위해 훈련받은 몸이었고, 부족한 경험은 날카로운 눈썰미와 번개 같은 반응 속도가 보충해 주었다. 그들의 총 아래, 교수대 바위 동쪽의 사막은 도살장으로 변했다.

사납게 포효하며, 피에 굶주린 손 위쪽으로는 사고 능력이 완전히 마비된 채로, 그들은 무방비한 메지스 패거리를 세 겹의 칼날처럼 파고들면서 쉬지 않고 총을 발사했다. 모든 총알이 급소에 박힌 것은 아니었지만 그렇다고 빗나간 총알은 한 발도 없었다. 안장에서 홀러덩 날아간 적들은 등자에 발이 낀 채 말에 질질 끌려갔다. 나머지는 죽거나 부상을 입은 채 땅에 떨어져서 겁먹고 뒷걸음질 치는 말의 발굽에 자근자근 다져졌다.

롤랜드는 리볼버 두 정을 동시에 발사하며 질주했다. 러셔의 고삐는 옆으로 넘어가서 목을 조르는 일이 없도록 입에 질끈 물었다. 왼쪽에서 앞서가던 적 두 명이 총에 맞아 쓰러지는가 싶더니 오른쪽에서도 두 명이 더 쓰러졌다. 그들 앞에 가던 브라이언 후키가 안장에 앉은 채 몸을 틀었다. 수염이 덥수룩한 얼굴에 놀란 기색이 가득했다. 그가 대장장이답게 떡 벌어진 한쪽 어깨의 산탄총으로 손을 뻗자 목에 걸린 종 모양의 수확제 부적이 흔들리며 딸랑거렸다. 그러나 미처 개머리판에 손가락이 닿기도 전에, 롤랜드가 쏜 총알이 은빛 종과 그 아래의 심장을 날려버렸다. 후키는 고통스러운 신음과 함께 말에서 떨어졌다.

커스버트는 롤랜드의 오른편에 따라붙으면서 적 두 명을 쓰러뜨렸다. 롤랜드를 보는 그의 얼굴은 기세등등한 웃음으로 가득했다.

"알레인 말이 맞았어! 아주 끝내주는 총이야!"

롤랜드의 손가락은 타고난 재능을 마음껏 발휘했다. 유령처럼 흐릿하게 보일 정도로 빠르게 움직이며 탄창을 비우고 재장전을 마친 다음, 다시금 방아쇠를 당기기 시작한 것이다. 이제 그들은 적의 대열 한복판에서 사납게 말을 달리며 양옆과 앞쪽의 적들을 거침없이 쓰러뜨렸다. 알레인은 살짝 처져서 방향을 틀고 롤랜드와 커스버트의 뒤를 엄호했다.

조너스와 디페이프, 렝길은 누구의 공격인지 확인하려고 몸을 틀었고, 그 모습이 롤랜드의 눈에 들어왔다. 렝길이 자신의 기관총을 더듬거렸지만 총의 멜빵이 널찍한 코트 깃에 걸리는 바람에 손을 뻗을수록 더 멀어지기만 했다. 허옇게 변해가는 빽빽한 금빛 콧수염 아래에서, 렝길의 입이 분노로 일그러졌다.

그때 롤랜드와 커스버트, 그리고 전방의 세 명 사이에 해시 렘프루가 뛰어들었다. 그가 손에 쥔 것은 커다랗고 푸르스름한 5연발 리볼버였다.

"천벌을 받을 놈들! 이 썩어 문드러질 놈들이!"

렘프루는 이렇게 외치며 고삐를 놓고 반동을 줄이기 위해 팔뚝에 리볼버를 걸쳤다. 모진 바람이 몰고 온 갈색 모래 회오리가 봉투처럼 그를 뒤덮었다.

롤랜드는 물러설 생각도, 옆으로 피할 생각도 없었다. 실은 아예 아무 생각도 하지 않았다. 그의 정신은 열기로 물들었고, 몸은 그 열기와 함께 유리관 속의 불길처럼 타올랐다. 입에 문 고삐 사이로 전장의 함성을 토하면서, 롤랜드는 해시 렌프루와 그 뒤의 적 세 명을 향해 돌격했다.

23

조너스는 자신이 오래전에 알았던 돌격 구호
(*하일! 나를 따르라! 한 놈도 살려두지 마라!*)
를 윌 디어본의 목소리로 듣고 나서야 무슨 일이 벌어지는지 어렴풋이 알아차렸다. 뒤이어 순식간에 상황이 분명해졌고, 총소리가 난무하는 까닭도 이해가 갔다. 그는 고삐를 틀어 말의 방향을 바꾸었고, 곁에 있던 로이 디페이프가 함께 돌아서는 기척 또한 느꼈지만…… 머릿속은 온통 자루에 든 구슬 생각뿐이었다. 말의 목에 부딪혀 대롱거리는, 강력하면서도 연약한 저 수정 구슬.
"그 꼬맹이들이에요!"
로이가 외쳤다. 잔뜩 놀란 얼굴이 평소보다 더 멍청해 보였다.
"*디어본, 이 망할 자식!*"
해시 렌프루가 씹어뱉듯이 중얼거리더니 그의 권총에서 한 차례 천둥이 울렸다.
조너스가 지켜보는 가운데 디어본의 모자가 위로 불쑥 솟았고, 모자챙에 씹힌 듯한 자국이 생겼다. 그런데 어느새 그 애송이가 총을 갈기고 있었다. 실로 훌륭한 솜씨였다. 조너스가 평생 본 사람들 가운데 가장 훌륭했다. 렌프루는 두 다리를 쭉 뻗은 채 뒤로 날아갔다. 그러면서도 커다란 총을 놓치지 않고 먼지 긴 파란 하늘에 총알 두 발을 발사한 다음, 땅바닥에 등부터 떨어져 구르다가 모로 누워서 숨이 끊어졌다.

프랜 렝길은 좀처럼 잡히지 않는 기관총 개머리판에서 손을 거두었다. 적들이 먼지 회오리를 뚫고 유령처럼 덮쳐오는 현실이 도무지 믿어지지 않았다.

"물러나지 못할까!" 렝길이 외쳤다. "말 사육업자 조합의 이름으로 명한다, 썩 물러……"

다음 순간, 렝길의 이마 한복판에 시커먼 구멍이 움푹 패었다. 양 눈썹이 하나로 이어진 곳 바로 위였다. 활짝 편 두 손은 항복 선언을 하듯이 어깨 너머로 휙 뻗어나갔다. 렝길은 그 자세 그대로 죽었다.

"저 개새끼, 제 동생이랑 붙어먹을 쌍놈의 새끼가!"

디페이프가 악을 쓰며 총을 뽑으려고 버둥거렸다. 그러나 리볼버는 그의 어깨 담요에 걸려 빠지지 않았다. 롤랜드가 쏜 총알이 입에 명중할 때까지도 그는 총을 뽑으려고 낑낑댔다. 총알은 시뻘건 비명과 함께 그의 울대뼈까지 찢어발겼다.

이럴 수는 없어. 조너스는 멍하니 생각했다. 말도 안 돼. 우리 편이 얼마나 많은데.

그러나 실제로 벌어지는 일이었다. 내륙에서 온 소년들은 대열의 가느다란 틈새를 정확히 타격했고, 그들이 싸우는 모습은 열세에 놓인 총잡이가 어떻게 싸워야 하는지 보여주는 교범과 같았다. 그리고 조너스가 그러모은 목장주와 말몰이꾼과 마을 건달 연합군은 산산이 부서졌다. 아직 안 죽은 자들은 지옥에서 가석방된 악마들에게 쫓기기라도 하듯 정신없이 말을 달려 사방팔방으로 달아났다. 고작 세 명뿐이었지만, 소년들은 100명처럼 싸웠다. 흙바닥 여기저기에 시체가 즐비했다. 그리고 그 광경을 조너스가 바라보는 사이에 적의 후미를 지키던 (이름이 스톡워스인) 애송이가 말을 달려 또 한 명을 따라잡았다. 애송이는 적을 안장에서 끌어낸 다음 떨어지는 그의 머리에 총을 발사했다. *맙소사, 저건 크로이든이잖아. 피아노 목장의 주인 크로이든!*

하지만 크로이든은 이제 그 무엇의 주인도 아니었다.

그리고 이제, 디어본이 총을 뽑아들고 조너스에게 다가왔다.

조너스는 안장머리에 묶어둔 자루를 낚아채고 손목을 두 번 재빨리 움직여 끈을 풀었다. 자루를 쥔 손이 바람 부는 하늘로 높이 치솟았다. 입술 사이로 앙다문 이가 드러났다. 길고 하얀 머리칼이 물결쳤다.

"한 걸음만 더 가까이 와봐라, 박살을 내주마! 이건 장난이 아니다, 꼬맹아! 그 자리에서 꼼짝 마!"

롤랜드는 금방이라도 고꾸라질 듯이 질주하며 조금도 망설이지 않았다. 생각할 시간을 얻으려고 멈추지도 않았다. 지금은 그의 손이 그를 대신하여 생각을 했다. 그리고 먼 훗날 다시 떠올렸을 때, 이날의 모든 기억은 아득하고 고요하고 기괴하게 일그러져 있었다. 마치 금이 간 거울에 비친 것처럼…… 또는, 마법사의 수정 구슬에 떠오른 것처럼.

조너스는 속으로 중얼거렸다. *맙소사, 저건……! 저건 아서 엘드 왕이야, 그 왕이 나를 잡으러 오고 있어!*

뒤이어 터널처럼, 또 갱도의 입구처럼 커다란 롤랜드의 총구가 눈앞에 나타났을 때, 조너스는 불탄 목장의 흙투성이 앞마당에서 그

애송이에게 들었던 말을 떠올렸다. 너 같은 인간의 영혼은 서쪽 황야를 결코 벗어나지 못하는 법이니까

나도 알아. 조너스는 생각했다. 내 카에 미래가 없다는 것쯤 벌써 알고 있었어. 하지만 놈은 구슬을 절대 위험에 빠뜨리지 않을 거야…… 절대로. 놈은 저 카텟의 딘이야, 그러니 절대…….

"나를 따르라!" 조너스가 외쳤다. "모두 나를 따르라! 제기랄, 적은 고작 셋뿐이다! 나를 따르란 말이다, 이 겁쟁이들아!"

그러나 조너스는 혼자였다. 렝길은 쓸모없는 기관총 곁에 나란히 누워 있었고, 디페이프는 주검이 되어 시린 하늘을 올려다보고 있었고, 퀸트는 달아났고 후키는 죽었으며 함께 말을 달리던 목장 일꾼들은 사라진 지 오래였다. 아직 살아 있는 부하는 클레이뿐이었지만 그는 먼 곳에 있었다.

"아주 박살을 내주마!" 조너스는 자신을 죽이려고 시커먼 기관차처럼 돌진해오는 차가운 눈의 소년을 향해 악을 썼다. "하늘에 맹세코 박살을……!"

롤랜드는 리볼버의 격철을 젖히고 방아쇠를 당겼다. 총알이 자루의 끈을 움켜쥔 손 한복판의 문신을 꿰뚫자 손바닥은 사라졌고, 남은 것은 시뻘겋고 너덜너덜한 살덩이 끝에 매달려 아무렇게나 덜렁거리는 손가락뿐이었다. 한순간 롤랜드의 눈에 파란 관 문신이 보이는 듯했으나 솟구친 피가 그것을 뒤덮었다.

자루가 떨어졌다. 러셔가 조너스의 말과 뒤엉켜 옆으로 밀어내는 동안 롤랜드는 잽싸게 팔을 뻗어 자루를 낚아챘다. 보물을 잃어버린 조너스는 처절한 비명을 토하며 롤랜드의 어깨를 붙들고 안장에서 떨어지기 직전까지 밀어붙였다. 흩날리는 피가 빗방울처럼 롤랜드

의 얼굴을 때렸다.

"이리 내놔, 이 망할 꼬맹아!" 조너스가 어깨 담요 밑으로 손을 넣더니 남은 총을 꺼냈다. "내놓으란 말이다, 그건 내 거야!"

"이젠 아니야."

롤랜드가 대꾸했다. 뒤이어 러셔가 그 큰 덩치로 날렵하고 사뿐하게 몸을 튼 순간, 롤랜드는 조너스의 얼굴 바로 앞에서 총알 두 발을 발사했다. 조너스의 말은 주인을 팽개친 채 부리나케 달아났고, 그 말에 타고 있던 백발을 길게 기른 사내는 가랑이를 흉하게 벌린 채 쿵 소리와 함께 땅바닥에 드러누웠다. 두 팔과 두 다리가 경련하듯 움찔거리다가 부르르 떨더니 이내 잠잠해졌다.

롤랜드는 자루 주둥이의 끈을 어깨에 걸친 채 알레인과 커스버트가 있는 곳으로 돌아왔다. 원래는 친구들을 도와줄 작정이었으나…… 그럴 필요는 없었다. 소년들은 불어닥치는 모래 바람 속에, 줄지어 널브러진 시체의 길 끝에 나란히 서 있었다. 동그래진 그들의 눈에는 초점이 없었다. 그것은 생전 처음으로 전장의 불길을 뚫고 나온, 자신이 그 불속에서 타버리지 않았음을 믿기 힘들어하는 소년의 눈이었다. 다친 사람은 알레인뿐이었다. 총알이 왼쪽 뺨을 스치며 남긴 상처는 나중에 깨끗이 아물었지만 그 흉터는 그가 죽는 날까지 사라지지 않았다. 나중에 알레인은 누구의 총에 맞았는지, 또 전투의 어느 시점에 맞았는지도 기억이 안 난다고 말했다. 총탄이 오가는 동안 무아지경에 빠진 탓이었다. 돌격을 시작한 후의 일들은 그저 희미하게 기억날 뿐이었다. 커스버트의 이야기도 그리 다르지 않았다.

"롤랜드."

커스버트가 마침내 입을 열었다. 그러고는 떨리는 손으로 얼굴을 쓸어내렸다.

"하일, 총잡이여."

"하일."

커스버트는 우는 사람처럼 두 눈이 새빨갰다. 바람에 섞인 모래 때문이었다. 고스란히 남은 쇠구슬을 롤랜드가 내밀었을 때, 커스버트는 아무것도 모르는 사람처럼 멍한 표정으로 그것을 받아들었다.

"롤랜드, 우리 살아 있구나."

"그러게."

알레인 역시 멍한 표정으로 주위를 두리번거렸다.

"나머지는 다 어디로 갔지?"

"저기 자빠져 있는 게 한 스물다섯 명은 될 거야. 그리고 나머지는⋯⋯."

롤랜드가 줄지어 널브러진 시체들을 가리키며 말했다. 그러고는 아직 총을 쥔 손을 반 바퀴쯤 붕 휘둘렀다.

"나머지는 사라졌어. 중간 세계의 전투가 어떤 맛인지 뼈저리게 깨달았겠지."

롤랜드는 어깨에 멘 자루를 끌러서 잠시 안장 앞에 올려놓고 있다가, 이내 자루를 열었다. 한동안 시커먼 주둥이를 벌리고 있던 자루 속에서 고운 분홍빛 파장이 불규칙하게 퍼져나오기 시작했다.

분홍빛 파장은 손가락처럼 총잡이의 뺨을 간질이며 올라가다가 그의 눈 속에 고였다.

"롤랜드." 커스버트는 문득 불안해졌다. "그건 함부로 건드리지 않는 게 좋을 것 같아. 특히 지금은. 교수대 바위에 있는 놈들이 총

소릴 들었을 거야. 작전을 마무리하려면 이러고 있을 시간이······."

롤랜드는 친구의 말을 무시했다. 자루 속으로 미끄러지듯 들어간 두 손이 마법사의 수정 구슬을 꺼냈다. 롤랜드는 구슬을 눈앞에 들어올렸다. 조너스의 피가 구슬에 점점이 뿌려진 것을 까맣게 모른 채로. 구슬로서는 대수롭지 않은 일이었다. 피를 머금은 것이 이번이 처음이 아니었으므로. 반짝이는 구슬의 내부가 한동안 어지럽게 일렁거리는가 싶더니, 분홍색 구름이 커튼처럼 젖혀졌다. 롤랜드는 거기에 비친 것을 보았다. 그리고 그 속에 빠져들어 정신을 잃었다.

제10장
악마의 달 아래에서 2

1

코럴 소린은 수전의 팔을 단단히 붙잡았으나 그렇다고 아플 정도까지는 아니었다. 아래층 복도를 따라 수전을 끌고 가는 코럴의 모습에 딱히 잔인한 구석은 보이지 않았지만, 사람을 기죽게 하는 매정함까지 감출 수는 없었다. 수전은 반항하려 하지 않았다. 해봐야 어차피 소용도 없었다. 말몰이꾼 두 명이 그들 뒤에서 따라왔기 때문이었다(무기는 총이 아니라 칼과 팔맷돌이었다. 쓸 수 있는 총은 조너스가 모조리 챙겨서 서쪽으로 떠났으므로.). 그리고 두 말몰이꾼 뒤에서, 마치 초능력이 너무 미약한 탓에 실체도 제대로 갖추지 못한 유령처럼 살금살금 따라오는 인물은, 죽은 재무 집행관의 형 라슬로였다. 관저에 도착해서 수전을 겁탈할 생각에 들떠 있던 레이놀즈는 점점 커지는 불안감을 견디지 못했는지 위층에 남아 있거나 마을로 돌아간 듯했다.

"어떻게 할지 결정할 때까지 시원한 식료품 창고에 들어가 있어. 거기 있으면 안전할 거야. 뭐…… 춥지도 않을 테고. 어깨 담요가 있으니 다행인 줄 알아. 나중에…… 조너스가 돌아오면 그때…….'

"조너스를 다시 볼 일은 없을걸요. 그 인간은 절대…….'

부어서 예민해진 수전의 얼굴에 또다시 통증이 일었다. 한순간 온 세상이 폭발한 것만 같았다. 수전은 비틀거리다가 복도의 장식용 석벽에 등을 기댔다. 처음에는 시야가 흐릿했지만 이내 천천히 또렷해졌다. 뺨에 피가 흘러내리는 느낌이 들었다. 코럴에게 손등으로 맞았을 때 반지의 보석에 긁혀서 상처가 났던 것이다. 피는 코에서도 흘렀다. 망할 코에서 또 피가 흐르고 있었다.

코럴의 눈빛은 이 모든 게 그저 일에 불과하다는 듯 싸늘했지만, 수전은 그 눈에 다른 감정이 숨어 있다고 확신했다. 어쩌면 두려움일 수도 있었다.

"내 앞에서 엘드레드 이야기는 꺼내지도 마. 그 사람은 내 오라버니를 죽인 애송이들을 잡으러 갔어. 네가 풀어준 그놈들을.'

"집어치워요.'

수전은 코피를 닦다가 손에 고인 피를 보고 눈썹을 찡그렸다. 피 묻은 손은 바지에 문질러 닦았다.

"누가 하트를 죽였는지는 나도 알고 당신도 알아요, 그러니까 괜히 건드리지 마요. 나도 안 건드릴 테니까.'

코럴이 다시 뺨을 갈기려고 손을 쳐들었다. 수전은 그 모습을 가만히 보고 있다가 가까스로 피식 웃었다.

"자, 때려요. 이번엔 반대쪽 뺨을 찢어도 좋아요, 정 원한다면. 오늘밤엔 몸을 덥혀줄 남자도 없이 혼자 주무셔야 할 텐데, 절 때리면 기분이 좀 풀리시려나요?"

코럴의 손은 빠르고 매섭게 내리꽂혔다. 그러나 그 손은 수전의 뺨을 때리는 대신 다시 팔을 붙들었다. 이번에는 아플 정도로 꽉 붙잡았지만 수전은 아픔을 거의 느끼지 못했다. 이날 이미 전문가들의 따끔한 손맛을 봤을뿐더러, 롤랜드와 재회할 순간을 앞당길 수만 있다면 더한 아픔도 기꺼이 감내할 작정이기 때문이었다.

코럴은 수전을 끌고 복도 끝까지 간 다음, 주방을 가로질러 맞은편 벽의 철문 앞에 도착했다(여느 해 같으면 뜨거운 김과 오가는 일꾼들로 붐볐을 널따란 주방이 지금은 오싹할 정도로 휑했다.). 코럴이 문을 열었다. 감자와 박, 샤프루트 같은 푸성귀의 향이 은은하게 풍겼다.

"들어가. 빨리 움직여, 그 통통한 엉덩이를 걷어차서 납작하게 만들기 전에."

수전은 빙긋 웃으며 코럴의 눈을 똑바로 마주보았다.

"난 당신을 살인자의 정부라고 욕할 수도 있어요, 소린 여사님. 하지만 당신은 이미 스스로를 모욕했어요. 그리고 당신도 그걸 알아요. 얼굴에 그렇게 씌어 있거든요. 그러니까 인사 한마디만 남길게요." 웃음을 거두지 않은 채로, 수전은 방금 한 말을 실천에 옮겼다. "모쪼록 좋은 하루 보내세요."

"그 건방진 주둥이 닥치고 썩 들어가지 못해!"

코럴은 악을 지르며 서늘한 식료품 창고 안으로 수전을 떠밀었다. 그러고는 쾅 소리가 나도록 문을 닫고 빗장을 건 다음, 일부러 멀찍이 서 있던 부하들에게 눈을 부라렸다.

"똑바로 감시해, 너희들. 정신 바짝 차려."

부하들의 대답은 듣지도 않은 채로, 코럴은 그들 사이를 스치듯 빠져나와 이제는 고인이 된 오빠의 집무실로 향했다. 거기서 조너스를, 아니면 조너스의 소식을 기다릴 작정이었다. 당근과 감자 더미 사이에 파묻힌 저 뽀얀 얼굴의 계집애는 아무것도 몰랐다. 그러나 지금 코럴의 머릿속은 그 계집애의 말

(*조너스를 다시 볼 일은 없을걸요*)

로 가득했다. 그 말이 자꾸만 메아리치며 떠나지 않았다.

2

마을 공회당 꼭대기의 땅딸막한 종탑이 12시를 알렸다. 그리고 수확제 오전이 오후로 바뀌던 이때 햄브리의 다른 곳들을 뒤덮은 어색한 정적이 낯선 것이었다면, 트래블러스 레스트의 정적은 그야말로 으스스했다. 쌍두 엘크의 박제된 머리가 묵묵히 내려다보는 술집 안에 200명이 넘게 모여 연거푸 술을 들이켰지만, 발을 질질 끄는 소리와 술을 더 달라는 뜻으로 바에 성급하게 잔을 내려놓는 소리를 빼면 거의 아무 소리도 들리지 않았다.

셰브는 망설이다가 피아노 건반에 손을 얹고 누구나 좋아하는 「빅 보틀 부기」를 치기 시작했다. 그러자 뺨에 돌연변이의 표시가 찍힌 카우보이 한 명이 셰브의 귀에 칼끝을 대더니 오른쪽 고막 위에 뇌를 얹은 채로 살고 싶거든 당장 그 소음을 멈추라고 중얼거렸다. 하늘이 허락만 한다면 천년은 더 살고 싶었던 셰브는 제꺽 피아노 의자에서 일어나 스탠리와 날쌘 발 페티를 도우러 바로 향했다.

손님들은 영문도 모른 채 풀이 죽어 있었다. 수확제를 빼앗겼는

데 어찌해야 좋을지 알 길이 없었던 것이다. 거대한 장작불은 예정 대로 타오를 테고 그 위에 얹고 태울 허수아비도 볼 수 있을 테지만, 이날은 수확제 키스에 응하는 여자가 없었고 밤의 무도회도 열리지 않을 참이었다. 수수께끼 시합도, 경마도, 돼지 싸움도, 농담 주고받기도…… 신나는 일이라고는 하나도 없었다, 제기랄! 한 해의 끝에 진심 어릴 작별을 고할 방법이 아무것도 없다니! 남은 것이라고는 흥겨움 대신 한밤의 암살과 탈출한 범죄자들뿐이었고, 이제는 복수에 대해서조차 확신이 아니라 어렴풋한 기대만이 남아 있었다. 이곳의 시무룩한 주정뱅이들, 번개를 품은 먹구름처럼 위험한 이 패거리에게는, 정신을 집중할 상대가 필요했다. 어떻게 해야 할지 가르쳐줄 사람이 필요했다.

그리고 물론, 붙잡아서 장작불에 집어던질 사람도 필요했다. 아서 엘드 왕의 시대에 그랬던 것처럼.

바로 그때였다. 정오를 알리는 마지막 종소리가 서늘한 대기 속으로 사라질 때, 트래블러스 레스트의 박쥐 날개 모양 용수철 문이 열리고 두 여인이 걸어 들어왔다. 앞서 걸어오는 노파가 누군지 알아본 사람은 꽤 여럿이었는데 그중 몇몇은 노파의 추악한 몰골을 피하려는 듯 양 엄지로 두 눈을 가렸다. 술집 안에 수군거리는 소리가 퍼져나갔다. 쿠스 언덕의 레아, 그 사악한 마녀였다. 레아의 얼굴은 짓무른 자국으로 가득했고 눈은 푹 꺼져서 잘 보이지도 않을 지경이었지만, 그럼에도 기이한 활기를 뿜어냈다. 입술은 감탕나무 열매를 먹다가 온 것처럼 새빨갰다.

그 뒤의 여인은 한 손을 배에 올린 채 느리고 뻣뻣한 걸음으로 따라왔다. 레아의 새빨간 입술과 대조적으로 여인의 얼굴은 하얗기 그지없었다.

레아는 도박판을 앞에 둔 채 얼빠진 얼굴로 올려다보는 카우보이들은 거들떠보지도 않고 술집 한복판까지 걸어갔다. 그렇게 바 한가운데에 도착해서 박제된 쌍두 엘크의 머리 바로 아래에 멈춰선 다음, 말을 잊은 카우보이들과 마을 사람들을 향해 돌아섰다.

"내가 누군지는 다들 알 테지!"

레아가 외쳤다. 녹슨 톱니바퀴처럼 거슬리는 목소리였다.

"누구나 한 번은 사랑의 묘약이나 회춘의 비약, 잔소리꾼 장모를 조용히 보낼 약이 필요한 법이니까. 나는 레아, 쿠스의 여자 마법사라네. 그리고 내 곁에 있는 이 여인은 간밤에 살인자 셋을 탈출시킨 소녀의 고모야. 그래…… 이 마을의 보안관과 선량한 부보안관을 죽인 바로 그 소녀 말이야. 살해당한 부보안관은 한 여자의 남편이자 곧 아버지가 될 사람이었다더군. 그래서 총도 안 쥔 채 두 손을 들고 아내와 곧 태어날 아이를 위해 살려달라고 빌었던 거야. 그랬는데도 소녀의 총에 맞아 죽었어! 오오, 잔인한지고! 피도 눈물도 없는 계집 같으니!"

사내들 속에서 수군거리는 소리가 번져갔다. 레아가 뒤틀린 손을 치켜들자 소리가 한꺼번에 뚝 그쳤다. 손을 치켜든 모습 그대로, 레아는 사내들을 천천히 돌아보았다. 몰골이 마치 세상에서 가장 늙고 못생긴 권투 선수 같았다.

"외지인들이 찾아왔을 때, 우리는 그들을 환영했어!" 까마귀 소리처럼 카랑카랑한 목소리가 울려퍼졌다. "반갑게 맞아들여서 먹을 것을 대접했지. 그런데 놈들은 재앙으로 화답했어! 우리가 아끼고 의지하던 이들을 죽이고, 수확제를 망쳐놓았어. 이제 *핀 데 아뇨*가 끝나고 무슨 일이 벌어질지는 하늘만이 아실 터!"

수군거리던 소리가 더욱 커졌다. 레아가 그들의 가장 깊은 공포를 건드렸기 때문이었다. 올해의 악운이 퍼져나가면 새로 잉태한 가축들이 위험에 처할 수도 있었다. 외곽 자치령에서 너무나 느리게, 자그마한 희망을 담고 나타나는 그 생명들이.

"허나 놈들은 이미 달아났어, 아마 다시는 돌아오지 않을 게야! 그래도 상관없어. 외지 놈들의 피로 우리 땅을 더럽힐 필요는 없으니까. 하지만 아직 한 명이 남아 있지…… 우리와 함께 자란 자…… 고향 사람들을 배반하고 피붙이를 해치려 한 어린 계집 말이야."

레아의 목소리는 점점 작아지다가 마지막 문장에 이르러서는 거친 속삭임으로 잦아들었다. 청중은 그 말을 들으려고 몸을 앞으로 기울였다. 굳은 표정으로, 눈을 동그랗게 뜬 채. 그리고 이제, 레아가 검정 드레스 차림의 낯빛이 하얗고 깡마른 여인을 앞으로 끌어당겼다. 그렇게 꼭두각시처럼, 복화술사의 인형처럼 앞에 세워두고서, 레아는 코딜리어의 귀에 대고 소곤소곤 얘기했는데…… 어찌된 일인지 소곤거리는 소리가 멀리까지 퍼져나갔다. 그곳에 모인 사람들은 모두 그 소리를 들었다.

"자, 시작해. 나한테 한 얘기를 이 사람들한테도 들려줘."

코딜리어는 활기는 없지만 또렷한 목소리로 말하기 시작했다.

"그 애는 장관님의 첩이 되기 싫다고 했어요. 자기한테는 안 어울리는 상대라고 하더군요. 그러더니 월 디어본을 유혹했어요. 몸을 바치는 대가는 길르앗에서 정식으로 결혼하는 것과…… 소린 장관님을 암살하는 거였죠. 디어본은 그 대가를 지불했어요. 욕정에 눈이 멀어 기꺼이 값을 치렀죠. 디어본의 친구들도 거들었어요. 친구들도 그 애랑 번갈아가며 놀아났을 거예요, 아마도. 라이머 님은 암살을 막으려고 한 게 분명해요. 아니면 놈들이 라이머 님을 우연히 발견하고 함께 처치하기로 마음먹은 거겠죠."

"나쁜 놈들!" 페티가 외쳤다. "어린 것들이 음흉하기는!"

"자, 이제 새해가 더럽혀지기 전에 정화하려면 어떻게 해야 할지 모두에게 알려줘야지."

레아가 노래하듯 소곤거렸다. 코딜리어 델가도는 고개를 쳐들고 사내들을 둘러보았다. 그러고는 숨을 깊이 들이마셨다. 사과주와 맥주, 담배 연기와 독한 위스키 냄새까지 뒤섞인 시큼한 공기가 늙은 처녀의 허파로 밀려들었다.

"그년을 잡으세요. 절대 놓치면 안 돼요. 사랑과 슬픔을 함께 담아, 여러분 앞에 선포합니다."

침묵이 흘렀다. 사람들의 눈만 반짝였다.

"그년의 손을 붉게 칠하세요."

벽에 걸린 쌍두 엘크의 박제된 머리는 유리 눈으로 말없이 실내를 굽어보고 있었다.

"*번제 나무*에 올려놓게."

사람들은 환호 대신 한숨으로 동의를 표했다. 그 소리가 앙상한 나뭇가지 사이로 빠져나가는 가을바람 같았다.

3

시미는 악독한 관 사냥꾼과 수전 아가씨의 뒤를 쫓아 그야말로 기운이 바닥날 때까지 달리고 또 달렸다. 허파는 불길이 들락거리는 듯했고, 따끔거리던 옆구리는 쥐가 난 것처럼 욱신거렸다. 그리하여 드롭 평원의 풀밭에 머리를 처박듯 주저앉았을 때, 시미는 왼손으로 오른쪽 겨드랑이를 움켜쥐고 욱신거리는 통증을 달랬다.

그렇게 향기로운 풀 속에 얼굴을 묻고 한동안 엎드린 채로, 시미는 생각했다. 앞서 가던 두 사람은 점점 더 멀어졌고, 일어나서 옆구리의 욱신거리는 통증이 사라질 때까지 다시 뛰어봐야 헛수고일 것 또한 뻔했다. 허겁지겁 달리다가는 여지없이 옆구리의 통증이 되살아나 또다시 고꾸라질 듯싶었다. 그래서 그대로 누워 머리만 들고서 관 사냥꾼과 수전 아가씨가 지나가면서 남긴 흔적을 가만히 바라보았다. 그러다가 막 일어나려고 할 때, 카프리초소가 시미를 물었다. 그것도 살짝 무는 정도가 아니라 작정을 하고 꽉 깨물었다. 꼬박 하루 동안 온갖 고생을 다한 카프리초소는 이 모든 고생을 초래한 주인이 풀밭에 누워 낮잠을 자는 꼬락서니가 영 마음에 안 들었던 것이다.

"끄으으아아아이고오제엔자앙!"

시미는 비명을 지르며 벌떡 일어났다. 좀 더 철학적인 사람이라면 엉덩이를 힘껏 깨무는 것만큼 강력한 마술은 없다고 고찰할 만한 상황이었다. 고통 덕분에 온갖 근심이, 한없이 무겁고 슬프던 기분이 연기처럼 사라졌기 때문이었다. 시미는 빙글 돌아섰다. 엉덩이를 정신없이 문지르는 사이에 두 눈에 고통의 눈물이 그렁그렁 맺혔다.

"야 이 비겁한 노새야, 너 도대체 왜 그러는 거야? 어휴, 진짜…… 아파 죽는 줄 알았잖아 개자식아!"

카프리초소는 목을 한껏 늘이고 이빨을 씩 드러낸 채로 오로지 노새와 낙타만이 지을 수 있는 사악한 웃음을 뽐내며 힝힝거렸다. 시미의 귀에는 그 소리가 깔깔대는 웃음소리로 들렸다.

노새의 뾰족한 양 발굽 사이로 길게 늘어진 고삐가 보였다. 시미는 손을 뻗어 고삐를 잡은 다음, 한 번 더 깨물려고 머리를 숙이는 카프리초소의 기다란 뺨을 철썩 갈겼다. 카프리초소는 영문을 모르겠다는 듯이 푸룩대며 눈을 껌뻑거렸다.

"카피, 이 나쁜 자식. 너 때문에 한 일주일은 볼일도 쪼그린 채로 봐야겠다. 엉덩이가 아파서 변기에 앉지도 못하겠어."

시미는 구시렁거리며 고삐를 손에 두 번 감아쥐고 카프리초소의 등에 올라탔다. 노새는 주인을 떨쳐버릴 생각이 없었기 때문에 미동도 하지 않았지만, 방금 물린 엉덩이가 노새의 불룩한 등뼈에 닿자 시미는 저도 모르게 움찔했다. 그래도 운이 좋은 셈이라고 생각하며 노새의 옆구리를 발로 찼다. 엉덩이가 아프기는 했지만 그래도 걸어갈 필요는 없었다. 또는 찢어질 것처럼 욱신거리는 옆구리를 움켜잡고 뛰어가거나.

"가자, 이 멍청한 놈아! 어서! 있는 힘껏 달려, 이 개자식아!"

이로부터 한 시간 동안 시미는 틈만 나면 '이 개자식아'를 외쳤다. 수많은 사람들이 앞서 깨달은 것을 그 역시 깨우쳤기 때문이었다. 욕은 처음 내뱉기가 힘들 뿐, 그다음부터는 한바탕 욕지거리만큼 속을 후련하게 해주는 것도 없었다.

4

수전의 흔적은 드롭 평원을 대각선으로 지나 바닷가와 그곳의 낡은 벽돌 저택으로 이어졌다. 시프론트 관저에 도착한 시미는 아치문 바깥에서 내린 다음, 그곳에 우두커니 서서 생각했다. '이제 어떡하지?' 그들이 이곳에 온 것만은 확실했다. 수전의 말 파일런과 그 못된 관 사냥꾼의 말이 그늘에 나란히 묶여 있었던 것이다. 말들은 이따금씩 고개를 숙여 바닷가 쪽을 따라 놓인 분홍색 돌구유에 코를 박고 푸륵거렸다.

이제 어떡한다? 말을 타고 아치문으로 들락거리는 기수들은(즉 렝길의 추적대에 뽑히기에는 너무 늙은 흰머리 사내들은) 술집의 심부름꾼 소년과 노새를 거들떠보지도 않았지만, 미겔의 눈에 띈다면 이야기가 달랐다. 그 늙은 하인은 시미를 미워했다. 틈이 보이면 도둑질을 할 녀석으로 여기는 눈치였다. 그러니 만약 코럴 소린의 덜 떨어진 심부름꾼 소년이 마당에서 어슬렁거리는 꼴을 보면 냉큼 쫓아낼 것이 뻔했다.

아니, 그렇게는 안 될 거야. 시미는 마음을 단단히 먹었다. 오늘은 아니야, 오늘은 고분고분 당하지 않을 거야. 그 영감이 소리 지른다고 해도 안 달아날 거야.

하지만 노인이 정말로 소리를 질러서 주의를 끌면, 그때는? 못된 관 사냥꾼 패거리의 손에 죽을지도 몰랐다. 시미는 이미 친구들을 위해 죽을 각오가 되어 있었지만, 목적을 이루기 전에는 그럴 수 없었다.

그래서 차가운 햇볕 속에 그대로 서서, 불안한 마음에 발을 동동 구르면서, 시미는 자신이 좀 더 똑똑하면 좋을 텐데, 좋은 계획을 떠올릴 수 있다면 좋을 텐데 하고 간절히 생각했다. 그렇게 한 시간이 지나고 다시 한 시간이 흘렀다. 시간은 더디게 흘렀고, 좌절감은 매 순간마다 새로이 차올랐다. 시미는 수전 아가씨가 빠져나오도록 도울 방법을 필사적으로 궁리했지만 어떻게 해야 좋을지 도무지 알 수가 없었다. 서쪽에서 문득 천둥 비슷한 소리가 들려왔으나…… 천둥이 치기에는 가을 하늘이 너무 맑았다.

시미는 어찌되든 마당을 돌파하기로 마음먹었다. 마침 아무도 없으니 잘하면 본관까지 한달음에 도착할 수도 있었다. 바로 그때, 시미가 두려워하던 바로 그 남자가 비틀거리며 마구간에서 나왔다.

미겔 토레스는 수확제 장식을 몸에 주렁주렁 매단 채 잔뜩 취해 있었다. 갈지자를 그리며 마당 한복판으로 걸어오는 사이에 모자에 달린 턱끈이 앙상한 목에 걸렸고, 그 바람에 하얀 머리카락이 나풀거렸다. 물건을 꺼내는 것도 잊은 채 소변을 봤는지 바지 앞이 짙은 색으로 변해 있었다. 한 손에 든 것은 조그만 사기 주전자였다. 번들거리는 두 눈에는 당황한 빛이 역력했다.

"도대체 누구 짓입니까?"

미겔이 소리쳤다. 그는 고개를 들어 오후의 하늘과 그곳에 떠 있는 악마의 달을 올려다보았다. 시미는 그 늙은이가 조금도 마음에 들지 않았지만, 그럼에도 가슴이 철렁했다. 악마의 달을 똑바로 보면 악운이 찾아오기 때문이었다.

"누구 짓입니까? 가르쳐주세요! 제발!"

잠시 정적이 흐르더니, 이내 미겔이 소리를 질렀다. 하도 힘껏 울부짖어서 금방이라도 쓰러질 것처럼 다리가 부들부들 떨렸다. 미겔은 달 속에서 윙크하는 얼굴을 후려쳐서 대답을 들으려는 것처럼 두 주먹을 치켜들었다가, 이윽고 힘없이 팔을 늘어뜨렸다. 옥수수로 빚은 독한 술이 사기 주전자의 주둥이에서 흘러나와 그의 바지를 더욱 짙게 물들였다. '제기랄.' 미겔이 중얼거렸다. 그러고는 담쪽으로 비틀비틀 걸어가더니(도중에 관 사냥꾼이 타는 말의 뒷발에 걸려 쓰러질 뻔하더니), 벽돌담에 등을 대고 주저앉았다. 그는 주전자를 깊숙이 기울여 술을 들이켠 다음, 목덜미에 늘어진 모자를 집어 눈을 덮었다. 그러고는 주전자로 손을 뻗어 잡아당기다가 생각보다 무거웠는지 도로 손을 놓았다. 시미는 노인의 엄지손가락이 주전자 손잡이에서 미끄러질 때까지, 그래서 손이 마당의 자갈 위로 툭 떨어질 때까지 가만히 기다렸다. 그러고는 앞으로 나섰지만, 이내 조금이라도 더 기다리기로 마음먹었다. 미겔은 늙고 야비한 인간이었지만, 동시에 꾀를 부릴 줄 아는 인간일 수도 있었다. 꾀 많은 인간은 한둘이 아니었다. 특히 야비한 놈들 중에 유독 많았다.

시미는 미겔이 거칠게 코를 고는 소리가 들릴 때까지 기다렸다가 카프리초소를 끌고 마당으로 들어섰다. 노새의 발굽 소리가 들릴 때마다 시미는 불안해서 몸을 움찔했지만, 미겔은 꼼짝도 하지 않았다. 시미는 말을 묶어두는 가로대의 끄트머리에 카프리초소의 고삐를 묶은 다음(그러는 동안 카프리초소가 먼저 온 말들에게 듣기 싫은 울음소리로 인사를 건네는 바람에 한 번 더 움찔했다.), 평생 들어갈 일이 없으리라 여기던 관저 정문 쪽을 향해 재빨리 걸어갔다. 큼지막한 철제 자물쇠에 손을 얹고서, 시미는 담에 기대어 잠든 노인을 한 번 더 돌아보고는 문을 열고 살금살금 들어갔다.

시미는 열린 문틈으로 기다랗게 비친 햇살 속에 가만히 서 있었다. 어깨는 잔뜩 움츠려서 귀에 닿을 것 같았다. 금방이라도 누군가 손을 뻗어 목덜미를 움켜쥘 것만 같았고(시미가 아무리 어깨를 움츠려도 못돼먹은 인간들은 귀신 같이 목덜미를 잡아채곤 했다.), 뒤이어 성난 목소리가 여기서 뭘 하냐고 물을 것만 같았다.

현관은 인기척 없이 고요했다. 저 안쪽 벽에 드롭 평원에서 말 떼를 모는 카우보이들을 그린 태피스트리가 보였다. 현이 끊어진 기타 한 대가 태피스트리에 기대어 세워져 있었다. 아무리 살금살금 걸어도 발소리가 울려퍼졌다. 시미는 부르르 떨었다. 이제 이 저택은 살인 현장이었다. 불길한 곳, 유령이 나와도 이상하지 않은 곳이었다.

그러나 수전이 이곳에 있었다. 이곳 어딘가.

시미는 현관 맞은편의 이중문을 지나 응접실로 들어섰다. 높다란 천장 아래 발소리가 더욱 크게 메아리쳤다. 오래전에 죽은 장관들이 벽에서 그를 내려다보고 있었다. 걸음을 옮기는 시미를 침입자로 여겼는지, 다들 으스스한 눈으로 그의 뒤를 쫓았다. 그림 속의 눈이라는 것은 시미도 알았지만, 그럼에도…….

그중 한 명이 특히 마음에 걸렸다. 빨간 머리가 구름처럼 텁수룩한 뚱보 사내였다. 입은 불도그 같았고, 두 눈은 교활하게 반짝였다. 덜 떨어진 술집 심부름꾼이 장관 관저의 응접실에 뭘 하러 왔냐고 묻고 싶은 눈치였다.

"그렇게 꼬나보지 마, 개자식아."

이렇게 중얼거리자 기분이 조금 좋아졌다. 잠깐이기는 해도.

뒤이어 나온 식당 역시 벽 쪽에 붙여둔 기다란 식탁들만 보일 뿐, 인기척이 없었다. 식탁 한 개에는 음식도 남아 있었다. 식은 닭고기와 썰어놓은 빵 한 접시, 맥주가 절반 남은 머그잔이 보였다. 오랜 세월 동안 수많은 축제에서 수많은 손님들을 대접했을 그 식탁에 남은 음식을 보며, 이날 열렸어야 할 축제를 생각하며, 시미는 현실의 무게를 뼈저리게 느꼈다. 그리고 슬픔도. 햄브리는 변해버렸다. 다시는 예전으로 돌아가지 못할 정도로.

머리는 한참 동안 그 생각에 빠져 있었지만, 손은 남은 닭고기와 빵과 맥주를 찾아 움직였다. 긴 하루 동안 아무것도 먹지 못한 탓이었다.

꺼억 하는 트림 소리가 터져나오자 시미는 두 손으로 입을 가렸다. 지저분한 손 위의 두 눈은 켕기는 눈빛으로 정신없이 좌우를 살폈다. 시미는 다시 걸음을 옮겼다.

식당 안쪽 끝의 문은 닫혀 있었지만 자물쇠가 잠기지는 않았다. 시미는 그 문을 연 다음, 관저를 관통하는 기다란 복도에 머리를 살짝 들이밀었다. 가스 샹들리에가 불을 밝힌 복도는 대로만큼이나 널찍했다. 당장은 아무도 없었지만 다른 방에서 소곤거리는 소리가 들려왔다. 어쩌면 다른 층에서 나는 소리인지도 몰랐다. 하인들이 주고받는 말소리일 수도 있었지만, 시미의 귀에는 몹시도 으스스하게 들릴 뿐이었다. 어쩌면 소린 장관님이 눈앞의 복도를 어슬렁거리는지도 몰랐다(혹시라도 장관님이 보일 때의 이야기였는데…… 시미는 아무것도 보이지 않아서 그저 기뻤다.). 소린 장관님이 관저 안을 헤매며 물어보고 다닐지도 몰랐다. 무슨 일이 벌어진 것인지, 잠옷에서 배어나오는 이 끈끈한 액체가 무엇인지, 도대체 누가 자기를……

누군가 시미의 팔꿈치 바로 위를 꽉 붙들었다. 시미는 하마터면 소리를 지를 뻔했다.

"안 돼! 제발!"

소곤거리는 목소리의 주인은 여성이었다. 시미는 터지려는 비명을 간신히 삼켰다. 그러고는 목소리가 들린 쪽을 돌아보았다. 그곳에는 청바지와 체크무늬 셔츠를 입고 머리를 뒤로 묶은 여인이 서 있었다. 창백한 얼굴에 굳은 표정이, 검은 두 눈에는 결연한 의지가 이글거리는 그 여인은, 바로 장관의 미망인이었다.

"소, 소, 소린 마님…… 저…… 저…… 저는……."

머릿속에 떠오르는 말은 그것뿐이었다. *이제 경비병을 부르겠지. 혹시 남은 사람이 있다면 말이지만.* 시미는 이렇게 생각했다. 어찌 보면 그 편이 차라리 구원 같기도 했다.

"그 아가씨 때문에 온 거니? 델가도 집안의 아가씨 말이야."

올리브 소린에게 남편을 잃은 슬픔은 곧 소름 끼치는 축복이었다. 얼굴이 홀쭉해진 덕분에 기이할 정도로 어려 보였던 것이다. 검은 두 눈은 시미의 눈을 똑바로 응시하며 조금의 거짓도 용납하지 않을 태세였다. 시미가 고개를 끄덕였다.

"그래. 그럼 날 좀 도와줘야겠다. 그 아가씬 저 아래 식품 창고에 있단다. 보초가 지키고 있어."

시미의 숨이 거칠어졌다. 방금 들은 말이 믿어지지가 않았다.

"내가 진짜로 믿을 줄 알았니? 그 아가씨가 하트를 죽이는 데 가담했을 거라고?"

올리브가 물었다. 마치 시미가 무슨 이의라도 제기한 것처럼.

"늙어서 몸이 좀 둔해졌을지는 몰라도, 난 바보 천치는 아니야. 자, 어서 가자. 이 관저는 이제 델가도 아가씨가 머물 곳이 아니야. 그 아가씨가 어디 있는지 온 마을이 다 알아차렸으니까."

5

"롤랜드."

이날 이후 남은 평생 동안, 그는 불안한 꿈 속에서 이 목소리를 들을 테지만, 어떤 꿈인지는 결코 기억하지 못하고 정신을 차려보면 남은 것은 불쾌한 기분뿐일 것이다. 쉬지 못하고 걸을 때처럼, 온기 없는 방 안에 걸린 그림들을 바로잡을 때처럼, 어느 낯선 마을의 광장에서 기도 시간을 알리는 고함 소리에 귀를 기울일 때처럼.

"길르앗의 롤랜드여."

이 목소리를, 그는 거의 알아들을 것도 같았다. 그 자신의 목소리와 너무나 비슷해서 에디와 수재나와 제이크가 살던 세계의 정신과 의사라면 그의 목소리라고, 그의 잠재의식의 목소리라고 할 법도 했지만, 롤랜드는 이미 알고 있었다. 자신의 목소리와 가장 비슷한 목소리가 머릿속에서 중얼거릴 때, 그 목소리의 주인은 종종 가장 끔찍한 외부자들, 가장 위험한 침입자들이었다.

"롤랜드, 스티븐의 아들이여."

구슬은 그를 먼저 햄브리로, 다음으로 장관 관저로 이끌었고, 그는 그곳에서 벌어지는 일을 더 지켜볼 생각이었지만, 이내 구슬이 그를 다른 곳으로 이끌었다. 구슬은 이상하게 귀에 익은 목소리로 그를 불렀고, 그는 가야만 했다. 선택의 여지는 없었다. 레아나 조너스와 달리 그는 구슬과 그 안에서 소리 없이 말하는 생물들을 보고 있지 않았기 때문이었다. 그는 구슬 안에 들어가 있었다. 그 끝 모를 분홍빛 폭풍의 일부가 되었다.

"롤랜드, 여기로 와라. 보아라, 롤랜드."

이윽고 그는 폭풍에 휘말려 하늘로 떠올랐고, 날아갔다. 드롭 평원을 지나 위로, 위로, 따뜻한 공기를 지나 차가운 공기 속으로 날아올랐고, 이제 빔의 길을 따라 서쪽으로 향하는 분홍빛 폭풍 속에서 그는 혼자가 아니었다. 그의 뒤를 따라 셰브가 날아왔다. 뒤통수에 모자를 얹은 채로, 담뱃진에 찌든 손가락으로 건반 대신 허공을 두드리며, 「헤이 주드」를 목청껏 부르면서. 노래에 열중한 셰브는 피아노가 폭풍에 휘말려 날아간 것도 알아차리지 못했다.

"이리 와라, 롤랜드."

목소리가 말했다. 폭풍의 목소리, 수정 구슬의 목소리였다. 롤랜드는 그 말을 따랐다. 그의 곁에서 개구쟁이가 함께 날고 있었다. 유리 눈 네 개에 분홍빛 광채가 이글거렸다. 농부용 작업복을 입은 깡마른 남자가 그들을 지나 날아갔다. 남자의 기다란 빨강 머리가 등 뒤로 물결처럼 나부꼈다. "그대와 그대의 작물에 생명을." 남자는 그 비슷한 말을 남기고 사라졌다. 다음으로 바퀴 달린 철제 의자가 기묘한 풍차처럼 빙글빙글 돌면서 날아왔는데(롤랜드의 눈에는 꼭 고문 도구처럼 보였다.), 그것을 본 어린 총잡이는 영문도 의미도 모른 채 그늘 속의 여인을 떠올렸다.

이윽고 분홍빛 폭풍은 그를 품은 채 불타버린 산맥을 넘어, 넓은 강들이 파란 핏줄처럼 어지럽게 흐르는 비옥한 초록빛 삼각주를 지나갔고, 그 폭풍이 통과하는 동안 잔잔한 강물에 비친 파란 하늘은 들장미의 분홍빛으로 물들어갔다. 앞쪽 멀리서 기둥처럼 솟아오르는 어둠을 보며 롤랜드는 가슴이 철렁했지만 분홍빛 폭풍의 목적지는 바로 그곳이었고, 그는 그곳으로 가야만 했다.

나가고 싶어. 이 생각이 떠올랐지만, 그는 바보가 아니었다. 이미 진실을 알고 있었다. 결코 빠져나갈 수 없었다. 마법사의 수정 구슬이 그를 삼켰으므로. 어쩌면 흐릿하게 소용돌이치는 그 눈 속에 영원토록 갇힐지도 몰랐다.

총을 갈겨서라도 나갈 거야, 꼭 그래야 한다면. 이렇게 생각했지만, 그럴 수 없었다. 그에게는 총이 없었으므로. 그는 폭풍 속에서 벌거벗은 채로, 알궁둥이를 다 내놓은 채로 돌진하고 있었고, 그의 표적은 아래의 풍경을 모조리 파묻어버린 저 검푸른 죽음의 전염병이었다.

그런데도 노랫소리가 들렸다.

희미하지만 감미로웠다. 그 달콤한 음률에 전율하며 그는 수전 생각을 했다. 새와 곰과 산토끼와 물고기 생각을 했다.

그때 갑자기 시미의 노새가 그의 곁을 지나 날아갔다(노새의 이름은 카프리초소, 예쁜 이름이었다.). 이글거리는 폭풍의 광채 속에서 파이어덤처럼 반짝이는 눈을 한 노새가 허공을 질주했다. 그 뒤를 따라 모자를 쓴 쿠스의 레아가 수확제 부적이 주렁주렁 매달린 빗자루에 앉아 날아왔다. "거기 서, 이 귀여운 놈아!" 레아는 달아나는 노새를 향해 이렇게 외치고 킬킬 웃더니 이내 쌩하고 날아갔다.

롤랜드는 눈앞의 암흑 속으로 처박혔다. 갑자기 숨이 턱 막혔다. 주위는 온통 독기를 내뿜는 어둠이었다. 공기가 벌레 떼처럼 살갗 위를 기어다니는 느낌이 들었다. 그는 보이지 않는 주먹에 난타당하여 휘청거리다가 이내 급속히 추락했다. 어찌나 빠르게 떨어졌던지 땅에 처박혀 박살이 날까 두려웠다. 전설에 나오는 퍼스 경처럼.

어둠 속으로부터 황량한 들판과 버려진 마을이 펼쳐졌다. 그늘을 드리울 수 없게 불타버린 나무들이 보였으나…… 아, 이곳은 사방에 그늘뿐이었다. 사방에 죽음뿐이었다. 이곳은 '최종계'의 끝자락, 어느 캄캄한 날에 그가 찾아올 곳이었고, 사방에 오로지 죽음뿐이었다.

"총잡이여, 여기가 바로 '선더클랩'이다."

"선더클랩." 롤랜드가 말했다.

"숨 쉬지 않는 자들이 여기에 있다. 새하얀 얼굴들이."

"숨 쉬지 않는 자들. 새하얀 얼굴들."

그랬다. 어찌된 영문인지 그는 알고 있었다. 이곳은 도륙당한 병사들과 쪼개진 투구와 녹슨 창의 땅이었다. 이곳에서 창백한 전사들이 진군을 시작했다. 이곳은 선더클랩, 시계가 거꾸로 돌아가고 묘지는 죽은 자들을 토해내는 곳이었다.

저 멀리 움켜쥔 손처럼 비틀어진 나무가 보였다. 맨 꼭대기 가지에 개너구리 한 마리가 꿰어 있었다. 당연히 죽었어야 했지만, 분홍빛 폭풍에 휘말린 롤랜드가 나무 곁을 지나 날아가자 개너구리는 고개를 들고 말 못할 고통과 슬픔이 어린 눈으로 롤랜드를 올려다보았다. "오이!" 그 울음소리를 남긴 채 개너구리 역시 사라졌다. 오랜 세월 동안 다시는 떠오르지 않을 기억 속으로.

"앞을 보아라, 롤랜드. 너의 운명을 보아라."

문득, 롤랜드는 그 목소리의 주인이 누군지 알아차렸다. 거북이의 목소리였다.

롤랜드는 눈을 들어 응시했다. 푸른빛이 감도는 금빛 광선이, 선더클랩의 탁한 어둠을 꿰뚫고 찬란하게 빛났다. 무엇인지 알아볼 겨를도 없이, 롤랜드는 어둠에서 튕겨나와 빛 속으로 뛰어들었다. 알을 깨고 나오는 새처럼, 마침내 탄생의 순간을 맞은 생물처럼.

"빛! 빛이 있으라!"

거북이의 목소리가 울려퍼지자 롤랜드는 눈이 멀지 않도록 두 손으로 눈을 가려야 했고, 손가락 사이로 살며시 내다보아야 했다. 저 아래에 펼쳐진 것은 피로 물든 들판이었다. 어쩌면 그의 상상일 뿐인지도 몰랐다. 그날 첫 번째 살인을 저지른 열네 살 소년의 상상. 선더클랩에서 흘러나온 피가 우리 세계를 뒤덮으려는 건가. 그는 이렇게 생각했다. 그리고 헤아릴 수 없는 시간이 흐른 후에, 비로소 구슬 속에서 보냈던 시간을 떠올리고 그 기억과 에디의 꿈 이야기를 합친 다음, 밤이 다 끝날 무렵 어느 고속도로 진입로에 앉아 친구들에게 이야기할 것이다. 그가 틀렸노라고, 어둠에 잠긴 선더클랩의 문턱에서 그 광선에 감쪽같이 속았노라고. "그건 피가 아니라 장미였다." 그는 에디와 수재나, 제이크에게 그렇게 말한다.

"보아라, 총잡이여. 저기를 보아라."

그랬다. 있었다. 거무튀튀한 회색 기둥이 지평선에 서 있었다. 암흑의 탑. 모든 빔이, 모든 힘이, 하나로 합쳐지는 곳. 나선 모양으로 이어지는 창문 속에 파란 전기 불꽃이 보였고, 그 안에 갇힌 자들의 절규가 들렸다. 롤랜드는 탑의 강대함과 그릇됨을 동시에 감지했다. 그는 느낄 수 있었다. 그 탑이 어떻게 세상 만물을 오류로 휘감는지를, 어떻게 여러 세계 사이의 벽을 물렁하게 만드는지를, 또 암이 육신을 쇠하게 하듯 많은 병폐가 이 세계의 진실성과 통일성을 약화시키는 동안에도 어떻게 탑의 사악한 잠재력만은 점점 더 강해지는지를. 툭 튀어나온 팔처럼 생긴 그 거무튀튀한 돌탑은 이 세계의 거대한 불가사의이자, 마지막으로 남은 무시무시한 수수께끼였다.

그것은 탑이었다. 하늘로 솟아난 암흑의 탑. 그리고 분홍빛 폭풍에 휘말려 탑을 향해 돌진하면서 롤랜드는 생각한다. 나는 네 안에 들어갈 거야. 카가 허락한다면, 친구들과 함께. 우리는 네 안에 들어가서 너의 그릇됨을 정복할 거야. 오랜 세월이 걸리겠지. 하지만 난 맹세한다. 새와 곰과 산토끼와 물고기 앞에, 그리고 내가 사랑하는 모든 것들 앞에……

그러나 그 순간, 하늘은 선더클랩에서 흘러나온 물결 같은 구름으로 가득 차고, 세상은 점점 어두워진다. 탑의 창문에서 뻗어나온 파란 빛이 미친 눈처럼 깜박이자 수많은 사람의 비명과 절규가 롤랜드의 귀에 들려온다.

"너는 사랑하는 이들을 모조리 죽일 것이다."

거북이가 말한다. 이제 모진 목소리로. 모질고 거친 목소리로.

"그래도 탑은 여전히 닫힌 채로 너에게 맞설 것이다."

총잡이는 가슴 가득 숨을 들이마시고 온 힘을 끌어모았다. 거북이를 향해 대답을 외쳤을 때, 그는 동시에 자신의 피에 깃든 모든 선조들을 위해 포효했다. "아니! 버티지 못할 것이다! 내가 육신을 걸치고 이곳을 찾을 때, 탑은 버티지 못할 것이다! 내 아버지의 이름을 걸고 맹세한다, 탑은 버티지 못할 것이다!"

"그럼 죽어라."

목소리가 말했고, 롤랜드는 거무튀튀한 탑의 옆구리를 향해 내동댕이쳐졌다. 바위에 부딪힌 벌레처럼 으깨지기 위해서. 그러나 그렇게 되기 전에……

6

롤랜드 곁에 서서 지켜보는 동안 커스버트와 알레인은 점점 더 불안해졌다. 멀린의 무지개를 얼굴 앞에 들고 있는 롤랜드의 모습은 마치 의식용 잔을 들고 건배를 하려는 사람 같았다. 주둥이에 끈이 달린 구슬 자루는 구겨진 채 흙투성이 장화의 앞코를 덮고 있었다. 두 소년 모두 친구의 양 볼과 이마를 물들인 분홍색 광채가 마음에 들지 않았다. 그 빛은 왠지 살아 있는 것만 같았다. 굶주린 것도 같았다.

두 소년은 마치 한 정신을 공유하는 양 똑같은 생각을 떠올렸다. *롤랜드의 눈이 안 보여. 눈이 대체 어디로 간 거지?*

"롤랜드." 커스버트가 재차 불렀다. "놈들이 알아차리기 전에 교수대 바위에 도착하려면 일어나야 돼. 그거 치우고."

롤랜드는 구슬을 치울 기색이 전혀 없었다. 대신 나지막이 뭐라고 중얼거렸다. 나중에, 커스버트와 알레인이 잠시 틈을 타 쪽지를 주고받았을 때, 둘은 그 말이 *선더클랩*이었다는 데에 동의했다.

"롤랜드?"

알레인이 한 걸음 다가서며 물었다. 환자의 몸에 수술 칼을 꽂는 의사처럼, 알레인은 둥그런 수정 구슬과 롤랜드의 넋 나간 얼굴 사이에 오른손을 밀어넣었다. 아무 반응도 없었다. 알레인은 물러나서 커스버트 쪽으로 돌아섰다.

"알레인, 너 혹시 애 의식을 들여다볼 수 있겠어?"

커스버트가 묻자 알레인이 고개를 저었다.

"틀렸어. 어디 먼 곳으로 가버린 것 같아."

"깨워야 돼."

커스버트의 목소리는 덤덤했지만 끄트머리가 살짝 흔들렸다.

"커스버트, 바네이 선생님이 그러셨잖아. 최면 상태에 깊이 빠진 사람을 급하게 깨웠다가는 미쳐버릴 수도 있다고. 기억 안 나? 혹시 잘못되기라도 하면……"

롤랜드가 움찔거렸다. 눈이 있던 자리의 분홍빛 구멍이 서서히 채워지기 시작했다. 입은 한일자로, 두 소년이 익히 아는 결의에 찬 표정으로 바뀌었다.

"아니! 버티지 못할 것이다!"

그 외침을 듣고 두 소년은 살갗에 오소소 소름이 돋았다. 롤랜드의 목소리가 결코 아니었다. 적어도 지금의 롤랜드는 아니었다. 그것은 어른의 목소리였다.

"아니." 나중에, 롤랜드가 잠든 후에 커스버트와 함께 모닥불 앞에 앉았을 때, 알레인이 말했다. "그건 왕의 목소리였어."

"내가 육신을 걸치고 이곳을 찾을 때, 탑은 버티지 못할 것이다! 내 아버지의 이름을 걸고 맹세한다, 탑은 버티지 못할 것이다!"

뒤이어 불길한 분홍색으로 물든 롤랜드의 얼굴이 마치 끔찍한 공포를 마주한 사람처럼 일그러지기 시작하자 커스버트와 알레인이 냉큼 달려들었다. 구하려다가 잘못되느냐 마느냐는 더 이상 문제가 아니었다. 어떻게든 하지 않으면 멍하니 지켜보는 사이에 수정 구슬이 친구를 죽일지도 몰랐다.

앞서 바케이 목장 입구에서 롤랜드를 쓰러뜨린 사람은 커스버트였다. 이번에는 알레인이 오른 주먹으로 총잡이의 이마 한복판을 쳐서 그 영예를 차지했다. 롤랜드는 뒤로 벌러덩 넘어졌고, 구슬이 그

의 손에서 빠져나오자 얼굴을 물들였던 기분 나쁜 분홍빛도 사라졌
다. 커스버트는 친구를, 알레인은 구슬을 잡았다. 탁한 분홍빛 광채
는 묘하게도 집요해서, 눈을 찌를 듯이 번쩍이며 의식을 잡아당겼
다. 그러나 알레인은 굳게 눈을 돌린 채 자루를 열고 구슬을 집어넣
었고…… 끈을 당겨 자루 주둥이를 여미는 동안 분홍빛 광채가 꺼
지는 것을 똑똑히 보았다. 구슬이 자신의 패배를 깨달은 듯했다. 적
어도 당장은.

뒤로 돌아선 알레인은 롤랜드의 눈썹 사이에 자리 잡은 멍을 보
고 움찔했다.

"커스버트, 혹시……?"

"기절했어."

"빨리 정신을 차려야 할 텐데."

그 말을 들은 커스버트가 굳은 표정으로 알레인을 돌아보았다.
평소의 장난기는 조금도 찾아볼 수 없었다.

"그래. 네 말대로야."

7

시미는 주방 쪽으로 이어진 층계참에 서서 안절부절못하며 소린
마님이 돌아오기를, 아니면 그를 불러주기를 기다렸다. 마님이 주방
에 들어가고 나서 얼마나 지났는지 정확히 알 수 없었지만, 느낌
상으로는 영겁의 시간이 흐른 것만 같았다. 시미는 마님이 돌아왔
으면 하고 바랐다. 그리고 그보다 더, 아니 무엇보다 간절히, 마님이

수전 아가씨를 데리고 왔으면 했다. 이곳이, 이날이, 시미는 너무나 불쾌했다. 기분이 꼭 서쪽에서 피어오른 연기로 뒤덮인 이날 하늘처럼 어두웠다. 서쪽에서 무슨 일이 벌어지는지, 그 일이 앞서 들려온 천둥 같은 소리와 무슨 상관이 있는지 시미는 알 수 없었다. 그러나 이곳에서 나가고 싶은 마음은 굴뚝같았다. 연기에 가려진 해가 저물고 달이, 낮에 뜬 희미한 유령 같은 달이 아니라 진짜 악마의 달이, 하늘에 나타나기 전에.

복도와 주방을 나누는 여닫이문 한 짝이 열리고, 올리브 소린이 허둥지둥 복도로 나왔다. 혼자였다.

"그래, 식료품 창고에 갇혀 있어." 올리브는 반백이 된 머리를 손으로 빗어넘기며 중얼거렸다. "경비 둘한테서 캐낸 정보는 그게 다야. 그 얼간이들이 혀 꼬부라진 소리를 시작할 때 그럴 줄 알았어."

메지스의 무지렁이들이 쓰는 사투리를 정확히 가리키는 말은 존재하지 않았지만, 자치령 귀족들 사이에서는 '혀 꼬부라진 소리'라고 하면 다들 알아들었다. 올리브는 한때 드롭 평원에서 승마를 즐기며 카우보이들과 한담을 나누던 사람답게 경비를 서던 두 카우보이를 모두 알고 있었고, 그 늙다리들이 똘똘하게 이야기할 수 있다는 것도 알고 있었다. 그들은 올리브의 이야기를 못 알아들은 척하려고, 또 대놓고 거절하는 무례를 피하려고 일부러 혀 꼬부라진 소리를 했던 것이다. 올리브는 같은 이유로 그들에게 장단을 맞추어주었다. 물론 입이 걸기로 따지면 그들 못지않았기에 마음만 먹으면 들어본 적도 없는 쌍욕을 퍼부을 수도 있었지만.

"위층에서 인기척이 들린다고 했어. 누가 은 식기를 훔치러 온 것 같다고 말이야. 가서 누군지 알아보라고 했는데도 못 알아들은 척을 하지 뭐야. 젠장, 제기랄!"

시미는 개자식들이라고 맞장구를 치려다가 그냥 잠자코 있기로 했다. 올리브는 복도를 왔다 갔다 하다가 닫힌 주방 쪽 문을 이따금 씩 흘겨보았다. 그러다 마침내 시미 앞에서 걸음을 멈추었다.

"너, 주머니를 뒤집어보렴. 혹시 쓸 만한 게 있는지 보자."

시미는 그 말대로 했다. 한쪽에서는 조그만 주머니칼 한 개(스탠리 루이즈가 준 선물), 그리고 반쯤 먹은 과자 한 조각이 나왔다. 반대 쪽에서는 가느다란 폭죽 세 개와 큰 폭죽 한 개, 성냥 몇 개비가 나 왔다.

그것을 본 올리브의 눈이 반짝였다.

"시미, 내 말 잘 들어."

8

커스버트가 롤랜드의 뺨을 두드렸지만 소용이 없었다. 알레인은 그를 옆으로 밀어내고 무릎을 꿇은 다음, 총잡이의 두 손을 잡았다. 예지력을 이런 식으로 사용한 적은 한 번도 없었지만, 가능하다는 말은 들은 적이 있었다. 경우에 따라서는 다른 사람의 마음을 읽을 수도 있다는 것이었다.

롤랜드! 일어나, 롤랜드! 우린 네가 없으면 안 돼!

처음에는 아무 반응도 없었다. 그러다가 롤랜드가 뒤척이며 뭐라 고 중얼거리더니, 알레인에게 잡힌 손을 빼냈다. 그러다 눈을 뜨기 직전, 두 소년 모두 공포에 사로잡혔다. 롤랜드의 눈이 사라지고 그

자리에 분홍색 광채만 이글거릴지도 모른다는 두려움이었다.

그러나 롤랜드의 눈은 무사했다. 총잡이의 시퍼런 눈이었다.

롤랜드는 일어서려다가 고꾸라지고 말았다. 그러고는 두 손을 뻗었다. 한 손은 커스버트가, 다른 손은 알레인이 잡아주었다. 그를 일으켜세우면서 커스버트는 소름 끼치는 것을 목격했다. 롤랜드의 머리에 하얀 머리카락이 섞여 있었다. 그날 아침까지만 해도 없던 것이었다. 그러나 이날 아침은 이미 까마득한 옛날이었다.

"내가 얼마나 기절해 있었지?"

롤랜드는 이마 한가운데의 멍을 손끝으로 어루만지다가 움찔했다. 그 모습을 지켜보며 알레인이 대답했다.

"그렇게 오래되진 않았어. 한 5분? 때려서 미안, 그치만 어쩔 수 없었어. 수정 구슬이…… 널 죽일 것 같았거든."

"그랬을지도. 구슬은, 무사해?"

알레인은 말없이 자루를 가리켰다.

"좋아. 일단 너희 둘 중에 누가 들고 가는 게 좋겠어. 난……."

롤랜드는 적당한 말을 찾아 골똘히 생각했다. 그러다 마침내 찾았을 때, 그의 입가에 싸늘한 미소가 떠올랐다.

"난 이 구슬에 홀렸으니까. 자, 교수대 바위로 출발하자. 가서 끝내야 할 일이 있어."

"저기, 롤랜드……."

커스버트가 입을 열었다. 롤랜드는 안장머리에 한 손을 짚은 채 그쪽을 향해 돌아섰다. 커스버트는 조바심이 난 듯 입술을 핥았고, 알레인은 잠시 그가 차마 묻지 못할 거라고 생각했다. *네가 못하면 내가 할게.* 그렇게 생각했지만…… 커스버트는 가까스로 입을 열고 조급하게 물었다.

"너, 뭘 본 거야?"

"많은 것들을 봤어. 아주 많이. 하지만 벌써 기억이 희미해지고 있어. 꿈에서 깨어났을 때처럼. 기억나는 것들은 가면서 이야기해줄 게. 너희도 알아야 해, 왜냐면 모든 게 변할 테니까. 우린 길르앗으로 돌아갈 거야. 오래 머물진 않겠지만."

"그다음엔 뭘 할 건데?" 알레인이 말에 오르며 물었다.

"서쪽으로 갈 거야. 암흑의 탑을 찾으러. 물론 오늘 안 죽고 살아남았을 때의 얘기지만. 자, 가자. 기름 탱크를 처리해야지."

9

위층에서 요란한 소리가 들려왔을 때, 두 경비는 담배를 마는 중이었다. 둘이 한꺼번에 벌떡 일어서자 말고 있던 담배가 조그마한 갈색 눈보라처럼 바닥으로 흩날렸다. 여자의 비명소리가 들려왔다. 주방 문이 벌컥 열렸다. 죽은 장관의 부인이 이번에는 하녀를 데리고 다시 나타났다. 하녀는 경비들도 잘 아는 여자였다. 마리아 토머스, 피아노 목장에서 일하는 늙은 농부의 딸이었다.

"도둑놈들이 불을 질렀어요!" 마리아가 외쳤다. "도와주세요, 빨리요!"

"마리아, 우린 여길 지키라는 명령을……"

"창고에 갇힌 여자애 한 명이 그렇게 무서워요?" 마리아가 눈을 부라리며 악을 썼다. "빨리 와요, 이 멍청한 양반들아! 이러다 다 타

버리면 어떡해요! 나중에 렝길 나리한테 뭐라고 할 거예요, 관저가
홀라당 타는데 여기 앉아서 손가락으로 궁둥이나 긁고 있었다고 할
래요?"

"서둘러!" 올리브가 야단을 쳤다. "뭐가 그리 무서워?"

위층의 널따란 응접실에서 펑 소리가 연이어 들려왔다. 시미가
터뜨린 폭죽 소리였다. 시미는 불붙은 성냥을 그대로 들고 다음 커
튼으로 옮겨갔다.

두 경비는 서로 눈짓을 주고받았다.

"안 되겠어."

둘 중에 나이가 더 많은 쪽이 중얼거리더니 마리아를 돌아보았
다. 이제 혀 꼬부라진 소리는 들리지 않았다.

"마리아, 여기 좀 부탁할게."

"매의 눈으로 지키고 있을게요."

두 노인은 허둥지둥 자리를 떴다. 한 명은 팔맷돌의 줄을 움켜쥐
었고, 한 명은 허리에 꽂힌 칼집에서 기다란 칼을 뽑아들었다.

그들이 복도 끝에 있는 층계를 내려가는 소리가 들리기가 무섭게
올리브가 마리아를 보며 고개를 끄덕였고, 두 여인은 함께 주방을
가로질러 달렸다. 마리아가 창고 자물쇠를 열었다. 올리브는 문을
잡고 서 있었다. 수전이 대번에 뛰어나와 이쪽저쪽을 살피다가 어색
하게 웃었다. 마리아는 모시던 아가씨의 멍든 얼굴을, 또 코 아래에
말라붙은 핏자국을 보고 숨이 턱 막혔다.

수전은 마리아가 얼굴을 건드리기 전에 그녀의 손을 잡고 부드럽
게 쥐었다.

"네가 보기엔 어때? 이래도 소린이 나를 원할까?"

수전이 마리아에게 물었다. 그녀가 자신을 구하러 온 또 다른 여인의 존재를 알아차린 것은 그다음의 일이었다.

"올리브 마님…… 죄송해요, 모진 소리를 할 생각은 없었는데. 하지만 믿어주세요, 롤랜드는 죄가 없어요. 월 디어본 말이에요, 진짜 이름이 롤랜드예요. 그 사람은 절대로……"

"그래, 나도 알아. 지금은 이럴 때가 아니야. 어서 가자."

올리브와 마리아는 수전을 데리고 주방을 나선 다음, 관저로 이어진 층계를 피해 1층 북쪽 끝자락의 창고로 향했다. 건조식품을 보관하는 창고 앞에 도착해서 올리브는 두 사람에게 기다리라고 말했다. 그녀가 자리를 비운 시간은 5분 정도였지만, 수전과 마리아에게는 영원처럼 긴 시간이었다.

다시 나타났을 때, 올리브는 어울리지 않게 커다랗고 화려한 어깨담요를 걸치고 있었다. 어쩌면 남편의 것일 수도 있었지만 수전이 보기에는 죽은 행정장관이 입기에도 너무 커다랬다. 올리브는 담요가 발에 걸리지 않도록 한쪽 끝을 청바지 허리춤에 쑤셔넣고 있었다. 팔에도 어깨 담요 두 장이 걸려 있었는데 둘 다 더 작고 색도 수수했다.

"자, 이걸 걸치도록 해. 바깥은 추울 거야."

건조식품 창고를 떠난 세 사람은 좁은 하인용 통로를 따라 뒷마당으로 향했다. 일이 잘 풀렸다면(그리고 미겔이 아직 정신을 못 차렸다면) 시미가 그곳에서 말을 데리고 기다릴 터였다. 올리브는 그렇게 되기를 간절히 바랐다. 부디 해가 지기 전에 수전을 데리고 햄브리에서 빠져나가고 싶었다.

달이 떠오르기 전에.

"수전이 잡혀 있어. 구슬 속에서 맨 먼저 본 게 바로 그거야."

교수대 바위를 향해 말을 달리는 동안 롤랜드는 친구들에게 이렇게 말했다. 그 목소리가 어찌나 태연했던지, 커스버트는 하마터면 고삐를 당겨 말을 세울 뻔했다. 근 몇 달 동안 사랑에 들떠 살았던 연인의 말투가 아니었다. 롤랜드는 마치 수정 구슬의 분홍빛 공기 속에서 꿈을 찾아낸 듯했고, 지금도 정신의 일부는 꿈속에 있는 듯했다. *어쩌면 그 꿈이 롤랜드를 지배하는 건 아닐까?* 커스버트는 알 수가 없었다.

"뭐?" 알레인이 물었다. "수전이 잡혔다고? 어쩌다가? 누구한테? 괜찮은 거야?"

"조너스한테 붙잡혔어. 조금 얻어맞긴 했지만, 많이 다치진 않았어. 곧 나을 거야…… 그리고 살아남을 거야. 수전의 목숨이 정말로 위험해 보였다면, 난 당장 돌아서서 구하러 달려갔을 거야."

그들 앞쪽 멀리, 흙먼지 속에서 신기루처럼 나타났다 사라졌다 하는 것은, 바로 교수대 바위였다. 커스버트의 눈에는 기름 탱크의 표면에 반사되어 불가사리 모양으로 번쩍이는 햇빛이, 그리고 사내들의 모습이 보였다. 여러 명이었다. 말도 여러 마리가 있었다. 커스버트는 자신이 탄 말의 목을 두드려준 다음, 눈을 돌려 알레인이 렝길의 기관총을 메고 있는지 확인했다. 알레인은 기관총을 단단히 메고 있었다. 그런 다음 허리로 손을 뻗어 새총이 제자리에 있는지 확인했다. 분명히 있었다. 그리고 사슴가죽으로 만든 총알 자루도. 그 안에는 이제 쇠구슬뿐 아니라 시미가 훔쳐온 대형 폭죽도 함께 들어 있었다.

　어쨌거나 롤랜드도 돌아가지 않으려고 안간힘을 쓰는구나. 커스버트는 속으로 생각했다. 그 생각에 마음이 편해졌다. 롤랜드는 가끔씩 그를 겁먹게 했다. 롤랜드에게는 강철 같은 배짱을 넘어선 어떤 것이 있었다. 광기와 비슷한 어떤 것이. 그런 것을 지닌 사람이 같은 편이라면 기쁜 일이지만…… 그보다는, 아예 그런 것이 없었더라면 하는 생각이 더 자주 들었다. 어느 편이든 간에.

　"수전은 지금 어디 있어?" 알레인이 물었다.

　"레이놀즈가 시프론트 관저로 데려갔어. 식료품 창고에 갇혀있는데…… 지금은 거기 없을 수도 있어. 나도 잘은 몰라. 왜냐면……." 롤랜드는 말을 멈추고 곰곰이 생각했다. "수정 구슬은 멀리까지 볼 수 있지만, 가끔은 그보다 더 깊이 보기도 해. 가끔은 이미 일어난 미래까지 볼 수 있어."

　"이미 일어난 미래라니, 그게 가능해?"

　"나도 잘 몰라. 또 항상 그러는 것도 아닌 것 같아. 내 생각에 이 물건은 멀린의 무지개보다 오히려 이 세상하고 더 깊은 관계가 있는 것 같아. 지금은 시간이 이상하게 흐르니까. 그건 우리도 알잖아, 안 그래? 이따금씩 모든 게…… 어긋나는 느낌 말이야. 지금은 온 사방에 희박지대가 생겨서 만물을 무너뜨리는 것 같아. 그래도 수전은 무사해. 지금 나한테 제일 중요한 건 바로 그거야. 시미가 수전을 도와줄 거야…… 어쩌면 벌써 돕는 중인지도. 잘은 모르지만, 조너스가 시미를 놓쳤어. 그래서 시미가 수전의 뒤를 따라간 거야."

　"잘했어, 시미! 만세!" 알레인이 주먹으로 허공을 치며 외쳤다. "우리는? 혹시 우리 미래도 봤어?"

"아니. 우리 쪽은 너무 빨리 흘러갔어. 수정 구슬이 날 데려가기 전에 얼핏 본 게 다야. 꼭 구슬을 따라 날아가는 것 같았어. 하지만…… 지평선에 피어오른 연기는 봤어. 그건 기억나. 아마 불타는 기름 탱크의 연기였을 거야. 아니면 우리가 아이볼트 골짜기 앞에 쌓아둔 덤불의 연기였든가. 어쩌면 둘 다일지도. 내가 보기엔 우리 작전이 성공할 것 같아."

커스버트는 넋이 나간 듯 기묘한 표정으로 오랜 친구를 바라보았다. 눈앞의 소년은 사랑에 눈이 먼 연인이었다. 그래서 커스버트는 임무를 일깨워주려고 그를 흙바닥에 때려눕혀야 했는데…… 그 소년은 도대체 어디로 간 걸까? 무엇이 그 소년을 이렇게 바꾸어놓았을까? 소년의 머리에 불길한 흰머리를 심어놓은 것은 무엇일까?

"눈앞의 일을 끝마치고 살아남으면, 수전을 만날 수 있을 거야. 안 그래, 롤랜드?"

커스버트는 총잡이를 가만히 응시하며 이렇게 물었다. 총잡이의 고통에 찬 얼굴을 보며, 그는 깨달았다. 사랑에 눈 먼 소년이 다시 돌아와 있었다. 그러나 수정 구슬은 소년에게서 기쁨을 앗아가고 슬픔을 남겨놓았다. 슬픔과 새로운 목표를. 커스버트는 그것을 알아볼 수 있었다. 다만 롤랜드가 아직 말하지 않았을 뿐이었다.

"글쎄. 차라리 안 만나는 게 좋겠단 생각도 들어. 왜냐면, 이제 우린 예전하고는 다르니까."

"*뭐가 어째?*"

커스버트가 이번에는 정말로 고삐를 당겨 멈춰섰다. 그를 보는 롤랜드의 표정은 담담했지만, 두 눈에는 눈물이 그렁거렸다.

"우리는 *카*에 농락당하는 신세야. 그리고 수전은 *카*가 바람 같은 거라고 했어." 롤랜드는 먼저 왼쪽에 있는 커스버트를, 다음으로 오른쪽에 있는 알레인을 돌아보며 말을 이었다. "그 탑이 바로 우리의 *카*야. 그중에서도 나의 *카*라고 할 수 있지. 하지만 수전의 *카*는 아니야, 또 수전도 나의 *카*가 아니고. 이제는 존 파슨도 우리의 *카*가 아니야. 우린 파슨을 무찌르려고 놈의 부하들에게 진격하는 게 아니야, 놈들이 우리 앞길을 막고 있기 때문에 쓰러뜨리는 것뿐이야."

롤랜드는 두 손을 치켜들었다가 다시 내렸다. 그 몸짓은 마치 이렇게 말하는 듯했다. *무슨 이야기가 더 듣고 싶은 거야?*

"탑 같은 건 없어, 롤랜드." 커스버트가 화를 꾹 참는 목소리로 말했다. "네가 수정 구슬 안에서 뭘 봤는지는 모르겠지만, 탑 같은 건 없어. 그건 그냥 상징이야. 아서 왕의 잔이나 사람의 아들 예수의 십자가 같은 거라고. 진짜가 아니야. 진짜 건물이 아니란……"

"아니. 진짜야."

두 소년은 못 믿겠다는 눈빛으로 롤랜드를 바라보았지만, 그의 표정에 망설이는 기색은 조금도 없었다.

"탑은 진짜야. 우리 아버지들도 알고 있어. 저 어두운 대지 너머에…… 그곳의 이름이 뭔지는 잊어버렸어. 기억이 안 나. 아무튼 그 땅 너머에, 최종계가 있어. 최종계가 바로 암흑의 탑이 서 있는 곳이야. 우리 아버지들은 그 탑의 존재를 철저히 비밀에 부쳤어. 그래서 세상이 무너져가는 그 오랜 세월 동안 *카텟*으로 남을 수 있었던 거야. 길르앗에 돌아가면…… 돌아갈 수 있을 거야, 아마도. 그때 난 아버지한테 내가 본 걸 말씀드릴 거야. 그럼 내 말을 믿어주시겠지."

"수정 구슬 안에서 그걸 다 봤단 말이야?"

알레인이 감탄하는 목소리로 나지막이 물었다.

"그래. 봤어."

"하지만 수전 델가도는 못 봤단 말이지."

"맞아, 커스버트. 우리가 적들을 해치우고 수전과 함께 메지스를 떠나면, 우리 카텟에서 수전이 맡은 역할은 그걸로 끝이야. 구슬 안에서 난 선택해야 했어. 한쪽에는 수전이, 그리고 수전의 남편이자 그 애 뱃속에 있는 아기의 아버지로 살아가는 내가 있었어. 그리고 다른 한쪽에는…… 탑이 있었어." 롤랜드는 떨리는 손으로 얼굴을 쓸어내렸다. "당연히 수전을 택하려고 했지만, 그때 난 보고 말았어. 탑이 무너져 내리는 걸. 탑이 무너지면, 우리가 아는 세상도 함께 무너져. 우리가 상상도 못할 혼돈이 펼쳐질 거야. 우린 가야 해…… *반드시 갈 거야.*"

주름 한 줄 없이 팽팽한 뺨 위에, 마찬가지로 어리디어린 이마 아래에, 늙은 살인자의 눈이 번득이고 있었다. 에디 딘이 비행기 화장실 거울에서 처음으로 마주하게 될 바로 그 눈이었다. 하지만 지금 그 눈에는 어린아이의 눈물이 가득했다.

그러나 목소리에는 아이 같은 구석이 전혀 없었다.

"난 탑을 택했어. 그럴 수밖에 없었어. 수전은 다른 사람이랑 오랫동안 행복하게 살면 돼. 아마 그렇게 될 거야. 시간이 흐르면. 그리고 나한테는, 탑만 있으면 돼."

11

수전은 파일런에 올라탔다. 시미가 위층 응접실에 불을 지르고 나서 황급히 뒷마당으로 말을 끌고 온 덕분이었다. 올리브 소린은 자치령의 관용 말에 올라탄 다음, 카프리초소의 고삐를 쥔 시미를 뒤에 태웠다. 마리아가 관저 뒷문을 열고 행운을 빌어주었고, 세 사람은 말을 몰고 출발했다. 해는 이미 서쪽으로 기울었지만 앞서 피어오른 연기는 바람에 날려 거의 사라진 후였다. 사막에서 무슨 일이 벌어졌든 간에 이제 다 끝났거나…… 아니면 같은 시간대의 다른 차원에서 벌어지는 중일 듯싶었다.

롤랜드, 무사해야 해. 수전은 속으로 중얼거렸다. *곧 만나러 갈게…… 있는 힘껏 서두를게.*

"왜 북쪽으로 가는 거죠?"

소리 없이 30분 가까이 말을 달린 후에 수전이 물었다.

"해안도로가 제일 안전하니까."

"하지만……."

"쉿! 우리가 없어진 걸 알아차리면 사람들은 맨 먼저 아가씨네 집으로 갈 거야. 그 집이 아직 불타지 않았다면 말이야. 거기서 못 찾으면 그다음은 위대한 길을 따라 서쪽으로 갈 테고."

올리브는 이렇게 말하며 수전을 바라보았다. 그 눈은 햄브리 사람들이 아는 살짝 맹하고 소극적인 올리브 소린의 눈이 아니었다. 아니, 어쩌면 사람들이 잘못 안 것일 수도 있었다.

"아가씨가 가려고 하는 방향을 내가 안다면, 그건 다른 사람들도 안다는 뜻이야. 그러니까 그쪽은 피하는 게 현명해."

수전은 말이 없었다. 너무 경황이 없어서 말이 나오지 않았다. 그러나 올리브는 자기가 해야 할 일을 아는 듯했고, 수전은 그런 그녀에게 고마움을 느꼈다.

"사람들이 서쪽으로 향할 때쯤엔 이미 날이 캄캄할 거야. 오늘밤은 여기서 10킬로미터쯤 떨어진 해안 절벽에 있는 동굴에서 보내야 해. 그쪽 동굴은 내가 손바닥처럼 알고 있어. 우리 아버지가 어부였거든." 올리브는 어릴 적에 놀던 동굴을 떠올리고 기운이 솟은 듯했다. "내일 서쪽으로 출발하면 돼. 아가씨가 바라는 대로. 당분간은 이 뚱뚱한 과부랑 같이 가야 할 거야. 그러니까 불편해도 좀 참아."

"그렇게까지 안 하셔도 돼요, 마님. 그냥 저희 둘만 갈게요."

"나보고 돌아가라는 거야? 아가씨도 봤잖아, 주방에서 경비를 서던 늙다리들도 내 명령을 안 듣는 걸. 지금은 프랜시스 렝길이 대장 행세를 하는데, 난 그 꼴을 보고 싶은 마음이 요만큼도 없어. 그 인간이 날 미친 사람으로 몰아서 철창이 쳐진 방에 가둘 때까지 기다릴 생각도 없고. 그도 아니면 해시 렌프루가 행정장관이 돼서 관저 식탁에 발을 올려놓는 꼴이라도 보라는 거야?"

올리브는 이렇게 말하고 나서 깔깔 웃었다.

"죄송해요, 마님."

"사과는 나중에 해도 돼." 올리브의 목소리에는 기운이 흘러넘쳤다. "지금은 안 들키고 동굴까지 가는 게 제일 중요해. 감쪽같이 사라져야 한다, 이 말이지. 잠깐만."

올리브는 자기가 탄 말을 이리저리 살펴본 다음, 등자에 발을 딛고 일어서서 주변을 살폈다. 그러다가 고개를 끄덕이고는 안장에 앉아 뒤에 앉은 시미를 향해 몸을 틀었다.

"이봐, 젊은이. 이제 자넨 저 충직한 노새를 타고 관저로 돌아가야 해. 혹시 우릴 쫓아오는 패거리가 보이면 잘 구슬려서 다른 쪽으로 보내도록 해. 할 수 있겠지?"

시미는 놀라서 멍해진 표정이었다.

"잘 구슬리다뇨, 전 못해요, 소린 마님. 어림도 없어요. 저한테 그런 말솜씨는 없어요."

"괜찮아." 올리브는 이렇게 말하고 시미의 이마에 입을 맞추었다. "어서 돌아가. 해가 산 너머로 사라질 때까지 쫓아오는 사람이 안 보이면, 다시 북쪽으로 돌아오면 돼. 우린 이정표 옆에서 기다리고 있을게. 어디 있는 건지 알지?"

시미는 알 것도 같았다. 그의 머릿속에 펼쳐진 조그만 지도에서 북쪽 끄트머리에 표시된 곳이었다.

"빨간 이정표 말씀이죠? 위에 모자가 씌워져 있고, 화살표가 마을 쪽을 가리키는 거요."

"바로 그거야. 캄캄해진 후에는 가기 힘든 곳이지만, 오늘밤엔 달이 환할 거야. 당장 못 온다고 해도 기다리고 있을게. 그러니까 지금은 가야 해, 가서 우리 뒤를 쫓는 사람이 있거든 다른 데로 보내. 무슨 말인지 알지?"

시미는 알고 있었다. 그래서 올리브의 말에서 내려 카프리초소를 돌려세우고 그 등에 올라탔다. 노새한테 물린 엉덩이가 안장에 닿자 시미가 움찔거렸다.

"말씀대로 할게요, 올리브 마님."

"그래, 착하구나, 시미. 자, 이제 출발하렴."

"저기, 시미. 잠깐 이리 와봐. 어서."

시미는 수전의 말대로 했다. 그쪽으로 간 다음 모자를 벗어 가슴 앞에 들고서, 숭배하듯 수전을 우러러보았다. 수전은 몸을 숙이고 시미의 이마가 아니라 입술에 지그시 입을 맞추었다. 시미는 금방이 라도 기절할 것만 같았다.

"고마워, 시미. 다 네 덕분이야."

시미는 고개를 끄덕였다. 입을 열었을 때, 간신히 흘러나온 목소 리는 속삭임에 지나지 않았다.

"그냥, 카일 뿐이에요. 전 알아요. 알지만…… 수전 아가씨, 그래 도 전 아가씨가 좋아요. 그럼, 안녕히 가세요. 금방 돌아올게요."

"그래, 기다릴게."

그러나 그들에게는 금방도, 나중도 없었다. 시미는 노새를 타고 남쪽으로 향하다가 딱 한 번 돌아보고 손을 흔들었다. 수전도 손을 들어 화답했다. 그것이 시미가 본 수전의 마지막 모습이었다. 그리 고 그것은 축복이었다. 여러 가지 의미에서.

12

라티고는 교수대 바위에서 1.5킬로미터 떨어진 곳에 보초를 배치 했다. 그러나 롤랜드와 커스버트, 알레인이 기름 탱크를 향해 접근 하다가 만난 그 금발 청년은 당황해서 어쩔 줄을 몰랐고, 조금도 위 험해 보이지 않았다. 청년은 입과 코 주변이 헐어 있었는데 이는 곧 파슨이 파견한 부대가 급히 이동하는 바람에 신선한 채소를 제대로 챙겨먹지 못했다는 증거였다.

커스버트가 의인 부대 특유의 경례를 하자(왼손을 위로 하여 가슴 앞에 두 팔을 교차한 다음, 상대방에게 양손을 내보이는 인사법이었다.) 금발의 보초는 똑같이 경례를 하고 반갑게 웃었다.

"그쪽은 왜 그렇게 시끄러운 거야, 무슨 난리라도 났어?"

청년은 억센 내륙 자치령 사투리로 말했다. 롤랜드가 듣기에는 노르드 지방 사람 같았다.

"애송이 셋이 벌레 몇 마리를 해치우고 산 쪽으로 달아났지 뭐야."

커스버트가 대답했다. 그는 금발 청년의 목소리를 오싹할 정도로 똑같이 흉내 냈고, 사투리 또한 조금도 어색하지 않았다.

"거하게 한판 벌인 거지. 지금은 끝났을 텐데, 여간 무서운 놈들이 아니야."

"도대체 어떤 놈들이……"

"시간이 없어. 우린 명령을 전하러 가는 길이야." 롤랜드가 급히 끼어들더니 양손을 가슴 앞에 교차시키고 손바닥을 뒤집었다. "하일! 파슨!"

"의인 만세!"

청년도 재빨리 대답했다. 웃음 띤 얼굴로 경례하는 모습을 보니 시간만 있었어도 커스버트에게 어디 출신인지, 친척 중에 아는 사람이 있는지 묻고 싶은 눈치였다. 이내 소년들은 보초를 통과하여 라티고의 진영에 들어섰다. 그야말로 식은 죽 먹기였다.

"명심해, 치고 빠지는 작전이야. 무슨 일이 있어도 속도를 늦춰선 안 돼. 못 맞힌 놈들은 그냥 두고 가. 다시 돌아오면 절대 안 돼."

"어휴, 그런 걱정은 아예 하지도 마."

커스버트는 롤랜드의 말에 이렇게 대꾸하며 빙긋 웃었다. 그는 먼저 서툴게 만든 총집에서 새총을 꺼내어 엄지로 고무줄을 퉁겨 제대로 작동하는지 시험했다. 뒤이어 엄지에 침을 바르더니 바람이 부는 허공으로 손을 쳐들었다. 이대로 나아가면 별 문제가 없을 듯싶었다. 바람이 거셌지만 다행히 일행의 등 뒤에서 불어왔다.

알레인은 렝길의 기관총을 풀어서 미심쩍은 듯이 살펴보다가 총 옆에 달린 장전손잡이를 당겼다.

"난 잘 모르겠어, 롤랜드. 총알도 장전됐고, 어떻게 쏘는지도 알 것 같아. 하지만……."

"그럼 쏴."

롤랜드가 말했다. 세 소년은 한층 더 속도를 높였다. 단단한 흙바닥을 때리는 말발굽 소리가 꼭 북소리 같았다. 바람이 거세게 불어 어깨 담요의 배 부분이 불룩해졌다.

"그 총은 바로 지금 같은 상황에서 쓰라고 만든 거야. 총알이 걸리면 버리고 네 리볼버를 쓰도록 해. 어때, 준비됐어?"

"됐어, 롤랜드."

"커스버트, 너는?"

"아, 그럼." 커스버트는 잔뜩 과장된 햄브리 억양으로 대답했다. "됐지, 됐고말고."

그들 앞에 기름 탱크 앞뒤로 오가며 흙먼지를 피워올리는 적의 기병대가 보였다. 이제 출발할 태세를 갖추는 중이었다. 보병들은 자기 쪽으로 다가오는 세 소년을 그저 신기한 듯 바라볼 뿐, 경계하는 기색은 조금도 없었다.

롤랜드가 양손에 리볼버를 뽑아들고 외쳤다.

"길르앗! 하일! 길르앗!"

그는 러셔의 옆구리를 박차로 차서 더욱 속도를 높였다. 두 친구도 그를 따라했다. 이제 커스버트가 다시 중간에서 달렸다. 그는 고삐를 안장에 깔고 앉은 채 손에는 새총을 들고 있었고, 꼭 다문 입술에는 황린 성냥을 물고 있었다.

총잡이들은 교수대 바위를 향해 맹렬히 돌격했다.

13

시미를 남쪽으로 떠나보내고 나서 20분 후, 급커브를 돈 수전과 올리브 소린은 길 위에 서 있는 말 탄 남자 세 명과 맞닥뜨렸다. 늦은 오후의 석양 속에서도 수전은 가운데 있는 남자의 손등에 새겨진 파란색 관 문신을 알아보았다. 클레이 레이놀즈였다. 수전은 가슴이 철렁 내려앉았다.

레이놀즈 왼편에 있는 남자는 얼룩이 진 흰색 카우보이모자를 쓰고 있었고, 사팔뜨기였다. 그는 수전이 모르는 사람이었지만, 오른편에 있는 냉정한 목사처럼 보이는 남자는 라슬로 라이머였다. 레이놀즈가 수전을 향해 빙긋 웃고 나서 힐끔 쳐다본 쪽도 바로 라슬로였다.

"이거 참, 라슬로하고 나는 아직 추모의 술잔도 못 기울였어. '내 멋대로 장관님'하고 '고맙기 그지없는 재무 집행관님'을 추모하는 술잔 말이야. 마을에 발을 딛기도 전에 그만 설득당해서 이리로 왔거든. 난 정말 오기 싫었는데…… 젠장! 그 할망구, 정말이지 물건이

더군. 상스러운 말을 해서 미안하지만 그 할망구는 아마 죽은 사람
도 꼬드겨서 떡을 칠 거야. 그리고 델가도 아가씨, 아가씨 고모님께
선 지금쯤 제정신이 아닐 거야. 아주 그냥……"

"당신 친구들은 죽었어."

수전이 말했다. 레이놀즈는 잠시 입을 다물었다가 알 바 아니라
는 듯이 어깨를 으쓱했다.

"글쎄. 그럴 수도 있고, 안 그럴 수도 있지. 나로 말할 것 같으면,
그 친구들이 죽었든 살았든 혼자서 떠나기로 마음을 먹었거든. 그래
도 하룻밤 정도는 더 머물 생각이 있어. 마침 수확제도 열렸고……
외곽 자치령 사람들이 수확제를 즐기는 방법에 대해선 신물 나게
들었거든. 특히 장작불에 관한 소문을."

사팔뜨기 사내가 가래 끓는 소리를 내며 웃었다.

"우릴 보내줘. 이 아가씬 아무 잘못도 없어. 나도 그렇고."

"그 계집앤 디어본이 탈출하도록 도왔어." 올리브의 말에 라이머
가 대꾸했다. "당신 남편과 내 동생을 죽인 범인 말이야. 잘못이 없
다고 할 순 없지."

"어쩌면 킴버 라이머도 저세상에선 신들의 환대를 받을지도 몰
라. 하지만 사실 그 인간은 이 자치령의 금고 절반을 털었어. 그리고
존 파슨에게 바치고 남은 건 자기 주머니에 집어넣었고."

라이머는 그 말을 듣고 뺨이라도 맞은 듯이 움찔했다.

"내가 모를 줄 알았어? 라슬로, 난 당신 패거리가 날 무시했다고
화를 낼 수도 있어. 하지만…… 당신들 따위가 무슨 생각을 하든 그
게 뭐가 중요하겠어? 구역질이 날 정도로 속속들이 알지만, 그냥 넘
어갈게. 내가 아는 건 그게 다가 아니야. 어쩌면 당신 옆에 있는 저

남자가……"

"닥쳐." 라이머가 중얼거렸다.

"……당신 동생의 시커먼 심장을 난도질한 범인인지도 몰라. 내가 듣기론 그날 아침 일찍 관저에서 레이놀즈를 본 사람이 있다고 하던데……"

"*닥쳐, 이 망할 년아!*"

"……난 그 사람 말을 믿어."

"이 친구 말대로 입 다무는 게 좋을 겁니다, 소린 마님."

레이놀즈가 말했다. 이제 평소와 달리 장난기가 덜한 표정이었다. 수전은 가만히 생각했다. *자기가 한 짓을 남들한테 들키기 싫어서 그러는 거야. 자기가 유리한 위치에 있을 때조차도, 그래서 들켜도 아무렇지 않을 때조차도. 저 인간은 조너스가 없으면 안 돼. 아무것도 못해. 그리고 자기도 그걸 알아.*

"그냥 가게 해줘."

"안 됩니다, 마님. 그럴 순 없어요."

"그래? 그럼 내가 좀 도와줄까?"

올리브는 대화를 나누는 동안 내내 터무니없이 커다란 어깨담요 속에 손을 감추고 있었다. 그러다가 마침내 꺼낸 그 손에 거대한 구식 권총이 쥐어져 있었다. 권총의 손잡이는 싯누런 상아였고, 탁한 은빛 총신에는 선 무늬가 새겨져 있었다. 총신 위에는 구리로 만든 화약접시와 격철이 붙어 있었다.

올리브에게는 그 총을 뽑을 자격조차 없었다. 나오다가 어깨 담요에 걸린 총을 뽑느라 버둥거려야 할 정도였다. 격철을 젖히는 일역시 마찬가지여서 양손 엄지로, 그것도 두 번이나 시도해야 했다.

그럼에도 세 남자는 올리브가 쥔 고물 총을 보고 놀라서 얼어붙고 말았다. 레이놀즈마저도 안장에 앉아 입을 헤 벌린 채 꼼짝도 하지 않았다. 조너스가 봤더라면 눈물을 흘릴 광경이었다.

"*저년을 쏴!*" 길을 막고 서 있는 남자들 뒤편에서 카랑카랑한 노인의 목소리가 울려퍼졌다. "*뭐하는 거야, 이 멍청이들아! 어서 저년을 쏴버려!*"

그제야 정신을 차린 레이놀즈가 자기 총으로 손을 뻗었다. 그의 손놀림은 빨랐지만 이미 올리브에게 선수를 뺏긴 탓에 당할 수밖에 없었다. 그것도 아주 철저히. 총신이 총집에서 빠져나오는 동안 죽은 장관의 부인은 두 손으로 총을 겨누었고, 마치 역겨운 것을 억지로 먹어야 하는 소녀처럼 두 눈을 질끈 감은 채 방아쇠를 당겼다.

불꽃이 튀었지만, 눅눅해진 화약은 힘없이 '피싯' 소리만 남기고 파란 연기가 되어 사라졌다. 총알은(발사만 되었다면 레이놀즈의 머리 위쪽 절반을 날려버렸을 만큼 커다랬지만) 총신 속에서 꼼짝도 하지 않았다.

다음 순간 레이놀즈가 쥔 총이 포효했다. 올리브의 말이 힝힝거리며 뒷걸음질했다. 말 위에서 머리부터 거꾸로 떨어진 올리브의 어깨담요는 주황색 줄 부분에 시커먼 구멍이 뚫려 있었다. 심장 바로 위를 덮은 부분이었다.

수전의 귀에 자신의 비명소리가 들려왔다. 아득히 멀리서 들려오는 소리 같았다. 잠시 넋이 나간 것도 같았지만, 수전은 뒤이어 길 위에 서 있는 남자들 뒤편에서 들리는 조랑말의 발굽 소리를 똑똑히 들었고…… 그제야 알 수 있었다. 사팔뜨기 사내가 탄 말이 옆으로 비켜서기 전에 이미 수전은 모든 것을 깨달았고, 비명을 멈추었다.

　마녀를 햄브리로 데려다주었던 조랑말은 이미 기력이 다해 새 조랑말로 바뀌어 있었지만, 검은 수레와 신비로운 금빛 문양과 조랑말을 모는 사람은 그대로였다. 레아가 손에 조랑말의 고삐를 쥐고 앉아 있었다. 낡아서 녹슨 로봇처럼 머리를 좌우로 까딱거리면서, 차갑게 웃으면서 수전을 바라보고 있었다. 시체처럼 차갑게 웃으면서.

　"안녕하신가, 우리 예쁜 아가씨."

　레아가 말했다. 몇 달 전, 수전이 순결을 입증받기 위해 오두막을 찾아왔던 밤에 그랬던 것처럼. 그날 밤 수전은 아무것도 모른 채 오두막을 찾아가는 동안 내내 즐겁게 달렸다. 입맞춤을 부르는 달의 환한 빛을 맞으며, 심장이 방망이질하고 볼이 발갛게 물들 때까지. 「경솔한 사랑」을 흥얼거리면서.

　"아가씨랑 붙어먹던 애송이들이 내 구슬을 훔쳐갔지 뭐야."

　레아는 이렇게 말하고는 말 탄 남자들 조금 앞쪽에서 조랑말을 세웠다. 레이놀즈조차도 불안한 표정으로 레아를 내려다보았다.

　"내 보물을 훔쳐갔단 말이야, 그 나쁜 놈들이. 아주 못된 놈들이야, 아주. 하지만 아직 내 손 안에 있을 때 그 보물은 많은 걸 보여줬어. 아주 멀리 있는 것까지 보여줬지. 거리만이 아니라 시간까지 뛰어넘어서. 지금은 거의 다 잊어버렸지만…… 아가씨가 어느 길로 올지는 기억하고 있었어. 저기 뒈져 자빠진 잘난 여편네가 데려올 줄은 몰랐지만. 자, 이제 그만 마을로 돌아가자고." 레아의 미소는 온 얼굴로 퍼져나가 차마 형용할 수 없는 표정을 빚어냈다. "축제를 벌일 시간이니까 말이야."

　"보내줘. 날 그냥 보내줘. 안 그러면 당신들은 길르앗의 롤랜드를 상대해야 할 거야."

레아는 수전을 무시하고 레이놀즈 쪽으로 고개를 돌렸다.

"이 계집의 손을 앞으로 묶고 수레에 태워. 사람들이 학수고대하고 있을 게야. 얼굴을 똑똑히 보고 싶을 테니 그렇게 해줘야지. 이 계집의 고모가 맡은 일을 제대로 했다면, 아마 사람들이 구름처럼 몰려들었을 게야. 자, 어서 일으켜세워. 실수하지 말고."

14

알레인은 마지막 순간에 또렷이 생각했다. *그냥 돌아서 갈 수도 있어. 롤랜드가 한 말이 사실이라면 지금 중요한 건 마법사의 수정 구슬뿐이야, 그런데 그건 우리 손 안에 있어. 적들을 피해 돌아갈 수도 있어.*

물론 불가능한 일이었다. 까마득한 옛날부터 전해진 총잡이의 피가 그것을 거부했다. 탑이 있든 없든 간에 도둑들이 훔친 물건을 챙겨 달아나도록 놔둘 수는 없었다. 놈들을 막을 수 있을 때에는, 결코 그럴 수 없었다.

알레인은 몸을 숙여 말의 귀에 대고 또박또박 말했다.

"내가 사격을 시작할 때 주춤거리거나 물러나면, 네 대가리를 날려버릴 거야."

롤랜드가 선두에 서서 두 친구를 이끌었다. 셋 중에 가장 힘 센 말을 탄 덕분이었다. 가장 가까이 있던 적의 무리는 기병이 대여섯 명, 보병이 열 명 남짓이었다. 보병들은 기름 탱크를 이곳까지 끌고 온 황소 두 마리를 점검하는 중이었다. 그들은 멍하니 이쪽을 바라 보다가, 롤랜드가 총을 쏘고 나서야 비로소 메추라기 떼처럼 사방으로 흩어졌다. 말에 탄 적들은 모조리 롤랜드의 총에 쓰러졌다. 말들은 펼친 부채처럼 일제히 흩어져서 고삐를 늘어뜨린 채(한 마리는 주인을 매단 채) 달아났다. 어디선가 고함소리가 들려왔다.

"도적 떼다! 도적 떼야! 어서 말에 올라타, 이 바보들아!"

"*알레인!*"

롤랜드가 적진으로 돌격하면서 외쳤다. 기름 탱크 앞쪽으로 기병과 무장한 사내 여남은 명이 모여들었다. 아니, *서성거리면서 서툴게* 방어선을 구축하는 중이었다.

"*지금이야! 어서!*"

알레인은 기관총의 녹슨 신축형 개머리판을 조절하여 어깨에 댄 다음, 연사 무기에 관해 알고 있는 얼마 안 되는 지식을 떠올렸다. *조준은 낮게 할 것, 총구는 좌우로 빠르고 부드럽게 이동할 것.*

방아쇠에 손가락을 대자 흙먼지 속에서 기관총이 포효했다. 고속 반동이 연이어 어깨를 두드렸고, 구멍이 숭숭 뚫린 총신 끄트머리에서는 환한 빛이 뿜어나왔다. 알레인은 왼쪽에서 오른쪽으로 훑듯이 사격했다. 악을 쓰며 달아나는 적들과 강철 기름 탱크 위로 기관총의 가늠쇠가 질주했다.

세 번째 기름 탱크가 폭발했다. 폭발이 일으킨 소리는 알레인이 그때껏 들어본 어떤 폭발음보다도 거대했다. 불그스레한 주황색 불길이 환하게 피어오르면서 수컷 짐승이 으르렁거리는 소리가 묵직하게 울려퍼졌다. 강철 탱크는 두 조각이 난 채 하늘로 솟아올랐다. 그중 한 조각은 빙글빙글 돌면서 30미터쯤 날아갔다가 맹렬하게 불타면서 사막 바닥에 내려앉았다. 남은 조각은 시커먼 연기 기둥에 얹힌 채 똑바로 솟아올랐다. 활활 타는 나무 바퀴 한 개가 접시처럼 하늘을 가로질러 날다가 불똥과 불붙은 나무 조각을 흩날리며 추락했다.

적들은 비명을 지르며 달아났다. 달리는 적도 있었고 말 잔등에 엎드려 착 달라붙은 적도 있었지만, 눈은 하나같이 겁에 질려 휘둥그랬다.

가늠쇠가 맨 끄트머리의 기름 탱크에 이르렀을 때, 알레인은 총구를 반대편으로 돌렸다. 이제 손에 쥔 기관총이 뜨끈뜨끈했지만 알레인은 방아쇠를 놓지 않았다. 이 세계에서는 어떤 물건이든 작동하는 동안 다 써버려야 하기 때문이었다. 그가 탄 말은 앞서 주인이 속삭인 말을 알아들었는지 쉬지 않고 질주했다.

더! 더 많은 표적이 필요해!

그러나 다른 기름 탱크를 날려버리기 전에 기관총이 멈췄다. 어쩌면 총알이 걸렸을 수도 있었지만, 그보다는 탄창이 빈 듯했다. 알레인은 기관총을 던지고 리볼버를 뽑았다. 옆에서 커스버트의 새총이 내는 퉁 소리가 적들의 비명소리와 말발굽 소리, 기름 탱크가 폭발하면서 내는 *콰쾅* 소리를 뚫고 또렷이 들려왔다. 치지직 소리를 내는 대형 폭죽 한 개가 하늘에 포물선을 그리며 추락하더니 커스버트가 조준한 곳에 정확히 내리꽂혔다. 바로 수노코라고 적힌 기름 탱크의 나무 바퀴 주변에 생긴 기름 웅덩이였다. 찰나의 순간, 알레인은 똑똑히 보았다. 반짝거리는 기름 탱크 옆구리에 구멍이 열 개쯤 뚫려 있었다. 알레인이 렝길의 기관총으로 뚫어놓은 구멍이었다. 다음 순간, 번쩍하는 섬광과 함께 대형 폭죽이 폭발했다. 뒤이어 탱

크 옆구리에 뚫린 구멍들이 흔들리기 시작했다. 아래에 생긴 기름
웅덩이가 불타고 있었기 때문이었다.

"모두 피해!" 빛바랜 군모를 쓴 남자가 외쳤다. "기름 탱크가 폭
발한다! 전부 다 폭발할……"

알레인의 총이 불을 뿜었다. 총알은 남자의 얼굴을 날려버렸고,
남자는 헌 장화 한 짝이 벗겨진 채 숨이 끊어졌다. 잠시 후, 옆에 있
던 기름 탱크가 폭발했다. 불붙은 철판 한 장이 옆으로 날아가더니
다음 탱크 아래에 생긴 기름 웅덩이에 내려앉았고, 덕분에 세 번째
탱크도 함께 폭발했다. 시커먼 연기가 화장터의 불길처럼 거세게 솟
아올랐다. 번들거리는 장막이 해를 가리자 낮이 밤처럼 어두워졌다.

15

길르앗에서 총잡이 수업을 받던 후보생 열넷은 파슨이 거느린 최
고 지휘관 여섯 명에 관하여 상세한 설명을 들었고, 그 덕분에 롤랜
드는 말 떼를 향해 달려가는 남자가 누군지 한눈에 알아볼 수 있었
다. 바로 조지 라티고였다. 롤랜드는 그가 달려가는 동안 쏠 수도 있
었지만, 그랬다가는 오히려 너무 편하게 보내주는 셈이었다.

그래서 롤랜드는 라티고 대신 그에게 달려오는 부하를 쏘았다.

라티고는 그 자리에서 돌아서서 분노가 이글거리는 눈으로 롤랜
드를 노려보았다. 그러다가 다시 뛰기 시작했고, 다른 부하를 향해
손을 흔들며 불바다 너머에 모여 있는 패거리에게 어서 오라고 소
리쳤다.

기름 탱크 두 개가 연이어 폭발하자 굉음이 강철 주먹처럼 롤랜드의 고막을 강타했다. 허파에 가득한 공기가 파도처럼 빨려나가는 느낌이 들었다. 원래 작전대로라면 알레인이 기름 탱크에 구멍을 뚫고 커스버트가 폭죽을 연속으로 발사하여 땅에 쏟아진 기름에 불을 붙여야 했다. 맨 처음에 발사한 폭죽은 작전이 성공했음을 알리는 신호탄이었지만, 이날 커스버트는 새총을 더 쓸 필요가 없었다. 총잡이들이 방어선을 눈 깜짝할 새에 돌파하여 혼란을 일으킨 것은 적의 경험 부족과 피로 탓일 수도 있었다. 그러나 기름 탱크를 잘못 배치한 것은 순전히 라티고의 실수였다. 라티고는 아무 생각 없이 기름 탱크를 딱 붙여 세워두었고, 그 덕분에 이제는 탱크들이 하나씩 차례로 폭발했다. 일단 퍼지기 시작한 불길을 막을 방법은 없었다. 롤랜드가 왼팔을 흔들어서 알레인과 커스버트에게 흩어지라는 신호를 보내기도 전에 작전은 이미 끝나고 말았다. 라티고의 진영은 기름이 가득한 불바다였고, 기계화 부대를 이용하여 공격하려던 존 파슨의 계획은 시커먼 연기와 함께 *핀 데 아뇨*의 바람 속으로 산산이 흩어졌다.

"*달려! 멈추지 말고 계속 달려!*"

롤랜드가 외쳤다. 일행은 서쪽으로 방향을 틀어 아이볼트 골짜기를 향해 질주했다. 말을 달리는 동안 롤랜드는 왼쪽 귓가에 스치는 총알 소리를 들었다. 그가 기억하는 한 기름 탱크 폭파 작전이 끝날 때까지 적이 쏜 총알은 오로지 그 한 발뿐이었다.

16

라티고는 분노로 정신이 아득해지고 머리가 터질 것만 같았다. 그것은 차라리 축복일 수도 있었는데, 왜냐하면 분노한 덕분에 의인이 이 참사를 알고 어떤 벌을 내릴지는 미처 떠오르지 않았기 때문이었다. 당분간 라티고가 할 일은 방금 매복 공격을 한 사내놈들을 (만약 사막에서도 매복이라는 것을 할 수 있다면 말이지만) 잡는 것뿐이었다.

사내놈이라고? 아니.

이 난장판을 벌인 범인은 *꼬맹이*들이었다.

라티고는 놈들의 정체를 알았다. 여기까지 무슨 수로 왔는지는 알 수 없었지만, 놈들의 정체는 알고 있었다. 그리고 놈들의 도주 행각은 바로 이곳, 산등성이의 숲 동쪽에서 끝날 참이었다.

"*헨드릭스!*"

라티고가 목청껏 외쳤다. 그나마 헨드릭스가 가까스로 말 떼 근처에 부하들을 모아놓고 있었다. 말에 올라탄 병사들은 고작 대여섯 명에 지나지 않았다.

"*헨드릭스, 이리 와!*"

헨드릭스가 말을 타고 다가오자 라티고는 반대편으로 돌아섰다. 불타는 기름 탱크를 멍하니 구경하고 서 있는 부하들이 보였다. 양처럼 멍청한 표정으로 입을 헤 벌리고 있는 꼴들을 보니 악을 쓰며 방방 뛰고 싶은 마음이 굴뚝같았지만, 라티고는 꾹 참았다. 대신 온 정신을 끌어모아 저 멀리 달려가는 적들에게 집중했다. 무슨 일이 있어도 놈들이 달아나게 놔둘 수는 없었다.

"거기, 너!"

라티고는 부하들을 향해 소리쳤다. 그중 한 명만 돌아볼 뿐, 나머지는 꿈쩍도 하지 않았다. 라티고는 그들에게 달려가면서 총을 뽑았다. 그러고는 방금 목소리를 듣고 돌아본 부하에게 총을 쥐어준 다음, 꿈쩍도 안 한 패거리 중 한 명을 아무렇게나 가리키며 명령했다.

"저 멍청이를 쏴."

넋이 나간 표정으로, 마치 지금 눈앞의 광경이 꿈속이라고 생각하는 사람처럼, 그 병사는 권총을 들고 라티고가 가리킨 사람을 향해 발사했다. 운이 없었던 표적은 앞으로 고꾸라져 다리만 움찔거렸다. 나머지 병사들이 그제야 고개를 돌렸다.

"잘했어."

라티고는 얼이 빠진 부하의 손에서 총을 빼앗았다.

"대장님!" 헨드릭스가 외쳤다. *"놈들이 보입니다, 대장님! 적들이 똑똑히 보입니다!"*

기름 탱크 두 개가 더 폭발했다. 쇳조각이 휘파람 소리를 내며 병사들 쪽으로 날아왔다. 몇몇은 몸을 숙였지만 라티고는 꿈쩍도 하지 않았다. 헨드릭스도 마찬가지였다. 훌륭한 군인이었다. 이 악몽 속에서 그런 군인이 한 명이라도 있으니 하늘에 감사할 일이었다.

"대장님, 놈들을 쫓아갈까요?"

"내가 네 부하들을 데리고 직접 갈 거다, 헨드릭스. 우선 저 칠푼이들부터 말에 태워라."

라티고는 한 팔을 빙 휘둘러 눈앞에 서 있는 병사들을 가리켰다. 그들의 관심사는 이제 불타는 기름 탱크가 아니라 죽어 나자빠진 동료였다.

"남은 병력을 최대한 모아. 혹시 나팔수가 남아 있나?"

"예, 대장님. 레인스가 있습니다."

헨드릭스가 주위를 두리번거리다가 손짓하자 여드름투성이 얼굴이 파랗게 질린 소년 하나가 뛰어왔다. 이 빠진 나팔이 해진 끈에 매달린 채 셔츠 앞에 비스듬히 걸려 있었다.

"레인스, 넌 헨드릭스 옆에 붙어 있어라."

"예, 대장님."

"헨드릭스, 병력을 가능한 한 많이 모아. 하지만 꾸물거리면 안 돼. 놈들은 골짜기 쪽으로 달아났어. 내가 들은 이야기가 사실이라면 그 골짜기는 양옆이 깎아지른 절벽일 거다. 그렇다면 우리가 가서 사격장으로 만들어버리면 돼."

헨드릭스의 뒤틀린 입가에 미소가 번졌다.

"예, 대장님."

그들 뒤편에서는 기름 탱크가 연이어 폭발했다.

17

롤랜드는 뒤를 돌아보고 하늘로 솟아오르는 시커먼 연기 기둥의 크기에 경악했다. 앞쪽에는 골짜기 입구를 거의 막고 있는 덤불이 또렷이 보였다. 그리고 바람이 등 뒤에서 불어오는 와중에도, 윙윙거리는 모기 소리 같은 희박지대의 소음은 사람의 정신을 갉아먹을 것처럼 집요하게 들려왔다.

롤랜드는 손으로 허공을 두드리며 커스버트와 알레인에게 속도를 줄이라고 신호했다. 그러고 나서 두 친구가 지켜보는 가운데 목수건을 풀어 기다랗게 만 다음, 이마에 묶어 귀를 막았다. 친구들도 그를 따라했다. 아예 안 막는 것보다는 그렇게라도 하는 편이 더 나았다.

총잡이들은 계속 서쪽을 향해 달렸고, 사막에 드리워진 그들의 그림자는 어느새 기중기처럼 기다랬다. 뒤를 돌아본 롤랜드의 눈에 두 부대로 나뉘어 줄줄이 쫓아오는 추격대의 모습이 들어왔다. 선두에 선 남자는 롤랜드 생각에 라티고인 듯했다. 그는 일부러 부하들을 조금 뒤쪽에서 따라오게 했다. 그래야 두 부대가 하나로 합쳐져 한꺼번에 공격할 수 있기 때문이었다.

솜씨가 괜찮은데. 롤랜드는 속으로 중얼거렸다.

세 소년은 바짝 붙어서 아이볼트 골짜기를 향해 질주하다가 가끔 말이 속도를 늦추도록 고삐를 당기곤 했다. 추적자들이 거리를 좁히게 하려는 생각에서였다. 남은 기름 탱크가 한 개씩 폭발할 때마다 천둥소리가 하늘을 때렸고, 땅이 우르릉거렸다. 작전이 그토록 쉽게 끝나다니, 놀랍기만 했다. 조너스와 렝길을 해치운 덕분에 사기가 높아지기는 했지만, 그래도 작전은 너무나 쉽게 끝났다. 그 생각을 하다 보니 오래전의 수확제가 떠올랐다. 그때 기껏해야 일곱 살이었을 롤랜드와 커스버트는 막대기를 손에 쥐고 줄지어 늘어선 허수아비들을 차례차례 때리면서 뛰어다녔다. 탁, 탁, 탁, 탁.

희박지대의 소음이 귀를 막은 수건을 뚫고 머릿속으로 파고들자 눈에서 눈물이 흘러나왔다. 등 뒤에서는 추격대의 고함소리와 말발굽 소리가 들려왔다. 그 소리에 롤랜드는 신이 났다. 라티고의 부하들은 승산이 있다고 자신했다. 머릿수는 스무 명 대 세 명, 게다가 아군의 지원 병력이 달려오는 중이기 때문이었다. 그래서 또다시 사기가 치솟은 듯했다.

롤랜드는 앞으로 고개를 돌린 다음, 아이볼트 골짜기 입구의 덤불 사이에 나 있는 좁은 틈을 향해 러셔를 몰고 질주했다.

18

헨드릭스가 숨을 몰아쉬며 라티고 옆으로 다가왔다. 두 뺨이 벌겋게 물들어 있었다.

"대장님! 보고드립니다!"

"어서 말해."

"제가 데려온 부하는 스무 명입니다. 그리고 그 세 배는 되는 병력이 지금 전속력으로 따라오는 중입니다."

라티고의 귀에는 한마디도 들어오지 않았다. 그의 파란 두 눈이 얼음처럼 차갑게 반짝였다. 콧수염 아래의 입술은 탐욕스럽게 웃고 있었다.

"로드니."

라티고가 헨드릭스의 이름을 불렀다. 목소리가 마치 연인의 이름을 부를 때처럼 부드러웠다.

"예, 대장님."

"놈들이 골짜기에 들어간 것 같다. 그래…… 봐라, 로드니. 확실해. 이대로 2분만 지나면 다시 빠져나오는 건 불가능해."

라티고는 총을 뽑아서 팔뚝에 올려놓고 저 앞에 달려가는 기수

세 명을 향해 발사했다. 우쭐한 기색이 만면에 가득했다.

"예, 대장님. 승리는 우리 겁니다."

헨드릭스는 몸을 튼 채 손을 흔들어 부하들에게 신호했다. 가까이, 더 가까이 오라고.

19

"말에서 내려!"

길게 이어진 덤불 앞에 도착했을 때, 롤랜드가 외쳤다. 마른 나무 냄새와 기름 냄새가 코에 확 끼쳐왔다. 불이 붙기를 고대하는 것처럼. 롤랜드는 말에서 내려 골짜기에 들어가는 자신들을 보고 라티고가 기뻐할지, 아니면 의심할지 알 수 없었다. 실은 별 걱정도 하지 않았다. 그들이 타고 온 말은 혈통이 좋은 길르앗의 명마였고, 지난 몇 달간 러셔는 롤랜드의 친구였다. 그런 말들을 골짜기 안으로, 불타는 덤불과 희박지대 사이로 데리고 들어갈 수는 없었다.

소년들은 재빨리 말에서 내렸다. 알레인은 안장머리에 묶어둔 구슬 자루를 끌러서 한쪽 어깨에 걸쳤다. 커스버트와 알레인의 말은 힝힝거리며 덤불을 따라 나란히 달려갔지만, 러셔는 잠시 머뭇거리며 롤랜드를 물끄러미 바라보았다.

"가." 롤랜드가 러셔의 옆구리를 치며 명령했다. "어서."

러셔도 꼬리를 휘날리며 달려갔다. 커스버트와 알레인은 덤불 사이로 난 좁은 틈으로 들어갔다. 롤랜드는 그 뒤를 따르면서 땅바닥에 뿌려둔 화약이 그대로 있는지 흘낏 확인했다. 화약은 있었고, 보송보송했다. 설치한 날로부터 이때껏 비가 한 방울도 안 내린 덕분이었다.

"커스버트, 성냥 이리 줘."

커스버트가 롤랜드에게 성냥 몇 개비를 건넸다. 그러면서 어찌나 활짝 웃었던지, 입에 물고 있던 성냥이 떨어지지 않는 것이 이상할 정도였다.

"자식들, 엉덩이가 뜨끈해졌을 거야. 안 그래, 롤랜드? 어휴!"

"그래, 그럴 거야." 롤랜드의 입가에도 웃음이 번졌다. "자, 이제 출발해. 골짜기 중간에 움푹 들어간 곳에 가 있어."

"내가 할게. 부탁이야, 롤랜드. 넌 알레인이랑 같이 먼저 가 있어. 난 불을 보면 흥분하는 방화광이야. 옛날부터 그랬어."

"안 돼, 여긴 내가 맡아야 해. 토 달지 말고 어서 가. 그리고 알레인한테 수정 구슬을 잘 챙기라고 해, 무슨 일이 있어도."

커스버트는 롤랜드를 물끄러미 응시하다가 고개를 끄덕였다.

"알았어. 너무 시간 끌지 마."

"금방 갈 거야."

"행운을 빌게, 롤랜드."

"그래. 네 행운은 두 배로 빌어줄게."

커스버트는 서둘러 자리를 떴다. 골짜기 바닥을 뒤덮은 돌멩이들이 장화 바닥에 쓸려 자그락거렸다. 옆에 도착한 커스버트를 보고 알레인이 롤랜드를 향해 손을 들었다. 롤랜드는 고개를 끄덕여 화답하고는 황급히 몸을 숙였다. 총알이 관자놀이 바로 옆을 스쳐 모자챙을 건드리고 날아간 탓이었다.

롤랜드는 덤불 사이로 난 통로의 왼쪽에 쪼그리고 앉아 주위를 둘러보았다. 이제 바람이 거세게 얼굴을 때렸다. 라티고의 부하들은 빠른 속도로 가까워졌다. 예상보다 훨씬 빨랐다. 만약 바람이 성냥불을 꺼트리기라도 했다가는……

만약 같은 건 생각하지 마. 기다려, 롤랜드…… 기다려…… 놈들이 올 때까지….

롤랜드는 기다렸다. 불이 안 붙은 성냥을 한 손에 한 개비씩 쥐고서, 촘촘하게 엮은 덤불의 틈새로 적들을 가만히 바라보았다. 구수한 덤불 냄새가 코를 찔렀다. 불타는 기름 냄새가 그리 멀지 않은 곳에서 풍겨왔다. 희박지대의 윙윙대는 소음이 머릿속을 꽉 채워 어지러울 지경이었다. 스스로가 낯선 사람처럼 느껴질 정도였다. 롤랜드는 곰곰이 생각했다. 먼젓번 이 골짜기에 들어왔을 때 경험한 분홍빛 폭풍이 어땠는지, 하늘을 나는 기분이 어땠는지…… 그리고 수전이 나오는 환상으로부터 자신이 어떻게 내동댕이쳐졌는지를. *시미가 있어서 천만다행이야.* 아련히 떠오르는 생각이었다. *그 애가 수전을 어딘가 안전한 곳으로 데려다줬을 테니까.* 그러나 맹렬하게 윙윙대는 희박지대의 소음은 어쩐지 그를 비웃는 것만 같았다. 더 보고 싶은 것이 있냐고 묻는 것도 같았다.

이제 라티고가 이끄는 추격대는 골짜기까지 남은 마지막 300미터를 전속력으로 달려오는 중이었고, 뒤에 따라오던 부대도 점점 더 가까워졌다. 말을 타고 달려오다가 갑자기 멈추면 그대로 고꾸라질 위험을 감수해야 했다.

시작할 시간이었다. 롤랜드는 성냥을 앞니에 대고 긁었다. 불이 붙으면서 뜨겁고 시큼한 불똥 한 개가 축축한 혀에 튀었다. 롤랜드는 성냥불이 꺼지기 전에 화약을 채운 땅바닥의 홈에 갖다댔다. 순식간에 붙은 불이 덤불의 북쪽 끝을 향해 샛노란 선을 그리며 달려 갔다.

롤랜드는 덤불 틈새로 뛰어들었다. 틈새의 폭은 말 두 마리가 나 란히 달릴 만한 정도였다. 두 번째 성냥개비는 이미 이 사이에 물고 있었다. 그는 바람을 피하기가 무섭게 성냥을 이에 대고 그어서 화 약에 떨어뜨린 다음, 치직거리는 소리를 들으며 돌아서서 번개처럼 달렸다.

20

아버지, 어머니. 롤랜드의 머릿속에 맨 먼저 떠오른 것은 놀랍게 도 그 두 사람이었다. 너무나 깊이 파묻어둔 기억이 느닷없이 떠올 라 뺨을 얻어맞은 것만 같았다. *저긴 사로니 호수잖아.*

길르앗 자치령 북쪽에 있는 아름다운 사로니 호수. 그곳에 갔을 때가 언제였을까? 롤랜드는 기억이 나지 않았다. 그저 아주 어릴 때 였다는 것, 호숫가에 마음껏 뛰어놀 아름다운 모래사장이 있었다는 것만 기억났다. 모래성 쌓기에 열광하던 롤랜드 같은 아이에게는 완 벽한 놀이터였다. 세 식구가 함께

(휴가? 휴가였을까? 오래전 그 시절에는 우리 부모님도 함께 휴가를 가 곤 했을까?)

여행을 하던 그날도 롤랜드는 모래성을 쌓고 있었고, 그러다가 무슨 이유에선지 고개를 들었다. 아마 호수 위를 빙빙 돌던 새 떼의 울음소리 때문이었을 텐데, 고개를 들어보니 아버지 스티븐 디셰인

과 어머니 가브리엘이 물가에 서 있었다. 이쪽으로 등을 돌린 채 서로 허리를 끌어안고 서서, 파란 여름 하늘 아래 펼쳐진 파란 호수를 바라보고 있었다. 그때는 부모님을 향한 사랑으로 얼마나 가슴이 벅찼던가! 단단한 줄 세 가닥을 엮어 만든 밧줄처럼 희망과 기억이 촘촘히 엮인 그들 가족의 사랑은 얼마나 무한했던가, 그야말로 모든 인간의 생명과 혼을 비추는 광명의 탑이 아니었던가.

그러나 지금 롤랜드가 느끼는 것은 사랑이 아니라 공포였다. 골짜기가 끝나는 곳으로(골짜기에서 *이성이 지배하는* 영역의 끝으로) 달려가는 동안, 롤랜드 앞에 보이는 형상은 길르앗의 롤랜드와 아텐의 가브리엘이 아니라 그의 친구 커스버트와 알레인이었다. 두 소년은 서로 허리를 끌어안고 있지도 않았다. 그러나 손만은 단단히 붙잡고 있었다. 동화에 나오는 무서운 숲에서 길을 잃은 아이들처럼. 하늘에는 새 떼가 맴돌았지만 갈매기가 아니라 독수리였고, 앞서가는 두 소년 너머에서 안개처럼 일렁거리는 것 역시 호수가 아니었다.

희박지대였다. 그리고 롤랜드가 지켜보는 가운데, 커스버트와 알레인이 희박지대를 향해 다가가기 시작했다.

"멈춰! 거기 서, 제발!"

그들은 걸음을 멈추지 않았다. 연기처럼 어른거리는 초록빛 덩어리의 희끄무레한 가장자리를 향하여, 손을 잡은 채 계속 걸어갔다. 희박지대는 흐느끼는 소리로 그들을 환영했고, 달콤한 말을 속삭이며 쾌락을 약속했다. 그들의 신경을 마비시키고 뇌를 갉아먹었다.

친구들을 따라잡기에는 시간이 부족했다. 그래서 롤랜드는 머릿속에 떠오른 단 한 가지 생각을 실천했다. 총을 허공에 치켜들고 친구들의 머리 위쪽을 향해 발사했던 것이다. 옆이 막힌 골짜기에 울려퍼진 총성은 망치질처럼 묵직했고, 절벽에 부딪혀 반사된 소리는 잠시나마 희박지대의 울음소리를 뒤덮었다. 두 소년은 희박지대의 징그러운 가장자리 바로 앞에서 멈추었다. 롤랜드는 초록빛 안개가 손을 뻗어 친구들을 붙잡을까봐 두려웠다. 그들이 앞서 이곳을 찾았던 밀수꾼의 달이 뜬 밤, 낮게 나는 새를 집어삼켰을 때처럼.

롤랜드는 허공에 총을 두 발 더 발사했다. 총성이 절벽을 때리고 묵직하게 되돌아왔다.

"총잡이들이여! 이쪽으로! 내 곁으로!"

먼저 돌아본 사람은 알레인이었다. 멍한 두 눈이 흙먼지로 얼룩진 얼굴 위에서 둥둥 떠다니는 듯했다. 그러나 커스버트는 한 걸음을 더 내디뎠고, 장화 앞코가 희박지대의 반짝이는 초록빛 가장자리에 닿았다(칭얼거리는 듯한 울음소리의 음정이 살짝 올라갔다, 기대에 들뜨기라도 한 것처럼). 그것을 본 알레인은 친구가 쓴 모자의 턱끈을 붙잡고 힘껏 잡아당겼다. 커스버트는 큼지막한 바위에 발이 걸려 벌렁 자빠졌다. 고개를 들었을 때, 그의 눈은 다시 맑아져 있었다.

"맙소사!"

커스버트가 중얼거리며 비틀비틀 일어서는 동안 롤랜드는 친구의 신발을 내려다보았다. 앞코가 마치 전지가위로 잘라낸 것처럼 깨끗이 잘려 있었다. 빼꼼히 나온 엄지발가락이 보였다.

"롤랜드." 커스버트가 알레인과 함께 비틀비틀 걸어오며 말했다. "롤랜드, 우리 하마터면 끝장날 뻔했어. 저게 우리한테 말을 걸었어!"

"그래. 나도 들었어. 가자, 시간이 없어." 롤랜드는 친구들을 이끌고 골짜기 중간 지점의 절벽 틈새로 향하면서 부디 총알이 퍼붓기 전에 빨리 올라갈 수 있기를 기도했다. 만약 중간까지라도 올라가기 전에 라티고가 들이닥치면 꼼짝없이 벌집이 될 판이었다.

냄새가, 코를 찌르는 매캐한 냄새가 주위를 채우기 시작했다. 노간주나무 열매를 끓일 때 나는 것과 비슷한 냄새였다. 뒤이어 기다랗고 희끄무레한 연기 한 가닥이 처음으로 일행 곁을 스치고 지나갔다.

"커스버트, 네가 먼저 올라가. 알레인, 다음은 너야. 난 마지막에 갈게. 어서, 서둘러. 살고 싶으면 빨리 올라가."

21

라티고의 부하들은 깔때기로 쏟아지는 물처럼 덤불 틈새로 돌진했고, 비좁은 틈새는 점점 더 넓어졌다. 마른 덤불의 밑동 부분은 이미 불타고 있었지만 잔뜩 흥분한 병사들 가운데 땅바닥의 불길을 본 사람은 아무도 없었다. 혹시 보았다고 해도 눈여겨본 사람은 없었다. 매캐한 연기 냄새를 알아차린 사람도 없었다. 거대한 기름 탱크가 타면서 일으킨 매연에 코가 이미 마비된 탓이었다. 헨드릭스 바로 앞에서 달리며 부대를 이끌던 라티고는 오로지 한 가지 생각에 사로잡혀 있었다. 한마디 말이 그의 머릿속에서 사납게 쿵쾅거렸다. *독 안에 든 쥐야! 독 안에 든 쥐야! 독 안에 든 쥐야!*

그러나 라티고가 아이볼트 골짜기로 깊숙이 들어가는 동안 다른 소리가 머릿속의 주문을 뚫고 들려오기 시작했다. 그가 탄 말의 발굽이 골짜기 바닥에 널린 자갈을, 그리고

(뼈다귀를)

소의 허연 두개골과 갈비뼈를 스치며 달가닥거리는 소리였다. 그 것은 나지막이 윙윙대는 소리이자, 버럭 화가 치솟게 하는 울음소리 였으며, 벌레 떼가 날개를 비비는 소리처럼 집요하게 들려왔다. 그 소리를 듣고 있자니 눈물이 차올랐다. 그러나 그토록 귀에 거슬리는 소리마저(그것이 만약 소리라면, 말이었다. 실제로는 그의 몸속에서부터 솟아나는 것만 같았다.) 제쳐두고서, 라티고는 오로지 자기 머릿속의 주문에만

(독 안에 든 쥐 독 안에 든 쥐야 놈들은 독 안에 든 쥐)

매달렸다. 이 일이 끝나면 그는 월터를, 어쩌면 파슨을 만나야 할 지도 몰랐다. 그리하여 기름 탱크를 잃어버린 대가로 어떤 벌을 받 을지 짐작조차 가지 않았으나…… 그것도 다 나중 일이었다. 당장은 저 짜증스러운 꼬맹이들을 죽이고 말겠다는 생각뿐이었다.

앞쪽 저만치에서, 골짜기가 북쪽을 향해 휘어졌다. 꼬맹이들은 그 너머에, 아마도 그리 멀지 않은 곳에 있을 듯싶었다. 골짜기 끄트 머리의 절벽에 달라붙어서, 무너진 돌 더미 뒤에서 필사적으로 몸을 숨기려 버둥거릴 터였다. 라티고는 놈들이 도저히 못 견디고 항복할 때까지 총알을 있는 대로 퍼부을 작정이었다. 놈들은 두 손을 들고 기어나와 자비를 빌 것이 뻔했다. 헛된 희망을 품고서. 그런 짓을 해 놓고도, 그 거대한 난장판을 벌여놓고도…….

라티고가 이미 총을 뽑아 앞을 겨눈 채 절벽이 꺾인 곳을 지났을 때, 그의 말이 힝힝거렸다. 미친 듯이, 꼭 비명을 지르는 여자처럼 울부짖으며 뒷걸음질했다. 라티고는 떨어지지 않으려고 안장머리를 붙잡고 가까스로 버텼지만, 말은 뒷발이 자갈에 미끄러지는 바람에

옆으로 쓰러지고 말았다. 라티고는 안장머리를 놓고 말을 피해 재빨리 뛰어내렸다. 아까부터 귀를 파고들던 그 소리가 갑자기 열 배는 더 강해진 것을 그는 이미 눈치채고 있었다. 윙윙대는 그 소리가 어찌나 요란했던지 그는 눈알이 덜덜 떨리고 사타구니가 저릿했고, 결국에는 머릿속을 두드리던 주문까지 까맣게 잊고 말았다.

희박지대는 조지 라티고가 감당하기에는 턱없이 집요했다.

네 발로 엎드리듯이 착지한 라티고 주위로 말들이 쏜살같이 달려갔다. 뒤에서 몰려오는 동료들에게 떠밀리듯 정신없이 달리는 말들이었다. 덤불 사이를 두 줄로 돌진한 기수들은(그 뒤의 병력은 이제 활활 타오르는 덤불의 틈새를 세 줄로 통과했다.) 좁은 틈새를 지나자마자 다시 넓게 퍼져서 질주했다. 골짜기 전체가 병목처럼 생긴 것을 알아차린 사람은 아무도 없었다.

라티고의 눈앞에 검은 말꼬리와 회색 앞발과 얼룩덜룩한 발굽이 정신없이 나타났다가 사라졌다. 가죽 바지, 청바지, 등자에 꽉 박힌 장화가 보였다. 일어서려고 버둥거리던 라티고의 뒤통수를 말발굽이 강타했다. 모자를 쓴 덕분에 기절은 하지 않았지만, 그는 기도하는 사람처럼 고개를 숙인 채 털썩 무릎을 꿇고 말았다. 눈앞에 별이 반짝거렸고, 말발굽에 찢어진 머리에서 피가 흘러 대번에 목을 적셨다.

이제 말들이 울부짖는 소리가 더욱 크게 들렸다. 사람들도 함께 비명을 질렀다. 라티고는 말 떼가 지나가면서 일으킨 먼지 때문에 기침을 하며 다시 일어섰다(먼지 역시 매캐하기는 마찬가지였다. 흙먼지가 연기처럼 그의 목구멍을 긁어댔다.). 가만히 보니 헨드릭스가 파도처럼 몰려오는 부하들 앞에서 남동쪽으로 말을 돌리려고 버둥거리는 중이었다. 그러나 헛수고였다. 이제 3분의 1 정도 남은 골짜기 안쪽은 부글거리는 초록색 늪이었고, 그 아래에는 틀림없이 바닥없는 모래구덩이가 있었다. 왜냐하면 헨드릭스의 말이 그 구덩이에 빠진 것처럼 보였기 때문이었다. 말은 쉬지 않고 울부짖으며 뒤로 물러나려고 버둥거렸다. 그러다가 뒷다리와 볼기가 옆으로 휙 미끄러져 쓰러지고 말았다. 헨드릭스가 옆구리를 연방 걷어찼지만 말은 꼼짝도 하지 않았다. 아니, 꼼짝도 할 수 없었다. 굶주린 벌레 떼처럼 윙윙대는 소리가 라티고의 귀를 가득 채웠다. 온 세상이 그 소리로 가득 찬 것 같았다.

"돌아와! 모두 돌아와!"

라티고가 목청껏 외쳤지만, 그의 입에서는 컥컥거리는 소리밖에 나오지 않았다. 말 탄 병사들은 계속 그의 곁을 지나 돌진했고, 그들이 일으킨 흙먼지는 그냥 먼지라고 하기에는 너무나 텁텁했다. 라티고는 더 크게 외치려고 숨을 들이마셨다. 부하들을 퇴각시켜야 했다. 아이볼트 골짜기 안에서 끔찍한 일이 벌어지기 전에. 마침내 숨을 토했을 때, 라티고의 입에서는 아무 말도 나오지 않았다.

울부짖는 말들.

매캐한 연기.

그리고 사방에 가득한 소리. 온 세상에 가득한 광기처럼 흐느끼는, 징징대는, 치가 떨리게 하는 그 소리.

헨드릭스의 말은 눈이 허옇게 뒤집힌 채로, 연기 자욱한 허공을 물어뜯듯이 이빨을 딱딱거리면서, 입가에는 부글거리는 거품을 흘리면서, 점점 가라앉았다. 헨드릭스 역시 부글거리는 늪에 빠졌지만, 그것은 결코 늪이 아니었다. 헨드릭스가 빠져들자 그것은 어찌된 일인지 살아 움직이기 시작했다. 초록색 손이 돋아났고, 비열해 보이는 초록색 입이 생겨났다. 초록색 손이 헨드릭스의 볼을 어루만지자 살이 녹아내렸다. 코를 건드리자 코가 떨어졌고, 눈을 만지자 눈알이 뽑혀나왔다. 그 손이 헨드릭스를 아래로 끌어당기기 직전, 라티고는 보았다. 헨드릭스의 턱뼈가 훤히 드러나 있었다. 그 턱이 피투성이 피스톤처럼 움직이며 이 사이로 비명을 토해냈다.

다른 병사들도 그 광경을 목격하고 눈앞의 초록빛 함정을 피해 방향을 틀었다. 제때 말 머리를 돌린 병사들은 뒤에서 달려오던 말에 옆구리를 들이받혔지만, 그러는 와중에도 몇몇 병사들은 놀랍게도 돌격의 함성을 멈추지 않았다. 부글거리는 초록색 빛 속으로 뛰어드는 말과 병사는 점점 더 늘었고, 빛은 그들을 열렬히 반겨주었다. 라티고는 질주하는 말 떼 한복판에 갇힌 사람처럼(실제로도 정확히 그 상황에 처해 있었는데) 꼼짝도 못하고 가만히 서서, 머리에는 피를 철철 흘리면서, 아까 자신이 총을 쥐어준 병사를 바라보았다. 남은 병력이 정신을 차릴 수 있도록 라티고의 명령에 따라 동료를 쏴 죽인 바로 그 소년이었다. 소년이 탄 말은 초록색 빛 속으로 달려들었지만 소년은 가까스로 안장에서 뛰어내렸고, 비명을 지르면서 엉금엉금 기어 빛의 가장자리로부터 물러났다. 일어서려고 비틀대던 소년은 자신을 향해 돌진하는 기수 두 명을 보고 두 손으로 눈을 가렸다. 다음 순간, 소년은 말에 깔려 짜부라졌다.

연기 자욱한 골짜기에 부상당한 자와 죽어가는 자의 비명이 메아리쳤지만 라티고는 거의 듣지 못했다. 그의 귀를 채운 것은 아까부터 들리던 윙윙대는 소리, 거의 사람의 목소리에 가까운 그 소리였다. 그 소리가 그에게 뛰어들라고 유혹했다. 여기서 모두 끝내라고.

못할 게 뭔가? 어차피 끝나지 않았던가? 전부 다.

라티고는 뛰어드는 대신 필사적으로 멀어졌다. 이제 조금씩이나마 몸이 움직였다. 골짜기 안쪽으로 몰려드는 말의 수도 점점 줄었다. 모퉁이에서 50, 60미터 정도 떨어진 곳의 기병들은 말의 방향을 트는 것도 가능했다. 그러나 짙은 연기 속에서는 어디로 가야 할지 막막하기만 했다.

그 교활한 놈들이 우리 뒤에 있는 덤불에 불을 질렀구나. 아아, 젠장, 우린 꼼짝없이 갇힌 거야.

라티고는 명령을 내릴 기력이 남아 있지 않았다. 소리를 지르려고 숨을 들이마셔도 입에서 나오는 것은 기침소리뿐이었다. 그 와중에도 그는 기껏해야 열일곱 살 정도로 보이는 기수를 가까스로 붙잡아 패대기쳤다. 어린 기수는 거꾸로 떨어져서 골짜기 바닥에 불쑥 튀어나온 바위에 이마를 부딪쳤다. 라티고는 그 어린 기수의 발이 경련을 멈추기도 전에 잽싸게 주인 없는 말에 올라탔다.

라티고는 말의 머리를 냉큼 돌리고 골짜기 입구를 향해 정신없이 말을 몰았지만, 채 20미터도 가기 전에 연기가 구름처럼 짙어져서 숨쉬기조차 힘들었다. 바람이 연기를 그의 정면으로 부채질했기 때문이었다. 라티고는 사막 끝자락의 덤불에서 이글거리는 불꽃을 간신히 알아볼 수 있었다.

라티고는 말의 방향을 틀어 방금 왔던 길로 돌아갔다. 안개 같은 연기 속에서 말들이 줄지어 튀어나왔다. 라티고는 그중 한 마리와 부딪혔고, 채 5분도 안 되는 사이에 두 번째로 말에서 떨어졌다. 네 발로 땅에 떨어진 그는 일어서려고 버둥거리다가 바람이 부는 쪽으로 비틀비틀 물러섰다. 기침과 헛구역질이 멈추지 않았고, 벌겋게 충혈된 눈에서는 눈물이 줄줄 흘렀다.

골짜기 북쪽의 모퉁이를 지나자 사정이 조금 나아졌지만, 그조차도 오래가지는 못했다. 희박지대의 가장자리는 버둥거리는 말들 때문에 발 디딜 틈도 없었다. 말들은 거의 모두 다리가 부러진 채 자빠져 있었고, 그 옆에서는 병사들이 비명을 지르며 엉금엉금 기어다녔다. 라티고는 보았다. 골짜기 끝자락을 가득 채우고 구불텅구불텅 움직이며 끔찍한 울음소리를 내는 생명체를, 그 생명체의 초록빛 표면 위에 둥둥 떠다니는 모자들을. 장화를. 토시를. 목에 두르는 수건을. 어린 나팔수가 목에 걸고 있던, 해진 가죽끈이 아직도 붙어 있는 이 빠진 나팔을.

이리 와. 일렁이는 초록빛 늪이 유혹했다. 그 윙윙대는 소리가 라티머에게는 왠지 달콤하게…… 거의 친밀하게 들렸다. *와서 한번 들러봐. 쪼그려 앉아, 편하게. 평화롭게. 하나가 되는 거야.*

라티고는 권총을 들고 발사하려고 했다. 죽일 수 있을 것 같지는 않았지만 어차피 아버지의 얼굴에 먹칠을 하지 않으려면 쏘는 수밖에 없었다.

그러나 쏘지 않았다. 총은 스르륵 풀리는 손가락 사이로 힘없이 떨어졌고, 라티고는 앞으로 걸어갔다. 주변에 있던 부하들도 그를 따라 희박지대로 들어갔다. 윙윙거리는 소리는 더욱더 커져서 다른 어떤 소리도 들리지 않을 때까지 그의 귀를 가득 채웠다.

다른 어떤 소리도 안 들릴 때까지.

22

롤랜드와 친구들은 기진맥진한 상태로 이 광경을 처음부터 끝까지 지켜보았다. 그들은 절벽 꼭대기에서 5미터쯤 아래에 줄줄이 붙어 있었다. 비명을 지르며 우왕좌왕하는 병사들, 미친 듯이 달려오는 말들, 말발굽에 짓밟힌 사람들, 희박지대로 뛰어든 말과 기수들, 그리고…… 마지막에는 제 발로 희박지대에 들어가는 사람들을.

커스버트가 절벽 꼭대기에 가장 가까이 있었고 그다음은 알레인, 마지막으로 롤랜드가 15센티미터쯤 튀어나온 평평한 돌에 발을 디딘 채 머리 바로 위의 돌부리를 붙잡고 매달려 있었다. 그곳에서는 저 아래의 연기 자욱한 지옥에서 헤매는 자들에게 안 보이는 광경이 한눈에 내려다보였다. 희박지대는 점점 커지는 중이었다. 조금씩 넓어져서, 밀려드는 파도처럼 집요하게 그들을 향해 다가왔다.

롤랜드는 이미 투지를 잃어버린 탓에 아래에서 벌어지는 일을 보고 싶지 않았지만, 고개를 돌릴 수가 없었다. 희박지대의 울음소리가, 쭈뼛거리면서도 의기양양하고 흐뭇하면서도 슬프고 사라졌다가도 다시 나타나는 그 소리가, 부드럽고 끈끈한 밧줄처럼 그의 몸을 휘감았다. 위에 있는 친구들과 마찬가지로 롤랜드는 그 소리에 홀린 듯이 가만히 매달려 있었다. 연기가 슬금슬금 올라와 매캐한 냄새에 마른기침이 나오는데도 움직이지 않았다.

점점 짙어지는 연기 속에서 죽어가는 병사들의 비명이 터져나왔다. 연기 속에 비틀비틀 움직이는 사람 형상이 꼭 유령 같았다. 비명소리가 조금씩 희미해지는 동안 연기는 점점 더 짙어져서 절벽을 타고 물처럼 위쪽으로 번지기 시작했다. 그 하얀 죽음 아래에서, 말들의 처절한 울음소리가 들려왔다. 바람이 장난을 치듯이 빙빙 돌며 연기 위쪽 표면에 소용돌이를 일으켰다. 희박지대에서 윙윙거리는 소리가 들려왔고, 그 위를 덮은 연기 층의 표면은 정체를 알 수 없는 연한 초록빛 막으로 덮여 있었다.

그러다 마침내, 존 파슨의 병사들이 지르던 비명이 멈췄다.

우리가 죽인 거야. 롤랜드는 속으로 중얼거렸다. 역겨우면서도 황홀한 두려움이 밀려들었다. 그리고 뒤이어 떠오른 생각. *아니, 우리가 아니야. 나야. 내가 죽였어.*

그곳에 얼마나 오래 머물렀는지 롤랜드는 알 수가 없었다. 아마도 슬금슬금 피어오르던 연기가 그를 삼킬 때까지 꼼짝도 하지 않았으리라. 그러나 이내 커스버트가 그를 향해 외쳤다. 절벽 위로 올라가서 아래를 보며 외치는 커스버트의 목소리에는 충격과 당혹감이 배어 있었다.

"롤랜드! *저 달 좀 봐!*"

롤랜드는 고개를 들고 위를 보다가 움찔 놀랐다. 하늘이 이미 자줏빛 공단처럼 어두웠다. 그 하늘을 배경으로 동쪽을 바라보는 커스버트의 얼굴은 떠오르는 달의 주황색 빛으로 짙게 물들어 있었다.

그래, 주황색이야. 머릿속에서 희박지대가 소곤거렸다. 머릿속에서 희박지대가 웃고 있었다. *네가 이곳에 왔던 날 밤, 하늘에 떠 있는 나를 올려다봤을 때처럼 주황색이야. 타오르는 불처럼 환한 주황색. 성대한 장작불처럼.*

어떻게 이렇게 캄캄할 수가 있지? 롤랜드는 소리 없이 외쳤지만, 그는 이미 알고 있었다. 그것도 아주 잘 알고 있었다. 시간이 슬그머니 어긋났다가 다시 합쳐졌을 뿐이었다. 지진이 끝난 후에 다시금

서로를 끌어안는 지층처럼.

황혼이 시작됐다.

달이 떠올랐다.

두려움은 심장을 때리는 주먹처럼 롤랜드를 덮쳤다. 좁다란 돌위에 간신히 서 있던 그를 휘청거리게 했다. 뿔처럼 생긴 돌부리를 붙잡으려고 머리 위의 절벽을 더듬었지만, 균형을 잡으려는 그 노력조차 멀리서 일어나는 일처럼 아득하게 느껴졌다. 롤랜드의 정신은 또다시 분홍빛 폭풍 속에 있었다. 수정 구슬 바깥으로 끌려나오기 전으로, 우주의 절반을 구경하던 그때로 돌아가 있었다. 어쩌면 마법사의 수정 구슬은 그가 이제 곧 벌어질 일을 못 보도록 일부러 먼 훗날의 일들만 보여주었을 수도 있었다.

수전의 목숨이 정말로 위험해 보였다면, 난 돌아서서 구하러 갔을 거야. 그때 롤랜드는 그렇게 말했다. *당장.*

그런데 구슬도 그것을 알았다면? 만약 구슬이 거짓말을 할 수 없다면, 혹시 엉뚱한 곳으로 인도한 것은 아닐까? 일부러 롤랜드를 멀리 데려가서 캄캄한 대지와 그보다 더 시커먼 탑을 보여준 것은 아닐까? 구슬이 보여준 것은 또 있었다. 그것이 이제야 롤랜드의 머릿속에 떠올랐다. 농부 같은 옷차림을 한 남자…… 그가 뭐라고 했더라? 롤랜드가 생각한 말, 그가 평생 들어서 귀에 익은 말하고는 달랐다. *그대와 그대의 작물에게 생명을*이 아니었다. 대신……

"죽음을." 롤랜드는 자신을 둘러싼 절벽에 대고 소곤거렸다. "그대에게 죽음을, 내 작물에게는 생명을. *번제 나무.* 그 남자는 그렇게 말했어, *번제 나무*라고. 오라, 수확제여."

주황색이야, 총잡이. 머릿속에서 노인의 카랑카랑한 웃음소리가

들려왔다. 쿠스 언덕의 마녀였다. *장작불의 색깔이지. 번제 나무, 한 해의 끝. 지금까지는 손을 붉게 칠한 허수아비들만 옛 전통을 따랐지만…… 오늘 밤은 아니야. 오늘 밤에는 옛 전통이 다시 살아날 거야. 오래된 것들이 가끔 그러듯이 말이지. 번제 나무란 말이야, 이 망할 애송이야, 번제 나무라고. 오늘 밤에 너는 내 귀여운 에르모트를 죽인 대가를 치를 거다. 오늘 밤에 남김없이 치르게 될 거야. 오라, 수확제여.*

"올라가!" 롤랜드가 손을 뻗어 알레인의 등을 철썩 갈기며 외쳤다. "올라가, 올라가! 어서, 빨리 올라가란 말이야!"

"롤랜드, 갑자기 왜……?"

알레인은 멍한 목소리로 물으면서도 절벽을 올라가기 시작했다. 이 돌에서 저 돌로 손을 옮길 때마다 조그만 돌멩이들이 떨어져 위를 올려다보는 롤랜드의 얼굴에 부딪혔다. 돌멩이가 눈에 들어가지 않도록 찡그린 얼굴로, 롤랜드는 다시 손을 뻗어서 말한테 빨리 가라고 재촉할 때처럼 알레인의 엉덩이를 철썩 갈겼다.

"올라가, 이 망할 자식아! 아직 안 늦었을지도 몰라, 아직은!"

그러나 롤랜드는 알고 있었다. 악마의 달은 이미 떠올랐고, 그는 커스버트의 얼굴을 환각처럼 물들인 채 반짝이는 주황색 빛을 이미 보았으며, 그래서 알고 있었다. 머릿속에서 희박지대의 광기 가득한 울음소리가, 현실을 갉아먹는 그 썩은 상처가 마녀의 광기 가득한 웃음소리와 합쳐졌고, 그래서 이미 알고 있었다.

그대에게 죽음을, 작물에게는 생명을. 번제 나무.

아아, 수전……

23

빨간 머리카락을 기다랗게 기르고 밀짚모자 아래에 사나운 눈을 번득이는 남자를 볼 때까지, 수전은 자신이 어떤 상황에 처했는지 까맣게 모르고 있었다. 남자는 양손에 옥수수 껍질을 쥐고 있었다. 맨 처음 눈에 띈 그 남자는 그저 농부였다(수전은 언젠가 하급 시장에서 그 남자를 본 적이 있는 것 같았다. 마을 사람들끼리 으레 그러듯이 목례를 주고받은 적도 있는 것 같았다.). 남자는 실크 목장으로 가는 길과 위대한 길의 교차점에서 그리 멀지 않은 곳에서, 떠오르는 달의 환한 빛을 받으며 혼자 서 있었다. 수전 일행이 그 남자에게 다가가기 전까지는 아무 낌새도 보이지 않았다. 그러다가 눈앞을 지나가는 수전을 향해, 두 손은 앞으로 묶이고 목에는 밧줄이 묶인 채 고개를 숙이고 수레 위에 서 있던 수전에게 남자가 옥수수 껍질 다발을 집어던졌을 때, 모든 것이 분명해졌다.

"번제 나무!"

남자가 외쳤다. 수전이 어린 시절 이후로 한 번도 들어보지 못한 옛사람들의 말이었다. 거의 달콤하게 느껴지는 그 말에는 '오라, 수확제여'라는 뜻이 담겨 있었는데…… 그것 말고 다른 뜻도 있었다. 감춰진, 비밀스러운, 오로지 죽음을 의미하는 어떤 말과 연관된 다른 뜻. 신발 주위로 흩어지는 마른 옥수수 껍질을 보며 수전은 그 말에 깃든 비밀을 분명히 이해할 수 있었다. 또한 깨달았다. 자신이 아기를 낳을 일은 없을 것임을, 머나먼 길르앗에서 결혼식을 올릴 수도 없을 것임을, 전기로 밝힌 환한 불빛 아래 롤랜드와 춤을 출 일도 없을 것임을, 남편도, 달콤한 사랑을 나눌 밤도 더는 없을 것임을. 이제 모두 끝이었다. 세상은 변질해버렸고, 모든 것은 제대로 시작하기도 전에 끝나고 말았다.

수전은 자신이 수레 뒤에 실려 있다는 것을 알았다. 수레 뒤에 서서, 살아남은 관 사냥꾼이 묶은 밧줄을 목에 걸고 있었다.

"앉을 생각은 아예 하지도 마. 이걸로 네 목을 조르고 싶진 않으니까 말이야. 수레가 덜컹거려서 떨어지기라도 하면 줄을 늦춰줄 거다. 하지만 앉으려고 꼼지락거리면 잡아당길 수밖에 없어. *저 양반의 명령이니까.*" 관 사냥꾼이 고갯짓으로 가리킨 레아는 굽은 손에 고삐를 쥐고 마부석에 꼿꼿이 서 있었다. "*지금은 저분이* 대장이야."

그 말은 사실이었다. 그들이 마을에 점점 가까워지는 지금도 마찬가지였다. 수정 구슬을 지녔던 대가로 육신이 얼마나 약해졌든 간에, 정신이 얼마나 흐려졌든 간에, 레아의 힘은 약해지지 않았다. 오히려 힘의 원천을 새로 찾아내기라도 한 것처럼, 레아의 힘은 적어도 당장은 더 강해진 듯했다. 레아를 막대기처럼 간단히 부러뜨릴 수 있을 만큼 거친 사내들이 어린아이처럼 고분고분 그녀의 명령을 따랐다.

수확제 날 오후가 금세 지나고 밤이 가까워지는 동안 사람들은 점점 더 많아졌다. 수레 앞에는 라슬로 라이머와 사팔뜨기 사내를 포함하여 다섯 명이 있었고, 수레 뒤에는 레이놀즈를 비롯하여 열 명이 따라갔다. 수전의 목에 걸린 밧줄은 두목인 레이놀즈의 문신 새긴 손에 친친 감겨 있었다. 따라오는 남자들이 누구인지, 어떻게 알고 찾아왔는지 수전은 짐작도 가지 않았다.

레아는 급속히 불어나는 사람들을 이끌고 조금 더 북쪽으로 간

다음, 남서쪽으로 방향을 틀어 마을로 이어진 실크 목장 길에 들어섰다. 그 길은 햄브리 동쪽 끝자락에서 다시 위대한 길과 합쳐졌다. 수전은 정신이 몽롱한 와중에도 그 마녀가 천천히 가는 중임을 알 수 있었다. 마녀는 해가 지는 시간을 계산하여 조랑말을 재촉하는 대신 고삐를 당겨 천천히 움직이게 했다. 적어도 오후의 금빛 햇살이 사라질 때까지는 그랬다. 그러다가 홀로 서 있는 야윈 얼굴의 그 농부를 보았을 때, 자기 소유의 농장에서 사랑하는 가족을 부양하려고 아침부터 저녁까지 열심히 일하는, 의심할 것도 없이 선량한 그 농부를 보았을 때, 수전은 이토록 느리게 이동하는 까닭을 마침내 깨달았다. 레아는 달이 떠오르기를 기다리는 중이었다.

기도를 들어줄 신이 없었기에, 수전은 아버지에게 기도했다.

아빠. 혹시 거기 계시면 도와주세요. 내가 강해질 수 있게, 그 사람과 함께한 추억을 지킬 수 있게 도와주세요. 내가 무너지지 않게 도와주세요. 누가 구출해주길 바라진 않아요, 구원도 바라지 않고. 하지만 저 사람들이 내가 고통받고 두려워하는 걸 보면서 만족하게 하진 않을 거예요. 그리고 아빠, 그 사람…… 그 사람을 도와주세요……

"그 사람이 무사하도록 도와주세요." 수전은 나지막이 중얼거렸다. "내 사랑이 무사하게 지켜주세요. 그 사람이 어디를 가든 안전하게, 누구를 만나도 기쁨을 얻게, 만나는 사람마다 기쁨을 줄 수 있게 도와주세요."

"기도하는 건가?"

마부석에 앉은 노파가 고개도 돌리지 않고 물었다. 쉰 목소리에서 거짓된 연민이 묻어났다.

"그래, 아직 시간이 있을 때 신들한테 잘 부탁한다고 기도해야지. 목구멍에서 침이 부글부글 끓기 전에 말이야!"

노파는 고개를 젖히고 킬킬 웃었다. 얼마 안 남은 지푸라기 같은 머리카락이 둥근 달의 환한 주황색 빛에 물든 채 나부꼈다.

24

롤랜드의 처절한 절규를 듣고 러셔를 선두로 말들이 달려왔다. 말들은 골짜기에서 그리 멀지 않은 곳에서 바람에 갈기를 나부끼며 서 있었다. 그러다가 바람이 약해지고 골짜기에서 피어오른 짙은 연기가 코끝을 간질일 때마다 짜증스러운 듯이 힝힝거렸다.

롤랜드는 말들과 연기는 조금도 아랑곳하지 않았다. 그의 눈은 오로지 알레인의 어깨에 걸쳐진 자루에 집중되어 있었다. 자루 속의 수정 구슬이 다시 살아나 숨을 쉬고 있었다. 점점 짙어지는 어둠 속에서 번쩍이는 자루가 마치 기이한 분홍색 반딧불이 같았다. 롤랜드는 그 자루를 향해 손을 뻗었다.

"이리 줘!"

"롤랜드, 내 생각엔⋯⋯"

"이리 내놔, 망할 자식아!"

알레인이 돌아보니 커스버트는 고개를 끄덕이고 있었고⋯⋯ 뒤이어 어쩔 수 없다는 듯, 힘없이 두 손을 펴서 들어올렸다.

롤랜드는 알레인이 자루 끈을 어깨에서 빼내기도 전에 냉큼 자루를 빼앗았다. 그러고는 정신없이 끈을 풀고 수정 구슬을 꺼냈다. 구슬은 사납게 빛나고 있었다. 주황색이 아니라 분홍색으로 빛나는 악마의 달이었다.

그들 뒤쪽 아래에서는 희박지대의 울음소리가 그치지 않고 커졌다가 작아졌고, 다시 커졌다가 작아졌다.

"저 물건을 똑바로 보지 마." 커스버트가 알레인을 보며 중얼거렸다. "그러면 안 돼. 절대 안 돼."

롤랜드는 번쩍이는 수정 구슬 위로 얼굴을 숙였다. 뺨과 이마를 타고 물처럼 흐르는 찬란한 빛에 파묻혀 두 눈이 흔적도 없이 사라졌다.

멀린의 무지개 속에서 롤랜드는 보았다. 수전. 말 사육업자의 딸, 창가에 서 있던 사랑스러운 그 소녀를. 롤랜드는 금색 무늬로 장식한 검은 수레의 짐칸에 서 있는 수전을 보았다. 마녀가 타는 수레였다. 레이놀즈가 수전 뒤에 서서 그녀의 목에 걸린 밧줄 끄트머리를 손에 쥐고 있었다. 그 수레가 일부러 천천히 굴러가면서 향하는 곳은 그린하트 광장이었다. 섬뜩한 눈을 한 농부는 힐 스트리트에 줄지어 서 있는 사람들 가운데 첫 번째에 지나지 않았다. 그들은 수확제를 빼앗긴 대신 고대의 끔찍한 놀이를 즐기게 된 햄브리와 메지스의 주민들이었다. *번제 나무. 오라, 수확제여. 그대에게는 죽음을, 우리 작물에게는 생명을.*

소리 없는 속삭임이 밀려드는 파도처럼 군중 사이로 퍼져나갔고, 사람들은 수전에게 물건을 집어던지기 시작했다. 처음에는 옥수수 껍질, 그다음은 썩은 토마토, 뒤이어 감자와 사과가 날아갔다. 나중에 날아간 단단한 물체가 수전의 뺨에 부딪혔다. 수전은 비틀거리다가 하마터면 수레에서 떨어질 뻔했지만 이내 다시 꼿꼿이 섰다. 부었어도 여전히 예쁜 얼굴이 달빛으로 물들었다. 수전은 앞을 똑바로 바라보았다.

"번제 나무."

사람들이 소곤거렸다. 롤랜드에게는 그 소리가 들리지 않았지만 입술을 보면 무슨 말을 하는지 알 수 있었다. 그곳에 스탠리 루이즈가 있었다. 페티도, 거트 모긴스도, 다리가 부러진 부보안관 프랭크 클레이풀도 있었다. 올해의 수확제 총각이었을 제이미 매칸도 있었다. 롤랜드는 메지스에 머무는 동안 알게 된(그리고 좋아하게 된) 수많은 사람들의 얼굴을 보았다. 이제 그 사람들이 그의 연인에게 옥수수 껍질과 채소를 던지고 있었다. 두 손이 앞으로 묶인 채 마녀의 수레 위에 서 있는 그녀에게.

느리게 굴러가던 수레가 그린하트 광장에 도착했다. 광장에는 색색의 종이 등이 걸려 있고 회전목마도 있었지만…… 깔깔 웃는 어린아이는 보이지 않았다. 올해에는, 한 명도 없었다. 사람들은 아까 들리던 그 두 단어를 여전히 주문처럼 중얼거리며 서 있다가 두 무리로 갈라졌다. 피라미드 모양으로 쌓인 장작더미가 롤랜드의 눈에 들어왔다. 아직 불을 안 붙인 그 장작더미가 바로 화형대였다. 손을 붉게 칠한 허수아비들이 그 화형대를 감싸듯이 둥그렇게 앉아서, 말뚝에 등을 댄 채 축 늘어진 다리를 뻗고 있었다. 허수아비들이 만든 원 안에 빈자리가 있었다. 누가 오기를 기다리며 만든 자리였다.

이윽고 군중 속에서 한 여인이 나타났다. 지저분한 검은색 드레스 차림에 한 손에는 양동이를 든 여인이었다. 여인의 한쪽 뺨에 시커먼 검댕이 불도장처럼 또렷이 묻어 있었다. 그 여인은……

롤랜드가 악을 쓰기 시작했다. 똑같은 말을 거듭 외쳤다. *안 돼,*

안 돼, 안 돼, 안 돼, 안 돼, 안 돼! 수정 구슬의 분홍색 빛이 점점 더
환하게 깜박였다. 롤랜드가 느끼는 두려움이 그 빛에 생명을 불어
넣어 더욱 강하게 만드는 듯했다. 그리고 이제, 그 빛이 깜박일 때마
다, 커스버트와 알레인은 총잡이의 머리카락 아래에 있는 두개골의
모양을 똑똑히 볼 수 있었다.

"구슬을 뺏어야 돼. 커스버트, 어서 뺏어야 돼. 구슬이 롤랜드의
생명을 빨아들이고 있어. 롤랜드를 죽일 거야!"

커스버트는 알레인의 말에 고개를 끄덕이며 앞으로 나섰다. 수정
구슬을 붙잡고 당기려 했지만 롤랜드의 손에서 빼낼 수는 없었다.
총잡이의 손은 녹아서 구슬에 들러붙은 것만 같았다.

"때려, 알레인! 롤랜드를 때려, 어서!"

알레인은 커스버트가 시키는 대로 롤랜드를 때렸지만, 그 역시
기둥을 때리는 것만 같았다. 롤랜드는 꼿꼿이 서서 꼼짝도 하지 않
았다. 그렇게 서서 같은 말을 몇 번이고 외쳤다(*"안 돼! 안 돼! 안 돼!
안 돼!"*). 그리고 구슬은 점점 더 빠르게 깜박거리면서, 이미 벌어진
상처를 조금씩 갉아먹으며 롤랜드의 머릿속으로 파고들면서, 그의
슬픔을 피처럼 빨아먹었다.

25

"*번개나무!*"

가만히 서서 기다리던 코딜리어 델가도가 앞으로 나서면서 외쳤
다. 군중은 그 외침에 환호했고, 코딜리어의 왼쪽 어깨 너머에서는

악마의 달이 맞장구를 치듯이 깜박였다.

"번제나무다, 이 배은망덕한 계집애야! 번제나무야!"

코딜리어는 양동이에 든 페인트를 조카에게 끼얹었다. 결박당한 수전의 손은 시뻘건 장갑을 낀 것처럼 변했고, 바지도 빨간 페인트로 흠뻑 젖었다. 수전을 태운 수레가 앞을 지나가는 동안 코딜리어는 빙긋이 웃었다. 뺨에 묻은 검댕이 더욱 선명하게 보였고, 창백한 이마에는 핏줄 한 개가 벌레처럼 불끈거렸다.

"더러운 것!"

코딜리어가 악을 썼다. 두 주먹을 꼭 쥐고서. 흥에 겨워 춤추는 사람처럼 발을 동동 구르는 통에 치마 속의 앙상한 무릎이 펌프처럼 오르락내리락했다.

"작물에게 생명을! 더러운 계집에게는 죽음을! 번제 나무! 오라, 수확제여!"

수레는 이윽고 멀어졌고, 수전의 시야에서 희미해진 코딜리어는 이제 곧 끝날 꿈속의 잔인한 환상에 지나지 않았다. 새와 곰과 산토끼와 물고기. 수전은 가만히 생각했다. 롤랜드, 무사해야 해. 부디 내 사랑을 안고 떠나줘. 내 소원은 그것뿐이야.

"자, 끌어내려!" 레아가 외쳤다. "사람을 죽인 이 매춘부 계집을 끌어내려서 시뻘건 두 손을 활활 태우는 거야! 번제 나무!"

"번제 나무!"

군중이 레아의 외침에 화답했다. 달빛으로 물든 허공에 자원하는 사람들의 손이 숲처럼 빽빽이 솟았다. 어딘지 모를 곳에서 폭죽이 터지고 아이들이 왁자지껄 웃었다.

허공에 솟은 손들이 수전을 수레에서 들어올린 다음, 저 높은 곳에서 기다리는 장작더미로 옮겨갔다. 마치 전쟁이 끝나고 고향으로 개선하는 여장군처럼. 수전의 손에서 흐른 붉은 눈물이 흥분에 들떠 번들거리는 사람들의 얼굴에 뚝뚝 떨어졌다. 달은 종이로 만든 등의 불빛이 초라해 보일 만큼 환한 빛을 뿜으면서 이 광경을 고스란히 지켜보았다.

"새와 곰과 산토끼와 물고기여."

우선 아래로 내려진 다음 피라미드 모양의 마른 장작 위에 내동 댕이쳐지는 동안, 수전은 이렇게 중얼거렸다. 자신을 위해 마련된 빈자리에 세워지는 수전을 보며 군중은 한목소리로 외쳤다. *번제 나무! 번제 나무! 번제 나무!*

"새와 곰과 산토끼와 물고기여."

무도회가 열렸던 밤에 롤랜드와 춤추던 기억을 떠올리려고 애썼다. 버드나무 숲에서 그와 사랑을 나누던 기억을 떠올리려고 애썼다. 캄캄한 길 위에서 처음 만났던 그 밤의 기억을 떠올리려고 애썼다. *고마워, 복된 만남이야.* 그때 롤랜드는 그렇게 말했고, 그 말이 옳았다. 그 모든 고난에도 불구하고, 고통과 배신과 곧 닥쳐올 일에도 불구하고, 그가 한 말은 진실이었다. 복된 만남이었다. 정말로 복된 만남이었다.

"번제 나무! 번제 나무! 번제 나무!"

여인들이 다가와 수전의 발치에 마른 옥수수껍질을 쌓았다. 그중 몇몇은 수전의 뺨을 갈겼고(하지만 아무렇지도 않았다, 얼굴이 멍들고 부어서 이미 마비된 듯했으므로.), 한 명은 아예 수전의 눈에 침을 뱉고 는 두 손을 허공에 올리고 신나게 휘저으면서, 깔깔 웃으면서 폴짝 폴짝 뛰어갔다. 침을 뱉은 여인은 미샤 알바레즈였다. 수전은 그녀의 딸에게 승마를 가르쳐준 적이 있었다. 잠깐 동안 코럴 소린이 수전의 눈에 띄었다. 수확제 장식을 주렁주렁 단 코럴은 품에 가득 안고 있던 낙엽을 수전에게 흩뿌렸다. 죽은 이파리들이 구수한 냄새와 바스락거리는 소리를 흩날리며 우수수 떨어졌다.

뒤이어 수전의 고모가 다시 등장했다. 이번에는 레아가 곁에 서 있었다. 둘 다 횃불을 들고 있었다. 앞에 서 있는 두 사람을 보며 수전은 지글지글 타는 송진 냄새를 맡을 수 있었다.

레아가 달을 향해 횃불을 치켜들었다.

"*번제 나무!*" 레아가 쉰 목소리로 외치자 사람들이 화답했다. "*번제 나무!*"

코딜리어도 자기 횃불을 치켜들었다. "*오라, 수확제여!*"

"*오라, 수확제여!*" 사람들이 함성으로 맞장구쳤다.

"잘 봐라, 더러운 계집아." 레아가 간드러지는 목소리로 말했다. "지금부터 네 애인이 해준 것보다 더 뜨거운 입맞춤을 맛보게 될 거다."

"뒈져라, 이 배은망덕한 것아." 코딜리어가 소곤거렸다. "작물에게 생명을, 너에게는 죽음을."

수전의 무릎 높이까지 쌓인 옥수수 껍질에 먼저 횃불을 던진 사람은 코딜리어였다. 레아도 거의 틈을 두지 않고 자기 횃불을 던졌다. 옥수수 껍질은 대번에 불이 붙었다. 싯누런 불길에 눈이 부실 지경이었다.

수전은 마지막 남은 서늘한 공기를 들이마시고 심장의 온기로 덥혔다. 그런 다음 우렁찬 목소리로 의연하게 외쳤다.

"*롤랜드, 사랑해!*"

사람들이 수군거리며 뒤로 물러났다. 자기들이 한 짓을 보고 불안해진 눈치였지만, 이제는 되돌릴 방법이 없었다. 여기 있는 것은 허수아비가 아니라 그들 모두가 아는 씩씩한 소녀였다. 그들의 이웃이었다. 그런데 말도 안 되는 이유로 두 손이 빨갛게 칠해진 채 수확제 밤의 장작불 위에 서 있었다. 시간이 조금만 더 있었어도 구할 수 있었다. 누가 나서든 나서서 구할 수 있었다. 그러나 이미 때늦은 후회였다. 마른 장작이, 수전의 바지가, 셔츠가, 불타고 있었다. 기다란 금발이 머리 위에서 왕관처럼 이글이글 타고 있었다.

"사랑해, 롤랜드!"

삶의 마지막 순간에 수전이 느낀 것은 고통이 아니라 열기였다. 잠시나마 롤랜드의 눈을 떠올릴 여유가 있었다. 새벽빛에 물든 하늘처럼 파란 두 눈을. 드롭 평원에서 말을 달리던 모습도 떠올랐다. 검은 머리칼과 목에 맨 스카프를 바람에 나부끼며 러셔를 타고 질주하던 그의 모습을. 평온과 자유를 만끽하며 웃는 모습도 떠올랐다. 수전을 먼저 보내고 긴 생애를 살아가는 동안 그가 다시는 느끼지 못할 것들이었다. 수전은 바로 그 웃는 얼굴을 가슴에 품고 떠나갔다. 환한 불빛과 뜨거운 불길에서 벗어나 부드럽게 위로해 주는 어둠 속으로, 연인의 이름을 거듭 또 거듭 외치면서, 새와 곰과 산토끼와 물고기를 부르면서.

26

절규의 끝에는 아무 말도, 안 돼라는 말조차도, 남아 있지 않았다.

롤랜드는 배가 갈라진 짐승처럼 울부짖었다. 그의 두 손과 수정 구슬은 용접된 쇳덩이처럼 단단히 들러붙어 있었다. 달아나는 짐승의 심장처럼 격렬하게 두근거리는 구슬 속에서, 그는 불타는 수전을 지켜보았다.

커스버트는 그 저주스러운 구슬을 다시 빼앗으려고 했지만, 소용이 없었다. 그래서 떠올릴 수 있는 유일한 대안을 실천에 옮겼다. 리볼버를 뽑아서 구슬에 대고 격철을 당겼던 것이다. 자칫 롤랜드가 다칠 수도 있었고 구슬의 파편이 튀어 자기 눈이 멀 수도 있었지만, 다른 방법은 없었다. 어떻게든 하지 않으면 구슬이 롤랜드를 죽일 판이었다.

그러나 방아쇠를 당길 필요는 없었다. 커스버트의 총을 보고 사태를 파악하기라도 한 것처럼, 수정 구슬은 롤랜드의 손 안에서 순식간에 생명을 잃고 캄캄해졌다. 롤랜드의 딱딱하게 굳은 몸은 주름 한 줄, 근육 한 가닥까지 공포와 분노로 덜덜 떨리다가 축 늘어졌다. 그는 돌멩이처럼 털썩 쓰러졌고, 손아귀에 단단히 붙잡혀 있던 구슬도 그제야 풀려났다. 그의 몸이 땅바닥에 부딪힐 때에는 배가 방석이 되어 구슬을 받쳐주었다. 구슬은 그의 몸에서 떨어져 구르다가 길게 뻗은 채 축 늘어진 손에 부딪혀 멈췄다. 이제 캄캄한 구슬 속에는 아무것도 보이지 않고 그저 불길한 주황색 불꽃 한 점뿐이었다. 떠오르는 악마의 달이 표면에 조그맣게 비친 것이었다.

알레인은 혐오와 경외심이 섞인 표정으로 구슬을 바라보았다. 잠들어 있는 사악한 짐승을 바라보는 눈빛이었다. 그러나 그 짐승은 다시 눈을 뜰 테고…… 그때 다시, 사람을 물 것이었다.

알레인이 구슬로 다가갔다. 밟아서 박살을 낼 작정이었다.

"꿈도 꾸지 마."

커스버트가 가라앉은 목소리로 말했다. 그는 롤랜드의 곁에 무릎을 꿇고 앉아서 알레인을 올려다보는 중이었다. 두 눈에 떠오르는 달이 하나씩 자리 잡고 있었다. 환하게 반짝이는 조그마한 보석 두 개였다.

"꿈도 꾸지 마. 이걸 얻으려고 얼마나 고생했는데. 건드릴 *생각도* 하지 마."

알레인은 망설이는 표정으로 친구를 응시했다. 뭐라고 하든 간에 구슬을 깨버려야 한다는 생각이 들었다. 지금까지 고생했다는 이유로 나중에 겪을 고생의 화근을 남겨둘 수는 없었다. 그리고 땅바닥에 놓인 저 수정 구슬은 온전한 모습으로 남아 있는 한 모두에게 고통만 안겨줄 뿐이었다. 그것의 정체는 고통 *제조기*였고, 수전 델가도 역시 그것 때문에 목숨을 잃었다. 롤랜드가 구슬 속에서 무엇을 보았는지는 알 수 없었지만, 알레인은 롤랜드의 표정을 보았다. 그리고 그것으로 충분했다. 구슬은 수전을 죽였고, 그냥 놔두면 더 많은 사람을 죽일 것이 뻔했다.

하지만 알레인은 *카*를 떠올리고 구슬로부터 물러섰다. 나중에 이 일을 죽도록 후회하게 될 줄은 모른 채로.

"알레인, 구슬을 도로 자루에 넣어둬. 그다음엔 나랑 같이 롤랜드를 일으키는 거야. 여기서 빨리 벗어나야 하니까."

주둥이를 끈으로 여미는 그 자루는 근처의 땅바닥에 아무렇게나 떨어진 채 바람에 흔들리고 있었다. 알레인은 수정 구슬을 집어들면서 그 둥그렇고 매끈한 표면의 감촉에 진저리를 쳤다. 손을 대고 있으면 구슬이 다시 살아날 것만 같았다. 그러나 아무 일도 없었다. 그는 구슬을 자루에 넣고 다시 어깨에 둘러멨다. 그런 다음 롤랜드 곁에 무릎을 꿇고 앉았다.

롤랜드를 깨우려고 헛된 수고를 하는 동안 시간이 얼마나 흘렀는지, 알레인은 알 수 없었다. 다만 하늘 높이 떠오른 달이 다시 은빛으로 바뀌어 있었고 골짜기에서 솟아오르던 연기도 희미해진 후였다. 마침내 커스버트가 이제 됐다고 말했다. 롤랜드를 러셔의 안장에 걸친 채로 돌아가는 수밖에 없었다. 동이 트기 전에 자치령 서쪽의 울창한 삼림지대를 통과하면 무사할 수도 있었으나…… 그러려면 일단 거기까지는 가야 했다. 얼떨결에 파슨의 부하들을 간단히 해치우기는 했지만, 날이 밝으면 남은 병력이 전열을 가다듬어 쫓아올지도 몰랐다. 그렇게 되기 전에 달아나는 것이 최선이었다.

그렇게 그들은 아이볼트 골짜기를, 메지스 자치령의 바닷가를 떠났다. 안장에 주검처럼 축 늘어진 롤랜드와 함께, 악마의 달 아래 서쪽을 향해 말을 몰면서.

27

이튿날, 그들은 메지스 서쪽의 일 보스크 숲에서 하루를 보내며 롤랜드가 깨어나기를 기다렸다. 그가 눈을 뜨지 않은 채로 오후가 되자 커스버트가 입을 열었다.

"네 예지력으로 한번 들여다봐. 뭐가 보이는지."

알레인은 롤랜드의 양손을 잡은 다음, 잠든 친구의 창백한 얼굴 위로 몸을 숙이고 온 정신을 집중한 채 30분 가까이 꼼짝도 하지 않았다. 그러다가 결국 고개를 저으며 롤랜드의 손을 놓고 일어섰다.

"뭐 좀 보여?"

커스버트가 물었다. 알레인은 한숨과 함께 고개를 저었다.

롤랜드는 두 친구가 소나무 가지를 엮어 만든 썰매 덕분에 더는 말안장에 엎드려 여행할 필요가 없었다(적어도 러셔의 처지에서 보면 주인을 그런 식으로 태우고 가는 것은 언짢은 일이었다.). 또한 그들은 위대한 길에서 멀찍이 떨어져 평행으로 이동했다. 그 길에 얼쩡거리는 것은 너무 위험한 짓이었다. 이튿날에도 롤랜드가 눈을 뜨지 않자 두 친구는 그를 사이에 두고 나란히 앉아서, 천천히 오르락내리락하는 그의 가슴 위로 서로를 마주보았다(이제 메지스에서 한참 멀어지고 보니 그곳이 너무나 그리웠다. 어째서인지 말로 표현하기는 힘들었지만, 그리움은 몸에 부딪히는 파도처럼 생생했다.).

"알레인, 의식이 없는 사람도 배가 고프거나 목이 말라서 죽을까? 그러진 않을 거야, 그치?"

"아니. 아마 그럴걸."

전날 밤은 길고도 조마조마한 여행을 해야 했다. 뜬눈으로 밤을 새다시피 한 두 소년은 이날 낮 담요로 햇빛을 가린 채 죽은 사람처럼 늘어져 잤다. 몇 분 차이로 눈을 떴을 때에는 해가 저물고 달이 떠오르는 중이었다. 보름에서 이틀이 지난 악마의 달이 첫 번째 가을 폭풍을 예고하는 구름바다를 뚫고 솟아올랐다.

롤랜드는 일어나 앉아 있었다. 어느새 자루에서 꺼낸 수정 구슬과 함께였다. 그가 두 팔로 끌어안은 구슬은 개구쟁이의 유리 눈처럼 새카맣고 고요했다. 죽은 듯 고요하기는 달빛에 물든 오솔길을 바라보는 롤랜드의 눈 또한 마찬가지였다. 그는 먹기는 했지만 자지

는 않았다. 길가의 개울에서 물을 마시기는 했지만 말은 하지 않았
다. 또한 그토록 큰 대가를 치르고 메지스에서 가져온 멀린의 무지
개를 결코 손에서 놓으려 하지 않았다. 그러나 구슬은 그에게조차
빛을 보여주지 않았다.

아니. 커스버트는 문득 생각했다. *알레인이랑 내가 살아 있는 동*
안은 다시 빛나지 않을 거야.

롤랜드의 손에서 구슬을 빼앗지 못한 알레인은 대신 그의 볼을
만져 생각을 읽으려 했다. 그러나 거기에는 읽을 것이 아무것도 없
었다. 아무것도. 그들과 함께 길르앗을 향해 말을 모는 사람은 롤랜
드가 아니었다. 롤랜드의 유령도 아니었다. 그믐날을 눈앞에 둔 저
달처럼, 롤랜드는 사라지고 없었다.

제4부

신의 아이들은 모두
신을 신고 있다

제1장

캔자스, 아침

1

총잡이가 마침내

(얼마 만일까, 몇 시간? 며칠?)

입을 다물었다. 그는 무릎에 팔뚝을 얹은 채 동쪽에 있는 건물을 가만히 바라보았다(해를 등지고 서 있는 유리 궁전은 황금빛 후광에 둘러싸인 시커먼 형상으로 보였다.). 그러다가 곁에 놓인 가죽 물통을 얼굴 위로 들더니 입을 벌리고 물통을 기울였다.

입으로 흘러든 물을 삼키기는 했지만, 물을 마시려고 한 짓은 아닌 듯했다. 일행이 지켜보는 가운데 롤랜드는 갈라진 도로에 드러누웠고, 그러는 동안에도 그의 목에 도드라진 울대뼈는 물을 넘기느라 바쁘게 움직였다. 물은 주름이 깊이 팬 이마를 타고 흘러내리다가 감은 눈꺼풀에 부딪혀 튀었다. 아래로 흘러내린 물은 목 뿌리의 세모꼴 홈에 고였고, 이마 뒤로 흐른 물은 검은 머리칼을 더욱 짙게 물들였다.

한참 만에 물통을 내려놓은 총잡이는 그대로 누워 꼼짝도 하지 않았다. 눈은 감은 채였고, 두 팔은 꿈속에서 항복하는 사람처럼 머리 위로 길게 뻗고 있었다. 젖은 얼굴에서 가느다란 덩굴처럼 김이 피어올랐다.

"휴우."

"좀 괜찮아졌어?"

총잡이는 에디의 말에 눈을 떴다. 빛이 바랬지만 여전히 위험해 보이는 시퍼런 두 눈이 드러났다.

"그래. 괜찮다. 이야기를 꺼내기 전에는 그렇게 두려워하다가 어떻게 이렇게 후련할 수가 있는지 모르겠지만…… 어쨌거나 괜찮다."

"심리학 전문가라면 이유를 설명해줄 수 있을 거예요. 당신이 들으려고 할지는 모르겠지만."

수재나는 이렇게 말하며 허리에 손을 대고 몸을 쭉 폈다. 그러면서 얼굴을 찡그렸지만, 무의식적인 반응일 뿐이었다. 생각과 달리 허리가 별로 아프지 않았다. 등뼈 맨 아래에서 틱 소리가 났을 뿐, 예상과 달리 요란한 뚜두둑 소리는 들리지 않았다.

"어쨌거나 '마음의 짐을 벗었다'란 말로는 다 표현을 못할 것 같네. 근데 롤랜드, 우리 여기 얼마나 있었던 거야?"

"딱 하룻밤."

"유령들이 하룻밤 사이에 다 해치운 거군요."

제이크가 몽롱한 목소리로 중얼거렸다. 아이는 발목을 포개고 앉아 있었고, 굽힌 무릎 사이의 마름모꼴 자리에는 오이가 앉아서 금빛 테를 두른 새까만 눈으로 올려다보고 있었다.

누워 있던 롤랜드가 일어나 앉았다. 그는 목에 두른 수건으로 젖은 뺨을 닦은 다음, 제이크를 날카롭게 노려보았다.

"그게 무슨 말이냐?"

"제가 한 말이 아니에요. 찰스 디킨스라는 사람이 그렇게 썼어요. 『크리스마스 캐럴』이라는 책에서요. 그러니까 고작 하룻밤 사이에 다 해치웠다, 이 말이죠?"

"혹시 몸이 불편한 거냐? 더 오랜 시간이 흘렀다고 느낄 만큼?"

제이크는 고개를 저었다. 여느 아침과 별 다를 바 없는, 실은 어떤 날보다는 더 좋은 기분이었다. 소변이 마렵기는 해도 어금니가 흔들리거나 하는 기색은 없었다.

"에디, 너는? 당신은 어떻소, 수재나?"

"괜찮아요. 밤새 뜬눈으로 앉아 있었던 것 같진 않아요."

"그 말을 듣고 보니까 내가 한창 약을 즐기던 시절이 생각나네. 어떻게 보면 이것도……"

"네 눈에는 뭐든 보이지 않나?" 롤랜드가 덤덤하게 물었다.

"하, 거 재밌네. 아아주 재밌어. 다음번에 또 미친 열차를 탈 일이 있으면 그 재미난 질문을 꼭 하도록 해. 어쨌거나 내가 하고 싶었던 말은, 밤마다 약에 취해 살다 보면 아침에 콸콸 넘치는 정화조가 된 기분으로 눈을 뜨는 것도 익숙해진다, 이거야. 머리는 깨질 것 같지, 코는 꽉 막혔지, 가슴은 쿵쾅쿵쾅 뛰고 허리는 유리조각이 박힌 것처럼 찌릿찌릿하거든. 이 에디님이 장담하는데, 아침에 눈을 떠서 그 기분을 느껴보면 마약이 몸에 얼마나 좋은 건지 딱 감이 와. 아무튼, 그 기분에 너무 익숙해지면, 실제로는 밤새 푹 잤는데도 아침에 일어나서 이렇게 생각하게 돼. '뭐야, 왜 이래? 나 어디 아픈 거 아냐? 기분이 이상해. 혹시 자다가 뇌졸중이라도 일어난 건가?'"

제이크는 깔깔 웃으면서 손으로 입을 틀어막았다. 어찌나 급하게 막았던지, 웃음을 참기보다는 달아나는 웃음소리를 붙잡으려는 손짓 같았다.

"죄송해요. 듣다 보니까 우리 아빠가 생각나서 그만."

"나랑 비슷하게 사는 분인가 보구나? 뭐, 어쨌든. 좀 있으면 여기저기 쑤시고 몸도 노곤하고 걸을 땐 삐걱삐걱 소리도 나겠지만…… 지금은 저 덤불에 가서 물부터 빼야 좀 살겠는걸."

"볼일이 끝나면 요기를 좀 하는 게 어떠냐?"

롤랜드가 물었다. 그때까지 에디는 시종 빙긋이 웃는 얼굴이었다. 이제 그 얼굴에서 웃음기가 사라졌다.

"아니. 당신 얘기를 듣고 나니까 배가 고픈 줄도 모르겠어. 실은 배가 하나도 안 고파."

2

에디는 수재나를 등에 업고 둑을 내려가서 눈에 안 띄게 볼일을 보도록 월계수 덤불 뒤에 내려주었다. 제이크는 동쪽으로 50미터쯤 떨어진 자작나무 수풀로 향했다. 롤랜드는 볼일을 보고 나면 붕대로 뒤처리를 하겠다고 말했다가 뉴욕에서 온 친구들이 웃는 것을 보고 놀라서 눈이 동그래졌다.

그러나 덤불에서 나온 수재나는 웃고 있지 않았다. 대신 얼굴이 눈물로 얼룩져 있었다. 에디는 아무것도 묻지 않았다. 이미 알기 때문이었다. 그 역시 울지 않으려고 안간힘을 썼다. 그래서 말없이 수재나를 살포시 안았고, 그녀도 에디의 목에 얼굴을 묻었다. 둘은 그렇게 한동안 서 있었다.

"번제 나무라니."

한참 후에 수재나가 입을 열었다. 롤랜드의 말투를 흉내 내듯 끝이 살짝 올라간 말투였다.

"그러게 말이에요. 오라, 수확제라니."

에디는 미친 기관차 찰리를 떠올리며 말했다. 이름이 무엇이든, 정체는 결국 한가지였다. 수재나는 고개를 들고 젖은 눈을 닦았다.

"그 많은 일을 다 겪었다니. 고작 열네 살에."

수재나는 나직한 목소리로 말했고…… 그러면서 고속도로 진입로가 있는 둑 쪽을 다시 돌아보았다. 혹시 롤랜드가 거기 서서 이쪽을 내려다보는지 확인할 생각에서였다.

"그러니까요. 거기에 비하면 약을 사려고 톰킨스 광장을 누빈 내 모험담은 그냥 애들 장난이죠. 그치만 어떻게 보면 다행이라는 생각도 들어요."

"다행이라고요? 왜요?"

"왜냐면 난 그 인간이 자기 손으로 수전을 죽였다고 털어놓을 줄 알았거든요. 그 망할 놈의 탑 때문에."

수재나는 에디의 눈을 똑바로 마주보며 말했다.

"그 사람이 생각하는 게 바로 그거예요. 모르겠어요?"

3

　다시 돌아와 함께 모였을 때, 그리하여 아침 식사를 눈앞에 차려
놓았을 때, 그들은 너 나 할 것 없이 조금은 허기가 돈다고 인정할
수밖에 없었다. 롤랜드는 마지막 남은 부리토를 나누어주었고(에디
는 속으로 생각했다. 이따가 햄버거 가게가 보이면 바로 들어가서 뭐 남은
것 좀 없냐고 물어봐야겠군.), 친구들은 기꺼이 받아먹었다. 그러나 롤
랜드만은 예외였다. 그는 자기 몫의 부리토를 들고 가만히 응시하다
가 딴 곳으로 눈을 돌렸다. 에디는 총잡이의 슬픈 표정을 보며 그가
늙고 멍해 보인다고 생각했다. 그래서 가슴이 아팠지만, 어떻게 해
야 좋을지 알 수가 없었다.
　그보다 열 살은 더 어린 제이크는 달랐다. 제이크는 일어나서 롤
랜드에게 다가가 옆에 무릎을 꿇고 앉은 다음, 그의 목에 팔을 감고
끌어안았다.
　"정말 안됐어요. 친구들을 잃으신 거 말이에요."
　롤랜드의 표정이 꿈틀거렸고, 한순간 에디는 그가 무너질 거라는
생각이 들었다. 아마도 오랜만에 해보는 포옹일 듯싶었다. 아주 오
랜만에. 에디는 잠시 눈을 돌려야 했다. 아침의 캔자스 풍경이라. 평
생 볼 일이 없을 줄 알았는데. 저 양반은 놔두고 잠깐 경치나 감상
해야겠군.
　에디가 다시 돌아보았을 때, 롤랜드는 평정을 되찾은 상태였다.
제이크는 그 곁에 앉아 있었고 오이도 기다란 주둥이를 총잡이의
한쪽 장화에 올려놓고 있었다. 그리고 롤랜드는 자기 몫의 부리토를
먹고 있었다. 천천히, 딱히 맛있는 건 아니라는 표정으로…… 그러

나 분명히, 먹고 있었다.

수재나의 서늘한 손이 에디의 손을 잡았다. 그는 그 손을 마주잡고 깍지를 꼈다.

"딱 하룻밤 지났네요." 수재나가 중얼거렸다.

"몸으로 느끼기엔 그렇죠. 하지만 우리 머릿속에선……."

"그건 아무도 모른다, 에디. 이야기를 하다보면 시간이 변하는 법이니. 적어도 내가 사는 세계에서는 그렇다."

롤랜드는 두 사람의 대화에 끼어들면서 빙그레 웃었다. 늘 그렇듯이 아무도 생각지 못한 웃음이었고, 늘 그렇듯이 그의 웃는 얼굴은 거의 아름다워 보일 정도로 평소와 달랐다. 그 얼굴을 보며 에디는 곰곰이 생각했다. 오래전 그가 젊을 적에는 어떤 소녀라도 그에게 반했을 거라고. 그가 비쩍 마르고 키도 아직 덜 컸지만 그래도 지금보다 덜 못생겼을 무렵에는. 아직 '탑'에 완전히 중독되기 전에는.

"그건 어느 세계에서나 마찬가지일걸요. 롤랜드, 출발하기 전에 뭐 좀 물어봐도 돼요?"

"좋을 대로 하시오."

"그 후엔 어떻게 됐어요? 얼마나 오래…… 의식을 잃었죠?"

"당신 말이 맞소, 난 분명히 의식을 잃었소. 난 여행을 하고 있었소. *헤매고* 있었지. 멀린의 무지개 속에 있었던 건 아니오. 만약 내가…… 몸이 다 낫지 않은 채로 그 속에 들어갔다면…… 아마 다시는 나오지 못했겠지만…… 하지만 인간은 누구나 마법사의 수정 구슬을 하나씩 지니고 있소. 바로 여기에." 롤랜드는 미간 바로 위의 이마를 손가락으로 천천히 두드렸다. "내가 간 곳이 바로 거기요. 내 친구들이 길르앗으로 향하는 동안 나는 그곳을 돌아다녔소. *거기*

서 몸을 추슬렀던 거요. 조금씩. 수정 구슬에 매달린 채로 머릿속을
여행하면서, 나는 조금씩 깨어났소. 허나 도시의 성벽과 감시탑이
눈에 보일 때까지…… 구슬은 내게 두 번 다시 빛을 보여주지 않았
소. 구슬이 조금만 더 일찍 깨어났어도…….”

롤랜드는 알 바 아니라는 듯이 어깨를 으쓱했다.

“내가 조금이나마 정신을 차리기 전에 구슬이 먼저 깨어났다면,
난 아마 지금 여기에 없을 거요. 그 어떤 세계라고 해도 수전이 없
는 세계보다는 나을 테니. 설령 구슬 속에 갇힌 분홍빛 세계라고 해
도 말이오. 구슬에 생명을 부여한 힘은 그걸 알았을 거요…… 다 알
면서 기다렸겠지.”

“하지만 다시 빛났을 땐 아저씨한테 남은 이야기를 들려줬을 거
예요. 틀림없어요. 아저씨가 못 본 것들을 가르쳐줬을 거예요.”

“그래. 구슬 안에서 본 것 덕분에 이만큼이라도 아는 거다.”

“당신이 그랬잖아, 존 파슨이 당신 머리를 장대에 매달고 싶어 안
달이 났다고. 당신이 파슨의 보물을 훔쳤으니까. 그게 그 수정 구슬
이잖아, 맞지?”

“그렇다. 보고를 받고 나서 파슨은 화를 내는 정도가 아니었다.
아예 분노로 미쳐 날뛰었지. 네 식대로 말하자면 ‘뚜껑이 열린’ 거
다, 에디.”

“롤랜드, 그 후로 구슬이 빛난 적이 몇 번이나 있었죠?”

“그때 무슨 일이 일어났어요?” 수재나에 이어 제이크가 물었다.

“나는 메지스 자치령을 떠난 후로 구슬이 빛나는 걸 세 번 봤다.
첫 번째는 길르앗에 도착하기 전날 밤이었지. 내가 구슬 안에서 가
장 오래 헤맨 것도 그때였고, 너희한테 들려준 이야기를 구슬이 보

여준 것도 그때였다. 몇 가지는 그저 추측만 할 뿐이지만 대개는 눈으로 본 것들이다. 구슬이 내게 그것들을 보여준 까닭은 가르침이나 깨달음을 주기 위해서가 아니다. 고통과 상처를 주기 위해서였지. 마법사의 무지개 가운데 남아 있는 것은 모두 사악한 구슬이다. 어째서인지 고통을 먹고 살아가는 존재들이지. 구슬은 내 정신이 이해하고 *감내*할 만큼 회복될 때까지 기다렸던 거다. 그렇게 기다렸다가…… 멍청한 사춘기 꼬맹이가 자만심에 취해 놓친 것들을 고스란히 보여줬다. 사랑에 눈이 멀었던 나의 어리석음을. 결국에는 죽음을 불러온 나의 자만심을."

"그만해요, 롤랜드. 이제 와서 새삼 괴로워할 필요 없어요."

"허나 어쩔 수 없소. 앞으로도 영원히 그럴 거요. 걱정 마시오, 이제 괜찮소. 그 부분의 이야기는 다 했으니. 그리고 두 번째로 구슬을 봤을 때는…… 구슬 안에 들어갔을 때는, 집에 돌아온 지 사흘째 되던 날이었소. 어머니는 안 계셨소. 그날 저녁은 나와 함께해야 했는데도. 어머니는 여성을 위한 휴양소인 드바리아에 가서 내가 돌아오기를 기도하며 기다리고 계셨소. 마튼도 없었소. 파슨과 함께 크레시아에 있었으니."

"구슬은? 그땐 이미 당신 아버지한테 넘겼겠지?"

"아니."

롤랜드는 에디의 물음에 이렇게 대답하고 자기 손으로 시선을 내렸다. 에디가 지켜보는 동안 그의 뺨이 살짝 붉어졌다.

"처음에는 드리지 않았다. 포기하기가…… 너무 힘들어서."

"그랬겠죠. 그 요망한 물건을 들여다본 적이 있는 사람은 누구나 그럴 거예요."

"사흘째 날 오후에, 무사히 귀환한 우리를 환영하는 파티가 열리기 전에……"

"당신도 참, 퍽이나 파티 할 기분이 들었겠군."

에디의 말에 롤랜드는 손에서 눈을 떼지 않은 채 엷게 웃었다.

"오후 네 시쯤에 알레인과 커스버트가 내 방으로 왔다. 우리 셋 다 몰골이 아주 볼 만했을 거다. 얼굴은 바람에 트고, 눈은 퀭하고, 손은 절벽을 기어오르다 생긴 상처가 다 낫지도 않았고, 몸은 까마귀처럼 바싹 말랐으니. 통통한 편이었던 알레인조차도 옆으로 돌아서면 종이처럼 얇아 보일 정도였다. 그 둘은 나한테, 뭐랄까…… 항의했다. 그때까지는 둘 다 구슬의 존재를 비밀에 부치고 있었다. 나를 존중하는 의미에서, 또 내가 겪은 고난을 감안해서 그랬다고 했는데, 아마 사실일 거다. 하지만 그날 저녁의 만찬에서까지 비밀을 지킬 수는 없다고 하더구나. 내가 순순히 구슬을 내놓지 않으면 우리 아버지들이 의논해서 결정할 문제라면서. 둘 다 끔찍이도 안절부절못하면서 얘기했다. 특히 커스버트가 그랬지. 하지만 각오만큼은 단단했고…… 그래서 얘기했다. 연회가 열리기 전에 내 손으로 아버지에게 건네겠다고. 드바리아에 있는 어머니가 마차를 타고 도착하기 전에. 그러니 너희도 일찍 와서 내가 약속을 지키는지 확인하라고 했다. 커스버트는 그럴 것까진 없다고 더듬더듬 말했지만…… 그건 당연히 필요한 절차였다."

"그랬겠지."

에디가 말했다. 이야기 속의 장면을 누구보다 잘 이해하는 사람의 표정이었다.

"혼자서도 화장실에 들어갈 순 있으니까. 그치만 옆에 누가 있으면 약을 변기에 처넣고 물을 내리기가 훨씬 더 쉽지."

"적어도 알레인은 알아차렸다. 곁에 누가 있으면 내가 구슬을 건네기가 더 쉽다는 걸 말이다. 그래서 커스버트를 조용히 시키고 연회 시작 전에 오겠다고 했지. 그리고 약속대로 둘 다 나타났다. 나도 구슬을 아버지께 건넸다, 속으로는 조금도 원하지 않았지만. 아버지는 자루 속에 있는 것을 보시고 얼굴이 백짓장처럼 하얘지더니, 자루를 들고 자리를 피하셨다. 다시 돌아오셨을 때에는 손에 와인 잔을 들고 계시더구나. 그러고는 아무 일도 없었던 것처럼 우리에게 메지스에서 무슨 일을 겪었는지 물어보셨다."

"하지만 친구 분들하고 이야기하고 나서 구슬을 건넬 때까지 시간이 있었잖아요. 아저씬 그때 구슬을 들여다봤을 거예요. 구슬 안으로 들어갔을 거예요. 그 속에서 헤맸을 테고요. 그땐 뭘 보셨어요?"

"처음에는 또 탑이 보였다. 그리고 거기로 가는 길이 시작되는 곳도. 길르앗이 함락당하고 의인 파슨이 개선 행진을 하는 광경도 봤다. 우리 셋이서 기름 탱크와 유전을 파괴했는데도 그 사태를 고작 20개월 정도 뒤로 미루는 데 그쳤던 거다. 그건 내가 어떻게 할 수 있는 일이 아니었지만, 구슬은 내가 할 수 있는 일도 보여줬다. 칼 한 자루가 보였다. 칼날에 아주 강력한 독을 바른 물건이었는데, 중간 세계의 머나먼 왕국인 갈란에서 나는 독이었다. 너무 강력해서 살짝 스치기만 해도 즉사하는 독이었지. 그 칼을 궁전으로 가져온 떠돌이 가수는 사실 존 파슨의 첫째 조카였다. 그에게서 칼을 넘겨받은 사람은 궁의 시종장이었고, 시종장은 다시 암살을 실행할 범인에게 그 칼을 전할 예정이었지. 내 아버지는 만찬이 끝나고 아침을 보지 못한 채 돌아가실 운명이었다." 롤랜드는 친구들을 보며 섬뜩하게 웃었다. "허나 내가 마법사의 구슬 속에서 본 것 때문에 그 칼은 암살범에게 전해지지 않았고, 그 주가 끝나기 전에 시종장이 새로 바뀌었다. 어떠냐, 훈훈한 이야기 아니냐? 그래, 이 정도면 꽤 훈훈하지."

"칼을 받기로 한 사람이 누군지도 봤어요? 암살범 말이에요."

"그렇소, 수재나. 나는 다 봤소."

"그거 말고 다른 건요? 혹시 다른 건 못 보셨어요?"

제이크는 롤랜드의 아버지를 노린 암살 계획에는 그다지 흥미가 없는 듯했다. 롤랜드의 표정에 당혹한 기색이 감돌았다.

"그래, 봤다. 신발이 있더구나. 아주 잠시 보였다. 신발이 하늘에 데굴데굴 굴러다녔다. 처음에는 낙엽인 줄 알았다. 그러다가 자세히 보고 신발인 걸 알았을 때에는 이미 사라지고 없었고, 나는 구슬을 끌어안고서 침대에 누워 있었다…… 메지스에서 가져올 때 모습 그대로. 내 아버지는…… 아까 말했듯이, 자루 속을 들여다봤을 때 아버지의 표정은 혼비백산 그 자체였다."

당신은 독을 바른 칼을 누가 갖고 있었는지만 얘기했어요. 수재나는 속으로 가만히 중얼거렸다. 이름이 지브스인 집사라거나 뭐 그런 사람이겠죠. 하지만 그 칼을 실제로 사용할 사람이 누군지는 말 안 했어요, 안 그래요? 왜 안 한 거죠? 그 사람을 당신이 직접 해치웠기 때문인가요? 그러나 수재나가 소리 내어 묻기 전에 에디가 먼저 질문을 던졌다.

"신발이라고? 하늘에 날아다니는 신발? 혹시 지금은 그게 뭔지 알 것 같아?"

롤랜드는 고개를 저었다.

"롤랜드, 구슬 안에서 또 뭘 봤는지 다 얘기해줘요."

수재나가 말했다. 롤랜드는 지독히도 괴로워하는 눈빛으로 수재나를 돌아보았고, 그 눈빛을 본 수재나는 막연히 품고 있던 의심이 확신으로 바뀌었다. 그녀는 롤랜드의 눈을 피해 고개를 돌리고 에디의 손을 쥐었다.

"미안하오, 수재나. 허나 그럴 수 없소. 지금은 안 되오. 지금 할 수 있는 얘기는 이미 다 했소."

"아, 그래. 잘했어, 롤랜드. 아주 멋졌어."

"여써." 오이가 에디의 말에 맞장구를 쳤다.

"혹시 그 마녀를 다시 만나신 적이 있나요?"

제이크가 물었다. 롤랜드는 한참 동안 입을 다문 채 이 질문에도 대답하지 않을 것처럼 보였지만, 결국에는 대답을 했다.

"그래. 그 마녀하고는 아직 할 일이 남아 있었다. 수전이 나오는 꿈처럼 나를 따라다녔으니까. 그 마녀는 메지스에서부터 줄곧 내 뒤를 따라다녔다."

"그게 무슨 말이에요?" 제이크는 겁에 질린 목소리로 조그맣게 물었다. "세상에. 롤랜드 아저씨, 그게 무슨 말이에요?"

"지금은 얘기할 때가 아니다." 롤랜드가 일어서면서 말했다. "이제 다시 출발할 시간이다."

롤랜드는 그들 앞쪽 저 멀리서 일렁거리는 궁전을 고갯짓으로 가리켰다. 해가 성벽 위로 막 떠오른 참이었다.

"꽤 멀긴 해도 서두르면 오늘 오후에는 도착할 수 있을 게다. 그리고 낮에 도착하는 게 최선이다. 할 수만 있으면 해가 진 후에는 들어가고 싶지 않은 곳이니까."

"저게 뭔지 아직도 모르겠어요?"

"위험이오, 수재나. 우리 길을 막고 있는 위험."

4

그날 아침 한참 동안 희박지대가 내뿜은 울음소리가 어찌나 요란했던지, 롤랜드 일행은 귀에 총알을 끼우고도 그 소리를 완전히 차단할 수 없었다. 소리가 가장 강해졌을 때 수재나는 콧대가 그대로 무너지는 기분을 느꼈다. 그러다가 옆을 돌아보니 제이크가 엉엉 울고 있었다. 슬퍼서가 아니라 콧속이 못 견디게 간질거려서 우는 듯했다. 수재나는 제이크가 얘기했던 톱 연주자를 머릿속에서 지울 수가 없었다. *하와이 민속 음악 같죠.* 에디가 미는 새 휠체어에 앉아 멈춰 선 자동차들 사이를 통과하는 동안 수재나는 자꾸만 그 생각을 떠올렸다. *하와이 민속 음악 같죠, 안 그래요? 염병할 하와이 민속 음악 같잖아요, 안 그래요, 예쁜 검둥이 아가씨?*

고속도로 양 옆에서는 희박지대가 둑 위까지 올라와 있었고, 그 너머로 아지랑이처럼 일렁거리는 나무와 곡물 저장탑은 통통한 아이들을 지켜보는 동물원의 굶주린 동물들처럼 일행을 지켜보는 듯했다. 수재나는 문득 아이볼트 골짜기의 희박지대를 상상했다. 희박지대가 돌진하는 라티고의 부하들을 노리고 연기 속에서 게걸스럽게 손을 뻗는 광경을, 그들을 끌어들이는(몇몇은 공포영화의 좀비 떼처럼 제 발로 들어가는) 광경을. 그러다가 어느새 센트럴 파크에서 톱으로 음악을 연주하던 그 미친 남자가 다시 떠올랐다. *하와이 민속 음악 같죠, 안 그래요? 희박지대 말이에요, 꼭 하와이 민속 음악 같잖아요, 안 그래요?*

도저히 더 못 견디겠다는 생각이 들었을 때, 희박지대가 70번 고속도로에서 다시 물러나기 시작했다. 콧노래처럼 흥얼거리던 소리도 드디어 조금씩 희미해졌다. 수재나는 마침내 귀에서 총알을 빼낼 수 있었다. 휠체어 옆의 주머니에 총알을 넣는 손이 살짝 떨렸다.

"휴, 방금 건 진짜 지독했어요."

에디의 가라앉은 목소리에서 울음기가 묻어났다. 수재나가 돌아보니 에디는 뺨이 젖어 있었고, 눈도 빨갰다.

"걱정 마요, 수지 언니. 그냥 코가 찡해서 그런 거니까. 저놈의 소리 때문에 아주 죽는 줄 알았어요."

"나도 마찬가지예요, 에디."

"전 코는 괜찮은데 머리가 아파요. 롤랜드 아저씨, 혹시 아스피린 남은 거 있어요?"

롤랜드는 잠시 멈춰서 걸낭을 뒤적거리다 약병을 꺼냈다.

"그 후에 클레이 레이놀즈를 또 본 적이 있나요?"

제이크는 자기 물통의 물과 함께 알약을 삼키고 나서 물었다.

"아니, 허나 놈이 어떻게 됐는지는 안다. 패거리를 모아서 은행을 털었는데, 개중에는 파슨 밑에서 달아난 탈영병도 있었다. 놈들은 내 고향과 가까운 쪽에서 활개를 쳤는데…… 그때는 이미 은행 강도나 역마차 강도들이 총잡이를 별로 두려워하지 않았다."

"총잡이들은 파슨을 상대하느라 바빴겠지."

"그렇다, 에디. 허나 레이놀즈 패거리는 오클리라는 곳에서 함정에 빠졌다. 영리한 보안관이 마을의 큰길을 막고 집중 사격을 퍼부었지. 패거리 열 명 중에 여섯은 그 자리에서 죽었다. 나머지는 교수대에 매달렸고, 그 넷 중 하나가 레이놀즈였다. 1년도 안 지나서 벌어진 일이다. 이듬해 광짓날 무렵에." 롤랜드는 잠깐 멈췄다가 말을 이었다. "집중 사격을 당하고 죽은 놈들 중에는 코럴 소린도 있었다. 레이놀즈의 여자가 돼서 함께 살인을 저지르고 다녔던 거다."

일행은 잠시 아무 말도 없이 걸음을 옮겼다. 멀리서 희박지대가 끝나지 않을 노래를 흥얼거렸다. 갑자기 제이크가 길에 서 있는 캠핑카를 향해 달려갔다. 운전석 앞쪽 와이퍼에 쪽지가 한 장 끼워져 있었다. 제이크는 까치발로 서서 간신히 쪽지를 집었다. 거기 적힌 내용을 읽는 동안 표정이 점점 찌푸려졌다.

"뭐라고 적혀 있는데 그래?"

제이크는 에디에게 쪽지를 내밀었다. 에디는 쪽지를 읽고 수재나에게 건넸고, 수재나는 그것을 읽고 다시 롤랜드에게 건넸다. 롤랜드는 쪽지를 보고 고개를 저었다.

"난 몇 글자밖에 못 알아보겠다. 늙은 여자, 다크맨. 나머지는 뭐라고 적힌 거냐? 대신 좀 읽어다오."

제이크가 쪽지를 받고 읽기 시작했다.

"'꿈에 나온 늙은 여자는 네브래스카에 있다. 그 여자의 이름은 애버게일.' 그리고…… 여기 밑에는 이렇게 적혀 있어요. '다크맨은 서쪽에 있다. 아마도 라스베이거스에.'"

제이크는 총잡이를 올려다보았다. 손에 든 쪽지는 바람에 파르르 떨렸고, 아이의 표정에는 불안과 궁금증이 가득했다. 그러나 롤랜드는 고속도로 저편에서 빛나는 궁전을 가만히 바라볼 뿐이었다. 서쪽이 아니라 동쪽에 있는 궁전, 암흑이 아니라 빛으로 물든 궁전이었다.

"서쪽. 다크맨, 암흑의 탑. 항상 서쪽이로구나."

"네브래스카 주도 여기서 보면 서쪽이에요." 수재나가 내키지 않는 목소리로 말했다. "이 애버게일이란 사람이 중요한지 어떤지는 모르겠지만, 그래도……."

"내 생각에 그 여인은 다른 이야기의 한 부분 같소."

"하지만 우리 이야기랑 가깝겠지. 어쩌면 다음번에 만나는 문일지도 몰라. 굉장히 가까울 거야. 식탁 위의 설탕이랑 소금을 주고받을 수 있을 만큼…… 아니면, 말다툼을 벌일 만큼."

"네 말이 맞을 게다, 에디. 나중에는 그 '늙은 여인'과 '다크맨'하고도 볼일이 있겠지만…… 오늘 갈 곳은 동쪽이다. 자, 출발하자."

그들은 다시 걷기 시작했다.

5

"시미는 어떻게 됐어요?"

한참 후에 제이크가 물었다. 롤랜드는 너털웃음을 터뜨렸다. 생각지 못한 질문을 받아서이기도 했고, 흐뭇한 기억이 떠올라서이기도 했다.

"시미는 우리를 따라왔다. 쉽진 않았을 게다. 가끔은 굉장히 무서웠겠지. 메지스에서 길르앗까지는 끝도 없는 황야인 데다, 거친 놈들도 많으니까. 개중에는 그냥 거친 정도가 아닌 놈들도 있고. 허나

*카*가 지켜준 덕분에 시미는 그해 세밑 축제가 열릴 무렵에 길르앗에 도착했다. 그 망할 노새와 함께."

"카프리초소 말이군요."

"오소."

발치에서 타박타박 걷던 오이가 제이크를 따라했다.

"내가 친구들과 함께 탑을 찾으려고 길을 나설 때, 시미는 우리와 함께였다. 말하자면 시종이었지. 그 아이는……."

롤랜드는 말끝을 흐리다가 입술을 깨물었고, 더는 아무 말도 하지 않았다.

"코딜리어는요? 롤랜드, 그 미친 고모는 어떻게 됐어요?"

"장작불이 숯으로 변하기도 전에 죽었소. 심장이 마비됐든가, 머리가 돌아버렸을 테지. 에디가 말한 뇌졸중이란 걸 수도 있고."

"아마 부끄러워서 그랬겠죠. 아니면 자기가 한 짓을 보고 무서워서 그랬든가."

"어쩌면 그랬을지도. 진실을 너무 늦게 깨닫는 건 끔찍한 일이니. 그건 내가 아주 잘 알고 있소."

"어, 저기 뭐가 있어요. 보이세요?"

제이크가 훤히 뚫린 도로를 손가락으로 가리키며 말했다. 그 근처의 차들은 길가로 치워져 있었다.

롤랜드의 눈에는 보였다. 그의 눈에는 안 보이는 것이 없는 듯했다. 그러나 수재나는 15분이 지난 후에야 길 앞쪽에 조그맣게 보이는 검은 점들을 발견했다. 무엇인지 알 것도 같았지만, 그 근거는 시력이 아니라 직감이었다. 수재나는 그로부터 10분 후에야 확신할 수 있었다.

검은 점은 신발이었다. 70번 고속도로의 동쪽 방향 차로 위에, 신발 여섯 켤레가 가로 한 줄로 가지런히 놓여 있었다.

제2장

길 위의 신발

1

오전이 절반쯤 지났을 무렵, 일행은 신발이 놓인 곳에 도착했다.
그 너머로 이제 또렷이 보이는 유리 궁전이 서 있었다. 궁전은 잔잔
한 수면에 비친 연잎처럼 연한 초록빛을 머금고 반짝였다. 정면에
는 번쩍이는 문들이 있었고, 탑에 달린 붉은 깃발들이 미풍에 펄럭
거렸다.

길 위의 신발들 또한 붉은색이었다.

신발이 모두 여섯 켤레일 거라던 수재나의 짐작은 틀렸지만, 그
렇게 짐작하는 것도 무리는 아니었다. 실제로는 네 켤레와 네 짝으
로 이루어진 한 켤레였기 때문이었다. 반질거리는 암적색 가죽 장화
네 짝은 아무리 봐도 그들 *카텟*의 네 발 달린 친구를 위해 마련된
것이었다. 롤랜드는 그중 한 짝을 들고 안을 만져보았다. 유사 이래
장화를 신고 다닌 개너구리가 몇 마리나 될지는 짐작도 가지 않았

지만, 적어도 안에 실크를 댄 가죽 장화를 신은 놈이 한 마리도 없었던 것만은 분명했다.

"발리나 구찌도 긴장해야겠는데. 아주 끝내주는 신발이야."

에디가 너스레를 떨었다. 수재나의 신발이 가장 알아보기 쉬웠는데 단지 여성 취향의 장식 때문만은 아니었다. 그녀의 신발은 사실 신발이 아니었다. 절단된 다리에 맞게 무릎 바로 위에서 끝나도록 만들어졌기 때문이었다.

"이것 좀 봐요."

수재나는 감탄한 목소리로 중얼거리며 신발 한 짝을 집어들었다. 신발을 장식한 모조 다이아몬드가 햇빛에 반짝였는데…… 과연 모조인지 어떤지는 알 수 없었다. 터무니없게도, 수재나는 그 다이아몬드들이 진짜일 거라고 짐작했다.

"나무발이에요. 난 내 친구 신시아가 '하지 단축 상태'라고 놀리는 걸 4년이나 참고 살았는데, 이제야 나무발이 생겼네요. 정말 감동했어요."

"나무발이라. 그 시절엔 의족을 그렇게 불렀나요?"

"맞아요, 에디. 그랬어요."

제이크의 신발은 새빨간 옥스퍼드 구두였다. 색깔만 빼면 부잣집 아이들이 다니는 파이퍼 스쿨에 꼭 어울리는 신발이었다. 제이크는 신발 한 짝을 집어서 구부렸다가 뒤집어 보았다. 밑창이 어떤 흔적도 없이 깨끗했다. 제조사의 상표도 찍혀 있지 않았지만 제이크도 처음부터 기대하지 않았다. 아버지에게 고급 수제화가 열 켤레쯤 있었기 때문이었다. 제이크는 그런 신발을 한눈에 알아볼 수 있었다.

에디의 신발은 목이 낮은 장화였다. 뒷굽은 높다란 쿠바식이었고(이 동네에선 메지스식이라고 부를지도.) 앞코는 뾰족했는데…… 그러고 보니 그가 살던 세상에서는 '스트리트 보퍼'라고 불리던 구두였다. 1960년대 중반, 그러니까 오데타/ 데타/ 수재나가 떠나온 지얼마 안 된 시대의 젊은이들이라면 '비틀스 신발'이라고 부를 법도했다.

롤랜드의 신발은 당연히 카우보이 장화였다. 심지어 가축을 몰때가 아니라 춤추러 갈 때 신고 싶을 만큼 멋진 장화였다. 실로 떠서 만든 동그란 무늬, 옆면의 장식, 좁고 높다란 발볼 부분까지. 롤랜드는 신발을 들지 않고 가만히 살펴보다가 친구들을 돌아보고 눈살을 찌푸렸다. 그들은 서로 마주보고 있었다. 모르는 사람 같으면세 명이서 서로 마주보기란 불가능하다, 두 명만이 마주볼 수 있다고 따질 법도 했지만…… 이는 카텟에 속한 적이 없는 사람만이 할수 있는 말이었다.

롤랜드는 여전히 그들과 케프를 공유했다. 그래서 하나로 뒤섞여거세게 흐르는 그들의 생각을 느낄 수 있었지만, 그 생각을 이해할수는 없었다. 왜냐면 저들의 세계에 관한 것이기 때문이지. 저들은같은 세계의 서로 다른 시대에서 왔지만 세 명 모두 여기서 본 것때문에 같은 생각을 하고 있어.

"뭐냐? 이 신발들이 뭘 의미하는 거냐?"

"우리 중에 그걸 아는 사람은 없을 것 같은데요."

"아니에요, 수재나 아줌마. 이것도 수수께끼예요." 제이크는 손에든 피처럼 빨간 옥스퍼드 구두를 역겨운 것인 양 내려다보며 말했다. "재수 없는 수수께끼가 또 등장한 거예요."

"네가 아는 걸 얘기해다오."

롤랜드는 다시 유리 궁전 쪽으로 눈을 돌렸다. 저들의 세계에서 통하는 단위로는 20킬로미터가 조금 더 되는 곳에 있는 그 궁전은 이제 맑은 하늘 아래 연약한 신기루처럼 빛나고 있었지만…… 그래도 진짜 같았다. 이를테면, 눈앞의 신발처럼.

"부탁이다. 이 신발에 대해 아는 대로 얘기해다오."

"나는 신을 신었네, 당신도 신을 신었네. 하느님의 자녀는 누구나 신을 신고 있네." 수재나 안의 오데타가 말했다. "아무튼 이 노래를 모르는 흑인은 없었어요."

"뭐, 어쨌거나 우리한텐 새 신발이 생겼네요. 그나저나 당신은 지금 나랑 똑같은 생각을 하고 있을 거예요. 안 그래요?"

"그런 것 같아요, 에디."

"제이크, 넌 어때?"

제이크는 말로 대답하는 대신 길 위의 구두 한 짝을 마저 든 다음 (롤랜드는 모든 신발이 꼭 맞을 거라고 믿어 의심치 않았다, 오이의 것까지 포함해서), 두 짝을 가볍게 세 번 부딪혔다. 롤랜드에게는 아무 의미도 없는 동작이었지만 에디와 수재나는 화들짝 놀랐다. 둘 다 주위를 두리번거렸는데 특히 하늘을 유심히 살피는 모습이 마치 화창한 가을 햇볕 속에서 폭풍이라도 튀어나올까 두려워하는 듯했다. 그러다가 마지막에는 다시 유리 궁전을 쳐다보았고…… 뒤이어 눈을 동그랗게 뜨고 서로를 마주보았다. 이제야 알겠다고 말하는 듯한 그 표정을 보며, 롤랜드는 두 사람의 멱살을 붙들고 이가 부딪히는 소리가 날 때까지 흔들고 싶어졌다. 그러나 기다렸다. 때로는 기다리는 것만이 유일한 방법이었다. 에디가 그를 향해 돌아섰다.

"당신은 조너스를 죽이고 나서 구슬을 들여다봤다고 했어."

"그래."

"구슬 속에서 *여행*을 했다고 했지."

"그렇다, 허나 그 얘기를 지금 다시 하고 싶진 않다. 그건 이 신발하고는 아무 상관도……"

"아니, 내가 보기엔 상관이 있어. 당신은 분홍빛 폭풍에 휘말려서 날아갔어. 분홍빛 *회오리바람*이라고 해도 좋을 거야. 회오리바람이나 폭풍이나 그게 그거니까, 안 그래? 수수께끼를 낼 때는 더 그렇지."

"맞아요." 제이크가 잠꼬대를 하는 아이처럼 몽롱한 목소리로 말했다. "도로시가 마법사의 무지개 너머로 날아간 때는 언제일까? 답은 회오리바람에 휩싸였을 때."

"애, 우리가 있는 곳은 이제 캔자스가 아니야."

수재나는 이렇게 말하고 나서 으르렁거리는 듯한 묘한 소리를 냈다. 롤랜드가 듣기에는 웃음소리 같았다.

"조금은 비슷해 보일지도 모르지만, 캔자스는 이렇게…… 살풍경한 곳이 아니었어."

"무슨 소리들을 하는 건지 모르겠군."

롤랜드가 말했다. 그러나 등골은 서늘해졌고, 가슴은 정신없이 쿵쾅거렸다. 이제는 어디에나 희박지대가 있었다. 그가 친구들에게 그렇게 말하지 않았던가? 탑의 힘이 약해지면서 여러 세계가 녹아 하나로 합쳐진다고? 장미가 뿌리째 갈아엎어질 날이 가까워진다고 하지 않았던가?

"당신은 날아가면서 여러 가질 봤을 거야. 당신이 말한 그 암흑의 대지, 선더클랩이라는 곳에 도착하기 전에 말이야. 예를 들면, 피

아노 연주자 셰브. 그 사람은 당신 인생에 한 번 더 등장했어. 안 그
래?"

"그래, 툴에서 다시 만났다."

"그리고 빨강 머리 농부도 다시 만났지?"

"그래, 그 사람도 만났다. 이름이 졸탄이라는 새를 기르고 있었
지. 하지만 그땐 우리 둘 다 평범한 인사를 나눴다. '당신에게 생명
을, 당신의 작물에게도 생명을' 그 비슷한 말이었을 게다. 분홍빛 폭
풍 속에서 내 곁으로 날아갈 때에도 같은 말을 들었다고 생각했지
만, 실은 그렇지 않았다." 롤랜드는 말을 하다 말고 수재나를 힐끗
보았다. "당신의 휠체어도 봤소. 전에 타던 낡은 거 말이오."

"그리고 마녀도 봤고."

"그래. 난……."

그 순간, 제이크 체임버스가 날카로운 목소리로 킬킬 웃다가 소
리쳤다. 그 웃음소리를 듣고 레아를 떠올린 롤랜드는 덜컥 불안해
졌다.

"내가 널 잡을 거다, 귀여운 아가씨! 네 강아지도 같이!"

롤랜드는 제이크를 가만히 바라보았다. 입을 헤 벌리지 않으려고
애쓰면서.

"그치만 영화에서는 빗자루를 타고 다니지 않았어요. 자전거를
타고 다녔어요. 뒤에 바구니가 달린 거요."

"맞아, 수확제 장식도 안 달고 있었지. 주렁주렁 달았으면 더 멋
있었을 텐데 말이지. 야, 제이크, 난 있잖아, 어렸을 때 악몽을 꾸면
그 마녀 웃음소리가 막 들리고 그랬어."

"난 원숭이가 무서웠어요, 에디. 날개 달린 원숭이 말이에요. 그

원숭이가 생각나면 부모님 침대에 기어 들어가곤 했죠. 두 분은 내가 잠들 때까지도 애를 데리고 그런 영화를 보러 간 게 누구 생각이었는지를 놓고 싸웠어요."

"전 구두 뒷굽을 부딪힐 때 하나도 안 무서웠어요. 하나도."

제이크가 말하는 상대는 수재나와 에디였다. 한동안 롤랜드는 그 자리에 없는 사람이나 마찬가지였다.

"어차피 신고 있지도 않았으니까요, 뭐."

"그래." 수재나는 꾸짖는 사람처럼 엄한 목소리로 말했다. "하지만 우리 아버지가 항상 하시던 말씀이 있어. 뭔지 아니?"

"아뇨. 하지만 곧 알게 될 거라는 느낌이 마구마구 드는군요."

에디가 너스레를 떨었다. 수재나는 그런 에디를 힐끗 노려보고 다시 제이크에게 눈을 돌렸다.

"이렇게 말씀하셨어. '항상 입조심해라, 말이 씨가 되는 법이다.' 그건 좋은 충고야. 여기 있는 멍청한 아저씨가 뭐라고 하든."

"이런, 또 한 방 먹었네." 에디가 씩 웃으며 중얼거렸다.

"머언네!" 오이가 에디를 쩨려보면서 따라했다.

"나한테도 설명해다오." 롤랜드가 할 수 있는 한 가장 부드러운 목소리로 말했다. "어디 한번 들어보자. 나도 너희 케프를 함께 나누고 싶다. 그것도 *지금* 당장."

2

그들은 20세기의 미국에 사는 어린이라면 누구나 알 만한 이야기를 롤랜드에게 들려주었다. 캔자스 주 농장에 살던 소녀 도로시 게일이 회오리바람에 휘말려 자기 개와 함께 오즈라는 나라에 도착하는 이야기였다. 오즈에는 70번 고속도로 같은 것이 없었지만 대신 거의 비슷한 노릇을 하는 노란 벽돌길이 있었고, 선한 마녀와 악한 마녀도 있었다. 그 이야기에는 도로시와 토토, 그리고 도로시가 길을 가다가 만난 세 친구로 이루어진 *카텟*이 나왔다. 바로 겁쟁이 사자, 양철 나무꾼, 허수아비였다. 그들은 저마다

(새와 곰과 산토끼와 물고기)

간절한 소원이 있었는데, 롤랜드의 새 친구들은 그중 도로시의 소원에 가장 절실하게 공감했다. 그 소원이란 다름 아닌 집으로 돌아갈 방법을 찾는 것이었다(여기에 관해서는 롤랜드도 같은 심정이었다.).

"먼치킨들이 도로시한테 노란 벽돌길을 따라 오즈로 가라고 했어요. 그래서 도로시는 그 말대로 길을 가다가 친구들을 만났어요. 아저씨가 우릴 만난 거랑 비슷해요. 아저씨도……"

"물론 당신이 주디 갈란드하고 닮았다는 말은 아니야, 롤랜드."

"……그래서 결국에는 도착해요. 오즈의 에메랄드 궁전이요. 근데 거기에 어떤 남자가 살고 있었어요."

제이크는 저 멀리 보이는 초록빛 궁전을 바라보았다. 햇빛이 강해질수록 궁전의 초록빛도 더욱 강해졌다. 제이크가 다시 롤랜드에게로 눈을 돌렸다.

"그래, 나도 알겠다. 그런데 그 오즈라는 남자는 강력한 딘이냐? 아니면 귀족? 그도 아니면, 왕이냐?"

세 사람은 또다시 롤랜드만 빼놓고 눈빛을 주고받았다.

"그게, 좀 복잡해요. 말하자면 뻥쟁이 같은 건데……"

"뻥쟁이? 뭐냐, 그게?"

"아뇨, 뻥쟁이요." 제이크가 웃음을 터뜨렸다. "허풍쟁이 말이에요. 말만 하고 행동은 안 하는 사람. 그치만 중요한 건 그 마법사가 어디서 왔느냐 하는 건데……"

"마법사?"

롤랜드가 날카로운 목소리로 물었다. 그는 손가락이 줄어든 오른 손으로 제이크의 어깨를 와락 붙잡았다.

"왜 그 남자를 마법사라고 부르는 거냐?"

"그 사람의 호칭이라서 그런 거예요, 롤랜드. 오즈의 마법사."

수재나는 이렇게 말하며 제이크의 어깨에서 롤랜드의 손을 떼어 냈다. 그녀의 움직임은 부드러우면서도 단호했다.

"제이크가 얘기를 마무리하게 놔둬요. 너무 몰아세우지 말고."

"혹시 나 때문에 기분이 상한 거냐? 미안하다, 제이크."

"아뇨, 괜찮아요. 신경 쓰지 마세요. 아무튼, 도로시랑 친구들은 이런저런 모험 끝에 마법사가, 음, '뻥쟁이'란 걸 알게 돼요." 제이크는 롤랜드의 말을 흉내 내더니 다섯 살배기 아이처럼 두 손으로 이마를 두드리다 그대로 머리를 쓸어넘겼다. "마법사는 사자한테 용기를 주지 못했어요. 허수아비한테 뇌를 주지도 못했고, 나무꾼한테 심장을 주지도 못했고요. 그중에 최악은 도로시를 캔자스로 돌려보내지 못한 거예요. 마법사한테는 기구가 있었는데 혼자 타고 가버렸어요. 일부러 그런 것 같진 않지만, 어쨌든 그랬어요."

"네 얘기를 듣다 보니…… 내 생각엔……." 롤랜드는 아주 천천히 말했다. "도로시의 친구들은 자기가 원하는 걸 처음부터 갖고 있었던 것 같구나."

"맞아, 그 이야기의 교훈이 바로 그거야. 아마 그래서 훌륭한 이야기인 거겠지. 근데 말이지, 도로시는 오즈에 꼼짝없이 묶인 신세가 됐어. 그때 글린다가 나타나. 글린다는 착한 마녀야. 그래서 도로시한테 악한 마녀 한 명을 집으로 깔아뭉개고 또 한 명은 물을 끼얹어서 녹여버린 대가로 루비 구두를 어떻게 쓰는지 가르쳐줘. 그 구두는 글린다가 도로시한테 준 선물이야."

에디는 높다란 굽이 달린 빨간색 스트리트 보퍼를 집어들며 말했다. 그를 위해 70번 고속도로의 흰색 점선 위에 놓인 신발이었다.

"글린다는 도로시한테 루비 구두의 뒷굽을 세 번 부딪히라고 했어. 그러면 그 구두가 캔자스로 데려다줄 거라고. 그리고 그 말은 사실이었지."

"이야기는 그걸로 끝이냐?"

"그게, 책이 너무 인기가 많아져서요. 작가가 신이 나서 오즈 이야기를 엄청나게 많이 썼는데……"

"맞아. 『글린다와 함께하는 탄탄한 허벅지 만들기』만 빼고 온갖 책이 다 나왔어."

"……영화는 리메이크된 적도 있어요. 「위즈」라는 황당무계한 영화였는데, 거기선 흑인들이 주연을……"

"진짜?" 수재나가 어리벙벙한 표정으로 물었다. "정말 특이한 설정이네."

"……그치만 중요한 건 역시 맨 처음에 만들어진 영화 같아요."

제이크가 드디어 얘기를 끝맺었다. 롤랜드는 쭈그리고 앉아서 자신을 위해 마련된 장화에 손을 넣었다. 그러고는 장화를 들고 가만히 살펴보다가 도로 내려놓았다.

"네 생각엔 우리가 이걸 신어야 할 것 같으냐? 지금 여기서?"

뉴욕에서 온 롤랜드의 세 친구는 애매한 표정으로 마주보았다. 그러다 결국 수재나가 대표로 입을 열었다. 롤랜드가 느낄 수는 있어도 좀처럼 공유하지 못하는 그들 사이의 *케프*를 직접 알려주기 위해서였다.

"당장은 안 그러는 게 좋을 거예요. 이곳엔 안 좋은 기운이 너무 많이 감돌아요."

"하긴, 타쿠로 스피릿 같은 차가 돌아다니는 동네니까." 에디가 혼잣말처럼 중얼거렸다. "저기, 일단 그냥 가져가자. 어차피 우리가 신어야 할 물건이라면, 때가 되면 알 거야. 한편으로는 선물을 들고 나타나는 빵쟁이를 조심하는 게 좋을 것 같아."

제이크는 에디가 예상한 대로 이 말을 듣고 깔깔 웃었다. 때로는 말이나 이미지가 바이러스처럼 머릿속에 박혀 한동안 웃음을 유발하는 법이었다. 이튿날이 되면 제이크는 '빵쟁이'라는 말을 들어도 아무렇지 않을 테지만, 이날은 그 말을 들을 때마다 웃음을 터뜨릴 것 같았다. 에디는 일부러 그 말을 많이 쓰려고 했다. 특히 제이크가 예상치 못한 상황에서 더더욱.

그들은 자신들을 위해 동쪽 방향 차로에 놓인 빨간 신발을 집어 들고(오이의 신발은 제이크가 챙겼다.) 다시 빛나는 유리 성을 향해 걷기 시작했다.

오즈. 롤랜드는 가만히 생각했다. 기억을 더듬어봤지만 전에 들은 적이 있는 이름 같지는 않았다. 미친 기관차 찰리처럼 귀족어에서 사용하는 단어를 살짝 바꾼 이름 같지도 않았다. 그런데도 왠지 그들의 여행과 상관이 있는 말 같았다. 그 이야기가 만들어진 제이크와 수재나, 에디의 세계보다는 오히려 자기 세계에 더 어울리는 말처럼 들렸다.

3

일행이 초록빛 궁전에 가까이 다가가는 동안, 제이크는 디즈니월드의 탈것들이 가까이서 보면 평범해 보이듯이 그 건물 또한 점점 정상적으로 보일 거라고 기대했다. *평범한* 정도까지는 바라지도 않았다. 그저 *정상적*이면 충분했다. 길모퉁이의 버스 정류장이나 우편함, 공원 벤치 같이 세상의 일부처럼, 손으로 만질 수 있고 *파이퍼 스쿨 망해라!* 같은 낙서도 할 수 있는 곳이면 충분했다.

그러나 제이크의 바람은 이루어지지 않았고, 이루어질 리도 없었다. 초록빛 궁전에 가까워지는 동안 제이크는 새로운 사실을 깨달았다. 초록빛 궁전은 아이가 태어나서 지금껏 본 것 중에 가장 아름답고 찬란했다. 그렇게 믿고 싶지 않다고 해서 현실이 바뀌는 것은 아니었다. 마치 동화책에 나오는 그림이 너무나 훌륭해서 현실이 돼버린 것만 같았다. 그리고 희박지대와 마찬가지로 그 궁전 역시 허밍 같은 소리를 내고 있었는데…… 다만 이쪽의 소리는 훨씬 나지막했고, 귀에 거슬리지도 않았다.

높다란 연녹색 성벽 위로 툭 튀어나온 포대가 보였고, 그 뒤의 탑들은 캔자스 평원 위로 흘러가는 구름에 닿을 듯이 높이 솟아 있었다. 탑 꼭대기에는 진한 선녹색 첨탑이 있었다. 붉은 깃발이 휘날리

는 곳이 바로 그 첨탑이었다. 깃발마다 부릅뜬 노란색 눈을 그린 문
장이

그려져 있었다.

크림슨 킹의 인장이야. 제이크는 생각했다. *사실은 존 파슨이 아
니라 그 사람의 인장이야.* 어떻게 아는지는 알 수 없었지만(어떻게
알았겠는가, 아이가 아는 크림슨은 앨라배마 주립 대학의 미식 축구팀 크
림슨 타이드뿐이었는데?), 제이크는 그것을 알고 있었다.

"정말 아름답네요."

수재나가 중얼거렸다. 제이크가 슬쩍 훔쳐보니 금방이라도 울 것
같은 표정이었다.

"하지만 왠지 기분이 안 좋아요. 건전한 곳 같지도 않고. 희박지
대처럼 아주 몹쓸 곳은 아닌지도 모르지만, 그래도……."

"그래도 기분이 안 좋다, 이거죠. 맞아요. 예감이 안 좋아요. 빨간
불은 아닐지 몰라도 노란불인 건 확실해요." 에디는 어찌할 바를 모
르는 표정으로 뺨을 문질렀다(그는 자신도 모르게 롤랜드의 버릇을 따
라하는 중이었다.). "진지하게 걸어놓은 것 같은데…… 농담치곤 악
취미네요."

"농담은 아닐 거다. 네가 보기엔 도로시와 그녀의 *카텟*이 가짜 마
법사를 만난 궁전을 모방한 것 같으냐?"

한때 뉴욕에 살던 세 사람은 이번에도 눈빛으로 의견을 주고받는
듯했다. 논의가 끝나자 에디가 대표로 입을 열었다.

"맞아. 그럴 거야, 아마도. 영화에 나온 궁전이랑 똑같은 건 아니지만, 그래도 이게 우리 머릿속에서 나왔다면 영화랑 똑같진 않을 거야. 왜냐면 우린 라이먼 프랭크 바움이 쓴 책에서도 본 적이 있거든. 그 사람 책에 있는 그림이랑……"

"우리 머릿속의 상상을 합친 걸 거예요." 제이크가 말했다.

"그건 중요한 게 아니에요. 내 생각에 우린 당장 마법사를 만나러 가야 해요."

"당신 말이 맞아요, 수재나. 왜냐면 말이죠, 왜냐면 왜냐면 왜냐면……"

"*왜냐면 마법사는 멋진 일들을 할 수 있으니까요!*"

제이크와 수재나가 한 목소리로 외치더니 신이 나서 깔깔 웃었다. 찡그린 표정으로 그들을 바라보는 롤랜드는 혼자만 영문을 몰라 당황한 모양이었다. 에디가 친구들에게 말했다.

"그래도 이 얘기는 해둬야겠어요. 이상한 일이 하나만 더 일어나면 난 완전히 돌아버릴 거예요. 아마도 영영."

4

궁전에 가까이 다가가자 살짝 휜 연녹색 성벽 아래로 뻗어나가는 70번 고속도로가 보였다. 궁전은 신기루처럼 도로 위에 떠 있었다. 더 가까워지자 깃발이 바람에 펄럭이는 소리가 들렸고, 일행은 성벽에 비친 자신들의 모습을 볼 수 있었다. 일렁이는 형상이 마치 열대지방에 있는 수중 무덤의 바닥을 걸어다니는 익사체 같았다.

성벽 안쪽에는 군청색 유리로 된 보루가 있었다. 제이크는 그것을 보고 만년필 잉크병의 색깔이 떠올랐다. 그리고 보루와 성벽 사이에는 녹슨 쇠처럼 벌건 통로가 보였다. 그 색깔을 보고 수재나는 자신이 어렸을 적에 처음 나온 하이어스 루트비어의 병을 떠올렸다.

안으로 들어가는 통로는 비현실적일 만큼 거대한 창살문이 가로막고 있었다. 원래 주철로 만들어졌다가 유리로 변한 문 같았다. 정교하게 만든 창살 하나하나는 제각각 색깔이 달랐는데 안쪽에서 빛이 뿜어나오는 것으로 보아 창살이 환한 가스나 액체로 차 있는 듯했다.

롤랜드 일행은 그 문 앞에서 걸음을 멈췄다. 문 너머에는 진입로 표지판이 보이지 않았다. 그곳에는 도로 대신 은색 유리가 깔린 안뜰이 있었다. 사실은 널따랗고 평평한 거울이었다. 그윽한 거울 표면에 구름이 한가로이 흘러갔고, 이따금 날아가는 새도 보였다. 햇살은 이 거울 안뜰에 반사되어 초록색 성벽을 타고 파문처럼 퍼져나갔다. 맞은 편 멀리 궁전 본관의 벽이 반들거리는 초록색 절벽처럼 솟아 있었고, 벽 중간중간에 기다랗고 새카만 유리창이 보였다. 이 벽에는 아치 모양 입구도 있었는데 이것을 본 제이크는 고향 뉴욕에 있는 성 패트릭 성당이 떠올랐다.

정문 왼쪽에는 흐린 주황색 줄이 쳐진 젖빛 유리로 된 경비 초소가 있었다. 빨간 선이 쳐진 초소 문은 열려 있었다. 전화 부스만 한 내부 공간은 비어 있었지만, 바닥에는 제이크가 보기에 신문 같은 것이 떨어져 있었다.

입구 위에는 검정에 가까운 진한 보라색 이무깃돌 두 개가 심술궂은 표정으로 웅크리고 있었다. 이무깃돌의 입에 튀어나온 뾰족한 혀는 꼭 멍들어 부푼 자국처럼 보였다.

탑에 달린 세모꼴 깃발들이 학교 운동장의 만국기처럼 펄럭였다.

벌써 추수가 끝난 옥수수 들판에 까마귀 울음소리가 메아리쳤다.

멀리서, 희박지대의 징징거리는 울음소리가 들려왔다.

"이 문에 달린 창살 좀 봐요." 수재나가 압도당한 듯 나지막한 목소리로 말했다. "잘 봐요, 가까이 와서."

제이크는 코가 닿을락 말락 할 정도로 가까이 얼굴을 대고 노란 창살을 들여다보았다. 아이의 얼굴 한복판에 세로로 기다란 노란 띠가 생겼다. 처음에는 아무것도 안 보였지만, 이내 제이크가 헉 하고 숨을 들이마셨다. 티끌인 줄 알았던 것들이 실은 살아 있는 생물이었다. 조그마한 생물들이 창살 속에 갇혀 무리지어 헤엄치고 있었다. 수족관의 물고기처럼 보였지만, 한편으로는 기분 나쁠 정도로 사람과 비슷했다(*머리. 머리 때문에 그렇게 보이는 것 같아*). 제이크는 꼭 수직으로 된 금빛 바다를, 유리 막대 속에 갇힌 바다를 통째로 들여다보는 것 같다고 생각했다. 그리고 먼지 알갱이만 한 신화 속의 존재들이 그 바다에서 살아 있는 모습으로 헤엄치고 있었다. 물고기 꼬리가 달린 자그마한 여인이 기다란 금발을 등 뒤로 나풀거리며 유리 저편에서 헤엄쳐왔다. 여인은 유리 바깥의 거인 소년을 내다보다가(놀라서 동그래진 여인의 두 눈이 몹시도 아름다웠다.) 다시 저 안쪽으로 사라졌다.

제이크는 갑자기 머리가 어지럽고 몸에서 힘이 빠졌다. 그래서 현기증이 가실 때까지 눈을 감고 있다가 다시 뜨고 친구들을 돌아보았다.

"세상에! 다른 것도 다 이래요?"

"내가 보기엔 제각각인 것 같아."

벌써 창살 두세 개를 살펴본 에디가 말했다. 그가 보라색 창살 가까이 몸을 숙이자 볼이 꼭 구식 엑스선 투시장치에 들어간 사람처럼 빛나기 시작했다.

"이 안에 있는 사람들은 꼭 새 같아. 아주 조그만 새."

제이크가 들여다보니 에디 말이 옳았다. 성문의 보라색 창살 안에는 조그마한 작은 새들이 무리 지어 날아다녔다. 새들은 끝나지 않을 황혼의 어스름 속에서 아찔하게 급강하했고, 줄을 꼬듯이 위아래로 교차하며 날기도 했다. 날개가 일으킨 깨알만 한 은색 거품이 줄줄이 이어졌다.

"저거 진짜예요?" 제이크가 숨도 제대로 못 쉬면서 물었다. "진짜예요, 롤랜드 아저씨? 아니면 그냥 우리 상상이에요?"

"글쎄다. 허나 이 문이 뭘 상징하는지는 알 것 같다."

"나도 알 것 같아."

에디가 말했다. 그는 빛나는 창살들을 가만히 살펴보았다. 그 기다란 막대 하나하나에 빛과 생물들이 갇혀 있었다. 빛나는 창살 여섯 개가 문 한 짝을 이루었다. 입구 한복판의 창살은 원통 모양이 아니라 넓적하고 평평했는데 문이 열릴 때에는 절반으로 갈라지는 구조였다. 이 열세 번째 창살은 칠흑처럼 까맸고, 속에서 뭐가 움직이지도 않았다.

아냐, 눈에는 안 보일지 몰라도 저 안엔 움직이는 것들이 있어. 제이크는 생각했다. *저 안엔 생명체가 있어. 끔찍한 것들이. 아마 장미도 있을 거야. 물에 빠진 장미들이.*

"이건 마법사의 문이야. 창살 하나하나가 멀린의 무지개처럼 보이도록 만들어졌지. 봐, 여기 분홍색이 있잖아."

에디가 말했다. 제이크는 두 손으로 허벅지를 짚고 그 창살로 몸을 숙였다. 제대로 보기도 전에 그 속에 무엇이 들어 있는지 알 수 있었다. 당연히 말이었다. 빛도 아니고 액체도 아닌 분홍색 물질 속에서, 조그마한 말들이 떼 지어 질주하고 있었다. 결코 찾지 못할 드롭 평원을 찾아 질주하는 말 떼였다.

에디는 두 손을 뻗어 한복판에 있는 검은 창살의 양 옆을 잡으려고 했다.

"안 돼요!" 수재나가 날카롭게 외쳤다.

에디는 그 말을 무시했지만, 제이크는 보았다. 창살을 잡고 기다리는 동안 에디의 가슴은 호흡을 멈춘 채 움직이지 않았고, 입술도 한일자로 굳게 닫혀 있었다. 어쩌면 암흑의 탑에서 어떤 힘이 특급 배송으로 날아와 그를 다른 모습으로 둔갑시키거나, 아니면 그 자리에서 죽일지도 몰랐다. 그렇게 기다려도 아무 일도 일어나지 않자 에디는 긴 숨을 내쉬고 가까스로 빙긋 웃었다.

"전기는 안 통하네. 근데……." 에디가 창살을 당겨보았지만 문은 꿈쩍도 안 했다. "열리지도 않아. 중간에 갈라지는 틈은 보이는데, 아무 반응도 없어. 롤랜드, 당신도 한번 해볼래?"

롤랜드는 문에 손을 댔다. 그러나 한 번 흔들어보기도 전에 제이크가 그의 팔을 잡고 저지했다.

"안 그래도 돼요. 그렇게 하는 게 아니에요."

"그럼 어쩌란 말이냐?"

대답하는 대신, 제이크는 70번 고속도로가 기묘하게 끝나는 그 문 앞에 앉아 자기 몫으로 준비된 빨간 구두를 신기 시작했다. 잠시 지켜보던 에디도 그 옆에 앉았다.

"그래, 한번 신어보는 게 좋겠어. 알고 보면 그냥 빵쟁이의 허풍일 수도 있지만 말이야."

제이크는 고개를 절레절레 흔들며 웃었다. 그러고는 피처럼 빨간 옥스퍼드 구두의 끈을 묶기 시작했다. 제이크도 에디도 알고 있었다. 빵쟁이의 허풍이 아니었다. 이번에는, 그렇지 않았다.

5

"좋아요."

일행들 모두가 빨간 신발을 신자 제이크가 말했다(아이가 보기에 다들 우스꽝스러웠지만 특히 에디의 신발이 가장 우스웠다.).

"제가 셋을 셀 테니까 뒷굽을 부딪히세요. 이렇게요."

제이크는 옥스퍼드 구두의 뒷굽을 재빨리 부딪혔고…… 그러자 성문이 부르르 떨렸다. 마치 느슨하게 잠근 셔터 문이 강풍에 흔들리는 듯했다. 수재나가 탄성을 질렀다. 성벽 자체가 진동하는 것처럼, 초록색 궁전에서 부드럽고 영롱한 차임벨 소리가 들려왔다.

"그래, 이렇게 하면 될 것 같아." 에디가 말했다. "하지만 명심해. 난 「무지개 저편에」는 안 부를 거야. 내 출연 계약서에 그런 조항은 없었으니까."

"무지개는 여기 있잖느냐."

롤랜드가 나직이 말하며 손가락이 잘린 오른손으로 성문을 가리켰다. 그 말을 들은 에디의 표정에서 웃음기가 사라졌다.

"그래, 알아. 좀 불안해서 그런 거야, 롤랜드."

"나도 마찬가지다."

총잡이가 말했다. 그리고 제이크가 보기에 그의 안색은 정말로 아픈 사람처럼 창백했다.

"제이크, 이제 시작해." 수재나가 말했다. "우리 모두 정신이 이상해지기 전에 숫자를 세."

"하나…… 둘…… *셋*."

그들은 진지한 표정으로 동시에 구두 뒷굽을 부딪혔다. *딱, 딱, 딱.* 이번에는 성문이 더 세게 떨렸고, 창살 안에서 나오는 빛도 눈에 띄게 환해졌다. 뒤이어 들려온 차임벨 소리도 아까보다 더 또렷하고 감미로웠다. 칼자루로 수정을 두드리는 소리 같았다. 제이크는 나른한 화성을 이루며 메아리치는 그 소리를 듣고 몸이 부르르 떨렸다. 절반은 쾌감 때문이었고 절반은 고통 때문이었다.

그러나 성문은 열리지 않았다.

"아니 이게 웬……"

"전 알아요, 에디 아저씨. 오이를 빼먹어서 그래요."

"아, 젠장. 내가 살던 세상을 떠나서 보게 된 게 고작 망할 족제비한테 장화를 신기는 꼬맹이라니. 롤랜드, 내가 여기서 자식을 낳기 전에 그냥 지금 쏴줘."

롤랜드는 에디의 너스레를 무시하고 제이크를 유심히 지켜보았다. 아이는 도로에 앉아서 외쳤다.

"오이! 이리 와!"

빔의 길에서 일행과 만나기 전까지 들짐승이었던 개너구리는 그 말을 듣고 기꺼이 달려왔고, 제이크가 빨간 가죽 장화를 발에 신기

는 동안 별 반항도 하지 않았다. 오히려 제이크의 뜻을 알아차리고
스스로 남은 두 짝에 발을 집어넣기까지 했다. 조그만 장화 네 짝을
다 신고 나서(실은 그 장화야말로 도로시의 루비 구두와 가장 비슷했다.),
오이는 한 짝에 코를 대고 킁킁거리다가 다음 명령을 기다리듯이
제이크를 돌아보았다.

제이크는 개너구리를 내려다보면서 구두 뒷굽을 세 번 맞부딪혔
다. 그러는 동안 문이 흔들리는 소리와 초록 궁전의 벽 너머에서 들
려온 잔잔한 차임벨 소리는 무시했다.

"네 차례야, 오이!"

"오이!"

오이는 죽은 척하는 개처럼 벌렁 누워서 어리둥절한 눈으로 자기
발을 쳐다볼 뿐이었다. 그 모습을 보며 제이크는 옛 기억이 퍼뜩 떠
올랐다. 한 손으로 배를 두드리면서 동시에 다른 손으로 머리를 문
지르려고 하던 기억이었다. 그때 아버지는 좀처럼 해내지 못하는 제
이크를 보며 놀렸다.

"롤랜드 아저씨, 좀 도와주세요. 얜 뭘 해야 하는지는 아는데 어떻
게 하는지는 몰라요. 그리고 에디 아저씨, 놀리면 안 돼요. 아셨죠?"

"그래, 안 놀릴게. 이번에는 오이 혼자서 해야 하는 거야? 아니면
다 같이?"

"오이만 하면 될 것 같아요."

"하지만 미치랑 같이 한다고 해서 나쁠 건 없을 것 같은데."

"미치가 누구예요?" 에디가 수재나에게 멍한 표정으로 물었다.

"별 거 아녜요. 제이크, 롤랜드, 시작해요. 다시 셋을 세요."

에디는 오이의 앞발을 잡았다. 롤랜드는 뒷발을 부드럽게 잡았

다. 오이는 헹가래를 당할지도 모른다고 생각했는지 불안한 표정을 지었지만, 버둥거리지는 않았다.

"하나, 둘, *셋.*"

제이크와 롤랜드는 오이의 앞발과 뒷발을 함께 맞부딪혔다. 이와 동시에 자신들도 신발 뒷굽을 부딪혔다. 에디와 수재나도 그들과 똑같이 했다.

이번에는 유리로 만든 교회 종처럼 깊고 은은한 '뎅' 소리가 울려 퍼졌다. 성문 한복판에 세로로 서 있던 검은 유리 창살은 갈라지는 대신 산산조각이 났고, 날카로운 검은색 파편이 사방으로 흩날렸다. 유리 조각 몇 개는 오이의 털가죽에 부딪혀 바스락거리기도 했다. 오이는 펄쩍 뛰어서 제이크와 롤랜드의 손을 벗어난 다음 짧은 거리를 후다닥 달아났다. 그러더니 고속도로의 추월 차로와 주행 차로를 구분하는 흰색 실선에 앉아 귀를 쫑긋 세우고 성문을 보며 헐떡거렸다.

"가자."

롤랜드는 이렇게 말하며 왼쪽 문을 잡고 천천히 밀어서 열었다. 그가 거울로 된 안뜰의 가장자리에 서자 바닥에 한 남자의 모습이 비쳤다. 카우보이 청바지에 낡아서 색을 알아보기도 힘든 셔츠를 입고 희한한 빨간색 카우보이 장화를 신은 키다리 사내였다.

"들어가서 그 오즈의 마법사가 뭐라고 하는지 보자."

"아직 저 안에 있다면 말이지."

"있을 거다, 에디. 틀림없이 있을 거다."

롤랜드는 아무도 없는 경비 초소 옆의 정문을 향해 천천히 걸어 갔다. 나머지 일행도 그의 뒤를 따랐다. 그들은 빨간색 신발을 접점으로 거울 바닥에 거꾸로 비친 자신들의 모습과 마치 샴쌍둥이처럼 단단히 이어져 있었다.

오이는 일행의 맨 뒤에서 자기 몫의 루비 구두를 신은 채 깡충깡충 뛰며 따라왔고, 한번은 멈춰서서 거울에 비친 자기 주둥이의 냄새를 맡으려고 킁킁대기도 했다.

"오이!"

오이는 자기 밑에서 어른거리는 개너구리를 보며 짖은 다음, 서둘러 제이크의 뒤를 쫓아갔다.

제3장

마법사

1

롤랜드는 경비 초소 앞에 멈춰서 안을 들여다보고는 바닥에 떨어진 것을 주웠다. 뒤따라온 일행들이 주위로 모여들었다. 그가 주운 것은 신문처럼 보였고, 실제로도 신문이었는데…… 다만 굉장히 기묘한 신문이었다. 앞서 보았던 《토피카 캐피털 저널》도 아니었고, 수많은 사람을 죽인 전염병 소식도 실려 있지 않았다.

《오즈 데일리 버즈》

제1568권 96호

"데일리 버즈, 데일리 버즈, 할 말은 안 하고 안 할 말은 하는 신문"

날씨: 알아봤자 의미 없음 행웃의 숫자: 없음 운세: 대흉

어쩌고저쩌고 기타 등등 어쩌고
저쩌고 기타 등등 어쩌고저쩌고
기타 등등 어쩌고저쩌고 어쩌고
저쩌고 기타 등등 어쩌고저쩌고
기타 등등 우웩 우웩 우웩 우웩
우웩 우웩 우웩 우웩 우웩 우웩
우웩 우웩 우웩 선은 곧 악이고
악은 곧 선이고 다 그게 그거고
선은 곧 악이고 악은 곧 선이고
다 그게 그거고 운전할 땐 서행
다 그게 그거고 기타 등등 기타
등등 블레인은 고통이고 어차피
다 그게 그거고 우웩 우웩 우웩

번제 나무 다 그게 그거고 기타
등등 어쩌고저쩌고 우웩 어쩌고
구운 칠면조 구운 거위 다 그게
그거고 기타 등등 어쩌고저쩌고
기차를 탔다가 고통스럽게 죽고
다 그게 그거고 기타 등등 기타
등등 어쩌고저쩌고 어쩌고 기타
저쩌고 등등 어쩌고저쩌고 비난
비판 힐난 지탄 비난 비판 힐난
어쩌고저쩌고 기타 등등 어쩌고
저쩌고 우웩 우웩 어쩌고저쩌고
기타 등등 어쩌고저쩌고 어쩌고
(관련 기사 6면)

기사 아래에는 안뜰의 거울 바닥 위로 지나가는 롤랜드와 에디, 수재나, 제이크의 사진이 실려 있었다. 방금 전이 아니라 어제 일어난 일 같았다. 그 아래에 붙은 사진 설명은 이러했다. 오즈에서 일어난 비극—부와 명예를 찾아왔다가 죽음을 맞은 여행자들.

"이거 마음에 드는데." 에디는 이렇게 말하며 허리에 찬 롤랜드의 리볼버를 고쳐잡았다. "며칠 동안 꽤 어리둥절했는데, 이걸 보니 마음이 편해지고 용기가 솟았어. 더럽게 추운 밤에 마시는 따끈한 음료 같아."

"겁먹을 것 없다, 에디. 이건 장난이다."

"아니, 난 겁 안 먹었어. 그치만 단순한 장난은 아닌 것 같아. 난 위대하신 약쟁이 헨리 딘 형님이랑 오랜 세월 동고동락한 덕분에 함정 비슷한 걸 보면 대번에 알아차린다고. 내 눈은 절대 못 속여."

에디는 이렇게 말하고서 흥미롭다는 듯이 롤랜드를 바라보았다. "롤랜드, 기분 나쁘라고 하는 말은 아닌데, 내가 보기에 *진짜* 겁먹은 사람은 당신 같아."

"음, 무서워 죽을 지경이다." 롤랜드가 짧게 대답했다.

2

아치 모양 입구를 보며 수재나는 롤랜드의 세계로 끌려오기 10년 전쯤 자신이 살던 세계에서 유행하던 노래가 떠올랐다. *초록색 문 너머 자욱한 연기 속에서 내다보던 눈을 봤어요.* 이런 가사였다. *'조가 보냈어요'라고 하니까 초록색 문 너머에서 크게 웃는 소리가 들렸죠.* 이곳에는 문이 하나가 아니라 두 짝 있었고, 둘 다 바깥을 내다볼 구멍이 뚫려 있지 않았다. 수재나 역시 조가 보내서 왔다는 말을 할 생각은 없었다. 그러나 유리로 된 동그란 문손잡이 옆에는 표지판이 걸려 있었고, 수재나는 그것을 보려고 몸을 숙였다. 거기에 적힌 말은 이러했다. 초인종 수리중 노크 요망.

"그럴 필요 없어요. 그냥 이야기의 일부일 뿐이니까."

수재나가 롤랜드에게 말했다. 그는 표지판이 시키는 대로 하려고 주먹을 쥔 참이었다. 에디는 수재나의 휠체어를 살짝 뒤로 당긴 다음, 그 앞에 서서 동그란 문손잡이를 잡았다. 경첩이 소리 없이 돌아가면서 문이 열렸다. 에디는 어두운 초록색 동굴처럼 보이는 실내로

한 걸음 들어섰다. 그러고는 손을 둥글게 말아 입에 대고 외쳤다.

"어이!"

그의 목소리가 퍼져나갔다가 되돌아왔다. 조그맣게 메아리치다가 사라지는 목소리가 마치…… 죽음을 맞은 듯했다.

"젠장. 우리 꼭 가야 돼?"

"그럴 거다. 빔의 길로 돌아가려면."

롤랜드는 안색이 전에 없이 창백했지만, 그럼에도 앞장서서 들어 갔다. 제이크는 에디와 함께 수재나의 휠체어를 들어서 문턱을 넘은 다음(문지방은 뿌연 빛이 도는 초록색 유리였다.) 안으로 들어섰다. 초록색 유리 바닥 위로 오이의 신발이 불그스름하게 빛났다. 그들이 채 열 걸음도 가기 전에 등 뒤의 문이 당연하다는 듯이 큰 소리를 내며 닫혔다. 그 소리가 일행을 지나 메아리를 일으키며 초록 궁전 안쪽 깊숙이 멀어져갔다.

3

응접실 같은 곳은 없었다. 아치형 천장 아래 휑뎅그렁한 복도만 끝나지 않을 것처럼 길게 이어졌다. 벽은 잔잔한 초록빛 조명이 비추고 있었다. *영화에 나왔던 복도랑 똑같아.* 제이크는 생각했다. *겁쟁이 사자가 자기 꼬리를 밟고 엄청 겁먹었던 그 복도.*

제이크에게는 그것만으로도 충분했지만, 에디는 한 걸음 더 나아 갔다. 덜덜 떨리는 목소리로 영화에서 겁쟁이 사자 역을 맡았던 버트 라의 흉내를 (필요 이상으로 똑같이) 냈던 것이다.

"잠깐만, 친구들, 내가 생각해봤는데…… 난 마법사를 별로 만나고 싶지 않은 것 같아. 난 그냥 바깥에서 기다릴게!"

"그만하세요." 제이크가 쏘아붙였다.

"에요!"

오이가 맞장구를 쳤다. 그러고는 재빨리 주위를 살피며 제이크의 발치로 쪼르르 달려갔다. 제이크의 귀에는 일행들의 발소리밖에 들리지 않았지만…… 그럼에도 뭔가 느껴졌다. 아직 그곳에 없는 어떤 소리였다. 마치 처마 끝에 달려 있는 풍경을 보는 듯했다. 솜털 같은 바람이 불어와 흔들어주기만 기다리는 풍경.

"미안. 진짜 미안해. 근데 저기 좀 봐."

에디가 가리킨 곳은 약 40미터 앞, 초록색 복도가 마침내 끝나는 지점이었다. 그곳에 어마어마하게 높고 좁다란 문이 서 있었다. 바닥에서 뾰족한 윗부분까지 거의 15미터는 돼 보였다. 그리고 그 너머로부터, 쉬지 않고 쿵쾅거리는 소리가 제이크의 귀에 들려왔다. 일행이 문에 다가갈수록 그 소리는 더 커졌고, 제이크는 점점 더 두려워졌다. 문까지 남은 마지막 열 걸음을 걸어갈 때에는 정신을 바짝 집중해야 했다. 제이크는 그 소리의 정체를 알았다. 러드의 지하도에서 개셔와 함께 뛰어다닐 때, 그리고 외줄 블레인에서 뛰어다닐 때 듣던 소리였다. 그것은 쉬지 않고 삑삑거리는 슬로 트랜스 엔진의 작동음이었다.

"악몽을 꾸는 것 같아요." 제이크가 금방이라도 울 듯한 목소리로 조그맣게 말했다. "우리 처음으로 다시 돌아왔어요."

"아니다, 제이크." 총잡이가 아이의 머리를 다독이며 말했다. "그런 생각은 하지도 마라. 네가 느끼는 건 환각이다. 자신을 잃지 말고 버텨라."

그 문에 붙은 표지판은 영화에 나온 것하고는 달랐다. 그리고 그 내용이 단테의 작품에 나오는 것임을 알아본 사람은 수재나뿐이었다. 표지판에는 이렇게 적혀 있었다. *여기 들어오는 자, 모든 희망을 버려라.*

롤랜드는 손가락이 두 개 남은 오른손을 뻗어 15미터 높이의 문을 잡고 당겼다.

4

문 너머에 있는 방은, 제이크와 수재나와 에디가 보기에는, 『오즈의 마법사』와 외줄 블레인을 묘하게 합친 공간이었다. 바닥에는 두 꺼운 양탄자(왕실 객차의 바닥처럼 연한 파랑색 양탄자)가 깔려 있었다. 방의 암녹색 천장은 성당 안이 그렇듯이 끝이 안 보일 만큼 높다랬다. 은은하게 빛나는 벽을 떠받친 기둥들은 거대한 유리 갈비뼈 같았고, 초록색과 분홍색으로 번갈아가며 빛났다. 블레인의 외부 색깔과 똑같은 분홍색이었다. 기둥에는 서로 다른 형상이 수없이 많이 새겨져 있었다. 제이크가 보기에 기분 좋은 것은 하나도 없었다. 보고 있으면 눈살이 찌푸려지고 가슴이 답답해졌다. 절규하는 얼굴도 잔뜩 보이는 것 같았다.

그들 앞쪽에 있는 이 방 안의 유일한 가구는 방문자를 개미 크기로 보이게 할 만큼 거대했다. 어마어마하게 커다란 초록색 유리 왕좌였다. 제이크는 그 왕좌의 크기를 가늠해보려 했지만 불가능했다.

비교할 대상이 없기 때문이었다. 왕좌의 등받이는 높이가 15미터쯤 돼 보였지만 어쩌면 20미터, 아니 30미터도 너끈할 듯싶었다. 등받이에는 부릅뜬 눈이 그려져 있었는데 이번에는 노란색이 아니라 빨간색이었다. 그 눈은 규칙적으로 깜박이는 불빛 덕분에 살아 있는 것처럼 보였다. 심장처럼 두근거리는 것 같기도 했다.

왕좌 위로 커다란 구식 오르간의 파이프처럼 생긴 원통 열세 개가 높이 서서 제각각 다른 색을 내뿜고 있었다. 등받이 바로 뒤, 정중앙에 있는 원통만 예외였다. 그 원통은 밤처럼 새까맸고 주검처럼 조용했다.

"이봐요!" 휠체어에 앉은 수재나가 외쳤다. "아무도 없어요?"

그 목소리가 울려퍼지자 원통들이 어찌나 환하게 번쩍였던지, 제이크는 손으로 눈을 가려야 했다. 한순간 알현실 전체가 폭발하는 무지개처럼 찬란하게 빛났다. 뒤이어 원통들은 빛이 꺼지고 캄캄해지더니 그대로 생기를 잃었다. 롤랜드의 이야기에 나온 수정 구슬이(또는 그 구슬 속에 거하던 힘이) 잠시 침묵하기로 결심한 때와 비슷한 광경이었다. 이제 방 안에는 시커먼 원통 여러 개와 쉬지 않고 초록색 빛을 뿜어내는 주인 없는 왕좌뿐이었다.

그다음에는 왠지 피로감이 묻어나는 허밍 소리가 들려왔다. 몹시 낡은 자동 제어 장치를 꺼내어 마지막으로 작동시킬 때 날 법한 소리가 일행의 귀를 파고들었다. 이윽고 왕좌의 양쪽 팔걸이가 열렸고, 안에서 계기판이 나왔다. 길이 1.8미터에 폭 60센티미터쯤 돼 보이는 계기판들이었다. 팔걸이에 드러난 빈틈에서 장밋빛 연기가 피어오르기 시작했다. 연기는 위로 피어오르는 동안 점점 짙어져 선홍색으로 바뀌었다. 그리고 그 속에, 징그러울 만큼 눈에 익은 비뚤

배뚤한 선이 나타났다. 제이크는 선 위에 글자가 나타나 뿌옇게 빛나기도 전에 이미

(러드 캔들턴 릴레아 사냥개 폭포 대셔빌 토피카)

그 선의 정체를 알아차렸다.

블레인의 노선도였다.

롤랜드는 악몽에 갇힌 것 같다고 느끼는 제이크에게

(이건 내 평생 가장 끔찍한 악몽이야, 정말이야)

그저 혼란스럽고 불안해서 그런 것뿐이라고, 이제 상황은 완전히 바뀌었다고 얼마든지 장담할 수 있었지만, 제이크는 이미 알고 있었다. 이곳은 위대하고 무서운 마법사 오즈의 알현실과 조금은 비슷해 보일지도 몰랐지만, 사실은 외줄 블레인의 몸속이었다. 그들은 다시 블레인에 타고 있었고, 이제 곧 수수께끼 시합이 다시 시작될 참이었다.

제이크는 비명을 지르고 싶어졌다.

5

초록색 왕좌 위의 연기 속에 떠 있는 노선도에서 목소리가 울려 퍼졌을 때, 에디는 그 목소리를 똑똑히 들었다. 그러면서도 목소리의 주인은 오즈의 마법사도, 외줄 블레인도 아니라고 믿었다. 아마도 어떤 마법사일 수는 있겠지만, 이곳은 에메랄드 궁전이 아니었고 블레인은 이미 죽어서 개똥처럼 나뒹구는 신세였다. 블레인을 터뜨려 죽인 사람이 바로 에디였다.

"다시 만나서 반갑네, 작은 여행자들이여!"

연기 속의 노선도가 깜박였지만, 에디는 이제 노선도와 목소리가 한 몸이라고 생각하지 않았다. 물론 서로 연관된 것처럼 보이기는 했지만, 아니었다. 목소리는 원통에서 들려왔다.

에디가 흘끗 아래를 보았다. 얼굴이 하얗게 질린 제이크가 그의 곁에 주저앉아 있었다.

"저건 그냥 허세야, 제이크."

"아니오…… 저건 블레인이에요…… 살아 있었어요…….."

"걱정 마, 그 자식은 죽었어. 이건 그냥 큰 스피커로 트는 교내방송일 뿐이야. 수업 끝나고 남을 사람이 누군지, 6번 교실에 언어 치료 받으러 갈 사람은 누군지 알려주는 방송 같은 거지. 알겠어?"

"예?" 에디를 올려다보는 제이크의 입술은 침으로 젖은 채 덜덜 떨렸고, 눈은 멍했다. "방금 뭐라고……?"

"저 원통이 스피커야. 아무리 작은 꼬맹이라도 스피커가 열두 개나 되는 돌비 사운드 시스템을 쓰면 큰소리를 칠 수 있다고. 영화에서 봤잖아, 기억 안 나? 저 자식은 큰소리를 뻥뻥 쳐야 해, 왜냐면 뻥쟁이니까. 그냥 뻥쟁이야, 제이크."

"뭐라고 한 거냐, 뉴욕의 에디여? 또 멍청하고 비열한 농담을 지껄인 거냐? 비겁한 수수께끼를?"

"그래, 이번엔 이런 거였어. '전구 한 개를 갈아 끼우려면 이극 컴퓨터 몇 대가 필요할까?' 근데 넌 누구야? 외줄 블레인이 아니란 건 딱 보고 알았는데, 너 도대체 누구야?"

"나…… 는…… **오즈다!**"

천둥 같은 소리가 울려퍼졌다. 유리 기둥이 번쩍였고, 왕좌 뒤편의 원통들도 함께 번쩍였다.

"위대한 오즈! 강력한 오즈다! 넌 누구냐?"

수재나가 휠체어 바퀴를 앞으로 밀어서 왕좌로 올라가는 암녹색 유리 계단 맨 아래에 도착했다. 계단 맨 위의 왕좌는 전설 속의 거인 퍼스 경조차 난쟁이로 보이게 할 만큼 거대했다.

"난 수재나 딘이야. 보잘것없는 장애인이지. 우리 부모님은 나한테 예의 바른 사람이 되라고 가르치셨지만, 모욕을 당하고도 참으라고는 안 하셨어. 우린 이유가 있어서 여기에 온 거야. 그렇지 않다면 왜 우릴 위해 신발이 마련됐겠어?"

"나한테 무슨 볼일이 있어서 왔나, 수재나여? 뭐 바라는 거라도 있나, 젖소 아가씨?"

"너도 알잖아. 우린 다른 사람들이랑 똑같은 걸 원해. 일단은…… 집에 돌아가는 거야. 왜냐면, 뭐니 뭐니 해도 집이 최고니까. 우린……"

"우린 집에 못 가요." 제이크가 겁먹은 목소리로 빠르게 중얼거렸다. "『그대 다시는 고향에 못 가리』. 토머스 울프가 그랬어요. 그건 사실이에요."

"그건 거짓말이야, 제이크. 새빨간 거짓말. 넌 집에 돌아갈 수 있어. 네가 할 일은 옳은 무지개를 찾아서 그 아래로 걷는 것뿐이야. 우린 그 무지개를 찾았어. 이제 남은 일은, 걸어가는 것뿐이야."

"뉴욕에 돌아가고 싶은가, 수재나 딘? 에디 딘? 제이크 체임버스? 위대하고 강력한 오즈한테 부탁하고 싶은 것이 그건가?"

"뉴욕은 더 이상 우리 고향이 아니야."

수재나가 말했다. 번쩍이는 거대한 왕좌 저 아래에 새 휠체어를 타고 앉아 있는 수재나는 티끌처럼 조그마해 보였지만, 두려워하는 기색은 전혀 없었다.

"길르앗이 롤랜드의 고향이 아닌 것처럼. 그러니까 우릴 빔의 길로 돌려보내줘. 우리가 가고 싶은 곳은 거기야, 그래야 집으로 갈 수 있으니까. 우리가 집에 가는 길은 그것뿐이야."

"썩 꺼져!" 원통 속의 목소리가 외쳤다. "돌아갔다가 내일 다시 와! 빔의 길 얘기는 내일 할 거다! 스칼렛도 그렇게 말했어, 빔 얘기는 내일 하면 돼, 내일은 내일의 태양이 떠오르니까!"

"아니, 지금 당장 해." 에디가 말했다.

"위대하고 강력한 오즈를 분노케 하지 마라!"

목소리가 한마디 할 때마다 원통들이 눈부시게 번쩍였다. 수재나가 보기에는 틀림없이 겁을 주려는 수작이었지만, 무섭기는커녕 오히려 재미있었다. 영업사원이 아이들 장난감의 조작법을 알려주는 광경을 구경하는 듯했다. *자, 애들아! 너희가 말을 하면 원통에서 환한 빛이 번쩍인단다! 와서 해봐!*

"당신 말이야, 지금은 귀를 기울이는 게 좋아." 수재나가 말했다. "총을 가진 패거리를 화나게 하는 건 위험하거든. 당신처럼 유리로 된 집에 사는 경우에는 더더욱."

"내일 다시 오라고 했을 텐데!"

왕좌의 팔걸이에 생긴 빈틈에서 또다시 붉은 연기가 피어올랐다. 이번에는 더 짙은 연기였다. 블레인의 노선도로 보이던 붉은 선이 흩어지더니 그 연기와 합쳐졌다. 뒤이어 연기가 얼굴로 바뀌었다. 냉정하고 조심스러워 보이는 깡마른 얼굴 주위로 긴 머리칼이 내려와 있었다.

롤랜드가 사막에서 쏜 남자야. 수재나는 깜짝 놀라서 생각했다. 그 조너스라는 남자야. 틀림없어.

"감히 위대한 오즈를 협박하는 거냐?"

오즈의 목소리가 이번에는 살짝 떨렸다. 왕좌 위에 떠 있는 거대한 얼굴, 연기로 만들어진 그 얼굴이 위협과 경멸을 드러내듯 입술을 일그러뜨렸다.

"이 배은망덕한 것들! 아아, 이 은혜도 모르는 것들!"

처음부터 눈속임인 것을 알아챘던 에디는 다른 쪽을 힐끗 쳐다보았다. 이윽고 눈이 동그랗게 커진 에디가 수재나의 팔꿈치 바로 위를 붙잡았다.

"봐요, 수재나. 저기, 오이를 봐요!"

개너구리는 연기 속의 유령에는 전혀 관심이 없었다. 그것이 모노레일의 노선표이든, 죽은 관 사냥꾼이든, 아니면 그저 2차대전 이전에 만들어진 할리우드 영화의 특수효과이든 아무래도 상관없었다. 그보다 더 재미난 것을 발견했기(또는 냄새를 맡았기) 때문이었다.

수재나는 제이크를 붙잡아 돌려세운 다음 개너구리를 가리켰다. 오이가 알현실 왼쪽 벽의 작은 벽감 앞에 도착하기 직전, 수재나는 아이의 눈이 휘둥그레진 것을 눈치챘다. 벽감은 유리벽과 어울리는 초록색 커튼으로 가려져 있었다. 오이는 기다란 목을 앞으로 뻗어 커튼을 물고 확 당겼다.

6

커튼 뒤편에서 빨간 불빛과 초록색 불빛이 깜박였다. 유리 상자 속에서는 실린더가 돌아갔고, 불 켜진 눈금판 위에서는 바늘이 이쪽저쪽으로 움직였다. 그러나 제이크는 이런 것들을 거의 알아보지 못했다. 제이크의 정신은 한 남자에게 온통 쏠려 있었다. 일행들 쪽으로 등을 돌린 채 계기판 앞에 앉아 있는 남자였다. 남자의 머리칼은 흙과 피가 엉겨 지저분했고, 굳은 덩어리처럼 어깨 위에 늘어져 있었다. 그는 헤드폰 비슷한 것을 머리에 쓰고서 입 앞에 나와 있는 조그마한 마이크에 대고 뭐라고 말하는 중이었다. 또한 롤랜드 일행 쪽을 등지고 앉은 탓에 처음에는 오이가 그의 냄새를 맡고 위장막을 걷어치운 것도 모르고 있었다.

"꺼져!" 원통에서 천둥 같은 소리가 터져나왔으나…… 제이크는 이제 그 소리의 진짜 근원을 눈으로 보고 있었다. "돌아올 생각이 있거든 내일 다시 와라, 허나 지금은 썩 물러가! 경고한다!"

"저건 조너스야. 결국엔 롤랜드가 못 죽였던 거야."

에디가 옆에서 소곤거렸지만, 제이크는 알고 있었다. 누구의 목소리인지 알아차렸던 것이다. 색색이 빛나는 원통 스피커 때문에 변형되기는 했지만, 제이크는 그 목소리의 주인을 알고 있었다. 어째서 블레인의 목소리로 착각했던 걸까?

"경고한다, 내 말을 거역했다가는……"

오이가 그 목소리를 저지하듯이 날카롭게 짖었다. 벽감 속에 있는 남자가 일행들 쪽으로 몸을 돌렸다.

순순히 불어라, 꼬맹아. 제이크는 그 목소리의 주인이 이곳의 수

상쩍은 스피커 장치를 발견하기 전에 했던 말을 지금도 기억하고 있었다. *이큭 컴퓨터와 변이형 회로에 대해 아는 대로 얘기해봐. 다 털어놓으면 물을 마시게 해주마.*

그 남자는 조너스가 아니었다. 마법사도, 그 무엇도 아니었다. 그 남자는 데이비드 퀵의 손자였다. 바로 똑딱맨이었다.

7

제이크는 벌벌 떨면서 남자를 바라보았다. 러드의 지하에서 개셔, 후츠, 브랜든, 틸리 같은 친구들과 함께 살던 그 위험한 괴물은, 이미 죽었다. 이 남자는 그 괴물의 죽은 아버지…… 또는 할아버지인지도 몰랐다. 남자의 왼쪽 눈, 오이가 발톱으로 찢어발긴 그 눈은 일그러진 눈알이 허옇게 튀어나와 반은 눈구멍 안에, 반은 면도를 안 한 뺨 위에 걸려 있었다. 머리 오른쪽은 살가죽이 반쯤 벗겨졌는지, 기다란 세모꼴 상처 안으로 두개골이 보였다. 제이크는 똑딱맨의 뺨 옆으로 머리 가죽이 너덜거리던 끔찍한 광경을 어렴풋이 기억했지만, 그때는 긴장하다 못해 정신이 나가기 직전이었고…… 지금도 마찬가지였다.

오이 역시 자신을 죽이려 했던 남자를 알아보았고, 그래서 고개를 숙이고 이빨을 드러낸 채 등을 바싹 구부리고 사납게 짖어댔다. 똑딱맨은 놀라서 휘둥그레진 눈으로 오이를 쳐다보았다.

"커튼 뒤에 있는 남자는 신경 쓸 필요 없네." 일행들 뒤에서 목소리가, 뒤이어 킥킥대는 웃음소리가 들려왔다. "내 친구 앤드루는 오늘도 운수 없는 하루를 보내는 중이니까 말이야. 불쌍한 녀석. 애초에 러드에서 데려오는 게 아니었는데. 하지만 그때는 너무 불쌍해 보여서 그만………."

목소리의 임자가 또다시 킥킥 웃었다. 제이크가 뒤를 돌아보니 거대한 왕좌에 웬 남자가, 다리를 꼬고 느긋하게 앉아 있었다. 남자는 허리를 벨트로 조이는 검은색 재킷에 청바지를 입고 있었고, 낡아서 헤진 카우보이 장화를 신고 있었다. 재킷에 붙은 둥그런 배지에는 돼지 머리가 그려져 있었는데 미간에 총알구멍이 나 있었다. 이 낯선 남자의 무릎에 놓인 것은 끈으로 입구를 여미는 자루였다. 남자는 자리에서 일어서더니, 아빠 의자에 올라간 아이처럼 왕좌 위에 올라가서 똑바로 섰다. 곧이어 남자의 얼굴에 맴돌던 미소가 허물이 벗겨지듯이 사라졌다. 이제 그의 눈은 활활 타올랐고, 벌어진 입술 사이로 커다랗고 사나워 보이는 이가 드러났다.

"놈들을 해치워, 앤드루! 해치워! 죽이란 말이다! 다 죽여!"

"내 생명을 당신께!"

벽감에 있던 똑딱맨이 외쳤고, 제이크는 구석에 놓여 있던 기관총을 그제야 알아보았다. 똑딱맨이 벌떡 일어나 달려가서 기관총을 잡았다.

"내 생명을 당신께!"

똑딱맨이 돌아서자 이번에도 오이가 그에게 덤벼들었다. 오이는 위아래로 폴짝거리면서 똑딱맨의 사타구니 바로 아래 왼쪽 허벅지를 깊이 물어뜯었다.

에디와 수재나는 롤랜드에게서 받은 커다란 리볼버를 동시에 뽑아들었다. 두 사람의 총은 함께 불을 뿜었고, 총소리 역시 조금도 어굿나지 않았다. 한 발은 가엾은 똑딱맨의 머리 위쪽을 날려버리고 계기판에 박혔다. 비명소리는 요란했지만 다행히 짧게 끝났다. 나머지 한 발은 목을 꿰뚫었다.

똑딱맨은 비틀거리며 한 걸음, 다시 한 걸음을 내디뎠다. 오이가 바닥으로 뛰어내리더니 으르렁거리며 물러났다. 똑딱맨이 내디딘 세 번째 걸음은 그를 알현실로 이끌었다. 그가 제이크 쪽을 향해 두 팔을 쳐들었고, 제이크는 아직 남아 있는 그의 초록색 눈에 새겨진 분노를 읽을 수 있었다. 똑딱맨의 분노로 물든 마지막 생각이 귀에 들리는 것만 같았다. *아아, 이 빌어먹을 꼬맹이……*.

그리하여 똑딱맨은 일찍이 러드에 있는 백발이들의 요람에서 그러했듯이 또다시 앞으로 털썩 고꾸라졌는데…… 다만 이번에는 다시 일어서지 못했다.

"퍼스 경은 그렇게 쓰러졌고, 그 충격으로 온 들판이 뒤흔들렸노라."

왕좌에 앉은 남자가 말했다. *아니, 저건 사람이 아니야.* 제이크는 생각했다. *사람이 아니야, 절대로. 우린 드디어 마법사를 찾았어. 그리고 난 알 것 같아, 저 자루 속에 뭐가 들었는지.*

"마튼." 아직 온전한 왼손을 내밀면서, 롤랜드가 말했다. "마튼 브로드클록. 오랜만이구나. 수백 년 만이라고 해야 하나."

"롤랜드, 혹시 이거 필요해?"

에디가 방금 똑딱맨을 죽이는 데 썼던 총을 롤랜드의 손에 쥐어 주었다. 총구에서는 아직도 파란 연기가 가느다랗게 피어올랐다. 롤랜드는 그 오래된 리볼버를 마치 처음 보는 것인 양 가만히 내려다 보았다. 그러다가 천천히 총을 들고서, 초록 궁전의 왕좌에 다리를 꼬고 앉아 빙긋 웃고 있는, 뺨이 발그레한 남자를 겨누었다.

"드디어." 총잡이는 숨을 들이마시며 방아쇠를 당겼다. "드디어 내 앞에 나타났구나."

8

"그 6연발총은 아무 쓸모도 없어. 자네도 알 텐데." 왕좌에 앉은 남자가 말했다. "*나*한테는 안 통하거든. 그걸로는 *나*를 겨눠봤자 빗나갈 뿐이야, 롤랜드, 내 오랜 친구. 그나저나 자네 식구들은 잘 있나? 꽤 오랫동안 연락을 못했거든. 내가 안부를 전하고 그러는 게 영 서툴러서 말이지. 나도 참, 채찍으로 좀 맞아야 정신을 차리겠어. 그래, 난 좀 맞아야 돼!"

남자는 고개를 젖히고 껄껄 웃었다. 롤랜드는 손에 쥔 리볼버의 방아쇠를 당겼다. 격철이 움직였지만 둔중한 '철컥' 소리만 울릴 뿐이었다.

"거 봐. 자넨 깜박하고 젖은 총알을 장전했을 거야, 안 그런가? 김빠진 화약이 든 총알 말이야. 희박지대의 소리를 막을 때에는 좋았겠지만 늙은 마법사를 쏘기에는 역부족이지, 안 그래? 정말 안됐어. 그리고 자네 손도. 자네 손을 좀 봐, 롤랜드! 보아 하니 손가락이 두어 개 달아난 것 같은데. 맙소사, 정말 죽을 고생을 했나 보군, 안 그래? 하지만 일이 쉽게 풀릴 수도 있어. 자네도 자네 친구들도 편하고 알차게 살 수 있다, 이 말이야. 그리고 제이크가 가끔 하는 말마따나 '그건 진실이야.' 더는 가재 괴물을 만날 일도, 미친 열차에

탈 일도, 다른 세계로 조마조마하고 위험한 여행을 떠날 일도 없어. 자넨 그저 이 어리석고 절망적인 탑 찾기 모험을 포기하면 돼."

"안 돼." 에디가 말했다.

"안 돼." 수재나가 말했다.

"안 돼." 제이크가 말했다.

"안 돼!" 오이가 외치고는 멍 하고 짖었다.

초록색 왕좌에 앉은 검은 옷의 남자는 전혀 아랑곳하지 않고 빙긋이 웃었다.

"롤랜드? 자넨 어떤가?"

천천히, 남자가 끈 달린 자루를 들어올렸다. 낡고 지저분해 보이는 자루였다. 마법사의 손에 걸려 축 처진 모양새가 꼭 눈물방울처럼 보였다. 그리고 이제, 자루 속에 든 물건이 분홍색 빛을 깜박이기 시작했다.

"그만 포기해. 그럼 자네 친구들이 이 안에 든 걸 구경할 일도 없을 거야. 오래전에 막을 내린 슬픈 연극의 마지막 장면을 안 봐도 된다고. 그러니 포기해. 탑에서 돌아서서 자네의 길을 가란 말이야."

"안 된다."

롤랜드가 말했다. 그러고는 빙긋이 웃었다. 그의 얼굴에 웃음이 번질수록 왕좌에 앉은 남자의 얼굴은 점점 굳어갔다.

"네가 내 총에 마법을 걸었는지도 모르지. 내 총은 이 세계에 속한 것이니까."

"롤랜드, 자네가 지금 무슨 생각을 하는지는 모르겠지만, 내 경고하는데……"

"위대한 오즈를 거스르지 말라는 말이냐? 강력한 오즈를? 허나 나는 그럴 것이다, 마튼······ 아니면 멀린······ 그도 아니면, 네가 스스로 뭐라 칭하든 간에······."

"실은 플랙이라고 하네. 그리고 우린 전에 만난 적이 있어."

왕좌에 앉은 남자가 빙그레 웃었다. 웃는 얼굴은 긴장이 풀어지게 마련이지만, 플랙의 얼굴은 반대로 험악하게 일그러졌다.

"폐허가 된 길르앗에서. 자네랑 자네의 살아남은 친구들······ 그래, 기억나는군. 한 놈은 당나귀처럼 낄낄대는 커스버트 올굿, 또 한 놈은 제이미 드커리. 얼굴에 반점이 있는 놈이었지. 자네가 녀석들하고 같이 탑을 찾으러 서쪽으로 떠날 때, 우린 만났어. 제이크의 세계에서 통하는 말을 빌리자면, 자네들이 마법사를 만나러 대장정을 떠나던 때라고 할 수 있겠군. 그때 자넨 나를 봤어. 하지만 나도 자네를 보고 있었다는 건 아마 오늘 이때까지 몰랐을 거야."

"아마 또 만나게 되겠지. 내가 지금 여기서 널 죽이고 네 훼방질에 종지부를 찍지 않으면."

왼손에 자신의 리볼버를 그대로 든 채로, 롤랜드는 허리춤에 꽂힌 다른 총으로 오른손을 뻗었다. 제이크의 루거. 다른 세계에서 온, 그래서 저 괴물의 마법이 안 통할지도 모르는 총이었다. 그리고 그의 손은 언제나처럼 빨랐다. 눈이 부실 정도로.

왕좌에 앉은 남자는 비명을 지르며 몸을 움츠렸다. 자루가 그의 무릎에서 떨어지자 한때는 레아가, 한때는 조너스가, 한때는 롤랜드가 손에 쥐었던 수정 구슬이 자루에서 빠져나왔다. 연기가, 이번에는 빨간색이 아니라 초록색 연기가 왕좌의 팔걸이에 생긴 빈틈에서 뿜어나왔다. 초록색 연기가 짙은 덩어리가 되어 솟구쳤다. 그럼에도 롤랜드는 연기 속으로 숨는 남자를 쏠 수도 있었다, 총을 재빨리 뽑기만 했다면. 그러나 그러지 못했다. 루거는 손가락이 달아난 롤랜드의 손에서 빠져나와 빙그르 뒤집혔다. 총의 가늠쇠가 벨트 버클에 걸렸다. 총을 빼내는 데 걸린 시간은 고작 4분의 1초였지만, 그 4분의 1초야말로 그에게 필요한 모든 것이었다. 그는 피어오르는 연기에 세 발을 발사하고 앞으로 달려갔다. 친구들이 외치는 고함소리는 들리지도 않았다.

롤랜드는 두 손으로 연기를 걷어냈다. 그가 쏜 총알은 왕좌의 등받이에 박혀 두꺼운 유리판을 갈라지게 했지만, 플랙이라고 자칭하던 사람 형상을 한 괴물은 사라지고 없었다. 롤랜드는 퍼뜩 깨달았다. 그는 그 남자가(또는 그것이) 처음부터 여기에 있기는 했는지 이미 의심하고 있었다.

그러나 구슬은 그대로 있었다. 멀쩡한 모습으로, 오래전 그때와 똑같이 사람을 홀리는 분홍색 광채를 뿜어내고 있었다. 그때 롤랜드는 젊었고, 사랑에 빠져 있었다. 멀린의 무지개 가운데 유일하게 남아 있는 그 구슬은 거의 왕좌 바닥의 끄트머리에 닿아 있었다. 손가락 두 마디만 더 갔어도 바닥에 떨어져 산산조각 날 상황이었다. 그러나 떨어지지 않았다. 구슬은, 수전 델가도가 입맞춤을 부르는 달 아래 레아의 오두막 창문 너머로 처음 보았던 이 요사스러운 물건은, 온전하게 남아 있었다.

롤랜드는 구슬을 들어올렸다. 손바닥에 닿는 느낌이 어찌나 자연스러운지, 어찌나 손에 꼭 들어맞는지, 그 오랜 세월이 흘렀는데도. 그는 구름이 소용돌이치듯 흐릿한 구슬 속을 들여다보았다.

"너는 언제나 매혹적인 삶을 살았지."

롤랜드가 구슬에 대고 소곤거렸다. 그 속에서 보았던 레아가, 낄낄 웃던 그 마녀의 늙은 눈이 떠올랐다. 수확제 밤의 화형대에서 수전을 둘러싸고 솟아오르던 불길이, 열기 속에 이글거리던 그녀의 아름다운 얼굴이 떠올랐다. 신기루처럼 일렁이던 수전의 얼굴이.

이 저주받을 요물! 롤랜드는 생각했다. 너를 바닥에 떨어뜨려 박살 내면 우리는 갈라진 네 뱃속에서 흘러나온 눈물의 바다에 빠지겠지…… 네가 망가뜨린 그 많은 사람들의 눈물 속에.

그렇게 못할 것은 또 뭔가? 이 추잡한 물건을 온전히 놔두면 빔의 길로 돌아갈 수 있을지도 몰랐지만, 롤랜드는 이 구슬이 정말로 자신들에게 필요한지 의심스러웠다. 구슬만 놓고 보면 똑딱맨과 플랙이라고 자칭한 그 괴물이 마지막 관문이었다. 초록 궁전은 중간 세계로 돌아가는 통로였고…… 이제 그들 차지였다. 그들이 무력으로 차지한 셈이었다.

하지만 아직은 갈 수 없다, 총잡이. 네 이야기를 다 들려주기 전엔 안 돼. 마지막 장면까지 전부 다.

누구의 목소리였을까? 바네이? 아니. 코트? 아니었다. 언젠가 매춘부의 침대에 있던 그를 알몸인 채로 끌어내어 내동댕이친 아버지의 목소리도 아니었다. 그것은 누구보다 냉정한 목소리, 무서운 꿈을 꿀 때 가끔 듣던, 조용히 시키고 싶었지만 거의 그럴 수 없었던 목소리였다. 아니, 그 목소리도 아니었다. 이번에는.

롤랜드가 방금 들은 것은 카의 목소리였다. 바람 같은 카. 롤랜드는 끔찍했던 열네 살 그해의 기억을 그토록 오랫동안 이야기했지만…… 아직 끝맺지는 못했다. 테타 워커와 파란 여인의 특별한 접시가 그러했듯이, 아직 한 가지가 남아 있었다. 감춰진 것이었다. 롤랜드가 보기에 그들 일행 다섯이 초록 궁전을 빠져나가 빔의 길로 돌아갈 수 있을지 어떨지는 중요하지 않았다. 지금 중요한 것은 그들이 계속 *카텟*으로 남을 수 있을지 없을지였다. 만약 그렇게 하려면 아무것도 감추지 말아야 했다. 롤랜드는 오래전 그가 마지막으로 마법사의 수정 구슬을 들여다보았을 때 무엇을 보았는지, 친구들에게 털어놓아야 했다. 환영 만찬으로부터 사흘째 되던 날의 일이었다. 그는 친구들에게 그때 본 것을 이야기해야……

아니다, 롤랜드. 그 목소리가 속삭였다. *이야기만으로는 부족하다. 이번에는, 안 된다. 어떻게 해야 할지는 너도 알 거다.*

그랬다. 그는 잘 알고 있었다.

"이리 와라."

롤랜드는 일행들을 돌아보며 말했다. 그들은 천천히 롤랜드 주위로 모여섰다. 동그랗게 뜬 눈들이 수정 구슬의 분홍색 광채로 물들었다. 그들은, 심지어 오이마저도, 이미 구슬에 반쯤 홀려 있었다.

"우리는 *카텟*이다." 롤랜드는 구슬을 친구들 앞에 들고 얘기했다. "우리는 여럿이서 하나 된 자들이다. 나는 암흑의 탑을 찾는 여정의 길목에서 하나뿐인 진정한 사랑을 잃었다. 자, 이제 너희가 원한다면, 이 끔찍한 물건을 들여다봐라. 그리고 내가 그 직후에 또 무엇을 잃었는지 봐라. 기회는 한 번뿐이다. 그러니 잘 봐라."

그들은 구슬을 보았다. 치켜든 롤랜드의 손에 들어 있던 구슬이 점점 빠르게 번쩍이기 시작했다. 그것은 롤랜드 일행을 그러모아 쓸고 갔다. 구슬의 분홍빛 폭풍에 휘말린 채로, 그들은 마법사의 무지개를 넘어 지금은 없는 길르앗으로 날아갔다.

제4장
수정 구슬

1

뉴욕의 제이크는 길르앗 왕궁 위층의 복도에 서 있다. 초록빛 대
지에 자리 잡은 이 왕궁은 행정 장관 관저보다 더 거대한 성이다.
주위를 둘러보니 태피스트리 옆에 수재나와 에디가 서 있다. 휘둥그
레진 눈으로, 손을 꼭 잡고서. 그런데 수재나가 서 있다. 다리가, 적
어도 당장은, 정상으로 돌아온 모양이다. 그녀는 '나무발'이라고 부
르던 의족 대신 루비 구두를 신고 있다. 도로시가 오즈의 마법사, 그
빵쟁이를 찾아 자신만의 위대한 길에 발을 내디딜 때 신었던 구두
와 똑같았다.

수재나 아줌마한테 다리가 있는 건 이게 꿈이기 때문이야. 제이
크는 이렇게 생각하면서도, 꿈속이 아닌 것을 안다. 아래를 보니 오
이가 금빛 테두리를 두른 영리한 눈을 반짝이며 올려다보고 있다.
네 발에 빨간 장화를 그대로 신고서. 제이크는 몸을 숙여 오이의 머

리를 토닥인다. 손에 닿은 개너구리의 털이 선명하고 생생하게 느껴진다. 아니, 이것은 꿈이 아니다.

그러나 제이크가 둘러보니 롤랜드가 보이지 않는다. 그들은 다섯이 아니라 넷이다. 그러고 보니 다른 것이 또 있다. 이 복도의 공기는 희미한 분홍색이다. 그리고 복도를 밝히고 있는 이상하게 생긴 구식 전구 주위에 조그마한 분홍색 빛무리들이 회전하고 있다. 무슨 일이 일어나려 한다. 어떤 이야기가 그들 눈앞에 펼쳐지려 한다. 그리고 이제, 바로 그 생각이 불러낸 것인 양, 제이크의 귀에 이쪽으로 다가오는 발소리가 들린다.

내가 아는 이야기야. 제이크는 생각한다. 전에 들었던 이야기.

롤랜드가 모퉁이를 돌아서자 제이크는 이것이 어떤 이야기인지 알아차린다. 서늘한 곳을 찾아 지붕 위로 향하는 롤랜드를 마튼 브로드클록이 불러 세우는 이야기이다.

"어이, 꼬맹이." 마튼은 이렇게 말할 것이다. "이리 들어와! 복도에 서 있지 말고! 네 어머니가 좀 보잔다."

그러나 그 말은 사실이 아니고, 사실이 아니었고, 영영 사실이 아닐 것이다. 아무리 긴 시간이 비껴가고 휘어진다 하더라도. 마튼이 원하는 것은 소년이 어머니를 보는 것, 그리하여 가브리엘 디셰인이 자기 남편의 부하인 마법사와 정을 통했음을 알아차리는 것이다. 마튼은 소년의 아버지가 집을 비운 동안, 그래서 아들을 말리지 못하는 동안 소년을 들볶아서 때 이른 성년식에 도전케 할 작정이다. 이빨이 자라서 물기 전에 강아지를 치워버리려는 속셈인 것이다.

이제 그들 모두 보게 될 것이다. 슬픈 희극은 그들이 지켜보는 가운데 이미 정해진 슬픈 결말로 나아갈 것이다. 그런 걸 보기엔 난 너무 어린데. 제이크는 이렇게 생각하지만, 물론 너무 어리지는 않다. 친구들과 함께 메지스로 오다가 위대한 길 위에서 수전을 만났을 때, 롤랜드는 제이크보다 고작 세 살 위였다. 제이크보다 고작 세 살 많은 나이에 수전과 사랑을 나누었다. 그리고 제이크보다 고작 세 살 많은 나이에 그녀를 잃었다.

난 몰라. 난 안 볼 거야……

그리고 롤랜드가 점점 가까워지는 동안, 제이크는 깨닫는다. 보지 않을 것이다. 그 일은 이미 모두 끝났으므로. 지금은 광짓날이 있는 8월이 아니라 늦가을, 아니면 초겨울이므로. 롤랜드가 외곽 자치령에서 기념으로 가져온 어깨담요를 걸친 것을 보면, 또 숨을 내쉴 때마다 입과 코에서 뿜어나오는 김을 보면 알 수 있다. 길르앗에는 중앙난방이 없기 때문에 복도는 무척 춥다.

변한 것은 또 있다. 롤랜드는 이제 자신이 타고난 권리에 따라 손에 넣은 총, 즉 백단향 손잡이가 달린 커다란 리볼버를 차고 있다. 아저씨가 환영 만찬 때 아버지한테서 물려받은 거야. 제이크는 생각한다. 어떻게 아는지는 모르지만 어쨌든 제이크는 알고 있다. 그리고 롤랜드의 얼굴도 변했다. 아직 앳된 구석이 남아 있긴 하지만 그 얼굴은 다섯 달 전 바로 이 복도를 지나던, 천진하고 시련을 모르던 소년의 얼굴이 아니다. 그 소년은 마튼의 계략에 빠진 후에 많은 시련을 겪었고, 코트와 벌인 싸움은 그 시작에 불과했다.

제이크가 본 것은 또 있다. 어린 총잡이가 신은 빨간 카우보이 장화이다. 하지만 아저씨는 그걸 몰라. 왜냐면 지금 이건 실제로 일어나는 일이 아니거든.

그러나 어쩐 까닭인지, 이것은 실제로 일어나는 일이다. 그들은 마법사의 수정 구슬 속에, 분홍빛 폭풍 속에 있다(전등 주위에 맴도는 분홍색 빛무리를 보며 제이크는 사냥개 폭포와 그 폭포의 안개 속에서 맴돌던 달빛의 무지개를 떠올린다.). 그리고 지금, 모든 일이 다시 한 번 실제로 일어나고 있다.

"롤랜드!"

태피스트리 옆에 수재나와 함께 서 있던 에디가 외친다. 깜짝 놀란 수재나가 그의 어깨를 잡고 조용히 시키려 하지만, 에디는 아랑곳하지 않는다.

"안 돼, 롤랜드! 안 돼! 그러지 마!"

"안 돼! 올랜!" 오이가 요란하게 짖는다.

롤랜드는 그 둘을 다 무시한다. 바로 옆을 지나가면서도 제이크조차 보지 못한다. 롤랜드에게 그들은 없는 것이나 마찬가지다. 빨간 장화를 신었든 안 신었든, 이 카텟은 그의 먼 미래에 존재한다.

롤랜드는 복도 맨 끝의 문 앞에 멈춰서, 망설이다가, 주먹을 들어 문을 두드린다. 에디는 수재나의 손을 잡고 그를 향해 걸어가기 시작하는데…… 이제는 아예 그녀를 끌고 가는 듯하다.

"제이크, 가자."

"싫어요, 전 안 갈래요."

"좋다 싫다 따질 때가 아니야, 너도 알잖아. 우린 봐야 해. 롤랜드를 말릴 수 없다면, 적어도 우리가 여기에 온 목적은 이뤄야 해. 자, 빨리 와!"

가슴이 두려움으로 답답해지고 뱃속이 배배 꼬이는 기분이 들지만, 제이크는 에디를 따라나선다. 그들이 가까이 다가가는 사이에 롤랜드는 다시 문을 두드린다. 총잡이의 날씬한 엉덩이 때문에 총이 거대해 보인다. 아직 주름살은 없지만 벌써 지쳐 보이는 총잡이의 얼굴 때문에 제이크는 왠지 울고 싶다.

"그 여자는 거기 없어요, 롤랜드!" 수재나가 그에게 외친다. "그 방에 없어요, 있어도 안 나올 거예요! 안에 있는 게 누구든 당신하곤 상관없어요! 그냥 놔둬요! 내버려둬요! 상대할 가치도 없는 여자예요! 어머니라는 이유만으로 그렇게까지 할 필요 없어요! 그냥 가요!"

그러나 롤랜드는 그 말을 듣지 못하고, 그냥 가지도 않는다. 눈에 안 보이는 제이크와 에디, 수재나, 오이가 그의 등 뒤에 모이는 사이, 롤랜드는 어머니의 처소 문을 두드리다 자물쇠가 안 걸려 있음을 눈치챈다. 그가 문을 열자 실크 벽걸이로 장식된 어두운 방이 드러난다. 바닥에 깔린 양탄자는 제이크의 어머니가 끔찍이 아끼던 페르시아산처럼 보이지만…… 제이크는 이 양탄자가 카샤민 지방에서 온 것임을 안다.

응접실 저편, 삭풍을 막으려고 닫아놓은 유리창 옆. 제이크는 그곳에 놓인, 등받이가 낮은 의자를 본다. 롤랜드가 성년식을 치르던 날 그의 어머니가 거기에 앉아 있었음을, 제이크는 안다. 자기 목에 새겨진 애무의 흔적을 아들에게 들켰을 때, 롤랜드의 어머니는 바로 저 의자에 앉아 있었다.

이제 그 의자는 비어 있지만, 문에 들어선 총잡이가 걸음을 옮겨 침실 쪽으로 향하는 동안 제이크는 신발 한 켤레를 발견한다. 닫힌 창문을 가리고 있는 커튼 아래에 신발이, 빨간색이 아닌 검은색 신발 한 켤레가 보인다.

"롤랜드 아저씨! 커튼! 커튼 뒤에 누가 있어요! 조심하세요!"

그러나 롤랜드에게는 들리지 않는다.

"어머니?"

롤랜드가 소리친다. 똑같은 목소리, 제이크가 어디에서든 알아볼 수 있는 목소리였으나…… 어쩌면 그렇게도 마술 같이 앳되게 들리는지! 흙먼지와 바람과 담배 연기 때문에 갈라지지 않은 어린 목소리이다.

"어머니, 저 롤랜드예요! 드릴 말씀이 있어요!"

여전히 대답이 없다. 롤랜드는 침실로 이어진 짧은 통로를 걸어간다. 제이크의 마음속 일부는 이 응접실에 그대로 있고 싶지만, 저 커튼에 다가가 확 걷고 싶지만, 그럴 수 없다는 것을 안다. 그렇게 한대도 무슨 소용이 있을 것 같지는 않다. 어쩌면 유령처럼 손이 커튼을 그대로 통과해버릴지도 모른다.

"가자. 롤랜드를 따라가야 해."

에디가 말한다. 서로 바짝 붙어 따라가는 그들의 모습은 다른 때였다면 우스꽝스럽게 보일지도 모른다. 그러나 지금은 아니다. 이곳에 있는 세 사람은 친구의 온기가 간절히 필요하다.

롤랜드는 침실의 왼쪽 벽에 붙어 있는 침대를 우두커니 바라본다. 꼭 최면에 걸린 사람처럼 침대를 보고 있다. 아마 침대에 함께 있는 마튼과 어머니의 모습을 상상할 것이다. 아마 수전을 떠올리고 있을 것이다. 이 방에 있는 것처럼 캐노피가 달린 호화로운 침대커녕 번듯한 침대에도 같이 누워본 적이 없는 그녀를. 제이크는 방 건너편에 있는 삼면거울을 통해 총잡이의 흐릿한 옆모습을 본다. 거울은 작은 테이블 앞에 서 있는데 제이크가 부모님 침실에서 본 것과 비슷하다. 즉, 화장대이다.

총잡이는 고개를 저으며 자신을 사로잡은 상념으로부터 깨어난다. 발에는 그 징그러운 장화를 신고 있다. 침실의 어두운 불빛 속에, 그 신발은 피의 개울을 건너온 사람의 장화처럼 보인다.

"어머니!"

그는 침대를 향해 한 걸음 다가가서 몸을 숙인다. 어머니가 침대 밑에 숨어 있다고 생각하는 모양이다. 그러나 만약 어머니가 숨어 있다면, 그 장소는 침대 밑이 아니다. 제이크가 아까 본 커튼 아래의 신발은 여성의 구두였고, 지금 침실 앞 짧은 통로 끝에 서 있는 사람 형상도 드레스를 입고 있다. 제이크에게는 그 드레스의 밑자락이 보인다.

보이는 것은 그것만이 아니다. 제이크는 롤랜드와 부모님의 서먹한 관계를 에디나 수제나보다 훨씬 정확히 꿰뚫어본다. 이는 제이크의 부모님이 롤랜드의 부모님과 기이할 정도로 닮았기 때문이다. 엘머 체임버스는 방송국을 위해 일하는 총잡이였고, 미건 체임버스는 오래전부터 몹쓸 친구들과 습관처럼 바람을 피웠다. 제이크는 그런 사정을 직접 들은 적이 없는데도 어찌된 까닭인지 다 알았다. 부모님과 케프를 공유했기 때문에 알 수 있었다.

제이크는 롤랜드에 관해서도 아는 것이 또 있었다. 그가 마법사의 수정 구슬에서 자기 어머니를 봤다는 사실이었다. 드바리아의 휴양소에서 이제 막 돌아온 가브리엘 디셰인이었다. 환영 만찬이 끝난 후, 가브리엘은 남편에게 자신의 행실과 생각이 그릇된 것이었음을 고백하고 자신을 아내로서 다시 품어달라며 눈물로 호소했고…… 그리하여 그날 밤 사랑을 나눈 후에 스티븐 디셰인이 곯아떨어졌을 때, 그의 가슴에 칼을 박았다. 어쩌면 그를 깨우지도 않고 그저 팔을 살짝 벴을지도 모른다. 그 칼로 말할 것 같으면, 어느 쪽이든 결과는 똑같을 것이다.

롤랜드는 그 사악한 구슬을 아버지에게 넘기기 전에 이 광경을 모조리 보았고, 그래서 그 일을 막으러 온 것이다. 저간의 사정을 아는 에디와 수재나는 스티븐 디셰인의 목숨을 구하기 위해서라고 생각하겠지만, 불행하게 자란 아이답게 불행에 대해 잘 아는 제이크는 그들보다 더 깊이 꿰뚫어본다. 롤랜드는 어머니도 함께 살리려고 하는 중이다. 어머니에게 정신을 차릴 마지막 기회를, 남편 곁에서 진실되게 살 마지막 기회를 주려고. 마튼 브로드클록과 지은 죄를 참회할 마지막 기회를.

어머니도 분명히 그렇게 하실 거야, 틀림없이 그러실 거야! 롤랜드는 그날 어머니의 표정을 보았다. 얼마나 슬픈 표정이었던가! 분명히 내 말대로 하실 거야, 어머니가 마법사를 선택할 리 없어! 내가 잘 말씀드리기만 하면……

그리하여, 자신이 또다시 어린아이의 유치한 발상에 빠져든 것을 까맣게 모른 채(때로는 불행과 치유보다 욕망이 훨씬 더 강하다는 것을 모르기에), 롤랜드는 어머니에게 말하러 온 것이다. 너무 늦기 전에 남편에게 돌아가라고 간청하려고. 롤랜드는 말할 것이다. 전에는 어머니가 엉뚱한 짓을 못 저지르게 막을 수 있었지만, 다시 그럴 수는 없을 거라고.

어머니가 끝까지 거절한다면. 제이크는 생각한다. 혹시 아저씨가 지금 무슨 말을 하는지 모르겠다고 발뺌한다면, 아저씨는 어머니한테 선택하라고 할 거야. 아저씨한테 도움을 받아 오늘 밤 당장 길르앗을 떠나든가, 내일 아침 사슬에 묶인 신세가 되든가. 어마어마한 음모를 꾸민 배신자니까 십중팔구 요리사 핵스처럼 교수대에 매달릴 거라고 하겠지.

"어머니?"

롤랜드가 외친다. 등 뒤의 그늘에 서 있는 그림자를 눈치채지 못한 채로. 롤랜드가 침실에 한 걸음 더 들어서자 그 그림자도 움직인다. 그림자가 양손을 든다. 그 손에 뭔가 있다. 총이 아니라는 것쯤은 제이크도 안다. 그런데 어딘가 징그러워 보이는 물건이다. 어쩐지 뱀처럼 생긴……

"롤랜드, 조심해요!"

수재나가 날카롭게 외친다. 그 목소리는 마치 마법의 스위치 같다. 화장대 위에 뭔가 놓여 있다. 물론, 수정 구슬이다. 가브리엘이 훔쳐온 구슬. 그녀가 아들이 망쳐놓은 살인 음모를 보상하기 위해 애인에게 가져다줄 선물이다. 이제 그 구슬이 수재나의 목소리에 화답하듯이 번쩍이기 시작한다. 찬란한 분홍색 광채가 삼면거울에 반사되어 침실 안을 비춘다. 그 빛 속에서, 삼면거울 속에서, 롤랜드는 마침내 등 뒤의 그림자를 발견한다.

"안 돼!" 공포에 질린 에디 딘이 외친다. "안 돼, 롤랜드! 그 여자는 당신 어머니가 아니야! 그 여잔……"

실은 여자라고 할 수조차 없다. 더 이상은. 살아 있는 시체에 가까운 그것은 긴 여행으로 더러워진 검은 드레스를 걸치고 있다. 머리에 남은 머리카락은 몇 가닥뿐이고 코가 있던 자리에는 구멍이 뚫려 있지만, 두 눈은 지금도 이글거린다. 그리고 앞으로 내민 두 손에서 꿈틀대는 뱀 또한 생생하게 살아 있다. 제이크는 그 뱀이 롤랜드의 총에 죽은 뱀과 같은 바위 밑에서 온 것인지 잠시 궁금해

한다.

어머니의 처소에서 총잡이를 기다린 것은 레아였다. 자신의 보물을 되찾으러 왔을 뿐 아니라 자신을 그토록 괴롭힌 소년을 끝장내러 온, 쿠스의 마녀였다.

"넌 이제 끝장이다, 이 음탕한 계집아!" 레아가 날카롭게 외치며 킬킬댄다. "이제 죗값을 치를 때야!"

그러나 롤랜드는 레아를 보았다. 거울에 비친 레아를, 자신이 찾으러 온 구슬에게 배신당한 레아를. 그리고 이제, 그가 돌아서고 있다. 새로 얻은 총을 향해 두 손을 소름 끼치도록 빠르게 뻗으면서. 그는 지금 열네 살, 신경이 그 어느 때보다 예민하고 빠른 시절이다. 폭발하는 화약처럼.

"안 돼요, 롤랜드, 안 돼요!" 수재나가 외친다. "이건 속임수예요, 마법이에요!"

그 순간 제이크는 거울에서 눈을 돌려 실제로 문간에 서 있는 여인을 본다. 그 순간, 자신 역시 속아넘어간 것을 깨닫는다.

아마 롤랜드도 마지막 순간에는 진실을 알았을 것이다. 문간에 서 있던 여자는 사실 그의 어머니였고, 그녀가 손에 든 것은 뱀이 아니라 벨트였다. 어쩌면 아들에게 화해의 선물로 주려고 만든 것인지도 몰랐다. 그런데 거울이 롤랜드를 속였다. 거울이 쓸 수 있는 유일한 방법으로…… 형상을 거꾸로 보여주는 방식으로.

어쨌거나 되돌리기에는 너무 늦었다. 이미 뽑힌 총이 천둥소리를 내뿜으며 환한 노란색 빛으로 침실을 물들인다. 롤랜드는 손을 멈추기 전에 총 두 자루의 방아쇠를 두 번씩 당기고, 총알 네 발을 맞은 가브리엘 디셰인은 아들과 화해할 생각에 웃음을 머금은 얼굴 그대로 침실 앞 복도에 나동그라진다.

그녀는 그렇게 웃으며 죽는다.

롤랜드는 우두커니 서 있다. 손에 연기가 나는 총을 쥐고서, 충격과 공포로 일그러진 표정을 하고서, 그는 죽을 때까지 지고 가야 할 진실을 서서히 깨닫는다. 아버지에게서 받은 총으로 어머니를 죽였다는 진실을.

이제 킬킬대는 웃음소리가 방 안을 가득 채운다. 롤랜드는 돌아보지 않는다. 그는 어머니의 침실 앞 복도에 쓰러져 있는 파란 드레스와 검은 구두 차림의 여인을 보고 꼼짝도 하지 못한다. 그가 구하러 왔다가 도리어 죽여버린 여인을. 여인은 피가 흐르는 배 위에 손으로 짠 벨트를 드리운 채 누워 있다.

제이크가 롤랜드 대신 돌아서서 구슬을 본다. 초록색 얼굴 위에 끝이 뾰족한 검은색 모자를 쓴 마녀가 구슬 속에서 헤엄치듯 움직이고 있지만, 제이크는 놀라지 않는다. 그것은 동쪽의 사악한 마녀이다. 또한 제이크가 이미 아는 쿠스 언덕의 레아이기도 하다. 레아는 총을 쥐고 서 있는 소년을 바라보며 이가 다 보이도록 웃고 있다. 제이크가 평생 본 것 중에 가장 징그러운 웃음이다.

"네가 사랑하는 그 멍청한 계집은 내가 불태워 죽였다. 암, 산 채로 태워버렸지. 그리고 이젠 너를 모친 살해범으로 만들었지. 이제 내 뱀을 죽인 걸 후회하느냐, 총잡이여? 내 불쌍한 에르모트를 죽인 걸? 네가 아무리 발버둥 쳐도 못 이길 고수한테 도전한 걸 후회하느냐?"

롤랜드는 그 소리를 까맣게 못 들었는지, 그저 어머니만 바라본다. 이제 곧 어머니 곁에 다가가 무릎을 꿇겠지만, 아직은 아니다.

아직은.

구슬 속에 떠오른 얼굴이 이제 세 여행자 쪽을 돌아본다. 돌아보는 사이에 늙고 머리가 벗겨진 피곤한 얼굴로 바뀐다. 실은 롤랜드가 거짓말쟁이 거울 속에서 본 바로 그 얼굴이다. 총잡이는 미래에서 온 자기 친구들을 아직 보지 못하지만, 레아는 그들을 본다. 그것도 아주 똑똑히.

"포기해라!"

레아가 외친다. 흐린 겨울 하늘 아래 이파리 한 장 안 남은 나뭇가지에 앉은 까마귀의 울음소리로.

"포기해! 탑을 포기하란 말이다!"

"웃기지 마, 할망구." 에디가 말한다.

"이놈의 정체를 똑똑히 봐라! 이놈이 어떤 괴물인지 보란 말이다! 이건 시작에 불과해, 암, 그렇고말고! 이놈한테 커스버트가 어떻게 됐는지 물어봐라! 알레인이 어떻게 됐는지 물어봐! 알레인은 그토록 영험한 예지력을 갖고도 결국에는 살아남지 못했다! 제이미 드커리가 어떻게 됐는지 물어봐라! 이놈은 친구를 죽이지 않으면 못 견디는 놈이야, 사랑하는 사람을 바람 속의 먼지로 날려보내지 않고는 못 사는 놈이란 말이다!"

"당신이나 꺼져." 수재나가 말한다. "우리 일은 우리가 알아서 할 테니까."

레아는 갈라진 초록색 입술을 비틀며 징그럽게 비웃는다.

"이놈은 제 어미를 죽였어! 그런 놈이 너한테 무슨 짓을 할 것 같으냐, 이 멍청한 갈색 계집아?"

"아저씬 엄마를 안 죽였어." 제이크가 말했다. "그분을 죽인 건

너야. 그러니까 썩 꺼져!"

제이크는 구슬을 향해 한 걸음 다가선다. 구슬을 들어서 바닥에 내던질 작정인데…… 그러고 보니 그럴 수도 있다는 생각이 든다. 구슬이 진짜이기 때문이다. 이 환상 속에서 단 하나뿐인 진짜. 그러나 제이크의 손이 닿기 전, 구슬은 소리 없이 폭발하며 분홍색 광채를 내뿜는다. 제이크는 눈이 멀지 않으려고 손으로 얼굴을 가린다. 그러고는

(녹고 있어 난 녹고 있어 세상에 아아 세상에)

추락한다. 분홍빛 폭풍에 휘말려 빙글빙글 돌면서 아래로, 오즈를 떠나 다시 캔자스로, 오즈를 떠나 다시 캔자스로, 오즈를 떠나 다시……

제5장
빔의 길

1

"……집으로."

에디가 중얼거렸다. 스스로 듣기에도 얻어맞은 사람처럼 꽉 잠긴 목소리였다.

"다시 집으로. 왜냐면, 집이 최고니까. 결국에는."

에디는 눈을 뜨려고 했지만 처음에는 그럴 수 없었다. 눈꺼풀이 접착제로 들러붙은 것만 같았다. 그는 손바닥 언저리를 이마에 대고 밀어올려 피부를 쭉 폈다. 이 방법이 효과가 있었는지 눈이 떠졌다. 보이는 것은 초록 궁전의 알현실도, 그들이 방금 전까지 있었던 (그래서 실제로 보일 거라고 예상했던) 화려하지만 왠지 답답한 침실도 아니었다.

그곳은 바깥이었다. 에디는 하얗게 서리가 낀 작은 풀밭에 누워 있었다. 곁에는 작은 수풀이 있었고, 나뭇가지 몇 개에 아직 마지막 갈색 잎이 붙어 있었다. 그중에는 기묘하게 새하얀 이파리가 한 개 붙은 가지도 있었다. 수풀 안쪽 깊숙한 곳에서 졸졸 흐르는 시냇물 소리가 들렸다. 웃자란 풀 속에 버려진 채 서 있는 것은 수재나의 신형 휠체어였다. 에디가 보니 휠체어 바퀴에 진흙이 묻어 있었고, 바퀴살에는 바싹 마른 갈색 나뭇잎이 몇 장 끼어 있었다. 그리고 풀 잎도 조금 붙어 있었다. 하늘은 조용히 멈춰 있는 하얀 구름으로 가 득했다. 구름 한 점 한 점이 이불보로 가득한 빨래 바구니처럼 따분 한 모양을 하고 있었다.

우리가 궁전에 있는 동안 하늘이 갰구나. 에디는 이렇게 생각하 다가 시간이 또다시 훌쩍 흐른 것을 깨달았다. 딱히 얼마나 지났는 지 알고 싶은 마음은 없었다. 롤랜드의 세계는 톱니가 다 닳아버린 변속장치 같았다. 시간이 언제 중립으로 바뀔지, 언제 고속으로 바 뀌어 사람들을 태우고 질주할지 알 길이 없었다.

그런데 여기가 롤랜드의 세계일까? 만약 그렇다면, 그들이 어떻 게 다시 돌아올 수 있었을까?

"그걸 내가 어떻게 알아?"

에디는 쉰 목소리로 중얼거리며 천천히 일어서다가 비틀거렸다. 숙취에 시달리는 것 같지는 않았지만 다리가 뻐근했다. 세상에서 제 일 피곤한 주말 낮잠을 잔 것 같은 기분이었다.

롤랜드와 수재나는 나무 아래에 누워 있었다. 총잡이는 움찔거리 는 중이었지만, 수재나는 팔을 한껏 벌린 채 벌렁 누워 여성스럽지 않게 코를 골고 있었다. 그 모습을 보고 에디는 웃음이 나왔다. 제이 크도 근처에 있었고, 아이의 무릎 옆에는 오이가 잠들어 있었다. 에 디가 둘러보는 사이에 제이크가 눈을 뜨고 일어나 앉았다. 놀랐는지 눈이 동그랬지만 동시에 멍했다. 깨어나 있었지만 방금 전까지 너무 깊이 잔 탓에 아직 정신을 못 차린 것이었다.

"어휴." 제이크가 중얼거리고는 하품을 했다.

"그래. 나도 동감이야."

에디는 맞장구를 치듯 중얼거린 다음, 천천히 돌아서서 처음 일어난 곳으로 돌아갔다. 4분의 3쯤 걸어갔을 때 지평선에 있는 초록 궁전이 그의 눈에 들어왔다. 이곳에서 본 궁전은 아주 조그마했고, 구름 낀 하늘 탓에 빛나지도 않았다. 그쪽에서 일행이 있는 방향으로 길게 이어진 선은 수재나의 휠체어가 남긴 바퀴 자국이었다.

희박지대의 소리가 들렸지만 희미했다. 에디는 희박지대를 눈으로 볼 수도 있을 거라고 생각했다. 수은 같이 번들거리는 덩어리가 탁 트인 평원에 늪처럼 펼쳐져 10킬로미터쯤 이어지다가…… 마침내 끝날 것이다. 여기서 서쪽으로 10킬로미터쯤일까? 초록 궁전의 위치를 감안하면, 또 그들이 70번 고속도로를 동쪽으로 이동했음을 생각하면 그렇게 추측하는 것이 타당했지만, 당장은 알 길이 없었다. 방향을 가늠할 해가 구름에 가려진 탓에 더욱 그러했다.

"고속도로 진입로는 어디 있어요?"

제이크가 물었다. 알아듣기 힘들 정도로 잠긴 목소리였다. 오이가 아이 곁에 다가오더니 뒷발을 차례로 쭉 뻗었다. 에디는 오이의 장화 한 짝이 사라진 것을 눈치챘다.

"수익이 안 나서 철거했는지도 모르지."

"이제 여긴 캔자스가 아닌 것 같아요."

에디는 이렇게 말하는 제이크를 살짝 흘겨보았지만, 아이가 일부러 「오즈의 마법사」에 나오는 대사를 따라한다고는 생각지 않았다.

"캔자스시티 로열스가 야구를 하는 캔자스는 아닌 것 같아요. 그렇다고 캔자스시티 마너크스가 있는 곳도 아닌 것 같고요."

"왜 그렇게 생각하는데?"

제이크는 엄지손가락으로 하늘을 가리켰고, 위를 올려다본 에디는 자신이 틀렸음을 깨달았다. 온 하늘이 이불보로 가득한 빨래 바구니처럼 새하얀 것은 아니었다. 그들 머리 바로 위에서, 구름으로 이루어진 띠가 컨베이어 벨트처럼 쉬지 않고 지평선을 향해 흘러가는 중이었다.

그들은 다시 빔의 길에 돌아와 있었다.

2

"에디? 어디 있어요?"

에디는 하늘의 구름 길에서 눈을 돌려 아래를 보았다. 수재나가 뒷덜미를 주무르면서 일어나 앉는 중이었다. 이곳이 어딘지 몰라 얼떨떨한 기색이었다. 어쩌면 자신이 누군지도 확신이 안 서는 눈치였다. 구름 낀 하늘 탓인지 수재나가 신은 빨간 의족마저 묘하게 어두워 보였다. 그래도 에디의 시야에서는 그 의족이 가장 환하게 빛나는 물건이었는데…… 이는 에디가 자신의 굽 높은 구두를 내려다보기 전까지의 얘기였다. 다만 에디의 구두도 칙칙해 보이기는 마찬가지였다. 아무래도 이날의 구름 낀 하늘 때문만은 아닌 듯싶었다. 에디는 제이크의 구두를, 오이의 남은 장화 세 짝을, 롤랜드의 카우보이 장화를 차례로 훑어보았다(이제 총잡이도 일어나 앉아서 팔로 무릎을 감싼 채 먼 곳을 하염없이 바라보고 있었다.). 신발은 모두 루비처럼 붉었지만 왠지 *생기가 없는* 붉은색이었다. 마치 그 색깔에 반드시 있어야 할 마법이 사라진 듯했다.

에디는 갑자기 구두를 벗고 싶어졌다.

그는 수재나 곁에 앉아 그녀에게 입을 맞추었다.

"좋은 아침이에요, 잠자는 숲 속의 공주님. 아냐, 좋은 낮인가."

그러고는 부랴부랴 구두를 벗었다. 구두를 건드리는 것조차 께름칙했다(왠지 벗어놓은 허물을 건드리는 느낌이 들었다.). 벗으면서 가만히 본 구두는 앞코가 벗겨지고 뒷굽에 진흙이 묻어 더는 새것 같지 않았다. 앞서 에디는 자신들이 여기까지 어떻게 왔는지가 궁금했다. 그런데 다리의 뻐근한 통증과 휠체어 자국을 떠올리자 알 것 같았다. 그들은 걸어왔다. 잠든 채로 이곳까지 걸어왔던 것이다.

"잘했어요, 에디. 당신이 한 것치곤 좋은 생각이에요. 정말 오랜만에…… 얼마나 오랜만인지 기억도 안 나네요."

수재나는 이렇게 말하며 의족을 벗었다. 에디가 보니 옆에 있던 제이크도 오이의 장화를 벗기고 있었다.

"여긴 어디죠? 에디, 우리 정말 거기 있었어요? 롤랜드가……"

"내가 어머니를 죽일 때. 그렇소, 당신은 거기 있었소. 나도 있었고. 맙소사, 난 거기 있었소. 그건 내가 한 짓이오."

롤랜드는 두 손으로 얼굴을 덮고 서럽게 울기 시작했다.

수재나는 걷는 것과 다름없이 빠른 속도로 땅을 짚으며 롤랜드에게 다가갔다. 그러고는 한 팔로 그의 어깨를 감싸고 다른 손으로 그의 얼굴을 덮은 손을 치웠다. 그는 처음에는 거부하며 버텼지만, 그녀의 완강한 손길을 이기지 못하고 결국 손을(어머니를 죽인 그 손을)

내렸다. 눈물이 줄줄 흐르는 멍한 눈이 드러났다.

수재나는 그의 얼굴을 당겨 자기 어깨에 기댔다.

"괜찮아요, 롤랜드. 괜찮아요, 잊어버려요. 이제 끝났어요. 다 지난 일이에요."

"그런 일을 잊을 수 있는 인간은 없소. 난 잊지 못할 거요. 죽을 때까지 못 잊을 거요."

"당신이 죽인 게 아니야."

"그건 너무 안일한 생각이다, 에디." 총잡이는 수재나의 어깨에 얼굴을 묻고 있었지만, 그가 하는 말은 일행들에게 똑똑히 들렸다. "세상에는 피할 수 없는 의무가 있다. 그리고 떨쳐버릴 수 없는 *죄*도 있다. 그래, 레아는 그곳에 있었다. 어떤 의미에서는, 적어도 그곳에 있었다. 허나 쿠스 언덕의 마녀에게 모든 것을 떠넘길 수는 없다. 아무리 그러고 싶다고 해도 안 된다."

"그 마녀가 한 짓도 아니야. 그런 뜻이 아니야, 내 말은."

롤랜드는 고개를 들었다.

"그게 도대체 무슨 소리냐?"

"*카* 때문이야. 바람 같은 *카*."

3

그들의 짐 속에는 아무도 넣어둔 적 없는 음식이 들어 있었다. 포장에 '키블러 엘프'라고 적힌 과자, 고속도로 휴게소의 자동판매기에서 파는(배고파서 못 견딜 지경이 아니면 아무도 안 사먹을) 랩으로 포장된 샌드위치, 그리고 에디도 수재나도 제이크도 본 적이 없는 콜라였다. 맛은 코카콜라와 비슷했고 깡통 색깔도 빨강과 하양이었지만, 상표명은 '노잘라'였다.

그들은 덤불에 등을 기댄 채 멀리서 번뜩이는 초록 궁전을 바라보며 그 음식으로 점심을 때웠다. *한 시간만 있으면 해가 질지도 모르는데. 그럼 저녁이라고 해도 되지 않나.* 에디는 이렇게 생각했지만 굳이 소리 내어 말할 필요는 없을 것 같았다. 배꼽시계가 다시 작동하는 중이었고, 원리는 알 수 없지만 대개는 정확한 그 시계에 따르면 현재 시각은 이른 오후였다.

그러다 갑자기, 에디가 벌떡 일어서더니 보이지 않는 카메라를 향해 빙그레 웃으며 소리쳤다.

"새로 산 타쿠로 스피릿을 타고 오즈의 나라를 여행할 때, 전 노잘라 콜라를 마십니다! 아무리 마셔도 살 찔 염려가 없거든요! 남자의 자신감을 채워주는 콜라! 마시다 보면 하느님의 은혜마저 깨닫게 됩니다! 천사 같은 얼굴에 호랑이의 정력이 솟아나기 때문이죠! 노잘라 콜라를 마실 때 저는 이렇게 외칩니다. '아, 살아 있어서 다행이에요!' 자, 다 같이……"

"그만하고 앉으세요, 빵쟁이 아저씨." 제이크가 웃으며 말했다.

"어씨!"

오이가 맞장구쳤다. 오이는 제이크의 발목에 주둥이를 올려놓고서 초롱초롱 빛나는 눈으로 아이의 샌드위치를 보고 있었다.

에디가 자리에 앉으려던 찰나, 앞서 보았던 묘하게 새하얀 이파리가 다시금 그의 시선을 잡아끌었다. *저건 나뭇잎이 아니야.* 에디는 이렇게 생각하며 그쪽으로 걸어갔다. 역시, 나뭇잎이 아니라 종이 쪽지였다. 쪽지를 뒤집어 보니 '어쩌고저쩌고'와 '우웩 우웩', '다 그게 그거고' 같은 말들이 쭉 적혀 있었다. 신문은 보통 양면에 인쇄하게 마련이지만, 에디는 뒷면이 하얀 이 신문을 보고도 놀라지 않았다. 《오즈 데일리 버즈》는 결국 소도구에 지나지 않았던 것이다.

그러나 뒷면 역시 백지는 아니었다. 거기에는 단정하고 꼼꼼한 글씨로 이렇게 적혀 있었다.

다음번엔 그냥 떠나지 않을 걸세.

☺   탑을 포기해. 이게 마지막 경고야.   ☺

그럼 <u>멋진</u> 하루 보내길! —R. F.

그 아래에는 조그만 그림이 그려져 있었다.

에디는 그 쪽지를 들고 일행들이 점심을 먹는 곳으로 돌아왔다. 그들은 돌아가면서 쪽지를 읽었다. 롤랜드는 마지막으로 쪽지를 들고 엄지손가락으로 천천히 훑어서 종이의 질감을 확인한 다음, 에디에게 돌려주었다.

"R. F. 똑딱맨을 조종한 남자. 이거 그 남자가 보낸 거 맞지?"

"그래. 똑딱맨을 러드에서 데려온 것도 그놈일 게다."

"당연하죠." 제이크가 침울한 표정으로 말했다. "그 플랙이란 남자는 일급 빵쟁이가 눈에 띄면 한눈에 알아볼 사람 같았어요. 근데

어떻게 우리보다 먼저 왔을까요? 외줄 블레인보다 더 빠른 게 있긴
할까요?"

"문이야. 아마 그 신기한 문을 통해서 왔을 거야."

"빙고."

수재나가 말하며 활짝 편 손을 에디에게 내밀었다. 에디도 손바
닥을 내밀어 맞부딪쳤다.

"어찌됐든 놈의 제안도 나쁜 충고는 아니다. 난 너희가 이 말을
진지하게 생각했으면 한다. 그리고 만약 너희가 원래 세계로 돌아가
고 싶다면, 난 너흴 보내줄 거다."

"롤랜드, 그게 지금 무슨 소리야. 나랑 수재나가 울면서 발버둥
치는데도 여기까지 끌고 왔으면서. 우리 형이 그 말을 들었다면 뭐
라고 했을 것 같아? 당신이 스케이트 타는 돼지처럼 오락가락한다
고 했을 거야."

"그건 내가 너희와 친구가 되기 전의 일이다. 내가 알레인과 커스
버트를 사랑했듯이 너희를 사랑하기 전의 일. 그리고 내가…… 과거
의 어떤 장면들을 억지로 다시 찾아가기 전의 일이기도 하다. 허나
지금은……."

롤랜드는 말을 멈추고 자기 발을 내려다보며(이미 예전의 낡은 장
화로 갈아 신은 후였다.) 골똘히 생각했다. 그러다 한참 만에 고개를
들었다.

"내 안의 일부는 아주 오랫동안 움직이지도, 말을 하지도 않았다.
아마 죽어 있었을 거다. 허나 지금은 아니다. 나는 다시 사랑하는 법
을 배웠다. 그리고 내가 사랑할 기회는 아마도 이번이 마지막일 게
다. 나는 더디게 배우는 편이다. 내 스승 바네이와 코트는 그걸 알고

있었다. 그리고 내 아버지도. 허나 나는 바보는 아니다."

"그럼 바보 같이 굴지 마. 우릴 바보로 취급하지도 말고."

"에디, 너희 세계의 방식으로 말하자면, '핵심'은 바로 이거다. 나는 친구들을 죽음에 몰아넣는다. 그런데 이제는, 그런 시도조차 할 수 있을지 어떨지 의심스럽다. 특히 제이크는…… 나는…… 아니, 아무것도 아니다. 뭐라고 해야 좋을지 모르겠구나. 그냥 이렇게만 얘기하마. 그 어두운 침실에서 돌아서서 어머니를 죽인 이후 처음으로, 나는 탑보다 중요한 것을 발견했다."

"그래, 당신 의견은 나도 존중해."

"나도 마찬가지예요. 하지만 롤랜드, 카에 관해선 에디 말이 옳아요." 수재나는 이렇게 말하며 쪽지를 손가락으로 천천히 만져보았다. "이때껏 그렇게 열심히 떠들어놓고 돌아서서 말을 바꿀 순 없어요. 그러니까, 카에 대해서 말이에요. 의지와 각오가 조금 약해졌다고 해서 그럴 수는 없어요."

"의지와 각오라. 멋진 말이군. 허나 같은 의미를 담은 안 좋은 말도 있소. 바로 *집착*이오."

수재나는 대꾸하기도 귀찮다는 듯이 어깨만 으쓱했다.

"둘 중 하나예요. 이 모든 게 *카*의 일부거나, 어떤 것도 *카*가 아니거나. 솔직히 *카*가 무섭긴 하죠, 독수리눈에 사냥개 이빨이 달린 운명이니까. 하지만 난 그 *카*라는 게 아예 없는 쪽이 더 무서워요."

수재나는 R. F.가 남긴 쪽지를 풀밭에 휙 던졌다.

"뭐라고 부르든 간에, 그것에 깔리면 죽는 건 마찬가지요. 라이머…… 소린…… 조너스…… 내 어머니…… 커스버트…… 그리고 수전. 그들한테 물어보시오. 그들 중 아무한테나. 할 수만 있다면."

"당신은 제일 중요한 걸 놓치고 있어. 당신은 말이지, 우릴 돌려 보낼 방법이 *없다*고. 아직도 모르겠어, 이 멍청한 양반아? 문이 나타난다고 해도 우린 안 들어갈 거야. 어때요, 내 말이 틀렸어요?"

에디는 제이크와 수재나를 돌아보았다. 둘 다 고개를 저었다. 심지어 오이마저 고개를 저었다. 역시, 그는 틀리지 않았다.

"우린 *변했어*. 우린……."

이번에는 에디가 할 말을 찾지 못했다. 어떻게 표현해야 좋을지 알 수가 없었다. 탑을 보고 싶은 욕망을…… 그리고 그 욕망만큼이나 강력한, 백단향 손잡이가 달린 리볼버를 허리에 계속 차고 싶은 욕망을. 에디는 그 총을 *대포*라고 생각했다. 마티 로빈스가 부른 노래에 나오는 허리에 대포를 찬 남자가 된 것 같아서였다.

"*카* 때문이야."

에디가 말했다. 모든 것을 감출 만큼 두루뭉술한 말은 그것밖에 떠오르지 않았다. 롤랜드가 잠시 생각하다가 대답했다.

"'뺑카'가 아니면 좋겠구나."

세 친구들은 입을 헤 벌리고 그를 바라보았다.

길르앗의 롤랜드가 농담을 했던 것이다.

4

"나 말이에요, 아까 본 것 중에 이해가 안 가는 게 있어요."

수재나가 망설이다가 물었다.

"롤랜드, 당신 어머니는 왜 커튼 뒤에 숨어 있었던 거죠? 혹시······." 수재나는 입술을 깨물다가, 결국 말을 이었다. "혹시 당신을 죽이려고 했던 건가요?"

"만약 나를 죽이려고 했다면 벨트를 무기로 택하진 않았을 거요. 그건 어머니가 나한테 주려고 만든 선물이었소. 내 이름의 머리글자가 새겨져 있었으니 틀림없소. 그 말은 곧 어머니가 내게 용서를 구하려 했다는 뜻이오. 어머니가 마음을 고쳐먹었다는 뜻이기도 하고."

확실한 거야, 아니면 그냥 그렇게 믿고 싶은 거야? 에디는 생각했다. 결코 소리 내어 물을 수 없는 의문이었다. 롤랜드는 이미 시련을 겪을 만큼 겪었다. 어머니의 처소를 다시 방문하는 끔찍한 경험을 되풀이함으로써 그들을 빔의 길로 다시 데려왔던 것이다. 시련은 그것으로 충분했다.

"아마 부끄러워서 숨었을 게다. 아니면 나한테 할 말을 생각할 시간이 필요했든가. 뭐라고 설명할지 생각할 시간이."

"그럼 그 구슬은요?" 수재나가 부드러운 목소리로 물었다. "우리가 본 것처럼 화장대 위에 있었나요? 당신 어머니가 당신 아버지한테서 훔쳐온 거예요?"

"모두 당신 말대로요. 허나······ 어머니가 정말로 훔쳤을까?" 롤랜드는 스스로에게 묻는 듯했다. "아버지는 모르는 게 없었소. 허나 가끔은 아는 걸 입 밖에 내지 않고 혼자 간직했소."

"당신 어머니와 마튼의 관계를 알았던 것처럼요."

"그렇소."

"하지만 롤랜드, 당신 설마······ 그렇게 믿는 건 아니겠죠? 아버지가 다 알면서 일부러······ 당신이 어머니를······."

롤랜드는 유령이라도 본 사람처럼 휘둥그레진 눈으로 수재나를 바라보았다. 눈물은 이미 말랐지만, 수재나의 질문에 애써 웃음을 지으려 했을 때 그는 도저히 웃을 수가 없었다.

"내 아버지가, 모든 걸 알고 아들을 시켜 아내를 죽였다? 아니, 그건 상상도 할 수 없소. 아무리 상상하려고 해도 불가능하오. 내 아버지가 그런 일을 벌이다니, 성 빼앗기 게임의 선수처럼 교묘한 계략을 꾸미다니…… 그건 말도 안 되오. 허나 내 아버지가 카로 하여금 제 길을 가도록 놔뒀을까 하고 묻는다면…… 그렇소. 분명 그랬을 거요."

"그 수정 구슬은 어떻게 됐어요?"

"나도 모른다, 제이크. 난 그때 기절했다. 깨어나 보니 그때까지도 어머니와 나, 둘뿐이었다. 한 명은 죽고 한 명은 살아 있었지. 총소리가 났는데도 아무도 와보지 않았다. 벽도 두꺼웠고, 그쪽에는 보통 오가는 사람이 없었기 때문이다. 어머니의 피는 다 말라 있었다. 나를 위해 만든 벨트도 피투성이였지만, 나는 그것을 허리에 찼다. 피로 얼룩진 그 선물을 오랫동안 차고 다녔다. 그걸 어쩌다 잃어버렸는지는 언제 기회가 되면 들려주마. 우리가 헤어지기 전에 들을 수 있을 거다, 왜냐면 탑을 찾는 여정과 관계가 있으니. 아무튼…… 총성을 듣고 무슨 일인지 알아보러 온 사람은 없었지만, 다른 이유로 찾아온 사람이 있었다. 내가 어머니의 시신 곁에 쓰러져 있는 동안, 누가 들어와서 마법사의 구슬을 들고 갔다."

"레아?"

"실제로 그렇게 가까이 있었을 것 같지는 않지만…… 그 마녀는 사람을 꼬드겨 부하로 만드는 재주가 있다. 그래, 아주 교묘하게 사람을 꼬드기지. 나는 그 마녀를 다시 만난 적이 있다."

롤랜드는 더 설명하지 않았다. 그저 두 눈이 냉혹하게 번뜩일 뿐이었다. 에디는 전에도 그 눈을 본 적이 있었고, 그래서 그 의미를 알 수 있었다. 살의였다.

제이크는 R. F.의 쪽지를 다시 주워서 글씨 아래의 조그만 그림을 가리켰다.

"이게 무슨 뜻인지 혹시 아세요?"

"내가 처음 마법사의 구슬에 들어가 여행을 할 때 들른 곳이 있는데, 아마 그곳을 상징하는 인장 같다. 선더클랩이라고 불리는 땅이다." 롤랜드는 친구들을 한 명 한 명 돌아보았다. "우리가 그 남자를…… 플랙이라는 이름의 괴물을 다시 만날 곳도 바로 그곳일 게다."

롤랜드는 자신들이 왔던 길로 눈을 돌렸다. 멋진 빨간색 구두를 신고 잠든 채로 걸어온 길을.

"우리가 지나온 캔자스는 그놈의 캔자스였다. 그리고 그 땅을 폐허로 만든 역병 또한 그놈이 일으킨 병이다. 적어도 나는 그렇게 믿는다."

"하지만 여기서 끝나진 않겠죠." 수재나가 말했다.

"다른 곳으로 퍼질 수도 있을 거야." 에디가 말했다.

"우리 세계로 말이죠." 제이크가 말했다.

초록 궁전에서 눈을 떼지 않은 채, 롤랜드가 말했다.

"우리 세계로 퍼질 수도 있다. 아니면 어떤 세계로든."

"크림슨 킹은 또 누구예요?" 수재나가 다급하게 물었다.

"그건 나도 모르오, 수재나."

그들은 한동안 입을 다문 채, 초록 궁전을 바라보는 롤랜드를 가만히 지켜보았다. 그곳은 롤랜드가 가짜 마법사와 진짜 기억을 마주한 곳, 그리하여 알 수 없는 방법으로 자기 세계에 돌아오는 문을 연 곳이었다.

아니, 우리 세계야. 에디는 곰곰이 생각하며 한 팔로 수재나의 어깨를 감쌌다. *이젠 우리 세계야. 만약 우리가 미국으로 돌아간다면…… 아마도 이 세계가 끝장나기 전에 돌아가야겠지만…… 어쨌거나 돌아간다면, 어떤 시대에 떨어지든 간에 우린 낯선 땅에 떨어진 이방인 같을 거야. 이젠 여기가 우리 세계야. 빔의 세계, 지킴이들이 있는 세계, 그리고 암흑의 탑이 있는 세계.*

"해가 지려면 아직 멀었어."

에디는 이렇게 말하며 잠시 망설이다가, 롤랜드의 어깨에 손을 얹었다. 롤랜드는 그 손을 냉큼 잡았고, 에디는 빙그레 웃었다.

"어때, 아직 환할 때 조금이라도 갈까?"

"그래. 조금이라도 가자."

롤랜드는 몸을 숙여 자기 짐을 챙겼다.

"이 신발은 어떡하죠?"

수재나가 물었다. 그녀는 친구들이 벗어서 쌓아둔 빨간 신발 무더기를 께름칙한 듯이 쳐다보았다.

"놔둬요, 쓸 만큼 썼으니까. 자, 이제 휠체어에 타세요, 아가씨."

에디는 수재나를 안아들고 휠체어에 태웠다.

"하느님의 자녀는 누구나 신을 신고 있네." 롤랜드가 중얼거렸다. "당신이 한 말 아니오, 수재나?"

"맞아요. 분위기를 내려면 우리 동포들 억양을 가미해야 하는데,

당신도 기본은 할 줄 아네요, 롤랜드."

"그럼 우린 틀림없이 더 많은 신발을 발견하게 될 거요. 그 하느님이 허락하는 한."

제이크는 자기 배낭을 열고 먹을 것이 얼마나 들어 있는지 살펴보았다. 어느 보이지 않는 손이 챙겨준 식량이었다. 제이크는 조그만 비닐봉지에 든 닭다리를 들고 가만히 보다가 에디 쪽으로 고개를 돌렸다.

"이건 누가 포장했을까요?"

에디는 어떻게 그런 것도 모를 수가 있냐고 묻는 사람처럼 눈을 동그랗게 떴다.

"키블러 엘프들이겠지. 아니면 누가 했겠어? 자, 가자."

5

덤불 근처에 모여선 그들은 공허한 대지에 발을 디딘 다섯 방랑자였다. 그들 앞에는 들판이 펼쳐져 있었고, 하늘에 흘러가는 구름길과 정확히 일치하는 선이 그 들판을 가로질러 풀 사이로 뻗어 있었다. 도로라고 하기는 힘든 선이었으나…… 깨달은 사람의 눈으로 보면 모든 것이 한 방향으로 구부러진 그 길은, 색깔을 칠한 선처럼 선명하게 두드러졌다.

빔의 길이었다. 그 앞 어딘가, 이 빔이 다른 모든 빔과 만나는 곳에, 암흑의 탑이 서 있었다. 에디는 곰곰이 생각했다. 만약 바람이 올바른 방향으로 분다면 탑의 석재에서 풍기는 냄새마저 맡을 수 있을 거라고.

그리고 장미도. 장미의 짙은 향기도.

에디는 휠체어에 앉은 수재나의 손을 잡았다. 수재나는 롤랜드의 손을 잡았다. 롤랜드는 제이크의 손을 잡았다. 두 걸음 뒤에 서 있던 오이는 고개를 바짝 들고, 금테가 둘러진 눈을 동그랗게 뜨고서, 보이지 않는 손가락으로 자신의 털을 쓸고 가는 가을바람의 냄새를 맡았다.

"우린 *카텟*이에요."

에디가 말했다. 그는 자신이 얼마나 변했는지를 생각하고 새삼 놀랐다. 그는 스스로에게도 낯설 만큼 예전과 달랐다.

"여럿이서 하나 된 자들이죠."

"*카텟.*" 수재나가 말했다. "여럿이서 하나 된 자들."

"여럿이서 하나 된 사람들. 자, 이제 가요." 제이크가 말했다.

새와 곰과 산토끼와 물고기여. 에디는 생각했다.

오이를 선두로, 빔의 길을 따라 걸으며, 그들은 다시 한 번 암흑의 탑을 찾아 나섰다.

『마법사와 수정 구슬』〈끝〉

닫는 글

롤랜드가 늙은 스승 코트를 꺾고 길르앗의 음탕한 거리에 흘러드는 장면을 쓴 때는 1970년 봄이었다. 롤랜드의 아버지가 등장하는 그 이튿날 새벽 장면을 쓴 때는 1996년 여름이었다. 이야기 속에서는 두 사건이 고작 열여섯 시간 차이로 일어나지만, 이야기를 쓴 사람의 인생에서는 그 사이에 26년이라는 시간이 흘렀다. 그러나 두 번째 순간은 결국 찾아왔고, 정신을 차려보니 나는 매춘부의 침대에서 나 자신과 씨름하고 있었다. 한쪽은 검은 머리와 수염을 길게 기른 백수 청년, 한쪽은 성공한 대중 소설가였다(나를 아끼는 평론가들이 애정을 담아 붙여준 별명은 '미국 싸구려 소설계의 제왕'이었다.).

이 말을 하는 까닭은, 내가 다크 타워 시리즈를 통해 겪은 기묘한 경험의 본질이 거기에 고스란히 담겨 있기 때문이다. 나는 상상력의 태양계를 다 채우고도 남을 만큼 많은 장편과 단편을 썼지만, 롤랜드의 이야기야말로 나의 목성이라고 할 수 있다. 그것은 (적어도 내 관점에서 보면) 동료들을 모조리 난쟁이로 만드는 행성이자 기묘한 대기로 뒤덮인 곳, 말도 안 되는 풍경과 살인적인 중력이 지배하는 곳이다. 그러고 보니 동료들을 난쟁이로 만든다고 했던가? 실은 그게 다가 아닌 것 같다. 이제는 롤랜드의 세계가(또는 세계들이) 실제로 내가 만든 다른 세계들을 포함하는 것은 아닌가 하는 생각마저 슬슬 들기 시작한다. 중간 세계에는 랜들 플랙의 자리도, 『불면증』의 주인공 랠프 로버츠의 자리도, 『용의 눈』에 나오는 방랑 소년들의 자리도 있다. 심지어 『살렘스 롯』에 나오는 저주받은 사제 캘러핸 신부도 등장하는데, 그는 그레이하운드 버스를 타고 뉴잉글랜드를 떠나 중간 세계 끝자락의 선더클랩이라는 벽촌에 자리를 잡는다. 말해놓고 보니 다들 여기서 최후를 맞을 것 같은 분위기인데, 안 될 건 또 뭔가? 중간 세계는 그 모든 인물들보다 앞서 만들어졌다. 다만 폭격수처럼 날카로운 롤랜드의 파란 눈 아래에 잠들어 있었을 뿐이다.

이 책이 출간되기까지 너무 오랜 세월이 걸렸다. 롤랜드의 모험을 보며 즐거워한 독자들 가운데 좌절감에 절규한 분들도 꽤 계실 텐데, 그분들께는 깊이 사죄드린다. 그렇게 된 까닭은 수수께끼 시합에서 블레인에게 첫 번째 문제를 던질 때 수재나가 떠올렸던 생각에 가장 잘 요약되어 있다. *첫발을 내딛기란 힘든 법이다.* 이 긴 책에서 내가 이보다 더 동의하는 문장도 없다.

나는 『마법사와 수정 구슬』이 롤랜드의 어린 시절로 돌아가 그의 첫사랑을 그리는 이야기가 되리라는 것을 알고 있었지만, 막상 쓰려고 보니 죽도록 겁이 났다. 독자를 긴장시키는 이야기는 비교적 쓰기가 쉽지만, 적어도 내 경우에는 그렇지만, 사랑 이야기는 힘들다. 그래서 꾸물거렸고, 뒤로 미뤘고, 질질 끌다가 결국 미완성으로 남고 말았다.

그러다 마침내 첫걸음을 내딛었다. 『샤이닝』을 미니 시리즈 대본으로 고쳐 쓰는 작업이 끝난 후에 콜로라도 주에서 메인 주까지 차로 여행하면서, 모텔 방에 앉아 매킨토시 파워북으로 쓰기 시작했다. 네브래스카 주 서부의 황량한 들판을 따라 북쪽으로 운전하는 동안(그러고 보니 「옥수수밭의 아이들」을 쓸 때도 이곳을 지나간 적이 있는데) 문득 이런 생각이 떠올랐기 때문이다. 조만간 시작하지 않으면 영영 못 쓸 거라는 생각이었다.

하지만 진실되고 낭만적인 사랑이라니, 그런 건 다 잊어버렸는데. 나는 혼자서 중얼거렸다. *결혼이 뭔지는 알아, 어른의 사랑도 알고. 하지만 마흔여덟 살이 되면 열일곱 청춘의 펄펄 끓는 혈기 같은 건 기억도 안 난다고.*

그 부분은 내가 도와주지. 뒤이어 대답이 들려왔다. 그날 네브래스카 주 세트포드 변두리에서 들었던 그 목소리의 주인이 누구인지 전에는 알 길이 없었지만, 지금은 안다. 왜냐면 내 상상 속에 존재하는 나라에서, 그곳에 사는 어느 매춘부의 침대에서 그의 눈을 마주본 적이 있기 때문이다. 롤랜드가 수전 델가도를 어떻게 사랑했는지(그리고 수전은 롤랜드를 어떻게 사랑했는지) 내게 가르쳐준 사람은 바로 이 이야기를 처음 시작한 그 청년이었다. 그 사랑이 제대로 그려졌다면 그 청년에게 감사할 일이다. 만일 잘못 그려졌다면, 그건 오로지 옮겨 적는 과정에서 내가 뭔가 실수한 탓이다.

이 책을 편집하면서 늘 나와 함께한 친구 척 베릴에게도 감사하고 싶다. 그는 나를 헤아릴 수 없을 만큼 많이 도와주고 격려해줬는데, 격려로 말하자면 이 카우보이 모험 소설 시리즈를 모조리 페이퍼백으로 출간해준 일레인 코셔도 빼놓을 수 없겠다.

누구보다 내 아내에게 가장 감사하고 싶다. 아내는 이 광기의 한
복판에 빠진 나를 진심으로 지지해줬을 뿐 아니라 자신도 모르는
방식으로 이 책을 쓰는 데 기여했다. 어느 날 내가 풀이 죽어 있을
때, 조그마한 고무 인형을 선물해서 나를 웃게 했던 것이다. 파란
색 조종사용 고글을 쓴 다람쥐 인형이 팔을 당당하게 쑥 뻗고 있었
다. 나는 그 인형을 다 쓴 원고 위에 올려놓고 원고 더미가 점점(점
점 더…… *점점 더*) 커져가는 동안 기도했다. 그 인형에 담긴 사랑이
조금이나마 원고를 풍성하게 해주기를. 그 기도는 틀림없이, 적어도
어느 정도는, 통했을 것이다. 결국에는 책이 이렇게 나왔으니까. 재
미가 있는지 없는지는…… 나야 뭐 한 400쪽 부근에서 완전히 정신
을 잃어버렸기 때문에 잘 모르겠지만…… 어쨌거나 나왔다. 나온 것
자체만으로도 기적 같다. 그리고 이제, 어쩌면 내가 살아서 이 이야
기를 완결 지을지도 모른다는 생각이 슬슬 들기 시작한다(잘되길 비
는 수밖에.).

내 생각에 세 권을 더 쓸 것 같은데, 두 권은 주로 중간 세계를 다
룰 것 같고 한 권은 거의 전체가 우리 세계를 다룰 것 같다. 후자는
뉴욕 시의 2번 대로와 46번가 교차점에 있는 공터, 그리고 그 공터
에 자라는 장미에 관한 이야기가 될 것이다. 미리 말해두는데 그 장
미는 아주 아주 위험하다.

결국 롤랜드 *카텟*은 선더클랩이라는 어둠의 땅에 도착할 테
고…… 그 너머에 도사린 것을 마주할 것이다. 모두 다 살아서 탑에
도착한다는 보장은 없지만, 나는 믿는다. 살아서 도착한 이들은 진
실된 모습으로 그 앞에 당당히 설 것이다.

—스티븐 킹
1996년 10월 27일
메인 주 러벨에서

옮긴이 | 장성주

고려대 동양사학과를 졸업하고 출판 편집자로 일했다. '스티븐킹교'의 평신도를 자처하며 묵묵히 신앙 생활에 정진해 왔으나, 앞으로는 '스티븐킹교' 포교 활동에도 힘쓸 생각이다. 번역서로는 『아돌프에게 고한다』, 『다크타워 시리즈』, 『언더 더 돔』, 『워킹데드 시리즈』 등이 있다.

다크타워 4 [하]

1판 1쇄 찍음 2014년 12월 24일
1판 1쇄 펴냄 2014년 12월 31일

지은이 | 스티븐 킹
옮긴이 | 장성주
발행인 | 김세희
편집인 | 김준혁
펴낸곳 | 황금가지

출판등록 | 2009. 10. 8 (제2009-000273호)
주소 | 135-887 서울 강남구 신사동 506 강남출판문화센터 5층
전화 | **영업부** 515-2000 **편집부** 3446-8774 **팩시밀리** 515-2007
홈페이지 | www.goldenbough.co.kr

© ㈜민음인, 2014. Printed in Seoul, Korea

ISBN 978-89-6017-766-6 04840
ISBN 978-89-6017-210-4 04840 (세트)

㈜민음인은 민음사 출판 그룹의 자회사입니다.
황금가지는 ㈜민음인의 픽션 전문 출간 브랜드입니다.